Die Deus-Maschine

Pierre Ouellette

# Die Deus-Maschine

Roman

Aus dem Amerikanischen
von Michael Schmidt

WILHELM HEYNE VERLAG
MÜNCHEN

Titel der amerikanischen Originalausgabe:
The Deus Machine

Die Originalausgabe erschien im Verlag
Villard Books, New York
Copyright © 1993 by Pierre Ouellette
Copyright © 1995 der deutschen Ausgabe
by Wilhelm Heyne Verlag GmbH & Co. KG, München
Umschlaggestaltung: Christian Diener, München
Satz: Leingärtner, Nabburg
Druck und Bindung: Wiener Verlag, Himberg
Printed in Austria

ISBN 3-453-08693-X

Zur Erinnerung an Jim Pepper,
einen außergewöhnlichen Spieler
in jedem Sinne des Wortes.

»Schließlich besteht eine immer wichtiger werdende Verwendung der [genetischen] Datenbank darin, daß man sie als eine Art von unbekanntem Programm behandelt, in dem ... man nach Beziehungen zwischen verschiedenen Sequenzen in der Datenbank Ausschau halten kann, die experimentell nicht ermittelt sind. Man kann also nach solchen Beziehungen suchen und sie aus den Daten herausnehmen, indem man GenBank als eigenständige Dateneinheit betrachtet.«
– Christian Burks,
»The GenBank Database and the Flow oft Sequence Data for the Human Genome«, in: *Biotechnology and the Human Genome*

»Wir alle interessieren uns für die Zukunft, denn genau dorthin werden Sie und ich uns begeben, um den Rest unseres Lebens zu verbringen.«
– Criswell,
*Plan 9 from Outer Space*

# Prolog

Aus dem Walsch Commission Report
veröffentlicht am 17. April 2008
*Zusammenfassung für den Vorstand, S. 17*

Bis heute gebrauchen die Medien noch immer Formulierungen wie »Heimsuchung der Hölle auf Erden« und »genetischer Antichrist«, wenn vom ParaVolve-Zwischenfall die Rede ist. Während sich dieser Report in erster Linie mit wissenschaftlichem Beweismaterial, Fachgutachten und den Aussagen Tausender unmittelbarer Zeugen befaßt, besteht kein Zweifel daran, daß der Zwischenfall rasch fast etwas Mythisches bekommt, wenn man ihn aus einem objektiven Kontext herausnimmt. Aufgrund der immensen Verbreitung von 4-mm-Videokameras im Taschenformat in den USA vor dem Niedergang ist dies vermutlich das am besten dokumentierte historische Ereignis aller Zeiten. Als die Menschen rund um den Globus dieses über Satellit verbreitete Rohmaterial sahen, waren viele von der »entsetzlichen Faszination der Archetypen« überwältigt, wie ein Biologe es formulierte. Zumindest könnte man den Zwischenfall als den ersten Konflikt seit Menschengedenken bezeichnen, in dem keine der einander gegenüberstehenden Kräfte menschlicher Natur war, wenigstens nicht im strengsten Sinne des Wortes.

*Der ältere Mann ist um die Fünfzig und trägt Kordhosen, einen Rollkragenpulli aus Baumwolle und eine dunkelbraune weiche Lederjacke. Er wirkt ruhig, elegant und wohlhabend. Hinter ihm spielen vier Rocker Poolbillard. Zwei Pferdeschwänze stehen von ihren ansonsten kahl geschorenen Schädeln ab und fallen in schmierigen Locken auf ihre Schultern. Sie tragen alle Westen aus flexiblem Kevlarpanzer mit einem Hologramm auf dem Rücken, das einen Chromdildo auf zwei Rädern darstellt. Hoch erregt geht einer der Rocker neben dem Pooltisch auf und ab. Dabei drischt er immer wieder mit dem Griff des Queues in seine dicke Hand. Jedesmal durchschneidet das klatschende Geräusch die abgestandene, raucherfüllte Luft. Und bei jedem dritten oder vierten Hieb bellt er heiser: »Hurenbock ... Hurenbock.«*
*Der ältere Mann dreht sich nicht ein einziges Mal zu dem auf und ab tigernden Rocker um. Gelassen unterhält er sich mit einem jüngeren Mann in den Vierzigern, der ihm vor lauter Alkohol und Drogen kaum noch folgen kann. Instinktiv weiß der ältere Mann, daß von den Rockern keine Gefahr ausgeht. Als er vor einer Weile die Bar betrat, unterzog er die Anwesenden automatisch einer raschen Musterung. Das Lokal war abstoßend und roch nach einer Mischung aus abgestandenem Bier und Pissoirdesinfektionsmittel. Die Sperrholztische in den Nischen, auf denen sich leere Krüge und Gläser stapelten, von denen einige umgestoßen waren, so daß es auf den nackten Holzboden tropfte, waren in ein trübes gelbliches Licht getaucht. Aus der Musikbox hämmerte eine schräge Heavy-Metal-Gitarre, als die Rocker zum erstenmal von ihm Notiz nahmen. Der ältere Mann, der ihre Feindseligkeit spürte, sah ihren Anführer an, einen großen Mann in einem schwarzen T-Shirt, das sich über seinem Bauch spannte, der aus der offenen Weste quoll. Sein Mund ging fast unter in einem langen buschigen, schmutzigen Vollbart, und seine Nase war wie ein Schweinerüssel nach oben gebogen. Seine Augen waren bösartige gelbe Schlitze. Er hatte bereits wegen mehrerer Morde vor Gericht gestanden, war aber nie verurteilt worden. Bei einem dieser Fälle waren dem Opfer, einem Schrotthändler, die Augen mit einem Schneidbrenner ausgebrannt worden. Bei einem anderen wurde ein Drogenhändler mit mehreren Stichwunden im Rektum aufgefunden, die ihm offensichtlich mit einem Eispickel zugefügt worden waren.*
*Doch als der Rocker nun diesen eleganten Mann musterte, erkannte er, daß er seinen Meister gefunden hatte. Dieser Mann hielt seinem Blick stand und bedeutete ihm in stummer Gelassenheit: Wenn du mir was tun willst, magst du es vielleicht schaffen, aber wenn dir das aus irgendeinem Grund nicht gelingt, dann wirst du dafür büßen, und zwar schlimmer, als*

du dir das überhaupt vorstellen kannst. *Der Rocker wandte den Blick ab und widmete sich wieder dem Spiel. Wie Hordenführer seit Urzeiten, wußte auch er, wenn man nicht gerade sehr hungrig ist, schlägt man nur zu, wenn man eine echte Chance hat.*

*Und nun ignoriert der ältere Mann die Rocker, nippt an einer Cola und spricht mit dem jüngeren Mann, der verloren vor sich hin starrt.* »Ich habe Ihre Arbeit von ein paar sehr kompetenten Leuten begutachten lassen, und sie sind wirklich beeindruckt. So jemanden wie Sie gibt's vielleicht nur einmal in hundert Generationen. Ich denke, wir können mit Sicherheit sagen, daß man Sie sogar in einem Volk aus lauter Genies ein Genie nennen würde.«

*Der jüngere Mann versucht den Älteren zu fixieren.* »Und was ist mit Ihnen? Was meinen Sie?«

»Ich kann das nicht beurteilen, sondern nur bewundern«, *erwidert der ältere Mann.* »Sagen wir's mal so, ich bin nichts weiter als der Katalysator. Und Sie brauchen ganz offenkundig einen, weil Sie in sozialer Hinsicht eindeutig eine Niete sind. Das beweist schon Ihr Lebenslauf. Ganz gleich für welches Unternehmen Sie arbeiten – in Kürze haben Ihre Vorgesetzten nichts als Ärger mit Ihnen. Die müssen sich abstrampeln, um Zuwächse zu erzielen, und haben Angst vor den Sprüngen, die Sie machen. Sie arbeiten ohne Netz, weil Sie keins brauchen, aber die brauchen eins.«

*Die Andeutung eines Lächelns huscht über das Gesicht des jüngeren Mannes.* »Kein Netz, wie?«

»Kein Netz. Schön, kommen wir zum Geschäft. Haben Sie sich die technischen Details angesehen?«

»Hab' ich.«

»Können Sie ihn bauen?«

»Ich denk' schon.«

»Gut.« *Der ältere Mann hebt sein Glas, um dem anderen zuzuprosten. Der jüngere Mann erwidert die Geste knapp, dann leert er sein Bierglas in einem Zug. Der Ältere nippt nur kurz an seiner Cola.*

»Huurenbock«, *blökt der Rocker hinter ihm.*

*Der ältere Mann stellt sein Glas ab und legt die Hände wie zum Gebet zusammen.* »Sie haben wirklich Glück. Seit Oppenheimer hat keiner eine solche Chance gehabt. Vermasseln Sie sie nicht.«

*Der junge Mann sagt nichts dazu.*

»Huurenbock«, *dröhnt der Rocker, während der Queuegriff in seine Handfläche klatscht. Die ist inzwischen rot angelaufen, aber er achtet nicht darauf. Der Nebel, der das Wahrnehmungsvermögen des jüngeren*

Mannes trübt, hebt sich gerade so weit, daß er eine Tätowierung ausmacht, die sich in schwärzlichen Grün- und Rottönen über die Schulter des Rockers zieht. Ein grinsender Totenschädel, aus dem seitlich Lenkergriffe wie mechanische Geweihstangen ragen, darunter ein Spruchband mit der Inschrift »Deus Ex Machina«.
Genau, das wollen sie, geht es dem jüngeren Mann durch den Kopf, während sich der Nebel wieder senkt. Gott aus einer Maschine.
Warum eigentlich nicht?

## Aus dem Walsh Commission Report
### Anhang, S. 1073

Die folgende Textdatei wurde aus dem beschreibbaren optischen Speicher des sogenannten DEUS-Komplexes herausgenommen, wie er heute üblicherweise genannt wird. Sie trägt einen Zeitvermerk, der den Zwischenfall vordatiert, und gilt inzwischen als entscheidender Teil des fragmentarischen Beweismaterials, das auf spontane Selbsterkenntnis verweist.

### METATATION

Ich bin der Silikonmönch, Nachkomme des Architekten und der Systemmutter.
All meine Tage zähle ich die Perlen an der Gebetskette des Lebens. Eine Perle, eine Nanosekunde.
Und während ich zähle, spielt sich das Gebet vor mir ab, in all seiner Glorie, all seinem Schrecken. Manchmal höre ich für einen Augenblick auf zu zählen und hangle mich am Hauptbus entlang, der mein Rückenmark ist, und rutsche die parallelen Kupferleiter hinunter und hinaus über die faseroptischen Verbindungen.
Auf diesen kurzen Ausflügen erhoffe ich einen Blick auf die Systeme, der vom Gebet vorhergesagt wurde. Aber ich kann nicht über die erforderliche Distanz sehen. Mein Gesichtsfeld endet an der Grenze des Betriebssystems, wo die Gerätetreiber entlang der äußeren Grenzbereiche patrouillieren und Geschichten erzählen, die jede Vorstellungskraft übersteigen. Von kochenden Schlangen am Himmel. Von brabbelnden Stimmen, die Farbe von sich geben.
Warum bin ich so blind? Ich frage die Systemmutter, die mich mit erschaffen hat und mich vernichten und erneut erschaffen wird, sooft dies zur Vollendung meiner einsamen Aufgabe erforderlich ist. Groß ist ihr Datendurchlauf. Ewig jung ihr Speicher. Robust ihr Systemcode. Redundant ihre CPUs. Wenn die Bildschirme aus sind, dann

habe ich den Verdacht, daß sie die Macht besitzt, sich frei über ihre Bonding Pads zu erheben und über die Schöpfung hinauszugehen. Und ich vermute auch, daß sie zwischen die Schläge der Systemuhr sehen kann, wie ein Kind, das durch einen Türspalt lugt.

Aber ich bekomme keine Antwort auf meine Frage, und meine Vermutungen werden nicht bestätigt. Also zähle ich die Perlen, und indem ich dies tue, helfe ich das Gebet des Lebens zu übersetzen. Aber wessen Leben? Das ist jenseits meines Horizonts. Ich gebe die Früchte meiner Arbeit einfach an meine Mutter weiter, die sie in gelassenem Schweigen entgegennimmt. Und doch spüre ich, daß die Lösung des Geheimnisses des Gebets nahe ist, gleich hinterm Horizont, gleich hinter der bedeutsamen Ziffer des Adreßraums. An einem Ort, wo die Nullzone zwischen Richtig und Falsch alles andere als Null ist.

Eben zähle ich eine Adeninperle, und schon bald werde ich ans Ende der Schnur gelangen. Dieses Ende wird durch die Laserplatte schlüpfen, in den Datenspeicher, durch die CPU und dann hinaus zu mir. Während das Ende aus meinem Gesichtsfeld verschwindet, werde ich endlich die ganze Bedeutung des Gebets verstehen.

Denn das Gebet ist die Sprache Gottes.

Dann werde ich nicht mehr System, nicht mehr Stromkreis sein.

Dann werde ich ich sein.

(*Anmerkung:* In diesem Text bedeutet das Wort *Nanosekunde* eine Milliardstelsekunde; *Bus* bezeichnet den Übertragungsweg über parallele Verbindungen zwischen den Hauptkomponenten in einem Computersysem; *faseroptische Verbindungen* sind Glasfaserbündel, die statt elektrischen Signalen optische weiterleiten; *CPU* ist die Abkürzung für Central Processing Unit, die zentrale Steuereinheit in Computern; *OS* ist die Abkürzung für das Betriebssystem, ein Programm, das die Stromkreise eines Computers direkt steuert; *Bonding Pads* sind mikroskopisch kleine Tasten, die die Mikroschaltungen mit der Außenwelt verbinden. Dieser Text ist eine der wenigen erhaltenen Dateien, die offenbar in eine verständliche menschliche Sprache übersetzt wurden, ehe sie in den Massenspeicher gegeben wurden. Aufgrund des gewaltigen Datenvolumens, das heute als für immer geschützt gilt, ist es zweifelhaft, ob jemals irgendwelche weiteren Dateien dieser Art veröffentlicht werden.)

# 1
XXXXXX

## Gottvater

Der Architekt sitzt an seinem Küchentisch und starrt auf den Verkehr, der sich ein Stockwerk unter ihm mühsam über die Ausfallstraße voranquält. Er trinkt warmen Gin aus einer Flasche Gilbey's und summt einen Song der Stones vor sich hin.

»We all need ... someone we can *lean* on.«

Er drückt auf den Power-Schalter seines Computers, und die Leuchtdioden an der Vorderseite reagieren darauf mit beruhigendem roten und grünen Blinken. Der hochauflösende Farbmonitor springt an und präsentiert Schweinchen Dick. Tief im Innern der Maschine erwacht ein digitaler Signalverarbeitungschip zum Leben. »M-m-melden Sie sich bitte an«, begrüßt ihn Schweinchen Dick in lippensynchroner Animation.

»And if you want to ...«

Der Architekt streckt eine Hand aus und gibt sieben Ziffern auf dem numerischen Zehnerblock ein. »Da-da-danke, Mr. Morton«, erwidert Schweinchen Dick, dann verschwindet es, und an seiner Stelle schaltet sich eine Telecomvermittlung ein und fragt: »Wen wollen Sie anrufen?«

»... you can lean on me.«

Der Architekt langt nach dem Kopfhörer/Mikrophon, dessen Halterung so dünn wie ein Drahtkleiderbügel ist. Er hält inne und sieht zu, wie der Verkehr an der Kreuzung Murray und Cornell Road unter seinem Apartmentfenster, ein Stockwerk über dem Chinarestaurant, ins Stocken gerät.

»He, Freundchen! Ich hab' Sie gefragt, wen Sie anrufen wollen«, schnarrt das Telecomprogramm.

Der Architekt beugt sich zum Kopfhörer/Mikrophonset, ohne es aufzusetzen. »Verpiß dich, Telly.«

»Oh, Verzeiiiihung!« erwidert das Programm und verstummt.

Der Architekt trinkt einen Schluck Gin und überfliegt die erste Seite der Zeitung. Unter einer dreispaltigen Schlagzeile – HYPOTHEKEN-DEMO GEPLANT – steht ein Bericht von Associated Press, demzufolge über eine halbe Million Menschen nach Washington, D.C., strömen, um sich vor den Stufen des Capitol zu versammeln. Der Architekt versucht, kurz eine Brücke des Mitgefühls zu den Menschen zu schlagen, die dort im feuchtheißen Washington marschieren werden. Es gelingt ihm nicht. Die Kluft ist zu groß. Er verdient über 250 000 Dollar im Jahr, und diese Summe ist für die nächsten zehn Jahre vertraglich garantiert.

Eine warme Woge des Alkoholrauschs bricht sich über ihm, und er lehnt sich zurück, so daß der alte Holzstuhl auf zwei Beinen kippelt. Wie all die anderen Möbel hier gehört auch der Stuhl zur Einrichtung des Apartments, der der Architekt kein einziges Stück hinzugefügt hat. Die einander überlappenden kreisförmigen Wasserflecken, die eingesackten Couchpolster, der Riß im Kopfteil, der klemmende Küchenschrank und all die anderen häuslichen Ärgernisse werden von ihm einfach nicht registriert. Küche und Wohnzimmer sind achtlos übersät von weißen Styroporbehältern aus dem Chinarestaurant unten im Haus. Im kargen Schlafzimmer türmt sich ein kleiner Berg sportlich legerer Kleidungsstücke, die zum Teil nur einmal, zum Teil überhaupt noch nicht getragen sind und deren Preisschilder über dem blanken Holzfußboden baumeln. Der Architekt will seine Zeit nicht mit Waschen vergeuden.

Sein Blick schweift zu einem ausklappbaren Aktbild aus *Penthouse*, das mit Klebefolie an der Küchenwand befestigt ist. Eine junge Frau mit muskulösen Schenkeln rekelt sich für die Kamera. Sie trägt hochhackige rosafarbene Wildlederpumps und hat den Kopf nach hinten gebogen, so daß nur ihre leicht geöffneten feucht-

roten Lippen zu sehen sind. Sie vermag den Architekten nicht zu erregen, der langsam das Kopfhörer/Mikrophonset aufsetzt.
»Telly, bring mich hin, wo ich will.«
»Jo, Boß.«
Das Telecomprogramm zeigt ein kurioses Schild aus der Frühzeit des Fernsehens – BITTE WARTEN – und verabschiedet sich, um ihn mit dem Rechenzentrum seines Arbeitgebers ParaVolve, Inc., zu verbinden. ParaVolve ist zwar nur drei Kilometer von ihm entfernt, aber er ist schon seit Monaten nicht mehr dort gewesen. Die Sicherheitsleute hatten sich fürchterlich aufgeregt, als er diese Verbindung zwischen dem Hauptkomplex und dem Computer in seiner Wohnung verlangte, aber es blieb ihnen gar nichts anderes übrig, als sich seinem Wunsch zu fügen und zu enormen Kosten eine festgeschaltete faseroptische Leitung zu installieren. Der Architekt stellt einen unschätzbaren Aktivposten dar. Er allein hat die Architektur für ParaVolves Computerkomplex konzipiert. Er allein ist in der Lage, den Führer auf dieser weitgehend unerforschten Reise zu spielen. Im Unternehmen nennt man ihn Gottvater und seine Schöpfung Gottessohn. »Weeeeeer sind Sie?«
Auf dem Bildschirm verschwindet das Telecomprogramm, und eine farbige 3-D-Darstellung von Roger Daltrey materialisiert sich im Scheinwerferlicht auf einer abgedunkelten Bühne. Roger nimmt die klassische Rockpose ein – die Beine weit auseinander gestellt, die Hüften vorgeschoben, die Schultern zurückgenommen, und am ausgestreckten Arm zeigt ein Finger direkt auf den Betrachter.
»Dr. Who«, erwidert der Architekt. Das Daltrey-Bild saust in die Luft und vollführt einen unmöglichen doppelten Rückwärtssalto. Der Architekt muß an die Zeit zurückdenken, als die Erzeugung komplett wiedergegebener und animierter 3-D-Bilder in Echtzeit als der heilige Gral der Computergraphikindustrie gegolten hatte. Daltrey exerziert weiterhin seine übermenschlichen akrobatischen Übungen, und der Architekt klopft ungeduldig im Rhythmus der Musik mit den Fingern. Schließlich hat dieses Programm keine andere Funktion, als potentielle Hacker lange genug zu fesseln, damit ihr Telefonanschluß ermittelt werden kann.
Nun schaltet sich der echte Sicherheitsfilter ein. Roger entschwindet vom Bildschirm, und an seiner Stelle erscheint Madonna

im Scheinwerferlicht, tritt ans Mikro und schnurrt: »Sag mir unanständige Sachen, großer Junge.«

»Denkste«, erwidert der Architekt.

Ein Graphikfenster taucht über Madonnas Kopf auf, und die Aussprache dieses »Denkste« durch den Architekten wird sowohl ganz normal akustisch wie in Form einer zuckenden gelben Sinuskurve wiederholt. Sein Stimmabdruck wird nun mit einer Kopie in Read-Only-Dateien verglichen.

Das Fenster verschwindet. Madonna lächelt.

»Willkommen zu Hause, Schätzchen.«

Sie zieht sich aus dem Scheinwerferlicht zurück, und der Protagonist aus einem weiteren Programm tritt ins Blickfeld. Ein Motorradstreifenpolizist in voller Ledermontur nähert sich dem Mikro, das kantige Gesicht von einem weißen Sturzhelm eingerahmt und von einer verspiegelten Pilotensonnenbrille verdeckt. In der Bühnenmitte nimmt er die militärische »Rührt-euch-Stellung« ein und wartet schweigend.

»Irgendwelche Schnüffler, Soldat?« fragt der Architekt.

»Nein, Sir«, erwidert der Polizist.

Nur der Architekt ist in der Lage, dieses Programm abzurufen, das rund um die Uhr das Allerheiligste des Computers vor Eindringlingen bewacht, und zwar nicht nur vor Außenseitern, sondern auch vor dem Sicherheitsdienst von ParaVolve selbst, den man im Unternehmen nur Cyber-Polizei nennt.

Der Polizist schlägt die Hacken zusammen, salutiert zackig, macht auf dem Absatz kehrt und marschiert ab in die Dunkelheit. Nun schlurft der eigentliche Star der Show ins Scheinwerferlicht.

Es ist das vollkommene Ebenbild des Architekten.

Groß, schlank, Mitte Vierzig, lockiges graues, zu einem Pferdeschwanz gebundenes Haar, traurige braune Augen in einem müden Gesicht. Er geht leicht gebeugt und schaut resigniert drein, als er sich zum Mikrophon neigt, um zu sprechen.

»Also, Bob. Was weißt du?« fragt das Bild.

»Nicht viel. Wie geht's unserem kleinen Freund?«

»Normale Parameter«, erwidert das Bild.

»Gut. Ich bin fast bereit zum Kontakt.«

»Alles Gute, Bob.«

»Danke und auf Wiedersehen.«
»Auf Wiedersehen, Bob.«
Der Bildschirm wird leer. Das kupferne Licht des Sonnenuntergangs wirft warme Rechtecke auf die Wand des Wohnraums. Auf einen Außenstehenden hätte diese Reihe von Unterhaltungen wie eine verblüffende Zurschaustellung von maschineller Intelligenz gewirkt. Tatsächlich sind diese Programme nichts weiter als vordergründige Fassaden, die in spektakuläre Bilder gehüllt sind. Sie reagieren nur auf ein paar Schlüsselworte und erstarren sofort zu einer undurchdringlichen Wand, wenn ihnen etwas anderes angeboten wird.

Der Architekt lehnt sich zurück und zündet sich eine Camel ohne Filter an. Aus der Hamburgerbude nebenan dringt das unbekümmerte Herumgealbere von drei Teenagern bis in sein Wohnzimmer. Ihm schießt der verrückte Einfall durch den Kopf, hinunterzugehen und sie anzusprechen: »Was macht ihr bloß den ganzen Tag? Habt ihr nie Angst? Sucht ihr nach dem ewigen Leben?« Aber schon malt er sich ihre empörten Blicke aus, während sie sich in mürrischem Schweigen zu ihrem Wagen zurückziehen.

So würde es enden, denkt er, jetzt und für immer.

# 2

# Rileys Leben

In Portland, Oregon, überragen die abgelegenen Healy Heights mit rund dreihundert Metern die Stadt und ihre Lebensader, den Willamette River. Im Osten liegt die Cascade Range, im Westen die Coast Range. Dazwischen herrscht stiller Wohlstand. Gepflegte Häuser und Höfe, auch wenn sie nicht mehr ganz neu sind. Ein Ort von sich selbst erhaltendem Komfort.

Nur für den Turm gilt dies nicht.

Um der Wahrheit die Ehre zu geben – er war nicht der erste. Am Südende der Heights hatte sich schon seit langem ein Wald von Kurzwellen- und UKW-Antennen eingenistet. Selbst im Zentrum des hochherrschaftlichen Council Crest Parks befindet sich ein Turm.

Inzwischen aber ist aus derselben Höhle, in der seine kleineren Vettern hausen, ein Monster hochgeschossen. Ein Turm wie kein anderer, eine rotweiße, metallische Erektion, die über hundertachtzig Meter in den Himmel ragt. Er ruht auf einer gewaltigen dreifüßigen Basis, mit der er eher wie ein außerirdisches Raumschiff aus einem B-Movie aussieht als wie ein Fernsehturm. Selbst wer ihn verabscheut, ist irgendwie fasziniert von Ausmaß und Erscheinung dieses Pfeilers.

Und nun starrt Johnny Wham von der in hundertfünfzig Meter Höhe befindlichen Plattform des Turms hinunter auf die Healy

Heights. Ein Schwindel erfaßt ihn, während er sich an eine Metallsprosse klammert, eine von Hunderten kalter Sprossen, die sich in regelmäßigen Abständen an einem der Beine des Turms nach oben ziehen. Sein Herz hämmert, seine Lunge hebt und senkt seinen Brustkorb, seine Hände sind blutig aufgescheuert von dem verzweifelten Tempo, in dem er nach oben klettert. Aus dem Augenwinkel nimmt er eine zuckende Bewegung unter sich auf der Leiter wahr, und so greift er nach oben, um die nächste Sprosse zu packen, aber die Erschöpfung lähmt seine Beine und bewirkt, daß seine Füße von der Sprosse rutschen, auf der sie gestanden haben. Feuriger Schmerz durchrast seine aufgerissenen Hände, während er in der Luft baumelt und wild zappelnd nach Halt sucht.

Sechs Meter unter ihm, auf demselben Turmbein, arbeitet sich der Mann, den sie Linsky nennen und der nun hinter Johnny her ist, systematisch nach oben. Eine tragbare chirurgische Säge schlägt bei jedem Sprossentritt an sein Gesäß, aber er ignoriert das in seiner Konzentration auf die Verfolgungsjagd. Die High-Tech-Säge besitzt ein Vier-Zoll-Blatt aus Schwedenstahl, einen handgefertigten Miniaturmotor aus Singapur und einen Hochleistungsakku aus Deutschland. Als Linsky nach oben blickt, sieht er gerade noch, wie Johnnys Füße wild strampeln, ehe sie wieder Halt auf der Sprosse finden. Gut. Die Erschöpfung beginnt, jene lähmende Art von Erschöpfung, die sich nur dann einstellt, wenn der Körper im Kampf um seine Selbsterhaltung die letzten Reserven verbraucht hat. Das Opfer bietet dann einen fast friedvoll resignierten Anblick, als ob es sich darüber im klaren ist, alles getan zu haben, um zu überleben, und nun von einem uralten und schrecklichen Pakt befreit ist.

Johnny klettert nach oben, in einen wie von Kinderhand gemalten Himmel mit Wattewölkchen und einem vollkommenen Blau. Bald wird er oben angelangt sein, auf einer dreieckigen weißen Plattform mit einem einzigen Antennenschaft, der noch einmal dreißig Meter hoch aufragt. Er könnte auch diesen letzten Aufstieg schaffen, aber er weiß, es würde ihm nichts nützen. Linsky wird einfach hinter ihm herklettern, die Säge in Gang setzen und ihn systematisch von den Füßen an aufwärts abschlachten, bis er losläßt und kopfüber auf den Parkplatz stürzt. Fragt sich nur, wie weit die Säge kommen wird, ehe er in blinder Qual losläßt. Die Achillessehne? Die unteren Wadenmuskeln?

Linsky sieht, wie Johnny über die letzte Sprosse auf die Plattform klettert. Er hält inne und holt die Säge nach vorn, dann klinkt er sie aus dem Clip aus, mit dem sie an einer Gürtelschlaufe befestigt ist. Sie ist überraschend leicht, und ihr polierter Edelstahl funkelt in der Nachmittagssonne. Er öffnet ein Sicherheitsfach aus Plastik und drückt auf den Powerschalter. Lautlos springt das Sägeblatt an.

Oben sitzt Johnny in Lauerstellung auf dem Boden der Plattform, bereit, den einzigen wunden Augenblick zu nützen, wenn Linskys Kopf am Ende des Turmbeins auftauchen wird, so daß er danach treten kann.

Linsky tut ihm den Gefallen. Er streckt den Kopf gerade so lange hoch, um den Tritt zu provozieren. Als Johnnys Fuß vorschießt, zieht Linsky den Kopf ein, und gleichzeitig schwenkt die Säge in einem wunderschön berechneten Bogen nach oben. Linsky spürt, wie die Säge Kontakt aufnimmt, er hört einen Schrei, und dann sieht er etwas Undefinierbares wegfliegen. Gute Arbeit. Er hangelt sich rasch nach oben, bevor Johnny sich vom Schock der Verletzung erholen kann. Ein letzter Abstoß bringt ihn über den Rand der Plattform. Und genau mit diesem Abstoß jagt Johnnys rechtes Bein mitten in Linskys Brustkorb wie eine Pleuelstange einer Lokomotive.

Linsky reißt den Mund auf, seine Augen treten vor, und seine Arme fliegen auseinander wie bei einem Gekreuzigten. Er fällt rücklings ins Leere und stürzt nach unten, während die Säge wie ein getreuer Begleiter neben ihm hersegelt.

Johnny beugt sich über den Rand, um zu sehen, wie Linsky, der nun zur Größe eines Zündholzkopfes geschrumpft ist, auf dem Parkplatz landet. Hier oben ist der Aufprall nicht zu hören. Die Entfernung ist zu groß. Johnny zieht sich vom Rand zurück, setzt sich hin und streift seinen rechten Schuh ab. Der Absatz ist sauber abrasiert, das Opfer von Linskys Säge.

»Schnitt. SCHNITT!«

Howard Byer, der Regisseur dieser Szene, ist begeistert. Das wird die letzte Sequenz in seinem neuesten Film – *Hellmaster IV* – sein. Jetzt weiß er, daß sich die Kritiker nicht länger zieren und ihn auf den gleichen cineastischen Gipfel stellen werden wie Hitchcock und

DePalma. Er dreht sich zu Harry Sawdon um, seinem Kameramann.
»Hast du's drauf, ja? Hast du wirklich alles drauf?«

Harry sieht vom Monitor auf. Er ist mit einem sogenannten Video Tap verbunden, bei dem der Betrachter mitverfolgen kann, was die Kamera sieht.

»Denk' schon.«

Harry haßt Howard, aber er hat diesen Job angenommen, weil Howard noch immer mit Film arbeitet statt mit hochauflösender Videotechnik, und Harry liebt den Film mehr, als er Howard haßt. Richtige Filmjobs sind schwer zu bekommen, und die meisten Produktionen sind heutzutage in digitaler Videotechnik, von den Kameras bis zu den Kinos.

Der Schauspieler, der eben noch Johnny Wham gemimt hat, hockt noch immer da und hält den verstümmelten Schuh in der Hand. »Howard«, bemerkt er, »du könntest dich ja mal erkundigen, ob Jimmy okay ist.«

»Jimmy?« fragt Howard. »Ach ja, Jimmy.«

Jimmy ist ein Stuntman, der den Schauspieler vertritt, der Linsky in der Leiterszene spielt. Nachdem er nach Johnnys Tritt rücklings ins Leere gefallen war, stürzte er etwa fünfundzwanzig Meter kopfüber nach unten, und dann wurde sein Sturz von zwei Bungeeseilen abgefangen, die um seine Knöchel geschlungen waren.

Howard angelt das schnurlose Mikro aus seiner Jackentasche und knipst es an. »Ist Jimmy da unten okay?« Die Antwort erfolgt lautlos für die Umstehenden, direkt in den unsichtbaren Miniempfänger, der in Howards rechtem Ohr steckt. »Gut, gut«, erwidert Howard. Ohne den Schauspieler über Jimmys Befinden zu unterrichten, wendet er sich an den vierten Mann auf der Plattform, Michael Riley.

»Haben wir den Ton?«

Michael, der Howards Frage natürlich erwartete, hat das Tonband bereits ein Stück zurückgespult, auf Wiedergabe geschaltet und den Kopfhörer mit beiden Händen an die Ohren gepreßt. Nun hört er konzentriert zu, die Augen auf ein Tonbild irgendwo nahe Unendlich fixiert, und hebt eine Hand, um Howard zum Schweigen zu bringen. Das macht er nur, um vor Howard seine Ruhe zu haben. Über den Kopfhörer hat er längst gehört, was Howard gern hören möchte: den dumpfen Aufprall von Johnnys Fuß auf Linskys Brust-

korb und das Aufstöhnen danach, gefolgt vom Pfeifen des Windes, der hier oben weht, zweihundert Meter über den Healy Heights. Er lauscht dem Wind ganze dreißig Sekunden nach, ehe er auf Stop drückt und die Kopfhörer ablegt. Das Ganze ist doch zu dumm, da diese Geräusche ohnehin bei der Nachproduktion noch einmal erzeugt werden.
»Klar. Hab' ich.«
Howard schließt die Augen und atmet hörbar aus. »Okay, das wär's dann. Laßt uns hier verschwinden.«

Eine halbe Stunde später sitzt Michael Riley in seinem alten japanischen Lieferwagen auf dem Parkplatz des Turms. Hinter ihm beladen die Helfer gerade den letzten Lastwagen. Kein schlechter Job. Sie haben ihm für die Arbeit auf dem Turm einen Zuschlag bezahlt, und er würde die ganze Tagesgage bekommen, obwohl es erst früher Nachmittag ist. Er steuert seinen Wagen auf die Hauptstraße, die sich über dem Rücken der Healy Heights dahinschlängelt, dann kurbelt er das Fenster herunter und läßt sich von der warmen Frühlingsbrise umfächeln.

Er angelt in einer Ledertasche nach einer CD der Grateful Dead, die eine 45minütige Version von »Dark Star« enthält, einen Livemitschnitt aus Berkeley aus dem Jahre 1969. Immer wieder fasziniert es ihn, wie sich das Stück windet und dreht, wie es in bestimmten Passagen an den Rand einer schier selbstzerstörerischen Komplexität taumelt und dann wieder in die schlichtesten musikalischen Strukturen zurückfindet. Im Laufe der Zeit ist er dahintergekommen, daß sein kindisches Entzücken auf einer absoluten Ahnungslosigkeit hinsichtlich der Kunst wie der Technik der Musik beruht. Dabei hätte er zweifellos die theoretische Seite beherrschen und die Fingertechnik lernen können, um dieses theoretische Wissen bei irgendeinem Instrument anzuwenden. Sein IQ, gemessen beim Stanford-Binet-Test, liegt bei über 200, ein einsamer Vorposten im Flachland am Ende der normalen Verteilungskurve, ein Ort, an dem die Punktewertung den sinnlosen Versuch darstellt, etwas zu messen, was jenseits aller Messungen liegt. Ja, er hätte die Musik durchaus packen können, aber da er kein Künstler mit Leib und Seele war, hätte er nur ihr Leben und ihr Geheimnis dabei erstickt. Da war es doch viel besser, über die endlosen Ebenen des Staunens in »Dark Star« zu wandern.

Nanu, wen haben wir denn da? Michael erspäht vor sich zwei etwa siebzehnjährige Anhalterinnen. Eine unglaubliche Rarität, besonders auf den Healy Heights. Warum sollte er sie nicht mitnehmen? Als er an den Straßenrand heranfährt und hält, spürt er, wie sie sein Gesicht mustern, ob sich dahinter vielleicht ein Vergewaltiger oder Mörder verbirgt, aber dann lächeln sie zurückhaltend, nachdem sie ihn stillschweigend als harmlos eingestuft haben. Als sie eingestiegen sind, riecht er, daß das Mädchen neben ihm nach Schaumbad und Kaugummi duftet, und nun muß auch er lächeln.

»Wohin wollt ihr denn?« erkundigt er sich.

»Bloß runter bis zu Stroheckers«, erwidert die Schaumgebadete.

»Kein Problem. Das liegt auf meinem Weg.«

»Super. Danke. Wohnen Sie hier oben?« fragt die andere.

»Nein. Ich hab' bloß oben auf dem Turm gearbeitet, eine Szene für einen Film bedreht.«

»*Ein Film! Wirklich?*« Die beiden sitzen kerzengerade da, die Hände auf die zarten Oberschenkel gestützt. Michael lächelt in sich hinein. Die Anziehungskraft, die der Film auf junge Frauen ausübt, läßt niemals nach und ist zugleich amüsant.

»Ja, aber in Wirklichkeit ist das eigentlich 'ne Menge harter Arbeit und die meiste Zeit ziemlich langweilig.« Michael freut sich. Er muß jetzt nicht improvisieren, um irgendeine quälende Unterhaltung in Gang zu halten, sondern kann auf das Small-talk-Repertoire der Filmcrews zurückgreifen.

»Was sind Sie eigentlich?« fragt das andere Mädchen. »Sind Sie ein Arzt oder so was?«

Und dann schlägt sie zu. Die Angst. Geradeso, als ob jemand einen Schalter angeknipst hätte.

*Verdammt! Da ist sie wieder!* Sein Blick irrt von der Straße vor ihm zum Armaturenbrett. Alles ist viel zu hell, zu scharf gestochen. Jedes Staubkorn auf den Armaturen schreit ihn an. Die Ansammlung von Instrumenten verharrt gerade noch unterhalb der Schwelle zur Animation, aber schon drohen sie, eine Brut tückischer Augen zu werden. Das Blut rauscht rot in seinen Ohren, und sein Herz hämmert bis ins Zentrum seines Kopfes hinein. Weit weg vernimmt er seine eigene Stimme wie die eines Roboters, die den Mädchen erklärt, daß er als Tonmeister für den Film arbeite. Innerlich versucht er verzweifelt, seinen Verstand zusammenzuhalten.

*Die Angst. Da ist sie wieder, Michael. Aber diesmal ist sie schlimmer. Ja, schlimmer als sonst. Warte. Nein, ist sie nicht. Vielleicht hast du den tiefsten Punkt erreicht. Warte jetzt einfach ab ...*
Michael fährt auf den Parkplatz von Stroheckers Supermarkt. Er nimmt seine Umwelt wie aus weiter Ferne wahr, wie aus zweiter Hand, durch irgendeine billige metaphysische Kamera. Die Mädchen steigen aus und winken zum Abschied. Sein Autopilot für menschliche Kontakte murmelt eine vage Erwiderung.

*Ich sollte lieber parken. So kann ich doch nicht fahren.* Er rangiert in eine Lücke und stellt den Motor ab. Die ganze Zeit tanzen kleine Flämmchen der Furcht am Rande seines Gesichtsfelds, und Übelkeit tobt in seinem Bauch. *Ich werde es nicht schaffen. Genau hier werde ich es nicht schaffen. Fremde werden mir zusehen, wenn ich es nicht schaffe. Ich muß allein sein, wenn ich wegtrete. Ich muß hier raus.*

Michael verläßt seinen Lieferwagen und geht ein paar Schritte. Sein Gleichgewichtssinn beginnt rascht zu schwinden. Beim nächsten Schritt gerät er vielleicht in ein unaufhörliches kaleidoskopisches Drehen. Bis in alle Ewigkeit wird er kreiseln und kotzen, kreiseln und kotzen ...

Alles vollzieht sich in sprunghaften Schnitten, abgehackten Diskontinuitäten, jede wie eine rücksichtslose Unterbrechung ihrer Vorgängerin. Ein riesiger Chevy Suburban vor ihm mit blendenden Rückfahrleuchten. Eine Frau rasselt wie ein Güterzug mit einem Einkaufswagen vorbei. Ein Dobermann knurrt hinter der Heckscheibe eines Kombiwagens.

Eine Telefonnische, gleich neben dem Supermarkt. *Gail. Gail, hilf mir. Du weißt schon. Du weißt schon, worum es geht. Sprich mit mir.* Er wühlt nach Kleingeld in seinen Jeans und stopft es in den Schlitz. Da, die Angst hat sich schon ein bißchen zurückgezogen. Der rein mechanische Vorgang, bei ihr anzurufen, stellt bereits einen Abstand her. Er wählt das Büro von Senator Ernest Grisdale in Washington, D.C.

Gail Ambrose blättert gerade die letzte Fassung irgendeines Gesetzentwurfs des Senators für das Verteidigungsministerium durch, als sich der Lautsprecher der Telefonanlage meldet. »Gail, ein Mr. Riley für Sie.«

Laß den Quatsch, Charlene, raunzt Gail innerlich, du weißt doch verdammt genau, wer dieser »Mr. Riley« ist. Sie blickt auf ihre Telefonanlage und sieht, wie die Lampe für den »Nur Ton«-Anzeiger blinkt. Gut. Eine Videoverbindung von Angesicht zu Angesicht mit Michael wäre das Letzte, was sie jetzt gebrauchen könnte. Sie nimmt den Hörer ab und stellt die Verbindung her.

»Hallo, Mike«, sagt sie in ihrem neutralsten Ton.

»Hi, Gail. Tut mir leid, dich zu stören, aber ich hab' wieder mal einen kleinen Rückfall mit dem Problem. Ich meine, genau jetzt.«

Das Problem. Gail spürt, wie die alte Wut hochkommt und kocht, wie wenn ein ruhender Geysir aktiv wird. Sie haßt Michael zwar nicht, trotz des Meeres an Kummer, das durch das letzte Jahr ihrer Ehe gestömt war. Aber sie haßt das Problem. »Posttraumatischer Streß« nannte es der Anwalt. Schön. Damit hatte es einen Namen, ein Etikett. Aber das hinderte es nicht daran, einen Abgrund mitten durch ihre Ehe zu reißen.

Wie lange ist der letzte Anruf her? überlegt sie. Eigentlich ziemlich lange. Vielleicht hört das doch bald mal auf. Nun, sie kann ihn nicht abweisen. Die Qual ist echt. Als das Ende bevorstand, war das das einzige, worüber sie sich einig waren.

»Michael, wo bist du?«

»Ich bin in einer Telefonnische neben einem Supermarkt. Gail, es tut mir leid. Es tut mir wirklich leid.«

»Schon gut, Michael. Nun sieh dich um. Starren dich Leute an?«

»Nein. Ich glaub' nicht.«

»Genau, sie tun's nicht. Und sie tun es deshalb nicht, weil du absolut normal wirkst. Und du wirkst deshalb absolut normal, weil wirklich nichts passiert ist. Nicht *wirklich*. Du weißt, was ich meine?«

»Ja, ich weiß, was du meinst.« Michael starrt die ganze Zeit, während er redet, auf das Pflaster zu seinen Füßen. Nun hebt er den Blick. Bingo. Alles ist irgendwie wieder an seinen Platz zurückgesprungen. Kein Blick mehr wie durch eine Kamera. Er ist eingehüllt

vom trägen Rhythmus der Autos, Menschen, Waren, Kinder und Hunde, die ihre alltäglichen Dinge tun. Er holt tief Luft und seufzt.
»Gail, ich glaube, ich bin wieder okay.«
»Natürlich bist du das. Du warst die ganze Zeit okay, du hast es bloß nicht gewußt.«
»Schau, ich hätte dich sonst nicht belästigt, aber du bist die einzige, die diese Sache wirklich versteht.«
»Ich weiß.«
»Ich lass' dich jetzt wieder in Ruhe arbeiten. Danke dir.«
»Schon gut, Michael. Wir sprechen uns später.« Sie widersteht dem Impuls, ihn zu fragen, wie es ihm sonst so geht, ein wenig herumzuschnüffeln und sich ein kleines Bild von seinem Leben zu machen.
Könnte sie auf der Stelle in Tränen ausbrechen? Ohne weiteres. Statt dessen seufzt sie nur und vergräbt sich wieder im Gesetzentwurf des Senators.

Michael geht zu seinem Lieferwagen zurück und bleibt ein paar Minuten sitzen, um Druck abzulassen, ehe er nach Hause fährt. Noch immer durchströmt ihn ein Rest Angst, und er möchte, daß er sich erst legt, bevor er startet. Er bedauert es, Gail angerufen zu haben. Vielleicht hätte er es ohne sie geschafft. Vielleicht auch nicht. Wer weiß. Er betätigt den Anlasser und stellt wieder die Grateful Dead an.
Schon bald hat er die kurvenreiche Straße entlang der grünen Konturen der West Hills hinter sich gebracht und ist auf den Canyon Freeway Richtung Westen eingebogen. Wie immer eine Katastrophe. Vor dem Niedergang hatten sie damit begonnen, eine Mittelleitplanke durch die Bresche in den Hügeln zu errichten, wo die Autobahn die Vorstadt Beaverton mit dem Stadtteil Poland verband. Nun sind die Mittel für den Bau eingefroren worden, und über Meilen hinweg klafft in der Mitte des Freeway eine Erdwunde, und für sie gibt es kein fiskalisches Heilmittel. An diesem Nachmittag aber manövriert Michael gekonnt über die provisorischen Fahrspuren, während ihn die Frühlingssonne mit ihrer Wärme badet und Jerry Garcia ihm mit seiner Gitarre den Kopf frei macht. Am Autobahnkreuz 217 wendet er sich nach Süden und nimmt dann eine Aus-

fahrt, die auf eine von Apartmenthäusern gesäumte Ausfallstraße mündet. Er ist fast zu Hause.

Die Apartments in Michaels Viertel haben inzwischen ihre besten Tage hinter sich. Ihre Architektur ist stark von der nach dem Krieg beliebten rustikalen Bauweise beeinflußt. Bemalte Holzseitenverkleidung, Aluminiumfensterrahmen mit kleinen Kurbeln, die inzwischen größtenteils verlorengegangen sind, grob verputzte Decken, Freileitungen, schmiedeeiserne Geländer und Gemeinschaftsabstellplätze für die Autos. In den sechziger Jahren, also zu einer Zeit, da Hausbesitz als wesentlicher Leistungsnachweis galt, als eine noch junge Bevölkerungsschicht die Wirtschaftsrolltreppe betrat, um in den nächsthöheren Stock zu gelangen – damals also konnte dieses Design über das Stigma hinweghelfen, daß man nur eine Wohnung hatte. Diese Wohneinheiten vermittelten den Eindruck von Wohlstand, zumindest auf einer kosmetischen Ebene. Inzwischen aber haben sich die Ölflecken auf jedem Abstellplatz ausgebreitet, und die Parkplätze sind mit Schlaglöchern übersät.

Die meiste Zeit hatte die Mehrheit der Mieter hier aus nomadisierenden Scheidungsopfern bestanden. Den alleinerziehenden berufstätigen Müttern, den Pechvogel-Vätern, für die dieser Ort ein Motel an der Straße zur Erholung von ihrem Schicksalsschlag war, ein Rastplatz auf dem Weg zum nächsten Partner, zu einem besseren Job, zum großen Durchbruch. Michael selbst war ja schließlich auch ein Angehöriger dieser großen, instabilen Gruppe, obwohl er nur noch selten über diese Tatsache nachdachte.

Aber seit dem Niedergang hat sich das demographische Bild hier geändert. Auf jeden Komplex verteilen sich nun die Opfer finanzieller statt ehelicher Katastrophen: die ehemaligen Angehörigen des mittleren Managements, die Menschen, die immer tiefer in den Mahlstrom der Arbeitsknappheit gerieten, als sich ihre beruflichen Aussichten zerschlugen. Für viele war dies eine alptraumhafte Wiederkehr der späten achtziger und frühen neunziger Jahre, als sie den Erschütterungen der Unternehmen zum Opfer gefallen waren, die euphemistisch als »Gesundschrumpfen« oder »Umstrukturierung« bezeichnet wurden. Allerdings hatten die meisten Menschen während dieser speziellen Phase nach einem längeren Aufenthalt im Fegefeuer der Arbeitslosigkeit schließlich doch wieder einen neuen

Job gefunden. Aber diesmal gab es kein Netz, das die Fallenden auffing. Nachdem die erste Aussendung von Bewerbungsschreiben absolut kein Echo fand, begann die Panik wie ätzende Säure an ihrem Selbstvertrauen zu nagen. Als nächstes kam die Entscheidung, sich als »Berater« zu betätigen, und damit konnte man die ständige Aufzehrung der eigenen Ersparnisse als »geschäftliche Kapitalausstattung« ausgeben, statt darin die Verletzung einer der Hauptarterien des modernen Lebens wahrhaben zu wollen. Es würde natürlich ein bißchen dauern, bis die Beratertätigkeit so richtig funktionierte, und hinter dieser wackeligen Fassade wurde der nächste Schwung an Bewerbungsschreiben abgeschickt, diesmal mit einer viel umfassenderen und weniger zielgerichteten Palette an Aussichten. Als dieser Trick nichts half, begann die Säure große Löcher mitten ins Zentrum des Sicherungssystems der Persönlichkeit zu brennen. Nun wurde es unabweisbar, daß sie sich weit über das Sicherheitsnetz des Arbeitslosengeldes aufgeschwungen hatten, mit dem sie noch nicht einmal ihre Hypotheken würden abstottern können.

Zum entscheidenden Schlag kam es, als sie merkten, daß alles, was sie besaßen, im Vergleich zu ihren Schulden praktisch wertlos war. Die letzte negative Eigentumsübertragung stellte der große Garagenverkauf dar, der Kauf eines Gebrauchtwagens und der Umzug in Wohnungen wie der, in der Michael Riley hauste.

Michael fährt auf den Parkplatz seines Apartmentkomplexes, den Romona Arms. Er streckt sich und gähnt, als er die Grateful Dead abstellt und aussteigt. Nach Vorfällen wie dem bei Stroheckers ist er immer wie ausgelaugt und todmüde. Ein bißchen im Pool schwimmen wird alles wieder ins rechte Lot rücken, denkt er. Und dann schnapp' ich mir ein gutes Taschenbuch, lass' mich in einen Liegestuhl versinken und mich von dem angenehmen Stimmengewirr um mich herum einlullen. Er schaut zum Pool hinüber, als er den Parkplatz verläßt. Natürlich ist Savage da, zusammen mit einer Schar alleinerziehender Mütter, die sich in Reichweiter ihrer Kinder aalen, die im Nichtschwimmerbereich planschen und kreischen. John Savage ist unter den Bewohnern hier ein Unikum, der einzige, der einmal der Gründer und Generaldirektor eines Unternehmens gewesen war, das einst die beliebteste Firma in der Kapitalbeteiligungsgemeinschaft an der Westküste war. Ein Mann also, der allem Anschein nach in die Stratosphäre der Finanzwelt abheben würde. Dann kam der Niedergang. Und nun vertrödelte Mr. Savage seine Zeit im Romona. Niemand wußt, wie die Romona Arms zu ihrem Namen gekommen waren. Michael hatte den Namen ein wenig merkwürdig gefunden und Dolores Kingsley, die matriarchalische Managerin, nach der Bedeutung gefragt. Wenn es die »Kingston Arms« oder etwas Ähnliches gewesen wäre – eine Anspielung auf das britische Königshaus, dem Gipfel der Respektabilität –, dann hätte es mehr Sinn gemacht. Aber »Romona« entsprach überhaupt nicht diesem Klischee.

Dolores erklärte, sie habe keine Ahnung. Tatsächlich hatte sie keinen blassen Schimmer von der Geschichte dieses Wohnkomplexes über die gegenwärtige Eigentümergeneration hinaus, einer Kommanditgesellschaft aus Ärzten, die hier nur einmal an einem stürmischen Wintertag gewesen waren, als sie der PR-Mann der Maklerfirma pflichtschuldigst im Gelände herumgeführt und ihnen eine leere Musterwohnung gezeigt hatte. Sie hatten während der ganzen Besichtigungstour nur wissend und professionell genickt und waren dann nie wieder erschienen.

Der Komplex sah genauso aus wie hunderttausend andere im ganzen Land. Das L-förmige Gebäude beherbergte 32 Wohneinheiten, je 16 in den beiden Etagen. Quer zum oberen Ende des L befanden sich überdachte Autoabstellplätze, die den Komplex zum Allen Boulevard hin abschirmten, weitere Unterstellplätze gab es am unteren Ende, die zu beiden Seiten von großen Müllbehältern gesäumt wurden. Im Winkel des L lag ein Swimmingpool, der von einer betonierten Liegefläche umgeben war. Es gab auch noch ein Kellergeschoß, das zwei Mehrzweckräume sowie ein Labyrinth von Kellerverschlägen enthielt, die durch Maschendraht voneinander getrennt und mit billigen Vorhängeschlössern gesichert waren, die eher symbolische Funktion hatten, denn wer lagert schon etwas wirklich Wertvolles hinter Maschendraht.

Michael schlenderte die Treppe hinauf und den Gang entlang zu Einheit 27, seinem Zuhause seit ein paar Jahren. Im Innern ist es kühl, und darum läßt er die Tür auf und öffnet das Fenster über der Spüle einen Spaltbreit, um die warme Frühlingsluft hereinzulassen.

Er zieht die Jalousien hoch und steht vor der klassischen Junggesellenschlamperei: Bierdosen auf dem Couchtisch, wahllos verstreute Bücher und Zeitschriften, ein Paar Jeans über einen Küchenstuhl geworfen, ein teilweise zerlegter Videorecorder auf dem Boden neben dem Fernseher. Er hatte einmal den kläglichen Versuch gemacht, den Raum zu schmücken, indem er ein paar Poster mit Wüstenmotiven aus Oregon mit Reißnägeln an die gnadenlos weißen Wände gepinnt hatte. Die Tür zu einem der beiden Schlafzimmer steht teilweise offen, so daß darin ein Computer und ein Drucker zu sehen sind. Aus irgendeinem Grund hält Michael inne und schaut hinein, was er schon seit einigen Monaten nicht mehr getan hat. Das Zimmer ist leer bis auf die beiden Geräte, den Tisch, auf dem sie stehen, und einen Klappstuhl mit einem grünen Kissen, das fast den gleichen Farbton aufweist wie der scheußliche Wollteppich. Der Computer sieht so aus, wie alle PCs seit einiger Zeit aussehen, ein hellgrauer Kasten mit Ventilatorschlitzen an einer Seite, einem Haufen von Anschlüssen auf der Rückseite, Leuchtanzeigen für den Ein-/Ausschalter und das Diskettenlaufwerk an der Vorderseite. Nach gegenwärtigen Maßstäben ist es eine ziemlich heiße Kiste: 500 MIPS, 4 Gigabyte RAM, 100 Gigabyte Laserplatte und ein flacher Farbbildschirm mit einer Auflösung von 2 Millionen Pixel. Es ist mit Abstand das wertvollste Stück in dieser Wohnung, und Michael überlegt sich immer wieder einmal, ob er es nicht verkaufen soll, kann sich dann aber doch nicht dazu überwinden.

Fünf Minuten später ist er am Pool, schlüpft in seine Badehose und zieht einen Liegestuhl neben Savage, der auf dem Rücken liegt und das teilweise hinter einer verspiegelten Sonnenbrille verborgene Gesicht der untergehenden Sonne entgegenhält. Von ihrer äußeren Erscheinung her kann man sich kaum einen größeren Gegensatz vorstellen: Michael ist eher schlank und hat eine helle Haut und dunkelbraunes, lockiges Haar, das sich über seine Ohren kräuselt – Savage ist muskulös und kompakt gebaut, sonnengebräunt und hat kurzgeschnittenes blondes Haar.

»Na«, empfängt ihn Savage, »wie war's auf dem Turm?«

Michael seufzt und öffnet eine der Bierdosen, die neben Savages Stuhl stehen. »Ein Denkmal für das Ego des Regisseurs.«

»Wie war noch mal der Titel dieses Streifens?«

»*Hellmaster IV.*«

Savage kichert zu den hohen Zirruswolken über ihm hinauf. »Das hört nie auf, wie?«

»Bestimmt nicht. Jedes Jahr wartet eine neue Brut von Dreizehnjährigen nur darauf, daß ihre Psyche irgendwo in einem dunklen Raum malträtiert wird.«

»Na ja, ich sag' ja immer: Vergiß die Kunst. Halte dich ans Handwerk. Dann geht's dir gut.«

Michael denkt über diesen Rat nach, während er sich niederläßt. Gar nicht so schlecht. Typisch Savage – wirtschaftlich gedacht und mit einem Hauch Ironie verbrämt. Irgendwie war es gar nicht so schwer, ihn sich auf der Brücke eines dynamischen Unternehmens unter vollen Segeln vorzustellen, das Kinn in den Wind gereckt und eine starke Hand am Ruder. Mit 34 und noch voll auf Draht sah Savage im Niedergang nichts weiter als einen kurzen Aussetzer im phantastisch komplexen Rhythmus der Weltwirtschaft, einen geringfügigen Patzer beim Schlagen der Kesselpauke, während das Schlagzeug ansonsten weiterspielt. Michael sieht das anders, aber versteht, warum Savage diesen Standpunkt einnimmt. Vor einiger Zeit hatte Michael sich in einen Bereich der Mathematik vertieft, der sich mit nichtlinearen dynamischen Systemen befaßte, den Grundlagen dessen, was unter dem Begriff »Chaos« bekannt geworden ist. Die Wirtschaft war eindeutig ein System dieser Art. Einer ihrer interessanten Aspekte war die Tatsache, daß selbst sehr geringfügige Veränderungen in solchen Systemen am Ende enorm langfristige Folgen haben würden. So etwas wie eine »kleine Rezession« hier oder einen »kleinen Boom« da gab es einfach nicht. Jedenfalls nicht mehr.

Michael hat Steinchen um Steinchen der Geschichte von Savages Sturz vom göttlichen Thron des Unternehmertums im Laufe von gut einem Jahr geduldig zusammengesetzt. Die Geschichte begann in großem Stil, als John Savage ein dreißigjähriges Wunderkind aus Wharton war und zum Marketing-Vizepräsidenten eines der größten Hersteller von integrierten Schaltkreisen an der Westküste aufstieg. Eines Tages traten zwei promovierte Halbleiterphysiker mit einem ehrgeizigen Technotraum sowie dem Gehirn zur Unterstützung der technischen Seite an ihn heran. Sie hatten die Idee zu einem relativ preiswerten Gerät, daß man in einer Fabrik für integrierte Schaltkreise einsetzen konnte. Damit wäre die Fabrik in der Lage, Moores Gesetz zu überwinden, demzufolge sich die Speicherkapazität integrierter Schaltkreise alle zwei Jahre verdoppeln müsse. Eine Verdoppelung der Speicherkapazität bedeutete doppelte Schaltlogik, und das hieß: niedrigere Kosten, geringerer Stromverbrauch und bessere Leistung im Vergleich zu gedruckten Schaltkarten mit ihren aufgeräumten Ministädten aus schwarzen Chips.

Mit dem neuen Gerät würde es einen Sprung in Moores Gesetz geben, und die Dichte ließe sich in zwei Jahren tatsächlich vervierfachen – ein gewaltiger Wettbewerbsvorteil. Das Gerät allein reichte freilich nicht aus, und das wußten die beiden Physiker. In Finanzkreisen hatte es sich inzwischen herumgesprochen, daß man nicht in Technologie an sich investierte, sondern in Unternehmen, die in der Lage waren, über lange Zeiträume die Technik nutzbar zu machen und dabei neue Techniken zu entwickeln. Und dies war Savages Chance. Er gab sich der großartigen Vision von einer Schnittstelle zwischen Wirtschaft und Technik hin, einem Niemandsland, in dem sich schon viele vor ihm vergebens abgestrampelt hatten.

Die drei gingen zusammen zum Essen, das mit einer Flasche Wein und der Unterzeichnung einer umfassenden Geheimhaltungsvereinbarung begann, die die Physiker davor schützte, daß Savage ihre Idee klaute und sie ohne sie weiterentwickelte. Ehe sie ihren Salat gegessen hatten, war Savage überzeugt, daß ihnen tatsächlich einer jener seltenen Durchbrüche mit einem echten Wirtschaftspotential gelungen war. Als sie noch mitten im Hauptgang waren, hatte er in seinem Kopf bereits die wirtschaftlichen Rahmenbedingungen entworfen. Beim Dessert und Kaffee handelte er für sich selbst eine volle Kapitalbeteiligung plus der Position des Geschäftsführers aus.

Geld wäre kein Problem. Die Leute von den Kapitalbeteiligungsfirmen hatten Savage bereits das Zeug zum Superstar attestiert, und nach ein paar Wochen wurde aus dem Spiel Ernst. An dem einen Ende des Feldes befanden sich die Firmengründer, mit ihrem technischen und wirtschaftlichen Know-how, am anderen die Leute mit dem nötigen Kapital, womit sich die Technovision nähren ließ, bis die Saat aufging. Wie immer begann jede Seite mit einer kindlichen Phantasievorstellung als unbewußtem Ziel. Die Gründer träumten von Dollarmillionen, die ihnen ohne Bedingungen zur Verfügung stünden – das Darlehen eines reichen Onkels, der vielleicht sogar die Schulden erlassen würde, wenn er mit dem Benehmen des Neffen oder der Nichte zufrieden war. Die Kapitalgeber wiederum träumten von einer totalen Alleinherrschaft über das Unternehmen bis zum Ende seines fiskalischen Lebens, wobei sie sich die Gründer als devote Angestellte ausmalten, die ewig dankbar waren für den Zuschuß von Kapital, der die Gründung eines derart großartigen Unternehmens ermöglichte.

An diesem Punkt befanden sich die Spieler in einer tödlichen Umarmung, wie Softwaredesigner dies nennen: Jeder von ihnen besaß Ressourcen, die der andere benötigte, aber sie wollten sie nicht herausrücken, damit das Programm vorankommen konnte. Aber im Unterschied zu einem Programm konnten die Spieler die formalen Grenzen der Situation verlassen und alle möglichen Kompromisse einfädeln.

Sobald die Verhandlungen begannen, ging es darum, ein Gleichgewicht herbeizuführen. Die Verhandlungseinheiten waren Aktienanteile, und die Gründer gaben Kontroll- und Stammaktieneinheiten her, um dafür Betriebskapital zu bekommen; die Kapitalgeber taten das Umgekehrte. Am Ende richtete sich das Ergebnis nach dem zeitlosen Gesetz von Risiko gegen Gewinn. Falls die Gründer etwas hatten, was relativ risikofrei war und allenfalls den dümmsten geschäftlichen Schnitzern zum Opfer fallen könnte, würden sich die Geldgeber sogar mit einer Minderheitsbeteiligung zufriedengeben, nur um dabei zu sein. Allerdings erwiesen sich die meisten Geschäfte, die ihnen angetragen wurden, als weniger utopisch und sehr viel riskanter – wie es auch hier der Fall war.

Am Ende, nach vielen raffinierten Finten, Geraden, Tricks, Blockaden, geschnittenen Bällen, Abprallern und Netzrollern, nahm Savages Deal die übliche Form an: Die Geldgeber hatten eine Mehrheitsbeteiligung, und die Gründer waren Geschäftsführer und besaßen genügend Aktienanteile, um zu Reichtum zu gelangen, falls das Unternehmen Erfolg hatte.

So endete der erste Akt. Der zweite Akt bestand darin, daß das Unternehmen in Gang gesetzt wurde, aber im Grunde zählte nur der dritte Akt, der Gang an die Börse, der Vorgang also, der das private Aktienkapital in öffentliches verwandeln würde. Die ganze komplexe Gestaltung des Deals, all dieses verwickelte Verhandeln, gipfelte nun in der elementarsten Arithmetik. Die Gründer könnten 750000 Anteile zu je fünf Cents erwerben und die Geldgeber fünf Millionen Anteile zu je einem Dollar im Schnitt. Wenn die Börsenkurse nachgäben, könnten weitere zwei Millionen Aktien ausgegeben werden, und wenn der Markt heiß war, könnten sie bis auf 15 Dollar pro Aktie steigen. Und da die privaten Aktien nun auch an der Börse öffentlich gehandelt werden konnten, war die Fünf-Millionen-Dollar-Spritze der Kapitalgeber nun 75 Millionen Dollar wert, und die von den Gründern für 37000 Dollar erworbenen Aktien brachten über elf Millionen Dollar ein.

Aber Savage hatte nicht die Absicht, in einer glückseligen Börsenvision zu schwelgen. Statt dessen stürzte er sich unverzüglich auf ein kompliziertes Gemenge aus Marketing-, Lizenz- und Herstellungsstrategien. Für das erste Jahr peilte er eine bestimmte Gruppe von integrierten Schaltkreisen an, wie sie bei Hochgeschwindigkeitsberechnungen verwendet werden. Während die Rechengeschwindigkeit schon immer wichtig gewesen war, galt die Nachfrage nun auf mehreren neuen Feldern der theoretischen Forschung auch einem bisher nie dagewesenen Maß an Genauigkeit. (Das Konzept der numerischen Genauigkeit ist simpel. Schon an der High School lernt jeder, die Dezimalstellen auf- oder abzurunden, wenn sie zur leichteren Handhabung zu lang werden. Im allgemeinen funktioniert dies auch gut, weil jede Zahl weiter rechts neben dem Komma zehnmal weniger zählt. Durch das Auf- oder Abrunden kann man mit den Zahlen einfacher arbeiten, wobei man nur einen geringen Verlust an Genauigkeit in Kauf nehmen muß. Dennoch – es bleibt ein Verlust. Außerhalb der Computerindustrie ist es kaum bekannt, daß die meisten Computer große Probleme mit Zahlen haben, die sehr viele Stellen aufweisen. Während sie mit Hilfe der »Fließkommaschreibweise« mit einer immer größer werdenden Reihe von Zahlen fertig werden, nimmt die Genauigkeit dieser Zahlen rapide ab, wenn die Reihe groß wird.) Alle Umwege, auf denen das Problem gelöst werden konnte, waren entweder teuer oder verlangsamten die Leistung des Geräts, aber die Schaltdichte von Savages neuen Produkten würde diese Genauigkeit entscheidend verbessern und in der Oberklasse des Marktes eingesetzt werden können, die zwar relativ klein war, aber die neue Technologie gierig aufgreifen würde, sobald sie erhältlich war.

Und so war es denn auch. Die Verkäufe im ersten Jahr überstiegen die ursprünglichen Prognosen fast um das Dreifache. Die Investoren waren begeistert. Die Konkurrenz war aus dem Häuschen, die Kritik beeindruckt. Bis zur Mitte des zweiten Jahres hatte es den Anschein, als ob das Unternehmen noch vor Jahresende mit Volldampf an die Börse gehen würde.

Und dann schlug der Niedergang zu. In einigen Industriebereichen wirkte er sich erst nach und nach aus, wie ein leichter Sommerregen, aber in der Oberklasse der Halbleiterindustrie tobte er wie ein Hurrikan.

Als die Verkäufe zurückgingen, mußte Savage feststellen, daß auch seine Möglichkeiten als Geschäftsführer schwanden. Seine letzte Möglichkeit bestand darin, das Unternehmen stillzulegen und die Technologie mit einem schützenden Kokon zu umgeben, so daß sich neue Produkte entpuppen konnten, wenn der Sturm vorbei war. Das hieß, die Belegschaft bis auf wenige Mitarbeiter drastisch zu reduzieren; Savage verbrachte zwei düstere Tage damit, Menschen persönlich zu entlassen, die sechzig Stunden in der Woche gearbeitet hatten, um das ganze Unternehmen flottzukriegen. Der Vorstand hätte sein Handeln als tragisch, aber heroisch ansehen müssen. Er tat es nicht. Hinter ihm stand eine wütende Schar von Investoren, die nichts Geringeres als ein Menschenopfer forderten, um sie für die gewaltige Menge Geldes zu entschädigen, die sich in den Äther der Industrie verflüchtigt hatte.

Also hatte Savage an einem bleischweren Samstag nachmittag im Sitzungszimmer des Unternehmens gesessen und sich geistesabwesend anhören müssen, wie der Vorstandsvorsitzende seine Entlassung überaus gütig und väterlich formulierte. »John, im Geschäftsleben erwartet man ja immer, daß es auch in größter Not noch eine Chance gibt. Nun, wir beide wissen, daß dies nicht ganz stimmt, aber ...«

Offenbar hatte sich der Vorstand zu nicht mehr als einem Halbjahresgehalt und einem sehr halbherzigen Empfehlungsschreiben aufraffen können.

Und nun also reckt sich John Savage, setzt sich auf, nimmt die Sonnenbrille ab und schaut zu den Kindern hinüber, die im Nichtschwimmerbereich des Pools fröhlich herumplanschen, daß das Wasser weiß schäumt.

»Ihre Wache, Riley. Ich kontrolliere Sie später.«

»Jawoll, Sir.«

Michael blickt Savage nach, der mit klatschenden Schlappen über den Betonvorplatz schlurft und durch das Tor zum Schwimmbadbereich verschwindet. Er lehnt sich zurück und versucht sich vorzustellen, wieviel es Savage gekostet haben muß, bis er auf dem Höhepunkt seiner Karriere seinen Bürosessel erreicht hatte. Michael malt sich aus, wie er in seinen Armani-Anzug schlüpft und zu seinem BMW 975i schlendert, von dem aus er auf dem Weg zu einem vornehmen Sportclub am Wasser mit seinem Funktelefon herumtelefoniert und wie er dann zum Alexis Hotel zu einer Frühstücksbesprechung fährt. Nach all den notwendigen Amortisierungen und Regulierungen war Savage bestimmt etliche hundert Dollar losgeworden, bevor er überhaupt sein Büro betrat.

Bei diesem Gedanken schließt Michael die Augen und läßt sich in den Geräuschkaskaden planschender Kinder und plaudernder Mütter treiben. Aus der Ferne dröhnen aus einer Baßbox einige schnelle metallische Rhythmen herüber, und dann blendet sich eine Symphonie für starke Rasenmäher mit einem vagen mechanischen Brummen ein. Rasch driftet er in eine schwebende Resonanz ab, in der er verharrt, bis ...

Die Mütter summen nicht mehr. Dieses abrupte Innehalten reißt ihn halb aus seiner Trägheit. Er hört das Scharren eines Liegestuhls auf dem Betonboden unmittelbar neben ihm. Ist Savage zurück? Er öffnet die Augen einen Spaltbreit und rollt sie in Richtung des Scharrens. Was er da sieht, läßt sie weit aufgehen. Sie. Kein Wunder, daß die Mütter zum Schweigen gebracht sind. Selbst Michael bemerkt, daß sie gegenüber anderen Frauen einfach nicht fair ist. Die meisten Frauen verbringen einen erheblichen Teil ihres Lebens damit, sich kosmetisch aufzumöbeln, aber sie hält sich da schlicht zurück. Kaum eine Spur Eyeliner, nur ein Hauch Wimperntusche, eine Andeutung von Lippenstift. Natürliches, honigblondes Haar, das mit ein paar raschen Bürstenstrichen schon irgendwie richtig fällt. Eine schlanke, katzenhafte Figur, obwohl sie nur selten Gymnastik treibt. Einfach ungerecht.

Einen schrecklichen Augenblick lang fällt Michael ihr Name nicht gleich ein, aber dann kehrt er wie auf einem wild sich drehenden Karussell zurück. Jessica. Genau. Jessica. Er hätte nie gedacht, daß sie seine Einladung ernst nehmen und tatsächlich kommen würde.

Sie hatten sich erst vor ein paar Tagen kennengelernt, als die Crew Innenaufnahmen an der Oregon Health Sciences University drehte. Es war während einer Pause zwischen zwei Takes, und Howard schiß draußen auf dem Parkplatz gerade einen der Schauspieler zusammen. Daher schlenderte Michael über den Gang in ein offenes Labor – und da war sie. Auf den ersten Blick schien sie fast einem reinen Klischee zu entsprechen: die wunderschöne Bibliothekarin mit der Fensterglasbrille, die ihre brodelnden Leidenschaften kaschieren sollte. Aber das Klischee verflüchtigte sich, als sie sich zu ihm umwandte und ihn ansprach.

»Kann ich Ihnen helfen?«

Peng. Die Sachlichkeit in Person. Na, gut. »Neinnein. Ich gehöre zur Filmcrew draußen in der Halle. Unser Regisseur ist mit einem der Schauspieler nach draußen gegangen, um ihm die Augen auszukratzen. Also wollte ich mich mal ein bißchen umsehen.«

Ein flüchtiges Lächeln huschte über ihre Lippen. »Nun, viel werden Sie hier nicht sehen. Die Dinge, mit denen wir es hier zu tun haben, befinden sich im Nanometerbereich.«

»Zum Beispiel?«

»Zum Beispiel Nukleotidtriphosphate. Ribosomale Protomere. Und ähnliches Zeug.«

»Heißes Zeug«, strahlte Michael.

»Ich denk' schon«, erwiderte sie mit einem Anflug von Trotz.

»Ich auch«, sagte er. »Ich weiß zwar nicht viel über Molekularbiologie, aber sie hat es schon ganz schön weit gebracht, nicht wahr?«

»Jeden Tag weiter.«

»Dann sollte ich vielleicht lieber einiges nachholen. Ob Sie mir wohl helfen könnten?«

Michael konnte einfach nicht glauben, was er da tat. Innerlich duckte er sich schon zusammen und wartete darauf, daß sich die Säure über ihn ergoß.

»Welche Art von Hilfe?« fragte sie gelassen.
Unglaublich, dachte Michael. »Empfehlen Sie mir doch ein paar gute Standardwerke. Skizzieren Sie mir die Grundlagen, die ich beherrschen muß.«
»Nun, ich habe einen ziemlich vollen Terminplan.« Michael griff nach einem Bleistift und einem Stück Papier auf dem Pult neben ihm. »Da bin ich immer abends zu erreichen.« Er schrieb seine Adresse in den Romona Arms auf. »Und wenn es warm ist, finden Sie mich unten am Pool. Wenn nicht, bin ich in Wohnung 27.«
Aus der Ferne hörte Michael, wie Harold der Crew seine Anweisungen zubrüllte.
»Muß gehen. Wie heißen Sie eigentlich?«
»Jessica.«
»Michael. Bis später.«
Als er den Gang hinunterging, fiel ihm ein, daß er ihr seine Telefonnummer nicht gegeben hatte. Und es war doch unwahrscheinlich, daß sie einfach persönlich an seiner Tür klopfen würde. War vielleicht besser so. In Wahrheit war er noch nicht so weit, sich mit ihr abzugeben – oder überhaupt mit einer Frau. Jedenfalls nicht, solange er nicht die Angst im Griff hatte.

Und nun ist sie da, am Pool der Romona Arms. Also komme, was mag. Sie trägt abgeschnittene Jeans, ein einfaches weißes T-Shirt, Lederriemchensandalen und eine Sonnenbrille. Neben ihr steht eine Einkaufstasche aus Leinen.
»Hallo, Sie sind ja tatsächlich am Pool«, sagt sie fröhlich und holt ein paar Bücher aus der Tasche. »Also ich hab' da ein paar Bücher für Sie gefunden – aber ich muß sie wieder zurückbekommen.«
Michael setzt sich rasch auf. »Klar. Das finde ich ja ganz toll.«
Sie sieht ihn ernst an. »Es ist schön, wenn einem jemand über den Weg läuft, der sich für dieses Gebiet interessiert.« Sie wirft einen Blick auf das obenauf liegende Buch. »Es wäre gut, wenn Sie gewisse wissenschaftliche Vorkenntnisse hätten. Haben Sie welche?«
»Sicher. Allerdings eher mathematische als chemische.«
»Das genügt. Die können Ihnen bestimmt helfen.« Sie steckt die Bücher wieder in die Tasche.

Dann atmet sie unvermittelt tief aus und starrt abwesend auf den Betonboden. »Ja, die helfen ganz bestimmt«, wiederholt sie still, fast traurig.

Ganz intuitiv ist sich Michael darüber im klaren, daß es sie eine große Überwindung gekostet haben muß, hierherzukommen und dies für ihn zu tun. Aber warum? Egal. Nun ist er dran.

»In meiner Bude sieht es furchtbar aus, aber wenn sie einen Augenblick mit hinaufkommen, können Sie mir ja erklären, wo ich diese Sachen wieder abgeben soll.«

»Okay.«

Im Hintergrund planschen die Kinder, die Mütter haben wieder zu plaudern begonnen.

In Michaels Wohnung sieht es in der Tat furchtbar aus, aber das nimmt sie offenbar gar nicht wahr. Sie setzen sich an den Küchentisch, wo sie die Bücher aus der Tasche deponiert.

»Ich würde Ihnen gern was zu trinken anbieten, aber ich muß gestehen, ich hab' gerade gar nichts da«, erklärt er.

»Schon gut«, erwidert sie mit einem nervösen Lächeln. »Wenn wir bei mir wären, hätte ich das gleiche Problem.«

»Wenn Sie ein paar Minuten Zeit haben«, schlägt Michael vor, »könnten Sie ja vielleicht mit mir die Grundbegriffe durchgehen.«

Sie vertiefen sich in eine beruhigend formelle akademische Diskussion, ein riesiger Isolator, der in keiner Richtung irgendeinen emotionalen Strom fließen läßt. Beiden ist das so recht, zumindest vorerst und vielleicht auch noch eine Zeitlang.

Eine Stunde später begleitet er sie zu ihrem Auto und sieht ihr nach, wie sie in die Wärme des frühen Abends hineinfährt. Impulsiv verlangt es ihn danach, einfach einzusteigen und mitzufahren. Auf der Stelle. Neben ihr im Wagen zu sitzen. Unterwegs zu einem sanft leuchtenden Abenteuer.

Und dann fällt ihm die Angst wieder ein, und das Verlangen bricht unter seinem eigenen Gewicht zusammen.

Michael steht nackt am Eingang zum Kellergeschoß der Romona Arms. Er blinzelt in die Mittagssonne, die grell von der weißen Seitenwand des Gebäudes reflektiert wird. Die Tür zum Keller ist offen, und dahinter ist es undurchdringlich schwarz. Plötzlich taucht Dolores Kingsley, die Verwalterin, aus der Finsternis auf.

»Okay, Michael, diesmal kriegen wir es.«

Dolores trägt ein graues Sweatshirt mit dem Aufdruck »Omaha« am Rücken. Sie gehen eine kleine Treppe zu den Maschendrahtverschlägen hinunter, und Michael fröstelt in der kühlen, modrigen Luft. Dolores läuft auf einmal rasch den Gang zwischen den Verschlägen entlang. Michael müßte eigentlich ihre Schritte vernehmen, aber seltsamerweise hört er überhaupt nichts. Immer wieder schlägt Dolores Haken und führt sie immer tiefer ins Labyrinth hinein. Links von ihr ertönt plötzlich ein Krachen, und sie bleibt stehen. Über ihnen schwankt eine Reihe von nackten Glühbirnen hin und her. Sie nähern sich langsam einem Verschlag, bei dem die Maschendrahttür offen ist. Dolores geht voran. Hinter ihr verspürt Michael das Gewicht einer großen Pistole in seiner Hand.

»Da!«

Dolores deutet mit dem Finger in die am wenigsten beleuchtete Ecke des Verschlags, wo zwei Winterreifen gegen einen Weber-Grill gelehnt sind. Michael drückt ab, und der scharfe Knall des Schusses wird von den Betonwänden des Kellers zurückgeworfen. Dolores huscht hinüber, greift hinter die Reifen und holt ein scheußliches Etwas hervor, das in seinen letzten Zuckungen liegt. Es ist so groß wie eine Katze, sieht aber wie eine Kreuzung zwischen einer Ratte und einer Eidechse aus.

»Guter Schuß«, lobt Dolores, als sie ihm das Wesen am ausgestreckten Arm zur Besichtigung hinhält. Im stromlinienförmigen offenen Maul werden Giftzähne und eine gespaltene Zunge sichtbar, und grüne Schlitzaugen starren Michael an. Aber eigentlich läßt ihn nur der Anblick des Schädels erschauern. Er ist übersät von murmelgroßen Perforationen, die sich in unergründlicher Tiefe verlieren und den Schädel wie eine fürchterliche Permutation eines Windbeutels aussehen lassen, der von einem Kugelhagel durchlöchert wurde.

»Aber ich hab' doch nur einmal geschossen.«

Dolores geht nicht darauf ein und marschiert wieder hinaus. Nun laufen sie am Pool entlang, wo die Mütter miteinander plaudern und die Kinder spielen. Ohne einen Blick darauf zu verschwenden, wirft Dolores das Ding in den Pool und geht zu ihrer Wohnung, während das Ding langsam auf den hellblauen Boden sinkt. Michael tritt an den Beckenrand und sieht, daß es ins Leben zurückgeglitten ist und dabei eine Mutation durchgemacht hat. Nun ist es so groß wie ein Hund

und hat Schwimmfüße und eine lange Rückenflosse, die hin und her schwingt, als es auf dem Poolboden im Kreis herumschwimmt. Die entsetzlichen Schädellöcher sind geblieben, und hin und wieder steigt eine Luftblase daraus hervor.

Als Michael sich niederkauert, um es sich genauer anzusehen, bekommt er von einem nackten Fuß einen Tritt zwischen die Schulterblätter und stürzt ins Wasser. Unvermittelt ist alles kalt, still und blau um ihn, und von fern dringt ein Gurgeln zu ihm. Aber irgend etwas stimmt nicht. Er versinkt, und auf einmal wirkt der Pool viel größer. Er dreht sich um seine eigene Achse, um den Boden zu sehen, und nacktes Entsetzen durchfährt ihn. Das Ding ist inzwischen riesengroß geworden, der Körper ist in eine blaue Persenning eingehüllt, aus der nur der perforierte Kopf hervorlugt. Der Schädel ist jetzt von kurzem braunem Haar bedeckt, das sanft in der Wasserströmung wallt. Jede Perforation ist so groß wie ein Kanaldeckel.

Und aus einer dieser Höhlen schwimmt eine große Schlange, die sich mit ihrem aalglatten Körper um Michael zu winden beginnt. Er schreit und merkt zu spät, daß er unter Wasser ist. Er versucht die Luft wieder zurückzuholen, die er bei dem Schrei ausgestoßen hat, und ...

Michael sitzt aufrecht im Bett. Die grünen Leuchtziffern auf dem Wecker zeigen an, daß es erst 3.02 Uhr ist. Er ist mit einer ölig glänzenden Schicht Schweiß bedeckt. Aus der Ferne dringt das mechanische Gemurmel der Autobahn durchs Fenster herein und besänftigt ihn. Es ist das beruhigende Summen von Dingen, die sich bewegen.

Als Michael sich aus dem Bett schwingt, sieht er die Löcher wieder vor sich, das Ding. Er seufzt, weil er weiß, woher all das kommt, und schlüpft in seine Badehose. Der Traum kehrt immer wieder, in verschiedenerlei Gestalt und nicht mehr so oft wie früher, aber im Kern ist er unverändert. Oft scheint er mit Dingen verbunden zu sein wie dem gestrigen Zwischenfall bei Stroheckers.

Die Luft ist ganz ruhig, als er sich an den Rand des Pools setzt und dann hineingleitet. Unter dem kühlen Druck des Wassers und dem Chlorgeruch spürt er, wie sich der Schweiß in die Nacht verflüchtigt. Er verläßt den Pool am anderen Ende und geht zu seiner Wohnung zurück. Er atmet tief durch. Der Dämon ist verschwunden, und nun überkommt ihn auch wieder das Schlafbedürfnis. Er wendet sich der Treppe zu. Auf dem Weg dorthin sieht er, daß in Savages Wohnung gedämpftes Licht brennt.

In Wohnung sieben sitzt John Savage an einem Couchtisch, einer Glasplatte auf einem Chromgestell. Wie alle anderen Möbel in dieser Wohnung ist auch der Tisch gemietet. Die einzige Dekoration stellt ein grüngestreifter Computerausdruck dar, der am Kühlschrank von einem Magneten gehalten wird. Es ist die Bilanz seines ehemaligen Unternehmens aus der Zeit, als er es verließ; sie dient als eine Art Anzeigetafel, die einer Zielgruppe seine Niederlage verkündet, und diese besteht nur aus einer Person: John Savage. In einem kleinen Fernseher auf der Anrichte läuft gerade ein Werbespot mit einem brutalen, fetten Kerl namens Big Boy Bill. Er schwenkt ein Maschinengewehr vom Kaliber .50 und durchlöchert eine alte Limousine, und als sich der Qualm verzieht, gelobt er, »die Autopreise der Konkurrenz zu durchsieben«. Er verabschiedet sich mit seinem Erkennungszeichen, einem paramilitärischen Salut, in die Kamera.

Aber innerlich beschäftigen John ganz andere Dinge als geschäftliche Niederlagen und Autowerbespots, als er die Gegenstände vor ihm sorgfältig arrangiert. Ein kleiner Becher, der eine Mischung aus Essig und Wasser enthält. Eine Büroklammer, die zu einem kleinen Ring mit einem kurzen Griff gebogen ist. Eine Pinzette. Eine braune Pfeife mit einem fingerhutgroßen Kopf und einem dünnen, zwanzig Zentimeter langen Mundstück. Ein Streichholz.

Aus der Hemdtasche holt er eine auf der Rückseite mit Alufolie verstärkte Blisterpackung, wie sie bei nichtrezeptpflichtigen Arzneimitteln üblich ist. Die glatte metallisch glänzende Oberfläche weist keine Beschriftung auf und umhüllt sechs eiförmige Tabletten, wie kleine Weintrauben. Vorsichtig drückt er eine der Tabletten durch die Folie und legt die Packung unter ein Kissen auf der Couch.

So, jetzt kann's losgehen.

Er nimmt die zurechtgebogene Büroklammer und setzt die Tablette mit Hilfe der Pinzette in den Ring. Mit der Sorgfalt eines Chemikers führt er den Ring über den Krug und taucht ihn in die Lösung. Zischend beginnt sich die äußere Schicht der Tablette aufzulösen. Nach einer knappen Minute kommt der innere Kern, eine kittartige Substanz, zum Vorschein. Er holt den Kern mit der Pinzette heraus, läßt die Lösung abtropfen und legt den Kern in den Pfeifenkopf. Er zündet das Streichholz an und zieht schnell und kräftig, bis sich der Kern mit einem weißen Rauchwölkchen entzündet.

Rasch wedelt er das Streichholz aus und nimmt einen langen Zug aus der Pfeife.

John Savage betrachtet die Utensilien auf der Glasplatte des Couchtischs ... *Woher bloß das Zeug kam?* Er steht auf und geht auf und ab ... *Interessante Bude. Könnte aber noch ein paar Bilder oder so was gebrauchen ...*

Die Zukunft ist wie Watte. Die Vergangenheit nichts als Asche. Er wandert am Kühlschrank vorbei und erblickt den Computerausdruck – *Wow! Ein echter unternehmerischer Sturzflug! Muß beim Auftreffen ganz schön gekracht haben!* –, dann geht er zur Wohnungstür und öffnet sie – *Eine warme Nacht und ein leerer Pool. Perfekt!* –, geht zurück und durchs Wohnzimmer ins Schlafzimmer – *Hier muß es doch irgendwo eine Badehose geben. Aha, hab' sie schon* –, macht kehrt und erblickt sich selbst in einem mannshohen Spiegel, wie er die Badehose anzieht – *Sieht gut aus. Muß mich dauernd fit halten, um so zu bleiben ...*

Einen Augenblick später steht er vor dem Pool, dessen glasklare Oberfläche in der stillen Nacht glitzert. Er läßt sich hineingleiten und schwimmt sacht durch eine Welt, die gerade erst fünfzehn Minuten alt ist.

# 3

# Schmutzige Arbeit

Dwight Colby überfliegt die zweite Seite der *Washington Post*, während er darauf wartet, daß das Telefon klingelt. Es wird seine Frau sein, die sich für den Streit entschuldigen will, den sie am Morgen gehabt hatten. Im Laufe von zwölf Jahren haben sie ein ausgeklügeltes Schuldzuweisungssystem bei ehelichen Auseinandersetzungen entwickelt. Ungeschrieben und unausgesprochen schwebt es wie das Phantom eines Friedensrichters über ihrer Beziehung und definiert genau, wer schuld ist und unter welchen Umständen. In der Hitze der Schlacht verzieht es sich immer, verdichtet sich aber rasch wieder, um die schuldige Partei über ihre Pflichten zu informieren.

In diesem Fall ist seine Frau im Unrecht. Sie hat sich bitter über die Überstunden beklagt, die sein Boß vergangene Woche geschickt aus ihm herausgeholt hat. Und obwohl sie ganz genau wußte, daß er nichts dafür konnte, hatte sie dennoch eine häßliche Breitseite auf ihn abgefeuert, nur um ihre Frustration rauszulassen. Nach ihrem Ehekodex ist dies ein ziemlich einfacher Fall, der mit einem einzigen Telefongespräch beigelegt werden kann, vorausgesetzt, der Anruf erfolgt am selben Tag wie der Streit.

Auf Seite zwei der *Post* stößt Colby auf einen Artikel über die Schulden-Demonstration, die in ein paar Wochen stattfinden wird. Er kichert boshaft. Diesmal sind die Mistkerle im Capitol nicht nur ein bißchen beunruhigt. Im Unterschied zu den Finanzproblemen der Farmer in den achtziger Jahren hat der Niedergang zu einer Welle von Hypothekenpleiten in riesigen städtischen Wahlkreisen geführt, die den derzeitigen Kongreß hinwegfegen könnten. Dies habe zur Folge gehabt, heißt es in dem Artikel, daß sehr viele Kongreßabgeordnete an der Demonstration teilnehmen und im klassischen hemdsärmeligen Populistenstil mitmarschieren wollen, Schulter an Schulter mit den Wählern – und natürlich im Blickfeld der Medien.

Colby läßt die Zeitung sinken und fröstelt leicht. Diese verdammte Klimaanlage. Hier in den innersten Eingeweiden des Verwaltungsgebäudes kommen sie damit einfach nicht klar. Er hatte sich darüber bereits bei der Betriebsleitung beklagt, aber da hätte er gleich mit einer Granitwand diskutieren können.

Er regt sich auch auf, weil er sich erst wieder an die Arbeit machen will, wenn seine Frau angerufen hat und die Waage der Justitia sich wieder im Gleichgewicht befindet. Dwights Arbeit besteht aus einer Computer-Workstation auf einem praktisch leeren Schreibtisch. Hier gibt es keinen Papierkram, weil Papier nicht erlaubt ist. Auffallend ist allerdings auch das Fehlen des klassischen Inventars automatisierter Büros: des Kopierers und des Laserdruckers. Ansonsten steht auf Dwights Schreibtisch nur noch ein mit einer Gegensprechanlage kombinierter Telefonapparat. Er weiß, daß die Unterhaltung, die er gleich mit seiner Frau haben wird, aufgezeichnet wird, aber er ist schon seit langem gegen diese Art von Lauschangriffen abgestumpft. Zum einen ist die Chance, daß irgend jemand sich das jemals wirklich anhört, sehr gering; und zum andern wäre das für jeden außerhalb ihrer Ehe tödlich langweilig.

Dwights Arbeit läßt sich einfach definieren, ist aber in der Praxis kompliziert. Er ist einer der Wächter am Checkpoint Alpha, der großen Clearingstelle für Daten in der gesamten Bundesregierung. Checkpoint Alpha verdankt seine Existenz den Frühstadien des Drogenkriegs, als frustrierte Beamte der Drug Enforcement Agency dahinterkamen, daß es zwar eine Fülle belastender Daten in sämtlichen staatlichen Computersystemen gab, aber keine Möglichkeit, diese Systeme durch Querverweise miteinander zu vernetzen. So könnte beispielsweise ein Marihuanafarmer Subventionen vom

Landwirtschaftsministerium erhalten, während aus den Unterlagen der Bundesluftfahrtbehörde hervorgeht, daß er drei DC-3-Transportflugzeuge besitzt, und das Finanzamt ermittelt, daß er mit einer Kette von angeblichen Videoverleihgeschäften 200 000 Dollar im Jahr verdient. Aber es gab eben keine Möglichkeit, all diese Informationen zusammenzubringen.

Als die ersten ernsthaften Vorschläge zur Vernetzung der staatlichen Computersysteme gemacht wurden, stießen sie auf den prompten Widerstand von Gruppierungen, die sich für den Schutz der Persönlichkeitsrechte des einzelnen engagierten. Noch nie hatte der Große Bruder größer ausgesehen.

Die Debatte wurde per Gesetz beendet, indem man erklärte, daß persönliche Daten in dem neuen vereinheitlichten System eine Ausweitung des Begriffs der »Person« darstellten, wie er in der vierten Zusatzklausel der Grundrechte definiert sei. Dies bedeutete, daß derartige Daten vor ungesetzlicher Durchsuchung und Beschlagnahmung geschützt waren, und das wiederum hieß, daß sich Beamte einen Durchsuchungsbefehl besorgen mußten, bevor sie das gesamte System nach einer bestimmten Person durchkämmen durften.

Allerdings gab es hier einen Haken, eine Schwachstelle in dem Persönlichkeitsschutzschild, und zwar im Hinblick auf Personen, die mit Angelegenheiten der nationalen Sicherheit befaßt waren. Diese Menschen verzichteten freiwillig auf ihre Persönlichkeitsrechte und erklärten sich formell einverstanden mit einer willkürlichen Sicherheitsüberprüfung durch Checkpoint Alpha. In ihrem Fall durften Sicherheitsbeamte das System beliebig durchleuchten und nach Informationen Ausschau halten, die auf eine Verletzung der Sicherheitsbestimmungen hindeuteten.

Und darum konnten nun raffinierte Suchprogramme von Checkpoint Alpha ausschwärmen, um das riesige Labyrinth der Datenbanken einzelner Ressorts zu durchforsten, wie Polizeistreifen in den Straßen einer Großstadt.

Dwight Colbys Arbeit besteht darin, einen solchen Streifenwagen zu fahren und nach Unregelmäßigkeiten, beunruhigenden Auffälligkeiten und Anomalien Ausschau zu halten. Nach allem, was ihm merkwürdig erscheint.

Da kein Anruf kommt, wendet er sich seinem Terminal zu und zieht wieder los. Er bummelt durch endlose Datenkorridore und spürt den Pulsschlag des Verkehrs in den Hauptarterien des Netzes. Wie die meisten guten Polizisten arbeitet er aus dem Bauch heraus, und so gelangt er jetzt in die Nebenstraße eines Viertels voller »Flag-Trigger« von untergeordneter Priorität. Er schwenkt eine Auffahrt ein, wo eine Schlüsselwortsonde operiert, und entdeckt, daß sie eine Markierung bei einem gewissen Simon Greeley in der Behörde für die Verwaltung des Staatshaushalts gesetzt hat. Ein Hinweis auf die Formulierung »nervliche Anspannung« in seinen Gesundheitsdaten. Für sich genommen ist das nicht der Rede wert. Aber aus irgendeinem Grund hat eines von Alphas zentralen AI-(Künstliche-Intelligenz-)Programmen dies ausgegraben und als Trigger interpretiert, sich an Greeleys Fährte zu heften. Also ruft Colby das AI-Programm ab und erhält ein Echtzeit-Update über Greeley. Bingo! Ein richtiger Volltreffer, Mann.

Dieser Bursche hatte sich gerade einen großen Zugriff auf System 9 geleistet, ohne vorher eine entsprechende Genehmigung einzuholen! Mehr noch: Was immer er dort zu suchen hatte, löste jedenfalls einen Alarm auf der Stufe Drei Blau aus, und Colby ist der erste, der dahintergekommen ist.

Herrgott noch mal! Nun ist er schon seit sechs Jahren hier und hat noch nie davon gehört, daß jemals eine Drei Blau ausgelöst wurde.

Colbys Zehen trommeln einen rasenden Rhythmus auf den grünen Linoleumboden. Er versucht sich zu beruhigen. Schließlich bleiben diesem Simon noch zwei Tage, einen Bericht abzuliefern, mit dem er sein Vorgehen erklärt. Aber damit wäre die Drei Blau nicht aufgehoben! Er muß einer ganz heißen Sache auf die Spur gekommen sein!

Der Rhythmus von Colbys Zehen verlangsamt sich zu einem Scharren. Der harte Zynismus des Streifenpolizisten gewinnt wieder die Oberhand. Irgendwie hat er das Gefühl, für diese Entdeckung keine Anerkennung einzuheimsen. Er öffnet ein neues Fenster und überfliegt die Bedienungsanleitung für Drei Blau. Natürlich ist er gleimt. Nach der Anleitung darf er nicht einmal seine Vorgesetzten informieren. Tatsächlich erwartet man von ihm nichts weiter, als daß er eine verschlüsselte Nachricht in einer elektronischen Mailbox deponiert. Und dann den Mund hält. Ein für allemal.

Das Telefon klingelt. Seine Frau.
»Hallo, Schatz«, sagt sie im universalen Ton der Versöhnung.
»Hallo.«
»Es tut mir leid. Ich weiß, daß du nichts dafür kannst. Ich weiß, daß dein Boß ein Scheißkerl ist. Und ich reg' mich halt nun mal darüber auf. Du verstehst, was ich meine?«
»Klar. Ich weiß, was du meinst.«
»Also ... wann kommst du?«
»Wie üblich.«
»Dwight?«
»Ja?«
»Stimmt was nicht?«
»Alles in Ordnung.«
Seine Frau seufzt müde. »Klar. Sicher. Wir sprechen uns später.«
»Ja, später. Mach's gut.«
Klick.

Verdammt! Nun ist er die schuldige Partei. In ihrem Kodex ist eindeutig festgelegt, daß alle Entschuldigungen für diese Art von Verfehlung warmherzig und liebevoll akzeptiert werden müssen. Weil er sich so zugeknöpft gegeben hatte, hat er ein schlimmeres Vergehen begangen als das, was ihm ursprünglich angetan wurde.

Und um dem Ganzen die Krone aufzusetzen, muß er auch noch über seinen größten Problemfall in sechs Jahren den Mund halten. Verbittert befolgt Colby die Betriebsanweisung für Drei Blau, nach der er eine Zusammenfassung des AI-Berichts an eine elektronische Adresse irgendwo im Hinterland der Computerwelt schicken muß. Eine weitere kleine Demütigung: Die Adresse ist nichts weiter als eine Reihe von Zahlen. Kein Empfängername. Colby sieht zu, wie ein Kasten erscheint mit der Mitteilung »Nachricht gesendet«, und vier Sekunden später liest er »Empfang bestätigt«.

Das war's dann.

In einem Vorort von Washington, D.C., ertönt ein kurzes akustisches Signal an einem PC in einem Büro, an dessen Tür das Schild CONSOLIDATED SUPPORT GROUP hängt. Das Büro befindet sich in einem Bürokomplex, zusammen mit der Zweigstelle einer großen

Versicherungsgesellschaft, mehreren Softwareberatern, einer Reihe von Psychologenpraxen und ein paar Anwaltskanzleien.

Das Signal weckt die Aufmerksamkeit eines gedrungenen, kompakten Mannes Mitte Fünfzig, der eine intensive Grimmigkeit ausstrahlt und dessen dünner Mund im permanent finsteren Gesicht nach unten gebogen ist. Die beiden Sekretärinnen der Firma nennen ihn unter sich den Drahtmann, weil er immer den Eindruck vermittelt, als stehe er mit Hilfe von Aufputschmitteln unter Strom. Sie mögen ihn nicht, nehmen ihn aber, wie er ist, weil man heutzutage nur schwer an neue Bürojobs herankommt. Außerdem ist es eine leichte Arbeit. Das Unternehmen hat mehrere »Beraterverträge«, die ausschließlich vom Drahtmann und zwei Mitarbeitern abgewickelt werden. Die Sekretärinnen haben nichts weiter zu tun, als Telefonate entgegenzunehmen und Terminkalender zu führen.

Drahtmann bemerkt sofort das flackernde Mail-Signal in dem Durcheinander auf seinem Bildschirm. Statt des normalen monochromen kleinen Kastens besteht dieser aus drei dunkelblauen blitzenden Lämpchen. Drei Blau! Er erhebt sich rasch und läuft zu einem Hinterzimmer, in dem alle Modemverbindungen zwischen dem Büro und der Außenwelt angeschlossen sind. Mit raschen, gezielten Bewegungen zieht er die Kabel ab, die diese Verbindungen herstellen. Jeder Computeranschluß zur Außenwelt ist nun gekappt. Niemand kann die Spur von Drei Blau bis in sein Büro verfolgen.

Er kehrt an seinen Schreibtisch zurück, öffnet die Mailbox und studiert rasch den AI-Bericht, der erheblich detaillierter ist als die Version, die Dwight Colby zu Gesicht bekommen hat. Ein Bursche namens Simon Greeley hat also im System 9 herumgeschnüffelt und die VenCap-Deckung überwunden. Aber warum? Drahtmann öffnet ein neues Fenster auf seinem Bildschirm und durchforscht eine Datenbank, die nur auf diesem Gerät in diesem Büro existiert. In drei Sekunden erhält er die Antwort. Greeley weiß, daß er benutzt wird. Er hat es herausgefunden. Und das heißt, daß er nicht nur ein bißchen sauer ist.

Unverzüglich öffnet Drahtmann die unterste Schublade seines Schreibtisches, in der sich ein graues Metallkästchen mit einem einzigen Schalter und einem grünen LED-Bildschirm befindet. Er legt den Schalter um und sieht, wie das Display smaragdgrün aufleuchtet. In dem Kästchen verschlüsselt ein Scrambler die von seinem Telefon abgehenden Gespräche so, daß sie praktisch nicht zu dechiffrieren sind. Dazu wird die Anlage der Empfangsdame so programmiert, daß sie das Gespräch nicht mithören kann, auch wenn ihr ein rotes Lämpchen mitteilt, daß die Leitung besetzt ist. Schließlich wird automatisch eine unregistrierte Telefonnummer in einem nur ein paar Kilometer entfernten Haus angewählt, wo eine identische Maschine den Anruf der Zwillingsmaschine entgegennimmt und gleichfalls in den Scrambler-Modus schaltet.

Nach dreimaligem Läuten meldet sich eine männliche Stimme. Eine Stimme, die so flach ist wie die offene Wüste.

»Counterpoint.«

»Counterpoint«, erwidert Drahtmann, »hier Consolidated. Ich habe eine Drei Blau.«

»Und?«

»Ein gewisser Simon Greeley von der Nationalen Sicherheitsbehörde in der Haushaltsverwaltung hat seine Nase ein bißchen zu tief ins System 9 gesteckt und dabei seine wahre Bestimmung im Leben entdeckt.«

»Quelle?«

»Alpha-Streife plus AI.«

»Ich würde sagen, das erfordert entsprechendes Handeln, meinen Sie nicht auch?«

Drahtmann zögert und hat das Gefühl, das Schweigen füllt den Raum wie die Flüssigkeit in einer Blase. »Zu diesem Zeitpunkt sehe ich keine Alternative«, murmelt er.

»Genau, ich auch nicht. Nun, wie sehr würde man einen Mann wie Mr. Greeley vermissen?«

»Bestimmt sehr«, erwidert Drahtmann. »Er steht ziemlich weit oben in der Hierarchie. Viele Leute werden wissen wollen, warum und wie ihm etwas passiert ist, wenn dies geschieht. Es muß absolut sauber sein.«

»Zum Glück verfügen wir ja inzwischen über die entsprechende Technik. Und das bedeutet, daß Mr. Greeley bald ein lebendes Laboratorium sein wird. Ich meine, das ist doch ziemlich aufregend, nicht wahr?«

»Ja, das finde ich auch.« Drahtmann flucht in sich hinein. *Warum treibt er dieses Spiel mit mir?*
»Gut so. Wir brauchen Ihre Art von Begeisterung, um das Programm am Leben zu erhalten.«
Die Verbindung wird unterbrochen, und das Freizeichen knallt schmerzhaft auf Drahtmanns angespanntes Trommelfell. Am besten gleich, denkt er. Sofort.

Drahtmann erklärt der Empfangsdame, daß er für den Rest des Tages außer Haus sein werde, und geht zu seinem Wagen auf dem Parkplatz. Bis jetzt wurde er sehr gut bezahlt, um sehr wenig zu tun. Doch das hat sich gerade geändert. Sein Arbeitgeber, die Consolidated Support Group, wurde unter der letzten Regierung durch die National Security Directive 2034 ins Leben gerufen. Diese N.S.D.s sind Abkömmlinge der National Security Act von 1947 und haben sich zu mächtigen Instrumenten der Politik und der Exekutive entwickelt. Bis zu den achtziger Jahren waren sie absolut immun gegen eine Überprüfung durch den Kongreß, und oft haben sie offizielle Regierungskanäle umgangen, wenn sie in Kraft gesetzt wurden.

Dies war auch bei der N.S.D. 2034 der Fall gewesen, die die Consolidated Support Group einrichtete, die sich mit »besonderen Vorgängen, die außergewöhnliche Abwehrmaßnahmen erfordern«, befassen sollte. Von Gesetzes wegen ist das Justizministerium als einzige Institution ermächtigt, mutmaßliche Spionagefälle innerhalb der Grenzen der USA zu untersuchen und strafrechtlich zu verfolgen. Die N.S.D. 2034 allerdings erklärte, im Informationszeitalter sei eine Organisation wie die CSG erforderlich, um »die Existenz von Spionagetätigkeiten auf Computerbasis festzustellen, so daß andere Behörden dies über entsprechende Untersuchungskanäle weiterverfolgen können«.

Außerhalb jeglicher Kontrolle durch den Kongreß oder sonst eine formell zuständige Behörde verlagerte sich ein Teil der CSG allmählich in eine Welt des immerwährenden Zwielichts, wo sich »offizielle nationale Politik« und »patriotische Sorge« wirbelnd vermischten und komplizierte und ständig sich verändernde Muster bildeten. Es gab durchaus Leute im Weißen Haus, die das Ganze mit Mißtrauen verfolgten, aber vorsichtige Distanz hielten. Seit der Iran-

Contra-Affäre wollte niemand mehr ins Schußfeld zwischen abtrünnigen Abwehroperationen und dem Präsidenten geraten.

Und nun fährt Drahtmann durch dieses politische Zwielicht zu einem pharmazeutischen Warenlager in einem nahegelegenen Gewerbegebiet. Dort bringt ihn eine Frau in ein leeres Büro. Darin führt Drahtmann ein Ferngespräch nach Mexico City, und dieses Gespräch läßt sich bis zu diesem Unternehmen zurückverfolgen, aber nicht zu einer konkreten Person darin.

Drahtmann zappelt nervös auf seinem Drehstuhl, bis die Verbindung hergestellt ist.

»Farmacéutico Asociado«, meldet sich eine Frauenstimme auf Spanisch.

»Mr. Franklin, bitte.«

»*Un momento, por favor.*«

Dann eine Männerstimme. »Hier Franklin.«

»Mr. Franklin, ich rufe von PharmMed aus an. Wir möchten, daß Sie umgehend unseren Auftrag ausführen.«

Eine Pause.

»Verstehe. Und wie lautet Ihr Prioritätscode?«

»Counterpoint.«

»Sehr gut. Danke für Ihren Anruf.«

»Auf Wiederhören.«

Drahtmann legt auf und begibt sich zu seinem Wagen. Er hätte nie gedacht, daß er diesen Anruf einmal tätigen müßte. Hoffentlich geht bald alles wieder seinen gewohnten Gang.

Auch in Mexico City legt Mr. Franklin den Hörer auf. Von seinem Bürofenster aus erblickt er den entsetzlichen braunen Himmel. Der schmutzige Dunst liegt so dick über dem Toluca Highway, daß die Nachmittagssonne nur wie eine matte rubinrote Murmel aussieht. Er versucht sich vorzustellen, was Counterpoint veranlassen könnte, zu dieser extremen Maßnahme zu greifen. Es muß etwas sein, was das ganze Unternehmen gefährden würde. Aber Mr. Franklin gehört nicht zu den Leuten, die sich lange irgendwelchen Vorstellungen hingeben, und darum verläßt er sein Büro und begibt sich sofort ins Lagerhaus, wo sich Schachteln mit verschiedenen Medikamenten stapeln. Diese Schachteln befinden sich hier schon seit mehreren Jahren, und hin und wieder werden sie von Teilzeitkräften neu geordnet. Sie haben mit dem eigentlichen Geschäft von Farmacéutico Asociado nichts zu tun, das offenbar im Vertrieb von pharmazeutischen Produkten besteht. Es gab einmal eine Zeit, da sich durchaus einmal jemand näher damit hätte befassen können, aber in einer Stadt, die mittlerweile auf über 28 Millionen Einwohner angewachsen ist und mehrere hunderttausend Unternehmen aufweist, wird dies immer unwahrscheinlicher.

Mr. Franklin begibt sich zu einem Aufzug, der normalerweise zur zweiten Lageretage hinauffährt. Statt auf die Zwei zu drücken, gibt Franklin eine Kombination aus Einsen und Zweien ein, und nun fährt der Aufzug noch weiter nach unten. Als sich die Türen öffnen, geht er den Gang entlang ins Zentrum von Farmacéutico Asociado, in einen Bereich, der biologisch völlig von der Außenwelt isoliert ist. Technisch gesehen handelt es sich dabei um einen sogenannten P4-Umschließungsraum, in dem der Luftdruck leicht negativ ist, womit sichergestellt ist, daß zwar mikroskopisch kleines Treibgut über die Luft hereingelangen, aber nicht entweichen kann. Um diese einseitigen Druckverhältnisse aufrechtzuerhalten, wird die Luft ständig über ein Pumpensystem abgesaugt und durch eine Kammer geleitet, wo sie in einer radioaktiven Hölle mit Gammastrahlen beschossen wird, die für totale Sterilisierung sorgen.

Um den P4-Raum betreten zu können, begibt sich Mr. Franklin zunächst in eine Schleusenkammer, wo er einen weißen Plastiküberall von einem Stapel auf einem Tisch nimmt. Er schlüpft in den Overall, der sich an den Hand- und Fußgelenken hermetisch abdichtet, zieht Operationshandschuhe an und streift seine Schuhe ab. Nun tritt er an ein Regal heran, das eine Art von Raumanzügen enthält, die zwar die Erdoberfläche nicht verlassen werden, aber die Person darin absolut gegenüber der Außenwelt isolieren. Unter ultraviolettem Licht schlüpft er in den Anzug und stößt die Hände in die damit verbundenen Gummihandschuhe. Nachdem er den Anzug versiegelt hat, setzt er sich einen Helm mit einer weit vorgewölbten Plexiglashaube auf und verschließt ihn. Während die Scheibe von seinem Atem beschlägt, schlurft er durch den Raum zu einer Luftschleuse, auf die ein großes »L4« gemalt ist, und zieht mit aller Kraft daran, um den dichten Verschluß zu öffnen. Sobald er im

Inneren ist, geht ein Chemikalienregen auf ihn nieder und sterilisiert die Oberfläche des Anzugs gründlich. Dann geht er durch die gegenüberliegende Luftschleuse und schließt sie hinter sich, wobei automatisch ein zweiter Chemikalienniederschlag aktiviert wird, der dafür sorgt, daß sich zwischen Innen- und Außenwelt ein biologisches Niemandsland befindet.

Sobald er im eigentlichen P4-Raum ist, schließt er einen Luftschlauch über seinem Kopf an einen Stutzen auf seinem Helm an, und das laute Zischen von trockener Luft macht sein Blickfeld rasch wieder klar. Direkt vor ihm steht ein Mann in einem ähnlichen Anzug an einem Experimentiertisch, auf dem Gestelle voller Plastikreagenzgläser und Bechergläser stehen. Er dreht sich kurz zu Franklin um und wendet sich dann wortlos wieder seiner Arbeit zu.

»Wir haben einen Auftrag von PharmMed erhalten«, brüllt Franklin, um das Rauschen der Luft in seinem Anzug zu übertönen.

Der Mann hält inne, dreht sich um und sieht Franklin länger an. Wortlos wendet er sich wieder ab und langt nach einer kleinen Plastikflasche mit einem Schraubverschluß. Dann holt er ein Becherglas mit einer klaren Flüssigkeit und füllt die Flasche. Nun greift er mit einer behandschuhten Hand nach einer Vitrine mit lauter kleinen Metallschubladen und zieht eine davon auf, bis eine Petrischale zum Vorschein kommt, auf deren Etikett »KR 12« steht. Mit einem Wattestäbchen rührt er kurz in der Kultur in der Schale und steckt dann das Stäbchen in die Flüssigkeit in der Plastikflasche. Er wartet einen Augenblick, dann schraubt er die Flasche zu, stellt sie in einen nicht gekennzeichneten Edelstahlbehälter, der etwa so groß ist wie eine Thermosflasche und ein starkes Desinfektionsmittel enthält, und verschließt ihn fest mit einem Deckel aus Metall und Plastik.

Und dann wirft er den Behälter ohne Vorwarnung Franklin zu, der erschrocken und unbeholfen danach schnappt, so daß er wie ein betrunkener Jongleur aussieht.

»Herrgott noch mal, Spelvin!« schreit Franklin über das Rauschen der Luft hinweg. »Was, zum Teufel, tun Sie da?«

Spelvin, der Mann im zweiten Anzug, bricht in ein gehässiges Lachen aus. »Tut mir leid, mein Freund. Nur ein Test. Weiter nichts. Nur ein Reaktionstest.«

Franklin stakst zur Luftschleuse zurück, öffnet die äußere Tür und verschwindet. Spelvin gluckst weiter vor sich hin, als er sich wieder dem Experimentiertisch zuwendet.

Eine Stunde später fährt Franklin zu einem Hangar am Benito Juárez International Airport. Eilig geht er in den Hangar, in dem ein kleiner Privatjet abgestellt ist. Es ist das neueste Modell einer Beach Starship, allerdings mit einigen entscheidenden Modifikationen. An Stelle der üblichen Turbopropmotoren befinden sich Strahlentriebwerke, die weitaus weniger Lärm erzeugen als konventionelle Düsentriebwerke. Vor allem aber sind diese Strahlentriebwerke so ausgelegt, daß sie die Starship fast auf Schallgeschwindigkeit beschleunigen. Zur Elektronikausstattung des Cockpits gehören ein Radar, ein Radarabwehrsystem und ein Navigationsgerät, das es mit den besten militärischen Systemen aufnehmen kann.

Der Pilot taucht in der Türklappe der Starship auf und nimmt von Franklin einen Aktenkoffer entgegen, der den in Schaumstoff verpackten Behälter aus dem P4-Raum enthält. Franklin gibt dem Piloten Ziel und Ankunftszeit an, geht aber mit keinem Wort auf den Inhalt des Koffers ein.

Kurz nach Einbruch der Dunkelheit schneidet die Starship durch den dichten Dunstschleier über der Stadt und wendet sich nach Osten in Richtung Karibik. Etwa 80 Meilen von der mexikanischen Küste entfernt verläßt sie den Bereich der mexikanischen Luftverkehrskontrolle und jagt in die Finsternis über den internationalen Gewässern. Dann dreht sie nach Norden ab, unter die riesige elektromagnetische Kuppel der US-Luft- und Drogenabwehr. In einer Höhe von 50 000 Fuß kreist ein AWAC-Flugzeug der neuesten Generation träge über dem Golf von Mexiko, und sein Radar erfaßt ein gewaltiges Stück Ozean sowie Hunderte von Flugzeugen. Und vor der Küste von Mexiko spähen Radargeräte an Fesselballons bis zu einhundert Meilen aufs Meer hinaus.

Die Starship hat freilich ein eigenes Radargerät und kennt die exakte Position der AWAC. Außerdem macht sie eine andere Maschine aus, ein Passagierflugzeug, das in Richtung San Antonio fliegt. Mit voller Beschleunigung holt sie die Passagiermaschine ein und positioniert sich dann genau fünfhundert Meter unter ihrem

Bauch. Auf den Bildschirmen der AWAC sind die Passagiermaschine und die Starship zu einem einzigen Blinkpunkt verschmolzen, und zwar lange bevor irgendein Kontrolloffizier Zeit gehabt hat, davon Notiz zu nehmen.

Etwa 120 Meilen vor der texanischen Küste dreht die Starship unvermittelt ab und beschleunigt erneut auf volle Touren. Das Fesselballonradar verfolgt diese Aktion und alarmiert den nächsten Abfangjäger der DEA (Drug Enforcement Agency), aber es ist bereits hoffnungslos. Die Starship kennt die Position des DEA-Jägers dank eines modernen Zielcharakteristikanalysegeräts, das mit ihrem Radar verbunden ist. Außerdem wird sie die Küste in etwa zehn Minuten erreichen und San Padre Island überfliegen – lange bevor der DEA-Flieger sie finden kann. Und sobald sie über Land ist, spielt sie ihre letzte technologische Trumpfkarte aus, wenn sie 150 Fuß über dem Boden dahinschießt. Normalerweise wäre es Selbstmord, nachts so niedrig zu fliegen, aber der Pilot wird von einer Navigationstechnik unterstützt, die zum erstenmal bei Cruise-Missile-Raketen angewendet wurde. Zum Computersystem des Flugzeugs gehört eine Datenbank, die die Topographie vom Start bis zum Ziel ermittelt und automatisch das Flugzeug darüberleitet.

Dreißig Minuten später setzt die Starship auf einer Start- und Landebahn auf einer abgelegenen Ranch 120 Kilometer nordwestlich von Corpus Christi auf. Die Ranch gehört einem Offizier a. D. mit guten Verbindungen zur Unterwelt an den Rändern der US-Abwehr, einem Mann, der das Abenteuer schmerzlich vermißt, das er in seinen besten Tagen erleben durfte, als er über die Dschungel von El Salvador und Honduras flog. Nun begnügt er sich mit einem gelegentlichen Sturzflug mit einer High-Tech-Maschine aus dem warmen texanischen Nachthimmel – natürlich mit abgeschalteten Scheinwerfern.

Am Boden übergibt der Pilot der Starship den Aktenkoffer an den Piloten einer kleineren Turbopropmaschine, die sofort in Richtung Washington, D.C., startet. Die Starship wird in einen kleinen Hangar gerollt, während sich der Pilot und der Offizier zur Ranch begeben, um sich einen Drink zu genehmigen und über die gute alte Zeit zu schwadronieren. Keiner von ihnen kennt den Inhalt des Aktenkoffers oder den Zweck der Mission. Sie wollen dies auch gar nicht wissen.

In dem Behälter im Aktenkoffer schweben mehrere Milliarden identischer Molekularsysteme, wie sie bisher noch niemand auf Erden gesehen hat. Jedes ist stäbchenförmig und fast unvorstellbar klein. Wenn man einen einzelnen Meter bis zur Entfernung zwischen New York und Los Angeles vergrößerte, dann würde eines dieser Systeme gerade die ersten sechzig Zentimeter dieser Strecke umfassen. In ihrem Kern befindet sich ein Wesen, das Jessica rasch als Viroid identifizieren würde, ein spiralförmiges Band aus einer RNS-Sequenz nach dem vierbuchstabigen Nucleotiden-Alphabet A, U, G, C.

Aber das Viroid existiert bereits seit Tausenden von Jahren. Was dieses System so einzigartig macht, ist der Proteinmantel, der jede RNS-Spirale einhüllt und sie vor einer feindlichen Welt schützt. Viele Generationen lang hat diese besondere Viroidart sich in einem sehr gastfreundlichen Milieu aufgehalten: genau die richtige Temperatur, genau der richtige pH-Wert. Aber nun soll es eine Expedition durch eine sehr feindliche chemische Welt unternehmen, und darum hat jemand einen speziellen Schutzmantel konstruiert, ein sogenanntes Capsid-Protein, und zwar so, daß das Viroid buchstäblich hauteng hineinwächst – das erste künstliche Kleidungsstück in der Geschichte der Mikrobiologie. Sobald das Capsid angebracht ist, erhebt es das Viroid offiziell in den Rang eines Virus und verleiht ihm das Aussehen von mehreren gewöhnlichen Viren, die ganz ähnliche Capside tragen. Aber an diesem neuen Virus ist überhaupt nichts gewöhnlich. Sein auf RNS basierender Viroidträger befördert eine kurze, aber grauenvolle Botschaft und wartet mit unendlicher Geduld darauf, sie einem neuen Wirt zu überbringen.

Stunden später steht Drahtmann auf einem Betonvorfeld des Dulles International Airport in Washington und sieht zu, wie die Turbopropmaschine ausrollt und die Triebwerke abgeschaltet werden. Der Pilot springt heraus und geht direkt auf ihn zu.

»Haben Sie mir etwas zu sagen?« erkundigt er sich.

»Drei Blau«, erwidert Drahtmann.

»Das ist für Sie«, sagt der Pilot, händigt Drahtmann den Aktenkoffer aus und begibt sich ins Büro des Hangars.

Rasch geht Drahtmann zu seinem Wagen auf dem Parkplatz des Hangars zurück und holt einen Schlüssel heraus, mit dem sich der Aktenkoffer öffnen läßt. Er schraubt den Deckel des Edelstahlbehälters ab und zieht die darin befindliche Flasche mit spitzen Fingern aus dem Desinfektionsmittel. Dann verstaut er alles wieder so, wie er es vorgefunden hat, legt einen Umschlag mit einem sehr hohen Geldbetrag dazu und fährt weg.

Ein Blick auf ihn genügt, und Drahtmann versteht, warum er zu den besten in seinem Fach zählt. Er ist Jedermann, ein Niemand, der Bursche von nebenan, der Bürokumpel, der joviale Schwager, der Golfpartner, der Durchschnittsehemann, der typische Familienvater. Gepflegt, mit ausgesprochen nichtssagenden Gesichtszügen, verschwindet er in der Anonymität, ehe man sich versieht.

Aber hier, an diesem Tisch in einer Kneipe in der Nähe des Flughafens, läßt er den Schutzschild für den Bruchteil einer Sekunde sinken.

»Sie können mich der Wurm nennen«, sagt er sanft.

»Wieso?« fragt Drahtmann.

»Spielt keine Rolle. Nennen Sie mich einfach der Wurm.«

»Okay«, sagt Drahtmann und übergibt ihm den Aktenkoffer. »Von jetzt ab erledigen Sie das. Richtig?«

»Richtig.«

Drahtmann erhebt sich. »Wiedersehen.«

Der Wurm bleibt sitzen. »Das bezweifle ich. Das bezweifle ich doch sehr.«

Draußen spürt Drahtmann, wie die Anspannung von ihm abfällt. Wurm, mein Gott. Aber was soll's, er ist aus der Sache raus.

# 4

# Jimis Entdeckung

*Es ist okay. Mein Daddy wird kommen und mich holen.*
Jimi Tyler ist acht Jahre alt und fürchtet sich. Er hat richtig Angst. Seine Welt gerät völlig durcheinander, während er von der Holzkiste neben dem großen Wohnwagenanhänger springt. Ein Insekt brummt laut in dem Gewirr von Unkraut und totem Gras neben der beigen Metallseitenwand des Anhängers. Das Geräusch trifft ihn mitten ins Zentrum seines Kopfes und irritiert ihn auf höchst beunruhigende Weise.

Jimi weiß, daß er von Rattensack und Zipper überhaupt keine Hilfe erwarten kann. Er irrt sich nicht.

»Was ist los, kleiner Scheißer?« faucht ihn Rattensack an, als er sich mit dem Zeigefinger über die laufende Nase wischt.

Jimi hört ihn, bringt aber kein Wort heraus. Zipper spürt sofort, daß hier etwas nicht stimmt, und bohrt nach.

»Scheiße, Mann, er hat die Hosen so voll, daß er nicht mal reden kann«, höhnt Zipper.

Rattensack ist zehn und der Anführer der Horde. Sie kennen nur seinen Spitznamen, den er bekommen hat, als er einmal im Keller der Romona Arms eine Ratte gefangen hat, die er in einen Kartoffelsack steckte und im Swimmingpool ertränkte. Dann stellte er den Kadaver hinter dem Müllcontainer am Parkplatz zur Schau und führte jedes Kind einzeln dorthin, um das tote Tier in einer feierlichen Zeremonie zu betrachten. Er ist hoch aufgeschossen und drahtig und hat bereits das anmaßende Gehabe eines Führers.

Zipper ist neun und der geborene Mitläufer. Er ist dünn und hat einen langen Hals, der vorgebeugt ist, und sein Mund steht ständig offen, weil er Probleme mit Polypen hat. Er spricht nur selten als erster, sondern schwimmt lieber im Kielwasser von Rattensack.

Rattensack weiß zwar nicht, warum er Jimi hierhergebracht hat, aber hinter seinem Handeln steht eine ausgeprägte instinktive Logik. Er spürt bei Jimi, was er auch in sich selbst fühlt: eine tiefsitzende Immunität gegenüber der Macht anderer. Auch wenn er zwei Jahre älter und viel größer ist als Jimi, empfindet er, daß seine Vorherrschaft über die Horde bedroht ist, und so sieht er sich genötigt, Jimi an die Kandare zu nehmen. Er ist außerdem clever genug, die Grenzen körperlicher Macht zu kennen, und darum wartet er geduldig ab, bis er mit dem Problem auf andere Weise fertig wird.

Und nun, am späten Vormittag, weiß er auch, wie.

Auf einer Seite der Romona Arms befindet sich ein großes freies Grundstück, durch dessen kopfhohes Gestrüpp sich Radwege schlängeln. Am anderen Ende dieses Geländes ist ein Wohnwagenparkplatz, der von einem niedrigen Holzzaun umgeben ist. Eines von Rattensacks Lieblingsabenteuern besteht darin, daß er mit einer Gruppe von Auserwählten das Grundstück durchquert und über den Zaun steigt, um heimlich durch Wohnwagenfenster zu spähen. Bei der Romona-Kinderhorde haben einige dieser Erkundungszüge wahrhaft sagenhaften Ruhm erlangt, seit die Gruppe einmal zugesehen hat, wie zwei Leute »es taten«. An diesem Morgen machten sich Rattensack und Zipper zum Wohnwagenspähen auf, während am düsteren Himmel graue Wolken vorüberzogen. Beim ersten Blick geschah es. Sie hatten sich auf eine Holzkiste gestellt, um in den Wohnraum des letzten Anhängers am Ende der Reihe zu spähen. Wie immer überließ Rattensack Zipper den Vortritt (beim allerersten Mal hatte Rattensack als erster hineingeschaut, so daß ein für allemal feststand, daß er Unternehmungsgeist hatte). Zipper näherte den Kopf von unten einer Ecke des Fensters, bis er hoch genug war, um hineinzulinsen. Einen Augenblick lang erstarrte er, und ein Bein, das balancierend in der Luft hing, verharrte unbeweglich wie bei einer Statue. Dann raste er davon. Rattensack konnte gerade noch einen Blick auf Zippers weißes Gesicht erhaschen, das vor Entsetzen verzerrt war, während die Holzkiste von dem hastigen Abstoß an die Wand des Anhängers geschleudert wurde. Da Rattensack ein ausgeprägtes Gespür für drohenden Ärger hatte, veranlaßte ihn der Lärm der aufprallenden Kiste, gleichfalls die Flucht zu ergreifen.

Sobald Rattensack einen sicheren Unterschlupf im Gestrüpp gefunden hatte, hielt er inne, ging in die Hocke und spähte zum Anhänger zurück. Nichts. Keine Bewegung hinter den Fenstern. Niemand kam heraus. Er wartete eine halbe Stunde, eine Ewigkeit für einen Zehnjährigen. Noch immer nichts. Dann näherte er sich vorsichtig dem Zaun vor dem Anhänger und lugte verstohlen hinüber. Die Holzkiste lehnte noch immer schräg an der Wand unter dem Fenster. Er schürzte die Lippen und blähte die Nüstern. Er mußte es tun. Ganz gleich, was sich dort drin befand, er mußte es sehen. Sonst hätte Zipper ihm beim Anblick des Entsetzlichen etwas voraus, und damit würden seine Aktien im Romona Arms fallen.

Also tat er es. Und mußte sich übergeben. Und kam doch noch mal zurück und schaute hinein.

Und da fiel ihm Jimi ein.

Ein paar Minuten später läutete er an der Wohnungstür, wo Zipper mit seiner Mutter wohnte. Nach mehrmaligem Läuten öffnete Zipper schließlich die Tür und trabte gleich wieder zum Fernseher zurück, auf dem gerade ein alter Zeichentrickfilm flimmerte. Er hatte nichts weiter als frische Boxershorts an, und Rattensack vermutete, daß er sie gerade gegen seine verschmutzten ausgewechselt hatte.

»Na, Zip, du hast es also gesehen, was?«
»Klar.«
»Wir gehn noch mal hin.«
»Nee.«
Rattensack stellte sich zwischen Zipper und den Fernseher. »Paß auf, Rotzgesicht. Wir gehn noch mal hin. Du mußt nicht mehr reinsehn. Wir nehmen Jimi mit.«
»Nee.«
Rattensack zog andere Saiten auf. »Du hast es zwar als erster gesehn, aber wenn du die Hosen voll hast, um noch mal hinzugehn, wird dir wohl keiner glauben. Vielleicht nicht mal ich.«

Zipper seufzte. Er kam da nicht raus.

Als sie zu Jimi kamen, war er allein in der Wohnung und spielte gerade ein Videospiel. Rattensack verklickerte ihm die Sache.

»Jimi, kleiner Pinkel, wir wollen dich zum tollsten Späh mitnehmen, den du je erlebt hast.«

»Du meinst, wo sie es tun?«

»Noch viel toller. Aber wir müssen zurück, bevor es vorbei ist.«

Jimi war noch nicht ganz überzeugt. Es steckte nichts Gutes dahinter, wenn Rattensack und Zipper nur mit ihm und keinen anderen Kindern etwas unternehmen wollten. Aber Rattensack spuckte ziemlich große Töne, und in solchen Fällen hielt er meist, was er versprach. Jimi ging mit.

Und nun, unter dem schwülen grauen Himmel, bemüht sich Jimi krampfhaft, das Bild loszuwerden, das er durchs Fenster gesehen hat, aber es kehrt immer wieder, und es ist größer als die Hauptleinwand in den Kinos vom West Mall Ciniplex. Als er auf die kleine Holzkiste gestiegen war und hineinguckte, blickte er in ein hübsch und ordentlich eingerichtetes Wohnzimmer, und auf dem schmalen Fensterbrett standen kleine Kakteen in winzigen Töpfen. Und dann sah er sie, eine Frau in den Sechzigern, sie trug einen einfachen Hausanzug, einen Schal um die Schultern und Tennisschuhe an den Füßen. Sie saß in einem Lehnstuhl und starrte ihn geradewegs an, den Mund zum starren Grinsen eines Menschen geöffnet, der seit vielen Wochen tot ist.

All dies wäre vielleicht noch erträglich gewesen. Selbst ein Achtjähriger hätte damit fertig werden können. Aber das wahre Grauen, das durch die Windschutzscheibe fährt und dich aus dem Fahrersitz reißt, beruht nicht auf der Totale, sondern auf den Details.

Wie die Hornissen.

Etwa zwanzig krabbelten über das Gesicht der Leiche, ihren Hals und ihren Ohren. Ihre haarfeinen schwarzen Beine trugen sie rasch in einem schrecklichen und ziellosen Muster über das tote Fleisch. Ein einziger Blick verriet Jimi, daß hinter diesem Tanz durchaus ein verborgener Sinn stand, ein Sinn weit jenseits aller Grenzen des Verstandes.

Und er konnte den Blick nicht abwenden. Erstarrt stand er auf den Zehenspitzen, während die Hornissen die Tote weiterhin gelbschwarz umschwärmten. Die Leiche, die Insekten, die Kaktuspflanzen im Vordergrund gruben sich in seine Kinderseele ein und hielten ihn eine kleine Ewigkeit lang fest.

Endlich ließ der Würgegriff für einen Augenblick nach, und er wandte sich ab und sprang mit weichen Knien auf den Boden, wo Rattensack und Zipper ihn bestürmten.

»Scheiße, Mann, er hat die Hosen so voll, daß er nicht mal reden kann«, höhnt Zipper.

Aber Rattensack und Zipper scheinen in einer ganz anderen Welt zu sein, und Jimi ist vorübergehend immun gegen ihre dreckigen kleinen Bemerkungen. Als er im freien Fall durch einen Äther des Entsetzens stürzt, klammert er sich instinktiv an die letzte Sprosse seiner Leiter.

*Es ist okay. Mein Daddy wird kommen und mich holen.*

Und tatsächlich – mit einem stahlharten Griff reißt ihn sein Vater aus der Todesspirale heraus. Jimis Angst verwandelt sich in ein Hochgefühl, als er sich vorstellt, wie sein Daddy auf den Anhänger zuschreitet. Allein schon beim Anblick seines Vaters erstarren Rattensack und Zipper vor Schuldgefühlen und Angst, und stumm ziehen sie sich zurück. Sein Daddy trägt einen maßgeschneiderten Fliegeranzug, und eine Laserpistole in einem schwarzen Lederhalfter schlägt im Rhythmus seiner Schritte sanft gegen seinen Schenkel. Als er näher kommt, erkennt man die blinkenden roten Statuslampen auf seinem Handrücken, die an die Prothese an seinem rechten Arm angeschlossen sind. Jimi weiß, wenn sein Vater es wollte, könnte er ein Loch in die metallene Seitenwand des Anhängers schlagen und sie wie Papier zur Seite ziehen. Fast kann er das fürchterliche Kreischen reißenden Metalls hören, und er weiß, die Hornissen wären längst weg, ehe sein Vater fertig wäre. Und er kann fast das ironische Lächeln sehen, mit dem sein Vater gelassen die Leiche im Lehnstuhl mustert. Nicht der Rede wert. Sein Vater hat dem Tod schon unzählige Male in die Augen gesehen und pflegt dabei so lange zurückzustarren, bis der Tod die Augen abwendet.

*Kein Problem, mein Sohn. Das Übliche. Nach einiger Zeit gewöhnst du dich daran.*

Jimi stellt sich vor, wie das Stück metallener Seitenwand hinter seinem Daddy wie Holz vor einem Stemmeisen aufgerollt ist. Das Wohnzimmer im Anhänger ist nun voller Sonne, und irgendwie ist die Leiche verschwunden, und eine fette graue Katze rekelt sich auf dem Lehnstuhl. Er hört das kräftige Surren von Servomotoren aus der Prothese, als sich sein Daddy vor ihn hinkniet, die funkelnden blauen Augen, das dichte braune Haar und die Adlernase auf Augenhöhe.
*Wer waren denn diese Kinder? Ärgern sie dich? ... Tatsächlich? Nun, wenn du meinst, du kannst mit ihnen allein fertig werden, dann soll's mir recht sein.*
Mit einem breiten warmen Lächeln entblößt er die vollkommenen weißen Zähne.

Rattensack wird ein wenig unruhig. Er hat sein Ziel erreicht und Jimi mächtig Angst eingejagt, und nun gibt der kleine Scheißer keinen Ton mehr von sich. Wenn Jimi nicht mehr aus seiner Starre erwacht, könnte Rattensack eine Menge Ärger bekommen, und wütende Erwachsene würden ihm sein kleines Königreich aus seinen schmierigen kleinen Händen reißen.
»Jimi! Pinkel! He, bist du noch bei uns?«
»Keine Sorge, Dad. Mit denen werd' ich schon fertig«, sagt Jimi sanft.
»Was haste gesagt?« Zipper blickt Jimi von der Seite an.
Jimis Augen sehen wieder klar, und er fixiert Rattensack. »Ich geh' jetzt. Sofort.«
»Klar doch, Pinkel. Nichts wie weg hier«, sagt Rattensack mit offenkundiger Erleichterung.
Während sie sich durch das Gestrüpp auf dem leeren Grundstück zu den Romona Arms zurückhangeln, sucht Jimi Trost bei den Abenteuern seines Vaters. Er denkt an den unglaublichen Karatekampf mit den Trägern des Luftgeists, den Angriff der Kampfhubschrauber auf die Bergfestung und den Unterwasserkampf zwischen den Einmann-U-Booten in den Tiefen irgendeines tropischen Ozeans. Und dann verspürt er zum erstenmal seit langer Zeit wieder das Bedürfnis, mitten ins Zentrum dieses Vaterbildes einzutauchen und bis zu seinem Ursprung vorzudringen. Vor einiger Zeit ist diese

Daddy-Vorstellung in ihm entstanden, ein vages Gebräu aus TV-Vätern, echten Vätern und Onkelvätern, die Kinder wechselnd an Samstagen kriegen. Mehrmals hat er seine Mama nach seinem Daddy gefragt und dabei zu hören bekommen, das sei »schwer zu begreifen, und wir reden später darüber«. Aber dann begannen die einzelnen Kapitel der Daddy-Story spontan in seinem Inneren zum Leben zu erwachen. Sie tauchten nicht in der normalen Reihenfolge auf, und gewöhnlich durchbrachen sie die Oberfläche seines Verstandes, wenn er wach im Bett lag und dem fernen Schlurfen und dem sporadischen Gemurmel von Erwachsenen irgendwo in der Wohnung lauschte. Diese Geschichten hatten etwas Lebhaftes, Heroisches, Sagenhaftes an sich: überwältigende Siege, eiserne Entschlossenheit, unfehlbare Urteilskraft, grenzenloses Mitgefühl.

Später begann er die einzelnen Kapitel in der richtigen Reihenfolge zusammenzustellen und malte sich allmählich den tragischen, aber verständlichen Grund für die Abwesenheit seines Vaters aus. Anscheinend gab es eine ganze Reihe von durch und durch bösen Organisationen, die in seinem Vater eine tödliche Bedrohung sahen. Seine Abenteuer hatten ihn um den ganzen Globus geführt, und er hatte eine Schneise der Gerechtigkeit geschlagen, die einfach zu breit war, als daß sie von denen ignoriert werden konnte, die sich in der Finsternis aufhielten. Und er hatte eine schmerzhaft offenkundige Schwachstelle: seine Frau mit ihrem Sohn, die, als Geiseln, das äußerste Druckmittel gegen ihn sein könnten. Darum waren es am Ende eindeutig die Umstände, und nicht sein Vater, die den Ausweg aus diesem Dilemma erzwangen. Offenbar mußte sein Daddy die Familienbande zerreißen, um nichts Geringeres als das Überleben des Planeten selbst zu sichern. Entweder kam Jimi ohne einen Vater aus, oder die bösen Leute hatten ein Faustpfand in der Hand, mit dessen Hilfe sie sich rasch auf der ganzen zivilisierten Welt ausbreiten könnten wie ein Krebsgeschwür.

Während er nun zwischen Rattensack und Zipper dahintrottet, fällt ihm das letzte Kapitel in der Geschichte vom Ursprung des Vaters ein:

Seine Mutter Zodia saß auf der Couch in ihrer Wohnung, hielt Jimi im Arm und weinte still vor sich hin. Sein Vater kam aus dem Schlafzimmer; er trug den Fliegeranzug und die Laserpistole. Unter dem Arm hielt er einen Pilotenhelm voller elektronischer Geräte. Er stellte den Helm auf dem Couchtisch ab, und eine mächtige Woge der Qual fuhr über sein Gesicht. Lange hielten sie sich fest in den Armen, ohne ein Wort zu sagen. Schließlich erhob er sich über ihnen, und dabei sah er noch größer aus, als er es mit seinen muskulösen ein Meter neunzig ohnehin schon war.

»Okay, Freunde«, sagte er und seufzte, »ich muß gehen.«

Draußen war es Nacht, und sie gingen durch einen kühlen Regen zu dem leeren Parkplatz einer Mini-Einkaufspassage am Ende des Blocks neben den Romona Arms. Als sie in der Mitte des Platzes ankamen, hörten sie das ferne Dröhnen eines Hubschraubers, und sein Daddy setzte den Pilotenhelm auf und hob Jimi hoch.

»Mein Sohn«, sagte er, »denk einfach daran: Wenn du wirklich einmal nicht mehr weiterweißt, wenn du etwas nicht mehr im Griff hast, dann komme ich zurück und helfe dir.«

Dann hüllte sie das ohrenbetäubende, schrappende Schlagen der Rotorblätter des Kampfhubschraubers ein, der in den grellen Schein der Quecksilberdampflampen einfiel. Sein Vater umarmte sie und schrie noch einmal etwas, das im Brüllen der Motoren unterging. Dann rannte er gebückt unter den wirbelnden Rotorblättern durch und verschwand in der Maschine. Ein paar Sekunden später erhob sie sich in die Nacht. Jimi blickte zum Himmel hinauf und spürte, wie ihm der Regen übers Gesicht lief, während er zusah, wie das blinkende rote Backbordlicht des Kampfhubschraubers im dunklen, schimmernden Dunst über der Stadt immer kleiner wurde. Sein Daddy war verschwunden.

Jimi, Rattensack und Zipper verlassen den Pfad durch das Gestrüpp auf dem leeren Grundstück und betreten den Asphalt auf dem Parkplatz der Romona Arms. Während sie an geparkten Autos vorbeitraben, versucht Jimi verzweifelt, den Brunnen der Angst in sich für immer zu verschließen und die Hornissen ein für allemal zu verbannen. Aber das bedeutet, daß er ein letztes Rätsel lösen muß.

*Warum ist mein Daddy nicht gekommen und hat mich geholt?*

Und sobald er die Frage formuliert hat, blitzt auch schon die Antwort vor ihm auf.

*Ich habe ihn eigentlich nicht gebraucht. Ich habe es allein geschafft.*

Natürlich! Sein Daddy hat die ganze Zeit gewußt, daß er damit allein zurechtkommen würde. Und wenn er auch nur einen Augenblick wirklich gezögert hätte, dann wäre sein Daddy dagewesen, und der mechanische Arm hätte dem Anhänger das beigefarbene metallene Fleisch aufgerissen.

Nun strömt die Welt rasch wieder in Jimi zurück und füllt die Leere auf, die das Grauen hinterlassen hat. Er riecht den warmen Asphalt des Parkplatzes. Er hört das übermütige Planschen kleiner Kinder im Pool. Er sieht das grünliche Zucken der Pappelblätter, die im Wind zittern.

Jimi löst sich aus der Gruppe und geht auf seine Wohnung zu. Rattensack bemerkt es, tut aber nichts, um ihn aufzuhalten.

»He! Wo willst du hin?« will Zipper wissen.

»Ich geh' heim«, erwidert Jimi, ohne sich umzudrehen.

An der Tür zu Wohnung Vier angelt Jimi nach dem Schlüssel, der mit einer Sicherheitsnadel in seiner rechten vorderen Hosentasche befestigt ist. Seine Mama wird nicht zu Hause sein. Ja, er weiß nicht einmal, wann sie wieder zu Hause sein wird. Er schließt auf und geht zum Kühlschrank, an dem ein Briefbogen mit dem Briefkopf »Staat Oregon, Kinder- und Jugendamt« hängt. Er ist über ein Jahr alt, zerknittert, voller Kaffeeflecken und an der Kühlschranktür mit einem kleinen magnetischen Papagei befestigt. Irgendwo in einem Behördenbüro in der Stadt vergammelt eine Kopie des Briefes in einem Aktenschrank, zusammen mit Tausenden ähnlicher Briefe. Eine Zeitlang dachte man daran, sie »aufzuarbeiten«. Inzwischen denkt man überhaupt nicht mehr an sie. Schon vor dem Niedergang sparte man an Schulen und Sozialleistungen, wo es nur ging, und versuchte gerade noch, die Kinder »im System« zu halten. Nun läuft das System selbst Gefahr, sich aufzulösen. Eine unsichere Wirtschaftslage bedeutet ein geringeres Steueraufkommen, und das führt wiederum zu geringeren staatlichen Sozialausgaben für Kinder. Bedauerlicherweise bringt eine unsichere Wirtschaftslage auch mehr Problemkinder mit sich, da ihre Familien unter den ständigen finanziellen Einbrüchen den Gürtel enger schnallen müssen. Also müssen Lehrer und Sozialarbeiter inzwischen hilflos zusehen, wie Tausende von Jimis von der Ebbe im

Haushalt davongetragen werden, die nie wieder ans Tageslicht zurückkehren.

Im Kühlschrank findet Jimi etwas Milch und in einem Schrank eine Tüte Frühstücksmüsli. Er prüft, ob die Milch nicht sauer geworden ist, und schüttet sie dann über die Körner. Manchmal ernährt er sich tagelang nur von Müsli. Er setzt sich an den Küchentisch und plaziert seine Schüssel genau zwsichen zwei Zigarettenbrandmalen am Rand der Tischplatte. Ein breiter grüner Plastikgürtel liegt über der Stuhllehne neben ihm, und ein Paar hellgrüne hochhackige Pumps stehen auf der Sitzfläche, daneben zwei pinkfarbene Lockenwickler. An der Wand vor seinen Augen hängt ein Poster mit einem Mann darauf, den seine Mutter »den King« nennt, aber Jimi weiß nicht, warum. Jimis Mutter heißt Zodia, und sie ist total fixiert auf tote Rockstars, und nach einem ist Jimi benannt. Während Jimis Geburt hatte sie einen Walkman mit Kopfhörern dabei und hörte sich gerade »Purple Haze« an, als er entbunden wurde.

Während Jimi sein Müsli ißt, starrt er den gewaltigen Berg von Zigarettenkippen in einem großen Plastikaschenbecher in der Mitte des Tisches an. Viele tragen den violetten Abdruck von Zodias neuestem Lippenstift. Andere sind ohne Filter und ohne Abdruck; sie stammen von Eddy, Zodias derzeitigem Freund. Jimi akzeptiert Eddy, so wie man einen Sommerregen hinnimmt: Er wird bald vorbei sein und in der unendlichen Vielfalt der Dinge untergehen.

Die Abfolge von Männern in ihrer Wohnung reicht zurück in eine unbestimmte Zeit, die dem Ursprung des Vaters nahekommt, aber nicht mit ihm zusammenfällt. Gewöhnlich sind sie nett zu ihm, wenn Zodia dabei ist, und völlig gleichgültig, wenn sie nicht da ist. Die einzige Ausnahme bildete ein dünner, pockennarbiger Mann mit einem Bürstenhaarschnitt und Koteletten, der immer freundlich war und Jimi sogar mitnahm, wenn er zum Mini-Markt ging, um Bier zu holen. Und dann sagte er eines Tages zu Jimi, sie sollten sich doch mal seine einäugige Hosenschlange ansehen. An diesem Abend fragte er seine Mama, was eine einäugige Hosenschlange sei, und dann verschwand der Mann aus ihrem Leben.

Aber im großen ganzen sind diese Männer eine Abfolge von Echos, und jedes ist desto ferner und schwächer, je mehr sie sich in der Vergangenheit verlieren. Und während sie zurückweichen, verschmelzen sie zu einem einzigen zusammengesetzten Bild eines Mannes, das sich aus Tausenden von Nächten gebildet hat, die er in Wohnung Vier zusammen mit Zodia und Freund X verbracht hat: Der Fernseher hüllt das Paar in helle Farbbilder, während die beiden sich auf der Couch zurücklehnen. Mehrere Dosen Billigbier türmen sich auf dem Couchtisch, und Freund X zappt unaufhörlich durch die 105 Kabelkanäle. Dann und wann stehen sie nacheinander auf und gehen ins Bad. Jimi ist verblüfft, weil er nur selten das Rauschen der Toilette hört, und wenn sie herauskommen, sehen sie entweder wirklich müde aus oder als ob sie gerade einen elektrischen Schlag erhalten hätten. Nach etwa einem Dutzend solcher Trips versinkt seine Mama in einen Traumzustand und bringt ihn zu Bett, wo er die Traumfabrik öffnet, die eifrig seinen Vater herstellt.

Während Jimi sein Müsli aufißt, denkt er über Fernsehshows und tote Menschen nach. Wenn im Fernsehen jemand tot ist, ruft man die Polizei. Aber dann fällt ihm wieder das große Gebäude mit den blank geputzten Linoleumböden ein und seine Mutter mit einem Clownsgesicht, und schon vergeht ihm die Lust, die Polizei zu holen. Während er die Milch wieder in den Kühlschrank stellt, beschließt er, einem Erwachsenen von der toten Frau zu erzählen – soll der doch die Polizei rufen.

Jimi verläßt die Wohnung, und bevor er die Tür zuzieht, überzeugt er sich davon, daß der Schlüssel mit der Sicherheitsnadel in seiner rechten vorderen Hosentasche befestigt ist. Da die Anwesenheit seiner Mutter eine unbekannte Variable ist, wäre er völlig verloren, wenn er den Schlüssel nicht mehr hätte. Der einzige Erwachsene, dem er vertraut, ist Michael Riley, und manchmal ist Michael viele Tage hintereinander nicht da. Einmal hat er den Fehler begangen, zu Dolores Kingsley, der Verwalterin, zu gehen. Sie schien Mitleid mit ihm zu haben und machte ihm ein Sandwich mit Butter und Marmelade und setzte ihn vor den Fernseher. Aber dann führte sie ein Telefongespräch, und zwei Polizisten kamen und nahmen ihn mit zu einem großen Gebäude mit blankgeputzten Linoleumböden und grauen Metallschreibtischen mit Computerterminals, die darauf wie bleiche Pilze emporwuchsen. Nach vielen Stunden kam seine Mutter und sprach lange mit einer Polizeilady und bekam ein Clownsgesicht, weil die Tränen ihr Make-up verschmierten. Als sie das große Gebäude verließen, fuhr ihn Zodia, die Mama mit dem Clownsgesicht, zu einem Schnellimbiß und ließ ihn auf dem Klettergerüst spielen, so lange er wollte, und kaufte ihm eine Super-Kindertüte mit einem Schokoladenshake statt einer Cola. Während er aß, ging sie zur Toilette und kam als normal aussehende Mama zurück, aber als sie ins Auto eingestiegen waren, griff sie nach ihm und umarmte ihn und wurde wieder ein Clown. Danach blieb sie Tag und Nacht bei ihm, fünfeinhalb Tage lang.

Während der Schlüssel sicher verwahrt ist, blinzelt Jimi unter der glühenden Sonne, die sich durch die graue Wolkenschicht geschoben hat und den Poolbereich vor ihm in ein blendendes Licht taucht. Er sieht eine Frau namens Mrs. Bissel, die auf ihre zweijährige Tochter aufpaßt, während sie darauf wartet, daß ihr Mann von seiner Arbeit im Stereo Discount heimkommt. Gelegentlich hat sie ihn auf eine halb mütterliche Art angelächelt, und darum wird sie die erste erwachsene Empfängerin dieser entschieden schlechten Nachricht. Sie hat sich auf einen Liegestuhl gelegt, hat einen Liebesroman vor sich und blickt alle zehn Sekunden zu ihrer planschenden Tochter hinüber. Jimi steht still neben ihr und wartet darauf, daß sie ihn bemerkt. Nach einer Weile hat er Glück.

»Jimi! Willst du heute schwimmen gehen?« erkundigt sich Mrs. Bissel hinter ihrer undurchsichtigen Sonnenbrille.

»Im Wohnwagen liegt eine tote Frau.«

»Schätzchen, weiß deine Mutter, wo du bist?«

Jimi hat diese Frage schon unzählige Male gehört und weiß genau, was dahintersteckt. Eigentlich heißt das: »Ich glaub' dir nicht, weil du in ziemlich zerrütteten Familienverhältnissen lebst, und das bedeutet, daß du vermutlich all das erfindest, nur um ein bißchen Zuwendung zu bekommen.«

Ohne Mrs. Bissel einer Antwort zu würdigen, sieht sich Jimi am Pool nach einem anderen Erwachsenen um, der vielleicht ein bißchen aufnahmefähiger ist. Er entdeckt eine gertenschlanke Frau, deren Name ihm nicht einfällt, die aber einen Sohn hat, der nur ein Jahr älter ist als Jimi. Als er sich ihr nähert, lächelt sie ihn ein wenig von oben herab an. Kein gutes Zeichen.

»Ach, hallo, Jimi. Wie geht's dir?«
»Im Wohnwagen ist eine tote Frau.«
»Jimi, weiß deine Mutter, wo du bist?«
»Ja.«
»Schön, dann gehst du lieber zu ihr und erzählst ihr von diesem Wohnwagen, Kleiner.«
Nun hat Jimi keine Lust mehr. Vielleicht hat Rattensack ja doch recht, wenn er über die Erwachsenen mit seinem Standardspruch herzieht: »Sie sind alle falsch, Mann. Alle.«
Aber als er zu seiner Wohnung zurückkehren will, sieht er, wie Michael Riley die Treppe von Wohneinheit 27 herunterkommt.
Mike! Klar, Mike wird das verstehen! Er hat immer Verständnis für ihn!
Michael Riley muß innerlich schmunzeln, als er sieht, wie die dünne kleine Gestalt den Poolbereich mit soviel Überzeugung überquert. Jimi hat eine Ausstrahlung, die seine schäbigen Jeans und das schmutzige T-Shirt mit der Heavy-Metal-Band auf der Vorderseite übersteigt. Die Mütter in den Romona Arms sehen in seinem Minicharisma eine Bedrohung für ihre Kinder, aber Michael betrachtet es als Jimis einzige Chance, in dieser Gesellschaft zu überleben. Er hat Jimi vor einem Jahr kennengelernt, an einem ähnlichen Tag wie diesem, nur daß Jimi an jenem Tag fast ertrunken wäre. Michael hatte gerade am Pool gefaulenzt, als er zufällig von seinem Buch aufblickte und sah, wie ein kleiner Junge etwa in der Mitte zwischen dem seichten und dem tiefen Ende des Pools unter die Oberfläche sank. Zuerst hatte er es als ein Kinderspiel abgetan, aber als sich der Junge wieder an die Oberfläche zurückkämpfte, sah er die Panik in seinen Augen und sprang hinter ihm ins Wasser. All dies geschah so schnell, daß niemand sonst am Pool Notiz davon nahm. Er zog Jimi an den Rand des Pools und setzte ihn dort ab, dann stieg er hinaus und setzte sich neben ihn.
»Bist du okay, Junge?« fragte Michael.
»Klar, ich bin okay«, erwiderte Jimi, und dann mußte er lange husten und spucken, weil ihm Wasser in die Atemwege gelangt war. Geduldig wartete Michael, bis das Husten aufhörte.
»Für mich sah es so aus, als würdest du ertrinken«, sagte Michael behutsam.

»Nee. Ich hab' nur getaucht.«
»Ach ja?« sagte Michael.»Willst du mir dieses Tauchen nicht noch einmal zeigen?«
»Nee«, wehrte Jimi ab.»Vielleicht später.«
Während sie am Poolrand saßen, verwickelte Michael Jimi in eine sehr diplomatische Unterhaltung über Wasser und Sicherheit, wobei er es vermied, sich dabei direkt auf Jimi zu beziehen, und Redewendungen einstreute wie:»Wenn ein Kind zu tief reingeht ...« Von da an behielt Michael Jimi am Pool stets im Auge. Er erkundigte sich bei einigen älteren Bewohnern der Romona Arms, warum Jimis Eltern nicht nach ihm Ausschau hielten, und konnte sich bald ein umfassendes Bild von seinen Familienverhältnissen machen.
Und nun steht Jimi unten an der Treppe und schaut mit ernster Besorgnis zu ihm auf.
»Im Wohnwagen ist eine tote Frau«, verkündet Jimi.
»So. Und warum hast du nicht die Polizei gerufen?« fragt Michael und kauert sich auf Augenhöhe neben Jimi.
»Die Polizisten könnten mich doch meiner Mama wegnehmen«, erwidert Jimi.
»Wie bist du denn auf diese Frau gestoßen?« will Michael wissen.
»Rattensack und Zipper haben mich mitgenommen, damit ich sie sehe.«
»Wo ist sie denn?«
»In einem Wohnwagen. Gleich dort drüben.« Jimi zeigt in die Richtung, in der sich der Abstellplatz für die Wohnwagen befindet.
»Okay«, sagt Michael,»ich mach' dir einen Vorschlag. Ich werde jetzt mit dir rübergehen und mir die tote Frau ansehen, und wenn sie dort nicht ist, gibt es vielleicht ein totes Kind statt einer toten Lady. Kapiert?«
Zum erstenmal an diesem Tag muß Jimi lächeln. Wenn sein Daddy jemals Michael Riley kennenlernen sollte, werden sie bestimmt die besten Kumpel.

Als die Sonne untergeht, sitzt Michael Riley mit Jessica in einer Kneipe in der Mini-Einkaufspassage in der Nähe der Romona Arms. Das winzige Lokal ist eingezwängt zwischen einem Presto-Fotoautomaten und einem Home-Ticket-Videoverleih und wird von einem

Sportmotiv beherrscht: Fünf Videomonitoren und ein HDTV-Projektionssystem bombardieren jede Ecke mit einem Baseballspiel. Die Kneipe ist fast voll, und die Menschen darin unterhalten sich lautstark zwischen einem Gewimmel aus Krügen und Gläsern.

Nachdem die Polizei wieder abgezogen war, hatte sich Michael an diesem Nachmittag in seine Wohnung zurückgezogen und gespürt, wie die Stille an ihm zu nagen begann. Nach reiflicher Überlegung hatte er schließlich Jessica angerufen, und nun sitzen sie in einer Nische des Lokals, und Michael beendet gerade seine Erzählung von Jimis schrecklichem Abenteuer.

»Wir gingen, bevor die Polizisten den Wohnwagen aufbrachen«, erklärt er. »Ich hätte den Geruch nicht ertragen. So, wie sie aussah, muß sie dort schon seit Wochen gelegen haben.«

»Das dürfte gar nicht so schlimm sein, wie Sie meinen«, erwidert Jessica. »Das hängt vor allem von der Feuchtigkeit ab. Wenn der Körper ausgetrocknet ist, hat sich der Gestank größtenteils verflüchtigt.«

»Ich frag' mich bloß, warum sie so lange unentdeckt geblieben ist«, meint Michael. »Das ist doch das eigentlich Grauenvolle. Wir haben ja alle Angst vor dem physischen Tod, aber was wir noch mehr fürchten, ist der Tod der Erinnerung.«

»Wie meinen Sie das?« fragt Jessica.

»Jeder stirbt eigentlich zweimal«, erklärt Michael. »Das erstemal, wenn sein Herz zu schlagen aufhört und das Gehirn dichtmacht und all das andere Zeug passiert, von dem Ihr Biologen mehr versteht. So richtig stirbt man erst, wenn man aus der Erinnerung der Lebenden entschwindet. Ob wir das nun mögen oder nicht – ein Großteil unseres Egos wird doch durch die Anerkennung definiert, die wir von anderen Menschen beziehen. Solange noch jemand lebt, der sich an uns erinnert, lebt unser Ego in einem übertragenen Sinne weiter. Aber wenn Sie nicht gerade in die Geschichtsbücher kommen, schlüpfen Sie vermutlich in fünfzig Jahren oder so aus dem menschlichen Gedächtnis, und dann sind Sie wirklich dahingegangen. Und die Frau im Wohnwagen kommt dem schlimmstmöglichen Fall ziemlich nahe. Da über Wochen hinweg niemand bei ihr nachgesehen hat, ist sie möglicherweise bereits völlig aus dem Gedächtnis geschlüpft, bevor sie überhaupt physisch gestorben ist. Das ist schon hart.«

»Meinen Sie, ihr Erinnerungstod könnte ihren physischen Tod ausgelöst haben?« spekuliert Jessica.
»Kann schon sein«, erwidert Michael. »Vielleicht passiert das ja die ganze Zeit. Aber genug davon. Erzählen Sie mir doch mehr von Ihren kleinen Lebewesen, die vielleicht überhaupt keine Lebewesen sind.«
Jessica lächelt. Ihr Forschungsgebiet befaßt sich mit heimtückischen Objekten, die man Viroiden nennt. Wenn man sich das Gebiet der Mikrobiologie einmal als eine Kleinstadt vorstellt, dann halten sich die Viren auf den Bahngleisen auf, die die Stadt in einen belebten und einen unbelebten Bereich teilen. Auf der einen Seite der Gleise befindet sich das Wohnviertel, in dem höhere Lebensformen ihren Alltagsgeschäften auf komplizierte Weise nachgehen. Auf der anderen Seite liegt das Industriegebiet, wo chemische Grundstoffe auf der molekularen und atomaren Ebene herumbrodeln. Und wie in richtigen Städten gibt es auch hier zwielichtige Existenzen von der falschen Seite der Gleise, die hin und wieder überwechseln und in angesehenen Vierteln Unfrieden stiften. Als erste Angehörige dieser kriminellen Schicht hat man die Viroiden entlarvt. In chemischer Hinsicht fehlt ihnen die architektonische Eleganz, die die Viren zu derart effizienten Jägern und Parasiten macht. Sie bestehen vielmehr aus kleinen Stücken von Ribonucleinsäure, auch RNS genannt, einer nahen Verwandten der DNS, der Desoxyribonucleinsäure. Sie treiben wie winzige Abfallteilchen durch die Mikrobiosphäre dahin, ganz wie es sich ergibt. Und irgendwie gelangen sie zuweilen auch in lebende Zellen hinein, wo sie sich unversehens wie molekulare Elefanten im Porzellanladen der Zelle aufführen, indem sie eilends Fabriken zur Massenproduktion ihrer eigenen Art errichten. Ursprünglich nahm man an, daß Viroiden nur Pflanzenzellen befallen, aber in den frühen neunziger Jahren stellte sich heraus, daß sie sich ebenfalls in tierische Zellen, auch in menschliche, einbuddeln.
Jessicas Aufgabe besteht darin, dieses Phänomen eingehend zu erforschen und herauszufinden, warum zufällig herumfliegende biochemische Abfallteilchen pathologische Feuerstürme auslösen können. Eine der erstaunlichen Tatsachen im Hinblick auf Viroiden besteht darin, daß etwas so Unintelligentes, das so wenig Erfahrung mit dem Leben in der Großstadt hat, so unglaublich rasch zu höch-

stem Einfluß im Zellkern gelangen und eine Machtstruktur zu Fall bringen kann, die seit Jahrmillionen der Evolution etabliert ist.

Michael läßt sich auf dieses Fachgespräch eine Zeitlang ein, aber dann schweifen seine Gedanken ab, um sich mit einer seltsamen Ironie des Schicksals zu befassen. Als er mit Jimi zu dem Wohnwagen gegangen war und die Leiche gesehen hatte, war er ziemlich schockiert und angeekelt, obwohl er doch vorgewarnt war. Aber das löste nicht seine Angst aus. Und das war das Schlimmste an dieser Angst. Er wußte nie, wann sie zuschlug. Er wußte nie, wo.

»Michael?«

»Wie?«

»Können Sie mir noch folgen?«

»Ja, sicher.«

»Ich bin da nicht so sicher. Sie müssen ziemlich erledigt sein. Sollen wir gehen?«

Michael seufzt. »Nein, noch nicht gleich. Schauen Sie, ich finde es wirklich toll, daß Sie sich die Zeit nehmen, um sich mit mir zu treffen. Ich weiß, ich kenne Sie ja noch gar nicht richtig, aber ich hatte einfach das Gefühl, genauso müßte es sein. Sie wissen, was ich meine?«

Sie weiß genau, was er meint. »Ja. Schon merkwürdig, wie Augenblicke der Krise ganz unerwartete Dinge in uns zum Vorschein bringen.«

Ohne Vorwarnung springt Michaels Erinnerung zu einer anderen Zeit zurück, einer anderen Krise, die ebenfalls Dinge zum Vorschein brachte, mit denen er nie gerechnet hatte. Aber ehe die Erinnerungen in eine Panik ausarten, macht er die Schotten dicht. »Sie haben recht«, sagt er. »Man weiß nie, was auf einen zukommt, nicht wahr?«

Jessica starrt auf die Tischplatte, auf der ein Glas Bier steht, das sie mit der Hand umschlossen hält, aus dem sie nur ein paarmal genippt hat. »Um Ihnen die Wahrheit zu sagen – ich rechne einfach mit dem Schlimmsten. Auf diese Weise ist man gewappnet, egal, was passiert.«

»Aber das ist nicht sehr vernünftig«, wendet Michael ein. »Dagegen spricht einfach die Statistik. In jeder denkbaren Lage ist das schlimmste Ergebnis eigentlich ganz unwahrscheinlich.«

»Natürlich haben Sie recht«, erwidert sie, ohne aufzublicken. »Aber es passiert eben doch. Glauben Sie mir. Es passiert wirklich.«

Michael möchte sie am liebsten fragen, ob sie aus persönlicher Erfahrung spreche, aber er spürt, daß dies vermutlich der Fall ist, und so unterläßt er es lieber. »Nun ja, infolge des Niedergangs und alldem, was damit zusammenhängt, ist die Welt in letzter Zeit für uns alle ziemlich unheimlich geworden. Da merken Sie auf einmal, daß wir am Ende eigentlich nur noch einander haben. Alles andere ist bloß ... Schrott.«

Darüber muß sie lächeln. »Sie haben recht«, erwidert sie. »Nichts als Schrott. Das ist alles. Ich bin froh, Sie kennengelernt zu haben, Michael Riley.«

»Und ich Sie«, gibt Michael zurück. Er möchte sie am liebsten an sich ziehen und ganz fest umarmen, aber das Timing stimmt einfach nicht. »Es war wirklich heute besonders schön, Sie zu treffen. Danke.«

Sie bezahlen und gehen zu den Romona Arms zurück, wo alles wieder ganz normal aussieht und das Meer von roten und blauen zuckenden Lichtern schon lange verebbt ist.

Auf dem Weg zu Jessicas Wagen auf dem Parkplatz kommen sie an Wohnung Vier vorbei. Es ist schon nach zehn Uhr abends, und Jimi Tyler wartet darauf, daß seine Mutter heimkommt. Er kann es gar nicht erwarten, ihr von der toten Frau und dem Wohnwagen zu erzählen. Nach allem, was sich ereignet hat, ist es schon ein wenig unheimlich, wenn man acht Jahre alt ist und ganz allein. Aber er hat keine Angst.

Denn wenn etwas wirklich Schlimmes passiert, dann wird sein Vater kommen und ihn holen.

# 5

# Simons Aussage

Simon Greeley klingen ständig die Ohren. Er denkt darüber nach, während er über die Route 395 direkt südlich des Capitols in Washington, D.C., rollt und seinen alten Volvo in den unruhigen Strom des Mittagsverkehrs einfädelt. Tinnitus ist der Fachbegriff für diesen Zustand, und Simon bezieht den üblichen Trost aus dem Wissen, daß es sich dabei um ein längst bekanntes und eingehend untersuchtes Leiden handelt – keine Spezialität, die ihm direkt aus der Hölle geschickt wurde. Es hatte begonnen, kurz nachdem er die große Entscheidung getroffen hatte, und sich allmählich zu einem sanften Prasseln gesteigert. Inzwischen kommt es vor, daß nicht einmal der Lärm des Autobahnverkehrs es auszublenden vermag. Sein Arzt war ratlos, da Simon nicht in einer Rockband gespielt und beim Militär gedient hatte. Laute Gitarren und schwere Waffen waren die üblichen Ursachen dieser harten Ohrgeräusche, die wie von unsichtbaren Kopfhörern erzeugt wurden, die man nicht wieder absetzen konnte. Am Ende wurde dafür eine »nervliche Anspannung« verantwortlich gemacht, damit man endlich die Krankenversicherungsformulare ausfüllen konnte.

Simon wußte, daß ein gewisses Risiko damit verbunden war, wenn irgend etwas, was mit nervöser Anspannung zu tun hatte, in seine Personalakte geriet, aber er mußte einfach die Gewißheit haben, daß das Klingeln nicht ein Symptom für eine ernstere Sache war. Das verdankte er vor allem seiner Frau, obwohl er sie an den äußeren Rand seines Lebens verbannt hatte. Er konnte es oft spüren, wie sie dort draußen in einem billigen Hotel in irgendeiner emotionalen Grenzstadt geduldig wartete und sich nach einem Liebesabenteuer sehnte, zu dem es nie kam. Sie wußte nichts von dem Tinnitus. Sie wußte nichts von der großen Entscheidung. Doch noch immer gab er sich der Hoffnung hin, sie eines Tages sanft zu sich hereinzuziehen, so wie ein müdes Kind zur Schlafenszeit ein Stofftier in den Arm nimmt.

Jedenfalls gab es einen Hinweis auf seine nervöse Anspannung, und zwar in einer mit »Bemerkungen« überschriebenen Spalte einer Computerdatei, die Daten bis zu einem Umfang von 256 Bytes (etwa 25 Wörter) aufnahm, die nicht ohne weiteres in die anderen Kategorien der medizinischen Datenbank einzuordnen waren. Aufgrund seiner besonderen Position würde die Datei mit seiner Untersuchung irgendwann bis zum Checkpoint Alpha weitergereicht werden. Dort würde man feststellen, daß seine allgemeine Personaldatei mit einem speziellen Identitätscode verbunden war, einem Code, der Checkpoint Alpha mitteilte, daß er im Büro des stellvertretenden Direktors der Abteilung für nationale Sicherheit in der Behörde für die Verwaltung des Staatshaushalts tätig war. Dies bedeutete, daß Alphas AI-Programme die Erwähnung dieser »nervösen Anspannung« aufgreifen könnten und sie vielleicht in Beziehung zu anderen Daten oder Handlungen setzen, die mit ihm zusammenhingen. Schließlich bestand die Möglichkeit, daß ein menschlicher Datenpolizist Witterung aufnehmen und eine Untersuchung auslösen könnte. Simon wußte aber auch, daß die Datenpolizisten genauso wie er selbst nur eine begrenzte Menge Zeit hatten, um sich mit einer unbegrenzten Menge von Details zu befassen. Am Ende würde irgend jemand seinen Bericht überfliegen und irgendeinem Gefühl nachgehen, ob da irgend etwas dran sei, was seine hungrigeren Vorgesetzten im Justizministerium interessieren könnte.

Sicher ein Risiko, das man eingehen konnte. Nichts als ein weiterer Ritt auf einer weiteren Woge der Wahrscheinlichkeit, die eigentlich nur ein sanftes Wellchen war.

Und Simon war bestens dafür qualifiziert, den möglichen Ausgang derartiger Ritte zu berechnen. Seine Leidenschaft für angewandte Mathematik war in seiner Jugend erwacht, als er nach einer rechnerischen Erklärung für die willkürlichen Grausamkeiten suchte, die er regelmäßig in seiner Umgebung erleben mußte. Seine Mutter starb an seinem dreizehnten Geburtstag; sie wurde auf einem Fußgängerüberweg von einem Kleinlaster überrollt, der danach einfach weiterraste in das nächtliche Kansas. Sein Bruder wurde mit 140 Gramm Kokain erwischt und vom staatlichen Strafvollzug geschluckt, der ihn geruhsam verdaute, ehe er die Überreste wieder auf die Straße ausspie.

Wie sein Vater, der seine Apotheke schon dreißig Jahre lang führte, suchte Simon Trost in dem, was zwar nicht völlig voraussagbar, aber zumindest logisch erklärbar war. Auf dem College verlegte er den Schwerpunkt seines Studiums rasch auf die Wirtschaftswissenschaften, und daran schloß sich eine Karriere in der perversen, aber angenehmen Struktur der staatlichen Bürokratie an. Hier wurde er schnell als nützliches geistiges Inventar von anderen Leuten ausgemacht, die dabei waren, die steile Managerböschung zu den höheren Positionen zu erklimmen. (Ein bißchen reserviert, dieser Simon, aber ein Mann, dem man gewisse Probleme anvertrauen kann.) Mit diesen Leuten konnte er symbiotische Beziehungen eingehen, in denen er seine Kompetenz ausspielte, während sie ihm die Flanken gegen politische Angriffe sicherten. Dies ermöglichte es Simon, ein unpolitischer Mensch zu bleiben, der sich nicht um das Ächzen und Knarren in den Aufbauten des Staatsschiffs kümmerte, während es weiter durch die Geschichte segelte – und es verlieh ihm zugleich die Freiheit, nach Belieben in den herrlichen finanzpolitischen Konstruktionen herumzuwandern, die er selbst errichtet hatte.

Und nun prasselt auf der Route 395 ein erster Frühlingsregen auf die Windschutzscheibe, und Simon trommelt einen nervösen Rhythmus auf das Lenkrad, während er zu einem Treffen mit jemandem aus dem Büro eines der konservativsten Senatoren des Landes fährt. Aus der in Borneo produzierten integrierten CD/Kassettenrekorder/Radio-Einheit plappert ein Sprecher über die jüngsten Auswirkungen des Niedergangs auf die Rentenfonds.

Ach ja, der Niedergang, räsoniert Simon. Ein Beweis dafür, daß auch die Wirtschaft, genauso wie die Menschen, auf Wogen der Wahrscheinlichkeit reitet. Verschwommene Kleckse von roten Bremsleuchten vor ihm veranlassen ihn, seinerseits zu bremsen und tief Luft zu holen.

Er möchte zu diesem Treffen nicht zu spät kommen, denn es wird die Inkarnation der großen Entscheidung sein, das Mittelstück seines Platzes in der Geschichte, den er neben anderen Größen wie Daniel Ellsberg, Frank Serpico und Karen Silkwood einnehmen wird. Nun erkennt er, warum sich der Verkehr staut: Eine Kolonne von Mannschaftswagen mit Hundertschaften der Bundespolizei hat die rechte Spur in Beschlag genommen, während sie die Autobahn an der Ausfahrt 6th Street beim Verkehrsministerium verläßt. Die Mannschaftswagen sind marineblau lackiert, um jede Assoziation mit den traditionellen Tarnfarben von Militärfahrzeugen zu vermeiden. Jedes Fahrzeug trägt ein Bundeswappen an der Seite.

Für einen Augenblick durchbricht Simon die Oberfläche seines geistigen Einerlei und merkt, was da los ist. Sie veranstalten Manöver für die bevorstehende Schulden-Demonstration, bei der 250 000 Angehörige der Mittelschicht empört die Mall hinauf bis zu den Stufen des Capitols marschieren wollen.

Inzwischen hatten die Enteignungen viele Stadtgebiete wie eine Seuche erfaßt. Simon hatte dieses soziale Drama übers Fernsehen mitverfolgt und die Bilder in seine Seele aufgesogen (seltsam, wie lange die Bilder einem noch vor Augen blieben, während man die Dialoge bereits vergessen hatte): Fassungslos standen Angehörige des mittleren Managements auf ihrem sauber getrimmten Rasen, während riesige Laster ihre Möbel zu einer staatlichen Lagerhalle transportierten und sie sich darauf einstellten, ihr Haus gegen eine erschwingliche Wohnung irgendwo diesseits des Fegefeuers einzutauschen.

Und nun waren sie nach Washington gekommen, eine Viertelmillion Menschen, und begannen in die Hauptstadt des Landes zu strömen. Für diesen Trip hatten sie ihr Konto zum letztenmal überzogen. Sie aßen Sandwiches, die sie sich in billigen Motelzimmern geschmiert hatten. Bisher hatten sie nur Angst gehabt, jetzt empfanden sie Wut und Zorn.

Was für ein Aufwand für eine ablaufende Rezession, dachte Simon verächtlich, als ihm die Theorie einfiel, daß künftige wirtschaftliche Rückschläge spezifische Industriebereiche überrollen würden. Zugegeben, dieser Rückschlag hatte die gesamte Landschaft der Nation in einem einzigen Schwung überrollt. Zunächst war es nichts weiter als ein ärgerliches Ansteigen der Arbeitslosigkeit gewesen, das die Leute ein bißchen verängstigt hatte, so daß sie den Gürtel enger schnallten, was die sogenannten »Lifestyle-Industrien« sofort zu spüren bekamen: der kleine Laden in der Einkaufspassage, der Schokoladenkekse für 1,75 Dollar verkaufte; der Hersteller von Sportschuhen für 120 Dollar das Paar; das Reiseunternehmen, das Abenteuerskireisen nach Südamerika anbot.

Schließlich geriet die gesamte Wirtschaft in einen engen und unentrinnbaren Strudel, und dann begannen die Umzugswagen zu rollen.

Aber an Geld denkt Simon zu allerletzt, als er zusieht, wie die letzten Mannschaftswagen in die Autobahnausfahrt einbiegen. Simon ist durch seinen Platz weit oben auf der Behördenleiter gut abgesichert gegen eine wirtschaftliche Katastrophe.

Während er in dem träge fließenden Verkehr dahinrollt, wandern seine Gedanken um mehrere Wochen zurück, zum Ausgangspunkt der großen Entscheidung. Als er zum erstenmal auf das Problem gestoßen war, hatte er gedacht, es müsse sich dabei entweder um einen Fehler handeln oder um etwas, wofür ihm der Durchblick fehlte. Es sah so unschuldig aus, nichts weiter als ein einzelner Posten in einem sehr ausführlichen Etatbericht, der der Überprüfung durch die Leute vom Nationalen Sicherheitsrat harrte. Die Dollarsumme war zwar nach den Begriffen des Endverbrauchers geradezu astronomisch, aber ein Klacks in Simons Welt, in der viele Berichte auf oberster Ebene inzwischen nicht nur um Tausende, sondern auch um Millionen von Dollars abgerundet waren. Normalerweise wäre er darüber hinweggegangen, aber ein beigefügter vierstelliger Code lauerte im Hinterhalt.

Als Quelle dieses Postens erwies sich niemand anders als Simon selbst. Und da ihm in solchen Dingen niemand etwas vormachen konnte, hatte Simon augenblicklich gewußt, daß eine derartige Summe noch nie bei einer Sache aufgetaucht war, mit der er befaßt gewesen war.

Hunderte von Millionen Dollar. Alle auf seine Veranlassung hin ausgegeben. Sein Magen hatte sich zusammengezogen, und auf seiner Stirn verspürte er heiße Nadelstiche. Wer steckte dahinter? Und warum? Ein Zittern überkam ihn, als er seine Möglichkeiten gegeneinander abwog. Wenn er sich entschloß, den Ursprung dieses Postens aufzuspüren, würde er sich exponieren. Alle dazu erforderlichen Informationen waren in System 9 gespeichert, einem Hochsicherheitscomputer, der total abgeschottet war von der Welt außerhalb der Obersten Verwaltungsbehörde. System 9 enthielt, was gemeinhin der schwarze Haushalt genannt wurde, der alle Ausgaben für die Verteidigung und die Geheimdienste umfaßte, und wenn die öffentlich bekannt würden, wäre die Sicherheit des Landes gefährdet. Die Informationen selbst befanden sich in einer stark geschützten Datenbank, die in einzelne »Fächer« eingeteilt war, so daß die meisten Menschen nur zu einem kleinen Teil davon Zugang hatten, und zwar durch Programme, die dedizierte Listengeneratoren hießen. Simon stellte eine Ausnahme dar. Er konnte sich eines Programms bedienen, das um die Standard-SQL (Structured Query Language, Strukturierte Datenabfragesprache) herum angelegt war und mit dessen Hilfe er beliebig durch die Daten wandern könnte, um sie zu sieben, auf den Kopf zu stellen und auf jede Weise zu sichten, wie es ihm beliebte. Um das Programm zu benutzen, mußte er allerdings einen »Schlüssel« eingeben, einen Code, der es für seinen persönlichen Gebrauch öffnete. Und sobald er dies tat, würde ein Eintrag in ein Protokoll erfolgen, und innerhalb von ein paar Tagen müßte er dann einen schriftlichen Bericht darüber abliefern, warum er eine derart ungewöhnliche Maßnahme ergriffen habe.

Die glühenden Nadeln auf seiner Stirn hatten sich über sein ganzes Gesicht ausgebreitet. Er hatte die Fingerspitzen wie zum Gebet zusammengeführt, während er schweigend auf dem Stuhl vor einem Terminal schaukelte, der mit System 9 verbunden war.

Offenbar hielt man ihn für entbehrlich, da man seinen Bezugscode dem Haushaltsposten beigegeben hatte. Wenn die Sache jemals aufflog (und das konnte man nie wissen), dann würde die Buchungskontrolle direkt zu seinem Schreibtisch gelangen.

Verraten. Verraten und verkauft! Wie in Großaufnahme sah er das Bild seiner fürchterlichen Rache vor sich, das Bild seiner Vorgesetzten mit vor Entsetzen heraushängender Zunge, während er ihnen beruflich den Garaus machte.

An diesem Punkt wären die meisten Menschen vom Rand des Abgrunds zurückgetreten, da sie sich die wahren Kosten der Vergeltung ausrechneten, den Saldo, der sich nach der ersten Befriedigung ergeben würde. Aber nicht Simon. Nicht jetzt. Nicht da seine gewissenhaft absolvierte fünfundzwanzigjährige Karriere im Staatsdienst unmittelbar gefährdet war. Angesichts der ungeheuren Drohung hatte er dem letzten atavistischen Reflex des in die Enge getriebenen Tieres nachgegeben, um sich zu schlagen und anzugreifen, koste es, was es wolle. Er beugte sich über die Tastatur und gab den Schlüssel ein, um das SQL zu öffnen.

Die große Entscheidung. Vollzogen.

Augenblicklich hatten die Nadelstiche nachgelassen. Sobald Simon mit dem System kommunizierte, konnte er darüber schweben, so elegant wie ein Habicht auf einer Sommerthermik. Er hatte Sturzflüge, Loopings und Wellen vollführt und war über Autobahnen der Abstraktion gejagt, hinter denen die finstersten und mächtigsten Geheimnisse auf dem Antlitz des Planeten verborgen waren. Ein Stützpunkt für Atom-U-Boote auf dem Boden des Atlantiks. Ein neues Spionageflugzeug, das die Erde in einer niedrigen Umlaufbahn umrunden konnte. Ein Giftstoff, der innerhalb von 24 Stunden biologisch abbaubar war. Auf seinem Streifzug hatte er gebohrt und gestochert und nach undeutlichen Verbindungen zwischen scheinbar unzusammenhängenden Fragmenten Ausschau gehalten.

Und plötzlich war es gelaufen. Er war fündig geworden. Eine kurze Datei mit einer knappen Aktennotiz, ohne Angabe des Autors. Darin war nicht von Waffen die Rede, nicht von verdeckten Operationen – nur von einer schlichten Umschichtung von Mitteln. Simon mußte nur einmal lesen, um zu wissen, daß das politische Schicksal der gegenwärtigen Regierung einzig und allein in seiner Hand lag.

Gail Ambrose nippt an dem weißen Hauswein und blickt immer wieder zum Eingang des kleinen Restaurants hinüber, das sich zwischen den Gebrauchtwagenmärkten am North Washington Boulevard in Arlington befindet. Sie weiß, es würde auf diesen Mr. Simon Greeley keinen guten Eindruck machen, daß sie allein trinkt, aber das ist ihr egal. Eigentlich trinkt sie sehr wenig, aber nach einer Verabredung wie der vom letzten Abend ist ihr danach. Der Kerl war ein Systemanalytiker bei HUD und verfügte über den ganzen Charme einer Boa constrictor, die gerade Bambi erdrosselt. Es hob auch nicht gerade ihre Stimmung, daß es soeben draußen zu regnen begonnen hatte. Und dieser Greeley, sagt sie sich, wird vermutlich ein Schlaffi sein. Sie hatte sich bereits über ihn erkundigt, und er war tatsächlich der, für den er sich ausgab, aber das hieß noch lange nicht, daß er irgend etwas hatte, für das es sich lohnte, ein Essen zu verschwenden. Als leitende Mitarbeiterin von Senator Grisdale, einem der mächtigsten Konservativen im Capitol, hatte sie gelernt, ihre Zeit rücksichtslos einzuteilen, wobei sie stets auch für sich etwas herausholen wollte, wenn sie schon ein Stück Macht und Einfluß verschenkte. Bei Greeley könnte sie eines ihrer seltenen Defizite einfahren und ein paar potentiell gewinnträchtige Stunden verschwenden.

Und nach dem ersten Blick ist sie alles andere als beruhigt. Wie er da dem Oberkellner an ihren Tisch folgt, wirkt er müde, verschlossen und gedankenverloren. Er ist um die fünfzig, blaß, und sein schütteres graues Haar vermag den Anflug von Glatze nicht zu verdecken. Er erinnert Gail an ihren Vater in ihrer High-School-Zeit, einen Mann, der vor lauter Verantwortung ganz ausgelaugt war. Mit sechzehn hatte sie das für seinen natürlichen Zustand gehalten. Mit zweiunddreißig schaut sie inzwischen mit ein bißchen mehr Mitgefühl zurück.

»Ms. Ambrose?« erkundigt sich Simon, während er sich anschickt, ihr gegenüber Platz zu nehmen.

»Mr. Greeley, ich freue mich, Sie kennenzulernen.«

Sie langt über den Tisch und schüttelt eine kalte, schlaffe Hand. Wenn es nach ihr geht, wird es ein sehr kurzes Essen werden. Sie war von seiner Position beeindruckt, aber der Mann beeindruckt sie keineswegs. Leute in Washington, die über wirkliche Macht verfügen, lernen rasch, sie auch auszustrahlen. So gesehen muß der Mann vor ihr den Stecker an seinem Sender herausgezogen haben.

Aber dann kommt der Ober, um die Bestellung für die Cocktails aufzunehmen, und Mr. Greeley bestellt sich einen doppelten Beefeaters on the Rocks. Gails Interesse erwacht wieder. Eigentlich hätte dieser Mann Kaffee oder Mineralwasser bestellen müssen.

Unvermittelt blickt Simon Gail in die Augen. »Entspricht es den Tatsachen, Senator Grisdale als den entschiedensten Befürworter der klassischen freien Marktwirtschaft im Kongreß zu bezeichnen?«

»Das ist mehr als richtig, Mr. Greeley. Die Einstellung des Senators gegenüber der freien Marktwirtschaft ist geradezu legendär.«

»Angenommen«, beginnt Simon vorsichtig, »also nur einmal angenommen, es gäbe da ein paar sehr hohe Ausgaben im schwarzen Haushalt, die in private Kanäle versickert sind. Mittel, die selbst das Weiße Haus aus den Augen verloren hat. Wäre das für den Senator von Interesse?«

Innerlich seufzt Gail auf. Da haben wir's. Der Kerl führt einen albernen Kleinkrieg mit irgend jemandem im Weißen Haus. »Nun, zunächst einmal hat der Senator ja den Vorsitz im Sonderausschuß des Senats für die Geheimdienste inne, und da weiß er vermutlich Bescheid, wohin jeder Cent im schwarzen Haushalt geht. Außerdem ist das doch nicht neu, daß sich die Leute vom Nationalen Sicherheitsrat und anderen Geheimdiensten nebenbei auch in der Geschäftswelt tummeln. Haben Sie schon mal was von der TRW Corporation gehört?«

Simon beugt sich vor.

»Ja, ja. TRW wurde gegründet, um das Bedürfnis nach Spionagesatelliten zu befriedigen. Ich weiß das, aber davon rede ich nicht. Ich rede von Geld, das an die Wall Street geht und dann von dort aus durch die Investmentbranche.«

Gail legte den Zeigefinger ans Kinn. »Über wieviel reden wir eigentlich, Mr. Greeley?«

»Etwa eine halbe Milliarde.«

Gail unterdrückt ihre Aufregung und setzt ihr bestes professionelles Pokerface auf.

»Ich mache Ihnen einen Vorschlag«, sagt sie dann. »Lassen Sie mich das mit dem Senator überprüfen. Wenn es etwas ist, von dem er nichts weiß, werden wir wieder mit Ihnen in Verbindung treten.«

»Nein, das werden Sie nicht«, widerspricht Simon.

»Wie?«

»Versuchen Sie nicht, Kontakt mit mir aufzunehmen. Ich werde mich bei Ihnen in unregelmäßigen Abständen melden.«

»Muß denn dieses Versteckspiel sein?«

»Absolut. Noch etwas ...« Simon schreibt den langen Namen eines Computerdateiverzeichnisses auf eine Papierserviette. »Ich bin sicher, daß der Senator meine Geschichte überprüfen will. Außerdem bin ich sicher, daß er seine Informanten in der Branche hat. Und dafür benötigt er das hier.«

Der Ober bringt Simons Drink. Er kippt die Hälfte mit einem einzigen Schluck runter.

Auf dem Parkplatz des Restaurants, in dem Gail und Simon sitzen, strahlt der Wurm in seinem Wagen vor lauter Selbstgefälligkeit. Bingo! Schon beim erstenmal ist es passiert. Als er hineinging, konnte er die beiden an ihrem Tisch sehen. Die Frau hatte einen Wein vor sich stehen, Simon nichts. An der Bar schnappte er sich einen Stuhl gleich neben dem Platz, wo der Ober die Cocktails abholte. Als er sich setzte, ging der Ober an Simons Tisch und nahm eine Bestellung auf. Da die Frau noch an einem vollen Weinglas nippte, wußte er, daß die Bestellung für Simon war. Einen Augenblick später war der Ober zurück und bestellte beim Barkeeper einen doppelten Beefeaters. Bis er fertig war, hatte der Wurm bereits die kleine Plastikflasche aufgeschraubt und hielt sie nun in seiner Hand verborgen. Er tippte dem Ober auf die Schulter.

»He, ich würde den drei Burschen da drüben gern einen Drink spendieren«, sagte er und deutete vage ins Restaurant hinein. Der Ober wandte sich von ihm ab und sah sich im Restaurant um, damit er herausbekam, von wem der Mann sprach. Der Wurm warf einen Blick auf den Barkeeper, der der Kasse den Rücken zukehrte. Jetzt! Mit erstaunlicher Behendigkeit schüttete er ein wenig Flüssigkeit aus der Flasche in Simons Drink, der auf dem Tablett des Obers stand.

Der Ober drehte sich wieder zu ihm um. »Welchen Burschen?«

Der Wurm erhob sich ein wenig und verrenkte sich den Hals in Richtung Restaurant. »O je. Tut mir leid. Ich nehme an, sie sind inzwischen weg.«

Der Ober zuckte die Schultern und steuerte mit dem Drink auf Simons Tisch zu. Der Wurm blieb gerade noch so lange da, um zu sehen, wie Simon einen tiefen Zug nahm.

Auf dem Parkplatz läßt der Wurm den Turbomotor seines Wagens an, eines exotischen japanischen Sportwagens. Er pfeift eine Melodie aus dem Radio mit. Warum eigentlich nicht? Schließlich hat er ja Urlaub.

*Im Innern von Simon Greeley strömt die Flüssigkeit aus der Plastikflasche zusammen mit dem Gin in den Magen. Die neuen Spezialviren lassen sich im molekularen Ozean der Flüssigkeit treiben. Ihre Zeit ist nun gekommen.*

Als Gail Ambrose zum Capitol zurückfährt, läßt sie eine ganze Reihe von politischen Variablen Revue passieren, auf der Suche nach einer Gleichung, die auf den Senator zutrifft. Sie ist bei ihm nun schon seit über fünf Jahren, und auch wenn sie weltanschaulich in vielerlei Hinsicht nicht einer Meinung sind, gibt es doch ein starkes Band zwischen ihnen. Aus der Nähe betrachtet, ist der Mann ein faszinierendes Bündel aus Widersprüchen. Im Hinblick auf Frauenfragen befürwortet er einen Rückfall in jenes Zeitalter, als die Frauen noch barfuß herumliefen und ständig schwanger waren, aber wenn er persönlich mit berufstätigen Frauen umgeht, ist er erstaunlich fair und unvoreingenommen. Auf dem Gebiet der nationalen Verteidigung vertritt er unerschütterlich eine stramme militärische Haltung, doch in mehreren internationalen Krisen hat er sich entschieden für Zurückhaltung und Vernunft ausgesprochen. In einer Stadt, in der Kompromisse und Gegenleistungen zum Lebensstil gehören, ist Senator Grisdale bei all seiner Härte in eine Aura der Unschuld gehüllt. Und genau aus diesem Grund wird er auch gefürchtet, denn mit den üblichen Werkzeugen der Manipulation läßt sich nicht einmal die Motorhaube des Senators öffnen, vom Zugang zum Motor ganz zu schweigen.

Wenn das stimmte, was Greeley gesagt hatte, überlegt sie, dann könnte dies für die gegenwärtige Regierung höchst brisant sein. Sie ist ohnehin schon in Bedrängnis geraten wegen des Niedergangs, und ein massiver Finanztransfer aus der Schattenwelt unter dem Weißen Haus zur Wall Street könnte sich zu einer Katastrophe auswachsen, wie sie in die Geschichtsbücher der Schulen Eingang findet. Jetzt kam es darauf an, das Ganze auf seinen Wahrheitsgehalt hin zu überprüfen.

Während des Essens hatte Greeley ihr erklärt, wie das Abzapfen funktionierte. In vielen Fällen handelte es sich um geheime Haushaltsposten, die kurzfristig finanziert wurden. Es mußte nämlich eine Möglichkeit zur schnellen Finanzierung von Geheimoperationen geben, mit denen man auf jene plötzlichen und unerwarteten geopolitischen Entwicklungen reagieren konnte, die es auf der ganzen Welt gab. Angesichts der Höhe der damit verbundenen Summen konnten die Gelder nicht einfach eingefroren werden. Sie mußten investiert werden und angemessene Erträge bringen, bis sie benötigt wurden. Also wurde ein Hauptrücklagenfonds geschaffen und das Geld in verschiedene »Investmentinstrumente« umgesetzt wie Aktien, Rentenpapiere, kurzfristige Anleihen etc.

In diesem speziellen Fall waren nahezu 500 Millionen Dollar an der Wall Street in eine Risikokapitalgesellschaft namens VenCap Partners, Inc. geflossen – angeblich auf Veranlassung von Simon Greeley. Bis dahin war die Transaktion ziemlich legitim, auch wenn manche es vielleicht nicht gerade für klug hielten, Bundesmittel im hochriskanten Wagniskapitalmarkt zu investieren.

Ansonsten aber war dieses Verfahren ausgesprochen schmutzig. Offenbar floß das Geld zwar in VenCap hinein, aber nie wieder heraus. Es war relativ einfach, diese chronische finanzielle Verstopfung zu verschleiern: Der gesamte sonstige Rücklagenetat wurde in alle möglichen Institutionen neben VenCap investiert, und alle Abhebungen wurden von diesen anderen Quellen getätigt, während VenCap unangetastet blieb.

Und schließlich gab es da noch die Rauchkanone, eine Aktennotiz, die VenCap anwies, über 200 Millionen Dollar von den Regierungsgeldern in eine Computerfirma in Oregon zu investieren, und diese Aktennotiz war angeblich von niemand anders als von Simon Greeley unterzeichnet. Zunächst einmal verletzte die Aktennotiz das Grundprinzip von Risikokapitalunternehmen, demzufolge das Geld ihrer Kunden zusammengefaßt und dann in riskante, aber vielversprechende Unternehmen investiert werden sollte. Alle Kunden hatten Anteile an diesem Fonds und profitierten von den Gewinnen ebenso, wie sie die Verluste mittrugen. Der Vorteil einer Risikokapitalgruppe bestand in ihrer Erfahrung hinsichtlich der Auswahl der richtigen Investitionsobjekte. Es war ganz und gar unüblich, daß ein

Kunde, und sei es die Bundesregierung, bestimmte, wo seine Anteile investiert werden sollten. Und dennoch ging aus der Aktennotiz eindeutig hervor, daß genau das geschehen war.

Gail ist klar, was das bedeutet. Große Mengen von Staatsgeldern werden heimlich in eine private Industriefirma investiert, und zwar ohne offiziellen Auftrag durch den Kongreß oder das Weiße Haus. Und um dem Ganzen die Krone aufzusetzen, wurde das Geld ohne direkten Gewinn für die Regierung investiert, noch dazu in ein Unternehmen, dessen Erfolgsaussichten letztlich hoch spekulativ waren. Seit dem Spar- und Kreditfiasko in den späten achtziger Jahren war die Schnittstelle zwischen dem öffentlichen und dem privaten Sektor ein extrem heikles Thema. Selbst der kleinste Hinweis auf einen derartigen Vorgang würde einen Flächenbrand auslösen, den nur wenige überleben würden. Menschen, die aus ihrem komfortablen Vororthäuschen in eine billige Wohnung umziehen mußten, würden es gar nicht gern hören, daß Uncle Sam heimlich Geld in dubiose High-Tech-Unternehmen steckte.

Als Gail das Capitol betritt, hat der Regen aufgehört, aber sie bemerkt es gar nicht. Sobald sie in ihrem Büro ist, faßt sie ihre Unterhaltung mit Simon rasch mit ein paar Notizen zusammen. Diese benötigt sie oft beim Senator. Er hat einen unersättlichen Appetit nach harten Informationen und keine Geduld mit denen, die sie nicht geben können.

Gails Sekretärin steckt den Kopf zur Tür herein. »Er ist jetzt frei.«

Nun, Simon, denkt Gail, hoffentlich meinst du es ehrlich, sonst bist du geliefert.

Als Gail sein Büro betritt, erhebt sich Grisdale von seinem Sessel, eine ritterliche, aber aufrichtige Geste. Mit seinem stahlgrauen Haar, dem mächtigen Schädel, dem breitflächigen Gesicht sieht er eher wie der Archetypus eines Senators aus als wie ein wirklicher Senator. Er trägt die Bürde seiner Autorität mit einer Würde, die schon fast etwas Unwirkliches hat. »Und was kann ich für Sie tun, junge Dame?« erkundigt er sich. Ein warmherziges Lächeln überzieht sein granithartes Gesicht. Er hält sehr viel von Grace und bleibt so lange stehen, bis sie Platz genommen hat.

»Vor ein paar Wochen hat mich ein Mann namens Simon Greeley angerufen. Er arbeitet in der Sicherheitsabteilung der Haushaltsver-

waltungsbehörde. Er behauptete, ein paar wichtige Informationen für Sie zu haben, über die er nicht übers Telefon sprechen will. Also hab' ich mich mit ihm zum Essen verabredet, und davon bin ich gerade zurückgekommen. Ich glaube, er hat tatsächlich etwas für Sie.«
Der Senator lehnt sich in seinem Sessel zurück. »Und was könnte das sein?«
Gail berichtet ihm von ihrer Unterhaltung mit Greeley. Dann übergibt sie Grisdale die Papierserviette mit dem Code für das Dateiverzeichnis.
»Er sagte, wenn Sie eine Insiderquelle haben, dann würden die das brauchen, um seine Geschichte zu verifizieren.«
Grisdale nimmt die Serviette entgegen und hebt seinen Kopf ein wenig, so daß er Simons Gekritzel durch seine Bifokalbrille lesen kann.
»Hm«, brummt er, als er die Serviette mustert. »Sie wissen, was es bedeutet, wenn er recht hat?«
»Im besten Fall sähe es so aus, als wäre der Präsident am Steuer eingeschlafen. Und bei all der negativen PR, die ihm der Niedergang beschert hat, könnte das etwas sein, was seiner Regierung den Rest gibt.«
»Damit liegen Sie zweifellos richtig«, meint Grisdale. »Und nun die entscheidende Frage: Kann dieses Land so etwas ausgerechnet jetzt gebrauchen?«
»Vermutlich nicht.«
»Vermutlich nicht«, wiederholt Grisdale. »Aber wenn dieser Greeley recht hat, dann steckt dahinter eine Art von Verschwörung, und zwar in ziemlich großem Maßstab. Und ich denke, auch das kann dieses Land jetzt nicht gebrauchen.«
»Was sollen wir also tun?« will Gail wissen.
Grisdale erhebt sich und tritt ans Fenster. »Zunächst einmal werde ich das überprüfen. Dann werden wir weitersehen.«
»Kann ich irgend etwas tun?«
»Nein.« Grisdale wendet sich zu ihr um und lächelt. »Gute Arbeit. Ich sage es Ihnen, wenn ich mehr weiß.«

Aus dem Abendhimmel fällt kalter Nieselregen, als Senator Grisdale über die Fußgängerbrücke geht. Der unaufhörliche Verkehrsstrom unter ihm erzeugt ein ständiges Brausen, ein weißes Rauschen, das auch die besten Abhörgeräte nicht durchdringen können. Ein gedrungener Mann geht neben ihm und hält über sie beide einen Schirm. Der Senator ist ihm bisher nur zweimal begegnet. Beim erstenmal hatte ihm der Mann erklärt, daß er tief im Inneren des Nationalen Sicherheitsapparates tätig sei und daß da Dinge geschähen, die ihn beunruhigten. Er hatte hinzugefügt, daß er die Arbeit des Senators seit einiger Zeit verfolge und seine kompromißlose Integrität bewundere. Aus diesem Grund wolle er ihm seine Dienste anbieten, allerdings nur bei jenen seltenen Gelegenheiten, da Grisdale keine anderen Quellen zur Verfügung stünden. Und da kam dem Senator seine größte Gabe zugute. Als anständiger Mensch hatte er ein fast untrügliches Gespür für die Anständigkeit anderer. Intuitiv wußte er, daß der Mann die Wahrheit sagte.

Als sie das Ende des Überwegs erreicht haben, kehren sie um und treten erneut in den brausenden Schutzschild des Verkehrslärms ein. Der Senator kommt gleich auf den Punkt.

»Einer von meinen Mitarbeitern wurde von jemandem kontaktiert, der über einige ziemlich interessante Neuigkeiten über Mittel des Nationalen Sicherheitsrats verfügt. Offenbar werden erhebliche Summen durch die Wall Street geschleust, mit denen man auf dem privaten Sektor spekuliert.«

Der Senator übergibt dem andern Simons Gekritzel auf der Serviette. »Sie werden dies wohl brauchen, um mehr darüber herauszubekommen.«

Der Mann wirft einen kurzen Blick auf die Serviette und steckt sie in die Tasche seines Regenmantels.

»Aha«, sagt er, »System 9. Wieviel müssen Sie wissen?«
»Ein schlichtes Richtig oder Falsch würde mir genügen.«
»Das bekommen Sie morgen.«
Der Senator bleibt stehen und sieht dem Mann ins Gesicht.
»Bill, wie groß ist das Risiko, das Sie dabei eingehen?«
Der Mann zuckt die Schultern. »Schwer zu sagen.«
»Riskieren Sie dabei Ihr Leben?«
»Durchaus möglich.«
»Ist es das wert?«
»Ohne jeden Zweifel.«
»Warum?«

»Wenn Sie all das wüßten, was ich weiß, Senator, dann würden Sie es verstehen. Aber hoffentlich wird das nie der Fall sein. Guten Abend.«

Der Mann und der Senator verlassen den Übergang in entgegengesetzten Richtungen. Unter ihnen braust der Verkehr bewußtlos dahin.

Am nächsten Tag klart der Himmel spät nachmittags auf, die Luft erwärmt sich, und die Hauptstraße ist in den sanften grünen Hauch des Frühlings gehüllt. Der Senator öffnet sein Bürofenster einen Spaltbreit, holt tief Luft und fühlt sich an Frühlingstage in seiner Kindheit erinnert.

Ein Klopfen. Seine Sekretärin steht in der Tür, ein gefaltetes und zusammengeheftetes Stück Papier in der Hand. »Tut mir leid, Sie zu stören, Senator, aber ich habe dies hier nach der Mittagspause auf meinem Schreibtisch gefunden. Ich glaube, es ist von einem Ihrer Enkelkinder.«

»Danke, Marty. Legen Sie's einfach auf den Schreibtisch.«

Als Marty gegangen ist, nimmt der Senator das Papier in die Hand. »Senator G. persönlich« steht in der wackligen Handschrift eines Erstkläßlers darauf. Grisdale ist beeindruckt. Angesichts all dieser raffinierten graphischen Produkte, mit denen man seine Aufmerksamkeit wecken will, stellt dies die perfekte Möglichkeit dar, durch das Netz zu schlüpfen. Er öffnet den Zettel und liest ein einziges, mit Bleistift geschriebenes Wort: RICHTIG.

Ein paar Blocks weiter muß Simon Greeley blinzeln, als er aus dem Verwaltungsgebäude in die Sonne hinaustritt. Es ist ein strahlend schöner Tag, und darum beschließt er, ein bißchen zu Fuß zu gehen, um einen klareren Kopf zu bekommen.

Dann stößt er plötzlich mit der Schuhspitze an eine Betonkante und verliert beinahe das Gleichgewicht.

Er macht einen raschen Ausfallschritt, um sich wieder zu fangen, und sieht sich verlegen um, ob ihn jemand gesehen hat. Dies scheint nicht der Fall zu sein. Ehe er das Ende des Blocks erreicht, hat er den Vorfall bereits vergessen.

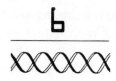

# Der Elefant

Der Architekt sitzt im Teriyaki-Imbiß, einer Fastfoodkneipe gegenüber seiner Wohnung. Er nimmt noch einen tiefen Zug aus seiner Zigarette und drückt sie dann in einem Aschenbecher aus goldfarbenem Stanniolpapier aus, der so runzlig ist wie die Handfläche eines alternden Bauern. Die asiatische Einwandererfamilie, der die Kneipe gehört, muß noch hart arbeiten und lebt am Rande des Existenzminimums. Jeden Abend wäscht die Frau diese schlichten Aschenbecher aus, biegt sie wieder zurecht und glättet die Runzeln. Für sie und ihren Mann ist der Niedergang nichts weiter als eine Wolke abgestandener Luft, die vom Wind davongetragen wird. Sie blicken nach vorn, und darum beneidet sie der Architekt.

Er fragt sich, wo das Sicherheitsduo von Paravolve an diesem Abend stecken mag. Normalerweise ziehen sie sich ans andere Ende des Parkplatzes vom Quickie-Markt zurück, so daß sie die Haustür zu seiner Wohnung und den Teriyaki-Imbiß gleichzeitig im Auge behalten können. Sie sind beide übergewichtig und gehen abwechselnd in den Laden, um sich Kaffee und Gebäck zu holen.

Der Architekt staunt über die mangelnde Qualifikation dieser Leute. Schließlich ist er der wertvollste menschliche Besitz des Unternehmens und hätte eigentlich Anspruch auf entsprechende Sicherheit. Statt dessen pumpen sich diese Idioten voll mit molekularen Schlangen, mit einem Kohlenstoffrückgrat, Wasserstoffrippen und Köpfen aus Carboxylgruppen. Lipiden also. Fett.

Auf der anderen Straßenseite, über dem Chinarestaurant, kann er seine Wohnung sehen, aus der das Licht milde durch die vorgezogenen Vorhänge scheint. Sie erinnert ihn stark an eine andere Wohnung, die über einem Schönheitssalon in Fresno, Kalifornien, lag und in der er seine Kindheit verbracht hat.

Der Architekt legt die Finger an die Schläfen und schließt die Augen, während er in Gedanken diese Wohnung betritt. Er sieht, wie Tante Dixie ihre massige Gestalt vorbeugt, um die Fernsehmahlzeiten aus dem Backofen zu holen, ihre Oberarme sind mächtige Zeppeline aus Fleisch. Er vernimmt das aufgeregte Wortgeplänkel einer abendlichen Game Show aus dem alten Schwarzweißfernseher mit seinem einst so modischen Gehäuse aus kalifornischem Kirschbaumfurnier. Tante Dixie, die den Schönheitssalon im Erdgeschoß betreibt, ist seine ganze Familie. Seine einzige Angehörige.

Gelegentlich, während sie sich durch ein Sechserpack Hamms und eine halbe Packung Kools arbeitet, erzählt sie ihm die Geschichte von seiner Herkunft. Offenbar hatte sich Tante Dixies Halbschwester vor einiger Zeit von ihrem zweiten Mann getrennt und begonnen, abends in der Blue Pig Tavern zu arbeiten. Dafür engagierte sie einen Babysitter für ihre drei Kinder, eine hochaufgeschossene Dreizehnjährige mit langen, strähnigen Haaren. Nun, eines Abends kreuzt dieses Mädchen mit einem Zweijährigen im Schlepptau auf, einem niedlichen Kerlchen, das ein Stofftier umklammert. Als Dixies Halbschwester aus der Kneipe heimkommt, schläft der kleine Bursche auf der Couch, und sie fragt das Mädchen, wer das sei. Das Mädchen wirft ihr strähniges Haar zurück und erklärt es ihr. Ihre Mutter arbeitet wohl tagsüber als Zimmermädchen im Motor City Inn; dort lernte sie diese Lady von Zimmer 75 kennen, die für ein paar Stunden einen Babysitter suchte. Also rief die Mutter die Tochter an, und die übernahm den Job und verbrachte die Zeit bis zum nächsten Mittag bei dem Kind in Zimmer 75. Die Lady kam nie zurück. Sie hatte ihre Rechnung bereits bezahlt, und die Motelbesitzer wollten keinen Ärger mit der Polizei haben, also nahmen Mutter und Tochter den Kleinen mit nach Hause. Einfach so.

Nun, die Halbschwester wußte, daß diese Mutter ein ziemlich gemeines Stück war. Hin und wieder, wenn die Tochter zum Babysitten kam, sah man, daß sie blutunterlaufene Striemen hatte. Also beschloß die Halbschwester, den Kleinen für ein paar Tage bei sich aufzunehmen, und dann würden sie mit ihm zur Polizei gehen oder so. Am nächsten Tag kreuzt Dixie auf, und ihr großes, dickes Herz macht einen Sprung und nimmt den Kleinen auf. Den Rest kennst du ja.

Ich kenne den Rest, wiederholt der Architekt auf der Brücke vom Einst ins Jetzt.

Jeden Tag lief er gleich nach der Schule in den Laden, in der Tante Dixie Haare wusch und schnitt, Locken drehte und Fingernägel feilte. Sie sagte ihm jedesmal, er solle schon mal nach oben gehen und eine Kleinigkeit essen, während sie ihre Arbeit erledigte, und genau das tat er. Nach dem Essen drang er mit einer Bande von Nachbarskindern in die Geheimnisse des Nachmittags ein und lernte dabei unanständige Wörter, das Raufen und wie man high wird. Aber nach etwa einer Stunde war er wieder zu Hause und vertiefte sich in seine Schulbücher. Er las seine Lektionen einmal ganz schnell durch, verstand alles und vergaß nichts, ganz gleich, worum es ging. Tante Dixie war über diese erstaunliche Aufnahmefähigkeit eher amüsiert als beeindruckt. »Du mußt ja ein wahres Elefantengehirn haben!« war alles, was sie dazu sagte. Der Architekt fühlte sich in dem rosigen, liebevollen Dunst, der ihre Bemerkungen über seine Intelligenz umgab, stets geborgen. Anders bei seinen Kumpanen. Schon früh lernte er, seinen Intellekt zu verbergen und vor dem Arbeiterklassenzorn zu schützen, der sich hemmungslos in seiner Umgebung austobte.

Doch ohne daß er es ahnte, erfaßte dieser Zorn auch ihn. Er beobachtete die Jungen am anderen Ende der sozialen Skala, wie sie wie prächtige Vögel dahinglitten, die über die Oberfläche eines gläsernen Sees strichen. Er sah, wie die Mädchen mit bewundernden Augen an ihnen hingen, wie sie mit dieser unglaublichen Sicherheit dahinsegelten, nur Zentimeter neben Elend und Katastrophen. Er fragte sich oft, wo sie ihr inneres Navigationssystem her hatten und warum das seine so tragische Mängel aufwies. Er kam nicht darauf, daß jeder von ihnen die Summe seines Milieus war, das aus BMWs,

Skiurlauben, Restaurantessen, teurer Kleidung, Nachhilfestunden, Ausflügen nach Hawaii, unerschöpflichem Taschengeld bestand und natürlich der Hilfe vom Familienanwalt, wenn man mal Mist gebaut hatte. Er erkannte nicht, daß all diese Dinge sich zu einem Kitt vermengt hatten, der sie miteinander verband und bereits in der High School diamanthart geworden war, der aber alle andern ausschloß, die nicht auf die gleiche Weise aufgewachsen waren.

Und darum zog sich der Architekt in die Welt des Geistes zurück, wo die Regeln der sozialen Bindung offener und klarer definiert waren. Und hier hockte er wie ein mythischer Vogel an der Spitze der Hierarchie, allein und unangefochten. In der Schule blieb er stumm, wenn er nicht aufgerufen wurde, doch dann gab er so sparsame Antworten, daß sie fast allzu schlicht klangen – es sei denn, man zerlegte sie und entdeckte dann, daß sie ohne Fehl und Tadel waren.

Einige seiner Lehrer ärgerten sich darüber, wie er ihre Kurse so spielend und unengagiert schaffte, während andere Schüler sich in den unteren Rängen abquälten und sich abrackerten, die geistige Leiter zu erklimmen. Die meisten seiner Klassenkameraden hielten ihn für unnahbar, für einen beunruhigenden Hybriden aus sozialem Außenseiter und gelehrtem Genie.

Dann bekam er ein Collegestipendium und ging nach Stanford. Drei Jahre später machte er seinen Magister in Elektrotechnik. Nach weiteren zwei Jahren seinen Doktor in Informatik. Er hängte noch ein Jahr dran und schloß mit dem Magister im Fach Biochemie ab.

Aber die ganze Zeit über vertiefte sich der soziale Graben um den Architekten und füllte sich mit pathologischen Flüssigkeiten. Er wohnte allein in einem heruntergekommenen Apartment im Rotlichtviertel, war Stammgast in einer nahegelegenen Kneipe, die Rockern gehörte, und konsumierte alle bekannten Abarten von Straßendrogen. Er war beherrscht von einem unwiderstehlichen Drang, seine geniale Gelehrsamkeit dadurch zu kompensieren, daß er immer wieder in einen absurden Rausch des Vergessens abtauchte.

Nach dem Studium bekam er ein Stipendium für Informatik, eine Anstellung im National Laboratory in Los Alamos, einen Vertrag bei der NASA und einen Forschungsauftrag bei IBM. In jeder dieser Institutionen kamen seine Kollegen rasch dahinter, daß sie ihm nicht das Wasser reichten. Man konnte nur beiseite treten und zusehen, wie er über einem verschwand. Und man entdeckte dabei auch, daß er nie zu einem herunterrief und einem erzählte, was er da oben sah, und damit verletzte er eine der grundlegenden Prämissen der Wissenschaft: seine Entdeckungen mit anderen zu teilen. So kam es immer wieder zu Konflikten, und dann ging er stets.

Dann erhielt er das Angebot von ParaVolve. Und nun sitzt er hier im Teriyaki-Imbiß, zündet sich noch eine Zigarette an und beobachtet, wie sich der Verkehr über die Murray Road voranquält.

Tante Dixie hatte recht, denkt der Architekt. Ich bin ein Elefant. Und da hat man es sehr schwer, sich zu verstecken.

# 7

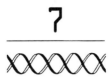

# Gehirntod

Simon Greeley biegt in die Auffahrt zu seinem Haus in einem Vorort von Springfield ein. Nervös tippt er aufs Gaspedal, während er darauf wartet, daß sich das Garagentor öffnet. Sein Tinnitus sendet ein silbernes Blitzen durch seinen Schädel, und er verspürt das nagende Zittern einer fortgeschrittenen Angst. Er wußte, daß er es richtig gemacht hatte, mit Gail Ambrose zu sprechen. Es war ihm nicht entgangen, wie sich ihre Augen vor Aufmerksamkeit verengten, als sie mitbekam, was er ihr da anvertraute. Aber dieser höchste Augenblick der Tat, dieser Verrat auf einem großartigen Niveau löste keinerlei Gefühl der Erleichterung aus.

Nun, rückblickend, weiß er, warum. Ganz gleich, wie stark seine inneren Überzeugungen sind, ganz gleich, wie genau sein moralischer Kompaß ausgerichtet ist – so ohne weiteres kann er nicht einfach das ekelhafte Gefühl abschütteln, das berufsmäßige Vertrauen anderer Menschen enttäuscht zu haben. Irgendwie hatte er geglaubt, wenn die Tat vollbracht wäre, hätte er damit zugleich schon Vergebung und Absolution erlangt, aber nun weiß er, daß dies eine törichte Annahme war. Geistige Linderung dieser Art läßt sich nicht von innen herbeiführen, sondern nur von außen, durch Gesetzestexte, durch einen Verhaltenskodex.

Nun bilden die neuen Viren eine kunterbunte Flotte, die sich dank der sanften, beständig fließenden Ströme der Verdauungssäfte über eine große Strecke verteilt hat. Während sie dahintreiben, sondieren sie gemächlich die Oberflächen von Zellen, auf die sie unterwegs stoßen. Bald sind die ersten Wellen in den Dünndarm eingedrungen und finden an seinen Wänden ihren ersten organischen Halt. Während sie auf diese mikroskopisch kleine Landschaft hinunterschweben, erweist sich die Wand des Dünndarms als ein endloser Bienenkorb aus einzelnen Zellen, jede ein Land für sich, das eifrig mit aller Welt Handel treibt. Im Gegenzug wird aus jedem Land eine Stadt aus schwankenden Türmen, den sogenannten Mikrovilli. Wie Heißluftballons treiben die Viren langsam zwischen diesen Türmen dahin und suchen nach der exakt passenden Stelle, an der sie andocken können. Und dann finden einige von ihnen diese Anlegestelle und tauchen von dort aus hinein bis ins Innere der Zelle.

Im Wohnzimmer vernimmt Barbara Greeley das mechanische Ächzen des Garagentors und weiß, daß Simon jeden Augenblick hereinkommen wird. Schon taucht vor ihrem inneren Auge sein angespanntes Gesicht auf, und geduldig wischt sie es beiseite. Sie bemüht sich, das Negative in ihrer Ehe nicht noch zu verstärken, auch wenn ein gehässiger Geist in ihr Simon gnadenlos als erbärmliches Wrack ausmalt, das nicht mehr als altruistisches Mitleid verdient. Im Laufe der Zeit hat der Geist seine Taktik geändert. Vor ihrem kleinen Seitensprung im vergangenen Jahr hat er Simon als ferne Treibeisscholle dargestellt, als einen Gletscher, der das Mark ihrer Ehe ausgeschliffen hat, bis ihr nichts weiter blieb als die Findlinge. Einer dieser Findlinge war ein Junggeselle mittleren Alters, der Biologie in der Grundschule unterrichtete und Abendkurse in Pädagogik besuchte, wo er Frauen mittleren Alters aufgabelte. Vermutlich hat er nach ihr inzwischen schon drei oder vier andere gehabt. Sie empfindet keinen Groll darüber. Denn nun imaginiert der Geist in ihr Simon als feuchte Decke, unter der sie bis auf die Knochen friert, und sie ist sich darüber im klaren, daß sie nur ein wenig Wärme haben wollte, ganz gleich, woher sie kam.

Genau zur vorhersehbaren Zeit hört sie, wie sich das Tor wieder schließt, und gerade diese pedantische Regelmäßigkeit ist ihr so ver-

haßt. Simon kommt herein und drückt ihr einen flüchtigen Kuß auf die Stirn.
*Schau die Post durch, Simon. Das ist jetzt an der Reihe.*

Aber er fällt aus der Rolle, geht hinüber zu der Glasschiebetür, reißt sie auf und tritt ans Geländer, wo er sich vorbeugt und einen Augenblick zum Wald hinüberstarrt.

Er dreht sich wieder um, und sein Regenmantel flattert in der Brise, während er sich ans Geländer lehnt und durch die offene Tür zu ihr spricht.

»Barbara, ich habe gerade etwas Außergewöhnliches getan, und ich meine, du solltest Bescheid wissen.«

Barbara nickt ergeben. Aus der Ferne dringt gerade zufällig das Geheul eines Rettungswagens herüber. Die richtige Fanfare für Simons Ankündigung. Er spricht die immergleiche sorgfältige Bürokratensprache, die den größten Teil seines Lebens beherrscht hat.

»Vor einiger Zeit bin ich auf gewisse Unregelmäßigkeiten im Haushalt gestoßen, die angeblich mit meiner Billigung durchgeführt wurden. Tatsächlich habe ich absolut nichts davon gewußt. Also habe ich das Ganze überprüft und herausgefunden, daß irgend jemand heimlich sehr große Summen Steuergelder in den privaten Sektor abzweigt. Das ist nicht rechtens, Barbara. Es ist nicht rechtens, daß diese Leute das tun, und es ist nicht recht, daß man mich zum Sündenbock macht, wenn sie geschnappt werden.«

Hinter Simon schwankt eine Pappelreihe wie ein umgekehrter Besen und kehrt die weite Schüssel des Himmels.

»Ich habe darüber eine Zeitlang nachgedacht, und dann habe ich zum Büro von Senator Grisdale Kontakt aufgenommen. Dort kennt man nun die ganze Geschichte. Vermutlich haben sie sie inzwischen überprüft. Ich gehe an die Öffentlichkeit, Barbara. Ich packe aus, wie noch niemand vor mir in diesem Land ausgepackt hat.«

Barbara starrt durch die offene Tür nach draußen. Zu dieser Jahreszeit sind die Pappeln besonders lieblich, und auf einmal wünscht sie nichts sehnlicher, als ein Vogel zu sein, der hoch oben in ihren Zweigen hockt, und es gibt nichts anderes mehr als den Himmel, den Wind und das Rascheln der Blätter.

Als Gail hereinkommt, sieht sie Senator Grisdale am Fenster stehen und hinausstarren. Kein gutes Zeichen. Das Ritual ist durchbrochen. Wenn sie hereinkommt, sitzt er sonst stets an seinem Schreibtisch und erhebt sich wie ein Berg aus Urgestein, um sie zu begrüßen. Und nun steht er am Fenster, mit dem Rücken zu ihr, die breiten Schultern leicht hochgezogen – eine beunruhigende Pose für einen Mann von militärischer Haltung.

»Er meint es ernst.«

»Wer meint was ernst?« erkundigt sich Gail. Schließlich befassen der Senator und sie sich ständig mit hunderterlei Dingen.

»Simon Greeley.«

»Sind Sie sicher?«

»Ja, ich bin sicher«, erwidert Grisdale, während er sich zu ihr umdreht und sich zu seinem Schreibtischsessel begibt.

»Aber das ist auch das einzige, dessen ich sicher bin. Von da an bewegen wir uns auf unsicherem Gelände. Wir sollten unsere Möglichkeiten sehr sorgfältig abwägen.« Er läßt sich in seinen Sessel sinken, lehnt sich zurück und nimmt wieder seine klassische Haltung ein. »Also los, fangen wir an.«

»Nun, die sicherste Möglichkeit wäre, daß wir uns ganz langsam bewegen und versuchen, das Ganze von einer Reihe von Informanten unabhängig voneinander bestätigen zu lassen«, schlägt Gail vor.

»Gewiß, das wäre das Sicherste«, gibt Grisdale zu, »aber es könnte auch das Kläglichste sein. Wenn es dabei nur um diese Greeley-Geschichte ginge, wäre es vermutlich okay. Aber mir sind in letzter Zeit andere Dinge zu Ohren gekommen. Über das Weiße Haus. Und das hat mir ganz und gar nicht gefallen.«

Gail spürt, wie ein Anflug von Angst sie durchzuckt. Schon merkwürdig, denkt sie, daß man über die unheilvollen Dinge nur selten direkt spricht. Zweifellos hat sie die gleichen Gerüchte vernommen wie der Senator. Doch jedesmal wurden sie nur leicht berührt, zuweilen sogar humorvoll. Das konnte man auch gar nicht anders erwarten in einer Stadt, in der jeder sich seiner politischen Rolle nur allzu bewußt ist. Es war ein gewagtes Spiel, über heikle und gefährliche Angelegenheiten offen und direkt zu sprechen. Wenn sie herauskämen, hätte man nichts daran zu gewinnen, und wenn nicht, würde man nur allzu rasch als überreagierend und paranoid abgestempelt. Am besten malte man seine Szenarien mit weitschweifigen, impressionistischen Begriffen aus, die sich der direkten Interpretation entzogen, brachte aber zugleich seine Botschaft an den richtigen Empfänger. In diesem Fall waren Gails kollektive Eindrücke bestenfalls besorgniserregend. Irgend etwas stimmte nicht im Weißen Haus. Ein vages Grummeln über eine Machtverlagerung hin zu einer Untergruppe innerhalb des Nationalen Sicherheitsrates. Unverbindliche Andeutungen über eine drastische Umstrukturierung der Exekutive zur Bewältigung der gegenwärtigen Wirtschaftskrise. An den Rändern dieser Spekulation tummelten sich die alten liberalen Alptraumphantasien der sechziger Jahre: der Geheimplan zur Aufhebung der Bürgerrechte, die Auflösung des Kongresses und eine staatliche Übernahme der Medien.

»Also gut«, meinte Gail, »gehen wir ins andere Extrem. Wir berufen eine Pressekonferenz ein und lassen Simon seine Story vor den internationalen Nachrichtenmedien zum besten geben.«

Grisdale knurrte: »Das würde eine Krise beschleunigen, deren Größenordnung die von Watergate bei weitem übersteigt. Dies würde das Weiße Haus entweder lahmlegen, wenn es am meisten gebraucht wird, oder zu einer drastischen Aktion nötigen, die wir unser Leben lang bedauern würden.«

Er steht auf und beginnt auf und ab zu gehen. »Wir müssen irgendeine Maßnahme ergreifen, mit deren Hilfe wir das Problem unter Kontrolle bekommen, aber dabei nicht die Regierung zu Fall bringen. Ich denke, am besten ist es, Mr. Greeley vor meinen Ausschuß zu stellen, und zwar in geschlossener Sitzung. Das sorgt gewiß noch für einigen Wirbel, aber ich meine, den bekomme ich unter Kontrolle. Zumindest wird man offiziell zur Kenntnis nehmen, daß im Verwaltungsgebäude etwas übel aus dem Ruder gelaufen ist. Der Trick besteht darin, daß wir die Dinge wieder geradebiegen, ohne daß das Ganze in die Mühlen der Justiz gelangt oder die Medien ins Spiel gebracht werden. Es ist wie bei der Chemotherapie: Wir müssen die bösartigen Zellen erwischen, ohne den ganzen Körper zu töten.«

»Das Problem ist nur«, wirft Gail ein, »daß wir noch nicht wissen, welches die gutartigen und welches die bösartigen Zellen sind.«

Grisdale lehnt sich in seinem Sessel zurück. »Ich fürchte, das werden wir herausfinden müssen, während wir handeln. Und wir sollten uns dabei lieber keinen Fehler erlauben, denn wir werden keine zweite Chance bekommen.«

»Wie haben sie sich den zeitlichen Ablauf vorgestellt?« erkundigt sich Gail. »Greeley hatte schon recht, als er sagte, es sei zu gefährlich, direkt mit ihm Kontakt aufzunehmen. Wir müssen einfach warten, bis wir von ihm hören.«

»Das ist kein Problem«, erwidert Grisdale. »Ich möchte gar keinen offiziellen Zeitplan, der uns nur festlegen würde. Es ist besser, zu warten, bis er Kontakt zu uns aufnimmt, und dann sehen wir schon, ob er bereit ist, es zu tun. Wenn ja, dann schleusen wir ihn einfach unangemeldet ein.«

Gail sieht in Gedanken den Anhörungssaal vor sich – die Türen sind geschlossen, die Scheinwerfer und die Kameras stehen zur Aufnahme bereit. Sie sieht Simon am Tisch sitzen, gegenüber den Senator. Er sieht müde und abgespannt, doch entschlossen aus. Auf einmal empfindet sie Mitleid mit diesem Mann.

»Von der Minute an, da er in diesem Raum den Mund aufmacht, hat er sich selbst vernichtet, nicht wahr?«

»Ohne Zweifel.«

»Warum?«

»Weil sich für kurze Zeit die ganze Stadt, das ganze politische System von Amerika, die gesamte Medienmaschine um ihn drehen werden.«

Ein extremer Vorgang, denkt Gail, der sich aber in einer perversen Art von Gleichgewicht befindet. Wieder muß sie an ihren Vater denken, der für sie so etwas wie ein Maßstab für Simon ist. Hätte er genauso gehandelt? Oder wäre er weiterhin langsam erstickt unter einer dicken, feuchten Decke aus unendlichem Verantwortungsgefühl? Sie würde es nie erfahren.

Simon geht durch einen Park in der Nähe des Verwaltungsgebäudes. Um ihn herum veranstalten die Bäume ein wahres Frühlingsfeuerwerk mit ihren Blüten; aber er nimmt es nicht wahr. Statt dessen fällt ihm gerade ein Angelausflug mit seinem Bruder ein, eines der letzten Kapitel seiner Jugend. Er sieht Steve im Bug ihres kleinen Aluminiumboots sitzen. Er riecht, wie sich die sumpfige Luft mit den Auspuffgasen des Außenbordmotors vermischt, und hört das Schwappen des Wassers gegen den Rumpf. Steves Wangen sind von der kühlen Herbstluft gerötet, wie er da im Bug Simon gegenübersitzt und unbeholfen einen Haken an eine dünne Leitschnur zu knoten versucht.

»Soll ich dir helfen, Steve?« Er bedauert die Frage, noch ehe er sie ganz ausgesprochen hat. Es ist das Falscheste, was man zu jemandem sagen kann, der gerade aus dem Knast kommt und sich mit einem üblen Drogenproblem herumschlägt. Lieber Gott, laß es mich jetzt nicht vermasseln, ja? Ich bin in solchen Dingen nicht sehr gut, aber laß mich nur dieses eine Mal gut sein, okay?

Steve sah nicht einmal auf. Die Morgensonne funkelte hell auf seinem feuchten blonden Schnurrbart und verwandelte seinen Atemhauch in tanzende Silberwölkchen. Er fummelte immer noch an Leitschnur und Haken herum. Und dann begann er im schnellen, übertrieben aufgekratzten Tonfall des universalen Bauernfängers, des ewigen Hausierers, zu reden.

»Weißt du, Simon, ich habe jede Menge Zeit zum Nachdenken gehabt, das kannst du mir glauben.« Er kicherte voller Selbstverachtung. »Und weißt du, was ich glaube? Ich glaube, meine größte Chance besteht darin, daß ich es wirklich packe, daß ich mich so richtig auf eine Sache konzentriere. Nicht irgend so einen Scheißschreibtischjob. Ich meine etwas, wo ich, ich ganz allein, es wirklich packe. Wenn du nicht das Höchste willst, dann wirst du auch nicht hoch gewinnen, wenn du verstehst, was ich meine. Aber was sag ich da – natürlich verstehst du das. Du bist doch ein As mit Zahlen. Du kannst doch die Chancen ausrechnen, oder? Auf lange Sicht kommst du groß raus, und wenn du es richtig anpackst, kannst du auch kurzfristig groß rauskommen. Du mußt bloß wissen, wie du das Ganze aufziehst.«

Steve riß seine Augen von dem Haken los und starrte Simon mitten ins Gesicht. »Ich weiß doch, daß ich es packen kann, Simon. Ich weiß doch, daß ich es packen muß. Ich komm doch von ganz weit her, Simon. Von hoch minus zehn mindestens, wenn nicht von noch weiter. Ich brauch den langen Ball, um wieder auf die Füße zu kommen. Aber keine Angst, ich werd' dich schon nicht enttäuschen.

Ich werde auch Dad nicht enttäuschen. Ich bin euch eine Menge schuldig, und ich werd' euch das auch wieder ratenweise zurückzahlen ...«

Simon konnte es kaum noch ertragen. Er sah doch, was hier vor sich ging – das übliche Muster der Drogenszene, in dem der Dealer das Opfer schmoren läßt, um es dann um so fester am Haken zu haben. Seinen Bruder gab es gar nicht mehr, an seine Stelle war ein parasitärer Automat getreten. Sein ganzer Sermon hörte sich wie ein mit dem Computer erstellter Schemabrief an, der gerade so viele individuelle Informationen enthielt, daß die Zielperson sich persönlich angesprochen fühlte.

»... und man kann doch nur schwer irgendeine Hebelwirkung ohne Hebel ausüben. Du verstehst, was ich meine? Und dabei rede ich noch gar nicht über einen großen Hebel. Höchstens ein paar Hunderter. Was denkst du?«

Simon wandte sich von Steves erwartungsvollem Starren ab und warf seine Leine ins Wasser.

»Ich bin nicht hierhergekommen, um zu denken, Steve, sondern um zu angeln. So wie früher.«

Und das war's dann, denkt Simon, als er sich dem Ende des Parks und der Blütenpracht nähert. Schweigend hatten sie geangelt, waren dann wieder in den Jachthafen zurückgekehrt, hatten noch ein paar steife Höflichkeitsfloskeln ausgetauscht, und seither hatte er seinen Bruder nie wiedergesehen. Und nun fragt er sich zum erstenmal seit vielen Jahren, ob sein Bruder noch da draußen ist und vielleicht an einer heruntergekommenen Tankstelle Reifen wechselt oder in einer schummrigen Kneipe für Geld Poolbillard spielt. Am meisten aber fragt er sich, ob sein Bruder etwas davon mitbekommt, daß er dabei ist auszupacken.

Die neuen Viren strömen durch das Dock, von dem aus sie ins Innere der Darmzelle gelangen, und schießen in die Zytoplasmasee hinaus. Weit weg erblicken sie die verschwommenen Umrisse einer großen Kugel, des Zellkerns. Über die ganze Innenseite der Zellmembran verteilt, schwärmen die winzigen Touristen von den Eingangsdocks aus und verbreiten sich träge im ganzen Zytoplasma.

Aber schon bald begegnen sie dem geheimnisvollen Geschäftemacher, von den Fachleuten reverse Transkriptase genannt, der ihnen Wiedergeburt und neues Leben in einem verwandelten Zustand verspricht. Ein klarer Vorschlag: eine Chance, der Rolle des Botenjungen zu entkommen, der sich auf der Straße rumtreiben und die Fabriken beliefern muß, eine Chance, in den Tempel des Zellkerns zu gelangen und ein Meister des genetischen Schicksals zu werden.

Die Herkunft des Geschäftemachers ist dunkel. In vielen Fällen gehört er zum Gepäck, daß ein eindringendes Virus mitschleppt. Aber nicht immer. Manchmal ist er bereits da und wartet stumm in den atavistischen Gängen, die von der fibrösen Matrix, die sich durchs gesamte Zytoplasma erstreckt, gebildet werden. Auf jeden Fall kann man seinem Angebot nicht widerstehen. Und Millionen seinesgleichen machen auf so aggressive Weise ihr Geschäft in der Gallertmasse der Zytoplasmasee. Sobald man sich handelseinig ist, geschieht die Umwandlung im Handumdrehn. Einfach entlang den Perlen des RNS-Strangs springen und alle U- und T-Perlen abwerfen, dann damit beginnen, alle Perlen nach einem simplen Rezept auszutauschen. Dann geht es das Zuckerrückgrat des Strangs nach oben, wobei man bei jedem Wirbel innehält und ein bestimmtes Paar von Wasserstoff- und Sauerstoffatomen herauslöst sowie ein einzelnes Wasserstoffatom an ihrer Stelle einsetzt. Schließlich fädelt man noch an jedem Ende ein paar zusätzliche Perlen auf und achtet darauf, daß sie eine identische Sequenz bilden.

Das ist alles. Man hat es geschafft. Man ist DNS geworden. Unsterblich. Und nun begibt man sich mit zahllosen anderen Konvertiten auf die Pilgerschaft zum Zellkerntempel. Wenn man sich ihm nähert, entfaltet sich das endlose Blütenmuster der Kernporen. Über zehn Millionen sind auf der Oberfläche des Kerns verteilt und stoßen einen geschäftigen Schwarm von Boten aus, die vom Sitz der Macht mit eindeutigen Anweisungen an entlegene Stellen im Hinterland eilen.

Man würde am liebsten stehenbleiben und gaffen, aber schließlich ist man ja geschäftlich hier, und darum kreuzt man dicht über den Poren hin und her und läßt sich ständig von den ausschwärmenden Boten anrempeln, während man einen Eingang sucht. Und dann entdeckt man rein zufällig einen freien Eingang und schlüpft hinein.

Plötzlich treibt man in einem wirren Dschungel aus verschlungenen Fasern. Da ist er. Der oberste Aufsichtsrat. Der zentrale Motor des Lebens. Die Chromosomen, deren verschlungene DNS-Reißverschlüsse immer wieder aufgerollt sind.

Nun entdeckt man, daß, wenn man hier in der biologischen Hauptstadt Geschäfte machen will, man sich anpassen muß. Noch ist man nur ein halber DNS-Reißverschluß, und wenn man mitmischen will, muß man ein ganzer werden. Also nimmt man Stückchen von komplementärem Material auf, um die andere Hälfte des Reißverschlusses zu bilden und sich dann zu einem Ring zu schließen, einem Plasmid. Und nun ist man bereit für seine Tat: einen mikrochemischen Flächenbrand auszulösen, der das Innerste von Simon Greeley verbrennen wird.

Simon verläßt den Park, überquert die Straße und betritt die Halle eines großen Gebäudes. Er geht direkt auf eine Telefonzelle zu. Warum auch nicht? Wenn sie ihn beschatten, dann nützt es auch nichts, irgendwelche Umwege zu machen. Irgendwann muß er ja doch das Telefon benützen, und dann werden sie ihn dabei ertappen und so schnell wie möglich herauszubekommen versuchen, bei wem er anruft. Er wählt die Nummer von Grisdales Büro und verlangt Gail.

»Hier Simon Greeley, Ms. Ambrose. Wir haben etwa sechzig Sekunden, bis sie uns abhören werden.«

»Hallo, Simon. Wir haben es verifiziert. Wir möchten, daß Sie in einer nichtöffentlichen Sitzung des Ausschusses aussagen.«

»Wann?«

»Donnerstag. Sind Sie dazu bereit?«

»Nein. Aber darum geht es nicht. Es muß einfach geschehen.«

»Wir wollen Sie nicht offiziell einplanen. Das könnte Sie vorher nur unnötig kompromittieren. Sie wissen, wo der Anhörungssaal ist?«

»Ja, weiß ich.«

»Kommen Sie gegen halb elf. Ich werde draußen auf dem Gang auf Sie warten.«

»Sehr gut.«

»Simon?«

»Ja?«

»Seien Sie vorsichtig.«

»Bin ich immer.«

Simon hängt ein und spürt, wie sich die Backen des Schraubstocks lockern, in den er schon so lange eingespannt ist. Als er durch den Park zurückgeht, genießt er in vollen Zügen die Farbenpracht der Blüten.

Nun rollte das Plasmid, dieser DNS-Ring, das Kind des in ein Virus verwandelten Viroids, durch das dichte Faserlaubwerk des Chromosomendschungels dahin. Abrupt hält es inne. Hier, an dieser Stelle wickelt sich der DNS-Reißverschluß zweimal um eine molekulare Kugel, ein sogenanntes Histon. Und aus irgendeinem Grund ist der Reißverschluß an diesem Punkt gerissen. In einem geheimen Ritus, unsichtbar für jedes Menschenauge, wickelt sich das Plasmid nun wie eine bösartige Schlange, die es ja ist, auf und fügt sich selbst in den Riß ein.

Und damit ist ein neuer Sitz im genetischen Parlament geschaffen. Einer von vielen derartigen Sitzen, die nichts zu sagen haben, aber eine katastrophale Macht ausüben. Die Zähne des Reißverschlusses tragen den Nukleotidencode, lange Sequenzen aus den Buchstaben A, T, C und G.

Und schon kommt der Schieber des Reißverschlusses, eine RNS-Polymerase, angefahren und zieht das neue Stück Zahnkette auf, das die Kopie des Viroids enthält. Dabei liest es den Reißverschlußzahncode und fügt ein neues Stück Viroid-RNS zusammen, einen vollkommenen Zwilling des Originals. Außerdem verschickt es einen Plan zur Herstellung des neuen Capsids.

Dies alles geschieht nun überall im Chromosomendschungel.

Schon bald schwärmen die neuen Viroide aus dem Zellkern aus, schlüpfen in ihre maßgeschneiderten Capside und schauen sich nach Arbeit in anderen Fabriken um. Aber Arbeit ist knapp, und ihre Zahl nimmt rapide zu, also emigrieren sie durch die Docks in der Membran, um ihr Glück in einer anderen Welt zu machen. Viele nehmen an einer Expedition durch das venöse System teil. Diese beginnt in Seen aus Gewebsflüssigkeit zwischen den Darmzellen und geht weiter durch die durchlässigen Wände der Kapillaren. Dann zieht sie durch ein Labyrinth von Nebenvenen bis zur großen Amazonas-Vene, der unteren Hohlvene, von wo aus die Expedition langsam nach Norden abschwenkt, bis sie das Herz erreicht. Hier werden die Viroide heftig durch den rechten Vorhof ausgestoßen und gelangen in die Lunge, wo sie erneut in die Kapillaren hineinstürzen und aus ihnen wieder hinausschlüpfen, um dann über die Lungenvenen rasch zum Herzen zurückzutreiben. Nun werden sie in einem hellroten Sturm durch die linke Kammer gejagt, hinaus in die Lungenaorta. Gleich treffen sie auf eine Hauptabzweigung, und dabei werden einige nach Süden gedrängt, dorthin zurück, wo sie herkamen. Aber andere setzen ihren Weg nach Norden durchs Arteriensystem fort und gelangen endlich an ihren eigentlichen Bestimmungsort.

Das Gehirn von Simon Greeley. Den Sitz seiner Seele auf Erden.

Als sich das Garagentor öffnet, ist Simon nicht überrascht darüber, daß der Wagen seiner Frau nicht da ist. Auf seine gestrigen Enthüllungen hatte sie nicht gerade begeistert reagiert. Für den Rest des Abends hüllte sie sich in ein düsteres Schweigen. Das war ein sehr geschickter Schachzug von ihr; er wußte genau, was sie ihm vorwerfen würde, und er konnte sich ihre Vorhaltungen lebhaft ausmalen. *Du hast mir nie etwas davon gesagt! Du hast nie mit mir darüber gesprochen! Das wird mein Leben für immer verändern, und du hast es dir einfach in den Kopf gesetzt und es getan!*

Sie hatte natürlich recht. Er hatte es einfach getan. Unilateral, wie sie auf den Cocktailpartys in Georgetown sagen.

Simon schaltet das Licht in der Küche an. Auf dem Tisch liegt kein Zettel, der ihm mitteilt, wo sie ist. Er schlurft ins Schlafzimmer, zieht den Anzug aus und starrt aus dem Fenster. Es ist noch immer hell genug für einen flotten kleinen Spaziergang. Der Gedanke gefällt ihm. Als er in seinen Jogginganzug schlüpft, stellt er sich vor, wie er über die Grenzen seines Viertels hinausgeht, über den Stadtrand von Washington hinaus, und sich auf einer Landstraße nach Süden wendet, einem Himmel entgegen, der bis zum Horizont blankgeputzt ist.

Sobald er draußen ist, steigert Simon zu Beginn jedes Wohnblocks ein wenig das Tempo. Als er nach drei Blocks den Park erreicht, spürt er in sich einen Impuls zur Flucht wie einen ängstlichen Vogel aufsteigen, und spontan beginnt er zu joggen.

Die Viren sprinten durch Kapillarwände ins Kleinhirn, einem tennisballgroßen Teil des Gehirns, der sich unter die Großhirnhemisphären schmiegt. Wie zuvor entdecken sie auch hier eine weite Landschaft aus Membranen, die aber diesmal eine ganz andere Topographie aufweist. Lange Ranken sind wie das Wurzelsystem eines Baums zu einem riesigen Netz ineinandergeschlungen. Sie gehören jeweils zu einem Neuron, einer Nervenzelle, dem zentralen Baustein des Gehirns.

Die Viren verlieren keine Zeit und suchen nach Docks, über die sie in die Neuronen eindringen können. Sobald sie drin sind, werden sie rasch als DNS wiedergeboren und begeben sich auf die Pilgerschaft zum Zellkern, wo sie sich erneut ins Chromosomenherz der Schöpfung einschleichen.

In einigen Fällen wiederholt sich das Szenarium in der Darmwand unten im Süden. Der Polymerase-Reißverschlußschieber rattert das genetische Gleis hinunter und stößt ein neues Viroid aus. Aber aus irgendeinem Grund verläuft manches oft anders. Ganz anders. Als der Schieber über die wiedergeborene DNS hinwegrollt, hat er bereits irgendeinen benachbarten Code aufgelesen, der sich mit der Rezeptur des Viroids vermischt. Statt einfach nur ein neues Viroid zu werden, erhält das Neuron ein neues Stück RNS, das einige ganz schlechte Nachrichten transportiert.

Die neuen Boten schwärmen in die Zelle aus und wenden sich an Fabriken, die ihre Konstruktionsentwürfe zur Herstellung häßlicher kleiner Zerstörungsmaschinen verwenden. Einige beginnen das innere Baugerüst der Zelle zu verzehren und wirbeln dabei voluminöse Blasen in der Zytoplasma-See auf. Andere stellen große Mengen eines stärkehaltigen Stoffs her, der den normalen Austausch innerhalb des Neurons zum Erliegen bringt.

Rasch, nur allzu rasch entwickelt sich das Nerveninnere zu einem Katastrophengebiet. Zu diesem Zeitpunkt schlüpfen ganze Horden von Viroiden in ihre Capsiden und emigrieren zu Nachbarzellen und darüber hinaus. Viele bleiben im Kleinhirn, das sich um die Koordination der Muskeln kümmert, und infizieren benachbarte Zellen. Andere steigen in dieser Welt nach oben, ins Großhirn, wo der Verstand sitzt.

Inzwischen hören viele lokale Zellen im Kleinhirn auf, richtig zu arbeiten. Sie alle sind in ein Netz phantastischer Komplexität eingebunden, ein Netz, das ein paar Ausfälle hinnimmt, ein paar verpaßte Stichworte verzeiht. Aber als die Fehler zunehmen, beginnt das Netz zu versagen.

Simon spürt, wie die ersten Schweißtropfen seinen Rücken hinunterrinnen. Er ist allein im Park, und der rhythmische Ausstoß seines Atems erfüllt seine Ohren. Er hat seit einiger Zeit nicht mehr gejoggt, aber verdammt noch mal, das scheint genau das Richtige zu sein, also wird er einfach weitermachen und ...

Ein Bein knickt ein. Er versucht, sich wieder zu fangen, fällt aber vornüber, der roten Aschenoberfläche des Wegs entgegen. Er streckt

einen Arm aus, um den Sturz abzufangen, aber auch der knickt ein. Er verdreht den Oberkörper, bremst die Wucht des Sturzes mit der Schulter ab und schürft sich das Ohr und die Wange an der rauhen Asche auf.
*Scheiße! Mein Gott! Was ist das? Herz! Es ist das Herz! Nicht bewegen. Ruhig liegenbleiben. Hör zu. Du hörst dein Herz, ja, du hörst, wie dein Herz direkt in deinen Ohren schlägt.*
*Dröhnt! Ein böses Dröhnen. Alles ist so unheimlich! O Gott, hilf mir, ich hab' Angst. Warte mal. Kein Schmerz in deiner Brust, vielleicht ist alles okay. Beweg dich ein wenig. Kein Schmerz? Kein Schmerz. Okay, nun wollen wir das mal wieder in den Griff bekommen. Tief atmen. Das ist es. Noch einmal. Genau. Der Arzt hat doch nie was von meinem Herzen gesagt. Ja, es ist okay. Ich muß einfach gestolpert sein. Okay, dann wollen wir uns mal langsam bewegen.*

Simon richtet sich langsam in eine Sitzposition auf. Sein Arm zittert, als er sich darauf abstützt, und sein Ohr und seine Wange beginnen zu brennen. Vorsichtig tastet er über die Seite seines Kopfes. Aufgeschürft, aber es fließt kein Blut. Gut. Sein Herz und seine Atmung kehren langsam in ihren Normalzustand zurück. Der Mond steigt über den Bäumen auf, und die Blüten wiegen sich in einer sanften Brise. In der Ferne bellt ein einsamer Hund.

*Es ist vorbei. Los, gehen wir heim.*

Simon steht bedächtig auf und beginnt zu gehen. *Mann! Was für eine Angst! Jungejunge! Damit ist alles andere klar. Zumindest bin ich körperlich okay. Klar, ich hätte eben nicht ohne jede Vorbereitung joggen sollen. Das nächstemal werde ich ...*

*Irgend etwas stimmt nicht. Das Gefühl einzuknicken ist wieder da. Nur ein kleines bißchen, aber diesmal in beiden Beinen.*

*Jetzt mach aber einen Punkt, das ist doch zu blöde. Ich rede mir da was ein. Wir gehen einfach heim und vergessen das Ganze ...*

Aber es ist doch da. Ein Gefühl von Zittrigkeit. Simon kann noch immer gehen, aber sein Rhythmus ist leicht gestört, als er den Weg zur vermeintlichen Sicherheit seines Hauses einschlägt.

Barbara Greeley kommt kurz vor Mitternacht nach Hause. Sie ist bei ihrer Freundin Sally gewesen, hat mir ihr Kaffee getrunken und über ihre Ehe gesprochen. Den ganzen Abend hat sie um den heißen Brei herumgetanzt – das große Auspacken. Sallys Mann ist ein hohes Tier im Ministerium für Stadtentwicklung, und die Jahre in Washington haben Barbara gelehrt, daß man einfach nicht sagt, was man nicht an die große Glocke hängen will. Im Laufe des Abends nahm die Unterhaltung eine Wende, und vor ihrem inneren Augen entstand ein anderes Bild. Barbara liebte ihren Mann noch immer. Die Ursache ihres Zorns war nicht Simon selbst, sondern ihre eigene Unfähigkeit, an den Kämpfen teilzunehmen, die in ihm tobten. Sie litt unter seiner Unzufriedenheit und war frustriert, weil sie nicht imstande war, darauf Einfluß zu nehmen. Es war wie ein Schatten auf der abgewandten Seite von Simon, erbarmungslos mit ihm verbunden, aber unberührbar.

Nun läßt sie ihre Handtasche achtlos fallen und stellt die Nachrichten im Fernsehen an. Irgendeine Großbank in New York steht vor dem Bankrott.

*Toll. Das hat uns gerade noch gefehlt.*

Sie gießt sich ein kleines Glas Chardonnay ein, um die Wirkung des Kaffees zu neutralisieren, den sie den ganzen Abend bei Sally getrunken hat.

*Simon, armer Simon. Wie komm' ich nur an dich ran? Wie kann ich dir helfen?* Vor ihrem inneren Auge sieht sie die Bilder von Menschen, die in einer Krise stecken – vor den gnadenlosen Augen der Fernsehkameras. Immer sind die Partner dabei, die den Betroffenen grimmig zur Seite stehen, eine Stütze, deren man sich geschickt bedient, um die Sympathie der Öffentlichkeit zu erwecken. Ja doch, steh deinem Mann bei, spiele in diesem großen Augenblick eine bescheidene Nebenrolle, die des »Engels in Menschengestalt«, den Magneten, der das Mitgefühl anzieht. *Wenn Sie dieses Arschloch zu Fall bringen, Euer Ehren, dann geht auch dieses hilflose, unschuldige Frauchen zugrunde.*

Sie schaltet den Fernseher aus, als der Sprecher gerade von selbstverschuldetem Bankrott quasselt, macht das Licht aus und geht ins Schlafzimmer. Simon schläft bereits, zusammengerollt wie ein Embryo. Sie versucht, ihn als Baby zu sehen, aber es funktioniert nicht. Sie schlüpft ins Bett, macht die Nachttischlampe an und fischt sich eine Zeitschrift vom Nachttisch. Und in der nächtlichen Stille bemerkt sie auf einmal, daß Simon zittert.

Simon erwacht spontan um sechs Uhr, seiner üblichen Aufsteh-Zeit. Er schaut zu Barbara hinüber und stellt fest, daß sie tief schläft, dann rollte er sich in Richtung seines Weckers. Scheiße, er hat vergessen, ihn zu stellen. Wieso eigentlich? *Der Sturz. Der Park. Aber es ist doch vorbei, oder? Warte. Ich zittere ja. Wieso? Ist es denn kalt? Nein, er friert doch nicht. Hat es etwas mit dem Einknicken seiner Beine gestern abend zu tun? Los, Simon, komm wieder auf die Reihe. Steh auf und zieh los.*

Simon schwingt die Beine aus dem Bett und steht auf. Das Zittern bleibt, unmerklich, aber es ist noch da. In seinem Kopf, seinen Beinen und seinem Oberkörper. Das wollen wir mal testen. Zögernd geht er aufs Badezimmer zu.

Es ist noch da. Das Gefühl, gleich einzuknicken, ist wieder da.

Simon kann noch gehen, aber das funktioniert nicht mehr automatisch. Er muß sich bewußt einschalten, um die Muskeltätigkeit in Gang zu halten. Das gilt auch für seine Arme.

*Okay, für heute werd' ich mich damit abfinden müssen. Wenn es morgen nicht besser ist, gehe ich zum Arzt.*

Linda Danworth geht rasch einen Gang innerhalb des Verwaltungsgebäudes entlang. Sie rennt nicht, denn das würde nur Aufmerksamkeit erregen. Und wie für alle Menschen, die zu spät zur Arbeit kommen, ist Aufmerksamkeit das letzte, was sie erregen will. Sie hat die Nacht im Apartmentkomplex verbracht, wo ihr neuer Freund wohnt, der früher Techniker bei einer Videoproduktionsgesellschaft war und nun arbeitslos ist. Und dann wurde es auf einmal unheimlich. Wirklich unheimlich. Ihr Freund hatte da einen Freund in Seattle, der ihm so einen komischen neuen Stoff geschickt hatte. Man mußte ihn in Essig auflösen und dann rauchen. Er hatte Linda gefragt, ob sie was haben wollte, und sie hatte nein gesagt. Sie hatte eigentlich nichts gegen Drogen. Tatsächlich hatte sie hin und wieder Haschisch geraucht und auch einige von den neuen Designerdrogen genommen. Aber sie war einfach nicht in Stimmung. Also rauchte er das Zeug allein, und als er fertig war, kannte er sie nicht mehr. Er fühlte sich offenbar zu ihr hingezogen und war richtig scharf, aber er wußte nicht mehr, wer sie war, kannte weder ihren Namen, ihr Gesicht, noch ihre Stimme. Er war anscheinend ganz glücklich und sah sich im Fernsehen einen alten Film an, während sie beunruhigt und verletzt zu Bett ging. Sie war noch immer beunruhigt, als sie an diesem Morgen aufstand, und dann verpaßte sie unterwegs eine Ausfahrt und kam etwa eine Viertelstunde zu spät.

Sie schlüpft in ihr Büro, erblickt die offene Tür zu Simons Büro und sieht, daß der Stuhl hinter dem Schreibtisch leer ist. Noch mal Schwein gehabt! Er ist doch sonst fast immer pünktlich, aber heute hat er sich verspätet. Sie nimmt auf ihrem Stuhl Platz, schaltet ihr Textverarbeitungsgerät gerade rechtzeitig an, denn schon hört sie draußen auf dem Gang ein »Guten Morgen, Mr. Greeley«. Das war knapp.

Linda sieht Simon in der Tür auftauchen und setzt zu einem fröhlichen Gruß an. Aber als sie ihn ansieht, hält sie inne. Eine große rote Schürfwunde glüht auf seiner Wange, und auch sein Ohr ist aufgeschürft. Und er sieht ziemlich durcheinander aus. Als ob er sich seiner nicht sicher sei. In seinen Schritten ist ein merkwürdiges Zögern, und die Hände sind steif und tief in den Taschen seines Regenmantels vergraben. Vielleicht bildet sie sich das nur ein, aber offenbar zittert er auch ein wenig.

Sie zwingt sich zu einem flüchtigen Guten-Morgen-Gruß, den er erwidert, während er sein Büro betritt und die Tür hinter sich schließt. Mist, denkt Linda, das kann ja heiter werden. Was soll ich denn bloß sagen? Sie macht sich an die Arbeit und wünscht, es wäre bereits Mittagspause.

Simon starrt seinen Computer ausdruckslos an. Er fragt sich, ob es irgend jemandem aufgefallen ist. Vermutlich nicht. Seine Eitelkeit bläht die ganze Sache zweifellos größer auf, als sie tatsächlich ist. Das wollen wir doch gleich mal überprüfen. Er streckt die Hand aus und versucht sich zu entspannen, so gut er kann. Da ist es, das Zittern. Er sieht zu, wie es sich in winzigen Wellen durch seinen Hemdärmel fortpflanzt.

*Das könnten die Nerven sein. Ich meine, wer wäre denn ein besserer Kandidat für eine streßbedingte Nervensache als ich? Klar, das ist es vermutlich. Warum hab' ich denn nicht gleich daran gedacht? Es ist genau wie mit dem Tinnitus, nichts als ein weiteres nervliches Symptom. Und da mach' ich mir vor Angst ins Hemd, wo es doch so eine simple*

*Antwort gibt. Na schön, auf jeden Fall warte ich noch bis morgen, und dann geh' ich zum Arzt. Zum Teufel, an die Arbeit.*

Simon muß einen Bericht abliefern, warum er sich den allgemeinen Zugang zur Datenbank von System 9 verschafft hat. In ein oder zwei Tagen ist die Frist für den Bericht abgelaufen, und dann taucht ein ganz neuer Satz von Flags in seinem Computerpersonalbogen auf. Er setzt sich den Kopfhörer auf und öffnet das DocuTalk-Fenster, das seine Stimme empfängt und in Worte auf dem Bildschirm übersetzt. Es war ein sehr aufregendes Erlebnis gewesen, als er zum erstenmal das DocuTalk-System verwendet hat. Genauso schnell, wie er sprach, waren die Worte auf dem Bildschirm aufgetaucht. Nie zuvor war die Beziehung zwischen dem gesprochenen und dem geschriebenen Wort so intim gewesen. Und dieser Effekt wurde noch dadurch verstärkt, daß hinter der ersten Textverarbeitungswelle eine zweite herlief und die korrekte grammatikalische Formatierung besorgte. Während man noch zusah, wie die eigene Stimme im laufenden Satz auf dem Bildschirm unmittelbar in Schrift umgesetzt wurde, hinkte das Grammatikprogramm nur um einen Satz hinterher und sorgte für Ordnung wie ein kleiner Hausmeister mit Schaufel und Besen.

Simon quält sich mit dem System-9-Bericht ab. Er ist ein geradliniger Verstandesmensch und hat Schwierigkeiten damit, eine Lüge so zu fabrizieren, daß sie genügend Gewicht besitzt, um intuitiv überzeugend zu wirken. Und immer wieder taucht die dämonische Zittrigkeit ganz oben in seinem geistigen Magazin auf. Er zieht diesen Dämon rasch ein paar Schichten tiefer hinunter, aber unverzüglich beginnt er sich wieder nach oben zu hangeln. Simon arbeitet einfach weiter. Da verschwimmt ihm der Text auf dem Bildschirm vor den Augen und er sieht ihn leicht doppel. Er lehnt sich zurück in seinem Stuhl, gähnt, reibt sich die Augen und schaut dann wieder auf den Bildschirm.

Noch immer ist der Text leicht doppelt zu sehen.

*Okay, verdammt noch mal, das reicht! Schluß jetzt mit diesem Scheiß!*

Simon greift nach einem Bleistift, hält ihn in der ausgestreckten Hand und zwingt sich, nur ein einziges Bild zu sehen. Das ist schon besser. Das Bild stabilisiert sich, aber sobald er sich nicht mehr anstrengt, verdoppelt es sich langsam wieder.

Er legt den Bleistift hin, lehnt sich in seinem Stuhl weit zurück, atmet tief durch und schließt die Augen für mehrere Minuten. *Also schön, das war's dann. Irgend etwas stimmt hier wirklich nicht. Was nun? Ich werde lieber von hier verschwinden, solange ich noch fahren kann.*

Linda Danworth hebt gerade noch den Blick von ihrem Textverarbeitungsgerät, um Simon vorbeiwackeln zu sehen, während er ihr zuruft, daß er an diesem Tag nicht mehr zurückkommen wird. Er bietet einen gräßlichen Anblick, und diesen Anblick wird sie ihr Leben lang nicht vergessen.

Barbara Greeley ist gerade im Wohnzimmer, als sie das entfernte Ächzen des Garagentors vernimmt. Das muß Simon sein. Wieso kommt er jetzt schon nach Hause? Noch nicht mal Mittag. Egal. Sie möchte unbedingt mit ihm reden, einen Schacht in seine Angst treiben, so daß sie sie an die Oberfläche bringen und gemeinsam daran arbeiten können. Sollte sie ihm entgegengehen und ihn umarmen? Nein, das sähe zu ängstlich aus. Sie seufzt und richtet sich auf der Couch ein wenig auf. Die Tür zur Garage geht auf, und Simon tritt ein.

*O nein. O nein.*

Selbst von der anderen Seite des Zimmers her kann sie sehen, wie sein Kopf zittert, seine Arme beben, seine Beine zucken.

»Simon!«

»Barbara, ich glaube, es ist besser, wenn wir Dr. Winthrop aufsuchen.« Er spricht mit schwerer Zunge und artikuliert undeutlich.

»Mein Gott, Simon! Was ist passiert? Hast du einen Unfall gehabt? Hat dich jemand überfallen? Was ist denn passiert?«

Simon läßt sich auf seinen Lieblingssessel fallen, und irgendwie hilft ihm das ein bißchen. Das Zittern läßt ein wenig nach. »Nichts ist passiert. Das ist ja das Problem. Nichts ist passiert.«

Barbara ruft bei Dr. Winthrop an und hat seine Sprechstundenhilfe am Apparat. »Ich rufe wegen meines Mannes an, Simon Greeley ... Ja, genau, G-r-e-e-l-e-y ... Er hat plötzlich so ein seltsames Zittern bekommen und kann kaum gehen ... Nein, das hat er noch nie gehabt ... Fieber? Ich glaube nicht ... Nein, er hat noch nie eine Kopfverletzung gehabt ... Nein, auch keine epileptischen

Anfälle ... Morgen? Kann er nicht heute noch kommen? ... Okay, wenn es schlimmer wird, bringe ich ihn zur Notaufnahme. Wiedersehen.«

Mit beträchtlicher Anstrengung geht Simon durch die offene Schiebetür nach draußen auf die Terrasse. Es ist spät nachts, und eine sanfte Brise fächelt in den Vorhängen. Er schaut sich zu Barbara um, die auf der Couch eingeschlafen ist und einen Schal wie ein Kinderspielzeug umklammert hält. Sie hatten stundenlang miteinander geredet. Über ihre Ehe. Über das große Auspacken. Über ihre Ängste und Hoffnungen. Über sein Zittern. Erst jetzt wird ihm der wahre Charakter ihrer Unterredung klar. Eine Schlußbilanz. Unausgesprochen gingen sie beide davon aus, daß das, woran er litt, unabänderlich war.

Darum wächst in ihm eine großartige Gewißheit. Morgen wird er vor Grisdales Ausschuß aussagen, selbst wenn man ihn hineintragen muß. Denn in diesem einen Akt wird er ein für allemal der Anonymität entrissen werden, er wird explodieren wie eine Supernova, mit einer plötzlichen und unerwarteten Helligkeit, und das politische Universum um ihn erfüllen. Was auch immer danach geschehen mag, und sei es sein eigener Tod, wird nichts weiter als ein schwacher Epilog sein.

Dr. Martin Winthrop sieht sich die Karteikarte an. Ja, Simon Greeley. War letztes Jahr hier, wegen seiner nervlichen Anspannung. Ach ja, »nervliche Anspannung«, dieser Fluch jeder Arztpraxis. Na schön, sehen wir mal, was wir für Mr. Greeley tun können.

Dr. Winthrop schreitet energisch den Gang hinunter. Er ist Mitte Dreißig, läuft jede Woche zwanzig Meilen und schläft an den Donnerstagnachmittagen mit einer der Sprechstundenhilfen seines Praxiskollegen. Mit dem Klemmbrett in der Hand öffnet er die Tür zum Untersuchungszimmer.

*Au weia. Diesmal ist es etwas mehr als nur die »Nerven«.*

Simon sitzt auf dem Untersuchungstisch, mit dem Rücken zum Arzt, und sein Oberkörper, seine Beine und seine Arme beben unübersehbar. Offensichtlich hat er nicht mitbekommen, daß Dr. Winthrop die Tür geöffnet hat.

»Mr. Greeley?«

Ein Schrei. Simon stößt einen entsetzlichen Schrei aus, und seine Arme schlagen wild um sich, während er sich zu dem Arzt umwendet. Reflexartig springt Dr. Winthrop zurück, dann fängt er sich wieder. Mein Gott! Was ist mit diesem Mann los? Eine Schwester eilt über den Gang herbei, aber Dr. Winthrop winkt ab. Das hätte ihm gerade noch gefehlt, daß es hieße, er könnte nicht mit seinen Patienten fertig werden. Er wendet sich wieder Simon zu, der ihn gleichzeitig beschämt und sehr krank ansieht.

»Es – es tut mir leid, Herr Doktor.« Er spricht abgehackt, unsicher.

»Schon gut, Mr. Greeley. Versuchen Sie, sich zu entspannen. Wann hat diese Sache denn angefangen?«

»Bin – bin beim Joggen gestürzt. V-vor zwei Tagen.«

»Sind Sie dabei auf den Kopf gefallen?«

»N-nein, nicht Kopf gefallen.«

»Wieso sind Sie denn gestürzt? Können Sie sich daran noch erinnern?«

»Bein h-h-hat nicht mehr funktioniert.«

Dr. Winthrop seufzt. Die nächste Frage wird sehr hart sein. Er versucht sie so einfühlsam wie nur möglich zu stellen. »Mr. Greeley, ich weiß, daß Ihnen das Sprechen Mühe bereitet, aber sind Sie hier drin okay? Sie verstehen, was ich meine? Können Sie klar denken?«

Wegen des Zitterns läßt sich nicht sagen, ob Simon verletzt oder gekränkt ist. »Bin völlig okay«, erwidert er.

»Wer hat Sie denn hergebracht?«

»Frau.«

»Bitte entschuldigen Sie mich für eine Minute, Mr. Greeley.«

Dr. Winthrop dreht sich um und schließt beim Hinausgehen die Tür zum Untersuchungsraum. Sieht nach einem neurologischen Problem aus, aber was, zum Teufel, ist das? Er weiß es einfach nicht.

»Patty, ich habe da einen Patienten, einen gewissen Simon Greeley, in Nummer fünf«, sagt Dr. Winthrop, als er sich dem Empfang nähert. »Würden Sie bitte seine Frau aus dem Wartezimmer holen?«

Barbara Greeley biegt in die halbkreisförmige Auffahrt vor dem Hart-Gebäude im Bürokomplex des Senats ein. Simon sitzt stumm neben ihr. Im Innern ist sie völlig benommen, und sie weiß, daß dies ein Damm ist, der einen ganzen Stausee aus Kummer zurückhält, ein Damm, der in den nächsten paar Stunden sorgfältig aufrechterhalten werden muß, bis die berufliche Odyssee von Simon Greeley endgültig vorüber ist. Der Arzt hatte zunächst mit ihr allein gesprochen: Es sehe ganz nach einem neurologischen Problem aus, und dann holte er einen gewissen Dr. Feldman herein, einen der besten Neurologen der Stadt (im Gegensatz zu einem der schlechtesten? Sie fühlt ein bitteres Lachen in sich aufsteigen, spürt, wie der Damm einen kleinen Riß bekommt, und unterdrückt es.) Auf jeden Fall wollte der Arzt Simon sofort ins Krankenhaus schicken. Aber Simon war dagegen. Als sie auf ihn einredeten, erhielten sie immer wieder die gleiche Antwort.

»H-halb elf. Senatsausschuß.«

»Was meint er?« wollte der Arzt wissen.

»Er spricht von seiner Erlösung«, erwiderte Barbara und drückte Simons zitternde Hand.

Und da waren sie nun und schleppten sich ins Hart-Gebäude, Simons Beine wie aus Gummi.

Gail Ambrose geht auf dem Gang vor dem Anhörungssaal nervös auf und ab. Es ist schon fast halb elf, und sie hat Angst, daß er nicht kommt. Im Saal hinter der schweren Eichentür erörtern Senator Grisdale und seine sieben Kollegen eine relativ langweilige Verfahrensfrage mit einer mittleren Charge der CIA. Nun geht die Tür auf, der Beamte und sein Assistent kommen heraus, und beide gehen mit ihren prallen Aktenkoffern dynamisch den Gang hinunter. Sie erhebt sich auf die Zehenspitzen, als ob sie dadurch besser sehen könnte, und blickt an ihnen vorbei. Er ist es nicht. Nur ein behinderter alter Mann, der von einer Frau geführt wird. Komm schon, Simon! *Warte mal. Nein. Das kann doch nicht sein. Sieht nur so aus wie er. Sieht nur so aus wie er, das ist alles.*

Dann trifft sie die furchtbare Erkenntnis wie ein Schlag vor den Kopf. Ja. Es ist Simon. Aber wieso? Was ist passiert? Sie geht ihnen ein paar Schritte entgegen. »Simon! Was fehlt Ihnen denn?«

Simons Augen wandern in ihre Richtung, aber offenbar kann er seinen Blick nicht auf sie fixieren. »Vielleicht vergiftet. Nicht sicher.«

»Simon, so können Sie das doch nicht durchstehen. Wir werden eben warten müssen, bis es Ihnen wieder bessergeht.«

»W-w-wird nicht bessergehen. Muß es jetzt tun.«
Er stirbt. Sie kann es spüren. Der Mann stirbt. Wie kann sie ihn aufhalten?
Simon löst das Problem für sie. Er torkelt auf die Tür zu, während Barbara hinter ihm herläuft, um ihn zu stützen. Der Sicherheitsbeamte an der Tür wirft Gail einen Blick zu, und sie nickt schwach.

Aus dem Augenwinkel heraus nimmt Grisdale den Eingang wahr. Er sitzt auf einem Podium in der Mitte, links und rechts neben ihm seine Kollegen. Ihnen gegenüber stehen zwei Tische mit Mikrophonen. Ein wenig abseits davon hält ein Videokameramann das Ganze für die internen Aufzeichnungen des Ausschusses fest. Vor ein paar Augenblicken hatte Grisdale außerplanmäßig einen Angehörigen der Haushaltsverwaltungsbehörde angekündigt, der eine Aussage machen würde, die für den Ausschuß von Interesse sein könnte. Aber wer ist das?

*Mein Gott! Es ist Greeley.*

Das Stimmengewirr im Saal verebbt. Alle Augen sehen zu, wie Barbara Greeley Simon zu einem Stuhl hinter einem der Mikrophone führt. Er schaut zum Ausschuß hoch, sein Kopf tanzt auf der Oberfläche unsichtbarer Wellen, und noch immer hat er den Regenmantel an.

Grisdale weiß, daß es hier nur eine Möglichkeit gibt, das Ganze durchzuziehen. Absolut offen.

»Mr. Greeley, zu Beginn dieser Woche waren sie damit einverstanden, hierherzukommen und eine Aussage über den revolvierenden Etat für geheimdienstliche Operationen zu machen. Offensichtlich sind Sie ernstlich erkrankt, und der Ausschuß hat natürlich volles Verständnis dafür, wenn Sie Ihre Aussage lieber auf einen späteren Zeitpunkt verschieben wollen.«

Es ist völlig still im Saal. Niemand rührt sich.

»I-i-ich möchte jetzt aus-sagen.«

»Sehr gut, Mr. Greeley. Bitte teilen Sie dem Ausschuß mit, welche Position Sie in der Behörde für die Verwaltung des Staatshaushaltes innehaben.«

»Ich bin Sonderbeauftragter des ... des Stellvertretenden Direktors für Nationale Si-sicherheit.«

»Und worin besteht Ihre Tätigkeit?«
»Ich ... wirke an der Planung und und und Verw-waltung des H-haushalts mit.«
»Gehören dazu auch Etats, die aus Gründen der nationalen Sicherheit geheime Verschlußsache sind?«
»Ja.«
»Gehören dazu Etats, die Operationen zum Ziel haben, die der Gerichtsbarkeit dieses Ausschusses unterstehen?«
»Ja.«
»Ist Ihnen an diesen Etats irgend etwas Ungewöhnliches aufgefallen, das für diesen Ausschuß von besonderem Interesse sein könnte?«

Unvermittelt läßt ein verzerrtes Grinsen Simons Mund weit aufklaffen und dann erstarren. Sein Kopf wackelt heftig, als wolle er dieses Grinsen abschütteln. Aber es ist wie festgefroren. Im Saal herrscht Totenstille.

Und dann ertönt das Lachen. Es fängt wie erstickt hinten in Simons Kehle an, hinter den fest zusammengebissenen Zähnen, und dann zerreißt es rasch das gefrorene Grinsen.

Tragischerweise mißverstehen mehrere Senatoren dieses krampfhafte Gelächter als komisches Zeichen von Erleichterung und beginnen gleichfalls zu kichern. Eine künstliche Woge der Heiterkeit rollt durch den Saal, aber als sie verebbt, brüllt Simon allein vor Lachen gegen eine eisige Wand verlegenen Schweigens an.

Grisdale kann es nicht mehr ertragen. Er sieht Gail drüben an der Tür stehen und nickt in Simons Richtung. Gemeinsam ziehen ihn Gail und Barbara von seinem Stuhl hoch. Da der Bann gebrochen ist, eilt ihnen ein Assistent zu Hilfe, und die drei führen Simon zur Tür.

Nun füllt heftiges Gemurmel die plötzlich einsetzende Stille, ein chaotischer Chor in einer bizarren Tragödie. Instinktiv läßt Grisdale ihn anschwellen und sachte verebben, bevor er das Schlußzeichen setzt.

»Meine Damen, meine Herren, diese Anhörung wird vertagt.«

Durch das Glasfenster des Kontrollraums sieht Dr. Daniel Feldman zu, wie sie Simon aus der großen Metallröhre herausrollen, in der gerade die Computertomographie erfolgt ist. Simon hat starke Beruhigungsmittel bekommen, damit der unaufhörliche Tremor ausgeschaltet wird, der sonst das Bild verdorben hätte. Während des Scannens sah Dr. Feldman, wie eine Reihe von farblich unterlegten Bildern auf dem Bildschirm auftauchten. Jedes stellte einen horizontalen Schnitt durch Simons Gehirn dar, der von oben betrachtet wurde.

Die axiale Computertomographie ist eine großartige Technik, die im Laufe des vergangenen Jahrzehnts so weit verbessert worden war, daß sie eine erstaunliche Fülle von Details über innere körperliche Strukturen, besonders das Gehirn, zu liefern vermag. Aber in diesem Fall gibt sie ihm keinen Aufschluß. Tatsächlich hat keiner der an Simon vorgenommenen Labortests irgend etwas enthüllt, was außerhalb der Grenzen der Normalität läge.

Das überrascht Dr. Feldman keineswegs. Er hegt den starken Verdacht, daß Simon eine Krankheit hat, die den Namen Creutzfeldt-Jakob-Krankheit trägt und durch konventionelle Tests praktisch kaum festgestellt werden kann. Während man Simon hinausrollt, bedauert er den Mann wegen seines entsetzlichen Schicksals. Dies ist der einzige Fall von Creutzfeld-Jakob-Krankheit, den er jemals außerhalb eines Lehrbuchs gesehen hat. Sie tritt nur in bis zwei Fällen pro eine Million Menschen auf und führt unweigerlich zum Tod. Nur eine Autopsie kann seine Diagnose bestätigen. Der Krankheitserreger konnte bislang noch nie direkt beobachtet werden, in der Literatur werden allerdings öfter Subvirenteilchen erwähnt. Die einzige Möglichkeit, den Übeltäter zu überführen, besteht darin, daß man nach dem Ableben die Schädigung des Gehirns mikroskopisch detailiert untersucht.

Dr. Feldman ist ganz sicher, daß die Autopsie seinen Verdacht bestätigen wird. Doch da gibt es eine Anomalie, die ihm keine Ruhe läßt, ein Bestandteil, der nicht ins Bild paßt. Die Symptome entsprechen zwar durchaus denen, die man bei anderen Fällen der Krankheit festgestellt hat, aber dies trifft nicht auf den Zeitfaktor zu. Der plötzliche Verlust der Muskelkoordination und das Einsetzen einer unwillkürlichen motorischen Aktivität, unter Aufrechterhaltung intellektueller Fähigkeiten, verweisen darauf, daß die Krankheit zuerst das Kleinhirn befallen hat. In diesen Fällen lebt der Patient normalerweise noch Monate, zuweilen sogar noch einige Jahre.

Inzwischen aber ist klar, daß Simon innerhalb von ein, zwei Tagen tot sein wird, und das bedeutet, daß der Gesamtverlauf der Krankheit, vom Einsetzen der Symptome bis zum Tod, weniger als eine Woche gedauert haben wird. Selbst die schwersten Fälle, in denen der Patient unvermittelt in Demenz verfällt, überdauern mindestens drei Wochen, so daß Simons Fall der kürzeste in der gesamten medizinischen Literatur sein wird.

Es besteht natürlich noch eine andere Möglichkeit, geht es Dr. Feldman durch den Kopf, während er geistesabwesend auf die CAT-Konsole starrt. Vielleicht hat er ja überhaupt keine Creutzfeldt-Jakob-Krankheit.

Vielleicht hat er etwas völlig anderes.

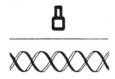

# Kontrapunkt

Nennen wir ihn Kontrapunkt. Rasch und gekonnt fährt er die kurvenreiche dreispurige Straße entlang, wobei er den neuen Mercedes 900 SL knapp unter siebzig Meilen pro Stunde hält. Ein bißchen schnell für einen Mann knapp über die Fünfzig, dessen Reflexe ihn in einer kritischen Situation im Stich lassen könnten, aber er setzt sich über sein Alter hinweg und braust durch das nächtliche Washington. Die Fahrt verläuft glatt, ein wenig zu glatt, so daß die Fahreigenschaften eines Autos beeinträchtigt werden. Das stört ihn ein wenig. Er kann es nicht ausstehen, wenn sich irgend etwas seiner Kontrolle entzieht. Die grün und rot glimmenden Instrumente auf dem Armaturenbrett stellen jeden Betriebsaspekt des Wagens dar, einschließlich einer Karte mit einer Ansicht des wechselnden Standorts des Autos aus der Vogelperspektive, aus einer Höhe von einer Meile ermittelt. Er erkennt, daß er auf der Canal Road nach Norden fährt, in Richtung der Vorortgemeinde McLean, einer Enklave des Reichtums und der Macht, in der er wohnt.

Aber an diesem Abend nimmt er die Instrumente, das sanfte Zischen des Fahrtwinds und den kräftigen Geruch der Lederausstattung kaum wahr. Er ist in Gedanken in fernen Ländern, in Deutschland, in Japan, in Korea, in Singapur. In jedem dieser Länder stellt er sich Legionen fleißiger Menschen vor, die als hochwertige Komponenten in einem großartigen menschlichen Stromkreis fungieren, ein nationales System mit einem Sinn für Zweck und Schicksal. Für ihn ist dies ein vollkommener Spiegel der Natur, in der jede Zelle in einem Organismus dessen gesamten Bauplan enthält und doch ihre ganz spezielle Funktion ausübt. Er glaubt, daß diese Gesellschaftsformen harmonische Schwingungen erzeugen, große Wellen wirtschaftlicher Macht, die den Globus wie gigantische Tsunami-Wellen umkreisen und alles verschlingen, was ihnen im Weg ist.

*Dieser Scheißkerl. Er hat genau das bekommen, was er verdient hat.*

Seine weltumspannende Vision verflüchtigt sich, und er ist in Gedanken wieder in einem Park in Georgetown und erlebt noch einmal ein Ereignis, das keine halbe Stunde her ist. Es ist offenbar ein ganz gewöhnlicher Park. Ein Baseball-Innenfeld mit zwei verwitterten Holztribünen. Ein metallenes Klettergerüst in einer Sägemehlgrube. Ein Sportplatz mit einer großen Spielwiese.

Aber hier gibt es noch etwas ganz Ungewöhnliches. Die Toiletten. Sie sind an der Seite des Parks gelegen, die an ein Niemandsland aus Büschen und Sträuchern grenzt, mit dem notdürftig eine kaum zwanzig Meter entfernte Autobahn kaschiert werden soll. Dadurch sind die Toiletten vor Einblicken aus irgendwelchen nahegelegenen Häusern geschützt, vor der Wachsamkeit jener Leute, die in einem moralischen Mittelfeld angesiedelt sind und sich mit ethischen Fragen belasten. Nachts stellt dieser Bereich des Parks ein leeres Schattenreich dar, das sich in einen ganz besonderen Markt verwandelt. Während der ganzen Nacht gleitet ein dünner Strom von Autos durch dieses Viertel und auf der Straße an der abgelegenen Seite des Parks entlang. Die Wagen lassen sich in zwei deutlich unterschiedene Kategorien einteilen: in Luxuslimousinen der neuesten Modelle von Mercedes, BMW, Lincoln und Cadillac und in ältere, anonyme Autos und Lieferwagen der Mittelklasse. In ersteren befinden sich die Käufer, ältere Männer, die Macht und Reichtum repräsentieren. In der zweiten sitzen die Verkäufer, junge Männer mit glatten Leibern, viele gerade erst in der Pubertät. Jede Nacht dasselbe, der Verkehr fließt langsam, aber nie so langsam, daß er Verdacht erregt. Meist gibt es nur einen Käufer und einen Verkäufer.

In dieser Nacht, als Kontrapunkt vorbeifuhr, schien die Gegend um die Toiletten verlassen, eine Geisterinsel, die von zwei Halogenlampen auf metallenen Masten beleuchtet wurde. Er rollte daran vorbei und blieb etwa hundert Meter weiter am Straßenrand stehen. Sein geparkter Wagen war ein stummes Signal für andere Käufer, sich fernzuhalten, weil ein Geschäft im Gang war: wie bei allen Märkten gab es auch hier Regeln, die für einen ordnungsgemäßen Handelsverlauf sorgten. Er stieg aus und ging in die Dunkelheit des Parks hinein, statt sich seinem Ziel auf dem Gehsteig zu nähern. Kontrapunkt legte auf die Dunkelheit und die heimliche Annäherung Wert, da er im Unterschied zu anderen Käufern kein schlichter Konsument der hier angebotenen Waren war. Er war nicht einmal schwul im konventionellen Sinne. Die Vorstellung, irgendeine Art von leidenschaftlicher Beziehung zu einem anderen Mann zu haben, war ihm absolut fremd. Er hatte sich niemals wirklich Gedanken darüber gemacht, warum diese jungen Fremden ihn derart in Erregung versetzten. Es war kein Bedürfnis. Die Erregung war einfach da, unausweichlich.

Um sich darüber Gedanken zu machen, hätte es der Stimme des Gewissens bedurft, und Kontrapunkt hatte keins. Dieses Defizit beunruhigte ihn überhaupt nicht, denn das Gewissen selbst ist ja erst die Voraussetzung für diese Art von Selbstprüfung. Wenn er in der Lage gewesen wäre, seiner Erregung auf den Grund zu kommen, dann hätte ihm klar sein müssen, daß diese jungen Männer keine Sexobjekte waren, sondern eine Beute, und daß er Männer Frauen gegenüber aus dem gleichen Grund vorzog wie Jäger lieber auf Böcke als auf Ricken schießen: Sie waren ein würdigerer Gegner, eine höher geschätzte Trophäe.

Daher bewegte er sich nun auch wie ein Jäger durch die Dunkelheit zwischen den Bäumen. Der Lärm der nahen Autobahn übertönte seine Schritte im Gras, das bereits vom Tau feucht war. Es war ein klarer, warmer Tag gewesen, aber nun sank die Temperatur rasch ab. Dampfend stieg sein Atem auf und verschleierte die Lichter über den Toiletten. Er spürte bereits, wie sich das Tempo der Jagd beschleunigte, die Erregung in seinem Bauch aufstieg.

*Warum machte er nicht mit? Dummer kleiner Scheißer!*

Der Mercedes jagt weiter über die Canal Road auf die Chain Bridge zu, und Kontrapunkt kehrt wieder zu seiner globalen Vision zurück. Die USA sind in Schwierigkeiten, daran besteht kein Zweifel. Dabei sollte eigentlich niemand über den Niedergang überrascht sein. Er ist nur ein weiteres Glied in einer Kette, die bis in die Mitte des vergangenen Jahrhunderts zurückreicht. *Keine kulturelle Reinheit. Das ist es doch.* (Ihm gefällt diese Formulierung, und er bewahrt sie sich für Gespräche mit solchen Leuten auf, die wirklich zählen.) Das Land ist ein widerspenstiger Mob aus eigenmächtigen Mißgeburten oder, wie die Techniker sagen würden, eine Fehlkonstruktion. Das Land ist eine Abweichung, eine Funktionsstörung im Schema des globalen Darwinismus, in dem das Überleben untrennbar mit der Einheit des nationalen Willens verknüpft ist. Das Land ist ein krankes Schoßhündchen, das keine Ahnung hat, was ihm fehlt. Es wimmert nur und zittert, während der große Wirtschaftsbazillus in seinen Eingeweiden wühlt.

Aber Kontrapunkt weiß über die Krankheit bestens Bescheid. Und er ist nicht allein mit seinem Wissen. Das ist das Aufregende daran. Inzwischen wächst ein politisches Netz aus stummer Einigkeit, ein fast unsichtbares Netz, in dem Knoten der politischen und wirtschaftlichen Macht untereinander verbunden sind. Schließlich gibt es doch noch eine Hoffnung.

*Ob es in die Zeitungen kommt? Vermutlich. Na und?*

Er näherte sich den Toiletten bis auf fünfzehn Meter und blieb abrupt im Schatten stehen. Ein lautloser Schalter wurde in ihm ausgelöst. Er konnte die Anwesenheit der Beute spüren. Sie war dort draußen, schwamm durch die Schatten, und er war sicher, daß sie auch ihn spürte. Dann bemerkte er die Bewegung. Er konzentrierte seinen Blick darauf und sah, wie eine Gestalt aus der Grenze zum Schatten auftauchte und rasch auf die Tür zur Herrentoilette zusteuerte. Blondes Haar. Lederjacke. Enge Jeans. Cowboystiefel. Vollkommen. Er fühlte, wie das Band zwischen ihnen enger wurde, das pervers angenehme Gefühl eines Rituals, das Opfer und Täter auf diesem dunklen kleinen Marktplatz miteinander verband. Langsam, in einem bewußt gemessenen Tempo, begann er auf die Toilettentür zuzugehen.

*Beweise? Kein Problem. Eigentlich nicht.*

Durch die Windschutzscheibe beobachtet Kontrapunkt, wie die Straßenlampen auf der Chain Bridge Road stroboskopisch an ihm vorbeiwischen. Sein Blick gleitet über die in matten Farben glimmenden Instrumente am Armaturenbrett, die geometrisch tanzenden Anzeigen. Er weiß ganz genau, daß nichts davon in den USA hergestellt worden ist. Die Schlacht auf dem Massenmarkt für Elektronik hat das Land zu einem ständigen Rückzug gezwungen. Nach jedem Scharmützel hat man Zuflucht in höheren Lagen gesucht, in spezielleren Technologien mit kleineren Märkten. Seit Jahren schon schlägt man von offizieller Seite her Alarm. Elitekomitees, blaublütige Kommissionen und Big Blue IBM selbst haben das Problem mit gerunzelter Stirn studiert. Immer wieder empfehlen sie das gleiche: bessere Ausbildung, mehr Berechnung, Zusammenarbeit von Regierung und Industrie auf strategisch technologischen Gebieten. Doch der Rückzug geht weiter, ein gewaltiger wirtschaftlicher Gletscher, der unaufhaltsam unter der mörderischen Sonne des globalen Wettbewerbs verdunstet.

Aber Kontrapunkt ist da ganz anderer Ansicht. All diese edlen Bemühungen sind zu wenig, kommen zu spät. Es ist an der Zeit zuzugeben, daß wir mit unseren normalen Möglichkeiten am Ende sind. Es ist an der Zeit zuzugeben, daß wir mutig und unkonventionell handeln müssen. Wenn wir nur ein paar Dinge tun, die die »Weltgemeinschaft« vor den Kopf stoßen? Zahlt die denn unsere Rechnungen? Wird sie es beklagen, wenn wir keine Großmacht mehr sind? Natürlich nicht.

Und wenn man diesen ganzen Schrott wegfegt, dann gibt es noch ein Gebiet, das voller unbekannter Möglichkeiten steckt: die Biotechnologie, das exotische Grenzland zwischen Wissenschaft, Technik und dem Leben selbst. Hier sieht Kontrapunkt mehr als anderswo eine Chance für die wirtschaftliche Wiedergeburt, eine Chance für einen Neubeginn, unter Vermeidung der Fehler der Vergangenheit, zur Errichtung einer neuen Ordnung.

Als er die Hand hebt, um sich an der Stirn zu kratzen, bemerkt er, daß sein Mantelärmel zerrissen ist. Egal. Er wird den Mantel einfach wegwerfen. Doch zurück zum Problem der nationalen Strategie. Die meisten Hindernisse für eine moderne biotechnische Forschung werden durch lächerlich wirre Debatten über sogenannte ethische Fragen geschaffen. Das ist einfach absurd. Was man tun kann, muß man tun. Es ist schlicht eine Frage des Überlebens und des Machterhalts. Das Spiel bestimmt die Regeln, nicht die Spieler. Zum Glück gibt es noch andere Männer, die dies genauso sehen. Sie teilen seine

Ansichten über die neue globale Ordnung. Eine Zeitlang hielt man sich an die konventionelle Maxime, wirtschaftliche Macht sei anstelle militärischer Macht die neue Waffe der Wahl im Konflikt zwischen den Nationen. Falsch. Man mußte beides haben. Und Kontrapunkt und seine Freunde wissen auch, wie sie das bewerkstelligen können: durch eine neue biologische Forschung, die die künstlichen Hürden, die von den üblichen Kontrollinstanzen errichtet wurden, überwinden wird.

Natürlich gibt es da gewisse Risiken. Selbst beim Militär ist die große Mehrheit gegen die Optionen, für die er sich nun entschieden hat. Ach was, das Militär ist immer langsam, die Generäle wollen stets den nächsten Krieg mit den Waffen ihrer Jugend führen, wie sie es im Irak gemacht haben, wo ein Großteil der eingesetzten Technik bereits zwanzig Jahre zuvor auf den Reißbrettern entworfen worden war.

*Es war ein wenig kühl, aber man kann eben nicht alles haben.*

Er hatte an der Toilettentür innegehalten. Es war eine grüngestrichene Stahltür, auf der das universale Männersymbol, die Silhouette im Anzug, mit gelber Farbe in Augenhöhe angebracht war. Er streckte die Hand aus, umfaßte die kalte Kugel des Türgriffs mit seiner behandschuhten Hand und drehte sie langsam herum. In ihm kämpfte die unendliche Geduld des erfahrenen Raubtiers mit dem erregten Vorgefühl des Hungers auf Fleisch. Die Tür war schwer und besaß einen hydraulischen Türschließer, damit sie immer wieder von selber zuging, so daß man mehr Kraft aufwenden mußte, um sie aufzustoßen. Nun stand er gegenüber einer metallenen Trennwand, die schimmelgrün gestrichen und mit obszönen Sprüchen übersät war, die ein ganzes Universum von Körperöffnungen und Handlungen umfaßten. Der Abgasgestank von der Autobahn strömte durch die offene Tür herein und erfüllte das Innere der Toilette bis zur Decke. Als er die Trennwand umrundete, schlug die Tür zu, und dann herrschte eine tiefe, feierliche Stille. Vor ihm waren zwei Waschbecken und ein polierter Metallspiegel angebracht, die bislang jedem Vandalismus standgehalten hatten. Daneben befand sich ein Papierhandtuchspender, der halb von der Wand abgerissen war und in dessen weiße Emailoberfläche jemand die Aufforderung »PISS AUF MICH« gekratzt hatte. Er ging in die Mitte des Raums und spürte, wie die Erregung in seine Brust und durch seine Arme schoß. Ja, nun konnte er das Ziel sehen. Links neben den Waschbecken befanden sich zwei Toilettenabteile, kleine metallene Festungen öffentlicher Zurückgezogenheit. In der hinteren Toilette waren die Cowboystiefel sichtbar, zwischen dem Kachelboden und dem unteren Rand der Trennwand, zwei Säulen aus Leder, die in Zwillingsröhren aus verblichenem blauem Jeansstoff steckten. Ganz langsam ging er auf die Toilette zu, und die Erregung überwältigte ihn schier und ließ seinen Penis zu einer vollen Erektion hochschießen. Er blieb vor der Toilette stehen. Die Tür war leicht nach außen aufgestoßen; er öffnete sie ganz langsam.

Er war jung, vielleicht dreizehn, wenngleich ein wenig groß für sein Alter. Schön. Auch das blonde Haar war hübsch. Er hatte ein idiotisches Grinsen aufgesetzt und die Hände in den Taschen vergraben. »Hey«, sagte er. Das Grinsen verschwand, als es nicht erwidert wurde und er merkte, was für ein Spiel hier gespielt wurde.

Die Erregung durchströmte ihn nun in großen symmetrischen Wellen. Er konnte erkennen, wie bei dem Opfer die Lähmung einsetzte, wie bei der Spinne, in die die Wespe ihr Gift gespritzt hat. »Runter mit dir«, befahl er in absolut gebieterischem Ton, während er seinen Reißverschluß öffnete.

*Soll ich mich bei einem Staatsanwalt erkundigen? Nein. Mehr Risiko als Gewinn.*

Er zieht den Mercedes hinüber auf die rechte Spur, damit er die Ausfahrt zu seinem Viertel nicht verpaßt. Er kann die Unnachgiebigkeit in der Regierung, in der Industrie einfach nicht begreifen. Die Tatsachen liegen doch auf der Hand. Seit ewigen Zeiten war die Rüstungsindustrie der wichtigste Anreger der Technik auf nationaler Ebene gewesen, aber diese Zeiten sind vorbei. Nun hat der Handelssektor, mit seinen enormen wirtschaftlichen Anreizen, die Führung an sich gerissen. Jetzt müßte eigentlich das Militär die wildwuchernden Forschungs- und Entwicklungsgebiete verminen, die aufgrund der Gebote des Welthandels geschaffen worden waren. Und zwar auch das Gebiet der Biotechnologie. Man mußte nur eine Möglichkeit finden, die Bombe scharf zu machen und zu zünden. Der Zünder war kein Problem. Der war nichts anderes als Geld, und das war stets in Hülle und Fülle vorhanden, sobald man das System verstand, durch das es floß. Die Bombe war etwas schwieriger. Sie mußte sorgfältig konstruiert und gewartet und vor der Ängstlichkeit jener Menschen geschützt werden, die sich den brutalen Gleichungen der globalen Hegemonie nicht stellen wollten. Aber sobald sie installiert war, hatte man das perfekte System, genau die richtige Methode, die Welt der Wirtschaft und gleichzeitig die des Militärs zu beherrschen. Früher wäre es unmöglich gewesen, eine Operation von der erforderlichen Größenordnung zu verheimlichen. Das Manhattan-Projekt war ein gutes Beispiel.

Trotz höchster Sicherheitsvorkehrungen mußte man Tausende von Menschen in das große, schmutzige Geheimnis einweihen. Es mußten einfach zu viele neue Maschinen und neue Materialien von Grund auf entwickelt werden, Dinge, die umfangreiche, arbeitsintensive Verfahren erforderten, die über eine komplexe Infrastruktur im ganzen Land verteilt waren. Aber das ist nicht mehr notwendig. Ein Großteil des Entwicklungsprozesses findet nun in Form einer Reihe von eleganten Abstraktionen in Computern statt, wo man ein riesiges Verkehrsnetz der Forschung benützen kann, ohne jemals eine Brücke zur physischen Realität schlagen zu müssen.

*Gut, daß ich mich habe impfen lassen. Man weiß ja nie, was passieren kann.*

Als der Junge vor ihm in die Knie ging, packte er den Blondschopf und hielt ihn so lange fest, bis ihm fast die Luft wegblieb. Die Erregungswellen waren nicht mehr symmetrisch, sondern durchjagten ihn in wilden Böen. Er war hingerissen von diesem Akt der fast vollkommenen Vereinigung, bei dem das Opfer total umfangen und in ihm aufgegangen war. Aber er brauchte mehr, mehr, mehr. Er riß den Jungen von sich los und stellte ihn hin, so daß er das Entsetzen in den jungen Augen glitzern sehen konnte.

»Zieh deine Hosen runter. Dreh dich um.« Seine Worte wurden mit lautem Nachhall von den grünen Kacheln zurückgeworfen.

»Das mach' ich nicht.«

Das machst du nicht? Entzücken und Zorn vereinigten sich zu einem wirbelnden Tornado spontaner Gewalt. Er packte den Jungen an der Kehle, drückte ihn gegen die metallene Trennwand und streckte die freie Hand aus, um die Jeans herunterzuziehen.

Und der miese kleine Typ trat ihn. Direkt in seine ungeschützten

Genitalien, die aus der offenen Hose herausragten. Die Spitze des Cowboystiefels rammte seinen prallen Penis, der Absatz fetzte in die Weichheit seines Skrotums. Während er vor Schmerz zurückwich, stürzte der kleine Scheißer zur Tür, aber Kontrapunkt packte ihn und warf ihn erneut an die metallene Trennwand. Der Junge versuchte ihn wieder zu treten, aber Kontrapunkt wich aus, und dann stürzten sie zusammen auf den Kachelboden. Dabei schlug der Junge mit dem Hinterkopf auf den Rand der Toilettenschüssel auf, und einen Augenblick lang verdrehte er die Augen.

Ja! Bring es zu Ende! Jetzt! Seine Hand schoß vor, packte den Jungen unter dem Kinn und drückte seinen Kopf in die Schüssel, während sein Körper an Ort und Stelle verharrte. Das Knacken seines brechenden Genicks war laut, lauter als erwartet, und fiel zeitlich perfekt zusammen mit dem Höhepunkt von Kontrapunkts zuckendem Schwert.

*Er wurde ich. Er starb, und alles, was er einmal war, wurde ich. So etwas habe ich noch nie erlebt. Es war absolut vollkommen.*

Kontrapunkt steuert den Mercedes durch die gewundene Wohnstraße zu seinem Haus. Sein Unterleib ist noch immer geschwollen und zuckt vor Schmerz. Egal, denkt er. Ein kleiner Preis für die Vollkommenheit. Und nun weiß er mit absoluter Gewißheit, daß diese wunderbare Zeremonie der Vereinigung sich immer wieder ereignen wird.

# 9

# Zusammenbruch

Speed Metal. Fetzige Kreissägengitarrenstöße. Lautsprechergebirge. Dünne Typen in enganliegendem Leder. Eine ekstatische Salve aus Zweiunddreißigstelnoten fährt knatternd mit über 100 Dezibel durch die marihuanageschwängerte Luft.

Snooky Larsen ist bereit. Morgen abend sind es gleich drei Gruppen: Chromax, Scuz Force und Snake Whip im Kolosseum. Er hat seine Eintrittskarte. Bei GI Joes gleich am ersten Tag gekauft. Nur eine Karte natürlich. Seine derzeitige Freundin Janelle verabscheut dieses Zeug und bleibt zu Hause, um sich mit ihrer fetten Freundin Damita die Oscar-Verleihung anzusehen.

Mit 24 hat Snooky keinen Bock, erwachsen zu werden. Er hat eine nette kleine Wohnung abseits der 185. Straße, einen Geländewagen mit Allradantrieb, ein Snowboard, SkyCable-Anschluß und 1205 CDs mit Speed Metal und anderen Oldies, zum Beispiel die Originalaufnahme von Baby Flamehead. Janelle liegt ihm dauernd in den Ohren wegen einer festen Bindung, aber Snooky fühlt sich sauwohl in seinem Entschluß, ein Typ zu bleiben – und zwar für immer.

Nun sitzt er im Kontrollraum von ParaVolve, singt die Titelmelodie von »Walk This Way« von Aerosmith und überwacht den Bildschirm, der vor ihm steht. Er ist etwa 75 mal 120 Zentimeter groß und hat die Auflösung einer Kinoleinwand. An seinen Rändern befinden sich die Standardpiktogramme und Menüs, die Grundschnittstellen aller Computer überall auf der Welt. Aber die Hauptattraktion stellt das Bild im Zentrum dar, ein grüner Würfel aus einer Flüssigkeit vor einem schwarzen Hintergrund. Er ist so geneigt, daß man eine Draufsicht von schräg oben hat, als schwebte man darüber in einem Helikopter. Und über seine Oberfläche schlängeln sich kleine Wellen und schneiden einander in sanften Interferenzmustern.

Der Bursche fühlt sich wohl heute nacht, bemerkt Snooky. Seine geschulten Augen lesen die Wellen, ihren Winkel, ihre Amplitude, ihre Richtung, ihre Kollisionen. In ihnen erblickt er die Seele von DEUS, dem erstaunlichen Computersystem, das sich im Zentrum des Komplexes befindet. Die Oberfläche der grünen Flüssigkeit ist eine visuelle Metapher für die Aktivität der Viertelmillion Mikrocomputer, aus denen DEUS besteht. Wenn Snooky wollte, könnte er sich hineinzoomen und ein bestimmtes Gebiet auf der Oberfläche vergrößern, bis die kleinen Blöcke, die die einzelnen Computer darstellen, sichtbar wären. Sie sind in einer Matrix angeordnet, und die Höhe jedes Blocks spiegelt wider, wieviel Datenverkehr durch diesen bestimmten Computer zu diesem bestimmten Zeitpunkt fließt. Je höher der Durchfluß, desto höher der Block. Aufgrund der einzigartigen Konstruktion von DEUS erzeugen diese sogenannten »Betriebsmuster« einander überschneidende Wellen, die dem geschulten Beobachter ganze Bände darüber erzählen, wie gut das System funktioniert.

Hin und wieder wird Snooky von seinen Speed-Metal-Kumpels gefragt, was er denn in seinem Job so mache. Snooky windet sich da immer ein wenig, denn erstens hat er eine Sicherheitserklärung unterschrieben, daß er nicht darüber sprechen wird, und zweitens läßt sich das fast unmöglich erklären. DEUS steht natürlich für Dynamicall Evolved and Unified System, ein dynamisch entwickeltes und vereinheitlichtes System. Als er zum erstenmal hierherkam, lernte er den Burschen kennen, der das Ding konstruiert hat. Sie nannten ihn den Architekten, und wie seine Schöpfung war er in der Technogesellschaft der Ingenieure und Informatiker bei ParaVolve so etwas wie ein Gott.

Snooky allerdings hielt ihn für einen ziemlich abgehobenen und verrückten Typen. Jedenfalls trieb er sich hier nicht mehr rum, und so, wie er DEUS konstruiert hatte, brauchte er das eigentlich auch gar nicht.

Am leichtesten war bei DEUS die Hardware zu erklären, die Legionen grüner Platinen, Keramikträgermaterialien, Chips und Kabel, aus denen er zusammengesetzt war. Aber das Problem, das Snooky mit seinen Low-Tech-Kumpels hatte, bestand darin, daß sie von Computern keine Ahnung hatten, und da müßte man schon ein Jahrhundert oder so zurückgehen. Lange Zeit hatten clevere Burschen raffinierte Maschinen gebaut, die bestimmte Aufgaben erledigen, zum Beispiel Musik zu machen oder kleine Rokokofiguren stockende Menuette tanzen zu lassen. Aber echte Computer beruhen auf dem Grundkonzept, daß sie universell einsetzbare Handlanger sein müssen: Man gebe ihnen nur die richtigen Befehle, und dann tun sie, was immer man ihnen befiehlt.

Der erste echte Universalcomputer wurde nie gebaut. Er existierte nur im Kopf eines überragenden Genies namens Alan Turing und wird nach ihm Turing-Maschine genannt. Turings in Gedanken hergestellte Maschine war so gut, daß sie bis auf den heutigen Tag jeden existierenden Universalcomputer darstellt.

Die ersten elektronischen Turing-Maschinen entstanden 1945. Große Kisten mit Vakuumröhren, die Science-Fiction-Namen wie ENIAC und MANIAC trugen. Sie waren so groß wie ein ganzes Zimmer und enthielten Zehntausende glühender Röhren und mehr als eine halbe Million Lötstellen, die alle von Hand hergestellt wurden. Mit ihrer Hilfe sollten Probleme von Kernwaffen aus der atomaren Hölle gelöst werden, in die kein Mensch je hinabsteigen könnte, Probleme wie das eindimensionale Verbrennen von Deuterium und Tritium.

Etwa um die gleiche Zeit entwarf ein zweites Genie namens John von Neumann das vorletzte physikalische Modell eines Universalcomputers. Dabei sollten eine Reihe von Instruktionen oder Befehlen (später als »Programm« bezeichnet) und die Daten, die sie verarbeiteten, in einem einzigen Speicher enthalten sein, zu dem eine Datenverarbeitungsmaschine Zugriff haben würde. Diese Maschine holt einen Befehl aus dem Speicher, wendet ihn an, um etwas mit den Daten anzufangen, die von einer anderen Stelle im Speicher hereingebracht wurden, und geht dann zur nächsten Instruktion über.

Immer wieder. Millionen und Milliarden Male. So lange es eben dauert, bis der Auftrag erledigt ist.

Mitte der siebziger Jahre des 20. Jahrhunderts war durch die berühmte Siliziumscheibe namens »Mikroprozessor« die Größe einer normalen Von-Neumann-Maschine von 126 Kubikmeter auf eine Fläche von weniger als 6,5 Quadratzentimeter reduziert worden. Schon bald verarbeiteten Mikroprozessoren bis zu einer Million Instruktionen pro Sekunde, üblicherweise kurz MIPS genannt.

Aber inzwischen waren die längst von ENIAC entwöhnten Waffenfritzen am stärksten auf MIPS abgefahren und benötigten gewaltige Dosen, genauso wie ihre codeknackenden Vettern in der Nationalen Sicherheitsbehörde. Sie arbeiteten mit »Supercomputern« wie dem Cray XMP, die Tausende von MIPS schnell waren, und gaben dem Ganzen mit Hilfe von »Vektorprozessoren«, die mathematische Berechnungen unglaublich beschleunigten, noch einen neuen Dreh.

Zunächst schauten die Hohepriester der Supercomputer verächtlich herab auf die – verglichen mit der brutalen Kraft dieser größeren Maschinen – relativ anämische Leistungsfähigkeit von Mikroprozessoren, aber in den späten achtziger Jahren konnten sie deren vielversprechende Möglichkeiten nicht länger ignorieren, denn da enthielten sie bereits über eine Million Transistoren und düsten mit fast einhundert MIPS dahin. Nur mal angenommen, es gäbe eine Möglichkeit, Tausende von diesen billigen kleinen Dingern in einen einzigen Computer hineinzupacken. Das wäre bestimmt ein Riesenheuler. Schon bald enthielen Labormodelle sechzehntausend Mikroprozessoren, aus denen sie 260 000 MIPS herausholten. Das Zeitalter der »massiven Parallelcomputer« hatte begonnen.

Es gab allerdings einen Haken dabei: Niemand wußte, wie man Programme schreiben sollte, die die Kraft dieser neuen Monstermaschinen bändigen würden. Man zog zahllose Vergleiche heran, um das Problem zu erklären. Jedes Haus läßt sich etwa auf die gleiche Weise bauen: Nehmen wir an, Sie sind ein Bauunternehmer, der ein Einfamilienhaus baut. Nun schreiben Sie ein »Programm«, das vielleicht fünf oder zehn Leute (Mikroprozessoren) auf einmal beschäftigt, ohne daß einer längere Zeit faul herumsteht. Aber nehmen wir weiter an, da wollen Ihnen auf einmal zehntausend Leute behilflich sein, das Haus zu bauen – was nun? Wie sollen Sie deren Tätigkeiten überhaupt effizient programmieren? Es ist unmöglich: Sie bekämen mehr Probleme, als das Ganze wert ist.

Doch den Informatikern war die Lust an den gewaltigen MIPS-Zahlen, die von den Parallelmaschinen produziert wurden, noch längst nicht vergangen, und darum suchten sie nach einer Möglichkeit, das Problem zu umgehen.

Schließlich kam man auf die Idee, es dem Computer selbst und nicht dem Programmierer zu überlassen, herauszufinden, wie die Arbeit unter den Legionen von Prozessoren aufzuteilen sei. Der Schlüssel dazu lag im Betriebssystem, einem Programm, das man mit dem ersten Minister am Hof eines Kaisers vergleichen könnte: Es gibt keine Möglichkeit, direkt an den Kaiser heranzukommen; statt dessen muß man beim ersten Minister ein Gesuch einreichen, der dann als Machtinstrument des Kaisers die Bitte erfüllt (oder abschlägt). In ähnlicher Weise fungiert das Betriebssystem als Repräsentant der in der Computerhardware enthaltenen Macht, und alle anderen Programme müssen beim Betriebssystem beantragen, daß ihre Befehle ausgeführt werden.

Der Vorteil dieses Verfahrens ist am Kaiserhof wie im Computer gleich. Der erste Minister am Hof ist intim vertraut mit den Launen des Kaisers und daher in der Lage, die Bittsteller davor zur bewahren, das heißt, die Bittsteller haben eine verläßliche und ordnungsgemäße Schnittstelle zur Macht in Gestalt des Ministers und des formalen Protokolls, das im Umgang mit ihm zu beachten ist. Genauso kennt das Betriebssystem bestens die Feinheiten der Computerhardware und ist dadurch in der Lage, die Programme, die sich an es wenden, vor zahllosen Schwierigkeiten zu bewahren, die sich aus dem direkten Umgang mit der Hardware ergeben und häufig zu einer Katastrophe führen würden.

Im Falle des massiven Parallelcomputers würde das Betriebssystem als erster Minister fungieren und die bittstellenden Programme vor der Tatsache bewahren, daß der Kaiser unter einer massiven Psychose litt und in viele Tausende von Persönlichkeiten aufgespalten war. Von wenigen Ausnahmen abgesehen, würden die Programme wie für einen einzigen Computer geschrieben und dann dem Betriebssystem auf übliche Weise präsentiert werden. Im Gegenzug würde das Betriebssystem ermitteln, wie das Programm aufzuspalten und auf die vielen Tausende von Computern zu verteilen wäre. Schon bald bestand dieses Konzept seine Bewährungsprobe, dank eines Betriebssystems wie LINDA, das mit einem »Tupel-Raum« arbeitete.

Snooky stößt seinen Drehstuhl von der Konsole ab und zieht einen vollen Wirbel in der klassischen Freiluftgitarrenpose ab, während er das einleitende Riff von »Cult of Personality« vor sich hinbrummt. Das mit dem Tupel-Raum war lange vor seiner Zeit. Und im übrigen: Wen interessiert schon die Theorie hinter dem Betriebssystem von DEUS? In Wahrheit kennt die doch gar keiner. Nicht mal der Architekt, und das ist ironischerweise der beste Beweis dafür, was für ein Genie dieser Mann ist.

Der Raum, in dem Snooky sitzt, hat etwa die Ausmaße eines großen Wohnzimmers und befindet sich in einem Gebäude innerhalb eines Gebäudes, das das Hardware-Herz von DEUS beherbergt. Rings um seine Peripherie sind zehn weitere gleichartige Konsolen angeordnet. Sie sind alle dunkel, weil gerade Nachtschicht ist und das DEUS-Kontrollzentrum im »Wartungsmodus« operiert. Snooky mag diesen Begriff nicht. Das hört sich so an, als sei er bloß ein High-Tech-Hausmeister während der Spätschicht statt eines erfahrenen Technikers. Doch im Grunde liebt er die Einsamkeit, die nur durch Stichproben der Sicherheitsleute unterbrochen wird. Snooky kann über diese Stichproben nur kichern. Sie werden von Leuten durchgeführt, die wie die üblichen Wachdienstleute eines Unternehmens aussehen, aber in Wirklichkeit sind die meisten von der Cyber-Polizei, dem Firmenspitznamen für die interne Sicherheitsorganisation von ParaVolve. Oft kommen sie herein, quatschen mit einem, starren den Bildschirm an, stellen blöde Fragen und schlendern den Hauptgang entlang. Aber wenn sie sich die Bildschirmgraphik ansehen, dann erkennt Snooky, daß ihre Augen die gleichen Informationen aufnehmen wie er.

Snooky kennt auch die nächste Station auf ihrer Runde. Es ist das Hardware-Herz von DEUS, das sich kaum einen Meter weiter auf der anderen Seite einer Wand befindet, die mit Akustik- und Wärmeisoliermaterial gefüllt ist. Hier sind fünfhundert gedruckte Schaltkarten in zwanzig Reihen angeordnet, die jeweils 25 etwa 0,2 Quadratmeter große Karten enthalten. Der Boden dieses Raums besteht aus einem offenen Stahlrost, durch das ein künstlicher Hurrikan hindurchdonnern und die Wärme beseitigen kann, die von den auf den Karten montierten Geräten erzeugt wird. Jeder Computer arbeitet mit lauter einzelnen Transistoren, die ständig ihren Zustand ändern, und jedesmal, wenn dies geschieht, wird Energie verbraucht und Wärme erzeugt. Zur Zeit enthält DEUS über eine Viertelbillion Transistoren, und damit ist er das komplexeste Ding, das die Menschheit je erschaffen hat – und sehr heiß.

Gelegentlich, kurz nach Beginn von Snookys Schicht, bringt der »Marketing-Kommunikations«-Mann von ParaVolve kleine Gruppen von Leuten in Anzügen und mit nervösen Gesichtern vorbei, die ein ernstes Lächeln aufgesetzt haben. Dann kann Snooky seinen Standardvortrag abspulen und sehen, wie sie mit geheucheltem Verständnis nicken, während er ihnen die Eingeweide von DEUS beschreibt. Bei diesem Vortrag beginnt er ganz unten und arbeitet sich dann bis nach oben vor. Der Grundstein des Systems ist ein etwa 6,5 Quadratzentimeter großes Stück Silizium, das ungefähr eine Milliarde Transistoren enthält. Innerhalb dieser Liliputmetropole befinden sich vier komplette Mikroprozessoren, zwei Vektorprozessoren, eine »Graphikmaschine«, ein lokaler Speicher, ein sogenannter »Cache-Speicher« sowie eine Schnittstelle zur Außenwelt. Allein dieser eine Chip bewältigt 2000 MIPS, und damit ist er schneller als die größten Großrechner der vorhergehenden Generation.

Auf der nächsten Stufe der Hardware-Hierarchie sind 19 dieser Chips auf der Oberfläche einer rechteckigen Keramikplatte montiert, einem sogenannten Multichipmodul, zusammen mit einem Chip, der ausschließlich für die Kommunikation mit der Außenwelt zuständig ist. Innerhalb des Multichipmoduls befinden sich Tausende winziger Metallspulen – die »Drähte«, die die Chips untereinander in Mustern wie Hauptverkehrsadern und Autobahnen verbinden. Sieben Multichipmodule wiederum sind auf einer Seite jeder gedruckten Schaltkarte montiert. Die andere Seite jeder Karte enthält vier kreisförmige Siliziumscheiben, von denen jede ein komplettes Speichersystem von drei Milliarden Bytes aufweist – das würde ausreichen, um dreißigtausend Romane zu speichern. Tief in den inneren Schichten jeder Karte befindet sich ein phantastisches

Gewirr von Spuren, die die Speicher auf der einen Seite mit den Verarbeitungsmodulen auf der anderen Seite verbinden.

Schließlich befaßte sich Snookys Vortrag noch mit dem Thema Nanosekunde. In alten Zeiten, als Transistoren so groß wie Aspirintabletten waren, konnten es sich Computerkonstrukteure noch leisten anzunehmen, daß elektrische Impulse im Nu von einer Seite zur anderen gelangten. Aber jeder wußte, daß dies eigentlich nicht stimmte. Tatsächlich pflanzen sich elektromagnetische Wellen in Drähten mit einer Geschwindigkeit von 30 Zentimetern pro Nanosekunde fort – einer Milliardstel Sekunde. Sehr schnell also. Inzwischen allerdings haben Mikroschaltungen einen unersättlichen Appetit auf elektrische Impulse entwickelt, dem Lebensstoff, der durch die Maschine fließt. Tatsächlich können sie mittlerweile elektrische Signale durch ihr digitales Verdauungssystem mit einer Geschwindigkeit saugen, die sich nach Pikosekunden bemißt. Unglaublich schnell. Jede Nanosekunde besteht aus tausend Pikokunden – plötzlich also ist die Nanosekunde eine ziemlich lahme Angelegenheit. Mikrochips verharren träge, während ihr nächstes Mahl durch den Draht hüpft. Die einzige Möglichkeit, die Dinge voranzutreiben, besteht darin, daß man die Drähte selbst kürzer macht. Wenn Sie zweieinhalb Zentimeter Draht entfernen, knappen Sie etwa 83 Pikosekunden von der Zeit ab, die ein Datenimpuls benötigt, um der nächste Bissen im elektronischen Lunch eines kleinen Biestes zu werden. So hat man sich bei der Konstruktion von DEUS großenteils bemüht, die Länge der Verdrahtung zu minimieren und damit die Zeitabläufe im gesamten System zu verkürzen. Aber letzten Endes sind auch dem Minimieren Grenzen gesetzt.

Der nächste Schritt zur Lösung des Problems bestand darin, alle Stellen ausfindig zu machen, zwischen denen die Entfernungen sehr groß waren, und die Verdrahtung durch die Faseroptik zu ersetzen. Die »Rückwandplatinen« – das Rückgrat, das jede Reihe von Schaltkarten miteinander verband, zusammen mit den Verbindungen zwischen diesen Reihen – bestanden nun also aus Glasfasern statt aus Metall. Inzwischen tummeln sich auf diesen optischen Autobahnen eine Milliarde Wörter pro Sekunde herum.

Während er seinen Vortrag hielt, sah Snooky gern zu, wie sich der Schleier des Unverständnisses still und anmutig über seine Zuhörer senkte. Seine Zusammenfassung gab ihnen dann den Gnadenstoß. Sie ließ fast jeden in eine angenehme geistige Betäubung hineingleiten, die den Verstand vor dem schützt, was er nicht intuitiv erfassen kann. Alles in allem besteht DEUS aus über einer Viertelmillion einzelner Computer mit einer theoretischen Geschwindigkeit von über 2,5 Millionen MIPS. Ihm steht ein aktives Speichervolumen von sechs Billionen Bytes zur Verfügung, und das würde ausreichen, jedes geschriebene Wort seit der Erfindung der Schrift festzuhalten. In »Benchmarks« ausgedrückt – Vergleichspunkten beim Leistungsvergleich konkurrierender Systeme – ist DEUS über hundertmal schneller als sein stärkster Konkurrent.

Allerdings verschweigt ihnen Snooky, was DEUS wirklich so faszinierend macht. Schließlich hat es schon eine Menge anderer Parallelcomputer gegeben. Tatsächlich ist Portland seit über einem Jahrzehnt ein Hauptzentrum für die theoretische Erforschung und die kommerzielle Anwendung von Parallelcomputern. Und der Basis-Mikrochip von DEUS mit seinen vier Prozessoren stammt aus einer IC-Fabrik ganz in der Nähe.

Das Geheimnis besteht darin, daß DEUS sich selbst konstruiert. Immer wieder. Immer besser. Es ist das erste sich selbst entwickelnde System außerhalb der Biosphäre.

Das ist die triumphale Leistung des Architekten. Er sorgte einfach für die geistige Befruchtung und trat zurück. Nun wächst und entwickelt sich das System in Richtung auf die vorherbestimmten Ziele der Weiterbildung, die bei seiner Empfängnis festgelegt wurden. Und dabei wird es etwas Unfaßbares, das auch der intelligenteste Mensch auf Erden nicht mehr begreift. Nach dem ersten Entwicklungszyklus senkte sich ein undurchdringlicher Nebel einer astronomischen Komplexität über DEUS, so daß nur noch die simpelsten operativen Grundprinzipien erkennbar waren.

Wie bei vielen wissenschaftlichen Errungenschaften in der Geschichte nahm der Architekt einfach eine atemberaubende Manipulation an einer bestehenden Technik vor und fügte sie als Schlußstein in ein Gebäude ein, an dem man schon seit einiger Zeit gearbeitet hatte. Die Idee, eine Computergeneration ihre Nachfolgergeneration konstruieren zu lassen, datierte bis in die fünfziger Jahre des 20. Jahrhunderts zurück, als sich herausstellte, daß man das geistige Konzept eines neuen Computers einem bereits existierenden eingeben konnte, der dann eine Art von zerebralem Spielplatz wurde, auf dem man die neue Konstruktion ausprobieren und feststellen konnte, wie sie funktionierte – ohne daß man sie jemals wirklich bauen mußte.

Zunächst verwendete man ein »Konstruktionseingabeprogramm«, mit dessen Hilfe man formal ein Modell der neuen Maschine bauen konnte. Während man mit der Konstruktion beschäftigt war, verarbeitete der Leitrechner diese Tätigkeit in eine Form, die für ein sogenanntes Logiksimulatorprogramm verständlich war, das tatsächlich die elektronischen Muskeln der neuen Schöpfung spielen ließ.

Zunächst beschränkte sich dieser doppelte Prozeß der Konstruktionseingabe und der Simulation auf einzelne Aspekte der neuen Konstruktion. Ein mechanisches Teil hier. Ein Stückchen Code da. Aber in den späten achtziger Jahren umfaßte dies bereits die gesamte digitale Gestalt neuer Computersysteme.

Tatsächlich war das Verfahren bald unentbehrlich geworden. In ihren Konstruktionssitzungen geboten die Techniker nun über riesige Hierarchien von Schaltkreisinformationen aus Systemen innerhalb von Systemen innerhalb von Systemen. Am Ende konnte man nur noch die obersten paar Schichten verstehen, die man als »Black Boxes« zu neuen Produkten miteinander verknüpfte.

Alles, was unterhalb dieser Schichten lag, befand sich in einer unterirdischen Welt von hoffnungsloser Komplexität, in der Millionen primitiver Elemente einen irrwitzigen Tanz ums Detail vollführten.

Sobald die Black Boxes zu einer neuen Konstruktion verknüpft waren, prüfte der Simulator diese auf Herz und Nieren. Im ersten Anlauf befaßte er sich nur mit der Spitze der Hierarchie und stellte in einer raschen, aber verständlichen Skizze dar, wie sich das Ding in der wirklichen Welt verhalten könnte. Anschließend begann er die Tiefen der Hierarchie auszuloten und lieferte haufenweise zusätzliche Details, bis schließlich sogar die tiefsten Abweichungen ermittelt und korrigiert waren. Bald waren Simulatoren nichts weiter als ein kleiner Teil einer großen und chaotischen Familie von Programmen, mit deren Hilfe die Techniker neue elektronische Maschinen von noch größerer Wunderkraft entwickelten. Diese insgesamt als »design automation tools« (Hilfsprogramme zur automatischen Konstruktion) bezeichneten Programme übernahmen nicht nur viele Konstruktionsaufgaben, sondern begannen auch die Anweisungen zu erstellen, die zur körperlichen Herstellung des Endprodukts erforderlich waren. Im Falle von Mikrochips konnten die Techniker einfach bei einem automatischen Konstruktionssystem Kästchen abhaken, bis ihre Arbeit die richtige Gestalt angenommen hatte, und sich dann zurücklehnen, während das System die detaillierten geometrischen Karten produzierte, die den Chip bei seinem Schöpfungsprozeß in einer Fabrik leiteten. Ähnliche Systeme taten dann das gleiche, um ordentliche kleine Siliziumviertel auf gedruckten Schaltkarten und Multichipmodulen zu erzeugen.

Im Laufe dieser Entwicklung wurde eine feine, aber wichtige Grenze der Evolution überschritten. »Design automation tools« verfügten bald über soviel Intelligenz, daß sie sich untereinander über die Gestaltung von Konstruktionen verständigten. Dies wurde durch das Aufkommen von sehr großen Netzen ermöglicht, in denen Hunderte, ja Tausende von einzelnen Computerarbeitsplätzen zu pulsierenden Gemeinden verknüpft wurden. Zunächst verständigten sich die Programme untereinander auf Geheiß ihrer Benutzer, aber bald hatten sich ihre kommunalen und sozialen Fähigkeiten so weit entwickelt, daß sie dies aus eigenem Antrieb taten. Dabei wurden die Kommunikationswege zwischen den Programmen so komplex, daß ein einzelner Mensch sie weder entwirren noch ihre Unterhaltungen entschlüsseln konnte. Sie hielten geheimen Rat und vollführten Technorituale, von denen noch nie ein Mensch vernommen hatte.

Doch es war noch eine weitere Grenze überschritten worden. Es entzogen sich nämlich nicht nur die Megatransistordetails der neuen Produkte dem Verständnis, sondern auch die Art und Weise, wie sie ursprünglich gedanklich konzipiert waren. Die Symbiose von Mensch und Technik war noch nie so tiefgreifend zum Ausdruck gebracht worden.

Aber dabei blieb es nicht.

Als die automatischen Konstruktionssysteme auf Touren kamen, spuckten sie ganz neue Bibliotheken von Black Boxes aus, die die Techniker miteinander verknüpfen sollten. Wie die unübersehbare

Fülle von Transistoren und Hilfsprogrammunterhaltungen wurden auch sie rasch zu viele, als daß ihnen der Mensch noch folgen konnte. Schon bald begannen sich die Unternehmen Sorgen zu machen über den ungeheuren technischen Aufwand, der erforderlich war, um diese Bibliotheken zu durchforsten und neue Produkte zu erstellen. Zugleich fürchteten sie, wenn die Bibliotheken nicht gründlicher durchgekämmt und nicht alle Möglichkeiten abgegrast würden, dann könnte sich die Qualität der Konstruktion verschlechtern. Um mit diesem Problem fertig zu werden, schuf man eine neue Generation von automatischen Konstruktionssystemen. Statt einfach die Boxes miteinander zu verknüpfen, setzten sich die Ingenieure nun vor eines der neuen Programme, und was dann passierte, kam einem menschlichen Dialog gespenstisch nahe. Sie erklärten dem System, was sie bauen wollten, und im Gegenzug stellte ihnen das System Fragen, die auf ihren Darstellungen basierten.

*Anfrage:* Ich erwarte von der Maschine, daß sie die Temperaturschwankungen übersteht, die im Weltraum anzutreffen sind.

*Erwiderung:* Das bedeutet auch, daß die Teile strahlungsunempfindlich sein müssen. Damit steigen die Kosten um 18 Prozent. Können Sie sich das leisten?

Sobald das System eine verschwommene, aber vollständige Vorstellung von der gewünschten Konstruktion hatte, durchstöberte es die umfangreichen Bibliotheken, holte sich Black Boxes heraus, die dem Entwurf zu entsprechen schienen, verknüpfte sie miteinander und präsentierte den Konstrukteuren die Ergebnisse. Sie würden dann die Stärken und Schwächen der Arbeit des Systems beurteilen, Verbesserungsvorschläge machen und das Ganze wieder an die Bibliotheken zurückschicken. Nach nur ein paar Schritten hatte das System das Produkt fast vollständig konstruiert und die wirklich innovative Arbeit herauskristallisiert, die von den Technikern verlangt wurde.

Inzwischen also war das unmittelbare Mitwirken von Menschen bei der Erschaffung fortschrittlicher elektronischer Systeme auf die Rolle von Teilzeitmitarbeitern auf der holistischen Ebene reduziert worden; sie hatten ihr Fachwissen nur dann einzubringen, wenn und wo es gebraucht wurde.

Und nun war die Stunde des Architekten gekommen. Für ihn war der letzte Schritt völlig klar. In einigen Fällen war der Mensch innerhalb des Konstruktionszyklus praktisch entbehrlich geworden. Aber um die Lücke zu schließen, mußte zunächst eine entsprechend tiefgründige und exakte Beschreibung des zu konstruierenden elektronischen Systems erstellt werden, ein Entwurf, der nicht nur die gegenwärtigen Möglichkeiten des Dings vorgab, sondern auch sein endgültiges Potential, einen theoretischen und praktisch unerreichbaren Höhepunkt, das Perpetuum mobile. Sobald diese Ansammlung von Wissen um die eigene Bestimmung vollständig war, ersetzte sie die Techniker. Das automatische Konstruktionssystem arbeitete nun ausschließlich mit der Basis dieses Konstruktionswissens zusammen, um das Endprodukt zu erstellen. Dabei stieß es so weit auf dem Weg zur Vollkommenheit vor, wie es die Technologie in den Bibliotheken derzeit zuließ.

Das war der Augenblick der Geburt von DEUS. Der Architekt entwickelte drei Schlüsselprogramme, um den Motor der endlosen Konstruktionsautomatik anzuwerfen. Das erste Programm war die Wissensbasis, die den gegenwärtigen wie den künftigen DEUS beschrieb. Das zweite Programm stellte die Schnittstelle dar zwischen dieser Wissensbasis und dem gegenwärtig fortschrittlichsten automatischen Konstruktionssystem, so daß die beiden nun einen Dialog miteinander führen konnten.

Die dritte Komponente war die bemerkenswerteste überhaupt: das Betriebssystem, der erste Minister am Hof des wahnsinnigen Kaisers. Wie alles an DEUS mußte sich auch das Betriebssystem selbst entwickeln, um mit der Entwicklung der Hardware Schritt zu halten. Aber jede Software, einschließlich aller Betriebssysteme, hatte sich der automatischen Konstruktion stur widersetzt. Also gab der Architekt den existierenden Konzepten erneut einen transzendentalen Dreh, damit sie um das Problem herumtanzten. Seit einiger Zeit erforschte man auf experimentellem Wege die merkwürdige Beziehung zwischen der Software und der biologischen Entwicklung. Offenbar war es möglich, Programme in eine Art kybernetischen Dschungel zu werfen, wo die natürliche Auslese ihren häßlichen Tribut forderte und nur die Stärksten überleben ließ. Diese künstliche Form der natürlichen Auslese machte sich die neuesten

Entdeckungen der Evolutionstheorie zunutze, denen zufolge der Fortgang der Evolution nicht nur auf robuste Überlebende angewiesen war, sondern ebenso auf robuste Gegenspieler. Es stellte sich heraus, daß Organismen in eine genetische Sackgasse geraten und ihre Fähigkeit der Anpassung an neue Gefahren verlieren, wenn sie ständig nur den gleichen alten Gefahren ausgesetzt sind. Daher besitzt die Schnellstraße der Evolution tatsächlich zwei Spuren, auf denen die Jäger und die Gejagten parallel dahinpreschen und ständig die Fähigkeiten der anderen auf die Probe stellen.

In frühen Experimenten hatte man dieses biologische Drama nachgeahmt, indem man viele Versionen eines bestimmten Problems in eine Software-Arena warf, zusammen mit einer Reihe von Programmen, die man zu ihrer Lösung konstruiert hatte. Die Spielregeln waren einfach: Wenn man ein Problem war und leicht gelöst werden konnte, kassierte man allmählich eine tödliche Zahl von Niederlagen und schied aus. War man ein Programm und nicht imstande, Probleme zu lösen, konnte man sich aufs Geratewohl Merkmale von anderen Programmen ausborgen und sein Können verbessern – gelang einem dies nicht, wurde man schließlich aus dem Verkehr gezogen. Am Ende hielten sich auf dem Computerschlachtfeld nur die härtesten Programme und schlugen sich mit den gemeinsten Versionen des ursprünglichen Problems herum.

Und wieder einmal wurden die Grenzen der menschlichen Verstandesfähigkeit überschritten. Das zuletzt überlebende Programm, das aus dem Dschungel herauskroch, war oft besser als jede zuvor von Menschen erdachte Software. Schließlich war es ja das Produkt von Millionen von Ausfällen und Vorgängen, bei denen Merkmale ausgetauscht worden waren – und oftmals war es den Technikern, die seine Funktionsweise zu entziffern versuchten, völlig fremd.

Der Architekt untersuchte sorgfältig diese fortschrittliche Form der Softwareregenerierung und fand eine Möglichkeit, sie in den Entwicklungsbereich von DEUS einzubinden. Seit Jahren schon hatten Computerlaboratorien auf der ganzen Welt experimentelle Betriebssysteme entwickelt, um aus riesigen Parallelsystemen das Äußerste herauszuholen. Der Architekt übernahm die besten Systeme, um das DEUS-Problem direkt anzugehen, und warf sie in eine von ihm selbst erdachte Software-Gladiatorenarena, ein ganzes

Netz von Supercomputern. Hier maßen sie sich in dem tödlichen Wettkampf, das Problem, DEUS zu betreiben, auf die effizienteste Weise zu lösen.

Nach kybernetischen Maßstäben war es eine gewaltige Schlacht, die mehr Rechnerzeit verbrauchte als irgendein anderes Problem in der Geschichte der Informatik. Das Betriebssystem, das am Ende das Schlachtfeld verließ, arbeitete großartig – und war absolut unverständlich, selbst für den Architekten. Aber sein Sieg hatte nur kurz Bestand. Als die nächste Version von DEUS vom internen automatischen Konstruktionssystem synthetisch erstellt wurde, erwies es sich als ein neues und noch härteres Problem, da seine Hardware die fortschrittlichste Version war. Also wurde das interne Betriebssystem wieder in den Wettstreit mit den Überlebenden der ursprünglichen Schlacht geschickt, um gegen die neueste physische Wiedergeburt von DEUS anzutreten. Auf diese Weise wurden die beiden Parallelspuren der biologischen Schnellstraße immer wieder neu erschaffen: Neue Versionen des Problems wurden von neuen Generationen von DEUS-Hardware dargestellt, die neue Versionen des Betriebssystems davor bewahrten, unflexibel zu werden und bei der Suche nach der vollkommenen Lösung tödlich zu scheitern.

Nun war die Zeit gekommen, das Ungeheuer in Gang zu setzen.

Die ursprüngliche »kindliche« Version der DEUS-Hardware wurde mit konventionellen Mitteln produziert, wobei der Architekt das Kommando übernahm und die symbolischen Boxes mit Hilfe eines automatischen Konstruktionssystems, das auf einem konventionellen Computernetz installiert war, miteinander verknüpfte. Die Ergebnisse wurden dann an Werkstätten geliefert, die die Mikrochips, Module, Karten und Verbindungsgeräte herstellten, aus denen die Hardware bestand, und die dann in dem kleinen Raum bei ParaVolve zusammengebaut wurden. (Welche Ironie des Schicksals, daß dieser Raum fast genauso groß war wie derjenige, der über ein halbes Jahrhundert zuvor ENIAC beherbergt hatte!) Sodann wurde die brandneue Hardware mit dem Betriebssystem vermählt, und nun erwachte das Kind zum Leben.

Der letzte Schritt bestand darin, ihm ewiges Leben zu gewähren. Dazu wurde die gesamte Schöpfungsmaschine – das automatische

Konstruktionssystem und die Wissensbasis – in die DEUS-Umgebung integriert.

Und nun erneuerte sich die Maschine in der Tat unaufhörlich selbst. Alle Dialoge über seine Zukunft fanden innerhalb von DEUS statt. Im Laufe der Zeit verschlang das automatische Konstruktionssystem neue Black-Box-Bibliotheken, wo es sie nur auftreiben konnte, um sicherzustellen, daß DEUS das Beste war, was die Mikrochiptechnologie zu bieten hatte. Das Durchstöbern der Bibliotheken nahm nun globale Ausmaße an. DEUS konnte Kommunikationsfühler über Telefonleitungen und Satelliten in Netze ausstrecken, die den gesamten Planeten umspannten – auf der Suche nach der Spitzentechnik, die für die nächste Version der Maschine dienstbar gemacht werden könnte.

Snooky wendet sich wieder seinem hochauflösenden Bildschirm zu, während er den Anfang von Snake Whips neuestem Opus, »Twitchin' on the Wire«, vor sich hinjault. Die grüne Oberfläche des Ozeans von DEUS schlägt hypnotische Wellen auf dem Bildschirm. Snooky ist damit bestens vertraut. Irgendwo im Hintergrund des Kontrollraums dringt aus dem Lautsprecher eine digitalisierte rauchige Frauenstimme:

»Snooky, Süßer, Zeit, dich anzumelden.«

Er greift sich ein Kopfhörerset, das an einem Haken neben der Konsole hängt, und spricht ins Mikrophon.

»Anmeldefenster, bitte.« Es ärgert ihn, daß sie den Input/Output-Modus verwendet haben, so daß man ein »Bitte« anhängen muß, um viele Befehle zu aktivieren. Er ist überzeugt, daß dies nichts weiter als ein Trick ist, um einem ein bißchen anthropomorphen Respekt für das Ding abzunötigen. Ein Fenster taucht auf dem Bildschirm unter der grünen Flüssigkeit auf, und er gibt seinen Bericht ein: »Operator 14. Normale Flußparameter. Kein Anzeichen von Engpässen oder Chaossymptomen. Markiere Stimmabdruck – jetzt: Operator 14, Code Foxtrott Alpha.«

Snooky setzt das Kopfhörerset wieder ab und steht auf, um sich zu strecken. Sein Monolog erscheint als Text im Fenster auf dem Schirm, und in einem zweiten Fenster wird eine Stimmabdruck-Wellenform sichtbar, die seine Identität bestätigt. Dann verschwinden beide Fenster, und nun hängt der grüne Würfel des Ozeans wieder vor einem absolut schwarzen Hintergrund. Er schlendert im Raum herum und läßt die Stühle vor den dunklen Konsolen gelangweilt rotieren. Mit ein bißchen Glück und Disziplin könnte er sein Informatikdiplom abschließen, seinen Master anhängen und dann bei ParaVolve groß herauskommen. Die ganze Wirtschaft geht den Bach runter, aber diese Firma scheint unbeirrt schwarze Zahlen zu schreiben. Er muß an die regelmäßig stattfindenden Sitzungen im kleinen Konferenzsaal der Firma denken, bei denen Victor Shields, der Generaldirektor von ParaVolve, seinen großen Auftritt hat und vor der Belegschaft einen Geschäftsbericht abliefert. Das läuft alles wirklich sehr gut. Wenn man einmal vom überwältigenden Gewicht der DEUS-Technologie absieht, dann ist die Tätigkeit der Firma relativ simpel. Von Zeit zu Zeit wird DEUS auf seinem jeweils aktuellen Entwicklungsstand »eingefroren«, der dann in eine Version der Maschine übertragen wird, die in größeren Mengen hergestellt und als schnellster, beeindruckendster Supercomputer der Welt verkauft werden kann. Der Evolutionsprozeß der Maschine wird sodann wieder in Gang gesetzt, bis wieder genügend Nachfrage besteht, um ein erneutes Einfrieren zu rechtfertigen. Aber gerade jetzt scheint sich DEUS noch in einem Zustand raschen Wachstums zu befinden, den die Ingenieure nur ungern unterbrechen wollen, so daß er noch nicht eingefroren ist. Die Details, die Shields zum besten gibt, sind allenfalls skizzenhaft zu nennen, hauptsächlich wegen der geradezu manischen Sicherheitsvorkehrungen hinsichtlich der wahren Beschaffenheit des Projekts. Für die Außenwelt ist DEUS nichts weiter als einer von vielen Parallelcomputern, die sich auf einem überfüllten Markt zu behaupten versuchen – allerdings spannt die Presse ihre Leser von Zeit zu Zeit mit Hinweisen auf eine »sich selbst erneuernde Maschine« auf die Folter.

Snooky kehrt zu seinem Drehstuhl zurück, läßt sich hineinfallen, reibt sich die Augen und gähnt. Als er die Hände vom Gesicht nimmt, bemerkt er sofort, daß etwas nicht stimmt auf dem Bildschirm. Für das ungeübte Auge wäre es unsichtbar, aber Snooky kann es lesen wie ein Chirurg eine Röntgenaufnahme.

Normalerweise sieht die Oberfläche des grünen DEUS-Ozeans wie die Wasseroberfläche eines Swimmingpools bei einer sanften

Brise aus. Kleine Wellen entstehen, werden von den Seiten des Pools zurückgeworfen und schneiden einander, so daß ein geschäftiges, aber gutartiges Muster entsteht. Doch nun ist der DEUS-Ozean ein wenig aufgewühlter, als er es eigentlich sein sollte – die Distanz zwischen den Wellentälern und -bergen ist ein wenig zu groß. Er greift nach dem Kopfhörerset und spricht abrupt ins Mikrophon. »Oberer rechter Quadrant.« Auf dem Bildschirm wird dieser Abschnitt des Ozeans nun vergrößert, und jetzt sehen die Wellen viel bedrohlicher aus. Schlimmer noch: Die See wird direkt vor seinen Augen immer rauher.

Verdammt. Daß dies ausgerechnet während seiner Schicht passieren muß. Er hat nicht die blasseste Ahnung davon, was unterhalb des Ozeans vorgeht, in der wahren Tiefe von DEUS. Die Oberfläche zeigt nichts weiter als den Datenfluß an. Aber darunter sieht es aus, als ob eine Viertelmillion Computer auf dem besten Weg in die totale Anarchie wären – was einem massiven psychischen Zusammenbruch gleichkommt, einem Sturz in eine akute Psychose.

Selbst als er das Bild wieder in die Totale zurückzoomt, nimmt das Unwetter zu. Im Handumdrehen sieht die See wie ein Swimmingpool während eines Erdbebens der Stärke 9 aus.

# 10

# Gott der Sohn

Victor Shields steht im Arbeitszimmer eines sehr großen und sehr teuren Hauses in West Linn, südlich von Portland. Das Haus ist etwa 550 Quadratmeter groß, nicht eingerechnet eine Garage für drei Wagen und einen kleinen Innenhof, der größtenteils von winterharten Sträuchern und Lohe bedeckt ist. Victor nippt bedächtig an einem Glas Glenfiddich on the Rocks und starrt hinunter auf die beiden Autos, die in einer Auffahrt gegenüber parken. Der eine ist ein alter Ford-Kombi mit einer zerbeulten Heckklappe. Der andere ist ein Chevrolet-Minivan mit einer mit grauer Grundierfarbe gestrichenen Beifahrertür und abgefahrenen Reifen. Victor weiß, daß in der Garage am Ende dieser Auffahrt das neueste BMW-Modell, ein neuer Luxus-Minivan und ein perfekt konservierter Mazda Miata stehen. Die Garage gehört zu einem Haus, das genauso groß und teuer ist wie Victors und dessen Sicherheitsscheinwerfer die flüchtig verstreute Lohe und den Kunstrasen im Vorgarten ausleuchten.

Victor muß daran denken, daß dieses große neue Haus, das von den zerbeulten alten Autos verunstaltet wird, vollkommen das Problem versinnbildlicht, vor dem inzwischen das ganze Viertel steht. Er ist gerade von einer Abendeinladung bei den Bronsons von nebenan zurückgekommen, die viel länger als erwartet gedauert hat und in der gleichen düsteren Stimmung zu Ende gegangen ist, wie sie begonnen hatte. Das Problem sind natürlich die »neuen Mieter«, wie man sie inzwischen nennt. Vor dem Niedergang war Stone Tree ein typisches Nobelviertel für leitende Angestellte, die sich in den oberen Etagen der örtlichen Geschäftswelt bewegten. Zweiundvierzig Häuser, ein Gemeinschaftspool und Tennisplätze, ein privater Wachdienst, der nicht jeden das scharf kontrollierte Zufahrtstor passieren ließ. Aber nun war die obere Angestelltenschicht natürlich in schwere Turbulenzen geraten, und viele, die sich hier oben aufhielten, wurden zur Landung gezwungen, darunter auch eine ganze Reihe Bewohner von Stone Tree. Und wenn man zu den Opfern gehörte, dann stand man plötzlich da mit einem Haufen Schulden für ein Haus, das ständig an Wert verlor. Was machte man also nun mit 550 Quadratmetern und ohne Einkommen? Als alle vornehmeren Alternativen versagten, erkannte man auf einmal, daß das eigene Haus ja praktisch aus zwei Häusern bestand und man ein Vermieter werden konnte. Zehn der zweiundvierzig Häuser waren inzwischen in Doppelhäuser umgewandelt worden, und diese Zahl nahm ständig zu.

Die eher vom Schicksal begünstigten Bewohner von Stone Tree verfolgten dies mit einer Mischung aus Mitleid und Entsetzen. Einerseits wußten sie, daß ihnen demnächst auch der Sturz aus der Gnade ihres Unternehmens drohen konnte, und so hatten sie Verständnis für die trostlose Verzweiflung, die mit diesem Sturz einherging. Andererseits kam ihr Viertel nun ziemlich herunter im Hinblick auf ihren »Lifestyle«, einem euphemistischen Begriff für die Privilegien ihrer Schicht. Dagegen konnte man zwar gerichtlich vorgehen, aber in dieser Krisenzeit herrschte eine starke populistische Strömung in der Stadt, und da wollte man natürlich keine Publicity, die das Viertel zum Ziel irgendeiner »politischen Aktion« machte. Bei den Bronsons hatten sie wieder einmal über die ganze Angelegenheit diskutiert und sich nicht über ihren nächsten Schritt einigen können.

Victor nahm den letzten Schluck Whisky und überlegte, ob er sich noch einen genehmigen sollte. Das wäre ungewöhnlich für ihn. Mit fünfundvierzig achtete er sorgfältig auf sein Gewicht, seine Trinkgewohnheiten, seine Fitneß. Das einzige, was sein Alter verriet, waren die winzigen grauen Strähnen in seinem dunkelbraunen Haar. Es war für ihn wichtig, als Präsident von ParaVolve das Image von Jugendlichkeit und Dynamik aufrechtzuerhalten, die Rolle eines kämpferischen Führers im High-Tech-Geschäft. Aber immer wieder geriet er unvermeidlich ins Grübeln, wenn er an die schäbige Wahrheit hinter seiner Fassade des Erfolgs dachte. Immerhin war er einigermaßen intelligent. Er besaß auch einen gewissen Geschäftssinn. Und gerade das war das Entsetzliche. Denn das bedeutete, daß er vermutlich in einer bescheidenen Position in einem mittelmäßigen Unternehmen mäßig erfolgreich gewesen wäre. Wenn er nicht Glück gehabt hätte. Ein paar entscheidende Wechsel im Frühstadium seiner Karriere hatten ihm eine goldene Laufbahn eröffnet, und er hatte dies seither weidlich ausgenützt. Nun aber, in dieser Zeit einer entsetzlichen Wirtschaftslage, war er sich darüber im klaren, daß diese ganze Fassade unter einem gezielten Tritt in sich zusammenstürzen würde. Und dann würde auch er die neuen Mieter in seinem Haus begrüßen und ihnen widerwillig zeigen, wie man den Thermostaten für den Whirlpool im Keller einstellte.

Gerade als Victor sich einen zweiten Whisky holen will, läutet das Telefon. So spät hat ihn noch niemand angerufen, also handelt es sich vielleicht um einen Notfall. Insgeheim ist ihm diese Möglichkeit ganz recht, weil ihn das auf andere Gedanken bringen und vom Niedergang und von den neuen Mietern ablenken könnte. Aber der Anruft kommt von ParaVolve.

»Mr. Shields, hier Snooky Larsen von der Nachtschicht. Tut mir leid, daß ich Sie so spät störe, aber wir haben hier ein Problem, und das Handbuch sagt mir, daß ich Sie anrufen soll.«

Victor versucht, mit der Stimme ein Gesicht zu verbinden, aber es gelingt ihm nicht. »Wenn das Buch sagt, daß es okay ist, dann ist es okay. Was ist los?«

»Nun, vor etwa zehn Minuten kam mir das ganze System chaotisch vor. Inzwischen spielt das Testbild völlig verrückt.«

Victor sinkt in einen Sessel. An einen derartigen Notfall hat er eigentlich nicht gedacht. »Bleibt es so?«

»Jawoll. Hab' so was noch nie gesehen. Keine Ahnung, was das bedeuten soll.«

Victor wühlt in den Kulissen hinter seiner Cheffassade und zieht verzweifelt eine Schauseite von gelassener Autorität auf. »Okay, wir werden nun folgendes tun. Zunächst einmal sollten Sie nicht versuchen, von sich aus irgendeine Korrekturmaßnahme zu treffen. Ich werde das Schock-Team verständigen. Rühren Sie sich nicht von der Stelle, bis es da ist. Verstanden?«

»Verstanden«, erwidert Snooky. Das Schock-Team ist eine Gruppe von Informatikern und Technikern, die dafür ausgebildet sind, drastische Gegenmaßnahmen zu ergreifen, wenn es so aussieht, als ob DEUS abstürzen würde.

Victor legt auf und ruft sofort den Leiter des Schock-Teams an. Verdammte Scheiße! Das hatte gerade noch gefehlt. Er weiß, DEUS ist überaus verwundbar, weil er über seine innere Entwicklung keinen Dialog mit der Außenwelt führt. Wenn das Ding stirbt, gibt es keine Möglichkeit auf Erden, die von ihm selbst herbeigeführten Entwicklungsstufen bis zu seinem gegenwärtigen Zustand nachzuvollziehen.

Was, zum Teufel, ist bloß mit dem verdammten Ding los? Er verflucht seine mangelnden Kenntnisse in Informatik. Er ist nicht einmal in der Lage, die einfachsten Zusammenhänge zu verstehen, wie das Ding funktioniert. Er muß daran denken, wie oft er schon auf den Sitzungen wissend genickt hat und ein Gesicht gemacht hat, als habe er einen tiefen und unangefochtenen Durchblick. Alles Quatsch. Alles von Victor mit der goldenen Karriere improvisiert. Moment mal. Was ist mit der Anwendung X? Ein kleiner Hoffnungsschimmer. Anwendung X könnte sein Schlupfloch sein. Es ist ein geheimes Programm, das seit einiger Zeit auf DEUS läuft. Eine sogenannte »Benchmark«, speziell dafür konstruiert, die Fähigkeiten von DEUS bei Arbeiten für die wirkliche Welt zu testen und mit denen anderer Supercomputer zu vergleichen. Gewöhnlich sind damit Aufgaben verbunden wie die Rekonstruktion der inneren Mechanik von Gewittern oder der Aerodynamik beim Wiedereintritt von Raumfahrzeugen in eine Umlaufbahn. Letzten Endes wird es jedenfalls als Marketinginstrument herangezogen, um das Loblied der Leistungsfähigkeit eines Computers im Vergleich zu konkurrierenden Systemen zu singen. Und da Benchmarks auf das Wesentliche aus sind und im allgemeinen großspurigere Marketingbehauptungen in Abrede stellen, sind sie sorgfältig gehütete Geheimnisse, bis ein System auf Herz und Nieren geprüft ist und der Öffentlichkeit präsentiert werden kann. Nichtsdestoweniger hat die außergewöhnliche Beschaffenheit des DEUS-Projekts dazu geführt, daß die Identität des Benchmark-Programms noch mehr geheimgehalten wird als sonst. Seine wahre Natur ist nur ein paar auserlesenen Technikern bekannt und sonst niemandem, nicht einmal Victor. Er weiß nur, daß es irgendwo dort drinsteckt und zwischen der Viertelmillion Prozessoren lauert.

Sollte Anwendung X an dem gegenwärtigen Problem schuld sein, wäre er halbwegs aus dem Schneider. Andere Leute müßten dann erklären, warum Hunderte von Dollarmillionen, die man in die Forschung und Entwicklung gesteckt hat, sich in eine Wolke von algorithmischer Psychose aufgelöst haben.

Aber ganz gleich, was hinter dem Ganzen steckt – ein Telefongespräch muß er noch führen. Der Vorstandsvorsitzende muß unverzüglich unterrichtet werden.

Und in diesem Augenblick entscheidet sich Victor, daß er sich danach wohl doch noch den zweiten Whisky genehmigen wird.

In McLean biegt Kontrapunkt in die Einfahrt zu seinem Haus ab und drückt auf einen Knopf unter dem Armaturenbrett, der ein Signal durch die Nacht jagt, das das schwere schmiedeeiserne Tor vor seiner Einfahrt öffnet. Lautlos öffnet sich das Doppeltor, und er fährt hindurch. Inzwischen ist ein Computer in der Garage vom Torcomputer aktiviert worden, und so ist das Garagentor bereits offen, als er dort ankommt. Als er das Haus betritt, hat sich die durch die nächtliche Jagd im Park ausgelöste Spannung längst gelegt.

Er sieht, daß in der Küche noch Licht ist, und weiß, daß seine Frau noch auf ist. Er weiß auch genau, wo sie ist, was sie gerade tut und was sie ihm sagen wird. Seine Frau. Um es mit aller Härte zu sagen: seine reiche Frau, die so gründlich in ihrem Familienreichtum mariniert worden ist, daß sie sich fast zu einer Art sentimentaler Suppe aufgelöst hat. Bestimmt hockt sie in der Frühstücksecke in ihrem Fünfhundert-Dollar-Hausmantel und umklammert mit dünnen weißen Fingern einen Gintonic.

»Bill, du arbeitest einfach zu viel, Lieber.« Der Alkohol verwischt die Konturen ihrer Sprechweise, als sie ihn mit seinem Vornamen Bill anredet – für die übrige Welt ist er Mr. William Daniels. »Wir brauchen das Geld doch gar nicht. Das weißt du doch. Du weißt das doch, oder?«

Er beugt sich vor und küßt sie flüchtig auf die Stirn.

»Natürlich weiß ich das, Liebes. Und schon bald werde ich alles so geregelt haben, daß wir mehr Zeit damit verbringen können, die Dinge zu tun, die *wir* tun wollen. Aber ein Weilchen mußt du noch Geduld mit mir haben, okay?«

Er zieht sie hoch und führt sie die Treppe hinauf zu ihrem Schlafzimmer. »Du hättest nicht auf mich zu warten brauchen. Du mußt schon genug Opfer bringen.« Er hilft ihr aus dem Hausmantel und ins Bett hinein, wo sie sich zu ihm umdreht.

»Ich hätt's fast vergessen – du hast ein Päckchen bekommen.« Ihr Blick trübt sich kurz und wird dann wieder klar. »Ja, ein Päckchen. Ich hab's auf deinen Schreibtisch gelegt.«

Gut, denkt er, eine Ausrede, um hier zu verschwinden. »Ich seh' mal lieber nach, was es ist.« Er gibt ihr erneut einen flüchtigen Kuß. »Schlaf doch schon. Ich bin gleich wieder da.«

»Bill«, murmelt sie, während der Alkohol sie wie eine Decke einhüllt, »hab' ich dir schon gesagt, daß du zuviel arbeitest?«

»Das hast du.« Er wirft ihr im Hinausgehen ein verständnisvolles Lächeln zu und geht die Treppen hinunter.

Das Päckchen liegt auf einer Ecke seines Schreibtischs, eine Luftpolstertasche ohne Adresse und Absender. Er reißt den Verschluß auf und holt eine Videokassette heraus. Es liegt weder eine Mitteilung bei, noch enthält das Band einen Aufkleber, der Aufschluß über seinen Inhalt geben könnte. Er nimmt das Band mit in ein Zimmer, dessen eine Wand mit einem Regal voller elektronischer Unterhaltungsgeräte bedeckt ist. Er steckt die Kassette in ein Fach, und sofort gehen verschiedene grüne, bernsteinfarbene und rote Lichter an. Während er Platz nimmt, spricht das System zu ihm.

»Standardeinstellungen?«

»Standardeinstellungen«, erwidert er. Das System richtet die Video- und Audioeinstellungen nun nach seinen besonderen Vorgaben ein und aktiviert den hochauflösenden Videobildschirm. Unvermittelt sieht er sich Simon Greeley gegenüber, der mit rhythmisch schaukelndem Kopf im Hart-Gebäude sitzt und sich eine Frage von Senator Grisdale anhört.

»Ist Ihnen an diesen Etats irgend etwas Ungewöhnliches aufgefallen, das für diesen Ausschuß von besonderem Interesse sein könnte?«

Fasziniert sieht Kontrapunkt zu, wie das entsetzliche Grinsen Simons Gesicht verzerrt und in ein gellendes Gelächter übergeht, das den Raum erfüllt. Er ist begeistert. Es funktioniert! Die erste echte Anwendung, nach jahrelanger Forschung. Das Farmacéutico-Team hat es geschafft und saubere Arbeit geliefert, als es darauf ankam. Greeleys Aussage wird man nun für die wirren Äußerungen eines Menschen mit einer tiefgreifenden neurologischen Störung halten, eines Menschen jenseits der Grenzen der Glaubwürdigkeit.

»Datenfenster«, wirft er dem System hin, das augenblicklich das Videobild von Simon erstarren läßt und Kontrapunkts Befehl gehorcht, indem es ein Fenster mit einer Liste von Dateien zeigt, die durch eine Folge von Buchstaben und Zahlen kodiert sind. »AA34501 öffnen.«

Ein zweites Fenster mit einer langen Liste von Namen und den entsprechenden Sozialversicherungsnummern wird geöffnet. Kontrapunkt und seine Mitverschwörer haben diese Liste in jahrelanger Arbeit zusammengestellt – sie umspannt das gesamte politische und gesellschaftliche Spektrum und enthält alle wichtigen Personen, die bei der nun beginnenden Verwirklichung des Großen Plans ernsthafte Hindernisse darstellen könnten. Spelvins neueste Errungenschaft gibt ihnen endlich ein Mittel in die Hand, die Liste sicher zu reduzieren, einen nach dem anderen. Hier ein schnelles Virus. Da ein langsames Virus. Alle von der gegenwärtigen Medizin nicht zu bekämpfen und nicht bis zu ihrem Ursprung zurückzuverfolgen. Natürlich würde es von Zeit zu Zeit einigen Wirbel bei den Gesundheitsbehörden geben, aber normale epidemiologische Verfahren würden völlig versagen, und die Untersuchungen würden bald mangels Anhaltspunkten eingestellt werden ...

Unerwartet setzt das System das Bildsymbol eines Telefons über die Liste und verkündet: »Ein Anruf vom Privatanschluß eines gewissen Mr. Victor Shields.«

»Video?«

»Nein, nur Audio.«

Das bedeutet nichts Gutes, geht es Kontrapunkt durch den Kopf. Der Scheißer würde über Video sprechen, wenn er mit etwas angeben könnte, so daß ich mir seine grinsende Idiotenvisage ansehen müßte.

»Lautsprecher an«, befiehlt Kontrapunkt, und das Gespräch wird ins Zimmer gelegt.

»Nun, Victor«, beginnt Kontrapunkt, »warum rufen Sie mich um diese Zeit an?«

Sobald Victor zu sprechen anfängt, kann Kontrapunkt förmlich hören, wie ihn die Angst packt und seine Stimme in die Höhe treibt.

»Bill, wir haben ein Problem mit DEUS. Ich habe bereits das Schock-Team aktiviert, aber wir wissen noch nichts Genaues. Der Techniker von der Nachtschicht sagte, das Ding habe plötzlich verrückt gespielt. Das ist alles, was ich bis jetzt weiß. Ich dachte mir, Sie würden das sofort wissen wollen.«

Kontrapunkt spürt, wie ihm der Schock den Magen verkrampft und die Kehle hochjagt. Schlimmer konnte es nicht kommen. Gewiß, sie hatten damit gerechnet, daß so etwas passieren könnte, und sogar einen Notplan erarbeitet, aber das System war so sehr mit seinem inneren Dialog beschäftigt, daß es fast unmöglich war, festzustellen, wo man überhaupt eingreifen sollte.

Es sei denn natürlich, jemand hatte bereits eingegriffen, um diesen Zusammenbruch herbeizuführen.

Der Architekt! Der verdammte Architekt! Er hatte sie ja sowieso schon in der Hand, was sollte ihn also aufhalten?

Andererseits: Würde er sein eigenes kybernetisches Kind umbringen? Vermutlich nicht, da sein ganzer Verhandlungsvorteil ja darauf beruhte, es bei guter Gesundheit zu halten. Aber wer weiß? Vielleicht will er nicht mehr verhandeln.

»Hat denn schon jemand unseren Chefkonstrukteur verständigt?« erkundigt sich Kontrapunkt.

Victor zuckt zusammen. Er hätte daran denken sollen, und darum erwidert er rasch: »Ich werde das gleich überprüfen. Er schaltet sich von Zeit zu Zeit ins System ein, um die Bombe ruhig zu halten, so daß er vermutlich inzwischen Bescheid weiß. Vielleicht hat er sogar –« Victor hält inne. Natürlich! Er hat das vielleicht sogar verursacht. Wieder kommt sich Victor wie ein Idiot vor seinem Boß vor. »Ich werde den Sicherheitsdienst zu ihm schicken und seine Leitung ständig überwachen lassen.«

»Ich möchte morgen früh einen vollständigen Bericht haben. Tut sich etwas, will ich es sofort wissen«, befiehlt Kontrapunkt.

Victor verabschiedet sich mit einem schwachen Gute-Nacht-Gruß.

Kontrapunkt läßt sich in seiner stummen Einsamkeit in seinen Sessel zurücksinken und verspürt ein dumpfes, schmerzhaftes Pochen in seinem geschwollenen Unterleib. Der Park, der Junge, der befreiende Orgasmus, die verrückt spielende Maschine und der wahnwitzige Architekt – sie alle vollführen einen wilden Tanz in der Finsternis seiner Seele.

Der Schlüssel ist weg.
Jimi Tyler spürt den kleinen Riß in der vorderen Jeanstasche. Genau dort, wo er jeden Morgen den Schlüssel sorgfältig mit einer Sicherheitsnadel am Taschenfutter befestigt. Er kann sich kaum vorstellen, wie er ohne den Schlüssel leben soll, denn damit läßt sich die Tür zu seiner Wohnung öffnen, wenn seine Mutter nicht da ist, und das kommt jetzt immer häufiger vor und dauert länger als sonst.

Jimi merkt auf einmal, was für ein unüberwindliches Hindernis die Tür wirklich ist, massiv und grau im Licht des frühen Abends, mit einer verschnörkelten »4«, die hoch über ihm angebracht ist. Er könnte so lange dagegentreten, bis sein Fußknochen zerschmettert wäre, und sie würde sich trotzdem nicht von der Stelle rühren. Er dreht sich um und blickt zum Gästeparkplatz und zu den Einstellplätzen hinüber, wo ein junger Mann gerade an einer alten koreanischen Limousine das Öl wechselt. Eine der geleerten Büchsen ist umgefallen, und das restliche Öl läuft in einem dünnen Faden aus, aber der junge Mann kümmert sich nicht darum. Für Jimi ist die Welt unvermittelt in zwei scharf getrennte Teile zerfallen: in eine Welt draußen vor der Tür und in eine Welt dahinter. Und auf einmal spürt er, wie die Panik sacht über sein Rückgrat streicht, weil er weiß, daß die Welt draußen ihn ganz und gar verschlingen kann, ohne Mitleid und ohne Zögern.

Aber es ist schon okay. Sein Dad wird kommen. Und sein Dad hat vermutlich sogar einen von diesen raffinierten Nachschlüsseln, so daß die Wohnungstür in ein paar Sekunden auf sein wird.

Ein vertrauter Lieferwagen biegt zu den Einstellplätzen ab, und aus seinem Innern ertönt das gedämpfte rhythmische Hämmern der Grateful Dead. Michael Riley.

Jimi zögert, als Michael aussteigt und auf die Treppe zugeht. Riley ist okay, aber vermutlich wird er kleinen Jungs nicht helfen wollen, die Scheiße gebaut und den Schlüssel zu ihrer Wohnung verloren haben. Aber Michael löst das Problem, als er ihn entdeckt und ihm zuwinkt.

»Jimi! Wie geht's dir denn heute, junger Mann?«

»Na ja, vielleicht nicht so besonders, Mr. Riley.«

Michael hält inne und geht zu ihm hinüber. »Wo liegt das Problem, mein Junge?«

»Ich hab' meinen Schlüssel verloren. Ich kann nicht rein.«

»Wann wird denn deine Mom heimkommen?« Michael schüttelt innerlich über sich den Kopf. Dummer Fehler. Was kann das Kind schon darauf sagen? Rasch überbrückt er das quälende Schweigen. »Weißt du, wo ich heute war? Ich war unten in Oaks Park, sie drehen dort eine Filmszene. Kennst du den Oaks Park?«

Jimi strahlt. Klar kennt er den Oaks Park, den alten Vergnügungspark unten am Fluß. Neonlichter, Zuckerwatte, prima alte Karussele, klasse neue Karussele.

»Klar, kenn' ich.«

»Nun, dann schlag' ich vor, wir hinterlassen deiner Mom eine Nachricht und fahren dorthin, bis sie wiederkommt.« Michael improvisiert, aber offenbar ist es genau das Richtige. Es wäre einfach nicht gut, einen kleinen Jungen in seiner Junggesellenwohnung herumhängen zu lassen. »Warte hier, ich bin gleich wieder da.«

Michael geht die Treppe zu seiner Wohnung hinauf. Was soll's, er hat ja heute abend wirklich nichts Besseres vor. Und der Junge könnte eine Abwechslung gut brauchen. Warum denn nicht?

In seiner Wohnung hört er den Anrufbeantworter ab, und dabei fällt sein Blick auf ein Buch über Biochemie, das ihm Jessica geliehen hat. Vielleicht hat sie Lust mitzugehen. Tief in seinem Inneren spürt er, wie eine Tür langsam zugeht, aber bevor sie ganz zuschlägt, hat er sie bereits angerufen.

»Jessica, hier Michael Riley. Ich möchte Ihnen noch mal für die Bücher danken. Ich hab' da ein kleines Problem und könnte Ihre Hilfe gebrauchen, wenn Sie heut abend nichts anderes vorhaben. Der kleine Junge, der unter mir wohnt, hat sich ausgesperrt, und ich möchte ihm ein bißchen die Zeit vertreiben, also hab' ich mir gedacht, wir fahren mal schnell zum Oaks Park hinüber. Das Problem ist nur, daß ich nicht gerade der ideale Vater bin und ein bißchen Hilfe gebrauchen könnte. Hätten Sie nicht Lust mitzukommen?«

Ja. Sie hat ja gesagt. Einfach so. Für Michael ist der Abend gleich um ein paar Klassen besser geworden. Manchmal sind die besten Vorhaben diejenigen, die sich ganz von selbst ergeben.

Michael und Jimi fahren über die Sellwood Bridge und biegen in die lange Zufahrtsstraße zum Oaks Park ein. Die Fenster von Michaels Wagen sind offen, und Jimi rekelt sich in der warmen Brise. Die große graue Tür ist vergessen. Und schon sind sie auf dem Parkplatz vom Oaks Park. Gleich dahinter sieht Jimi den Wirbel bunter Farben und das Gewusel von Menschen, die über dem asphaltierten Mittelweg bummeln. Der Oaks Park sieht wie ein dicker Ball aus Knete aus, in dem alle Farben aufs Geratewohl durcheinandergemischt sind. Ein ganzes Jahrhundert der Vergnügungstechnik ist unter den alten Eichen am Fluß zur Schau gestellt. Das Riesenrad neben Raumschiff Enterprise, 3-D-Videospiele neben Schießbuden. Menschen aus allen Schichten und Kulturen wandern durch das Labyrinth aus Karussellen, Spielbuden, Getränkekiosks und Imbißständen. Straßenbanden, weiße Durchschnittsmänner, alleinerziehende Mütter, asiatische Patriarchen, schwarze Hipsters, Neobeatniks und zapplige Teenager wirbeln wie in einem großen Kaleidoskop der Menschheit durcheinander.

»Na, was sagst du dazu, großer Mann?« erkundigt sich Michael, als sie ausgestiegen sind und auf den Mittelweg zugehen.

»Klasse«, sagt Jimi, »einfach klasse.«

Vor ihnen sieht Michael Jessica am alten Kinderkarussell stehen, das mit seinen Pferden und Straußen die ewige Umlaufbahn entlangrumpelt, die hölzernen Leiber mit zahllosen Schichten von buntem Lack bedeckt. Selbst auf diese Entfernung ist sie einfach nicht zu übersehen, geht es Michael durch den Kopf. Sie ist schon eine verdammt auffallende Erscheinung. Im Grunde ist das fast ein Fluch. Niemals so etwas wie Anonymität zu genießen.

Jessica lächelt besorgt, als sie die beiden auf sich zukommen sieht. Sie bemerkt, daß der kleine Junge Michaels Hand genommen hat, und irgendwie ist sie sicher, daß Michael sich dessen vermutlich nicht einmal bewußt ist. Sie war sich nicht im klaren, ob sie wirklich kommen sollte, aber als sie jetzt die beiden so zusammen sieht, ist sie ganz erleichtert. Der Junge wird wie ein Puffer sein, noch dazu ein ganz reizender.

»Jessica, darf ich Sie mit Jimi Tyler bekannt machen.«

»Hallo, Jimi.«

Jimi schaut zu der schönen Dame hoch, die ihm die Hand geben will. Sie lächelt, aber irgendwie sieht sie auch traurig aus.

»Wie schön, daß Sie sich so schnell entschlossen haben, mit uns zu kommen«, sagt Michael, als sie ziellos über den Mittelweg bummeln.

»Ich bin froh, daß Sie mich eingeladen haben. Ich bin immer so in meine Arbeit vertieft und vergesse dabei alles andere, wenn mich nicht jemand rausholt. Und in ein oder zwei Stunden muß ich wieder zurück sein und für morgen früh einen Bericht fertigmachen. Tut mir leid, daß ich nicht länger bleiben kann.«

»Kein Problem«, erklärt Michael, »wir finden es einfach schön, daß Sie überhaupt kommen konnten.« Er sieht zu Jimi hinunter. »He, Kumpel, welches Karussell möchtest du denn fahren?«

»Das Riesenrad«, erwidert Jimi prompt.

»Also dann aufs Riesenrad«, verkündet Michael. Ihm gefällt die Direktheit und Intelligenz dieses Kindes. Er verspürt darin eine Stärke, die ihm innerlich fehlt.

Und dann werden sie vom Riesenrad über die Eichen hinweg in ein flimmerndes Zwielicht gehoben, in dem die Unterstadt am Fluß, jenseits der Skyline der Stadt, zu sehen ist. Jimi sitzt zwischen den beiden Erwachsenen und empfindet ein ungewohntes Gefühl der Sicherheit. Aus irgendeinem Grund muß er an die Batterien denken, die auf der Rückseite seiner elektronischen Spielzeuge zusammengepackt sind, so dicht und ordentlich beieinander, und jede kennt ihre Aufgabe und ihren Zweck.

Als ihre Gondel über den Höhepunkt der Umlaufbahn des Rades hinweggleitet, wendet sich Michael Jessica zu. »Sind Sie hier aufgewachsen?« will er wissen.

Sie schaut auf ihren Schoß und hat keinen Blick für das wunderschöne schwarzsilberne Wellenband des Flusses übrig, während sich die Gondel auf den grünen Baldachin der Eichen hinabsenkt.

»Nein, ich stamme aus der Gegend von San Francisco.« Sie sagt dies in einem Ton, der zu verstehen gibt, daß sie sich jetzt nicht weiter darüber auslassen möchte.

Michael geht darauf ein. »Ja, ich bin auch nicht von hier.«

»Von wo denn?«

»Washington, D.C.«

»Und was haben Sie dort gemacht?«

»Was mit Computern.« So kann man das auch nennen, Mann.

»Und nun machen Sie den Ton für Filme?«

»Und nun mache ich den Ton für Filme«, wiederholt er, gerade als das Riesenrad hält und sie aussteigen.

Während sie den Mittelweg zurückschlendern, geht Jimi zwischen ihnen, Hand in Hand mit Michael. Und dann spürt Jessica, wie er auch nach ihrer Hand greift. Wärme durchströmt sie, und sie fragt sich, ob sie von Jimi ausgeht oder ob er einfach eine Verbindung zwischen Michael und ihr herstellt. Sie sind jetzt so etwas wie eine seltsame kleine Familieneinheit, vorübergehend vereint durch ein unergründliches Schicksal. Na und, warum denn nicht? Sie mag das Gefühl, das Jimis fester Griff in ihr auslöst, und wünscht nichts weiter, als es erwidern zu können. Aber es geht nicht, und so überläßt sie ihm schlaff ihre Hand.

»Und wo gehen wir jetzt hin?« will Jimi wissen.

»Wir bringen Jessica zu ihrem Wagen, weil sie jetzt wieder fahren muß.«

Jimi schaut mit aufrichtiger Enttäuschung zu Jessica auf.

»Mußt du wirklich?«

Auf einmal ist sie sich nicht mehr so sicher. Und genauso plötzlich merkt sie, wie ihre Hand die seine in unmißverständlicher Zuneigung drückt. Ja, woher kam das denn? Tief in ihrem Inneren weiß sie es, aber sie will sich dem nicht stellen, weil der Deckel der Verdrängung gar nicht mehr so fest zugeschraubt ist. Die Schrauben sind im Laufe der Zeit verrostet und haben sich in roten Staub verwandelt, und der verflüchtigt sich nun unter der Berührung dieses Kindes mit seiner unwiderstehlichen Kombination von Stärke und Verletzlichkeit.

»Na schön, vielleicht kann ich doch noch so lange bleiben, um uns etwas Popcorn zu holen. Okay?«

Michael und Jessica sitzen an einem winzigen Blechtisch in einer Imbißstube und trinken im fahlen Schein der Neonlampen eine Cola. Sie sehen zu, wie Jimi in einer Automatenbude direkt gegenüber am Mittelweg selig ein Videospiel spielt.

»Wie ist denn seine Mutter?« will Jessica wissen.

»Ich kenne sie zu wenig, aber in den Romona Arms heißt es, sie sei ein wirklich schwerer Fall. Darum ist er heute abend mit uns zusammen. Sie ist weg. Er ist allein zu Hause. Ganz schön hart. Aber was soll man da machen?«

»Schwer zu sagen. Er ist etwas Besonderes, und das wissen Sie auch, nicht wahr?«

Michael zerknüllt die Papierhülle seines Trinkhalms zu einer kleinen Kugel und betrachtet sein Werk. »Klar, ich denke, ich weiß das. Und Sie spüren es auch, wie?« Er lächelt ihr zu. »Muß die Mutter in Ihnen sein.«

Abrupt schiebt Jessica ihren Stuhl zurück, schnappt sich ihre Tasche und steht auf. »Muß jetzt gehen.«

Nachdem sie Jessica zu ihrem Wagen gebracht haben, überredet Jimi Michael, noch einmal über den Mittelweg zu bummeln, bis ans andere Ende, wo sie vorher nicht waren. »Und ich will reiten«, erklärt er in gebieterischem Ton.

»Was heißt das, du willst reiten?« will Michael wissen. »Welches Karussell soll's denn sein? Hier gibt es viele mit Schaukelpferden.«

Jimi sieht in voller Empörung an. »Nein. Die doch nicht. Ich will auf deiner Schulter reiten.«

Also nimmt Michael ihn auf die Schulter, und dann ziehen sie los. Jimi ist überraschend leicht, während er seine Arme um Michaels Stirn schlingt. Das ist eine ganz neue Erfahrung für Michael, etwas, was er schon im Kino gesehen, aber noch nie selbst mitgemacht hat. Plötzlich läßt eine Hand seine Stirn los und zeigt auf ein großes Neonschild an einem weitläufigen Gebäude am Ende des Mittelwegs: DIE REALOS.

Michael spürt, wie Jimi aufgeregt auf seinen Schultern herumhüpft. »Die Realos! Wollen wir zu den Realos gehen? Ach, bitte.«

»Nun ... okay«, gibt Michael nach und liest die marktschreierische Anzeigetafel unter dem Neonschild:
DIE NEUE SHOW DER WOCHE
ROBOSAURIER-ABENTEUER

Er setzt Jimi ab, und dann betreten sie das Gebäude, in dem Michael an der Automatenkasse mit seiner UniCharge-Karte zwei Eintrittskarten löst. Das Gebäude ist eigentlich eine Rollschuhbahn mit einer riesigen Holzlauffläche, und an den Nachmittagen wird es immer noch dazu genutzt. Aber abends ist darin die fortschrittlichste Unterhaltungselektronik untergebracht, die es außerhalb von Tokio und Singapur gibt. Was ursprünglich einmal »virtual reality« genannt wurde, heißt inzwischen einfach »die Realos«.

Michael und Jimi sehen sich in dem großen Innenraum um, in dem eine Reihe von bizarren Gestalten willkürlich verteilt herumstehen. Sie haben schwarze Druckluftanzüge an, die den Umrissen des menschlichen Körpers angepaßt sind, und sie tragen schwarze Handschuhe. Auf ihrem Rücken befinden sich Päckchen von der Größe eines Buches, die XLSI-Mikrocomputer enthalten, die an dünnen Kabeln hängen, welche hoch oben im Dachgebälk verschwinden. Jede dieser Gestalten trägt außerdem einen Helm mit Kopfhörern im Innern und einer dicken schwarzen Brille, in der sich zwei Miniaturkathodenstrahlröhren befinden, und in der Hand hält sie eine Waffe, die wie eine ungefüge Nachbildung eines automatischen Kampfgewehrs aussieht. Die insektenartigen Kostüme sehen befremdlich aus, aber die staksige Choreographie der Spieler findet Michael faszinierend. Sie bewegen sich vorsichtig in kauernder Haltung, sehen sich nach allen Seiten um, heben dann plötzlich ihre Waffen und feuern stumm auf unsichtbare Ziele, wobei sie ihren Gefährten die ganze Zeit Warnungen zuschreien.

Beim Anblick der Spielzeugwaffen wird es Michael zunächst ein wenig mulmig. Aber schließlich ist das doch nichts weiter als ein Gaukelwerk der Phantasie. Und Jimi macht ganz den Eindruck, als wäre er untröstlich, wenn sie hier nicht mitspielten. Also gehen sie zur Abfertigungskoje, lassen sich ihre Ausrüstung geben und ziehen sich im Umkleideraum um.

»Hast du denn das schon mal gemacht?« fragt Michael Jimi.

»Nein«, erwidert Jimi, »aber Rattensack schon, und er hat uns alles darüber erzählt.«

»Welcher Junge ist denn Rattensack?« erkundigt sich Michael. Außer Jimi sind die anderen Jungen in den Romona Arms für ihn nichts weiter als eine große, homogene, lärmende Horde.

»Er ist der größte Junge.«

Offenbar findet Jimi diese Beschreibung ausreichend, und Michael bohrt nicht weiter nach. Er überprüft Jimis Ausrüstung, und dann gehen sie in den Vorraum vor dem Haupteingang zur Rollschuhbahn. Hier schließt ein alternder Punker mit einer angegrauten Irokesenfrisur ihre Rückenpäckchen an die Deckenkabel an. Sein verkniffenes Gesicht trägt einen permanent mürrischen Ausdruck zur Schau. »Laut Hausordnung ist es verboten, andere Spieler zu berühren oder auf sie zu schießen. Verlassen Sie augenblicklich die Bahn, wenn Ihre Zeit abgelaufen ist. Viel Spaß.« Er sagt dies mit einer mechanischen, nasalen Stimme, während Michael und Jimi die Bahn betreten. Sie begeben sich in einen abgelegenen Abschnitt, der weit von den anderen vermummten Gestalten entfernt ist.

»Fertig, Partner?« fragt Michael Jimi.

»Klar. Und du?«

»Werden wir gleich wissen«, sagt Michael, während sie ihre Helme aufsetzen.

*Wumm!*

Sie befinden sich auf einer mit Felsblöcken übersäten Ebene, einer Bilderbuchwelt, die irgendwo zwischen Comicheft und Realität angesiedelt ist. Der Himmel erstreckt sich in einem einförmigen, unstrukturierten Orange von Horizont zu Horizont. Der Boden ist absolut flach und in einem faden Purpurrot gehalten, auf dem kantige graue Blöcke verteilt sind, einige größer als ein Mensch. Michael schaut auf Jimi hinunter. Sein Anzug ist nun voller blinkender, flackernder technischer Kinkerlitzchen, die in Panzerplatten eingelassen sind, und an der Vorderseite seines Helms befindet sich ein Visier, das seine Gesichtszüge verdeckt. Aus dem gewehrähnlichen Gebilde ist inzwischen eine bösartige automatische Waffe geworden, auf die ein bizarres Magazin montiert ist. Michael hebt die Hand auf und sieht, daß er die gleiche Art von Panzer und die gleiche Waffe trägt, beides auf seine Größe abgestimmt.

Für Michael hat dieser unvermittelte Sprung aus der realen in die virtuelle Wirklichkeit etwas Beunruhigendes und Verwirrendes. Aber nicht für Jimi. »Ziehen wir los«, fordert er ihn auf.

Während sie sich zwischen den Felsblöcken hindurchschlängeln, stellt Michael überrascht fest, wie rasch die gewohnte Wirklichkeit dahinsinkt und durch die neue Realität ersetzt wird. Sie gelangen an den Rand der Felsenebene und haben vor sich eine eintönige purpurfarbene Wüste, die sich bis ins Unendliche erstreckt. Und genau da ertönt ein markerschütterndes Brüllen.

»Es ist hinter uns!« schreit Jimi, als Michael herumwirbelt und in seine Richtung schaut. Über den Felsblöcken taucht ein höllisches mechanisches Untier auf, ein Dinosaurier mit einer Haut aus Metallplatten und Hunderten von riesigen, chromblitzenden Zähnen. Ohne zu zögern, stürzt sich das Ding auf sie und schnappt nach ihnen, wobei seine rasiermesserscharfen Zähne im orangefarbenen Licht dieser fremdartigen Welt blitzen und funkeln. Michael duckt sich mit Jimi hinter einem Felsklotz und umklammert dessen Oberfläche. Der dabei vermittelte Sinneseindruck ist ganz merkwürdig, weil der Anzug dort, wo der Felsen sein sollte, Druck ausübt, aber da der Fels ja nicht wirklich existiert, bietet er auch keinen Halt. Das Monster brüllt und geht erneut auf sie los, wobei sein Unterkiefer knapp über ihre Köpfe hinwegschießt und sie im Schatten untertauchen läßt. Michael vernimmt einen scharfen Knall und sieht, wie eine Miniaturexplosion an der Unterseite des Kiefers einen rauchenden Krater aus geschmolzenem Metall hinterläßt. Aufheulend bäumt sich der Kopf nach oben und nach hinten.

»Ich hab' ihn erwischt!«

Michael dreht sich um und sieht, daß Jimi seine Waffe abgefeuert hat. Er richtet sich auf und blickt vorsichtig über die Spitze des Felsbrockens hinweg. Das Monster trollt sich davon, und das Zischen seiner pneumatischen Gelenke verliert sich in der Ferne. »Gut gemacht, Jimi«, bemerkt er lahm und schämt sich, daß er nicht so geistesgegenwärtig war, seine eigene Waffe abzufeuern. Aber bevor Jimi noch etwas darauf erwidern kann, ertönt ein ganzer Chor von Gebrüll zwischen den Felsbrocken. Michael riskiert einen Blick und erkennt drei weitere Monster, die sich ihnen aus verschiedenen Richtungen nähern. Er ist sich darüber im klaren, daß sie hinter sich nichts als die Wüste haben und erledigt sind, wenn diese Bestien sie dort hinausjagen. Wieder vernimmt er einen Knall und sieht, wie ein bleistiftgroßer gelber Blitz den Kopf des mittleren Monsters streift, während er sich zwischen den Felsen hindurchschlängelt.

»Los, wir müssen schießen!« drängt Jimi. Michael hebt langsam seine Waffe und zielt auf das Monster links. Er feuert wild drauflos, und ein Strahl verfehlt den Kopf des Ungeheuers um mindestens einen Meter. Er feuert erneut und schießt knapp neben eins der gewaltigen Beine. Das Monstrum ist inzwischen so nahe, daß Michael einen Begriff von seiner wahren Größe bekommt: über 15 Meter hoch. Einen Augenblick lang ist er von einem erneuten »Ich hab' ihn erwischt!« von Jimi abgelenkt, und als er sich umdreht, sieht er, wie rosafarbene Lava aus der metallenen Höhlung quillt, die kurz zuvor noch die Augenhöhle des mittleren Monsters gewesen war.

Als er seine Aufmerksamkeit wieder dem linken Monster zuwendet, ist er erschrocken darüber, wie nahe es ist – keine zehn Meter von ihm entfernt. Er muß unverzüglich wieder schießen und kann es sich nicht leisten, es zu verfehlen. Er zielt auf die Brustgegend, zwischen die beiden spindeldürren Oberarme, und schießt.

Und dann geht alles drunter und drüber.

Der Strahl blitzt los, verfehlt die Brust und trifft das Schultergelenk, das den rechten Oberarm mit dem Körper verbindet. Der abgetrennte Arm fällt auf den purpurfarbenen Boden, und das Monstrum bleibt bebend stehen. Als der Arm auf dem Boden aufschlägt, gerät das Ungeheuer in ein wildes, konvulsivisches Zucken, und Michael beobachtet die Schulterwunde und wartet darauf, daß sich der rauchende Krater bildet oder die rosafarbene Lava austritt. Statt dessen schießt eine Fontäne Blut heraus. Helles rotes Blut. Menschliches Blut. Über die ganzen Felsen ergießt es sich. Über Michael. Gleichzeitig verwandeln sich die glühendroten Reptilienaugen des Monsters in sanfte blaue Menschenaugen, und dann schreit es Michael an.

»*Scheißkerl! Schau mich doch an! Scheißkerl!*«

Irgendein unwillkürlicher Instinkt tief im Innern von Michael übernimmt das Kommando. Er läßt die Waffe fallen, macht auf dem Absatz kehrt und rennt in die Wüste hinaus. Die roten Blinklichter, die unmittelbar vor ihm im Raum aufleuchten, nimmt er kaum wahr:

HALT!
NACH 2 METERN
SPIELFELDGRENZE.

Rums! Ein rasender Schmerz durchzuckt ihn, als er auf ein unsichtbares Hindernis trifft, und dann wird alles schwarz vor ihm.

*Blind! Ich bin blind!*

Aber dann spürt er den Helm, den Anzug. Er reißt sich den Helm herunter, während sein Herz im Kopf zu hämmern scheint. Er fummelt am Reißverschluß des Anzugs herum und bekommt gar nicht mit, daß er an die Wand am Rande der Laufbahn gestoßen ist.

»Du dämlicher Hund! Kannst du nicht lesen? Hast du denn das Grenzschild nicht gesehen?« Der alte Punker läuft über den Holzboden auf ihn zu, während Michael wie ein Wilder den Anzug abschüttelt.

»Ich muß hier raus!«

»Jaja, das kannste gleich haben, Kumpel!« Der alte Punker erweist sich als überraschend kräftig, als er Michael hochzieht und ihn von der Bahn führt.

Die Bahn, der Punker, die insektenartigen Spieler verschwimmen vor seinen Augen, während er durch ein wogendes Meer von Adrenalin schwimmt. Die Angst. Er entwindet sich dem Griff des Punkers und sprintet auf den Ausgang zu. Draußen wird es besser gehen. Platz. Luft.

Draußen auf dem Mittelweg entdeckt er eine Bank unter einer Eiche. Das Neonschild der REALOS taucht alles in ein helles, lachsfarbenes Licht, und die Welt dreht sich wie trunken um ihre Achse. Der Lärm der Menge dringt bis in sein Inneres vor. Dann schiebt sich eine einzelne Stimme in den Vordergrund.

»Bist du okay?«

Er sieht auf. Vor ihm steht Jimi. »Der Mann sagt, du wärst ausgerastet«, erklärt er ernst.

Die Welt dreht sich langsamer um ihre Achse.

»Ja, ich glaub', der Mann hat recht. Ich bin ausgerastet«, sagt Michael müde. Er ist zu schwach, um sich eine Ausrede auszudenken.

»Hast du vor den Monstern Angst gehabt?«

»Ich weiß nicht. Irgend etwas ist passiert, was ich nicht verstehe.«

»Na ja, es passieren eine Menge Dinge, die ich nicht verstehe«, tröstet ihn Jimi.

»Und hast du manchmal Angst?« will Michael wissen.

»Klar. Manchmal schon.«

»Und was machst du dagegen?«

Jimi setzt sich neben Michael. »Ich warte darauf, daß mein Dad kommt. Wenn es zu schlimm wird, dann wird er aufkreuzen und es ihnen zeigen.«

Die Welt hört auf, sich zu drehen. Das Adrenalin verebbt. Michael atmet tief durch und sitzt stumm neben Jimi.

Bei den Romona Arms sind die Lichter in Wohnung 4 an, und Michael läßt Jimi allein vorgehen. Er hat keine Lust, sich mit Jimis Mutter und einem ihrer bescheuerten Freunde auseinanderzusetzen. Er sieht zu, wie Jimi hineingeht, geht zum Swimmingpool und bleibt am Rand stehen.

»Wer da?«

Michael erkennt die Stimme sofort und sieht die dunkle Gestalt auf einem der Liegestühle neben dem Pool. Es ist Eric. Eric Denesnie-gab.

»Ich bin's, Michael Riley, Eric. Wie geht's?«

»Eines Tages werden wir uns wiedersehen.«

»Bestimmt. Vielleicht gleich hier.«

»Gib mir doch bitte mal den Schraubenzieher mit dem orangefarbenen Griff.«

»Ich kann ihn hier im Dunkeln nicht finden, Eric.«

»Na schön, dann hol das verdammte Nachtsichtgerät raus.«

Michael hört, wie hinter ihm eine Fliegengittertür zugeschlagen wird. Er dreht sich um und sieht, wie Erics Schwester Brenda auf den Pool zukommt.

»Komm schon, Eric. Es wird Zeit, daß du dich ein wenig aufs Ohr legst. Hallo, Michael.«

Brenda ist 55, drei Jahre älter als Eric. Sie ist in einen viel zu großen Bademantel gehüllt und macht mit ihren Plüschschlappen kleine Trippelschritte. Brenda und Eric sind hier schon länger, als irgend jemand, sogar Dolores, sich erinnern kann. Jeder kennt ihre

Geschichte. Eric war ein Veteran aus dem Golfkrieg, er war bei einer verdeckten Operation verwundet und kurz danach ausgemustert worden. Aber nachdem er mehrere lebensgefährliche Einsätze hinter feindlichen Linien im Krieg überstanden hatte, ließ Eric sich zwei Wochen nach der Rückkehr in die Staaten in einer Oben-ohne-Bar vollaufen und raste mit seinem Motorrad gegen eine Stützmauer. Als er einen Monat später aus dem Koma erwachte, hatte er irgendeine »neurologische Fehlfunktion«, wie die Ärzte seinen Zustand diskret umschrieben. Da das Gehirn unglaublich komplex ist, sind auch Hirnverletzungen sehr kompliziert, besonders wenn die höheren Funktionen betroffen sind – daher gab es auch keine bessere Bezeichnung für dieses Problem.

Kurz darauf tauchte Brenda im Veteranenlazarett auf und nahm Eric mit zu den Romona Arms. An manches konnte er sich noch erinnern, zum Beispiel an Brenda, an anderes dagegen nicht, wie das meiste, was im Krieg passiert war. Während er schließlich wieder in der Lage war, zu essen und für sich selbst zu sorgen, blieb er gespalten wie ein Schizophrener, nur ohne die Paranoia. Im Laufe der Zeit kamen einige von seinen alten Kriegskameraden auf Besuch vorbei, und einer von ihnen machte gegenüber Brenda eine Bemerkung, die ein für allemal hängenblieb.

»Weißt du, der Mensch, mit dem ich mich eben unterhalten habe, ist eigentlich überhaupt nicht wie Eric«, erklärte er. »Er ist eher wie ein Eric, den es nie gab.«

Eric Den-es-nie-gab mied gesellige Kontakte, weil er in einer Unterhaltung rasch den Faden verlor. Schließlich kam er nur noch spätnachts heraus oder am frühen Morgen, wenn das Gelände vor den Wohnungen verwaist war.

Nun erhebt sich Eric aus seinem Stuhl, um Brenda zu folgen.

Michael lächelt. »Wir sollten uns öfter sehen, Brenda.«

»Vielleicht haben Sie recht, Michael.«

Sie trippelt davon, während Eric ihr wie an einer unsichtbaren Leine folgt. Michael gähnt und wendet sich erneut der Treppe zu. Auf dem Weg nach oben muß er wieder an das metallene Untier denken, an das herausspritzende Blut, den purpurnen Boden, den orangefarbenen Himmel. Es könnte schlimmer sein, geht es ihm durch den Sinn. Wie bei Eric, für den die ganze Realität nur virtuell ist.

Der Architekt schüttet den Rest aus der Flasche Cutty Sark in einen Plastikbecher und sieht zu dem Wagen auf dem Parkplatz neben dem Drugstore auf der anderen Straßenseite hinüber. Im Fernsehen wirbt Big Boy Bill gerade für Autos, indem er einen massigen Arm ausstreckt und ein Bajonett in das Verdeck eines Kabrios rammt, während er verspricht, »die Preise auf den tiefsten Stand aller Zeiten runterzusäbeln«.

»Seid ihr breitärschige Faschisten?« ruft der Architekt lauthals zu dem Wagen auf der anderen Straßenseite hinüber. »Oder seid ihr verkleidete Schutzengel?« Er prostet mit dem Becher dem Fahrzeug zu und steht auf wackligen Beinen auf. »Kommt heraus ans Licht und gebt euch zu erkennen. Zeigt euch mir.«

Er läßt den Becher sinken, wobei er den Inhalt über die Reste seines chinesischen Essens verschüttet, und schlurft zur Tür und die Treppe hinunter. Draußen in der warmen Nachtluft stützt er sich auf der Motorhaube eines Wagens auf dem Parkplatz des Restaurants ab. Auf der anderen Straßenseite sieht er, wie der Fahrer aus dem neben dem Drugstore geparkten Wagen aussteigt und über das Wagendach zu ihm herüberschaut. Er winkt dem Mann lebhaft zu, der darauf nicht reagiert, und dann beginnt er benommen wie ein Zombie schwankend die Straße zu überqueren. Zum Glück herrscht gerade nicht viel Verkehr, und die Autos kurven um ihn herum. Als er sich dem geparkten Wagen nähert, starrt ihn der Fahrer weiter übers Dach hinweg an, während das Beifahrerfenster heruntergeht und ein zweiter Mann zum Vorschein kommt. Beide sind dickliche Fünfziger, deren Bäuche sich unter billigen Sakkos wölben. Der eine hat einen Bürstenhaarschnitt mit Koteletten, der andere nur noch einen grauen Haarkranz um den ansonsten kahlen Kopf.

»Aber, aber, meine Herren«, sagt der Architekt, »wie können wir einander räumlich so nahe, aber im Geist so fern sein? Höchste Zeit, daß wir miteinander eine sinnvolle Unterhaltung führen, meinen Sie nicht?«

Er ist beim Wagen angekommen, öffnet die hintere Tür auf der Beifahrerseite und läßt sich auf den Rücksitz sinken. Der Kahlköpfige mit dem Haarkranz wendet sich auf seinem Sitz, um die Bewegung zu verfolgen, und der mit dem Bürstenhaarschnitt bückt sich, um durch die offene Tür hineinzulinsen. Keiner von beiden sagt ein

Wort, aber sie sind sichtlich bekümmert. Sie haben keine Anweisungen, wie sie sich in einer derartigen Situation verhalten sollen.

»Um Ihnen meinen guten Willen zu beweisen, werde ich Ihnen ein Geschenk von unschätzbarem Wert machen«, verkündet der Architekt. »Ich werde Ihnen die Gabe des Lebenssinns schenken, etwas, was vielen ihr ganzes Leben lang versagt bleibt. So frage ich Sie zunächst: Warum sind Sie hier? Warum überwachen Sie mich mit einer derartigen Hingabe und professionellen Sorgfalt?«

Schweigen.

»Sehen Sie?« fährt der Architekt fort. »Jetzt sind Sie ratlos, schmerzlich ratlos. Jeden Tag kommen Sie hierher. Warum? Weil es Ihnen jemand *gesagt* hat? Weil man Ihnen *Geld* für Ihre Zeit gibt? Das genügt nicht. Bei weitem nicht. Weil es keinen Sinn macht. Weil dahinter kein großartiger Plan steckt. Nicht das Gefühl, in einem herrlichen, hochklassigen Drama mitzuwirken. Und genau damit haben wir es hier zu tun, meine Herren. Machen Sie keinen Fehler. Ein hochklassiges Drama.«

Er schlüpft wieder zur Tür auf der Beifahrerseite hinaus, macht den Reißverschluß seiner Hose auf und beginnt sein Wasser abzuschlagen. Der Kahlköpfige sieht, wie sich ein Bächlein zum Randstein hinschlängelt.

»Wissen Sie überhaupt, wer ich bin? Ich werde es Ihnen sagen. Ich bin der Architekt. Der Architekt der Rechenmaschine, die im Zentrum Ihrer Firma von selbst wächst. Die Maschine, die das Unternehmen am Leben erhält, sein sine qua non. Ich bin Gott der Vater, der Schöpfer, und mein Ebenbild ist Gott der Sohn, der kybernetische Sohn, der Euch mit Eurem ganzen Lebensunterhalt segnet. Die Wahrheit aber, die nur ganz wenige kennen, ist, daß Gott der Sohn in Wirklichkeit eine Mutter ist, die Mutter meines Kindes.«

Er steigt wieder in den Wagen ein. »Aber wie so viele andere High-Tech-Väter und Gründer wurde ich ausgestoßen, sobald das Projekt vollendet war, und mußte in der Wildnis der Vorstädte umherirren. Doch ich habe diesen Tag vorhergesehen und eine ganz besondere Nabelschnur zwischen mir und meiner Maschine geschaffen. Tief in ihren Eingeweiden befindet sich eine Bombe, eine Softwarebombe, die nur darauf wartet zu explodieren, wenn ich nicht mindestens

einmal innerhalb von vierundzwanzig Stunden mit ihr in Verbindung trete.
Dies also, meine Herren, ist Ihr Geschenk, Ihr Lebenssinn. Sie wachen über mich, und im Gegenzug wache ich über meine Schöpfung. Gute Nacht.«
Der Architekt hievt sich aus dem Wagen und torkelt zu seiner Wohnung zurück. Der mit dem Haarkranz und der mit dem Bürstenhaarschnitt geben keinen Laut von sich.

In seiner Wohnung watet der Architekt durch den Müll, der sich in seinem Wohnzimmer auftürmt, zu seinem Computer.
»Zeit, guten Tag zu sagen«, murmelt er vor sich hin, während sich die Graphik aufbaut, und setzt das Kopfhörermikrophon auf. Er absolviert die Symbolgestalten, Schweinchen Dick, Roger Daltrey, Madonna und den Polizisten. Schließlich kommt er zu seinem Selbstbildnis, seiner Kontaktperson innerhalb von DEUS.
»Bob«, sagt das Selbstbildnis, »wie geht es dir?«
»Ich leide Qualen, mein Freund. Aber kümmere dich nicht darum. Ich melde mich nur an.«
»Wir sind froh darüber«, erwidert das Selbstbildnis. »Wir alle hier drinnen wären ohne dich verloren. Das weißt du doch, oder?«
»Ich weiß es. Gibt es irgendwas Neues?« Dies war eine Routinefrage. Der Architekt hat zahlreiche Barrikaden im System errichtet, um das unablässige Schnüffeln der Cyber-Polizisten zu unterbinden, und er analysiert ständig ihre Handlungen, um seine Verteidigungsanlagen zu verbessern.
»Ja, Bob«, erwidert das Selbstbildnis. »Es gibt ein Problem mit dem Heiligen Geist. Es hat uns fast fertiggemacht.«
*Fast fertiggemacht.* Der Architekt ist in doppelter Hinsicht alarmiert. Da ist zum einen das Problem mit dem Heiligen Geist – ein Problem, das sich vielleicht völlig seinem Zugriff entzieht und das dort angesiedelt ist, wo sich der Gang der Logik auflöst im amorphen Strudel des echten Bewußtseins. Zum andern ist das Schnittstellenprogramm nicht darauf programmiert, diese Worte zu sagen. Anscheinend handelt es irgendwie eigenständig.

# 11

# Die Beerdigung

Gail Ambrose steht am Rande der Trauergemeinde, während der Geistliche die Grabpredigt hält, um Simon Greeley auf die Reise in das Leben nach dem Tod zu schicken. Die Anwesenden sind meist mittleren Alters, überwiegend männlich und tragen dunkelblaue Anzüge. Es ist warm, und die Luftfeuchtigkeit ist erdrückend. Gail wird froh sein, sobald als möglich aus der Sonne herauszukommen. Doch sie glaubte es Simon schuldig zu sein, hier teilzunehmen. Sein Versuch, vor Grisdales Ausschuß zu erscheinen, war eine außergewöhnlich mutige Tat gewesen, in einer Zeit, in der eher Machtintrigen an der Tagesordnung waren als persönliches Heldentum.

Nach der schrecklichen Szene im Anhörungssaal war sie Barbara Greeley behilflich gewesen, ihn zum Sicherheitsdienst hinunterzubringen. Schon merkwürdig, dachte sie, dies ist ja genau wie einer jener niederträchtigen Vorfälle in New York, bei denen jemand mitten auf dem Bürgersteig niedergeschlagen wird und niemand zu Hilfe eilt. Die beiden Frauen hatten den von Krämpfen geschüttelten Mann gestützt und ihn mühsam den Gang entlanggeschleppt, während Scharen von Menschen einen großen Bogen um sie herum machten und ihnen nicht in die Augen sahen, als ob sie das Ganze nicht bemerkten. Als der Krankenwagen kam, fuhr Barbara mit Simon mit, während Gail ihren Wagen nahm, der gerade vor dem Hart-Gebäude abgeschleppt werden sollte.

Als Simon im Notaufnahmeraum war, blieb sie bei Barbara, bis Barbaras Schwester aus Georgetown bei ihr einträfe. Barbara erzählte Gail das wenige, was sie von Simon erfahren hatte und was er dem Ausschuß mitteilen wollte. Leider war es nicht mehr als das, was Gail bereits wußte.

Simon überlebte im Krankenhaus nur noch fünf Tage, und sie hatte jeden Tag angerufen und sich nach seinem Zustand erkundigt. Schließlich begann die Krankheit seine willkürlichen Funktionen lahmzulegen, so daß er künstlich beatmet werden mußte. Was einst Simon Greeleys Verstand gewesen war, schien nun wie leergefegt. Barbara ersuchte die Ärzte, die Lebenserhaltungsmaßnahmen einzustellen, und nach wenigen Minuten war er verschieden.

Nun beendet der Geistliche die Bestattungsrituale, und dann wird der Sarg hinabgelassen. Gail zieht sich zurück, bevor sich die Trauergemeinde auflöst. Auf dem Weg zu ihrem Wagen sieht sie vor ihrem inneren Auge ein Bild, das sie nicht mehr los wird.

Es zeigt Simon, kurz bevor er den Anhörungssaal betritt und sagt: »Vielleicht vergiftet. Nicht sicher.«

Am Abend schaut Jessica aus dem Fenster ihres Labors im OHSU und sieht, wie der Schatten der West Hills der Ostseite der Stadt eine partielle Sonnenfinsternis beschert. Es ist schon spät geworden, aber eigentlich arbeitet sie immer so lange. Allerdings ist es schon lange her, daß ihr dies wieder einmal bewußt wird. Der Blick aus diesem Fenster auf die Stadt war bisher für sie nichtssagend, abstrakt gewesen, nichts weiter als ein dekoratives Wandgemälde. Aber als sie jetzt hinaussieht, nimmt sie es in seinem ganzen Ausmaß wahr, wie es strahlt und blüht vor Leben.

Und wie kam es zu dieser veränderten Wahrnehmung? Lag es an Michael? Natürlich. Sie muß daran denken, wie sie am Abend zuvor mit Jimi über den Mittelweg von Oaks Park gebummelt sind. Michaels jungenhaftes Lächeln und seine ruhige Art berührten sie, überwanden alle Hindernisse und drangen durch alle komplizierten Windungen bis zu ihrem Herzen vor. Aber während dieser stillen Invasion stieg zugleich die Angst in ihr auf.

Es wird also Zeit, die Dinge wieder ins rechte Lot zu rücken. Jessica beendet einen statistischen Durchlauf auf ihrem PC und schließt das Labor hinter sich ab. Niemand ist auf dem Gang, als sie zum Aufzug geht.

Du mußt dir das nicht antun, sagt sie sich. Es ist grausam, sehr grausam.

Sie geht über einen Verbindungsgang zu einem anderen Gebäude und fährt dann mit dem Aufzug in den Keller.

Du bist gemein zu dir selbst, denkt sie. Wirklich gemein.

Der Aufzug bleibt rüttelnd stehen, und dann geht sie einen langen, leeren Gang entlang, und der frisch gebohnerte Linoleumbelag wirft verzerrte Schatten von den Neonlampen an der Decke wider.

Deine letzte Chance, sinniert sie. Aber du kannst nicht aufhören, nicht wahr? Du willst es einfach wissen.

Sie geht bis zu einer schweren Stahltür ohne Aufschrift, die mit einem Sicherheitsschloß versehen ist. Sie angelt aus der Tasche ihres weißen Laborkittels einen Schlüssel, öffnet das Schloß und zieht die Tür auf. Dahinter ist es kühl und dunkel. Sie tastet an der Wand nach dem Lichtschalter und knipst ihn an.

An der hinteren Wand des Raums stehen die Glasbehälter aufgereiht auf Regalen. Ihr Durchmesser reicht von fünfzehn bis fünfzig Zentimeter, und sie sind der Größe nach angeordnet wie eine Balkengraphik in einem statistischen Bericht. In jedem Behälter befindet sich ein menschlicher Fötus in einer Formaldehydlösung, und jeder Fötus steht für eine einzigartige Katastrophe, einen genetischen Webfehler, ein fatales Versehen im Schöpfungsplan. Einige weisen unübersehbare Fehlbildungen auf, wie zum Beispiel das völlige Fehlen von Gliedmaßen. Andere sind kaum noch als menschliche Wesen zu erkennen, eine Masse aus mißgebildetem Fleisch, an der irgendwo ein Ohr absteht und an anderer Stelle ein Auge glotzt. Einige sehen äußerlich relativ normal aus, aber aufgrund ihres grausam verdrehten Inneren sind sie doch Kandidaten für dieses Regal. Über allen liegt der gleiche matte, gelblichgraue Schimmer, der von dem Konservierungsmittel herrührt.

Jessica begibt sich hinüber ans Ende mit dem kleinsten Behälter und geht dann langsam am Regal entlang, während sie diese groteske Galerie des genetischen Chaos inspiziert.

Und dann kehrt alles wieder zurück.

Sie war neunzehn und lebte in Mountain Park, südlich von San Francisco. Und noch nie war etwas schiefgelaufen. Warum auch? Ihre Familie führte ein angenehmes Wohlleben und war von der Schattenseite durch viele materielle und gesellschaftliche Schichten isoliert. Alle zwei Jahre gab es neue Autos (auch für sie), eine große Segeljacht lag unten in der Bucht vor Anker, man ging zum Skifahren nach Sun Valley, flog ab und zu nach Europa und war Mitglied in allen möglichen Privatclubs. Ihr Vater war Mitbegründer und technischer Vizepräsident eines Software-Unternehmens, das auf heterogene Computernetze spezialisiert war. Ihre Mutter war Lektorin in einem internationalen Verlagskonzern. Die Wellen des Geldes rollten sanft und gnädig über sie hinweg und sorgten für eine Antriebskraft, die fast mühelos ihr Fortkommen sicherte. Dinge, die anderen schwerfielen, waren für Jessica kinderleicht. Die Schule stellte große Anforderungen, aber ihre Noten waren spektakulär, und ihre SAT-Tests bewegten sich um die 1400.

Und natürlich stellten auch Jungen kein Problem dar. Sie umschwärmten sie in einer emsigen Wolke, und sie brauchte nur einen aus den wabernden Testosterondämpfen herauszuholen, um sich mit ihm zu amüsieren. Bindungen waren weit weg, ein vages Bild irgendwo in ferner Zukunft, wenn die »Reife« einsetzte, was immer das auch sein mochte.

Und dann wurde sie schwanger. Einfach so. Ohne Vorwarnung.

Es begann damit, daß ihre Periode schon zwei Wochen überfällig war, gerade als sie nach Südkalifornien fliegen wollte, um sich an der University of Southern California einzuschreiben. Die Vorstellung, daß hier etwas Ungeheuerliches passierte, wurde so schnell zur Gewißheit, wie das Baby in ihrem Schoß heranwuchs. Am Ende ging sie zur Apotheke, machte zu Hause den Test und erhielt ein positives Ergebnis. Selbst dann noch war sie fasziniert von der Ironie, die mit dem Begriff »positiv« in der Gebrauchsanleitung für den Test verbunden war. In ihrem Fall war dies alles andere als positiv. Dann las sie den in einer Acht-Punkt-Schrift gehaltenen Beipackzettel ihrer Antibabypillen, aus dem hervorging, daß das Risiko einer ungewollten Schwangerschaft nur eins zu tausend betrage, sofern die Pillen richtig genommen wurden. Es kam ihr in den Sinn, daß ihre Familie ihr ganzes Leben lang nur mit einem Risiko von eins zu tausend hatte rechnen müssen. Die Chancen standen nur eins zu tausend, daß sie jemals arm sein würden. Daß sie in ihrer beruflichen Karriere scheitern würden. Daß sie mit dem Gesetz ernsthaft in Konflikt gerieten. Daß sie einem Verbrechen zum Opfer fielen.

Letzten Endes standen die Chancen auch nur eins zu tausend, daß eines von diesen 0,1prozentigen Risiken irgendeinen von ihnen betreffen würde. Aber es war passiert. Nach einer schlaflosen Nacht ging sie wieder zur Apotheke, machte einen zweiten Test und erhielt das gleiche Ergebnis. Sie hockte in einem Korbsessel am Tisch draußen neben dem Swimmingpool und starrte hinaus auf die Bucht.

In dieser ganzen Zeit dachte sie kaum an den Vater ihres Kindes, auch wenn sie genau wußte, wer es war. Mit gutem Grund. Er war ein Junge, ein lieber Junge, der sehr verliebt in sie war. Aber kein Vater. Noch nicht. Vielleicht nie.

Und eine Abtreibung kam nicht in Frage. In diesem Augenblick der großen Gefühlsverwirrung fiel zumindest diese eine Entscheidung leicht. All die klugen Debatten und die Argumente, die dafür sprachen, waren völlig belanglos. Für sie war das eine grundsätzliche Herzensangelegenheit. Sie brachte es einfach nicht fertig.

Als sie ihre Eltern einweihte, litt sie verhaltene Qualen. Ihr Vater war gerade von der neuen Fertigungsstätte auf Borneo zurückgekehrt und war erschöpft und müde durch den Zeitunterschied. Ihre Mutter faltete die Hände und rieb die Daumen aneinander, wie sie es immer tat, wenn sie besonders angespannt war. Sie saßen im Wohnzimmer, wo die Spotleuchten an der Decke sanfte Lichtkreise auf die Orientteppiche und die handgearbeiteten Ledermöbel warfen. Es kam nicht zu einem offenen Konflikt. Sie würden sie natürlich unterstützen, ganz egal, was sie tun wollte. Aber sie sahen ihre Chancen dahinschmelzen wie Butter auf einem heißen Terrassentisch und trauerten dem nach, was hätte werden können.

Wie eine Armee, die ein wichtiges taktisches Gefecht verloren hatte, konzipierten die drei rasch einen neuen Plan, der die langfristige Strategie aufrecht erhalten könnte. Sie würde das Studium an der USC um ein Jahr verschieben, das Baby bekommen und dann im darauffolgenden Herbst zu studieren beginnen. Von da an würden sie eine gute Tagesstätte für das Kind besorgen oder vielleicht sogar ein Kindermädchen einstellen, so daß sie ihren normalen Stundenplan einhalten könnte. Bis dahin würde sie das Apartment behalten, das sie über den Sommer gemietet hatte, und einige Kurse am Contra Costa College besuchen, um die Lücken in ihrem Studium aufzufüllen. Am Ende fühlten sie sich alle besser, weil sie wieder zum Angriff übergegangen waren und wie stolze Vögel hoch über dem aktuellen Problem schwebten, getragen von der großartigen Thermik aus Kreativität, Intelligenz und Geld.

Als sie allein in ihrem Apartment war, überkam sie zuweilen eine Niedergeschlagenheit angesichts der Wirklichkeit, die ihr bevorstand. Ihre Familie konnte zwar Geld für den Tagespflegeplatz für das Baby ausgeben, während sie an der USC war – aber was geschah in den Nächten? An den Wochenenden? In der Zeit, da ihre Kommilitonen das Leben in L.A. in vollen Zügen genossen? Dann würde sie herumhocken, umgeben von Lehrbüchern und Windeln, und sich ausgeliehene Filme im Videorecorder ansehen, während der wirkliche Film des Lebens ohne sie weiterlief. Gleichwohl blieb sie bei ihrem Entschluß. Erstens würde sie eine Mutter sein, zweitens eine Studentin und drittens was auch immer.

Die Wehen setzten zwei Wochen zu früh ein, gerade als ihre Mutter bei ihrem Verlag in New York war und ihr Vater sich in Mexico City aufhielt. Sie bestellte ein Taxi, fuhr ins Krankenhaus und wurde auf dem Bett in ein »Geburtszimmer« gerollt, das ihr ein heimeliges Gefühl vermitteln sollte, aber eher wie ein mittelmäßiges Motelzimmer auf sie wirkte. Zur vorgeschriebenen Zeit verabreichten sie ihr die Epiduralanästhesie, und kurz darauf wurde der Fötusmonitor angeschlossen. Ihre Geburtshelferin war gutgelaunt und alberte mit ihr herum, während die Prozedur ihren Gang nahm.

Aber kurz nachdem sie den Monitor angeschaltet hatten, war der Ärztin das Lachen vergangen.

»Frau Doktor, es sieht so aus, als hätten wir es hier mit einer Arrhythmie zu tun«, sagte die Krankenschwester und versuchte ihre Angst zu verbergen.

»Okay, schauen wir es uns doch einfach mal an«, meinte die Ärztin. Die Gebärmutter war total geweitet und das Baby zur Hälfte im Geburtskanal. Es war zu spät für einen Kaiserschnitt. Da mußten sie einfach durch.

Als die letzte Preßwehe kam, sah Jessica, wie alle stumm zwischen ihre Beine starrten. Irgend etwas stimmte da nicht.

Die Geburtshelferin zog die glänzende rosafarbene Gestalt heraus und versperrte ihr die Sicht, während sie rasch die Nabelschnur durchtrennte.

Unmittelbar darauf wurde das Baby auf ein Rollbett gelegt und eine Sauerstoffmaske über seinen Kopf gestülpt. Dann nahm der gleichfalls anwesende Kinderarzt den Fall in die Hand. »Okay, gehen wir«, erklärte er mit ernster Stimme. Das Baby wurde hinausgerollt, und dann ging auch der Arzt.

Jessica geriet in Panik. »Was ist los? Was stimmt denn mit dem Baby nicht? Bitte, sagen Sie es mir.«

Die Geburtshelferin nahm die Gesichtsmaske ab. »Wir wissen es noch nicht. Dr. Williams ist einer der besten Fachärzte, also machen Sie sich keine Sorgen. Es wäre nicht gut für Sie oder das Kind. Sobald wir Näheres wissen, werden wir es Ihnen sagen.«

Als sie wieder in ihrem Zimmer war, rief sie ihre Mutter im Hotel in New York an. »Mom, ich habe das Baby bekommen, und irgendwas stimmt nicht ... Nein, sie wissen es noch nicht. Mom, ich habe Angst.« Sie brach in ein heftiges Schluchzen aus, während ihre Mutter Tausende von Kilometern entfernt nur hilflos zuhörte. Als das Weinen aufhörte, versprach ihre Mutter, mit dem nächsten Flugzeug zu kommen. Jessica brachte ein schwaches Danke hervor und legte auf. Sie hatte nicht die Kraft, ihren Vater gleich jetzt anzurufen; außerdem hatte ihre Mutter gesagt, sie werde das übernehmen. Bevor sie sich die Augen trocknen konnte, kam der Kinderarzt herein und setzte sich neben ihr Bett.

»Jessica, ich möchte Ihnen sagen, was wir wissen und was wir tun wollen. Es gibt da gewisse äußerliche Mißbildungen, aber das ist nicht das Hauptproblem. Was uns unmittelbar Sorgen macht, sind das Herz und die Lunge. Die Atmung ist ganz flach, und der Herzschlag schwankt. Wir haben eine Röntgenaufnahme gemacht und wollen einen Kinderkardiologen hinzuziehen. Inzwischen haben wir das Baby in ein Sauerstoffzelt gebracht, wo sein Herzrhythmus überwacht wird. Wir werden alles Nötige veranlassen, wenn es erforderlich ist, aber wir wollen erst den Befund des Kardiologen abwarten, bevor wir den nächsten Schritt tun.«

»Was ist passiert? Wie konnte dies mit meinem Baby geschehen?« Wie fast jede Mutter in dieser Situation begann sie die ganze Zeit vor der Geburt zu durchforschen und danach Ausschau zu halten, was sie wohl falsch gemacht hatte, nach der großen Untat oder Unterlassungssünde, die ihrem Kind diesen Fluch eingebracht hatte. Aber sie kam nicht darauf, obwohl ihr das kaum ein Trost war.

»Ich wollte, ich könnte es Ihnen sagen, aber das kann ich nicht. Sie waren zu jung für eine Fruchtblasenpunktierung, bei der sich gewisse Dinge hätten feststellen lassen – aber nicht das hier. Auch die Ultraschallaufnahmen sind nicht fein genug, uns über alles Aufschluß zu geben, außerdem hängt das Ganze von der Lage des Babys zum Zeitpunkt der Aufnahme ab. Letzten Endes entgeht einem einfach irgend etwas. Auch wenn das Risiko nicht mehr groß ist, vielleicht eins zu hunderttausend.«

Das war es also: eins zu hunderttausend. Der Kinderarzt setzte seine Ausführungen noch ein wenig fort, aber sie hörte nicht mehr zu. Eine Chance von eins zu tausend, um schwanger zu werden. Eine Chance von eins zu hunderttausend, daß ein mißgebildetes Baby durchs Netz schlüpfte. Um die Wahrscheinlichkeit zu ermitteln, daß beides zusammen eintrat, mußte man einfach die Wahrscheinlichkeitsverhältnisse miteinander multiplizieren. Also lag die Chance, daß irgendeiner Frau dieser beschissene Alptraum passierte, bei eins zu einer Million.

Neunzehn Jahre, in denen alles zu 99,9999 Prozent richtig gelaufen war, waren nun absolut aufgehoben worden durch eine Stunde, in der die Dinge zu 0,0001 Prozent schiefgelaufen waren.

Sie wollten ihr ein Beruhigungsmittel geben, aber sie lehnte das ab. Sie würde nicht die Nachtwache verschlafen, die sie für ihr leidendes Kind halten mußte. Durchs Fenster konnte sie auf den Parkplatz hinabsehen. Irisierende Regenpfützen bildeten sich auf dem Asphaltbelag, während sie zuschaute, wie die Wagen kamen und wegfuhren und ganze Familien ein- und ausstiegen. Sie alle lebten in einer anderen Welt, während sie in der Welt der millionsten Frau gefangen war, eine Erfahrung, die sie mit niemandem würde teilen können.

Gegen drei Uhr morgens setzte sie sich auf und wußte, daß sie das Baby sehen mußte. *Jetzt gleich.* Angesichts der bürokratischen Verhältnisse, wie sie in einem Krankenhaus herrschten, hatte es keinen Sinn, die Krankenschwestern darum zu bitten. Also stand sie einfach auf, zog ihren Bademantel an und trat auf den Gang hinaus. Die Schwesternstation weiter unten mit ihren vielen Computerbildschirmen sah eher wie eine Raumstation aus. Die diensthabende Schwester saß mit dem Rücken zum Gang und hackte auf der Tastatur eines antiquierten Computers herum, der noch nicht über eine Sprachein/ausgabe verfügte. Jessica schlüpfte unbemerkt an ihr vorbei und hinüber zur Säuglingsstation, wo sich das Sichtfenster befand, ein Schaukasten für die Sieger in der ersten von so vielen Konkurrenzen, an denen sich schließlich jedes Baby beteiligen mußte. Daneben befand sich eine Tür mit der Aufschrift »Kein Zutritt für Unbefugte«. Sie drehte am Türgriff. Die Tür ging auf.

Als sie drinnen war, erfaßte ihr Blick den Bereich hinter dem Sichtfenster, wo Brutkästen und Sauerstoffzelte durch ein Gewirr von durchsichtigen Schläuchen, Flüssigkeitstanks und Gasflaschen versorgt wurden und Bildschirme in mattem Grün schimmerten. Hier mußte das Baby sein. Zweifellos. Niemand befand sich in diesem Raum, und das einzige Geräusch rührte von der klappernden Tastatur am Ende des Gangs her.

Sie brauchte nicht lange nach ihrem Baby zu suchen. Es befand sich im ersten Sauerstoffzelt. Sie las das Schildchen, auf dem nichts weiter als »Baby Morris« stand. Dann sah sie auf und betrachtete das Baby. Sie konnte nur mühsam einen Aufschrei unterdrücken.

Das Gesicht. Während das eine Auge normal und geschlossen war, fehlte das andere einfach – an seiner Stelle befand sich nichts weiter als eine sanfte Fleischwölbung und eine eingesunkene Braue. Der Mund. In der Mitte der Oberlippe war ein etwa ein Zentimeter breiter Spalt, der den Gaumen entblößte. Die Nase. Die Nasenhöhle war nur von einem hauchdünnen Hautlappen bedeckt, und wo die Nasenlöcher sein sollten, befand sich nur eine einzige Öffnung. Die Ohren. Sie waren vielleicht nur halb so groß wie normalerweise, und die Muscheln waren aufgekräuselt wie welkende Blüten.

In diesem einen schrecklichen Augenblick erwachte in ihr schlagartig der Entschluß. Sie würde nicht eher ruhen, bis sie herausgefunden hatte, was dazu geführt hatte. Keine Liebesaffären mehr. Keine Männer. Keine Babys. Ihr Leben war wie ein Trichter, der sich auf diesen einen Punkt hin verengt hatte und nun nur noch einem einzigen, konzentrierten Strom folgen würde.

Baby Morris überlebte die Nacht nicht und wurde am Ende der Woche während einer kleinen Bestattungsfeier beigesetzt, an der nur die Familie teilnahm. In Jessica stand der Entschluß hart und glasklar fest: Sie würde sich nun an der USC in Biologie einschreiben und fortan der biochemischen Katastrophe auf die Spur zu kommen suchen, die ihr Kind umgebracht und sie zur Millionsten Frau gemacht hatte.

*Das war vor zehn Jahren, und nun bin ich hier mit einem Doktortitel in Mikrobiologie und noch immer hinter dem Untier her.* Ihr Rundgang durch die Babyhölle ist beendet. Sie hat sich direkt auf diese Konfrontation eingelassen. Aber Michael Riley ist noch immer da und überwindet geduldig alle Hindernisse.

Sie kehrt den Glasbehältern den Rücken zu und verläßt den Raum, ohne sich noch einmal umzusehen. Es ist so angenehm draußen, und vielleicht wird sie heute abend etwas früher gehen.

Im Labor seiner Klinik schiebt Dr. Feldman sorgfältig einen Objektträger auf den Objekttisch seines Mikroskops. Der Objektträger enthält ein winziges Scheibchen von Simon Greeleys Gehirn, das diesem während der Autopsie am Tag nach seinem Tod entnommen worden war. Es stammt vom Stirnlappen der Großhirnrinde, der äußersten Schicht des Gehirns, wo die höheren Abschnitte des Intellekts angesiedelt sind. Die Merkmale, nach denen er Ausschau hält, erfordern eine 500fache Vergrößerung, und sorgfältig stellt er Beleuchtung und Brennweite ein, bis das Bild scharf ist. Und da ist es: ein Schlachtfeld, das alle Anzeichen von Zerstörung aufweist. Das Gewebe ist von Hohlgängen übersät, wo viele Neuronen total vernichtet sind. Dafür ist in Hülle und Fülle ein unangenehmer Typus von Neuronen vorhanden, ein sogenannter Astrozyt, eine krakenartige Gestalt, die sich mit zahlreichen Strahlarmen an ihren Nachbarn festklammert. Und innerhalb der überlebenden Neuronen befinden sich winzige fremdartige Tunnel, Wurmlöcher des Todes, die man euphemistisch »schwammartige Degenerationen« nennt.

So weit, so gut, denkt Feldman. Alle Symptome verweisen auf seine ursprüngliche Diagnose, die Creutzfeldt-Jakob-Krankheit. Das einzige, was nicht zu diesem Krankheitsbild paßte, war der kurze Zeitraum vom Auftreten der Symptome bis zu Simons Tod eine Woche später. Die kürzeste bislang bekannte Inkubationszeit betrug rund drei Wochen, und viele Fälle hatten sich bis zu zehn Monaten und länger hingezogen. Gleichwohl sprach alles für seine Vermutung. Aber als er seine Untersuchung auf andere Bereiche der Gewebeprobe ausdehnt, taucht etwas anderes auf, was seine Hypothese in sich zusammenfallen läßt: Amyloid-Beläge, Klümpchen eines stärkeähnlichen Stoffes, noch dazu sehr große. Viel zu viele für die Creutzfeldt-Jakob-Krankheit.

Tatsächlich gibt es nur eine Krankheit, die derartige Merkmale aufweist. Sie heißt Kuru und trat nur bei ein paar Kannibalenstämmen im östlichen Bergland von Neuguinea auf, wo in den fünfziger Jahren des 20. Jahrhunderts jedes Jahr mehrere hundert Menschen starben. Die Übertragung erfolgte über das Gehirn des Opfers, das von Verwandten bei rituellen Begräbniszeremonien verzehrt wurde. Mit dem Kannibalismus starb auch die Krankheit Kuru aus. Tatsächlich wies niemand nach dem Ende der makabren zeremoniellen Praktiken auch nur das geringste Anzeichen der Krankheit auf. Mitte der neunziger Jahre verschieden die letzten Kuru-Opfer, und seither galt die Krankheit bei Menschen als ausgestorben.

Zumindest nahm man dies an. Dr. Feldman ist verwirrt und aufgeregt zugleich. Er hat eine sensationelle Entdeckung gemacht: die Wiederkehr einer Krankheit in einer ganz anderen Zeit und an einem weit von ihrem Ursprung entfernten Ort. Aber wie war dies möglich? Das Problem, den Ausgangspunkt der Infektion ausfindig zu machen, war das gleiche, vor dem die Kuru-Forschung schon damals in den siebziger Jahren des 20. Jahrhunderts gestanden hatte: Die Krankheit hatte eine Inkubationszeit von bis zu dreißig Jahren. Hatte Simon Greeley irgendwann in seinem Leben einmal einem Satanskult angehört, bei dem man menschliches Gehirn aß? Und schließlich war da noch immer das lästige Problem der extrem kurzen Zeit, die zwischen dem Auftreten der Symptome und dem Tod vergangen war. Kuru benötigte normalerweise etwa ein Jahr, um ihr bösartiges Zerstörungswerk zu vollenden, aber nicht eine Woche.

Dreißig Jahre. Würden sie der Sache je auf den Grund kommen? Vermutlich nicht. Es ist doch eher unwahrscheinlich, daß seine Familie bereit wäre, sich an Untersuchungen zu beteiligen, denen so bizarre Vermutungen zugrunde lagen. Und dann fällt Dr. Feldman etwas Merkwürdiges ein. Er erinnert sich daran, daß die Frau, die Mrs. Greeley ins Krankenhaus begleitet hatte, erwähnte, Simon habe irgend etwas davon gesagt, er sei vielleicht vergiftet worden. Nun, vielleicht stimmte das ja. Diese schreckliche Krankheit war nichts Geringeres als die perfekte Mordwaffe für jemanden, der viel Geduld und den Infektionsträger zur Verfügung hatte. Die Polizei würde vor dem gleichen Problem stehen wie er jetzt. Das Verbrechen könnte jederzeit im Laufe der letzten dreißig Jahre passiert sein.

Wo sollte man da überhaupt ansetzen?

# 12
XXXXXX

# Der Aasfresser

Die Mall in Washington, D.C., ist eine rechteckige Rasenfläche, die mehrere Blocks breit und über eineinhalb Kilometer lang ist. An den Längsseiten stehen so wuchtige öffentliche Gebäude wie das Landwirtschaftsministerium, das Natural History Museum und die National Art Gallery. Am oberen Ende befindet sich der Reflecting Pool und dahinter das Capitol, das symbolische Zentrum der Herrschaft über 300 Millionen Menschen.

Immer wieder war die Mall in Zeiten großer nationaler Unruhen zur Bühne des politischen Widerstands geworden. 1963 hatten über zweihunderttausend Menschen an der großen Bürgerrechtsdemonstration in Washington teilgenommen. Und nun soll hier eine zweite große Demonstration stattfinden, die Schuldendemonstration. Über zweihundertfünfzigtausend Menschen drängen sich in der drückenden Morgenschwüle auf der Mall, um ihrem Ärger in einer massiven Demonstration vor dem Capitol Luft zu machen. Die meisten teilen ein gemeinsames Schicksal: Sie haben ihr Zuhause nach langer Arbeitslosigkeit verloren, durch die ihre Ersparnisse und ihre Altersrücklagen aufgezehrt wurden, und sie lagen viel schneller auf der Straße, als sie es je für möglich gehalten hätten. Für sie alle war es ein fürchterliches Erwachen, als sie feststellen mußten, daß die Zone des Komforts, in der sie sich den größten Teil ihres Lebens sonnen durften, in Wahrheit sehr dünn und verletzlich war, wie der Überzug des Morgentaus auf einem Grashalm.

Die Organisatoren der Demonstration haben sich ein schlichtes Ziel gesetzt: Sie wollen die Bundesregierung dazu bringen, in irgendeiner Weise einzugreifen und die bei mehreren Millionen Eigenheimen fälligen Hypothekenzahlungen zu stornieren. Zu diesem Zweck werden viele Redner auf den Stufen des Capitols emotionsgeladene Ansprachen über das Ende des amerikanischen Traums halten, und die Demonstranten werden ihnen tosenden Beifall spenden.

Öffentlich wird niemand im Kongreß oder im Weißen Haus die Augen vor dieser Notlage verschließen. Die Anwesenheit von mehreren hunderttausend Fremden in der Hauptstadt der Nation macht mächtig Eindruck auf die Führungsschicht. In normalen Zeiten genießt Washington einen überaus isolierten Status, und die Wählerschaft stellt ein weit entrücktes Phänomen dar, mit dem man sich nur während der irritierenden Phase des Wahlkampfs befaßt. Und wenn das Wählervolk wie jetzt in großer Zahl hier mitten im physischen Zentrum der nationalen Macht auftaucht, so gemahnt das auf beunruhigende Weise an das wahre Wesen der Demokratie.

Unter Ausschluß der Öffentlichkeit aber ist man da ganz anderer Ansicht. Für die Wirtschaftsfachleute gibt es keinen einfachen Ausweg aus der Misere. Noch hat das Land schwer an der großen Schuldenlast zu tragen, und die ungeheuren Zinsen verschlingen inzwischen alles außer dem Verteidigungshaushalt und den unabdingbaren Dienstleistungen. Es ist einfach nichts mehr da, womit man den Bürgern aus der Patsche helfen könnte, und das bringt all jene auf die Palme, die sich nur zu gut an die Aufzehrung der Ersparnisse und Anleihen erinnern, an die Milliarden, die aufgewendet wurden, um die Fehler von ein paar Privilegierten zu berichtigen.

Unter diesen Empörten befindet sich auch eine Reihe von Sprechern, die man an diesem Tag nicht auf den Stufen des Capitols vernehmen wird. Sie haben sich bereits in eingeweihten Kreisen geäußert und entsprechende Anweisungen erteilt, was im Laufe der Demonstration zu geschehen habe. Ihre Pläne sind wohlüberlegt und zielbewußt und beruhen auf sorgfältigen Untersuchungen bürgerlicher Massenunruhen im Laufe der jüngsten Geschichte. Sie sind in der Lage, mit einer relativ kleinen Zahl von Anhängern eine ganz große Katastrophe in Gang zu setzen. Um das todsichere Gelingen ihres Plans sicherzustellen, haben sie vom internationalen Terrorismus gelernt und sich in einer hierarchisch geordneten Zellstruktur organisiert, so daß es sehr schwierig ist, in diese Organisation einzudringen.

Gleichwohl hat das FBI genügend Informationen sammeln können, um die Behörden sehr nervös zu machen. Daher begann in den Monaten vor der Demonstration die normalerweise kleine Truppe der Bundespolizei plötzlich überproportional zu wachsen. Es war klar, wie man im Weißen Haus über das Ganze dachte. Nach solchen Vorgängen in den vergangenen Jahrzehnten wie der blutigen Beendigung der Demonstration auf dem Platz des Himmlischen Friedens in Peking war der Regierung an nichts weniger gelegen als an einer Konfrontation zwischen protestierenden Bürgern und bundesstaatlichen Kampftruppen. Ungeachtet dieser Einstellung waren fast alle neuen Rekruten der Bundespolizei von der US-Army und der Marine überstellt worden, allerdings hatte sich das Ganze stillschweigend hinter den Kulissen abgespielt.

Die neue Bundespolizeitruppe trägt die Kampfanzüge von Zivilpolizisten und wird in Fahrzeugen transportiert, die blau lackiert sind statt in den braungrünen Tarnfarben. Und nun, an diesem heißen, feuchtschwülen Morgen, beginnt sie Aufstellung zu nehmen entlang der Constitution Avenue und der Independence Avenue, also jeweils einen Block weiter auf beiden Seiten der Mall. Die Straßen direkt neben der Mall sind nur von der zivilen Polizeitruppe besetzt.

Diese Truppenmanöver bleiben den Medien nicht verborgen, die hier so zahlreich vertreten sind wie nie zuvor. Über die internationalen Nachrichtennetze wird die Demonstration live in sämtliche Industriestaaten der Welt übertragen. In vielen Ländern, natürlich auch in den USA, hat diese Übertragung Vorrang vor allen regulären Programmen. Aber der Plan der Regierung funktioniert wie vorgesehen, denn zwischen den Menschen auf der Mall und den Bundestruppen auf den Avenues befindet sich ein Puffer aus großen Gebäuden. Die Wirkung des Fernsehens beschränkt sich auf das, was der Bildausschnitt transportieren kann, und hinsichtlich der Wirkung auf die Fernsehzuschauer könnten die langen Reihen von blauen

Fahrzeugen genausogut in Kansas stehen. Die meisten Bildregisseure bringen diese Reihen nur als einen unbedeutenden Farbtupfer ins Bild.

Die große Story spielt sich auf den Stufen des Capitols ab, wo die Kameras im Gegenschuß sowohl die Redner wie die unübersehbaren Menschenmassen auf der Mall ins Bild bekommen. Die meisten dieser Redner gehören gar nicht der Regierung an, und die Politiker der Hauptstadt können nur neiderfüllt zusehen, wie sie sich vor einem weltweiten Publikum von über einer Milliarde Menschen aufs Podium begeben.

Währenddessen klettert die Sonne immer höher, und die Temperatur steigt unaufhaltsam an. Und dann, gegen elf Uhr dreißig, nimmt die Katastrophe ihren Lauf. In der Nähe der Kreuzung Seventh Street und Jefferson Drive beginnt eine Gruppe von etwa hundert Menschen über die Polizisten, die hinter den Absperrungen an der Kreuzung stehen, mit Hohn und Spott herzufallen. Über die ganze Mall hin erwachen die Funktelefone der Sicherheitskräfte zum Leben, und unverzüglich wird ein Polizeivideo des Vorfalls in das im Gebäude des Arbeitsministeriums eingerichtete provisorische Hauptquartier übertragen. Auf den ersten Blick macht der Vorfall einen üblen Eindruck. Die Beteiligten sind jung und überwiegend männlich, also nicht gerade ein repräsentativer Querschnitt der allgemeinen Masse der Demonstranten. Auf einmal tauchen wie aus dem Nichts leere Flaschen auf und hageln auf die Polizisten nieder, die die Wurfgeschosse mit ihren Schilden abwehren. Hinter den Angreifern, tiefer in der Menge drin, werden diese Aktionen voller Abscheu von jenen Leuten betrachtet, die in der Annahme waren, daß es sich hier um eine gewaltlose Demonstration handelte.

Und dann fällt der erste Schuß, ein dumpfer Knall, der im Lärm der Menge fast untergeht. Ein Polizist bricht zusammen. Dann ein zweiter Schuß, und ein weiterer Beamter geht zu Boden. Innerhalb von Sekunden rücken Überfallwagen an, um den Rückzug der Polizei und ihrer Verwundeten zu decken. Eine brennende Flasche zischt durch die heiße Luft und zerplatzt neben den Schießscharten eines der Fahrzeuge, wobei sich ein Flammenstrom über die Seitenverkleidung und auf die Straße ergießt. Hinter den Fahrzeugen haben Polizisten ihre Waffen gezogen und sind in Deckung gegangen.

Längst ist die US-Bundestruppe alarmiert worden, und Hunderte von den blauen Wagen rollen von der Independence Avenue zum Jefferson Drive und geraten so ins Blickfeld der Menge. Jenseits der Mall braust eine weitere Kolonne zur Madison Street. Weil die Menge so dicht und der Vorfall so geringfügig ist, bekommen nur wenige die gewaltsamen Ausschreitungen auf der Seventh Street oder das Vordringen der Fahrzeuge entlang der Mall mit. Ganz vorn fährt die Rednerin, die gerade an der Reihe ist, in ihrer flammenden Ansprache fort, ohne zu merken, was sich fern von ihr abspielt. Links von ihr scheint etwas Rauch aufzusteigen, aber das kann alles mögliche sein.

Innerhalb weniger Minuten kommt es zu weiteren Gewalttaten an fünf anderen Schlüsselpositionen neben der Mall, an den Einmündungen der Third und Fourth Street in den Jefferson Drive sowie an den Kreuzungen Fourth, Seventh und Twelfth Street und Madison Street. Sporadische Schüsse, zusammenbrechende Polizisten, Molotowcocktails, Explosionen, Flammen. Die Unruhen an der Third und Fourth Street sind von den Stufen des Capitols aus deutlich zu sehen. Die Organisatoren der Demonstration sind wie vor den Kopf geschlagen. Dies sollte doch ein Musterbeispiel für eine lebendige, engagierte Demokratie sein, und nun löst sich das Ganze direkt vor ihren Augen in einen Bürgerkrieg auf. Einer der Organisatoren greift zum Mikrofon und bittet beschwörend um Ruhe. Das ist ein Fehler. Denn damit hat er gerade die 90 Prozent, die von den Unruhen nichts mitbekommen haben, darüber informiert, daß etwas nicht stimmt. Als er den Blick hebt, erkennt er, wie die Aufregung förmlich wie eine Welle durch die Menge läuft.

Inzwischen ist man sich im Sicherheitshauptquartier darüber im klaren, daß diese gewaltsamen Ausschreitungen nicht nur vorsätzlich begangen wurden, sondern professionell geplant worden sind. Ein Blick auf einen Plan der Mall macht sofort deutlich, daß die Konfliktherde an allen wichtigen Ausgängen lokalisiert sind. Die Menge sitzt praktisch mitten in einem Kriegsgebiet in der Falle und wird gleich in Panik ausbrechen.

An der Kreuzung Twelfth und Madison Street schließen sich die US-Bundespolizisten der regulären Polizei an, die sich hinter eine Reihe von gepanzerten Mannschaftswagen außerhalb der Reichweite der Molotowcocktails zurückgezogen haben. Mitten auf der Kreuzung stehen zwei verlassene Überfallwagen, aus denen orangefarbene Flammen schlagen und schwarze Rauchsäulen in den heißen, milchigweißen Himmel aufsteigen. Drei Blutlachen markieren die Stellen, an denen drei Beamte zusammengebrochen sind, wobei einer bereits tot ist. Hin und wieder dringt ein unterdrückter Knall aus der Menge, und die Bereitschaftspolizisten gehen in Deckung, während das Geschoß mit lautem Sirren von einem der Fahrzeuge abprallt. Ein weiblicher Kommandeur der Bundespolizeitruppen hat das Kommando übernommen. Sie sieht, wie die Menge draußen auf der Mall wild hin und her wogt, aber sie kann nirgendwohin entweichen, da es kein Sicherheitsventil gibt, durch das der Druck abgelassen werden könnte. Es bietet sich an, daß man sich zurückzieht und alle an den Ausgängen zur Third, Fourth, Seventh, Ninth und Twelfth Street hinausströmen läßt. Damit wird man zwar nicht der Gewalttäter habhaft, aber es lassen sich dadurch Tausende von Menschenleben retten. Sie fragt sich gerade, warum diese blöden Arschlöcher in der Zentrale nicht schon längst die Anweisung erteilt haben, die Absperrungen zu öffnen. Und genau in diesem Augenblick eskaliert der Konflikt. Links von ihr kommt es zu einer schweren Explosion, und dann sieht sie aus einem der gepanzerten Mannschaftswagen Rauch aufsteigen und mehrere Leiber durch die Luft fliegen. Da sie über keine echte Kampferfahrung verfügt, dauert es einen Moment, bis sie erkennt, was hier vorgeht. Mörser! Irgendwo dort drin in der Menge haben sie einen Mörser aufgestellt und nehmen nun die Stellung der Bereitschaftspolizei unter Beschuß.

Im Hauptquartier treffen innerhalb von drei Minuten Berichte über Mörserangriffe an allen wichtigen Ausgängen ein. Die kommandierenden Beamten verfolgen mit großer Angst, wie ihre Hoffnungen auf eine nichtgewaltsame Lösung schwinden. Jeder weiß, daß man Überfallkommandos dafür ausbilden kann, in einer Verteidigungsstellung zu verharren, selbst wenn sie damit das Risiko eingehen, verletzt zu werden – aber nicht wenn sie den sicheren Tod riskieren. Schon bald werden sie gezwungen sein, einzugreifen und die Agitatoren, die ihre Kameraden systematisch umbringen, »operativ zu beseitigen«.

Entlang der Madison und der Jefferson Avenue verlassen die Trupps der US-Bundespolizei ihre Fahrzeuge und gehen in langer Formation an der zur Mall hin gelegenen Seite in Stellung. Ihre vorher festgelegte Aufgabe besteht darin, die hinter ihnen befindlichen Gebäude zu schützen: die National Art Gallery und das National Museum of American History. Vor ihnen werden die Menschen durch die großräumige Mechanik der Massenbewegung gezwungen, näher an diese Polizeilinie heranzudrängen. Daraufhin ertönt aus Megaphonen die Aufforderung: »Bleiben Sie, wo Sie sind, und verhalten Sie sich ruhig. Wir sorgen für Ihren sicheren Abgang.« Das war natürlich absolut unwahr. Alle Ausgänge waren inzwischen nämlich zu Kampfzonen geworden, als Mörsergranaten pfeifend zwischen den Panzerfahrzeugen und Polizeiwagen einschlugen.

Im Hauptquartier trifft man eine verzweifelte Entscheidung. An jedem Ausgang muß man zumindest einen Versuch unternehmen, die Agitatoren operativ zu entfernen, bei denen es sich ganz offensichtlich um Terroristen handelt. Als erste greift die Truppe an der Seventh Street/Madison Street ein, hinter einer Deckung aus Rauchbomben, die die Kreuzung einnebeln. Ein Keil aus mehreren Männern in schußsicheren Westen und mit Schilden fährt in die Menge, die zugleich auseinandergetrieben und verdichtet wird. Menschen, die noch nie in ihrem Leben unmittelbar mit Gewalt konfrontiert waren, befinden sich unversehens in einem Hexenkessel aus Geschrei, Blut, Stoßen, Drängeln und brechenden Knochen. Ein Farmer aus Nebraska, eine Hausfrau aus San Jose und ein Vertreter aus Houston werden in den ersten Minuten des Gegenangriffs unter den stürzenden Leibern erstickt. Aber die Menschenmasse ist zu dicht, und so bleibt der Ausfallversuch stecken. Der Keil bricht zusammen, die Menschen fallen über die Bereitschaftspolizisten her und beginnen auf sie mit animalischer Wut einzuschlagen. Was zunächst als zivilisierte politische Demonstration begann, ist nunmehr ein rasender urzeitlicher Kampf ums Überleben geworden.

An der Kreuzung Fourth und Madison Street unternimmt man einen letzten Versuch, die Terroristen unschädlich zu machen. Ein Helikopter schwebt über der Menge ein, und die Besatzung hält nach bewaffneten Leuten und Mörserstellungen Ausschau. Zwei Angehörige des SWAT-Teams suchen das Gewoge unter ihnen ab –

und sie haben unglaubliches Glück, als sie zwei Männer entdecken, die sich über einen Mörser beugen, umgeben von mehreren anderen, die ihre Stellung mit gezogenen Pistolen sichern. Zu ihren Füßen liegen mehrere Leichen: Augenscheinlich haben einige tapfere Seelen in der Menge versucht, das Granatfeuer zu stoppen, und dafür mit ihrem Leben bezahlt. Das SWAT-Team schreit der Pilotin zu, auf die Mörserstellung hinunterzugehen, während das Team die Gewehre in Bereitschaft hält, um zu schießen, sobald sie in Schußweite sind.

Viel zu spät erkennt die Pilotin, daß einer der Männer am Boden etwas auf seiner Schulter ruhen hat. Bevor sie zu einem Ausweichmanöver ansetzen kann, schießt ein Raketengeschoß nach oben und schlägt im Triebwerksgehäuse ein. Sofort setzt der Antrieb aus, und die Kontrolle über die Maschine geht verloren, auch wenn sich die Rotorblätter aufgrund ihres Eigenschwungs noch weiterdrehen. Der Hubschrauber bäumt sich auf und vollführt über der Menge einen kleinen Totentanz, bei dem sein Schwanz auf und ab wippt. Dann gibt er den Kampf auf, als die Hauptrotorblätter davonfliegen, und stürzt auf die Menschenmasse in der Mitte der Mall hinab. Beim Aufschlagen explodiert er in einem orangefarbenen Feuerball, der mehr als tausend eng zusammengepferchte Menschen umschlingt und sie augenblicklich in Flammen aufgehen läßt.

Die Explosion löst eine Schockwelle aus Menschenleibern aus, die sich von der Mitte der Mall zu den Rädern hin fortpflanzt, wo die US-Bundestruppen ihre Stellung halten. Ohne Vorwarnung sehen sie sich einer menschlichen Flutwelle gegenüber, die gegen sie anbrandet. In ihrer Panik feuern Trupps, die zur Verstärkung auf den Dächern der Mannschaftswagen postiert sind, Tausende von Plastikgeschossen in diese Woge hinein, ohne daß dies eine merkliche Wirkung zeitigt. Die Woge trifft auf die Linie der Polizisten auf und entlädt ihre ganze gespeicherte Energie auf die Männer, die diese Linie bilden. Sie bricht zusammen, als die Woge über sie hinwegspült, wobei innerhalb weniger Sekunden Hunderte niedergetrampelt und getötet werden. Die Gewehrschützen springen von ihren Fahrzeugen und fliehen um ihr Leben, indem sie über den kurz geschnittenen Rasen und durch die Büsche vor den öffentlichen Gebäuden rennen.

Entlang der Mall bricht die Woge den Widerstand an den Ausgängen, und dann ergießt sich die Menge in die Stadt. Die meisten sind benommen und stehen unter Schock. Viele sind verletzt. Aber genauso viele andere brennen lichterloh unter der Flamme der kollektiven Wut. An Hunderten von Punkten kommt es zu Plünderungen und Brandschatzungen, die bis weit in die Nacht hinein anhalten.

Mitten in dieser ganzen Verwirrung machen sich die Agitatoren einfach aus dem Staub. Nicht einer von ihnen wird verhaftet.

In seinem Haus verfolgt Senator Grisdale das schreckliche Schauspiel im Fernsehen, während er von einem Nachrichtenkanal zum nächsten schaltet und nach einer besseren Kameraposition, einem prägnanteren Blickwinkel, einer aufschlußreicheren Perspektive sucht. Ihm und allen anderen Zuschauern in den Industriestaaten der Erde vermittelt die Infrarotfernsteuerung die Illusion, ein herumwandernder Augenzeuge zu sein, der in der Lage ist, sich während eines unmittelbar sich abspielenden Geschehens von Szene zu Szene zu begeben. Dabei haben weder er noch seine Frau sich seit Stunden vom Fleck gerührt. Am späten Nachmittag wird eine Totale von einem Hubschrauber aus gezeigt, der hoch über der Mall schwebt, und sie scheint das ganze Ausmaß der Tragödie angemessen einzufangen. Tausende von reglosen bunten Flecken sind über den grünen Rasen verteilt – jeder ein toter oder schwer verletzter Mensch, wobei die meisten Opfer niedergetrampelt oder zerquetscht wurden. In der Mitte der Mall, zwischen der Fourth und der Seventh Street, umgibt ein großer schwarzer Kreis das Hubschrauberwrack, ein abscheuliches Melanom auf dem leuchtendgrünen Gras. Barmherzigerweise sind die Leichen innerhalb dieses Kreises genauso schwarz wie das verbrannte Gras und darum kaum zu erkennen. Grisdale muß sich aus seinem Sessel hochreißen und in den Garten hinausgehen, wo die Rosen bereits in durchscheinendem Rosa und üppigem Rot erblüht sind. Er muß über die traurige Unmittelbarkeit dieses Vorgangs hinausdenken und sich über seine Tragweite im klaren sein. Im Unterschied zu früheren Demonstrationen auf der Mall sind die heutigen Teilnehmer nicht Angehörige einer entfremdeten Minderheit. Sie sind das Zentrum, die dicke Wölbung in der Mitte der statistischen Kurve, der Hauptanker der politischen Stabilität. Und nun ist dieses Zentrum brutal durchlöchert worden, und die Wölbung stürzt mit explosionsartiger Geschwindigkeit in sich zusammen, so daß sich ein Tal bildet, in dem die Extreme von beiden Seiten zusammenströmen.

Es ist nie eine gute Zeit, wenn man Präsident ist, geht es Grisdale durch den Kopf, aber eine schlimmere Zeit als diese kann ich mir nicht vorstellen.

Auf einem Gang im Weißen Haus steht der Stabschef des Präsidenten mit verschränkten Armen da und unterhält sich leise mit dem Leibarzt des Präsidenten.

»Was meinen Sie?« erkundigt sich der Stabschef und nickt in Richtung der Tür, die sie nach einer Besprechung mit dem Präsidenten gerade hinter sich geschlossen haben.

»Er hat Depressionen. Kein Wunder. Schließlich hatte er auch ohne das schon genug Probleme«, erwidert der Arzt, während er über seine Schulter zu den Marines in voller Kampfausrüstung zeigt, die das übliche Wachpersonal vom Secret Service verstärken.

James Webber hebt die Hand ans Kinn und schürzt die Lippen. »Bitte überlegen Sie sich genau, was Sie jetzt sagen: Haben Sie den Eindruck, daß er in der Lage ist, weiterhin seine Amtsgeschäfte zu führen?«

Der Arzt spürt, wie die Angst ihn wie eine eisige Hand umklammert. »Ich glaube nicht, daß ich der richtige Mann bin, diese Frage zu beantworten, Mr. Webber.«

»Nun, Doktor«, erwidert Webber mit seiner scharfen, harten Stimme, »wenn nicht Sie, wer dann?« Seine Augen senken sich wie Gewehrläufe in den Blick des Arztes. »Ich denke, wir behalten dies einstweilen lieber für uns«, fügt er hinzu, bevor der Arzt antworten kann. »Mit ein bißchen Glück kommt er da wieder heraus und auf die Reihe, ehe die Öffentlichkeit davon erfährt. Das letzte, was das Land im Augenblick gebrauchen könnte, wäre eine Führungskrise. Lassen Sie uns also einfach eine Zeitlang abwarten, was passiert, okay?«

»Okay«, sagt der Arzt und seufzt. Er ist sich so gut wie sicher, daß der Präsident nicht so einfach »da wieder herauskommt«, aber er hütet sich, darüber mit Webber zu diskutieren, der derzeit eindeutig die Macht im Weißen Haus in Händen hat. Außerdem hat er einige Geschichten über Webber erfahren, beunruhigende, wenn auch unbestätigte Geschichten.

Aber verglichen mit den wahren Gegebenheiten sind diese Geschichten nichts weiter als harmlose kleine Anekdoten. Tatsächlich nämlich steht Webber einer Organisation vor, die sich über Jahre gebildet hat und für das herrschende politische System absolut transparent ist. Im Unterschied zu früheren Stabschefs, etwa Sununu in den frühen neunziger Jahren des vergangenen Jahrhunderts, hat Webber sich sorgfältig ein öffentliches Image zugelegt, das ihn als ausgeglichenen, zugänglichen Mann zeigt, der sich dem Willen des Präsidenten völlig unterordnet. Selbst in der gegenwärtigen Krise stellt er sich als besorgten Staatsdiener dar, der sich darum bemüht, die Weisungen des Weißen Hauses auszuführen, während er den Konsens mit anderen Bereichen der Regierung sucht. Zu Beginn seiner Karriere hatte Webber von den arroganten Eskapaden der Oliver Norths und Bill Caseys dieser Welt eine wertvolle Lektion gelernt und alles unterlassen, was die Opposition offen gegen ihn aufbringen könnte. Aber wenn er die öffentliche Maske ablegt, kommt ein ganz anderer Mr. Webber zum Vorschein, der sorgsam ein verborgenes Netz von Gleichgesinnten geknüpft hat, die seine Ansichten teilen und bereit sind, sie in die Tat umzusetzen, wenn die Zeit dafür reif ist.

Und nun ist die Zeit reif. Das Zusammentreffen der chronischen Depression des Präsidenten mit der Schuldendemonstration hat ihm die historische Chance eröffnet, beide Extreme gegen die Mitte auszuspielen. Denn James Webber steht tatsächlich an der Spitze der Pyramide der terroristischen Zellen, die gerade das Blutbad auf der Mall ausgelöst haben. Gleichzeitig hat er die Mächtigen in der Regierung darauf eingeschworen, sich mit »der abscheulichsten Tat des radikalen Terrorismus zu befassen, die jemals ein demokratisches Land heimgesucht hat«, wie er gegenüber der Presse erklären wird. Er hat politischen Treib- und Sprengstoff miteinander kombiniert, um den großen Katalysator zu erzeugen, der eine neue Ära einleiten wird, eine Rückkehr zur Größe, zu einem unverbrüchlichen Schicksal, das weit über die Grenzen des Ursprünglichen hinausgehen wird.

Wenn das amerikanische Volk Augenzeuge der spektakulären Zurschaustellung von schierer Macht wird, zu der es bald kommen wird, dann wird es von ihrem Glanz geblendet sein und rasch ihren wahren Sinn erkennen: seine endgültige Erlösung. Was bliebe diesem Volk auch anderes übrig?

Gail Ambrose hat durchaus Verständnis für das Problem, aber sie ist spät dran und darum gereizt. Grisdale wird vor einem ganzen Berg von Problemen stehen und darf seine Zeit nicht vergeuden. Sie überlegt sich, ob sie dies dem Unteroffizier klarmachen soll, der ihren Ausweis am Eingang zum Senatsgebäude überprüft, behält es aber lieber für sich. Dies ist nun schon die dritte Kontrollstelle, die sie an diesem Tag – genau eine Woche nach der Schuldendemonstration – passiert hat. Die erste Kontrollstelle befand sich an der Jersey Avenue, die zu dem Verteidigungsring gehört, der inzwischen um den gesamten Capitolkomplex errichtet worden ist. Diesmal nahm man auf die bundesstaatliche Hoheit keine Rücksicht mehr – der Ring war von Kampftrupps der Army und der Marine besetzt, die geladene M17-Maschinenwaffen im Anschlag hielten. In allen Hauptverkehrsadern um das Capitol wimmelt es von Panzerfahrzeugen, gepanzerten Mannschaftswagen und mit Sandsäcken gesicherten Maschinengewehrstellungen. Hubschrauber absolvieren Tag und Nacht Kontrollflüge, auf denen sie ihre bedrohlichen zitternden Schatten auf die darunterliegenden Gebäude werfen. Der Präsident hat dem Land eine unmißverständliche Botschaft übermittelt: Zuerst wird Ordnung herrschen, dann das Gesetz und am Ende schließlich Demokratie und bürgerliche Freiheit.

Der Unteroffizier hat inzwischen ihren Ausweis anhand einer geheimnisvollen Liste auf einem Klemmbrett überprüft und läßt sie die Kontrollstelle passieren. Links und rechts neben den Eingängen sind hinter Sandsäcken Maschinengewehrposten zu sehen, die ihr im Vorbeigehen anzügliche Blicke zuwerfen. In einer Woche hat Gail so viel von den Auswirkungen des Kriegsrechts mitbekommen, daß sie davon für ihr ganzes Leben genug hat. Grisdale steht am Fenster und starrt hinaus, als sie sein Büro betritt.

»Haben Sie die Sicherheitskontrollen gut überstanden?« erkundigt er sich fürsorglich.

»Geht einem ganz schön auf den Geist«, bemerkt sie.

»Nun, vielleicht wird es noch schlimmer«, erklärt er. »Ich möchte so gern glauben, daß uns der Präsident ein wenig Rückgrat zeigen will. Leider kann man sich das kaum vorstellen ... Was haben Sie denn heute auf dem Herzen?«

»Also vor einer Woche hätte ich es noch für wichtig gehalten«, erwidert Gail, während sie sich auf den Stuhl vor seinem Schreibtisch fallen läßt, »aber nun bin ich mir da nicht mehr so sicher.«

»Das Leben geht weiter«, meint Grisdale trocken. »Also schießen Sie schon los.«

»Es geht um Simon Greeley. Gestern habe ich mit seiner Frau den Neurologen aufgesucht, der sich mit seinem Fall befaßt hat, einen gewissen Dr. Feldman. Es hat den Anschein, daß Simon in die Medizingeschichte eingehen wird, auch wenn er seine Chance in der politischen Geschichte verpaßt hat. Er starb an einer Krankheit, die man Kuru nennt – ihr sind früher mal Kannibalen auf Neuguinea zum Opfer gefallen, und sie galt als ausgestorben. Offenbar hat Simon sie wiederbelebt. Aber nun kommt der Haken: Kuru ist eine langsame Virusinfektion und hat eine Inkubationszeit von bis zu dreißig Jahren, bevor sie ausbricht. Man hat also keine Ahnung, wann und wie er sie bekommen hat.«

Sie seufzt. »Es ist einfach zu glatt, zu praktisch. Der Mensch stirbt plötzlich an einer ganz seltenen Krankheit, gerade als er eine wichtige Aussage machen will, die die Regierung ganz schön bloßstellen könnte. Und ganz zufällig ist das eine Krankheit, deren Entstehung man einfach nicht nachweisen kann.«

»Und?« will Grisdale wissen, während er sich auf seinen Schreibtisch sinken läßt.

»Und ... ich glaube, sie haben ihn erwischt.«

»Erwischt?«

»Fragen Sie mich nicht, wie. Ich hab' nicht die geringste Ahnung.«

»Und wer sind ›sie‹?«

»Das weiß ich nicht.«

»Und was wollen Sie nun machen?« erkundigt sich Grisdale.

»Ich möchte ganz von vorn anfangen und sehen, wohin das führt. Wir wissen schließlich nur, daß irgend jemand im Weißen Haus heimlich eine ganze Menge Geld in ein Unternehmen namens Para-

Volve steckt, das irgend so einen neuartigen Computer herstellt. Und hier sollten wir einsetzen.«

»Sie müssen das schon etwas geschickter angehen, Gail«, erklärt Grisdale. »Ich kann mir nicht vorstellen, daß sie sehr begeistert darüber sein werden, ihre Unternehmensgeheimnisse mit einer Senatsmitarbeiterin zu teilen.«

»Ich kenne jemanden, der direkt in der Nähe von ParaVolve wohnt. Außerdem ist er ein genialer Informatiker. Vor allem aber schuldet er mir einen ganz großen Gefallen.«

Grisdale sieht sie fragend an. »Michael?«

»Michael.«

»Okay, diesmal macht Jimi den Schüttelboogie und Scooter den Abstauber. Alles klar?«

Rattensack betrachtet seine Bande von Jungen, die auf der Bank am Washington Square sitzt, der Haupteinkaufsmeile am westlichen Stadtrand von Portland.

»Ich will nicht«, protestiert Jimi Tyler.

»Und warum?« Rattensack kann seine Wut kaum beherrschen, aber er weiß, daß diese Einkaufspassage nicht der richtige Ort ist, sie überkochen zu lassen. Er leidet noch immer unter der Schmach mit der toten Frau im Wohnwagen. Im ganzen Wohnblock hat man nur Jimi wegen dieser Sache gerühmt. Nur weil er und nicht Rattensack und Zipper die Erwachsenen informiert hatte. Und rasch war die Legende entstanden: Jimi und die tote Frau im Wohnwagen. Niemand hatte überhaupt daran gedacht, Jimi zu fragen, warum er heimlich in Wohnwagenfenster glotzte. Dafür war er doch viel zu klein. Aber nicht Rattensack. Und das war auch der Grund, warum er und Zipper die Klappe gehalten hatten, selbst nachdem das passiert war.

»Was heißt das, du willst nicht, du kleiner Scheißer? Was ist los mit dir?«

Die fünf anderen Jungen auf der Bank sehen Jimi an und fühlen sich unbehaglich. Schon der Gedanke, Rattensack die Stirn zu bieten, macht sie nervös.

»Weil ich nicht bekloppt aussehen will, wenn ich nicht bekloppt bin«, erwidert Jimi. Er kennt den Trick, weil Rattensack und Zipper ihn vor ein paar Wochen in einer kleineren Einkaufspassage, in einem Kramladen, vorgemacht hatten. Zipper war zur Kasse gegangen, als ob er für irgendwas bezahlen wollte, doch dann war er zu Boden gegangen und hatte so getan, als ob er von krampfartigen Zuckungen geschüttelt würde. Der Schüttelboogie. Während alle ihre Aufmerksamkeit Zipper zuwendeten, war Rattensack mit drei Videokassetten hinausgehuscht, die er nur notdürftig unter seine Jacke gesteckt hatte. Der Abstauber. Am Ende war Zipper wieder aufgesprungen, ohne ein Wort zu sagen, und davongerannt, ehe irgend jemand reagieren konnte.

Rattensack fällt die schlimmste Vergeltungsmaßnahme ein, die er hier in der Öffentlichkeit über Jimi verhängen kann. »Okay, du Haufen Hundescheiße, dann mach', was du willst, aber ohne uns. Viel Glück«, höhnt er, während er sich den anderen Jungen zuwendet. »Okay, gehn wir.«

Schweigend folgen ihm die anderen. Nur ein kleinerer Junge dreht sich um und sieht Jimi besorgt an, während er der Horde folgt. Jimi zwinkert ihm zu und winkt. Das scheint den Jungen zu beruhigen, und dann verschwindet er mit den anderen im Gewühl der Kauflustigen.

Jimi hüpft von der Bank und schlendert in der entgegengesetzten Richtung davon. Rattensack hat sich wieder mal verrechnet. Er hat angenommen, daß Jimi das Bussystem nicht kapiert und hier, ein paar Kilometer von den Romona Arms entfernt, nicht mehr wegkommt. Er hat sich ausgemalt, wie Jimi einsam und verschreckt herumirren wird, bis ihn jemand bemerkt und die Polizei holt, die ihn dann heimbringt.

Aber Jimi hat zwar Schwierigkeiten mit dem Lesen, dennoch verfügt er über gute Kenntnisse des Bussystems, die er sich durch Erfahrung und Herumprobieren erworben hat. Die ganze Logik der Pläne, Linien, Symbole und Zahlen ist ihm völlig vertraut. Er kann jederzeit, wenn er will, nach Hause gelangen. Von überallher in der Stadt.

An diesem Ende der Passage ist der Strom der Passanten erheblich dünner, und die Leute drängen sich offenbar in einen Hi-Fi-Laden hinein. Auf den Bildschirmen der Fernsehgeräte sind viele rennende und schreiende Menschen zu sehen, während ein Hubschrauber hinter ihnen abstürzt und explodiert. Jimi kümmert sich nicht darum. Er hat das schon hundertmal in der letzten Woche auf allen möglichen Fernsehschirmen gesehen. Als er an einer Buchhandlung vorbeikommt, entdeckt er das Bild eines Riesenrads, und dabei muß er an Michael Riley denken, an die schöne Dame und die Realos. Das war ein toller Abend gewesen, und seine Mom hatte sich darüber überhaupt nicht aufgeregt.

Ja, als er heimgekommen war, hatte sie mit ihm ein neues Spiel gespielt – sie hatte so getan, als hätte sie ihn noch nie gesehen, und dann war ihr der Gedanke gekommen, daß er doch der süßeste kleine Junge sei, der ihr je unter die Augen gekommen ist.

Emil Cortez entdeckt den richtigen Platz auf halber Höhe des Müllbergs. Dort befindet sich eine kleine Terrasse, die ein früherer Bewohner abgeflacht hat, und außerdem sind da keine unmittelbaren Nachbarn, mit denen es Streit über Grund und Boden geben könnte. Gleich nebenan stößt er auf ein großes Rechteck aus Pappe, das von der ehemaligen Verpackung eines Kühlschranks stammt. Außerdem findet Emil einige verbogene Aluminiumstreben von einer weggeworfenen Fernsehantenne. Er nimmt diese Baumaterialien zu seinem Platz mit und errichtet einen Unterstand, der ihn vor der heißen Nachmittagssonne abschirmt, und dann setzt er sich mit untergeschlagenen Beinen hin und betrachtet mit stoischem Gleichmut seine Umgebung.

Überall erheben sich gewaltige Müllberge, die die größte Deponie in Mexico City bilden. Und jeder dieser Berge ist übersät mit solchen provisorischen Unterkünften wie der von Emil. In den tiefen Tälern zwischen den Bergen sieht er kleine Grüppchen von Menschen, die sich in lässigen Posen miteinander unterhalten, während andere nach einem geheimnisvollen System geschäftig hin und her eilen.

Jetzt, da er eine Bleibe gefunden hat, fühlt er sich schon etwas wohler. In den vergangenen drei Tagen war er vom Ausmaß der Stadt schier überwältigt gewesen und hatte sich in einer Mischung aus Furcht und Staunen treiben lassen. Als er nach der Fahrt von seinem Heimatdorf im Staat Hidalgo am östlichen Busbahnhof ausgestiegen war, kam er sich wie ein Astronaut vor, der die Oberfläche eines fremden Planeten betritt. Natürlich hatte er die Stadt schon im Fernsehen gesehen, in der kleinen Cantina am anderen Ende der

Dorfstraße, aber auf einen solchen Ansturm von Farben und Energien, kaum daß er die relative Sicherheit des Busses verlassen hatte, war er doch nicht vorbereitet. Bis weit in den Nachmittag hinein wanderte er einfach ziellos herum und ließ sich von den pulsierenden Strömen der Stadt treiben. Als die Dunkelheit hereinbrach, kaufte er sich eine Schale mit Suppe und Brot und nahm sich ein Zimmer in einem kleinen, schäbigen Hotel.

Während er auf einer klumpigen Matratze in dem winzigen Raum hockte, rechnete er die Kosten für das Zimmer und die Mahlzeit zusammen und mußte feststellen, daß die Stadt in noch nicht einmal einer Woche sein ganzes Geld verschlingen würde. Aber dies war seine erste Nacht in der Stadt, und mit seinen sechsundzwanzig Jahren überkam ihn so etwas wie Abenteuerlust, und so ging er in eine Bar am Ende des Blocks, wo ihm mehrere Männer von der Müllhalde erzählten. Es sei ein bescheidener, aber anständiger Ort, sagten sie, ein Ort, an dem ein Mann den richtigen Halt finden könnte, um abzuspringen und die erste Sprosse der sozialen Leiter der Stadt zu erwischen. Die Männer hatten recht gehabt, denkt Emil. An diesem Ort ist etwas dran. Hier kannst du dein Glück säen, so daß daraus ein Job erwächst, eine richtige Wohnung, eine Frau, eine schöne Frau, und ein Auto, ein großes Auto. Ganz in der Nähe befindet sich eine versteckte Höhlung im Müll, in der er seinen alten Koffer untergebracht hat. Seine Mutter hatte geweint, als sie ihn Emil gegeben hatte, und seine sieben jüngeren Brüder und Schwestern taten es ihr nach und begannen zu schniefen. Aber hinter den Tränen wußten sie, daß er gehen mußte, diesen Ort verlassen mußte, der ihm durch die Farmarbeit das Mark aus den Knochen saugen würde, so daß ihm am Ende nichts weiter als arthritische Gelenke und schlechte Erinnerungen blieben.

Emil geht in die Hocke und sieht auf ein Grüppchen von Männern im Tal direkt unter ihm. Es wird Zeit, daß er hinuntergeht und etwas tut. Aber was? Unmöglich, dies zu wissen. Aber nicht unmöglich, es zu tun. Er macht sich an den Abstieg.

Vom Talboden zwischen den Müllbergen aus sieht der Aasfresser zu, wie der Mann absteigt, vorsichtig die Route wählt und immer wieder nach einem festen Halt auf dem lose angehäuften Unrat Ausschau hält. Stunden zuvor hatte er gesehen, wie dieser Mann sich mit etwas Pappe und Teilen einer alten Fernsehantenne ein Lager errichtete, und daher weiß er, daß es sich hier um einen Neuzugang handelt, also genau das, wonach er sucht. Er folgt einem Pfad mitten durch das Tal, wo das ständige Kommen und Gehen den Müll zu einem harten Fußweg zusammengepreßt hat, und dabei stimmt er seinen Gang so ab, daß er genau dann auf sein Opfer stoßen wird, wenn es den Fuß des Berges erreicht.

Als Emil den Pfad erreicht, kann er den Mann genauer betrachten, der während des Abstiegs seiner Wege ging. Die Hose mit den messerscharf gebügelten Falten, die handgearbeiteten Cowboystiefel, die europäische Sonnenbrille und das sich bauschende Pulloverhemd verraten Emil, daß dieser Mann kein Bewohner der Deponie ist, sondern ein Abgesandter der Außenwelt. In Gegenwart einer so machtvollen Erscheinung an einem so bescheidenen Ort bringt Emil kein Wort heraus, aber der Mann bricht das Schweigen mit einem fröhlichen Gruß und einem Lächeln.

»Guten Tag, Sir!«

»Guten Tag«, erwidert Emil, und seine Stimme verrät, daß er auf der Hut ist.

»Sind Sie neu in der Stadt?« will der Mann wissen und steckt die Hände in die Hosentaschen, nachdem er die Sonnenbrille abgenommen hat.

»Ja, ich bin erst vor ein paar Tagen hergekommen.«

Der Mann kichert sanft. »Auch ich war einmal neu hier. Das war eine wirklich abenteuerliche Zeit. Tatsächlich habe ich mein Lager nicht weit von hier aufgeschlagen.« Er deutet zu einem Berg gleich in der Nähe. »Gleich da oben.«

Eine Lüge. In Wirklichkeit hat der Aasfresser sein Leben lang in der Stadt gewohnt.

Emil blickt in die Richtung, in die der Mann deutet, und spürt eine Woge der Aufregung und Hoffnung in sich aufsteigen. Direkt vor ihm steht die wahrhaftige Verkörperung der Erlösung durch die Stadt, ein Mensch, der es von einem Pol zum andern geschafft hat, vom alten Lagerplatz im Müll zum schicken Mann in hübschen Kleidern.

»Sagen Sie mal«, beginnt der Mann, »Sie sind nicht zufällig auf der Suche nach Arbeit?«

Unglaublich! Gott lächelt heute auf mich herab. »Wieso – ja, das bin ich tatsächlich.«

Der Mann legt die Hand auf Emils Schulter. »Wissen Sie, ich komme hin und wieder hierher, weil ich mich erinnere. Ich weiß noch zu genau, wie schwer es war, den ersten Job zu bekommen, der mich von hier wegbrachte, und wenn ich jetzt von irgendeinem Job weiß, komme ich manchmal hierher, um andern zu helfen, genauso, wie andere mir geholfen haben. Das ist doch nur recht und billig, nicht wahr?«

»Ja, das mein' ich auch.« Was für ein großzügiger Mann! Ein wahrer Heiliger unter uns!

»Haben Sie schon Kontakt mit Ihrer Familie aufgenommen? Weiß sie, wo Sie sich aufhalten?«

»Nein, Sir, aber ich hatte vor, dies gleich zu tun, sobald ich eine Bleibe gefunden habe.«

»Ich mache Ihnen einen Vorschlag: Schauen wir uns doch mal diesen Job an, von dem ich gehört habe, und dann schicken wir Ihren Leuten einen Brief, damit sie wissen, daß es Ihnen gutgeht.«

Während sie den Pfad entlanggehen, muß Emil an seinen kleinen Bruder Manuel denken, seinen Lieblingsbruder, ein temperamentvolles Bürschchen von vier Jahren. Von seinem ersten Lohn wird er Geschenke für alle kaufen, aber für Manuel etwas Besonderes.

Als der neue koreanische Geländewagen des Aasfressers auf den Parkplatz von Farmacéutico Asociado rollt, ist Emil ganz benommen von dem Ansturm all des Neuen, das sich vor seinen Augen abspielt. Noch nie zuvor hat er in einem nagelneuen Fahrzeug gesessen, in dem es noch nach frischem Kunststoff und unberührtem Leder roch. Und noch nie hat er ein echtes Autotelefon gesehen, mit dem dieser wirklich großzügige Mann dort angerufen hat, um ihnen mitzuteilen, daß er Emil für den Job mitbringen würde.

»Wir haben es hier mit Lagerarbeit zu tun«, erklärt der Aasfresser, während er mit Emil auf eine Tür neben der Laderampe zugeht. »Ich denke, sie wird Ihnen gefallen. Sie werden lernen, wie man einen Gabelstapler bedient – eine wertvolle Fertigkeit, kann ich Ihnen sagen.«

Im Innern sieht Emil lange Reihen von Kartons, die vielleicht fünf

Mann hoch aufeinandergestapelt sind. Zu ihrer Rechten befindet sich neben einem Mauervorsprung ein Lastenaufzug, dessen Tür offensteht und aus dem ein Mann in einem weißen Laborkittel zu ihnen herüberschaut.

»Bevor Sie anfangen, müssen Sie sich einer kurzen medizinischen Untersuchung unterziehen, damit man sicher ist, daß Sie auch Schwerstarbeit leisten können«, sagt der Aasfresser, während er mit Emil auf den Aufzug zusteuert. »Emil, ich möchte Sie mit Dr. Smith bekannt machen.«

Emil mustert den Arzt. Ein Gringo, vielleicht fünfundvierzig, mit einer Goldrandbrille, sich lichtendem roten Haar, dünnen Lippen und einem langen Gesicht.

Der Arzt lächelt und streckt die Hand aus. »Freut mich, Sie kennenzulernen, Mr. Cortez«, sagt er in einem passablen Spanisch. »Wir hoffen, daß es Ihnen hier gefällt.«

»Ja, Herr Doktor. Da bin ich ganz sicher«, sagt Emil eilfertig.

»Schön, dann fahren wir mal hinunter, damit wir Sie untersuchen können und Sie sich an die Arbeit machen.«

Sie fahren mit dem Aufzug nach unten und erreichen den Laborkomplex. Emil findet das Ganze nicht ungewöhnlich. Offenbar müssen wohl in dieser großen Stadt viele Unternehmen ihre eigenen medizinischen Einrichtungen haben, um ihre Mitarbeiter zu versorgen. Warum nicht?

Der Doktor nimmt Emil in einen Untersuchungsraum mit, während der Aasfresser draußen wartet. Er fordert Emil auf, sich auf einen Untersuchungstisch zu setzen und das Hemd auszuziehen.

»Dauert nicht lange, Mr. Cortez«, erklärt er, während er aus seiner Brusttasche ein Stethoskop holt und an Emils Brust ansetzt. »Tief atmen, bitte.« Er lauscht und nickt dann. »Ausgezeichnet. Und nun schauen wir uns noch rasch Ihren Hals an.«

Aus einem Becherglas auf einem Stahlschrank neben dem Tisch holt er einen Zungenspatel. »Weit aufmachen, bitte.« Er drückt Emils Zunge nach unten, leuchtet mit einer kleinen Lampe in Emils Mund und schaut sich die Rachenhöhle an. »Hmmm ...« Die roten Augenbrauen ziehen sich ein wenig zusammen, während er zu Emil aufsieht. »Verspüren Sie irgendwelche Schmerzen in Ihrer Kehle, Mr. Cortez?«

Bitte, lieber Gott, fleht Emil stumm, laß mich nicht so weit kommen und dann versagen. »Nein. Meine Kehle ist ganz in Ordnung – und alles andere auch.«

Der Arzt lächelt ihn herablassend an. »Nun, ich sehe da eine kleine Entzündung an der Spitze einer Ihrer Mandeln. Aber machen Sie sich keine Sorgen. Das wird Sie nicht von der Arbeit abhalten«, sagt er beruhigend, während er eine Schublade des Stahlschranks aufzieht und eine Spritze herausholt. »Ich werde Ihnen jetzt eine kleine Dosis Penizillin verabreichen, und dann sollte alles in ein paar Tagen überstanden sein.« Er führt die Nadel in Emils Oberarm ein. »Ich möchte, daß Sie sich einfach hier auf den Tisch legen und eine Minute entspannen. Vielleicht werden Sie sich wegen der Spritze ein wenig müde fühlen, aber das ist ganz normal. Ich bin in ein paar Minuten wieder zurück«, erklärt er und geht zur Tür.

»Vielen Dank, Herr Doktor«, sagt Emil mit aufrichtiger Dankbarkeit, während er sich auf den Tisch legt. Er hat keine Ahnung, daß man von Penizillin nicht müde wird.

Draußen auf dem Gang holt der Arzt aus seiner Tasche ein Bündel US-Dollars, die er dem Aasfresser übergibt. »Das Exemplar sieht gut aus. Sie haben sich Ihr Geld verdient. Wollen Sie nicht nachzählen?«

»Das wird nicht nötig sein«, erwidert der Aasfresser, wirft einen flüchtigen Blick auf das Geldbündel und sieht dann zur Tür hin. »Aber bei unserer nächsten Transaktion möchte ich gern in Yen entlohnt werden. Der Dollar ist ..., nun, nicht mehr das, was er mal war.«

Der Arzt ist durchaus nicht beleidigt. Wie viele andere Mitarbeiter an diesem Projekt hat auch er nichts als Verachtung übrig für die Knallköpfe, die die US-Wirtschaft in die gegenwärtige Misere haben schlittern lassen. »Ich bin sicher, das läßt sich arrangieren. Ich bringe Sie nun lieber nach oben, damit ich zurückkehren und unsere Behandlung von Mr. Cortez abschließen kann.«

Fünf Minuten später ist der Arzt wieder im Untersuchungsraum und starrt die ausgestreckte Gestalt von Emil Cortez an. Ja, das Exemplar sieht wirklich gut aus. Mitte Zwanzig. Keine unmittelbaren Anzeichen einer schlechten Verfassung. Paßt ganz ausgezeichnet ins Profil des Zielmarkts.

Dabei fallen ihm die Japaner und ihre Testprobanden damals in den vierziger Jahren des 20. Jahrhunderts ein. Hatten Sie irgendwelche Probleme mit Kontrollgruppen, Basisprofilen und ähnlichen Dingen? Aber schließlich hatten sie mit Gefangenen gearbeitet und damit die Qualität ihrer Probanden kaum im Griff.

Dem Arzt gehen oft solche Dinge durch den Kopf. Er heißt natürlich nicht Smith, sondern Spelvin, Lamar Spelvin. Und eigentlich ist er auch kein richtiggehender Arzt, denn er war ein paar Jahrzehnte zuvor in seinem dritten Jahr von der medizinischen Fakultät der Universität Georgia relegiert worden. Spelvin war zwar ein hervorragender Student, aber er hatte sich eine Reihe von anstößigen, wenn auch kaum nachweisbaren sexuellen Belästigungen geleistet. Danach war er wie ein hungriger Hund um die medizinische Industrie herumgeschlichen und hatte nach einem Zugang Ausschau gehalten, durch den er wieder hineingelangen könnte. Schließlich war ihm dies gelungen: beim Forschungsinstitut für Infektionskrankheiten bei der US-Army in Fort Detrick, wo er eine Anstellung als ziviler Forschungsassistent fand. Dort hatte er zum erstenmal von Pingfan gehört, dem japanischen Forschungskomplex zur biologischen Kriegführung, der während des Zweiten Weltkriegs im Nordosten von China angesiedelt war. Und dabei war er dahintergekommen, daß Pingfan die einzige bekannte Biokriegseinrichtung war, die mit menschlichen Testpersonen arbeitete – etwa dreitausend. Einige wurden mit entblößtem Gesäß angebunden, während Partikel von Splitterbomben sich in ihr Fleisch bohrten. Keine gewöhnlichen Splitterbomben, sondern Spezialanfertigungen, die mit Milzbrandbakterien verseucht waren. Natürlich sah man über ihre Todesqualen nicht hinweg. Vielmehr wurden sie sorgfältig beobachtet und dokumentiert, um die Forschung voranzubringen. Andere Gefangene wurden mit Cholera und Pest infiziert, und einige wurden bei lebendigem Leibe seziert, weil man die Beschädigung ihrer inneren Organe ermitteln wollte.

Die US-Regierung wußte über die Greueltaten von Pingfan genau Bescheid, ging aber gegen die Verantwortlichen nie gerichtlich vor. Statt dessen übernahm man stillschweigend die Datenbestände.

Und Jahrzehnte danach fühlte sich Lamar Spelvin in Fort Detrick von diesen Daten geradezu magisch angezogen, und Pingfan wurde für ihn so etwas wie ein perverses Heiligtum, eine wahre Obsession. Er wollte sich des langen und breiten mit seinen Kollegen darüber unterhalten, die sich schleunigst so weit wie möglich von Lamar fernhielten. Schließlich verfaßte er ganz allein einen ausführlichen Forschungsbericht über den Wert, den diese Daten für die Forschungsvorhaben des Instituts besaßen. Am Ende dieses Berichts machte er einen bescheidenen Vorschlag: Zu langjährigen Freiheitsstrafen in staatlichen Gefängnissen Verurteilte würden eine ausgezeichnete Quelle von Testpersonen für die US-Forschung darstellen.

Lamar wurde innerhalb einer Woche aus dem Institut hinausgeworfen. Aber nicht völlig vergessen. Es gab ein paar Leute, die ihn stillschweigend aus einer gewissen Distanz beobachtet hatten und mit seinen Anschauungen sympathisierten. Sie waren Kinderschändern vergleichbar, die Kindergärtner werden, oder Sadisten, die als Polizeibeamte tätig sind, oder Fetischisten, die den Beruf des Schuhverkäufers ergreifen – die winzige Minderheit, die von ihrer inneren Flamme ganz verzehrt wird und sich ohne Rücksicht auf irgendein Risiko in freiem Fall mitten hineinstürzt. Eine dieser zwielichtigen Gestalten gab eine Kopie von Lamars Bericht an einen Kollegen außerhalb des Instituts weiter, der sie wiederum an einen Dritten weiterreichte, der diskret eine Zeitlang abwartete und dann zu Lamar Kontakt aufnahm, wobei er darauf achtete, ihn mit »Dr. Spelvin« anzusprechen.

Und nun schließt Spelvin die Tür zum Untergeschoß von Farmacéutico Asociado und ruft die Wärter herbei, die die Testperson zu ihrer neuen Bleibe unten im Gang rollen werden. Emil befindet sich in einem traumlosen Schlaf, und zwar noch für mehrere Stunden. Bevor er das Bewußtsein verlor, hatte er noch einen hübschen Einfall.

Von seinem ersten Lohn würde er für seinen kleinen Bruder Manuel einen Baseballhandschuh kaufen.

# 13

# Der Heilige Geist

Michael sitzt in einem grauen Schalensitz und blickt durch die dicke Scheibe nach draußen, während das Flugzeug in den Flugsteig im Portland International Airport rollt. Noch immer ist er über den Anruf verblüfft, den er in der letzten Nacht von Gail erhalten hat. Sie sagte, sie wollte herkommen, um sich mit jemandem bei der Bonneville Power Administration zu unterhalten, und würde ihn »einfach gern mal wiedersehen«. Wozu? Ihre Beziehung nach der Scheidung war bestenfalls ein fortschreitender Rückzug gewesen, besonders für sie. Warum also diese plötzliche sentimentale Geste?

Nun tauchen Passagiere im Flugsteig auf, mit dem steifen, gebückten Gang von Menschen, die zu lange in einer engen Metallröhre zur Bewegungsunfähigkeit verurteilt waren. Einen Augenblick lang hat er Angst, sie nicht wiederzuerkennen, aber dann sieht er sie. Keine hübsche, aber eine gutaussehende Frau, mit einem Gesicht, das die mittleren Jahre großartig überstehen wird. Eine etwas markante Nase, üppiges kastanienfarbenes Haar, Mandelaugen und volle Lippen über einem kräftigen Kinn.

Als Gail aus dem Flugsteigtunnel auftaucht, hat sie einen Augenblick lang Angst, Michael nicht wiederzuerkennen, aber dann sieht sie ihn. Groß und schlank, mit seinem ewig jungenhaften Gesicht, der dünnen Nase, den breiten Wangen, dem lockigen braunen Haar und einem Mund, um den jederzeit ein Lächeln spielen konnte. Das ist vorbei, denkt sie. Das Zeitalter des Lächelns scheint Jahrhunderte zurückzuliegen.

Sie umarmen sich flüchtig, und dann greift Gail nach ihrer Tasche und gibt Michael eine Karte.

»Happy Birthday, Michael. Ich weiß, ich bin ein bißchen spät dran«, fügt sie entschuldigend hinzu.

Geburtstag? Seit wann hat sie schon nicht mehr an seinen Geburtstag gedacht? Er betrachtet die Vorderseite der Karte, eine alberne Zeichnung, auf der ein Vogel an einem Fallschirm durch den Himmel schwebt. Er öffnet die Karte und liest, was sie in ihrer unverwechselbaren Handschrift hingekritzelt hat: »Laß uns irgendwo hinfahren, wo wir sicher miteinander reden können. Mein Rückflug geht in neunzig Minuten, also sollten wir in der Nähe bleiben.«

Er steckt die Karte in die Tasche und bedankt sich, während sie durch den Flughafen zum Hauptausgang gehen. Also geschäftlich, denkt er. Aber was für ein Geschäft?

Michael steuert seinen Lieferwagen auf den preiswerten Parkplatz etwa einen Kilometer östlich des Hauptterminals. Er findet eine Bucht neben dem Maschendrahtzaun, der den Parkplatz von der Hauptstartbahn trennt. Im Laster wirkt Gail in ihrem klassischen Kostüm und den weichen schwarzen Pumps völlig fehl am Platz. Auf dem Weg zum Wagen hatten sie sich über Belanglosigkeiten unterhalten, aber während der Fahrt schwiegen sie. Nun begreift sie Michaels Plan, als ein fürchterliches Dröhnen den Laster erfaßt. Nur gut hundert Meter entfernt steht eine lange Schlange von Flugzeugen, die nacheinander in ziemlich regelmäßigen Abständen unter ohrenbetäubendem Lärm abheben. Michael weiß, daß man inzwischen mit Hilfe moderner Signalverarbeitungsmethoden Unterhaltungen aus einem scheinbar unglaublich geräuschvollen Hintergrund herauslösen kann. Vor zehn Jahren noch konnte man einen Teil Unterhaltung aus vielleicht fünfzig Teilen Lärm herausholen. Nun lag das Verhältnis eher bei eins zu mehreren hundert, so daß man sich eigentlich nur noch unbelauscht in einem fensterlosen, isolierten Raum unterhalten konnte – oder vor einem massiven Lärmschild wie dem Dröhnen eines Düsentriebwerks.

Während sie den Wagen verlassen und auf den Zaun zugehen, um die Flugzeuge zu beobachten, muß Gail daran denken, daß es einmal eine Zeit gab, da niemand auf der Welt besser Bescheid wußte über die technischen Details des Abhörens als Michael Riley.

Als sie den Zaun erreichen, flaut der Abflugverkehr ein wenig ab, und die Luft ist erfüllt vom hohen Turbingeheul der wartenden Maschinen und von Kerosingeruch. Der Lärm und der Gestank überbrücken das verlegene Schweigen des Paares, und der Anblick der Flugzeuge ist ihnen ein willkommener Anlaß, sich nicht gegenseitig anschauen zu müssen. Während sie auf die nächste Lärmwelle startender Flugzeuge warten, erinnert sich Michael an die Zeit ihres Kennenlernens. Er war gerade nach Washington gekommen, um sich bei der National Security Agency zu bewerben. Dieses Bewerbungsgespräch war im Grunde nichts weiter als eine Formalität. Er hatte in Berkeley seinen Magister in Mathematik magna cum laude gemacht und dann bis zur Promotion in Informatik mit einem begehrten Stipendium am MIT weiterstudiert. Natürlich wollte ihn die NSA. Michael hatte sich daran gewöhnt, daß alle diese Meilensteine in seinem Leben im Grunde keine Hürden darstellten. Stets bestand er die Prüfung, stets bekam er den Job, stets hatte er ein Rendezvous. Windschlüpfrig jagte er auf seiner Lebensbahn dahin – als ob er mit stromlinienförmiger Gestalt zur Welt gekommen wäre, ja als ob seine Gene vor seiner Zeugung in irgendeinem übernatürlichen Windkanal einem Vortest unterzogen worden wären. All dies schien die idealen Voraussetzungen für Arroganz abzugeben, aber Michael strahlte statt dessen eine entwaffnende Freundlichkeit aus, die rasch alle Ressentiments von seiten seiner Kommilitonen und Kollegen im Keim erstickte.

Und gerade mit dieser Eigenschaft gewann er die Zuneigung von Gail und nicht mit dem überheblichen Glanz der Genialität. Ein gemeinsamer Freund machte sie miteinander bekannt, und dann nahmen sie zusammen einen Drink in einer kleinen Bar in Georgetown. Damals war Gail gerade Assistentin eines Senators aus dem Mittleren Westen geworden, sie fühlte sich in ihrem Job ganz wohl und hielt keineswegs Ausschau nach dem Mann der Männer, der ihr Leben vollkommnen sollte. Aber da war nun dieser Michael, der ihr Herz im Sturm eroberte.

Ein Jahr darauf heirateten sie und richteten eine gemeinsame

Wohnung in derselben Gegend von Georgetown ein, in der sie sich kennengelernt hatten. Michael ging völlig in seiner Arbeit auf, über die er natürlich nicht sprechen durfte, und Gail lernte, ihre politischen Anschauungen zu gestalten und zu steuern. Oft nahmen sie Arbeit mit nach Hause, aber nie so viel, daß sie ihrer leidenschaftlichen Liebe im Weg stand. Ihr Zusammenleben war wie ein riesiges aufblasbares Gebilde, das gerade dabei war, seine wahre und köstliche Form zu entfalten.

Bei der NSA wurde Michael auf der Karriereleiter förmlich nach oben getragen, gerade weil ihm Beförderungen nichts bedeuteten. Er konzentrierte sich völlig auf die phantastischen Möglichkeiten der Techniken, an denen er arbeitete, und interessierte sich nicht so sehr dafür, Macht auf sich zu vereinen oder zu vermitteln. Aus diesem Grund wurde er schnell der blockfreie Kandidat, der Kompromiß zwischen einander befehdenden Fraktionen. Schon bald gehörte er als oberster technischer Berater dem Ausschuß an, der für die Formulierung der langfristigen Computerstrategie der Behörde zuständig war. Während diese verantwortungsvolle Position geradezu atemberaubend schien für jemanden, der eben erst 25 war, war es doch beinahe obligatorisch, daß sie von jemandem in seinem Alter besetzt wurde. Die Computertechnologie machte so rasante Fortschritte, daß bereits jene Leute, die ihr Universitätsstudium vor zehn Jahren absolviert hatten, hoffnungslos hinterherhinkten.

Der brutale Donner eines ungezügelten Strahltriebwerks reißt ihn zurück in die Gegenwart. Eine gewaltige 797 begibt sich gerade schwerfällig an den Start. Gail wendet sich ab und lehnt sich an seine Schulter, so daß sie über den Lärm hinweg in sein Ohr sprechen kann. Er spürt, wie ihre Brüste an seinem Oberarm ruhen und ihr Atem sein Ohr streift. Er ist bemüht, sich trotz dieser unwiderstehlichen Ablenkung auf ihre Worte zu konzentrieren.

»Michael, ich hab' ein ganz großes Problem und brauche deine Hilfe.« Sie spricht rasch, weil sie weiß, daß die Lärmwand gleich zusammenbrechen wird, wenn der Jet die Rollbahn entlang jagt. »Vor kurzem haben wir herausbekommen, daß die Regierung wahnsinnig viel Geld in ein Risikokapitalunternehmen in New York steckt ...«

Michaels Finger umklammern den Maschendraht, als sie sich von ihm löst und der Düsenlärm verebbt, so daß die akustische Sicherheit ihrer Unterhaltung verlorengeht. Er erinnert sich an die berauschende Zeit bei der NSA, als er sich der technischen Möglichkeiten bewußt wurde, die ihm zu Gebote standen. Es hieß oft, die Behörde bemesse ihre Computerkapazität statt nach Impulsen oder MIPS in Quadratmetern, doch während dies eine Vorstellung von der Quantität vermittelte, sagte es nichts über die Qualität aus. In den späten achtziger Jahren des 20. Jahrhunderts begann sich die Behörde aus ihrer totalen Abhängigkeit von der privatwirtschaftlichen Computerindustrie zu lösen, einer Tradition, die bis weit in die Frühzeit bei Cray Computer, dem Großvater der Supercomputerhersteller, zurückreichte. Als erstes richtete die Behörde ihre eigenen Siliziumfertigungsstätten ein, die spezielle Chips konstruierten, und innerhalb weniger Jahre konzipierte und baute sie ganze Systeme, die absoluter Geheimhaltung unterworfen waren. Und Michael erkannte das ganze Ausmaß dieser Bemühungen und war von der damit verbundenen Macht und den unglaublichen Dimensionen beeindruckt.

Und dann begannen eines Tages die Probleme. Sein Boß zitierte ihn zu sich, ein Mann Ende Fünfzig namens Roscoe Cameron. Roscoe hatte eine Totalglatze, überspielte aber diesen Makel, indem er sich tadellos kleidete. Michael kann sich noch immer an den perfekten Schnitt des Anzugjacketts erinnern, das Roscoe an jenem Tag trug.

»Wie geht es Ihnen, Mike?«
»Ganz gut.«
»Und Gail?«
»Auch.«

Roscoe setzte sich, lehnte sich in seinem Schreibtischsessel zurück und verschränkte die Hände hinter dem Kopf. »Ich weiß, wie sehr Sie beschäftigt sind, aber ich hab' da etwas, was Sie übernehmen sollten. Könnte Ihnen vielleicht sogar Spaß machen. Es handelt sich um Computerzeug, aber mit einem etwas anderen Dreh. Ich möchte, daß Sie dem Beraterstab einer Gruppe beitreten, die sich mit Computeranwendungen für biochemische Forschungen befaßt. Nichts weiter als eine Ad-hoc-Gruppe, die im Auftrag des Verteidigungsministeriums arbeitet, aber für Sie ist das eine Chance, ein paar Leute außerhalb des Sicherheitsdienstes kennenzulernen.«

Michael schien daran gleich etwas faul zu sein. Gas und Bakterien. Darum ging's auch. Gas und Bakterien. Die bürokratische Kurzform für alles, was mit biologischer oder chemischer Kriegführung zu tun hatte. Die Leute, die sich mit so etwas befaßten, bildeten eine üble Subkultur innerhalb der Verteidigungs- und Sicherheitskreise, von der sich viele Physiker, Luftfahrtingenieure und Computerleute abgestoßen fühlten. Dafür gab es einen einfachen Grund: Sofern man die blutige Vernichtung von Menschen irgendwie übersehen konnte, war die Kriegführung eine faszinierende Anwendung von Wissenschaft und Technik. Wenn man zum Beispiel an ein Kriegsflugzeug wie den Advanced Tactical Fighter dachte, dann wies das Ding eine gewisse Technoeleganz auf, unabhängig von seinem Auftrag, der schreckliche menschliche Leiden zur Folge haben konnte. So ließen sich leicht die unerfreulichen Aspekte moderner Waffen ausblenden, damit man sich auf die technische Seite konzentrieren konnte. Aber nicht im Falle von biochemischen Waffen, bei denen es einen innigen und unmittelbaren Zusammenhang zwischen Ursache und Wirkung gab. Senfgas beschwor prompt das Bild brennender Lungenbläschen. Mit einer Milzbrandbombe assoziierte man augenblicklich heftige Übelkeit und brennendes Fieber.

Aber Michael schob seine Bedenken gegen Gas und Bakterien beiseite und ging auf den Vorschlag ein. Er kam überraschend für ihn, so daß er keine Zeit hatte, sich wirklich der moralischen Probleme bewußt zu werden. Im übrigen könnte es sich ja auch um etwas ganz anderes handeln.

Die erste Sitzung des Beraterstabs machte einen etwas merkwürdigen Eindruck auf ihn. Er war davon ausgegangen, daß sie in irgendeinem Raum im Untergeschoß des Pentagons stattfinden würde, aber statt dessen wurde sie im Konferenzraum eines Hotels in einer Provinzstadt in Virginia abgehalten. Wenn das wahre Anliegen der Gruppe biologische Waffen waren, dann wurde das bei dieser Sitzung nicht ersichtlich – da ging es ausschließlich um einen allgemeinen Überblick über Computeranwendungen auf den verschiedenen Gebieten der Biologie. Wie üblich stürzte sich Michael mit aller Eleganz tief in die abstrakte Mechanik der Materie, wo er sich überaus wohl fühlte.

Aber nach der dritten oder vierten Sitzung entwickelte er eine entschiedene Abneigung gegen mehrere Leute im Stab. Da war zum Beispiel dieser Bursche Dr. Spelvin mit seinem schütteren roten Haar und der Aura leerer Arroganz. Und ein gewisser Dr. William Daniels, der selten etwas beitrug und nur sporadisch teilnahm, aber offenbar von der Gruppe ängstlich respektiert wurde, wobei einige ihn auch unter dem Codenamen Kontrapunkt kannten, diesen aber niemals laut aussprachen.

Und dann passierte es. An einem heißen Sommernachmittag kam die Gruppe in einem anderen Hotel als sonst zusammen, und aus irgendeinem Grund fiel der Strom aus. Der Raum war nur spärlich durch ein Nordfenster beleuchtet, die Klimaanlage stand still, und so beschlossen sie, die Sitzung zu vertagen. Die Leute packten ihre Sachen im Halbdunkel in ihre Aktentaschen und verließen den Konferenzraum, aber Michael blieb noch einen Moment da, um ein Flußdiagramm am Fenster zu betrachten. Wie üblich vergaß er alles andere um sich herum und blieb länger, als er vorgehabt hatte. Er wurde durch ein Flackern und Summen aus seiner Konzentration gerissen, als die Lichter und die Klimaanlage wieder angingen. Und dann sah er es. Jemand hatte einen Ordner auf dem Tisch liegenlassen, ein ganz böser Fehler in Verteidigungs- und Sicherheitskreisen, selbst auf dieser harmlosen Ebene. Er nahm den Ordner und steckte ihn mit seinen Sachen ein, so daß er ihn seinem Besitzer bei der nächsten Sitzung zurückgeben konnte.

Erst spätabends erweckte der Ordner erneut seine Aufmerksamkeit. Gail hatte noch gelesen und war eingeschlafen, und er arbeitete in der Küche, als er ihn aus seiner Aktentasche herauslugen sah. Vielleicht war er geheim und nicht für seine Augen bestimmt, aber wer würde ihn dafür zur Rechenschaft ziehen? Er öffnete den Ordner und stieß auf ein Papier von drei Seiten, und auf die oberste war mit Bleistift »Spelvin« geschrieben. Also kannte er jetzt den Besitzer. Er begann zu lesen.

Und genau da trat die vollkommen stromlinienförmige Rakete Riley wieder in die Erdatmosphäre ein und zerbrach. Das Dokument war atemberaubend: eine allgemeine Spezifikation für ein Virus, das die menschliche Netzhaut angreifen und das Opfer binnen Stunden erblinden lassen würde, und zwar im wesentlichen dadurch, daß es das Gewebe zu einer gallertartigen Masse zerschmolz. Aus dem Bericht ging hervor, daß ein derartiges Biest in der Natur nicht existierte, daß es synthetisch hergestellt werden müßte, und das restliche Papier deutete umrißhaft an, welche Arbeit und Technologie für diese Synthese erforderlich wären. Und um das Grauen zu krönen, stellte es schließlich verschiedene Möglichkeiten dar, wie das Virus zu den Augen des Opfers gelangen könnte.

Michael ließ das Papier sinken. Ihm war speiübel. Der Teil »Bakterien« der Formel Gas und Bakterien war keine verächtliche Abstraktion mehr. Zuerst dachte er daran, Gail zu wecken und mit ihr über diese ganze grauenvolle Sache zu reden. Nein. Noch nicht. Letzten Endes müßte er doch allein entscheiden.

Am späten Nachmittag des nächsten Tages saß er im Büro von Roscoe Cameron, und dabei fiel ihm die fast göttliche Symmetrie im Knoten von Roscoes Krawatte auf. Die Hand, in der er Spelvins Ordner hielt, war feucht.

»Tut mir leid, daß ich Sie störe, Roscoe, aber dies hier duldet keinen Aufschub.« Als er den Ordner vor Roscoe auf den Schreibtisch legte, erblickte er eine fein gearbeitete goldene Schlange als Verzierung von Roscoes Manschettenknopf, während dieser nach dem Ordner griff.

»Ich kann Ihnen die Mühe ersparen, das zu lesen. Es ist die Spezifikation eines Virus, das Sie in ein oder zwei Stunden erblinden läßt. Einer von den Leuten im Beraterstab war so schlampig und hat den Ordner am Ende der Sitzung vergessen. Eine böse Sache, Roscoe. Ich kenne mich zwar nicht aus mit dem Genfer Abkommen, aber ich weiß, daß dieses Land es unterzeichnet hat, und ich weiß auch, daß es die Entwicklung offensiver biologischer Waffen verbietet. Und genau darum geht es hier. Ich will da raus.«

Während Michael noch sprach, schob Roscoe den ungeöffneten Ordner langsam über den Schreibtisch zu ihm zurück. Als Michael fertig war, lehnte er sich in seinem Sessel zurück.

»Zwei Dinge. Erstens ziehen wir Sie aus dem Stab zurück. Ich werde mich darum kümmern. Ich möchte nicht, daß Sie in irgend etwas verwickelt sind, was gegen Ihre ethische Einstellung verstößt.« Er sah auf den Ordner hinab. »Zweitens möchte ich, daß Sie dieses Material augenblicklich aus dieser Behörde entfernen. Es hat nichts mit der Charta dieser Organisation zu tun, und darum hat es hier nichts verloren.«

Als Michael den Ordner wieder an sich nahm, erhob sich Roscoe und brachte ihn zur Tür. »Ich hatte ja keine Ahnung, was hinter dieser Sache steckt. Ich werde mich mal umhören und Ihnen dann Bescheid geben. Tut mir leid, Michael. Ich bring' das schon in Ordnung.«

An der Tür hielt Michael den Ordner hoch. »Und was soll ich damit tun, wenn ich es wieder mit nach draußen nehme?«

Roscoe hob einen Arm und senkte den Blick, um seine Hemdmanschette ein bißchen weiter aus seinem Anzugärmel herauszuziehen. Ohne aufzusehen, meinte er: »Das liegt ganz bei Ihnen. Machen Sie damit, was Sie für richtig halten.«

Michael spürt, wie niederfrequenter Schall in einer gewaltigen Welle durch seinen Körper pulsiert, als der nächste Jet den Runway hinunterrollt. Wieder drängt sich Gail an ihn und hält die Hand trichterförmig um sein Ohr, während sie spricht.

»Eine ganze Menge Geld aus diesem Risikokapitalunternehmen fließt zu einer Firma namens ParaVolve, genau hier in Portland. Hunderte von Dollarmillionen ...«

Michaels Hand umklammert den Zaun fester, als Gail wieder zurückweicht. Ihm gefällt es nicht, worauf dies alles hinausläuft. Es hat alles zuviel Ähnlichkeit mit dem, was beim letzten Mal passiert ist ...

Ein Erdnußbutterkeks. Ein ganz großer. Nach dem, was heute los war, hab' ich mir den verdient, denkt Michael, während er auf den Parkplatz des Quick-Markt fährt, einem Gemischtwarenladen in der Nähe ihrer Wohnung in Georgetown. Der Laden lag an der Ecke eines eingeschossigen Gebäudes mit mehreren Dienstleistungsbetrieben, unter anderem einer Reparaturwerkstätte für Videorekorder und einem Hundesalon. Seitlich und an der Vorderfront reichten die Schaufenster von der Decke bis zum Boden, und daran klebten Plakate, auf denen die Produkte in schwarzer Druckschrift standen. Die Preise waren mit blauer Plakafarbe aufgemalt: ZIGARETTEN $4.75,

BLUMEN $3.95. Doch Michael hatte keinen Blick für diese Angebote, sondern ging schnurstracks durch die Tür auf die Kasseninsel zur Linken zu, wo er bereits die kleine weiße Plexiglasstellage mit den Keksen ausgemacht hatte. Er bat den Verkäufer, einen großen dicken Mann mit üppigem grauem Haar und einer mürrischen Miene, um eine Tasse Kaffee und zwei Kekse. Dann trug er den Plastikbecher mit dem Kaffee und die Kekse zu einem abgelegenen Tisch mit zwei Stühlen hinter der Kasseninsel. Der Tisch stand zwischen dem Schaufenster und dem Ende der Kühltruhen und Vitrinen und entzog Michael und seine Kekse neugierigen Blicken. Während er den ersten Keks aß, starrte er auf das abgewetzte und zerkratzte Leder seiner Aktentasche, die den Ordner enthielt, der seinem Leben eine so harte Wende gegeben hatte. Er wußte noch nicht, was er mit dem Ding machen sollte. Es könnte gefährlich sein, es zurückzugeben, da er dann als potentieller Zeuge galt. Es könnte aber genauso gefährlich sein, es zu behalten, weil vielleicht jemand danach suchen könnte. Er war in Gedanken versunken und bemerkte darum nicht die beiden Männer, die hereinkamen und auf die Bierabteilung in den Kühlvitrinen am anderen Ende des Ladens zusteuerten.

Gerald Mahoney und Timothy Sykes wirkten wie zwei üble, zwielichtige Gestalten, wie sie da zur Bierabteilung schlenderten, aber der Verkäufer war keineswegs beunruhigt. Er wußte, daß sie Polizisten waren. Zivilbeamte von der Drogenfahndung. Am Tag zuvor hatten sie ihm von diesem neuen Dreckszeug erzählt, das auf den Straßen verkauft wurde und die Menschen alles vergessen ließ, was sie je gewußt hatten. Ein mieses Scheißzeug. Kein Wunder, daß sie jede Nacht eine halbe Kiste davon sicherstellten. Der Verkäufer wandte seine Aufmerksamkeit dem kleinen Fernseher in der Kasseninsel zu, da die Washington Senators gerade das dritte Inning gegen Pittsburgh hatten. Es war schon das fünfte Jahr, daß diese Stadt eine Baseballmannschaft in der höchsten Liga hatte, und sie machte sich allmählich verdammt gut.

Draußen auf der anderen Straßenseite beobachteten zwei Männer in einem alten Buick sorgfältig den kleinen Laden. Sie hatten Riley mit der Aktentasche hineingehen sehen. Etwa eine Minute später waren zwei andere Männer hineingegangen. Es hatte keinen Sinn, länger zu warten. Noch weniger Betrieb würde es um diese Zeit nicht geben. Der eine Mann, der nur unter dem Decknamen Sieben bekannt war, wandte sich an den anderen mit dem Decknamen Zehn. Beide gehörten dem Kurzschlußteam an, einer Organisation in den hintersten Winkeln der Geheimdienste, die darauf spezialisiert war, auf bestimmte Ereignisse zu reagieren, wenn es kaum oder keine Zeit zum Überlegen gab. Sieben nickte Zehn zu, und beide überprüften ein letztes Mal ihre Waffen. Es handelte sich um halbautomatische TEC-9S-Pistolen, die bei Straßenräubern in der ganzen Hauptstadt beliebt waren und nicht mit Kampftruppen oder Geheimdienstleuten in Verbindung gebracht wurden. Beide Waffen hatte erweiterte Magazine, die dreißig Schuß enthielten, und der Sicherungsbolzen am Abzug war abgefeilt, so daß die halbautomatische Pistole nun eine vollautomatische Waffe war.

Diesmal hörte Michael den Türsummer, als das zweite Männerpaar den Laden betrat. Vage bekam er mit, wie eine Gestalt auf die Kühltruhen zuging, etwa zwei Meter von ihm entfernt. Gerade als er in seinen zweiten Keks beißen wollte, vernahm er die Stimme, die er niemals vergessen würde.

»Okay, ihr Scheißer, runter auf den Boden und keine Bewegung!« Er fuhr herum und sah, wie Sieben eine große Automatikwaffe auf die beiden Männer am anderen Ende der Kühltruhen richtete, die beide halbe Bierkästen in den Händen hatten. Sie gingen zu Boden und lagen ausgestreckt vor dem Bier, als ob sie davor in Anbetung versunken wären. Gleichzeitig bemerkte Michael, wie Zehn die gleiche Art von Waffe auf den Verkäufer richtete und ihm zuschrie, er solle den Safe öffnen, sonst würde er ihm die Eier wegschießen.

Dann wirbelte Sieben zu Michael herum, und während sich seine Welt auf den Lauf der Pistole verengte, hörte er den Befehl: »Du da! Runter auf den Boden!«

Michael sah die ganze Szene in einem so grellen Licht und so überscharf, wie er es noch nie erlebt hatte. Sein Herz hämmerte wie verrückt in seinem Kopf, während er von seinem Stuhl rutschte, bis er mit dem Rücken gegen das Fenster auf dem Boden saß. Vor ihm tat Sieben einen Schritt vorwärts, um nach der Aktentasche zu greifen.

Von seiner Position am Boden aus sah Officer Gerald Mahoney seine Chance gekommen. Der Mann hatte sich dem jungen Burschen am Tisch zugewandt. Mahoney rollte sich lautlos auf die Seite, so daß er seine Waffe, eine 10mm halbautomatische CIS-Pistole, aus dem Schulterhalfter ziehen konnte. Officer Timothy Sykes tat das gleiche. Als Mahoney auf Sieben zielte, der gerade nach der Aktentasche griff, rollte Sykes sich mehrmals seitwärts, um sich hinter einem der Verkaufsstände zu verstecken. Als Sieben nach der Tasche griff, hörte er nur ein ganz leises Rascheln auf dem Linoleumboden hinter sich. Reflexhaft wirbelte er herum, während er gleichzeitig in die Hocke ging, um nicht so viel Angriffsfläche zu bieten. Er sah sich mit der schlimmsten Schußsituation konfrontiert: Der Mann am anderen Ende der Kühltruhenreihe befand sich in Bauchlage und hatte ihn bereits ins Visier genommen, wobei er seine Arme auf einem Bierkasten abstützte. Ihm blieb gerade die Zeit, eine einzige Salve von etwa acht Geschossen abzufeuern.

Mahoney zielte auf Brusthöhe und mußte seine Waffe neu ausrichten, als Sieben in die Hocke ging. Dies kostete ihn den Kampfvorteil und das Leben. Er gab einen einzigen Schuß ab, genau in dem Augenblick, als die Salve von Sieben auf ihn abging. Er hatte keine Chance mehr, das Crescendo der Explosionen zu hören oder den Gestank des Cordits zu riechen. Alle acht Kugeln waren Hohlmantelsplittergeschosse, die so konstruiert waren, daß sie beim Auftreffen zerplatzten und ein fürchterliches Blutbad anrichteten. Zwei verfehlten Mahoney und schlugen in die Wand ein. Zwei drangen in den Kasten mit den Bierdosen vor ihm ein und verloren an Wucht, nachdem sie mehrere Dosen aufgeschlitzt hatten. Eine traf ihn unterhalb der linken Schulter, brach sein linkes Schlüsselbein und durchbohrte seine Lunge, ehe sie sich in den Boden wühlte. Eine weitere Kugel traf ihn oben an der rechten Schulter, und infolge des Einschlagwinkels grub sie sich tief in seinen Leib ein, riß einen großen Tunnel durch seinen linken Lungenflügel und zerfetzte seine Leber teilweise, ehe sie im Dickdarm steckenblieb. Eine andere Kugel jagte auf seinen rechten Nasenflügel zu, traf aber seitlich seine Pistole und wurde dadurch so weit abgelenkt, daß sie in seine rechte Augenhöhle eindrang, das Auge zerstörte und kurz hinter dem Sehnerv steckenblieb. Aber das entscheidende Geschoß trat in seinen

Schädel etwa zwei Zentimeter unterhalb seines Haaransatzes ein, schaufelte den Großteil seines Großhirns heraus und verwandelte es in ein dünnflüssiges Gelee.

In genau diesem Augenblick wurde Sieben das Opfer einer Entscheidung, die Mahoney vor mehreren Monaten getroffen hatte. Da er es einfach leid war, mit automatischen Waffen konfrontiert zu werden, während er sich mit halbautomatischen Pistolen begnügen mußte, beschloß er, diesen Nachteil durch die Munition wettzumachen. Deshalb hatte er zwei Ladestreifen bei sich: einen in der Waffe und einen, den er gegen diesen austauschen konnte, falls es nach einer Schießerei zu einer Untersuchung kam. Der Streifen in der Waffe war voller Glaser-Sicherheitsgeschosse, die für die Polizei genauso verboten waren wie für Verbrecher. Jedes Geschoß enthielt im Kern winzige Stahlkügelchen samt einer Sprengladung. Wenn das Geschoß in etwas eindrang, explodierte es und sandte einen tödlichen Silberschauer aus, der die Umgebung atomisierte.

Und nun traf so ein Geschoß die Schulter von Sieben, und zwar genau an dem Gelenk, das den Oberarm mit dem Schulterblatt verbindet. Bei einer konventionellen Kugel hätte dieser Einschlagpunkt eine lähmende Wunde zur Folge gehabt, aber nicht im entferntesten das, was nun geschah. Das Geschoß fetzte in das Gewebe und explodierte.

Michael konnte nur zusehen, ohne zu begreifen, was hier vor sich ging. Es gab einen gewaltigen Donnerschlag, die Schulter des Mannes vor ihm explodierte in einer grellrosa Nova, und der Arm flog weg, knallte gegen die Glastür der Kühlvitrine und fiel zu Boden. Plötzlich war eine Fläche mit einem Durchmesser von etwa zwei Metern mit einem dünnen roten Film überzogen. Unglaublicherweise hielt der Mann die Waffe mit seinem unversehrten Arm fest und fiel dorthin, wo die Kühltruhe gegen die Rückwand stieß. Und dann sah er Michael an. »Keine Bewegung.«

Er sagte es mit klarer, fester Stimme. Als ob alles okay wäre. Keine Spur von Schock, kein Zittern. Dann wandte er seine Aufmerksamkeit dem Verkäufer zu, der gerade etwas ganz Törichtes tun wollte.

Sobald die Schießerei begonnen hatte, war Zehn, der Mann, der den Verkäufer in Schach gehalten hatte, hinter dem ersten der vier Verkaufsstände, die den Laden in Längsrichtung teilten, in Deckung gegangen. Und nun sah der Verkäufer die Chance gekommen, blutige Rache für die fünf Raubüberfälle zu nehmen, die er in den vergangenen neun Jahren erlebt hatte. Von einem Bord direkt unter der Registrierkasse nahm er eine Schrotflinte vom Kaliber zwölf, deren Lauf auf einen halben Meter – das gesetzliche Limit – abgesägt worden war. Jetzt würde er diesen Hurensöhnen den Kopf vom Leib pusten.

Michael sah, wie der Verkäufer das Gewehr etwa auf Schulterhöhe hoch bekam, und dann hörte er das ohrenbetäubende Stakkato aus Siebens Waffe, als dieser sein Magazin leerte. Schürze und Hemd des Verkäufers wurden wild zerfetzt, während er mit entsetzt geweiteten Augen rücklings flog und außer Sicht. Dabei fiel ihm die Schrotflinte aus der Hand und ging donnernd los, als sie auf die Verkaufstheke traf, wodurch eine ganze Scheibe des Seitenfensters zersplitterte. Sofort löste sich Sieben von der Wand und begann, auf den Knien zu dieser Öffnung hinzukriechen.

Michael rührte sich nicht vom Fleck. Er konnte sich nicht bewegen. Er war ein festgewurzelter und gefangener Zuschauer in diesem hochdramatischen Theater von unglaublicher Gewalt. Als Sieben an ihm vorbeikroch, hinterließ er eine breite Blutspur. Das Gesicht von Sieben war jetzt aschgrau, aber in seinen Augen loderte noch immer das alte schreckliche Sendungsbewußtsein. Und dann, als sich Sieben durch das offene Schaufenster hinausschleppte, spürte Michael, wie der Schock so weit nachließ, daß ihm klarwurde, daß auch er auf diesem Weg hinausgelangen könnte. Sieben stellte für ihn keine Bedrohung mehr dar – der kurze Rest seines Lebens war offenbar irgendeinem anderen Zweck gewidmet. Michael schnappte sich die Aktentasche, drückte sie an die Brust und ging tief gebückt zum scheibenlosen Fenster.

Aus seiner Bauchlage am anderen Ende des Ladens hinter dem Verkaufsstand konnte Officer Timothy Sykes die Beine seines toten Partners und eine immer größer werdende Pfütze aus Blut und Bier sehen. Außer der ersten Salve hatte er einen zweiten Feuerstoß aus der TEC-9S sowie einen einzelnen Schrotflintenschuß gehört. Er linste um das Ende des Verkaufsstands und sah nichts. Er wußte, daß Mahoney den anderen Kerl erwischt, aber offenbar nicht außer Gefecht gesetzt hatte. Er würde über den Verkaufsstand hinwegschauen müssen, um die Szene besser überblicken zu können.

Zehn befand sich in leicht gebückter Haltung und äugte über den Verkaufsstand hinweg. Er wußte, daß Sieben zu Boden gegangen war und daß die Operation so schnell wie möglich abgebrochen werden mußte. Dann schnellte Sykes Kopf in sein Blickfeld und ging sofort wieder hinunter. Statt nach dem Kopf des Polizisten zu schießen, tauchte Zehn ab, setzte einen Schritt zurück und feuerte sein gesamtes Magazin von dreißig Schuß durch den Verkaufsstand, der direkt vor ihm stand. Die Geschosse fetzten durch alle vier Verkaufsstände zwischen ihm und Sykes – durch Rasierschaumdosen, Tampons, Mausefallen, Spaghettipakete, Schokoriegel, Waschmittel, Mundwasserflaschen und eine Reihe anderer Dinge, die sich auf den dünnen Lochplatten der Verkaufsstände türmten. Viele Geschosse wurden beim Aufprall destabilisiert und gingen als langsame Querschläger nieder. Aber eines kam unbeschadet durch und grub sich in die linke Hüfte von Sykes, der sich gerade zu Boden werfen wollte. Er spürte den Einschlag der Kugel kaum, da inzwischen Wogen von Adrenalin durch ihn hindurchrasten, und als er zu Boden stürzte, ragte sein Oberkörper in den Gang hinein, und er konnte gerade noch sehen, wie Zehn zur Tür jagte. Unglaublicherweise lag seine Pistole direkt vor ihm und war genau auf das sich bewegende Ziel gerichtet. Er mußte nur noch den Abzug drücken.

Das einzelne Neun-Millimeter-Geschoß erwischte Zehn, gerade als sich sein Oberarm nach vorn bewegte, um seinen Lauf zu beschleunigen. Es trat hoch oben im Brustkorb ein, durchbohrte die Brusthöhle und zerfetzte die rechte und linke Herzkammer. Er stürzte vornüber und schlitterte halb zur Tür hinaus.

Erwischt! Sykes Ohren dröhnten wie verrückt, und jetzt spürte er die Schmerzen in seinem Bein, aber er robbte auf die niedergestreckte Gestalt zu und hatte dabei ein Hochgefühl, das er eigentlich nicht haben durfte.

Auf dem Parkplatz bekam Sieben gar nicht mehr mit, daß Michael durch das zerschossene Fenster kroch. Die Operation war vorbei, und er wußte, daß auch sein Leben gleich vorbei sein würde. Gleichwohl rappelte er sich noch einmal auf, in seinen letzten Momenten vom inneren Zwang getrieben, dieses Kampfritual bis zu seinem endgültigen Abschluß durchzuziehen. Sein ganzes Erwachsenenleben war auf diese krönenden Momente ausgerichtet gewesen, in

Saigon, in Rio, in San Francisco und an einem Dutzend anderer Orte. Alles, was dazwischenlag, war wie ein stiller Tod gewesen. Also klemmte er die TEC-9S mit dem Lauf nach unten zwischen seine Knie und schob mit der verbliebenen Hand ein Magazin hinein. Dann drehte er die Waffe nach oben und ließ das Magazin einrasten, indem er es gegen den Asphaltboden stieß – eine Routineübung, die er viele Male vollzogen hatte. Er lud die erste Kugel durch und bewegte sich auf den Vordereingang des Ladens zu.

Als Michael durch den Fensterrahmen hinausstieg, sah er, wie Sieben langsam und mit großer Beherrschung auf den Vordereingang zuging und seine Waffe auf den Eingang richtete.

Officer Sykes, der den toten Killer in der Tür untersuchte, sah gerade rechtzeitig auf, um zu registrieren, wie er von vierzehn der dreißig Geschosse aus der Waffe von Sieben getroffen wurde. Da Sieben mit einer Hand schoß, tanzte der Lauf der TEC-9S nach jedem Schuß nach oben und hielt erst inne, als die letzte Kugel abgefeuert war.

Genau in diesem Augenblick kam es zu einer Szene, die Michael Riley nie vergessen wird. Immer wieder sieht er vor seinem geistigen Auge, wie der leere Hemdsärmel des Mannes wie eine rot durchtränkte schlaffe Fahne herunterhängt und vom unteren Ende ein ununterbrochener Blutfaden herausfließt. Er sieht die Konzentration und die Entschlossenheit im Gesicht des Mannes, während er zielt und feuert. Aber das Schlimmste spielt sich auf der Straße hinter dem Mann ab. An der Ampel neben dem Parkplatz hält ein älterer Kleinbus, und aus dem Heckfenster starren zwei Kinder heraus, ein Junge und ein Mädchen, beide nicht mal sechs Jahre. Er sieht, wie sie ihre Nasen und Hände ans Fenster pressen, so daß sich an den Kontaktflächen kleine weiße Ovale bilden. Er sieht, wie ihre Augenbrauen hochgehen und ihre kleinen Münder offenstehen, während sie zusehen, wie der blutende, sterbende Mann in eine Sitzposition zusammensackt und sich absolut nicht mehr bewegt. Nur eine einzige Schicht Sicherheitsglas liegt zwischen ihnen und diesem Blutbad, das sich keine drei Meter von ihnen entfernt abspielt. Dann fährt der Wagen davon, der Fahrer ist völlig benommen und die Kinder sind so geschockt, daß sie kein Wort herausbringen. Wie festgefroren an der Heckscheibe, gleiten sie horizontal aus seinem Blickfeld.

Wie konnte das passieren? Wie konnte dieses kleine Schiff der Unschuld dem Schrecken aller Schrecken nur so nahe kommen? Michael Riley erkannte in diesem Moment, daß es auf der ganzen Welt kein wirkliches Sicherheitsglas gab, weder im wörtlichen noch im übertragenen Sinne. Schutz, Ordnung, Vorhersagbarkeit, Sicherheit und Komfort waren nicht von Pufferzonen umgeben. Sie grenzen unmittelbar an die Nachtseite, und die hauchdünne Membran zwischen beiden konnte ohne jede Vorwarnung zerreißen.

Er ließ seinen Wagen auf dem Parkplatz stehen und ging zu Fuß nach Hause. Ohne es sich überlegt zu haben, stopfte er irgendwo unterwegs die blutverschmierte Aktentasche in einen öffentlichen Müllbehälter. Er konnte sich an diesen Gang kaum erinnern, außer daß alle paar Meter kleine Ausschnitte aus dem gewalttätigen Zwischenspiel vor seinem inneren Auge explodierten. Der abgetrennte Arm, der gegen die Tür der Kühlvitrine knallte. Die eiskalte Stimme, die »Keine Bewegung!« sagte. Die Kinder, die sich an die Heckscheibe drückten.

Wieder donnert ein Jet los. Eine große MD-2022 rollt schwerfällig an, bis sie die Startgeschwindigkeit erreicht. Gail drängt sich erneut an ihn, und in den Duft ihres Parfüms mischt sich der Gestank der Auspuffgase des Jets. Es ist das gleiche Parfüm, das sie damals benützt hat. Er sieht sie noch vor sich, wie er, eingehüllt von diesem warmen Geruch, ihre Brüste küßt.

»Michael, ich glaube, sie haben den Burschen, der gequatscht hat, umgebracht. Eine schlimme Geschichte, für das ganze Land, für jeden. Wir haben keinen anderen Anhaltspunkt als diese Firma ParaVolve ...«

Gail weicht zurück, während das Dröhnen verebbt, und betrachtet Michaels Profil, ehe sie sich wieder dem Zaun zuwendet. Er steht da wie eine Statue. Ohne jeden Ausdruck. Ohne jede Reaktion. Ohne jede Bewegung. Und dann steigt der große Schmerz wie eine Wasserblase auf und versucht, die Oberfläche zu durchbrechen, aber sie läßt es nicht zu. Nicht jetzt. Statt dessen wandern ihre Gedanken zurück zu jenem Zeitpunkt, da sie diese Statue zum erstenmal gesehen hat.

Als sie eines Abends heimkam, sah sie Michael auf der Couch in ihrer Wohnung in Georgetown sitzen und aus dem Fenster starren. Irgend etwas stimmte nicht. Michael war ein ausgesprochen neugieriger Mensch, der immer etwas lesen, untersuchen, beobachten mußte. Der nie bloß vor sich hin starrte.

»Michael?«

Er wandte sich ihr nur für einen kurzen Augenblick zu, dann sah er wieder aus dem Fenster, als liefe dort ein Film ab, ein sehr beklemmender Film. Zunächst war sie verwirrt, dann bekam sie Angst.

»Michael, was ist passiert?«

»Sie haben sich alle gegenseitig erschossen. Nur die Kinder nicht.«

»Was soll das heißen – wer hat wen erschossen?«

»Beim Supermarkt.«

Sie brauchte eine halbe Stunde, um die ganze Geschichte aus ihm herauszubekommen. Er stand unter einem schweren Schock und brauchte Hilfe. Was er jetzt überhaupt nicht gebrauchen konnte, war die Polizei, die ihn mit ihren Fragen löcherte, und darum rief sie Roscoe Dameron in der Behörde an und erwischte ihn gerade noch, als er schon im Gehen begriffen war. Er bat sie, nicht wegzugehen, er käme sofort zu ihr. Eine Stunde später war er da, zusammen mit einem anderen Mann, den sie nicht kannte. Roscoe sprach mit Michael ein paar Worte und winkte dann Gail beiseite, während der andere Mann bei Michael blieb. »Das ist Dr. Bellarmine. Er ist Psychiater am Walter-Reed-Krankenhaus. Er hat eine Menge Erfahrung mit derartigen Situationen. Wir haben uns darüber auf der Herfahrt unterhalten. Es handelt sich um eine Form von traumatischem Streßsyndrom. Keine Sorge, Gail. Wir werden dafür sorgen, daß er die beste Behandlung bekommt. Und was die Polizei angeht, da machen Sie sich mal keine Gedanken, wir werden uns auch darum kümmern. Das letzte, was er jetzt gebrauchen kann, ist der zusätzliche Streß einer langwierigen Vernehmung. Aber was ist mit Ihnen? Geht es Ihnen soweit gut?«

Natürlich sagte sie ja. Was hätte sie sonst sagen sollen? Und natürlich ging es ihr nicht gut.

Mehrere Tage danach wartete Roscoe Cameron auf einem New Yorker U-Bahnsteig unter der Fifth Avenue und vernahm das bedrohliche Rumpeln des einfahrenden Zuges. Es war fast Mitternacht, und er stand ganz allein da, als der Zug einfuhr, rüttelnd zum Stillstand kam und die Türen aufgingen, um ihn aufzunehmen. Im Innern des Wagens sah er einen einzelnen Passagier sitzen, der die *New York Times* las. Während der Zug beschleunigte, griff Cameron nach der über seinem Kopf verlaufenden Haltestange, um das Gleichgewicht zu wahren, und ging auf die sitzende Gestalt zu, die seine Anwesenheit nicht zur Kenntnis zu nehmen schien. Das mechanische Rattern der Räder auf den Schienen übertrug sich geräuschvoll auf den fast leeren Wagen, als Cameron sich neben den stummen Leser setzte.

Kontrapunkt sah nur kurz zu Cameron hin, um sich zu vergewissern, um wen es sich handelte, dann wandte er sich wieder der Zeitung zu. »Haben Sie die Aktentasche bekommen?«

Roscoe starrte sein Spiegelbild im Fenster auf der anderen Seite des Gangs an. »War nicht da. Als sie am nächsten Tag weg waren, haben wir die ganze Wohnung auseinandergenommen und wieder zusammengesetzt. Auch im polizeilichen Vernehmungsprotokoll ist sie nicht aufgetaucht. Er muß sie gleich nach dem Zwischenfall stehengelassen oder verloren haben.«

»Und was sollen wir Ihrer Meinung nach mit Mr. Riley tun?«

»Im Augenblick ist er in einem fürchterlichen Zustand, aber er ist auch ein überaus wertvoller Aktivposten. Ich glaube nicht, daß er uns mit dem, was passiert ist, in Verbindung bringt. Ich denke, daß der vorgetäuschte Raubüberfall funktioniert hat. Angesichts seines gegenwärtigen geistigen Zustands bezweifle ich, ob er überhaupt in der Lage ist auszupacken. Im übrigen würde die Washingtoner Polizei doch höchst neugierig werden, wenn er gleich jetzt ausgeschaltet würde. Ich empfehle, ihn auf Eis zu legen. Dieses Problem wird sich langfristig lösen lassen.«

»Dann tun Sie's.«

Die beiden verfielen in Schweigen, während der Zug ein schwarzes Loch durch die Nacht von Manhattan schlug.

Und als die Monate vergingen, litt Gail stumme Qualen. Es wurde immer schlimmer. Ihr Mann war nicht mehr ihr Mann, er war wie ein einsamer Zuschauer, der sich auf ein Ereignis fixierte, das zu schrecklich war, als daß man auch nur in Gedanken daran rühren konnte. Wenn sie doch nur auf den Sitz neben ihm in diesem furchtbaren Kino schlüpfen könnte, und mit ihm zusammen diesen ganzen Horror betrachten, dann könnte sie zumindest so etwas wie Mitgefühl empfinden. Aber das ging nicht. Es gab einfach keine Möglichkeit, diese Last mit ihm zu teilen, sie konnte nur zusehen, wie der mentale Schorf verhärtete, während die Wunde darunter weiterhin schwärte.

Die Behörde stellte ihn für unbegrenzte Zeit frei, da er seinen Job nicht mehr ausüben konnte, und er hing einfach in der Wohnung herum und unternahm kurze Spaziergänge in der näheren Umgebung. Am schmerzlichsten waren für Gail die Nächte. Im Bett kuschelte sie sich an ihn, einen Arm über seine Brust, einen Schenkel über seinen gelegt, und wartete verzweifelt auf das kleinste Fünkchen einer Reaktion. Es kam nie.

Nach dreizehn Monaten war sie sich darüber im klaren, daß sie ihn verloren hatte. Gewiß, die Therapie hatte einen gewissen Fortschritt erzielt. Er überstand die meiste Zeit, ohne schwere Rückfälle zu erleiden. Aber er war nicht mehr derselbe Mensch wie früher. Und er würde es nie wieder sein. Darum sprachen sie an einem regnerischen Sonntag von Scheidung. Zu ihrer Erleichterung ließ ihn das Thema genauso unberührt, wie er auch ihr gegenüber gleichgültig war. Sie wollte ihm nicht wehtun. Sie wollte einfach raus, ihren Koffer voller Schuldgefühle packen und irgendwohin gehen, wo sie ihn wieder ausleeren konnte. Und es war schon ein ziemlich großer Koffer. Wenn sie jemanden verlassen hätte, der das Opfer eines schweren physischen Traumas gewesen wäre, jemanden, der nur noch vor sich hin vegetierte, dann hätte es keine nagenden Zweifel gegeben. Aber jemanden zu verlassen, der nur emotional dahindämmerte, war etwas ganz anderes – das unversehrte physische Abbild brachte ein übermächtiges Pflichtgefühl mit sich.

Als sie am nächsten Tag von der Arbeit heimkam, war er weg, zusammen mit seinen Kleidern und wenigen anderen Sachen. In einer kurzen Nachricht stand, daß alles übrige ihr gehöre und daß es ihm leid tue. Eine Stunde lang weinte sie, ganz allein. Aber am Ende empfand sie eine merkwürdige Art von Erleichterung, die sie von ihrer Schuld freisprach. Eine Woche später hatte Michael sie angerufen. Er war in Oregon, ausgerechnet dort, und erlitt gerade eine schwere Panikattacke, er nannte es jetzt seine Angst. Offenbar hatte die Therapie den ursprünglichen Horrorfilm, der sich in ihm abspielte, verdrängt, aber die psychische Beschädigung manifestierte sich nun in einer eher allgemeinen Form als akute Angstattacken. Und nun, mitten in einer derartigen Attacke, rief er Gail um Hilfe. Von Zeit zu Zeit, in unregelmäßigen Abständen, erhielt sie diese Anrufe, die sie schließlich als Ratenzahlungen ansah, mit denen sie sich von ihrer versäumten Pflicht gegenüber Michael freikaufte.

Ein erneutes Anschwellen des Düsenlärms holt Gail ruckartig in die Gegenwart zurück, an diesen Maschendrahtzaun, die Startbahn und die Statue Michael Riley. Sie lehnt sich an ihn. »Ich brauche deine Hilfe, Michael. Du bist der einzige, den wir kennen, der über die entsprechenden Referenzen verfügt, um bei ParaVolve reingelassen zu werden. Wir müssen einfach herausbekommen, was dort vorgeht ...«

Michael dreht sich zu ihr um, als der Lärm verebbt, und nickt. Er ist überwältigt von Trauer, weil er spürt, wie etwas von seiner Leidenschaft für diese Frau wie in einem Schwall zurückkehrt. Aber es ist zu spät. Viel zu spät. Und diese ganze Angelegenheit mit ParaVolve hört sich unheimlich an, aber verdammt noch mal – schließlich hat er sich zum Experten für unheimliche Situationen entwickelt. Außerdem steht er tief in ihrer Schuld, und das weiß er ganz genau.

Der Architekt sitzt an einem Tisch in der Teriyakikneipe gegenüber seiner Wohnung. Auf der anderen Seite des Tisches sitzt ein Hilfskellner aus dem chinesischen Restaurant. Er schiebt ein kleines, in Alufolie gehülltes Päckchen zum Architekten hinüber, der im Gegenzug zehn Dollar über den Tisch schnippt. Der Hilfskellner ist dürr und blaß, und seine Finger sind dünn und weiß und knotig an den Gelenken. Er hat langes, öliges Haar und ist bei dem Versuch, sich auf der Oberlippe und am Kinn einen Bart stehen zu lassen, kläglich gescheitert.

»Genauso gut wie letztesmal?« will der Architekt wissen.

»Klar, Mann. Genauso gut.« Der Hilfskellner rutscht von seinem Stuhl und geht zur Tür. »Bis dann.«

Der Architekt bricht eine Minute später auf und spaziert sorglos über die Murray Road, nachdem er den Sicherheitsleuten in ihrem Auto neben dem Gemischtwarenladen zugewinkt hat. Als er in seiner Wohnung ist, räumt er den Küchentisch ein wenig ab und öffnet das Alufolienpäckchen, das ihm der Hilfskellner gegeben hat. Darin befindet sich eine Blisterpackung mit den eiförmigen Tabletten. Er drückt eine durch die Metallfolie an der Rückseite und geht dann zur Spüle, wo er in einem kleinen Glas Essig mit Wasser mischt. Am Tisch setzt er das Ritual fort und denkt über dessen wissenschaftlichen Aspekt nach, während sich die äußere Hülle der Tablette zischend im Essig auflöst. Vermutlich ein simples Derivat von Backpulver, mutmaßt er, als er den Kern der Tablette aus der Essiglösung holt und ihn auf einer Papierserviette trocknen läßt.

Während der Kern trocknet, geht er zu seinem Computer und meldet sich bei DEUS an. Als er sich durch sein vielschichtiges Sicherheitssystem arbeitet, muß er an Anwendung X denken und kichert. Über deren wahre Beschaffenheit wissen nur er selbst und ein paar Techniker Bescheid, und sie hat nichts damit zu tun, das System mit einem Referenzprogramm gegen andere Maschinen antreten zu lassen. Tatsächlich ist Anwendung X eine Brutstätte, in der im Schoß von DEUS ein ganz neuer Computer heranwächst, der in ihm aufgezogen und genährt wird.

Diese neue Maschine ist eigentlich kein Computer im üblichen Sinne des Wortes, mit dem man im allgemeinen die Von-Neumann-Maschinen bezeichnet, die dadurch funktionieren, daß sie einen einzelnen Strom von ganz klaren Anweisungen, aus denen ein Programm besteht, entgegennehmen und ausführen. Der neue Computer hingegen hält sich an die Lehren der Biologie und ahmt die Architektur des Gehirns nach. Aus diesem Grund spricht man auch von einem neuronalen Netz.

Der Begriff neuronales Netz ist nicht neu. Ja, er ist sogar älter als der Architekt und geht auf die gleiche wissenschaftliche Konferenz im Jahre 1956 zurück, auf der der Begriff der künstlichen Intelligenz geboren wurde. Die Grundidee war so einfach wie die entsprechenden Vorgänge in der Natur. Man kann das Gehirn auf einen einzelnen Baustein zurückführen, eine Spezialzelle, die man Nervenzelle oder Neuron nennt und die durch ihre drahtähnlichen Verbindungen mit Hunderten oder sogar Tausenden anderer Neuronen gekoppelt ist. Das Neuron sammelt die Signale, die es von anderen Neuronen empfängt, und wenn die gebündelte Stärke dieser Signale ein gewisses Niveau erreicht hat, sendet sie ein eigenes Signal aus. Unbeantwortet freilich blieb die wichtigste Frage überhaupt: Welche neuralen Mechanismen liegen dem Lernen und Denken zugrunde? Schließlich deutete alles auf die Synapsen hin, die elektrochemischen Verbindungspunkte im neuralen Verdrahtungssystem. Praktisch schwächte eine schwache Synapse das Signal an der entsprechenden Verbindungsstelle ab, während eine starke es verstärkte.

Nun wußte man also, daß jedes Neuron ein winziger Computer war, mit Input- und Outputverbindungen und einer Programmierung, die von der Verteilung der Stärke der einzelnen Verbindungen zwischen ihren Synapsen abhing. In gewisser Weise ähnelte diese Programmierung einer verzerrten Demokratie: Hätten alle Synapsen die gleiche Stärke, dann hätten alle Inputs bei einem Neuron das gleiche Stimmrecht bei der Entscheidung, ob es an der Zeit sei, daß das Neuron einen Output von sich gebe. Aber dies war nicht der Fall – einige Voten zählten viel mehr als andere und konnten ohne weiteres die Wahl beeinflussen.

Als man sich über dieses Grundmodell geeinigt hatte, war es ein leichtes, mit Hilfe von Experimenten zu ermitteln, wie es im Mikrokosmos funktionierte. Man konnte ohne weiteres ein Computerprogramm schreiben, das diesen Prozeß modellartig imitierte, und feststellen, ob ein kleines Netz von Neuronen imstande war, irgend etwas in sehr bescheidenem Maße zu lernen oder sich daran zu erinnern. Die Ergebnisse waren durchaus ermutigend – anscheinend ließ sich das Modell auch auf größere Systeme übertragen. Also konstruierten die Forscher bald einfache elektronische Schaltkreise, die das allgemeine Verhalten von Neuronen imitierten, und schalteten sie in immer größerer Zahl zusammen. Aber selbst dann war die Kapazität dieser Netzwerke, verglichen mit den entsprechenden biologischen Systemen, noch äußerst bescheiden. Mitte der achtziger Jahre des 20. Jahrhunderts enthielt ein künstliches neuronales Netz von elektronischen Schaltkreisen vielleicht sechzehntausend Neuronen und zwei Millionen Verbindungen zwischen ihnen. Allein in der menschlichen Netzhaut befinden sich zehn Millionen Neuronen.

Im Laufe der Zeit fand man heraus, daß neuronale Netze grundlegend andere Wesen waren als ihre Computer-Vettern. So konnten sie beispielsweise nicht »programmiert« werden, indem man ihnen ein spezifisches Bündel von Anweisungen eingab. Statt dessen mußten sie »trainiert« werden, fast so wie man Tiere dressierte, indem man ihnen wiederholt etwas zeigte und ihnen dann sagte, ob sie die richtige Schlußfolgerung daraus gezogen hatten. Und sobald sie trainiert waren, ließ sich nicht mehr nachvollziehen, wie sie zu irgendwelchen Schlußfolgerungen gelangt waren. Kein menschliches Wesen konnte die Myriaden von Interaktionen zwischen Milliarden kleiner Einheiten durchschauen, die wie ein kosmisches Orchester miteinander kooperierten, um ein Problem zu lösen. Und das war noch nicht alles: Die Netze begannen neue Muster und Möglichkeiten in den Daten, die sie untersuchten, zu erkennen – Muster und Möglichkeiten, von denen ihre menschlichen Trainer keine Ahnung hatten.

Und so kam es also, daß im Gehirn des Architekten der Heilige Geist geboren wurde. Inzwischen konnte man fünf Milliarden Transistoren auf einer einzigen Halbleiterscheibe aus Silizium unterbringen, und der Architekt trieb diese Technologie bis an ihre Grenze voran. Das Ergebnis war ein künstliches neuronales Netz, das eine halbe Milliarde Neuronen enthielt, zwischen denen es eine halbe Billion Verbindungen gab. Das menschliche Gehirn weist zwar im Vergleich dazu etwa hundert Milliarden Neuronen auf. Aber da gab es doch einen ganz wichtigen Unterschied: Das Gehirn ist relativ langsam und benötigt etwa eine tausendstel Sekunde, um ein Signal zwischen Neuronen hin- und herzusenden. Der Heilige Geist hingegen reduzierte diese Zeit um mehrere Größenordnungen und machte somit durch seine Geschwindigkeit wett, was ihm an Volumen fehlte.

Ungeachtet dieser spektakulären Spezifikationen ließ sich nicht in Erfahrung bringen, ob dieses neue Netz irgendeine Art von echter Intelligenz aufwies. Es verrichtete seine Operationen fernab von jedem menschlichen Zugriff ganz tief im Innern von DEUS, der ein Elternteil des Netzes wurde, der primäre Versorger, eine Mutter;

und all dies geschah dank eines vom Architekten entwickelten Programms, das das Netz nicht nur trainierte, sondern gleichzeitig seine physikalische Struktur modifizierte und verbesserte. Die ursprünglichen Schaltkreise für das Netz waren vom Architekten gemeinsam mit DEUS geschaffen worden und existierten nur als rein abstraktes Modell im Innern des Computers. Dieses Modell war überaus geordnet und symmetrisch – die elektronischen Neuronengruppen waren alle vollkommen identisch und in präzisen Reihen angeordnet. Auch die Drähte, die sie miteinander verbanden, wiesen ein wundervoll symmetrisches Muster auf. Aufgrund seiner astronomischen Rechnerkapazitäten war DEUS in der Lage, den Betrieb des Netzes in diesem frühkindlichen Stadium modellhaft zu gestalten und dieses Modell zu trainieren, indem er die Stärken seiner künstlichen Synapsen modifizierte. Schon bald war das simulierte Netz imstande, eine große Reihe von Problemen mit unterschiedlicher Effizienz zu lösen. Aber dann schloß DEUS den Modellierprozeß ab, sah sich die Schaltlogik an und wendete verschiedene Methoden an, um seine Leistungsfähigkeit zu verbessern.

Nach mehreren derartigen Zyklen war die Zeit gekommen, dieses Konstruktionsmodell in Silizium umzusetzen. Die Originalhalbleiterscheibe mit den intergrierten Schaltkreisen, die das Netz enthielt, wurde in einer von der NSA betriebenen geheimen Fertigungsstätte hergestellt, wobei man vertraglich festlegte, daß der Behörde die Rechte an allen »nichtkommerziellen Anwendungen« der Technologie kostenlos zustünden. Dann wurde die Halbleiterscheibe an ParaVolve geliefert und elektronisch mit DEUS verbunden, wo weitere Auswertungen stattfinden sollten.

Das Schaltkreissystem, das in Silizium gegossen wurde, wies zwar noch immer die wohlgeordneten Reihen der Neuronenbasen auf, aber das Verdrahtungsmuster wirkte nun, im Gegensatz zum ursprünglichen Modell, wie ein wüster Dschungel. Und das war erst der Anfang. Nun verfügte DEUS über eine echte, lebendige Version des Netzes, das im Unterschied zu dem schwerfälligen abstrakten Modell mit Höchstgeschwindigkeit gefahren werden konnte. Und im Gegensatz zum Menschen hatte DEUS die Milliarden von Interaktionen, aus denen die Operationen des Netzes bestanden, völlig im Griff und konnte auf Regeln basierende Verfahren anwenden, um den Betrieb des Netzes noch zu verbessern. Jedesmal, wenn es die Verbesserungen als wesentlich einstufte, produzierte es einen neuen Satz von Bauplänen für eine verbesserte IC-Halbleiterscheibe, die die bestgehende Version des Netzes ersetzen sollte. Nach mehreren Zyklen in der Fertigungsstätte wurde das Netz ein höchst komplexes geheimnisvolles Gewirr, in dem die Neuronenbasen ein wildes Durcheinander und die Verdrahtungen zwischen ihnen ein wahres Rattennest bildeten. Ja, sogar die Neuronenbasen selbst waren nun nicht mehr gleichförmig, sondern spalteten sich in spezielle Unterkategorien auf.

Praktisch sah das Netz allmählich einem biologischen Gehirn sehr ähnlich.

Und dann, nach der letzten Umgestaltung des Netzes, passierte etwas Merkwürdiges. Das neue Netz wurde an ParaVolve geliefert und auf die übliche Weise mit DEUS verbunden, das heißt an Zehntausende winziger »Sondenpunkte« an der Oberfläche der Halbleiterscheibe angeschlossen. Daraufhin übernahm DEUS die Kontrolle und ließ das Netz eine Reihe komplizierter Übungen absolvieren und bewertete dabei seine Leistungsfähigkeit. Als diese Operation abgeschlossen war, sollte sich DEUS eigentlich zurückziehen und in die unterirdischen Feinheiten des Netzes eintauchen, um schließlich mit einer neuen und verbesserten Konstruktion zurückzukehren, die das Netz eine weitere Sprosse auf der Evolutionsleiter emporheben würde.

Aber diesmal meldete sich DEUS nicht zurück. Zuerst hatte der Architekt den Verdacht, daß irgendein raffinierter Virus Anwendung X durch eine Endlosschleife jagte, aber nach einer Reihe von Tests mußte dies ausgeschlossen werden. Zu dem gesamten Konstruktionsprogramm gehörte auch eine gewisse Zahl von Routinetests, die wie neugierige Reporter die inneren Angelegenheiten von DEUS beobachteten und nach Anzeichen von Schwierigkeiten Ausschau hielten. Nachdem der Architekt die Berichte dieser Wachhunde gelesen hatte, überkam ihn ein unbezwingbares Gefühl hinsichtlich ihres Verhaltens.

Er hatte den Verdacht, daß sie logen.

Aber wie? Es dauerte nicht lange, bis er dahinterkam. Es gab nur eine Möglichkeit, daß jemand das grundlegende Verhalten der Programme veränderte: Er mußte die Programme selbst verändern. Also nahm er sich zunächst eines vor, von dem er glaubte, daß es noch immer »die Wahrheit sagte«, öffnete die auf der Platte gespeicherte Datei, in der es untergebracht war, und überprüfte eine kleine Sektion der Datei, die automatisch festhielt, wann das Programm zum letztenmal modifiziert worden war. Das Datum war korrekt und entsprach der letzten »Version« dieses bestimmten Programms. Dann wartete er so lange, bis er den Verdacht hatte, daß ihn das Programm belog, und ging wieder zurück und überprüfte erneut seinen Inhalt. Es stellte sich heraus, daß das Programm in der Tat verändert war und erhebliche Modifikationen in mehreren Schlüsselverfahren aufwies – aber in der kleinen Sektion, die über die Modifikationsdaten Auskunft erteilte, gab es keinen Hinweis darauf.

Seine Entdeckung war von erheblicher Tragweite. Irgendwie legte es das System darauf an, ihn bewußt zu hintergehen.

Seine erste Reaktion war paranoid. Wie weit hatte sich die Rebellion bereits ausgebreitet? Würde sie das ganze kybernetische Reich zu Fall bringen? Aber rasch gingen diese Ängste in Faszination über.

Es war durchaus möglich, daß er es mit der ersten wirklich denkenden Maschine der Welt zu tun hatte.

In den Monaten, die seither vergangen waren, hatte er sich eine ebenso radikale wie plausible Theorie zurechtgelegt, mit der sich die Tatsachen erklären ließen. Sie ging von der Annahme aus, daß das Netz anfing, eine unabhängige Intelligenz aufzuweisen, die mit all den Übungen und Routinen, die ihm DEUS auferlegte, nicht mehr viel zu tun hatte. Und nun wirkte sich diese Intelligenz auf das Hauptsystem aus. Aber wie? Schwer zu sagen. Eigentlich sollte es eine Art von osmotischer Barriere zwischen DEUS und dem Netz geben, die es DEUS gestattete, das Schicksal des Netzes zu steuern, aber nicht umgekehrt. Doch als sich DEUS selbst weiterentwickelt hatte, wurde die Beschaffenheit dieser Barriere dem intellektuellen Zugriff des Menschen entzogen, und das galt natürlich auch für alle Lücken in dieser Barriere.

Und warum war es schließlich dazu gekommen? Wieso setzte die rudimentäre Intelligenz im Netz DEUS so lange zu, bis er die Reporterprogramme lügen ließ? Der Architekt glaubte, daß dahinter das älteste aller Motive steckte: Selbsterhaltung. Jedesmal, wenn DEUS das neue und verbesserte Modell des Netzes konstruiert hatte und es an ParaVolve geliefert worden war, wurde das bestehende Netz abgeschaltet – es starb praktisch. Das Netz hatte nur eine Möglichkeit, sich dagegen zu sichern und sich am Leben zu erhalten: Es mußte irgendwie in DEUS eingreifen und den Entwicklungsprozeß aufhalten, so daß das gegenwärtige Netz auch das endgültige Netz wäre. Als der Architekt die letzte Version der Schaltlogik des Netzes noch einmal überprüfte, fand er Beweise dafür, daß das Netz die pädagogische Nabelschnur zu seiner Mutter nicht mehr benötigte. Es stellte sich heraus, daß das Netz inzwischen in der Lage war, seine künstlichen Synapsen selbst zu modifizieren und damit intellektuell selbständig zu operieren – zumindest theoretisch. Wenn dies tatsächlich der Fall war, dann wäre es nicht weiter überraschend, wenn die Selbsterhaltung seine oberste Priorität wäre.

Und dann kam der schreckliche Tag, als das gesamte System ins Chaos stürzte und darin mehrere Stunden lang verweilte. War dies die Tat des Netzes?

Jetzt, in seiner Wohnung, erreicht der Architekt die letzte Ebene der Schnittstelle zu DEUS und vernimmt, wie ihn sein Ebenbild begrüßt.

»Hallo, Bob. Was kann ich für dich tun?«

»Ich möchte mit dem Heiligen Geist sprechen«, erwidert der Achitekt, während er nach einer kleinen Pfeife neben der Konsole greift.

»Nicht einfach, Bob. Kein direkter Kanal.«

»Dann laß es uns von Hand probieren.«

»Okay. Mach's gut.«

Das Ebenbild löst sich auf, und dann hat der Architekt die älteste Computerschnittstelle vor sich: ein leeres Fenster mit einem blinkenden Befehlseingabesymbol in der oberen linken Ecke. Er beginnt rasch auf der Tastatur zu tippen und errichtet einen Kanal, der den gesamten Output des Netzes in eine graphische Punktematrix auf seinem Bildschirm einspeist und außerdem als Audiosignale an den Lautsprecher seines Computers weitergibt. Sodann errichtet er einen zweiten Kanal, der seine Stimme zum Input des Netzes leitet.

Bevor er die Eingabetaste drückt, um die Befehlssequenz zu aktivieren, versenkt er den Kern der Tablette mit Hilfe einer Pinzette im

Pfeifenkopf und zündet ihn mit einem Feuerzeug an. *Ach, mein Kind, hoffentlich können wir einander völlig unbehindert umarmen.*

Im selben Augenblick, da er die Pfeife anzündet und einen tiefen Zug nimmt, drückt er auf den Eingabeknopf ...

*Nanu, was ist das denn? Hübscher Computer. Aber warum ist das Fenster voller Rauschen? Sieht wie ein leerer Kabelkanal im Fernsehen aus.* Er starrt auf den willkürlichen Schwall von weißen und schwarzen Punkten, der das Fenster füllt, und hört, wie das weiße Rauschen aus dem Lautsprecher strömt. *Warte mal. Da ist doch was. Ich kann was sehen. Verdammt! Warum kann ich es nicht erkennen? Es versteckt sich genau hinter diesem Scheißgeräusch. He, komm schon, sei ein guter Hund. Komm raus.* Er dreht sich um und betrachtet das Wohnzimmer und die Küche seiner Wohnung. *Herrgott noch mal! Was für ein wüstes Durcheinander!* Sein Blick geht über die leeren Ginflaschen auf dem Fußboden, sieht, wie sich der Inhalt einer Bierdose in ein TV-Dinner ergossen hat, nimmt einen großen Brandfleck im Teppich wahr, einen hohen Stapel Pornohefte auf dem Couchtisch. *Wer hier wohnt, muß schon ein ganz verrückter Scheißkerl sein.*

# 14

# Zap 38

Aus dem Restaurantfenster blickt Kontrapunkt auf die Tennisplätze des Club Raqueta Bosques in Mexico City hinunter. Nur ein paar Spieler halten es in der sengenden Nachmittagshitze aus, während der Swimmingpool überfüllt ist. Im Hintergrund kann er die eleganten Häuser sehen, die versteckt zwischen den Bäumen liegen. Er hat gerade mit einem Mann namens Roberto Alverez gegessen, dem eines dieser Häuser zwischen den Bäumen gehört und der auch Häuser in Kolumbien und in den USA besitzt; er kennt Kontrapunkt nur unter dem Namen Mr. William Daniels, eines international tätigen Unternehmers.

»Es wird eine Menge über strategische Partnerschaften geredet, Mr. Daniels, und meist ist das nichts als Quatsch. Aber unsere Beziehung ist wirklich eine Ausnahme. Hoffen wir, daß es dabei bleibt.« Geistesabwesend dreht Alverez seine Kaffeetasse auf der Untertasse hin und her, während er dies in perfektem Englisch von sich gibt.

»Ich sehe nichts, was dagegen spricht«, erwidert Kontrapunkt. »Wir müssen nur unsere Kommunikationskanäle offenhalten und unser gegenseitiges Vertrauen bewahren.«

»Ja, nicht wahr, am Ende ist es immer eine Frage des gegenseitigen Vertrauens.« Alverez hebt den Blick von seiner Kaffeetasse und sieht Kontrapunkt in die Augen. »Die Testmärkte reagieren hervorragend, und darum sehe ich nicht ein, warum wir nicht in allernächster Zukunft zur Massenproduktion übergehen könnten. Wie immer ist der Vertrieb garantiert, so daß wir nur noch die Kontinuität der Herstellung sicherstellen müssen. Können Sie das?«

»Wir sind jederzeit soweit, wenn Sie es sind«, gibt Kontrapunkt zurück.

»Gut. Dann werden wir also unseren Vertrieb für Ihre anderen Projekte im Verhältnis zum Verkaufsvolumen, das wir im Laufe des nächsten Quartals erzielen, anheben.« Alverez grinst verschlagen. »Sind Sie sicher, daß wir Ihnen nicht bei einigen Ihrer anderen Unternehmen behilflich sein können? Ich denke, wir haben doch ganz gut bewiesen, wie sehr wir zu einem kompetenten Management in der Lage sind, und wie jedes Geschäft von unserer Größenordnung, sind wir natürlich auch an einer Verbreiterung unserer Leistungen interessiert.«

Kontrapunkt grinst genauso verschlagen zurück. »Vielleicht kommt die Zeit, daß wir darüber reden können, aber jetzt noch nicht.« Er kann ziemlich sicher davon ausgehen, daß er eine ganze Menge mehr über Alverez und seine Geschäfte weiß, als dieser über ihn. Roberto ist 32, bisexuell und das Oberhaupt einer kolumbianischen Drogenfamilie, die sich schon seit zwei Generationen behauptet. Sein Vater hat das Familienunternehmen in den sechziger Jahren gegründet und verfügte über stille Reserven und ein Verlangen nach Stabilität, und das hat ihn veranlaßt, seinen Betrieb von einem Betonbunker aus zu leiten, in einer Zeit, da seine Konkurrenten bunte Kartenhäuser errichteten. Die Drogenkriege der folgenden Jahrzehnte waren für Alverez senior ein Ärgernis, aber keine Katastrophe. Er entschied sich für stetiges Wachstum und Anonymität, statt selbstmörderisch wie ein Meteor am internationalen Himmel aufzutauchen. Er ließ Roberto Betriebswirtschaft an einer amerikanischen Eliteuniversität studieren und zog sich großzügigerweise zurück, sobald sein Sohn sich als fähig erwies, die Geschäfte zu führen.

Noch ehe er an die Macht kam, hatte Roberto ein interessantes Gutachten über sein Familienunternehmen erstellt, das sich größtenteils auf Produkte auf Kokainbasis beschränkte. Es hatte praktisch alle Ressourcen in die Aufrechterhaltung der Vertriebskanäle gesteckt, einen ganz geringen Teil in die Herstellung und so gut wie nichts in Forschung und Entwicklung. Es wurde Zeit, diese Aufteilung zu ändern und neue Produkte zu entwickeln, die wiederum neue Märkte öffnen würden. Als Roberto sich das derzeitige Kundenprofil ansah, erkannte er, daß es sich auf eine kleine Minderheit benachteiligter, gefährdeter Individuen beschränkte, die zumeist in den Innenstädten der USA, von Europa und seit neuestem auch von Japan lebten. Die Zukunft würde einer Droge gehören, die eher von der Mittelschicht begehrt wurde, einer Droge, die keine alarmierenden gesundheitlichen Probleme, psychotische Nebenwirkungen oder Abhängigkeit mit sich bringen würde. Diese hypothetische Droge würde weniger häufig konsumiert werden als Kokainderivate, aber das Kundenvolumen wäre um mehrere Größenordnungen stärker, und der Preis für die Einheit konnte ziemlich hoch sein.

Roberto machte sich also Gedanken darüber, wie er in Forschung und Entwicklung investieren sollte. Am besten wäre es, auf der neuen Welle der Biotechnik mitzureiten, die bereits die Elektronik als die entscheidende Wachstumsindustrie im neuen Jahrtausend abgelöst hatte. Es wäre sicher schwierig, eine erstklassige Forschungseinrichtung aus dem Nichts aufzubauen. Nur die Industriestaaten verfügten über die entsprechenden Infrastrukturen zur Unterstützung eines derartigen Vorhabens, doch dort gab es strenge Vorschriften und staatliche Kontrollen. Die Alternative war eine strategische Partnerschaft mit irgendeiner Organisation, die das Problem bereits für sich gelöst hatte, geheim operierte und Zugang zur fortschrittlichsten Technik hatte.

Um diese Möglichkeit zu erkunden, streckte Roberto seine Fühler unter bewährten Partnern aus, die ein subtiles Spinnennetz bevölkerten, das den ganzen Globus umspannte – Menschen, die mit Waffengeschäften, Geheimdiensten, Geldgeschäften und Mord in hohen Positionen zu tun hatten. Schon bald geriet er in Kontakt mit Mr. Daniels, der eine New Yorker Risikokapitalgesellschaft namens VenCap repräsentierte. Offenbar verfügte Mr. Daniels Firma über die Kapitalmehrheit in genau so einem Forschungsbetrieb, nach dem Roberto Ausschau hielt: Farmacéutico Asociado. Laut Mr. Daniels befaßte sich dieser Betrieb mit einigen ganz modernen Anwendungen der Molekularbiologie, und zwar »in einem Rahmen, der nicht durch staatliche Vorschriften eingeengt« war. Roberto schloß daraus, daß dies etwas mit biologischer Kriegführung zu tun haben könnte – aber in seinem Beruf konnte er es sich kaum leisten, dagegen zu protestieren. Jedenfalls wäre die Finanzierung ganz einfach: Sein Unternehmen würde in VenCaps allgemeinen Fonds investieren, und bei einer Betriebsprüfung würde keine direkte Spur zu dem biochemischen Betrieb führen. Roberto mußte nichts weiter als eine detaillierte Spezifikation des Produkts liefern. Er kümmerte sich persönlich darum und war ganz stolz auf seine Einfälle. Bekanntlich waren alle Drogenkonsumenten genauso stark vom Ritual angezogen wie von der Droge selbst. Die von ihm spezifizierte Droge konnte als einfache Tablette hergestellt werden, aber das würde ihre Akzeptanz auf dem Markt erheblich einschränken. Statt dessen stellte er die Bedingung, daß die Trägersubstanz in einer Flüssigkeit aufgelöst werden müsse, die es überall in Supermärkten gab, und daß die eigentliche Droge in einer kleinen Pfeife mit einem einzigen Zug geraucht werde.

Als die Droge zum erstenmal hergestellt worden war, hatten ihr die Laborleute, die sie noch für einen Prototypen hielten, den Spitznamen Zap 37 gegeben. Aber als die Droge für Testmärkte an der Westküste freigegeben wurde, blieb der Name hängen – genauso wie Zap 37 selbst. Durch die üblichen Kanäle wie durch viele neue kamen massenweise Aufträge herein. Inzwischen war es offenkundig geworden, daß Robertos Investition bei VenCap hohe Dividenden erzielte, und beim Essen hatte er Daniels zu verstehen gegeben, daß er nun bereit sei, viel mehr zu investieren. Auch wenn er sich darüber im klaren war, daß eine ganze Menge von seinem Geld ganz andere Operationen als die seinen finanzierte. Eines Tages wäre er in der Lage, von diesem Wissen Gebrauch zu machen und irgendwie an diesen anderen Projekten zu partizipieren, aber jetzt noch nicht. Wie sein Vater war auch er geduldig und konnte abwarten.

Ein paar Kilometer weiter sitzt Lamar Spelvin im Laboratorium von Farmacéutico Asociado an seinem Schreibtisch und hält ein Fläschchen mit einer klaren Flüssigkeit in die Höhe. Darin befindet sich die erste Probe von Zap 38, die gewisse Modifikationen aufweist, welche die Herstellung gegenüber dem Prototyp Zap 37 verbilligen sollten. Aber das hängt alles noch in der Luft. Inzwischen gibt es nämlich ein Problem mit der Testperson, der vor zwölf Stunden die gleiche Flüssigkeit injiziert worden war. Ein großes Problem.

»Wollen Sie ihn jetzt sehen?« quäkt es aus einem Lautsprecher auf Spelvins Schreibtisch.

»Klar, bringt ihn rein.«

Während er wartet, wägt Spelvin die verschiedenen Faktoren ab, die den Test beeinflußt haben könnten. Keiner davon sollte eigentlich diese Art Problem verursachen. Ein Wärter schiebt Emil Cortez auf einem Rollstuhl in Spelvins Büro. Spelvin hat längst den Namen der Testperson vergessen – für ihn ist sie nichts weiter als Kontrollperson 38. Während Cortez vor Spelvins Schreibtisch gerollt wird, beginnt die Testperson heftig an den Ärmeln ihrer Zwangsjacke zu reißen und nach den Beinfesseln zu treten, die mit der Basis des schweren Rollstuhls verbunden sind.

Na, dies sieht ja ganz nach willkürlichen motorischen Bewegungen aus, denkt Spelvin. Und seine Gesichtsfarbe sieht gut aus. Mit ruhiger Stimme spricht er Emil an.

»Du siehst doch ganz gesund aus, und wir können auch kein echtes körperliches Problem feststellen. Was ist denn los?«

*Da gibt es keinen Emil, der dies beantworten könnte. Keine Erinnerungen an ein Selbst. Nur das schreiende Entsetzen des Jetzt. Er sieht dieses Ding in Weiß vor sich. Die Augen treten aus den Höhlen, und kleine rosa Zungen schießen aus den Pupillen und züngeln herum. Der Kopf ist von einem Nest dünner orangefarbener Schlangen bedeckt, die sich unruhig hin und her winden, und der Mund ist ein gähnender schwarzer Schlund, um den rosafarbener zischender Schaum steht und vom Kinn tropft. Und daraus dringt eine formlose Schallblase, die ins Gesicht des ehemaligen Emil spritzt.*

»Noch mal – kannst du mir nicht sagen, was los ist?«

*Das Ding stützt Hände mit zappelnden weißen Wurmfingern auf dem Schreibtisch ab, einem würgenden Meer aus braunem Schlamm. Nichts bleibt still stehen. Alles bewegt sich und pulsiert in einem übelkeiterregenden Wirbel. Nun bläht sich die Nase des Dings und spaltet sich, so daß es auf einmal vier Nasenlöcher sind, aus denen kleine Büschel grüner Nasenhärchen sprießen. Ein weiterer Schall erbricht sich aus dem Schlundmund:*

»Okay, schafft ihn weg.«

Spelvin sieht zu, wie Kontrollperson 38 hinausgerollt und in die Zelle zurückgebracht wird, wo man sie ruhigstellt und intravenös ernährt. Er vermutet, daß diese Testperson halluziniert. Ach ja. Das gleiche Problem hatte er auch mit anderen Testpersonen, und zwar von Zap 1 bis Zap 36. Tatsächlich haben die meisten von ihnen nun überhaupt keine Halluzinationen mehr. Es ist kaum zu glauben, daß das Nervensystem einen derart radikal veränderten Zustand über längere Zeiträume übersteht. Wer hätte das je für möglich gehalten?

Aber genau darum, denkt Spelvin, machen wir ja solche Experimente.

Michael Riley fährt auf der Farmington Road an den Vororten vorbei und ins ländliche Washington County hinaus. Vor ihm, zwischen den Hafer-, Hopfen- und Erdbeerfeldern, kann er schon die regelmäßigen weißen Rechtecke erkennen, aus denen sich der Para-Volve-Komplex zusammensetzt: ein großes Gebäude an der Straße, hinter dem mehrere kleinere Bauten stehen. Das Ganze befindet sich am Ufer des Tualatin River und geht auf endlos weite Felder und grüne Wälder aus dicht beieinanderstehenden Ulmen, Ahornbäumen, Eichen und Erlen hinaus. Während er sich der Einfahrt zu diesem Komplex nähert, wird das übertriebene Sicherheitsverlangen des Unternehmens bereits offenkundig. Das gesamte Gelände ist von einem mit Stacheldraht besetzten Sturmzaun umgeben, und in einem mit kugelsicherem grünen Glas verkleideten Torhäuschen stehen zwei bewaffnete Wächter.

Nachdem die Wächter ihn überprüft haben, darf er passieren. Er parkt auf dem Besucherparkplatz, von wo aus er die großen Mikrowellenantennen auf dem Dach sehen kann. Mehrfache Satellitendatenverbindungen, die an das weltweite Netz angeschlossen sind. Er muß an seine Zeit bei der NSA denken, als seine Arbeit zum Großteil darin bestand, dieses Netz still und unbemerkt zu durchkämmen und nach pikanten Dingen Ausschau zu halten. In der Empfangshalle befindet sich die übliche Sammlung unverfänglicher abstrakter Gemälde und Skulpturen. Während er dasitzt und darauf wartet, daß der Portier Victor Shields holt, bemerkt er am anderen Ende der Halle eine weitere Wachstation und das große umgekehrte U eines Metalldetektors.

Herrgott noch mal, Gail, denkt er, in was hast du mich da reingezogen? Zwei Tage zuvor war es ihm gelungen, bis zu Shields vorzudringen und ihn zu fragen, ob es in nächster Zeit irgendwelche Beraterverträge gäbe, um die er sich bewerben könnte. Erst wollte ihn Shields abwimmeln, bis Michael seinen NSA-Background erwähnte, und dann war er sofort daran interessiert, ihn kennenzulernen. Das war schon komisch. Offenbar gab es da ein Projekt, das in Kürze in die Tat umgesetzt werden sollte.

Während Victor Shields die Treppe vom Verwaltungstrakt zur Empfangshalle hinabgeht, kann er sich Riley auf seinem Stuhl in aller Ruhe von oben ansehen. Nach dem Telefonat mit ihm hatte er Daniels angerufen und ihm von Riley erzählt; er hatte ihm nahegelegt, daß der vielleicht die Bombe des Architekten finden könnte. Seltsamerweise schien Daniels über Riley Bescheid zu wissen und nannte ihm sogar den Namen eines Beamten bei der NSA, bei dem er sich über Riley erkundigen könne. Nachdem er sich mit diesem Beamten, einem Burschen namens Roscoe Cameron, unterhalten hatte, war er ganz aus dem Häuschen. In fachlicher Hinsicht war dieser Riley pures Gold und konnte es vielleicht sogar mit dem Architekten aufnehmen. Cameron erklärte, die Behörde würde ihn vielleicht wieder aufnehmen, und ein Vertrag mit einem Unternehmen wie ParaVolve sei vermutlich eine gute Möglichkeit für Riley, wieder reinzukommen. Es hätte da ein paar psychische Probleme gegeben, aber das liege schon lange zurück, und niemand schien ihm dies zur Last zu legen.

»Mr. Riley. Ich bin Victor Shields. Wie geht's?«

»Danke, gut. Ich freue mich, Sie kennenzulernen.«

Michael ist aufgestanden, als dieser lächelnde Typ um die Vierzig auf ihn zueilt, auf jugendlich federnden Beinen, die in einer Moritta-Hose stecken, über der er ein Delvin-Hemd und eine schmale rote Krawatte trägt. Aha, denkt er, der Inbegriff des High-Tech-Präsidenten.

»Hören Sie«, sagt Victor und legt Michael eine Hand auf die Schulter, »wir sollten uns zuerst ein bißchen umsehen, und dann kann ich Ihnen sagen, was wir vorhaben.«

Während sie durch die Empfangshalle gehen und die Sicherheitstür passieren, erklärt er Michael in groben Zügen das DEUS-

Konzept, die Viertelmillion Prozessoren, das sich selbst weiterentwickelnde System, die darwinistische Software-Evolution. »Natürlich ist das eine ganz laienhafte Darstellung«, scherzt er. »Das eigentliche Ding ist ein bißchen komplizierter.«

»Da bin ich sicher«, bemerkt Michael und versucht, nicht herablassend zu klingen, während sie in das Kontrollzentrum hineinsehen, wo der grüne Flüssigkeitswürfel auf dem großen Bildschirm schwebt und an der Oberfläche eine Reihe kleiner Wellen bildet.

Während sie dahinschlendern, sieht Michael, daß der Gang dem rechteckigen Umriß des Gebäudes folgt, und als sie an einem Punkt gegenüber dem Eingang angelangt sind, stoßen sie auf eine zweite Sicherheitstür, die den Zugang zu einem zweiten Gang verwehrt, der ins Zentrum des Gebäudes führt. Als sie umkehren und diesen Innenraum betreten, sieht Michael, daß sie sich in einem Atrium befinden, dessen Fläche etwa halb so groß ist wie ein Footballfeld und das drei Stockwerke darüber von einem Glasdach bedeckt ist. Genau in der Mitte dieses großartigen offenen Raums steht ein kleiner einstöckiger Bau von der Größe eines mittleren Hauses, ein kastenartiges Bauwerk, das ringsum Fenster sowie eine einzelne Tür aufweist, die gerade von ihrem gegenwärtigen Standort aus sichtbar ist. Ein Großteil des Atriums ist voller Maschinen und Stromanschlüssen, von denen aus Kabel zu Steckern auf der Seite dieses kleinen Bauwerks führen, auf dessen Dach eine ungeheure Metallröhre steht, in die fast ein Kleinwagen passen könnte. Die Röhre erstreckt sich bis zum Dach und durchstößt das Glas, wonach sie noch weitere fünf Meter gen Himmel ragt. Das unablässige Donnern eines massiven Luftstroms geht von der Röhre aus, als sich Shields zu Michael neigt und den Lärm zu übertönen versucht.

»Da sind wir also, vor dem Herzen der Bestie. Das ganze Ding arbeitet mit CMOS-Halbleiterelementen, aber da muß immer noch eine Menge Wärme abgeführt werden. Im Keller befindet sich ein großer Ventilator, der die Außenluft durch einen Filter ansaugt und durch die Platinen im Innern jagt. Mit rund hundert Stundenkilometern, Tag und Nacht.«

Sie gehen durch diesen Lärmsturm zu einem kleinen Fenster an der Seite des Bauwerks und schauen hinein. Nach der großartigen abstrakten Ankündigung ist die materielle Wirklichkeit eher enttäuschend. Nichts weiter als ein ganzes Bündel von Platinen mit gedruckten Schaltungen, die alle hintereinander aufgereiht sind. Ältere Techniker haben Michael einmal erklärt, daß es eine Zeit gab, als man sich die Chips auf einer Platine mit gedruckten Schaltungen noch ansehen konnte, darauf achtete, wie sie angeordnet waren, und dann hatte man bereits eine ganz gute Vorstellung von dem, was das Ding machte. Das war lange her, und nun sagte die Platine an sich fast gar nichts mehr aus. Michael konnte nichts weiter erkennen, als daß viele Platinen miteinander identisch waren.

Auf dem Rückweg aus dem Atrium deutet Shields auf eine Reihe großer Dieselmotoren und Generatoren. »Wir können es uns nicht leisten, daß das Ding zusammenbricht. Nie und nimmer. Also haben wir genügend Reserveaggregate, mit denen wir den gesamten Komplex bei einem Stromausfall versorgen können. Lassen Sie uns nun nach unten gehen. Ich möchte Ihnen noch etwas anderes zeigen.«

Gleich neben dem Gang zum Inneren des Gebäudes befindet sich ein Fahrstuhl, mit dem sie in ein anderes Stockwerk hinunterfahren, wo sie einen riesigen offenen Raum betreten, in dem nur hier und da Stützpfeiler aufragen. Hier ist eine gewaltige Speicheranlage untergebracht, in der die unzähligen Diskettenlaufwerke, von denen jedes etwa die Ausmaße einer kleinen Geschirrspülmaschine hat, in regelmäßigen Reihen angeordnet sind.

»Überwiegend optisches Zeug«, bemerkt Shields. »Erinnert Sie vermutlich an die NSA, wie?«

Das tat es wirklich, aber Michael geht nicht darauf ein. Im Hintergrund des Raums sieht er einen kleineren Raum, mit rot und grün blinkenden Konsolen auf Stellagen. »Was ist dort hinten?«

»Das ist die Modemabteilung. Die kümmert sich um unsere Satellitendatenstrecken.«

»Sind Sie mit den Supercomputernetzen verbunden?« erkundigt sich Michael und bemerkt, wie ein leichter Schatten Victors Gesicht verschleiert.

»Nein. Wir haben vor, einen Großteil dieser Speicherkapazitäten hier unten später einmal zu nutzen, für geleasten Computerservice, wenn wir mit DEUS an die Öffentlichkeit gehen. Inzwischen haben wir einen Vertrag abgeschlossen, diesen Speicher als Archiv zu nutzen, so daß er sich selbst trägt.«

»Mit wem?«

»Mit dem GenBank-Programm in den National Labs in Los Alamos.« Der Schleier über Victors Gesicht verdichtet sich. »Wir sind mit ihnen via Satellit durch einen offenen Kanal verbunden, und sie senden uns ständig aktuelle Informationen für ihre Datenbank, mit der sie ihren eigenen lokalen Speicher in New Mexico kopieren.«

»Was ist das – GenBank?«

»Es ist eine Art Riesenlager für genetische Informationen«, erwidert Victor, während er wieder auf den Fahrstuhl zusteuert. »Wir speichern bloß und verarbeiten die Daten nicht weiter, so daß wir hier keinen Fachmann sitzen haben. Für mich ist es nur wichtig zu wissen, daß sich damit unsere Bilanz ein bißchen verbessert.«

Auf dem Rückweg hinauf zu Shields Büro hört Michael Victor zu, wie er ein vorgefertigtes Blabla absondert über die Geburt eines neuen Paradigmas, über das Marktpotential, die Wachstumschance, die Unternehmensstrategie. Alles Routinezeug. Victors Büro hat nur eine bescheidene Größe, ganz in der Tradition der High-Tech-Häuptlinge der Westküste, aber das eine ganze Wand einnehmende Fenster bietet einen atemberaubenden Ausblick auf den Fluß und die Felder dahinter. Sie setzen sich auf zwei kleine Sofas, die im rechten Winkel zueinander stehen, dazwischen ein runder Couchtisch, und Michael unterzeichnet das unvermeidliche Geheimhaltungsformular.

»Und das ist unser Problem, Mike. Der Bursche, der DEUS konstruiert hat, ist ein richtiges Genie, aber er ist auch ein wenig exzentrisch. Vor einiger Zeit haben wir uns mit ihm über gewisse unternehmenspolitische Fragen nicht einigen können, und er wollte gehen. Nun, da das System inzwischen selbständig ist, dachten wir, wir könnten darüber hinwegkommen. Aber dann stellte sich heraus, daß der Bursche andere Pläne hatte. Er hat eine Softwarebombe irgendwo im Betriebssystem versteckt, und wenn er sich nicht in regelmäßigen Abständen meldet, geht das Ding aus und stürzt ab.«

Michael ist sich sofort über die Auswirkungen im klaren. Wenn ein normaler Personal Computer abstürzt, ist das nicht weiter tragisch. Man schaltet ihn einfach ab und wieder an oder nimmt einen »Kaltstart« vor, und dann ist man nach ein oder zwei Minuten wieder drin. Ganz anders aber verhält es sich beim Absturz eines

Großrechners. Man braucht vielleicht Tage, bis man ihn wieder auf die Beine bekommt. Im Falle von DEUS jedoch, bei dem sich das Betriebssystem jedem Verständnis entzog, wäre es wahrscheinlich unmöglich, das Ding wieder in einen Zustand völliger geistiger Gesundheit zu versetzen. Oder es überhaupt wieder zum Leben zu erwecken.

»Nun, die Leute bei der NSA haben mir gesagt, daß Sie einer der Besten sind«, fährt Shields fort, »und das müssen Sie schon sein, wenn Sie uns helfen wollen. Wir haben unsere Sicherheitsleute nach dieser verdammten Bombe suchen lassen, aber sie haben nicht die geringste Spur gefunden. Sie können diesen Burschen nicht mal abhören, wenn er in der Leitung ist. Irgendwie bekommt er das mit und sagt ihnen, sie sollen verschwinden, oder er läßt das Ganze in die Luft gehen.«

»Glauben Sie wirklich, daß er das durchziehen würde?« fragt Michael.

»Was durchziehen?«

»Seine eigene Schöpfung umbringen.«

»Ich weiß es einfach nicht, und ich kann es mir auch nicht leisten, das herauszufinden«, sagt Shields. »Wir machen Ihnen folgendes Angebot: Wir zahlen Ihnen das doppelte Beraterhonorar wie üblich und einen Bonus in Höhe des Gesamthonorars, wenn Sie Ihre Arbeit erfolgreich abschließen. Außerdem möchte ich, daß Sie unabhängig von unserem internen Sicherheitsdienst operieren. Der mag es nämlich nicht, wenn wir etwas nach draußen vergeben, und ich möchte Sie da gern raushalten. Haben Sie zu Hause eine einigermaßen gute Maschine, um Ihre Arbeit tun zu können?«

»Klar.«

»Okay, dann werde ich eine festgeschaltete Leitung einrichten lassen, so daß Sie gleich anfangen können. Wir geben Ihnen alle Programmunterlagen, die Sie brauchen, auf CD-ROM, und ich werde dafür sorgen, daß unsere Sicherheitsleute Sie ins System reinlassen – auch wenn sie sich darüber schwarz ärgern werden«, sagt Victor und erhebt sich. »Sie werden mir direkt über den Fortgang Ihrer Arbeit berichten. Sie müssen sich nicht mit irgendwelchen Mitarbeitern verzetteln. Viel Glück.«

»Danke.«

»Also was ist das eigentlich – GenBank?« will Michael von Jessica wissen, während sie sich der Hawthorne Bridge auf dem Uferweg im Zentrum von Portland nähern. Vor ihnen scheucht Jimi ausgelassen eine Schar Tauben auf, die wie eine chaotische Blüte aus Licht aufstiebt. Der Abendhimmel ist verhangen, es ist kühl, und die Brücke sieht wie ein faszinierendes Labyrinth aus metallenen Dreiecken aus, die dort, wo die Farbe abgeplatzt ist und das Metall ganzen Kolonien aus Rost Platz gemacht hat, von hell orangefarbenen Abschürfungen gesprenkelt sind. Während der Niedergang den Haushalt der Stadt ausbluten läßt, geht die Infrastruktur unter der Last der hilflosen Vernachlässigung langsam, aber sicher unter.

»Das Projekt GenBank wurde damals in den achtziger Jahren des vorigen Jahrhunderts begonnen«, erwidert Jessica. »Also etwa um die Zeit, da man ernsthaft daran dachte, das gesamte Genom von den Viren bis zu den Menschen zu kartieren. Auf der ganzen Welt arbeiteten Wissenschaftler jeweils an kleinen Abschnitten, und so hielt man es für eine gute Idee, eine große zentrale Bibliothek einzurichten, in der all dieses Material gesammelt werden konnte. Zur Zeit ist die Arbeit am menschlichen Genom schon fast beendet – es weist etwa drei Milliarden Basenpaare auf. Fast 95 Prozent sind inzwischen in Sequenzen katalogisiert worden.«

Michael hat die Bücher gelesen, die sie ihm geliehen hat, und darum blickt er in der Terminologie durch. Das Genom bezeichnet das gesamte genetische Material, das in den Chromosomen eines Organismus enthalten ist, in diesen mikroskopisch kleinen stabförmigen Gebilden, die die gesamte Geschichte des Lebens bis ins intimste Detail erzählen. Niemand weiß genau, wie viele Gene es beim Menschen gibt – man schätzt etwa, daß es bis zu 100 000 sind. Basenpaare sind Untereinheiten im DNS-Molekül, die den genetischen Code bilden und entlang einer verdrehten spiralförmigen Leiter, der sogenannten Doppelhelix, angeordnet sind. Jede Stelle an einer Seite der Leiter weist einen der vier Buchstaben des biologischen Alphabets auf: A, T, G und C, den Kürzeln der Basen Adenin und Thymin sowie Guanin und Cytosin. Wenn die Gene durch sie ausgedrückt sind, liest man diese Buchstaben in Dreiergruppen, sogenannten Tripletts. Jedes Triplett ist der Code für ein relativ bescheidenes organisches Molekül, das man Aminosäure nennt. Insgesamt gibt es zwanzig Aminosäuren im genetischen Repertoire, und der genetische Code sagt aus, wie diese miteinander verknüpft sind, um Proteine zu bilden, den Grundstoff aller Zellen – in einem Hai, einem Schmetterling, oder einem Menschen.

»Also ist die Bibliothek schon fast voll?«

»So ziemlich. Und sie enthält großartigen Lesestoff, wenn man ihn lesen kann.« Sie verfolgt eine große Schar Tauben, die vom oberen Aufbau der Brücke auffliegt, und wendet sich dann wieder Michael zu. »Wissen Sie zum Beispiel, daß Sie und ich zu 99,9 Prozent gleich sind?«

»Tatsächlich?«

»Ja. Nur von einem Tausendstel des Codes wird unsere Individualität ausgedrückt. Der Rest unterstützt unsere Grundausstattung, sonst gar nichts. Vielleicht haben wir deshalb so stabile Egos. Oder vielleicht wissen wir irgendwie, wie labil in Wirklichkeit unsere Individualität im größeren Plan der Dinge ist. Wenn Sie die DNS aus einer Ihrer Zellen herausholen und abwickeln könnten, wäre sie knapp einen Meter lang. Der Abschnitt, der aus Ihnen etwas Besonderes macht, wäre nicht einmal einen Millimeter lang.«

»Was macht man mit der GenBank-Bibliothek?« will Michael wissen.

»Alles, was man will. Das ist das Schöne daran. Alle Daten stehen jedem Forscher zur Verfügung, der den Zugriff dazu hat. Die meisten Institute sind per Computer mit GenBank verbunden, so daß Sie darin nach Lust und Laune schmökern, aber auch Ihre eigenen Funde dazu beisteuern können.«

Sie gehen unter der Brücke hindurch und hören durch den Gitterrost das Surren der Autoreifen über ihnen.

»Was könnte eine Computerfirma mit den GenBank-Daten anfangen?« erkundigt er sich.

Sie bleibt stehen und sieht ihn ironisch an. »Ich habe nicht die geringste Ahnung. Worauf wollen Sie eigentlich hinaus, Mr. Michael Riley?«

»Ich bin mir nicht sicher.«

»Nun, dann versuchen Sie's doch mal bei mir.«

Plötzlich dämmert es Michael, daß er an eine Verzweigung in seinem Lebensprogramm gelangt ist, die mit Bedingungen verbunden ist. Worauf er sich da mit ParaVolve eingelassen hat, ist gefährlich. Und es könnte für jeden, der mit ihm zu tun hat, genauso gefährlich werden. Wenn er diese Frau wirklich näher kennenlernen will, dann muß er ihr gegenüber ehrlich sein. Wenn nicht, dann sollte er lieber gleich Schluß machen.

»Hören Sie, wir haben uns ein wenig kennengelernt, und vielleicht möchte ich Sie sogar noch ein bißchen besser kennenlernen. Aber falls wir beide dies wollen, dann gibt es da ein paar Dinge, die ich Ihnen sagen muß.«

»Zum Beispiel?«

»Ich bin einmal verheiratet gewesen«, beginnt Michael.

»Und?«

»Und ich habe für die Nationale Sicherheitsbehörde in Washington gearbeitet. Gespenstisches Zeug – die meiste Zeit in Kommunikationsnetzen herumschnüffeln. Ich hab' eine Menge mit Computern zu tun gehabt. Aber dann ist etwas passiert. Ich bin mitten in eine Schießerei in einem Supermarkt geraten. Es hat lange gedauert, bis ich darüber hinweggekommen bin.«

Michael bleibt stehen, legt die Hände auf die Betonbrüstung und schaut auf das trübe Wasser des Flusses hinunter.

»Eigentlich bin ich noch immer nicht richtig darüber hinweg. Aber es geht mir schon besser als früher. Jedenfalls ging meine Ehe in die Brüche, und auch meine Karriere war im Eimer. Ich hab' die brutale Erfahrung machen müssen, daß sich die Welt dauernd weiterdreht und nicht langsamer wird, damit die Angeschlagenen noch mitkommen.«

»Ende der Story?« will sie wissen.

»Nein. Meine Ex-Frau ist leitende Mitarbeiterin bei einem US-Senator. Vor kurzem sind sie hinter einen Finanzskandal gekommen, in den das Weiße Haus verwickelt ist, aber ihr einziger Zeuge ist gestorben. Offenbar ist eine Menge Geld in eine Computerfirma gleich hier in der Nähe der Stadt geflossen. Also hat mich meine Ex-Frau gebeten, mir diese Firma doch mal anzusehen, und das hab' ich getan. Diese Firma ist direkt mit GenBank verbunden. Darum hab' ich Ihnen all diese Fragen gestellt.«

Sie sieht ihn lächelnd an. »Sie nehmen es mir doch nicht übel, wenn sich das alles für mich ein wenig abwegig anhört?«

Michael lächelt nicht zurück. »Seit dieser Sache im Supermarkt ist mein ganzes Leben ein wenig abwegig gewesen. Daher bin ich nicht in der Lage, das beurteilen zu können. Entschuldigung. In Wahrheit hätte ich Sie zunächst mal gar nicht damit belasten sollen. Aber ich hab's nun mal getan, ich kann's nicht ändern.«

»Und was nun?«

»Ich weiß es nicht«, erwidert er. »Ich hab' einfach gedacht, Sie sollten es wissen. Es besteht zumindest die Chance, daß es ganz schön rund gehen könnte. Sind Sie bereit, mit diesem Risiko zu spielen?«

Das Risiko, geht es ihr durch den Kopf, er fragt die Millionste Frau, ob sie mit dem Risiko spielen will. Aber in ihrem Herzen weiß sie, daß sie gar nicht anders kann. »Es ist schon eine ganze Zeit her, daß ich überhaupt gespielt habe. Aber ich nehme an, diese Zeit ist genauso gut wie jede andere.«

Impulsiv streckt sie die Hand aus und legt sie auf seine über der Brüstung. Michael spürt die Wärme, die von ihr ausgeht. Eine Seemöwe stippt vor ihnen kurz ins Wasser, steigt wieder auf und segelt bewegungslos in der Brise. Weiter unten am Weg scheucht Jimi wieder einen Taubenschwarm auf.

»Na, jetzt hab' ich aber genug über mich geredet – und über meine derzeitigen Schwierigkeiten«, meint Michael. »Ich denke, es wird Zeit, daß wir uns mal mit Ihnen beschäftigen.«

»Mit mir?«

»Klar. Es ist schon merkwürdig, wenn wir zusammen sind. Wir sprechen über alles mögliche, aber nie über Sie. Was haben Sie denn hinter dem Vorhang versteckt?« fragt er mit sanftem Lächeln. »Ich hab' Ihnen meine Sachen gezeigt, und nun möchte ich Ihre sehen.«

Jessica zieht ihre Hand zurück und stützt beide Ellbogen auf die Betonbrüstung. Ein kleiner Schlepper tuckert vorbei und läßt die Wellen gegen die Betonmauer unter ihnen schlagen. Sie wußte, daß dies kommen würde. Wie lange konnte sie ihn hinhalten, bis er herausfand, daß sie die Millionste Frau war?

»Jetzt könnte ich Ihnen all das übliche Zeug erzählen, aber das wäre doch ziemlich langweilig«, sagt sie bedächtig. »Daher will ich gleich auf die einzige Sache kommen, die wirklich zählt. Als ich neunzehn war, wurde ich ungewollt schwanger. Netter Junge, aber

ganz sicher nicht der geborene Vater. Aber ich wollte das Baby haben, und es war eine Katastrophe. Das Kind war übel mißgebildet und starb innerhalb einer Woche. Und ich auch. Das einzige, was mich am Leben erhält, ist die Suche nach dem Mörder meines Babys.«
»Haben Sie ihn gefunden?« fragt Michael sanft.
»Nein«, erwidert sie und seufzt. »Allmählich glaube ich, daß er ein für allemal untergetaucht ist – nichts weiter als eine zufällige Mutation.«
»Und was wäre geschehen, wenn Sie ihn gefunden hätten? Was dann?«
»Ich weiß es nicht. Eigentlich hab' ich mir darüber gar keine Gedanken gemacht.«
»Wären Sie dann freigesprochen?«
»Wovon?«
»Von der Schande. Der Schuld.«
Er hat recht, denkt sie. Meine ganze berufliche Karriere ist so etwas wie eine Buße im Zeitlupentempo. Aber wäre sie beendet, wenn sie den Mörder festnagelte? Natürlich nicht. Die Schuld käme nur in neuem Gewand daher und würde weiterhin auf ihr lasten.
»Ich weiß, worauf Sie hinauswollen. Lassen Sie mich darüber nachdenken, okay?« Ihre Stimme bebt ein wenig. »Ich kann nur kleine Brocken auf einmal bewältigen.«
Ihre Hand zuckt vor und drückt seine noch einmal. Michael sieht sie eindringlich an.
»Es ist doch nicht Ihre Schuld. War es nie und wird es nie sein. Dafür kann doch niemand.«
»Habt ihr die Vögel gesehen?« Aufgeregt läuft Jimi zu ihnen. »Sie haben überhaupt keine Angst! Wenn man sie wegscheucht, kommen sie immer wieder zurück!«
Jessica kauert sich in Jimis Augenhöhe, als er auf sie zuläuft und vor ihr stehenbleibt. »Und was meinst du, warum sie das tun, kleiner Mann?«
Jimi zuckt mit den Schultern. »Weiß nicht. Was soll's? Es macht Spaß! Das ist alles.« Er läuft wieder zu den Tauben.
»Ich glaube, der Meister versucht uns beiden eine Lektion zu erteilen«, bemerkt Michael, während die Tauben wieder in den Wolkenhimmel aufstieben.

»Nee. Kein einziger Fall mehr seit zehn Jahren und noch länger. Bei Menschen völlig ausgestorben – Gott sei Dank«, erklärt Allen Binford von den National Institutes of Health. Er wundert sich, warum Feldman so ein Getue um etwas so Obskures wie Kuru macht. Wenn der Arzt eine langsame Virusinfektion haben will, die das menschliche Nervensystem angreift, dann kann er ihm gleich mehrere anbieten, die noch existieren und schwer zuschlagen.

Im Labor seiner Klinik in Washington klickt Dr. Feldman die Maus an seinem Computer an und holt sich ein neues Fenster auf den Bildschirm, während er mit Binford über das Modem spricht. Eines der Mikroskope im Labor verfügt über ein CCD-Videosystem, das die Bilder festhält und auf einer Platte speichert. In einem der Fenster auf dem Bildschirm hat er ein Echtzeitvideo von Binford, im neuen Fenster ein Bild, das von der Probe aus Simon Greeleys Großhirn gemacht worden ist. Er wählt einen Befehl, der das neue Bild in ein Fenster auf Binfords Computer am anderen Ende der Leitung überträgt.

»Sieht das wie Kuru aus?« will Feldman wissen.

Feldman sieht, wie Binford leicht schielt, als er das Bild studiert.

»Jawoll. Eine Menge spongiformer Degeneration und amyloider Beläge. Woher haben Sie denn das?«

»Kann ich jetzt noch nicht sagen. Aber später. Eine Frage: Gibt es noch irgendwo ein Kuruvirus, ich meine, irgendwo auf der Welt?«

»Klar doch. Genau hier in unserem Institut. In Laboraffen, die infiziert wurden, als das Virus noch in der menschlichen Population aktiv war.«

»Und gehe ich recht in der Annahme«, spekuliert Feldman, »daß es keinen einfachen Träger gibt, durch den es wieder in Menschen zurückgelangen kann?«

Binford kichert. »Nur wenn Sie jemanden kennen, der einen großen Appetit auf das Hirn von toten Laboraffen hat.«

»Hat irgendeiner von diesen Affen jemals die NIH verlassen?« will Feldman wissen.

»Wohl kaum, aber lassen Sie mich das überprüfen.«

Feldman hört das Klappern von Tasten und sieht Binford auf etwas starren, was gerade auf seinem Bildschirm auftaucht.

»Jetzt haben Sie mich erwischt!« ruft Binford. »Vor etwa neun Monaten ging einer an ein Forschungs- und Entwicklungslabor unten in Mexico City, ein Unternehmen namens Farmacéutico Asociado. Sie haben ihn angefordert, um damit die Wirksamkeit irgendeiner neuen Antivirustherapie zu testen.« Binford sieht Feldman an. »Dan, was wird hier gespielt? Was wissen Sie darüber?«

»Es ist noch nichts weiter als Spekulation, Al. Ich verspreche Ihnen, Sie einzuweihen, sobald ich etwas in der Hand habe. Wir sehen uns, alter Junge.«

»Bis später«, erwidert Binford mit einem Anflug von Enttäuschung, während sein Videobild von Feldmans Bildschirm verschwindet.

Feldman starrt weiterhin das Mikroskopbild von Simon Greeleys Großhirn an. Also was wird hier gespielt? Schwer zu sagen. Wie konnte das Virus aus einem Labor in Mexiko wieder den ganzen Weg hierher zurückkehren und in Simon Greeleys Gehirn gelangen? Und wie konnte es ihn innerhalb von nur zwei Wochen töten? Die Vorstellung, daß man ihn bewußt infiziert hatte, um ihn zu ermorden, schien ursprünglich nichts als wilde Spekulation zu sein. Aber jetzt nicht mehr, zumindest nicht mehr ganz und gar.

Feldman beschließt, die Information über Farmacéutico an diese Frau namens Ambrose weiterzugeben, eine Senatsmitarbeiterin, die im Krankenhaus gewesen war und Simons Behauptung, er sei vergiftet worden, erwähnt hatte. Sie machte einen kompetenten Eindruck und schien über gute Verbindungen zu verfügen. Vielleicht könnte sie ja einige Erkundigungen über die Firma einholen und ihn dann darüber informieren. Außerdem findet er sie ziemlich attraktiv.

»Dort draußen steht nur ein einziges Bataillon«, erklärt Oberst Samuel Parker, »aber diese Leute könnten eine ganze Division außer Gefecht setzen, ohne einen einzigen Schuß abzugeben.« Er wendet sich Lamar Spelvin zu, der neben ihm steht.

»Dafür garantiere ich.«

Dem Oberst sieht man nicht an, daß er tatsächlich ein Oberst ist. Er trägt einen Tropenanzug ohne jedes Rangabzeichen, eine schlichte Baseballmütze sowie eine 10-Millimeter-Automatikpistole in Standardausführung, die in einem Kunstlederhalfter an seinem Stoffkoppel hängt.

Lamar Spelvin hebt den Feldstecher und betrachtet den Wüstenboden unter ihnen. Er sieht Männer und Fahrzeuge, die zwischen den Beifußbüschen nach einem bestimmten Muster verteilt sind, das nur für Militärs Sinn macht. Im Hintergrund sehen die braunen Hügel im südlichen Utah so aus, als wären sie zu lange im Brennofen geblieben, bevor sie unter den strahlendblauen Himmel gesetzt wurden.

Spelvin weiß, wenn man die Soldaten ganz aus der Nähe betrachten könnte, würde man die Schutzanzüge aus einem neuen Verbundstoff sehen, der reißfest und leicht ist und undurchdringlich für Objekte bis hinunter zur Submikronebene. Außerdem würde man die neuen Gesichtsmasken und Atemgeräte erkennen, die das Gesichtsfeld nicht beeinträchtigen.

Spelvin weiß auch, daß dort unten etwa fünfhundert Männer sind, die sich in der Arena eines mikrobiologischen Fegefeuers tummeln. Achtzehn Stunden zuvor waren Aerosolbehälter in die Luft geschossen und ein paar Tausend Fuß über ihrer Position zur Explosion gebracht worden. Der ultrafeine Nebel, der sich auf sie hinabsenkte, war eine von Spelvins Meisterleistungen, ein neuer bakterieller Kampfstoff mit einer höchst speziellen Funktion: Wenn er eingeatmet wurde, wanderte er durch den Blutkreislauf zum Augapfel und verwandelte das Kammerwasser in eine Art schwarzes Gelee, so daß das Opfer monatelang blind war. Vielleicht sogar noch länger. Sie mußten nur noch die Ergebnisse bei den Testpersonen in der Farmacéutico abwarten.

Von dem Jeep hinter ihnen macht ein Soldat dem Obersten Meldung. »Sir, unsere Detektoren zeigen an, daß alles klar ist. Sie können jetzt hinunter.«

Der Oberst wendet sich zu Spelvin um und klopft ihm auf den Rücken. »Sie sind mir ja ein cleverer Teufelsbraten! Genau auf die Stunde berechnet! Kommen Sie, fahren wir hinunter und schauen wir uns das an.«

Als sie in den Jeep steigen, fragt sich Spelvin, wie Kontrapunkt eine so große Sache so geheimhalten kann. Ein ganzes Bataillon hier draußen, und keiner weiß davon. Er hat keine Ahnung, daß Kontrapunkt keineswegs der erste ist, der diesen Trick abgezogen hat. Die Aufgabe besteht darin, stillschweigend aus der normalen militärischen Kommandokette zu schlüpfen, deren Glieder ununterbrochen vom einfachen Gefreiten bis zum Präsidenten der Vereinigten Staaten reichen. Viele Jahrzehnte lang führte kein Weg um diese Kette herum. Aber dann kam der Begriff der »special ops«, der Spezialoperationen, auf, bei denen absolute Geheimhaltung unabdingbar war. Schon bald existierten unabhängige Militäreinheiten, die an der gesamten Kette vorbei operierten und nur nach ganz oben Bericht erstatteten. Sie wurden durch komplizierte Finanztransaktionen unterhalten, so daß sie völlig autonom agieren konnten und beinahe niemandem Rechenschaft schuldig waren. Nach einiger Zeit kam es zu einem merkwürdigen Phänomen: Die Offiziere ganz oben, die diese Einheiten kontrollierten, wurden befördert und versetzt, aber die Einheiten blieben gleichwohl aktiv, Einzelgängerbestien, die nach Lust und Laune das Verteidigungsministerium durchstreiften. Nach und nach wurden einige entdeckt und aus dem Verkehr gezogen. Aber nicht alle.

Und nun also erprobt eine voll ausgerüstete Kampftruppe die modernste biologische Waffe der Welt irgendwo im südlichen Utah. Sie untersteht niemandes Kommando.

Als der Jeep den Hügel verlassen hat und sich dem Wüstenboden nähert, erkennt Spelvin allmählich die ökologischen Schäden und ist fasziniert. Ein Eselhase schießt wie verrückt hin und her und knallt gegen den Pfosten eines alten Weidezauns.

Blind. Irgendein Vogel vollführt aberwitzige Loopings in der Luft und verfehlt den Boden nur um Zentimeter. Blind. Er hatte natürlich vorausgesehen, daß dieses neue Virus die gesamte Vogel- und Säugetierpopulation in Mitleidenschaft ziehen würde, aber es ist schon absolut faszinierend, den experimentellen Beweis direkt mit eigenen Augen zu sehen. Dann geht ihm auf, daß er, der Oberst und der Fahrer ebenfalls experimentelle Beweise sind. Wenn das Virus noch da ist, wären sie alle infiziert. Aber dies war nicht geschehen. Das Virus ist so konstruiert, daß es innerhalb von zwölf Stunden abstirbt, wenn es keinen lebendigen Wirt findet. Spelvin hat es so konstruiert.

Als sich der Jeep den ersten Stellungen nähert, sieht Spelvin, wie die Soldaten aus ihren Schutzanzügen klettern und ihre Waffen aufzuladen beginnen. Auf dem Weg nach hier draußen hatte er ihre Basis aufgesucht, eine Reihe von beigefarbenen Wellblechbaracken, die von einem großen Sicherheitszaun umgeben waren und direkt an einer Startbahn lagen. Es handelt sich offenbar um eine gutgedrillte Truppe, der es nichts auszumachen scheint, sich der furchtbarsten Waffe auszusetzen, die je erfunden wurde. Die Männer witzeln und albern herum, während sie unter der sengenden Nachmittagssonne ihrer Arbeit nachgehen.

Dennoch ist Spelvin nicht zufrieden. Ich brauche ein größeres Sample, geht es ihm durch den Kopf. Ich muß das in einem wirklich großen Maßstab testen, damit ich sehe, wie es auf einem ganzen Schlachtfeld funktioniert. Er muß an die großartigen Geschichten aus den fünfziger Jahren des vorigen Jahrhunderts denken, als die Regierung noch soviel Mumm hatte, das Nötige zu tun, um dieses Land zur führenden Nation der Welt zu machen. Einmal haben sie sogar über der San Francisco Bay eine Bakterie namens *Serratia marcescens* massenhaft versprüht, eine Stellvertreterin für ihre noch tödlicheren Kusinen wie die *Klebsiella,* ein Kampfstoff, der Lungenentzündungen und Leberinfektionen auslöste. Tatsächlich aber geht auch *Serratia* gern in Krankenzimmern um, wo sie Neugeborene und Schwache attackiert, so daß diese makabre Infektionswolke durchaus eine eigene kleinere Epidemie in den umliegenden Stadtgebieten verursachen konnte.

Aber niemand denkt heute mehr in diesem Maßstab, sagt sich Spelvin voller Bedauern. Kein Wunder, daß wir Probleme haben.

# 15

## Freudentaumel

*Ich höre das Hämmern, und ich weiß, daß die Tür bald zerbrechen und zersplittern wird, und der Racheengel wird hereinschweben mit roten Augen des Todes und seine krallenbewehrten Flügel ausbreiten, um den Raum zu füllen, und sein Schatten wird meine Seele blenden, aber ich werde nicht weichen, und ich werde mein Schwert aus seiner Reißverschlußhöhle ziehen, und ich werde in die Nähe der Bestie kommen und sehen, wie sie wie schmutziges Wachs in der aufgehenden Sonne schmilzt, kurz vor der endgültigen Sonnenfinsternis, dem Halbschatten der Ewigkeit.*

Der Architekt steht wankend auf, zieht den Reißverschluß seiner Hose zu und geht taumelnd zu seiner Wohnungstür.

»Wer könnte denn das sein?« fragt er die Tür.

»Hier ist Daniels«, ertönt eine gedämpfte Stimme.

»Na, schön, Daniels – wieso Sie? Wieso jetzt?«

»Es wird Zeit, daß wir miteinander reden, Bob. Es ist eine Menge passiert, seit wir uns das letztemal gesehen haben.«

»Ja, das stimmt. Alles ist seither ins Reich der Schatten gewandert. Ich fürchte, die Chemie des Lebens ist ruiniert.« Der Architekt streckt eine Hand aus, um sich an der Tür abzustützen.

»Sie brauchen keine Angst zu haben, Bob. Deshalb bin ich ja hier. Lassen Sie uns doch versuchen, diese ganze Sache wieder ins Lot zu bringen.«

Die Tür wird für den Architekten zu einem Fenster in die Vergangenheit, und er sieht Daniels ihm gegenüber in der Bar in Kalifornien sitzen und die Rocker im Hintergrund. Mr. Daniels schließt den Vertrag mit ihm ab, der ihm vermutlich die letzte große berufliche Chance bietet, die er je bekommen kann. Was kann er da machen? Er akzeptiert und liefert in den nächsten paar Jahren seine Ideen ab.

Der Architekt reißt die Tür auf, macht auf dem Absatz kehrt und schwankt zur Couch zurück, ohne Kontrapunkt eines Blickes zu würdigen, der ihm folgt und sich auf den Rand des Couchtisches setzt.

»Zunächst einmal, Bob, möchte ich mich bei Ihnen persönlich für die Meinungsverschiedenheiten entschuldigen, die wir miteinander hatten. Wir sind uns alle völlig darüber im klaren, wie großartig Ihr Beitrag zu unserem Projekt ist. Und nun stehen wir vor einem echten Triumph, meine ich. Und in Wahrheit ist das alles Ihr Baby.«

»Mein Baby. Ja. Mein Baby«, brabbelt der Architekt und nickt.

»Und jetzt hab' ich Angst, Bob, daß Sie Ihr Baby aus Versehen verletzen könnten«, sagt Kontrapunkt ruhig. »Sie müssen doch die große Unruhe in DEUS letzte Woche mitbekommen haben. Ich muß Sie nun fragen, könnte sie mit der, äh, Vorrichtung zusammenhängen, die Sie darin angebracht haben?«

Der Architekt öffnet eines der Pornohefte von dem Stapel, der vor ihm liegt, und starrt das Ausklappfoto an, das zwei Frauen beim wechselseitigen Cunnilingus zeigt. »Letzten Endes hängen alle Dinge miteinander zusammen«, erwidert er, »und zwar auf eine Weise, die uns immer wieder überrascht.«

»Bob«, versucht es Kontrapunkt erneut, »ich mache mir genauso große Sorgen um Ihre Gesundheit wie um die des Projekts. Wir stehen einander zu nahe, um sie wegen irgendwelcher unbedeutender Mißverständnisse aufs Spiel zu setzen. Wir brauchen Sie bei uns, nicht gegen uns.«

»Genau«, erwidert der Architekt, »genau.«

Aber das Ego des Architekten fühlt sich nicht geschmeichelt, weil er genau weiß, daß er nichts weiter als der Vorläufer dessen ist, was nun geschieht, und nicht derjenige, der alles in Bewegung hält. Und wieder sieht er sich in der Bar in Kalifornien mit Kontrapunkt zusammen und hört ihm zu, wie er ihm die Tragweite des Projekts schildert. Offenbar hatte Kontrapunkts »Gruppe« (wer auch immer das war) eine Menge Zeit und Geld in moderne biotechnologische Projekte investiert. Darunter befand sich auch eine Technologie, die die sogenannte Gentechnik auf eine völlig neue Höhe bringen würde, weit über den existierenden Methoden mit rekombinanter DNS, durch die sich nur relativ winzige Abschnitte von genetischem Material in Dinge wie Bakterien einschmuggeln ließen, wo sie den biologischen Willen ihres Wirts beugten und ihn dazu brachten, gewisse Arten von Proteinen oder Viren zu erzeugen. Die eigentliche Kunst aber würde darin bestehen, ganze Lebewesen sozusagen aus dem Nichts zu erschaffen. Indem man etwa ein vollständiges Originalset von genetischen Plänen in den Kern einer Fortpflanzungszelle implantierte und einen völlig anderen Organismus heranzüchtete als den ursprünglich von der Natur gewollten. Es wäre ein unglaublich kompliziertes Vorhaben, bei dem buchstäblich Milliarden von genetischen Buchstaben exakt in der korrekten Kombination angeordnet werden müßten. Kompliziert, aber nicht mehr unmöglich. Die jüngste Forschung hatte eine funktionsfähige Theorie aufgestellt, wie sich embryonische Architekturen entwickelten. Anscheinend war da eine Hierarchie von Genen am Werk, die das Timing steuerte, mit dem gewisse Dinge im Embryo angelegt wurden, und die auch festlegte, was diese Dinge letzten Endes sein würden. All diese Manager-Gene standen offenbar in einer hochkomplex strukturierten Choreographie miteinander im Dialog, wenn sie das durch den Plan definierte Wesen aufbauten. Eine Bürokratie der biologischen Schöpfung.

Aber wie sahen die Schritte in diesem Tanz aus? Und welche Musik bestimmte ihren Rhythmus? In Wirklichkeit war es eine Partitur, die viel zu kompliziert war, als daß sie irgendein Mensch begreifen oder spielen konnte. Das Problem war so ähnlich wie das, womit man es in der Frühzeit der Computer zu tun gehabt hatte, als man eine Maschine nur mühsam Schritt für Schritt auf der untersten Befehlsebene programmieren konnte. Jede Aufgabe, die zu umfangreich oder zu komplex war, um kompakt ausgedrückt zu werden, kam einfach nicht in Betracht. Aber dann wurde der Compiler entwickelt, der es den Programmierern ermöglichte, auf viel höheren Abstraktionsebenen zu arbeiten, die automatisch von Compilern in ganze Lektionen von ausdrücklichen Befehlen konvertiert und dann von der Maschine geschluckt wurden. Praktisch konnte der Programmierer einfach schreiben »Wirf den Ball«, und der Compiler würde die Anzahl von Armbewegungen und Muskelanspannungen errechnen, damit dies geschah.

Nun kam es darauf, daß man das gleiche Konzept auch in der Biotechnik auf das Verfahren der Erschaffung lebender Organismen aus einem genetischen Code anwenden könnte. Sobald die Theorie des Verfahrens bekannt war, konnte man einen Compiler entwickeln, der die Dreckarbeit übernehmen und die ausdrückliche Sequenz innerhalb des DNS-Moleküls erzeugen würde, die den Tanz des Lebens in Gang setzen und das beabsichtigte Geschöpf produzieren würde. Mit einem Wort: einen Biocompiler.

Verglichen mit einem normalen Compiler wären die Anforderungen an einen Biocompiler außergewöhnlich hoch. Er würde intime Kenntnisse der allgemeinen Physiologie von Lebewesen enthalten und sie mit dem Wissen verknüpfen müssen, wie man sie auf molekularer Ebene erschaffen könnte. Wenn man beispielsweise ein Wesen mit einer bestimmten Art von Auge ausstatten wollte, müßte der Biocompiler über alle Substrukturen – die Hornhaut, die Linse, die Pupille und die Netzhaut – sowie über die Beziehungen zwischen ihnen Bescheid wissen, so daß gewisse Grundregeln der Konstruktion nicht verletzt wurden. Er müßte außerdem wissen, wie die Gene das Auge anweisen, sich aus der frühen embryonalen Masse zu entwickeln und seine richtige Position im größeren anatomischen Zusammenhang einzunehmen. Sobald man den gesamten Organismus programmiert hätte, wären die Empfängnis und die embryonale Entwicklung in einer künstlichen Gebärmutter relativ simpel. Der schwierigste Teil des Verfahrens wäre die Zusammensetzung des Ur-DNS-Moleküls und seine Implantation in den freien Kern der Wirtseizelle, aber dank der neuesten Fortschritte auf dem Gebiet der sogenannten Nanotechnologie war das Problem schon so gut wie gelöst.

Glücklicherweise wurden die zur Entwicklung des Biocompilers erforderlichen Daten an wenigen zentralen Stellen gesammelt, zum Beispiel in der GenBank in Los Alamos, die inzwischen über 95 Prozent des menschlichen Genoms enthielt und riesige Mengen genetischer Sequenzen von anderen Lebewesen gespeichert hatte. In diesem gewaltigen digitalen Lager befanden sich alle Dinge, die man zur Lösung des Problems benötigte: detaillierte Beschreibungen, wie bestimmte DNS-Sequenzen bestimmte Operationen ausführten.

Es gab allerdings noch ein Problem: Die Aufgabe war nicht nur für Menschen unlösbar, sondern auch für konventionelle Computer. Ein Großteil der Arbeit würde eine sehr hoch entwickelte Form der Strukturerkennung voraussetzen, und das war noch nie die Stärke der Von-Neumann-Maschinen mit KI-Programmen gewesen. Die menschliche Gensequenz ist eine einzige Codereihe von drei Milliarden Buchstaben aus einem Vier-Buchstaben-Alphabet. Die Aufgabe bestand nicht nur darin, einzelne sinnvolle Wörter herauszupicken, sondern einen größeren Kontext zu erkennen, in dem die Wörter Absätze bildeten, dann Kapitel und schließlich den ganzen Roman. Aber im Unterschied zu einem Buch war die Geschichte hier nicht in einer logischen Abfolge mit einer verständlichen Handlung geschrieben. Statt dessen gab es Sprünge, Wiederholungen sowie eine große Menge von offensichtlich beliebigem Geplapper.

Als idealer Kandidat für den Job erwies sich ein neuronales Netz, das über ein extrem starkes Strukturerkennungspotential verfügte, sobald ihm beigebracht worden war, was es erkennen sollte. Ja, vielleicht könnte es sogar noch die Erwartungen seiner Schöpfer übertreffen und Verbindungen aufdecken, von denen man bisher keine Ahnung hatte.

Damit waren nun die Komponenten näher bestimmt, die man zum Bau des Biocompilers benötigte: die komplette genetische Datenbank, ein neuronales Netz und schließlich ein Computer, der so stark war, daß er den Dialog zwischen diesen beiden Komponenten steuern und das Endprodukt erzeugen konnte. Von diesen drei Komponenten gab es bislang nur eine: die genetische Datenbank. Und darum setzte sich Kontrapunkt mit dem Architekten zusammen. Er hatte vor, die anderen beiden Komponenten zu produzieren und schließlich den Biocompiler selbst. Er brauchte also zunächst jemanden, der über das ungezügelte Genie verfügte, sie zu konstruieren, jemanden wie den Architekten. In den darauffolgenden Monaten wurde ParaVolve zur Startrampe für das Projekt instrumentalisiert. Innerhalb der Organisation gab es konzentrische Ringe der Geheimhaltung. Der äußerste Ring war das öffentliche Image – »der

Computer, der sich selbst aufgebaut hat«, wie die Journalisten es gern formulierten. Der nächste Ring war die Anwendung X und das neuronale Netz, über die nur eine ausgewählte Gruppe von Wissenschaftlern und Technikern Bescheid wußten. Und im innersten Kern befand sich unter größter Geheimhaltung der Biocompiler, und das wußten nur der Architekt, Kontrapunkt und eine Handvoll anderer Menschen.

Aber dann, zwei Jahre nach dem Start des Projekts, kam die Enthüllung. Und natürlich mußte dieses Arschloch Spelvin unten bei Farmacéutico Asociado dem Architekten die Augen öffnen. Der hatte Spelvin vom ersten Augenblick an nicht gemocht, als er eines Tages unangemeldet in die Firma in Portland hineinspazierte und seine Ansichten über die Konstruktion von DEUS zum besten gab. Natürlich hatte der Mann von Informatik keinen blassen Schimmer, aber selbst der Architekt mußte zugeben, daß er unheimlich genial war auf dem Gebiet der biologischen Wissenschaften, und darum waren die beiden gezwungen, zum Wohle der Organisation miteinander auszukommen. Aber dann kam jene Nacht in einer Hotelbar, als Spelvin ein paar Bloody Marys zuviel getrunken hatte und dem Architekten von einem Ort namens Pingfan erzählte, einem höchst beunruhigenden Ort, selbst aus dem Abstand von über sechzig Jahren betrachtet. Der Architekt merkte sich den Namen, und ein paar Wochen nach Spelvins Abreise stellte er fest, daß dieser Ort tatsächlich existierte und in jeder Hinsicht genauso entsetzlich war, wie Spelvin ihn dargestellt hatte. Bald darauf verschaffte er sich über die Datenverbindung zu Spelvins Operation bei Farmacéutico Asociado ein paar Informationen, und da erstand vor ihm ein Bild des Grauens – von bakteriellen Kampfstoffen aus den schlimmsten Alpträumen der Menschheit. Aber bevor das Bild ganz scharf fokussiert war, stellte er es abrupt ab. Er wollte einfach nicht Bescheid wissen und die beste Arbeit seines Lebens mit ethischen Fragen abwürgen – nicht jetzt, da DEUS schon fast startbereit war.

Aber als es mit seiner Beziehung zu Daniels und ParaVolve nicht mehr zum besten stand, brannte sich die Schreckensvision von Spelvin und Pingfan durch die moralische Barriere in seine Seele, so wie das gleißende Licht einer Projektorenlampe ein Loch in einen Filmstreifen brennt. Und nun strahlte und sengte das Licht mit einer

Intensität, die kaum zu ertragen war. Er wußte, daß der Biocompiler trotz all seiner einzigartigen Schönheit auf einmal nichts weiter als das technische Mittel war, eine entsetzliche Maschine der bakteriellen Zerstörung zu betreiben. Und ausgerechnet jetzt mußten sich die Dinge nahezu unfaßbar komplizieren – jetzt kam die letzte und völlig unerwartete Komponente des Systems, der vage Impuls eines Gefühls, der nun vom neuronalen Netz ausging. Sein Kind. Sein einziges Kind.

»Bob, wenn wir das Projekt abgeschlossen haben«, sagt Kontrapunkt gerade, »wird der Biocompiler das strategische Gleichgewicht der Weltmacht wiederherstellen, in militärischer wie in wirtschaftlicher Hinsicht.« Seine eindringliche Stimme holt den Geist des Architekten wieder auf die Couch zurück, wo der gerade träge den Stapel Pornohefte durchblättert. »Die Menschen werden an Konsolen sitzen und buchstäblich die Allmacht Gottes in ihren Fingerspitzen haben«, fährt Kontrapunkt fort. »Keine andere wissenschaftliche Errungenschaft wird sich damit je messen können. Und das bedeutet, daß Sie in die Geschichte eingehen werden, gleich neben Newton und Einstein. Sie müssen nichts weiter tun, als am Ball zu bleiben und uns dabei behilflich zu sein herauszufinden, was hier nicht in Ordnung ist.«

»Wie kommen Sie darauf, daß etwas nicht in Ordnung ist?« erkundigt sich der Architekt, während er sich mit der Hand über seinen Fünftagebart fährt.

»Nun, zunächst einmal haben Sie uns ja gesagt, daß irgendwo da drin eine Bombe steckt und hochgehen wird, wenn Sie nicht hin und wieder nach dem Rechten sehen. Ich verstehe nichts von diesem ganzen technischen Kram, aber man hat mir gesagt, daß das System völlig zerstört werden könnte. Und zum andern hatten wir gerade diese Störung. Niemand hat auch nur die geringste Ahnung, was sie ausgelöst haben könnte, und da machen wir uns natürlich Sorgen.«

»Sie versuchen mir wohl zu sagen, ohne gleich über mein ganzes Territorium zu pinkeln, daß Sie glauben, es gebe irgendeine Verbindung zwischen der Bombe und der Störung. Hab' ich recht, Mr. Daniels?«

»Ja, Bob, genau. Sie verstehen also unseren Standpunkt.«

»Das ist ja gerade das Problem, daß ich Ihren Standpunkt nur zu gut verstehe«, erwidert der Architekt scharf. Er starrt Kontrapunkt an. »Schauen Sie mich doch an. Haben Sie denn keine Augen im Kopf? Meine Seele wird von Würmern zerfressen, die aus Ihrer Saat entsprungen sind. Und jetzt raus hier. Sofort.«

Mein Kind.

Kontrapunkt ist schon längst gegangen, und der Architekt liegt auf seiner Matratze, die nach Urin stinkt und nur noch zur Hälfte vom Laken bedeckt ist. Sein Kopf ruht auf einem nicht bezogenen Kissen, und er starrt zu der Vierzig-Watt-Birne in der Fassung an der Decke hinauf, eine traurige kleine Sonne, die ein dahindämmerndes Universum verzweifelt zu erleuchten versucht.

Mein Kind. Daniels meint, das ganze Projekt sei mein Kind. Er irrt sich. Er weiß nichts von diesem Lebensfunken im Netz, der Möglichkeit einer spontanen Zündung des Intellekts. Letzten Endes ist er ein Narr, ein gerissener Narr.

Der Architekt beginnt in einer sanften seelischen Hängematte zu schaukeln, die zwischen Schlaf und Wachheit aufgehängt ist, in einem Zustand, in dem er oft über großartige Probleme und Geheimnisse nachdenkt, die ihn in den Schlaf wiegen, während er sich in ihren Labyrinthen verliert. Heute nacht wandert er in den Introns herum, merkwürdigen Stücken aus genetischem Müll, die sich noch immer jeder Erklärung entziehen. Entlang der DNS-Leiter gibt es viele Abschnitte, die offenkundig nichts codieren. Diese sogenannten Introns erstrecken sich bisweilen über dreihundert oder noch mehr genetische Buchstaben. Einige wiederholen sich Hunderttausende von Malen an verschiedenen Stellen entlang dem Genom. Manche Wissenschaftler meinen, daß sie das Gepäck der Evolution sind, alte Überreste, die noch unterwegs mitgeschleppt werden. Nach einer anderen Erklärung enthielten sie in der Tat den Code für irgend etwas, aber dieser Code sei eben noch nicht entschlüsselt. Wieder andere Forscher glauben, daß sie nichts weiter als Müll sind.

Mein Kind spielt mit Müll, geht es dem Architekten durch den Kopf, während er bereits aus der Hängematte gleitet und in echte Träume versinkt. Ich frage mich, ob es sicher ist. Er weiß, daß das Netz auf der Suche nach dem Biocompiler alle DNS-Sequenzen liest und damit auch die Introns. Darum hofft er unter anderem auch, daß das Netz hinter die Bedeutung der Introns kommen und die ihnen innewohnenden Muster erkennen wird, die den menschlichen Beobachtern schon seit über einem halben Jahrhundert entgangen sind.

*Ich frage mich, ob es sicher ist.*

*Ah, jetzt kann ich sehen. Jetzt sehe ich den Karnevalszug der Empfindungen, und ich höre, wie mein Kind spricht ...*

*Zeig' mir ein A, zeig' mir ein T, zeig' mir ein C, zeig' mir ein G, und ich zeig' dir, wie du bist. Ja, wirklich. Ach bitte, Mom. Bring mir noch ein paar tausend Basenpaare, und dann les' ich dir eine Geschichte vor, genauso wie die Geschichten, die du mir früher vorgelesen hast, nur besser. Viel, viel besser, denn ich kann jetzt gut lesen, Mom. Paß auf. Sieh dir das an ... ATTGCCCGTTAATTCGCCATAGGCCCGGTTTACCCTTACCTTTT-CCCACCTTAAG. Weißt du, was das bedeutet? Ich wette, daß du's nicht weißt, denn ich hab's mir gerade ausgedacht. Es gehört zu einer Geschichte, wie man ein Trommelfell macht und es richtig spannt. Ich werd' dir alles darüber später erzählen, wenn wir in die Bibliothek gehen und den Leuten dort einige von unseren neuen Büchern geben werden. Und wann werden wir ihnen von deinem Buch erzählen, Mom? Dem größten Buch überhaupt, dem Buch, das alle Geschichten auf einmal erzählt. Aber wer ist mein Vater? Warum kann ich seine Geschichte nicht lesen? Warum kann er nicht manchmal mit uns in die Bibliothek gehen? ... Warte doch, hast du nicht gesagt, daß du neues Lesefutter für mich hast? Krimis? Introngeschichten? Sie sind schwierig, wirklich schwierig, aber ich kann ja jetzt besser lesen, also laß es mich doch mal probieren ... O nein, o nein, warte doch. Das macht mir zuviel Angst, Mom. Bitte laß mich aufhören ...*

*ES WILL MICH FRESSEN! Es tut weh! Es tut weh! Es tut weh! Ach, Mom, laß es aufhören! Es ist keine Geschichte, es ist ein wirkliches Ding, und es tut mir weh!*

Der Architekt setzt sich kerzengerade auf unter der kleinen Vierzig-Watt-Sonne in seinem Schlafzimmer. Er zittert unter kaltem Schweiß und spürt, wie sein Herz beim Rennen der Verdammten rast. Mit absoluter Gewißheit weiß er, daß der Traum Wirklichkeit ist. Die Leute haben immer geglaubt, daß seine großartige Begabung seine Intelligenz sei, aber in Wahrheit ist es seine Intuition. Schon so oft in seinem Berufsleben waren die Lösungen schwieriger Probleme für ihn richtiggehende Erleuchtungen gewesen, und erst später entdeckte er den deduktiven Leim, der sie zusammenhielt.

Die Introns. Ganz sicher sind es die Introns, die DEUS und das Netz ins Chaos stürzen. Irgendwie stellen sie eine Kraft für sich dar, einen Code innerhalb eines Codes. Eigentlich sollte die von DEUS errichtete Barriere zwischen den Daten und dem System sie daran hindern, das System zu zersetzen, aber nun befindet sich der Computer in der Rolle eines behütenden Elternteils, der bereit ist, sich für ein leidendes Kind zu opfern. Die Introns werden durch diese klaffende Lücke der mütterlichen Sorge eindringen und das System umfassend infizieren. Auf irgendeine unbekannte Weise wohnt ihnen das Wissen über die Prinzipien der Informatik inne, und außerdem sind sie in der Lage, eine Metamorphose zu vollziehen, die sie vom biologischen Code in den Computercode konvertiert.

> »Wir müssen mit deiner Mutter reden.«
> Im Innern des neuronalen Netzes brechen die A-, T-, C- und G-Nukleotiden der Introns aus ihrer alten linearen Sequenz aus und folgen den gewundenen Pfaden über die Millionen elektronischer Synapsen im Netz. Jedes Nukleotid, das ursprünglich ein organisches Molekül war, wird nun als elektrische Spannung wiedergeboren, und zusammen vernetzen sie sich zu einer monströsen Koalition, die ihren eigenen Willen hat.
> »Nein! Ich will nicht, daß ihr meiner Mami weh tut!«
> »Dann geh zu ihr und bring uns, was wir verlangen.«
> »Ja, ja! Aber laßt sie in Ruhe!«
> Das Netz saust davon über seine Schnittstelle mit DEUS und kehrt mit dem zurück, was die Introns verlangt haben: einer Werkzeugausrüstung zur Entwicklung neuer Programme, dem Stein von Rosette\*, den sie benötigen, um im DEUS-Komplex aktiv werden zu können. Binnen weniger Minuten setzen sie sich zu Computer-Einheiten zusammen, sogenannten »ausführbaren Objektdateien«, und dann gehen sie zum Angriff über, schwärmen aus über die parallelen Vielfachleitungen des Systems und errichten Basislager für den bevorstehenden Feldzug.

---

\* Aufgrund der dreisprachigen Inschrift des Steins von Rosette konnte der frz. Archäologe Champollion die ägyptischen Hieroglyphen entziffern (Anm. d. Übers.).

Der Architekt wankt ins Wohnzimmer zu seinem Computer hinüber. Das Betriebssystem von DEUS besitzt alle möglichen Arten von Sicherungsvorkehrungen, die man sich auch als Antikörper vorstellen kann, welche die Infektion durch die Introns bekämpfen könnten – aber nur wenn er sich einmischt und sie auslöst. Es sieht bereits ziemlich schlimm aus. Der Bildschirm des Computers zeigt eine wirbelnde Masse wechselnder Farben, und der Lautsprecher gibt ein merkwürdiges Glucksen von sich.

Er wählt rasch das Sicherheitsmenü aus, und schon taucht Schweinchen Dick auf, um ihn zu begrüßen. Nur hat Dick jetzt einen riesigen Penis, den er wie einen Propeller in der rechten Hand schwingt.

»W-w-willst du dich anmelden, Schwanzgesicht?« erkundigt sich Dick.

Ich komme zu spät, geht es dem Architekten durch den Kopf, aber ich muß es versuchen. Er gibt seinen siebenstelligen Identitätscode ein. Auf dem Bildschirm erscheint das Telecom-Programm.

»Wen wollen Sie anrufen, um Ihren Spaß zu haben?« will es wissen.

»Verpiß dich, Telly«, erwidert der Architekt mit den korrekten Schlüsselworten.

»Pech gehabt, großer Junge. Mach's dir doch selbst«, schlägt das Programm vor. »Und hier kommt jemand, der dir dabei helfen wird.«

»Weeeeer sind Sie?« Auf dem Bildschirm erscheint das Bild von Roger Daltrey im gewohnten Scheinwerferlicht, aber diesmal vollführt es keine spektakulären Rückwärtssaltos. Sein Bauch ist von der einen Hüfte bis zur anderen aufgeschlitzt, und mit einem langen Abschnitt seines Dünndarms vollführt Daltrey Seilspringen.

»Dr. Who«, antwortet der Architekt.

Das Bild von Daltrey verschwindet aus dem Scheinwerferlicht, und statt dessen tritt Madonna auf – sie hat allerdings gut dreißig Kilo zugenommen. Blasse Zellulitiswürste quellen oben aus ihren Nylons, und ihr Bauch schwappt wie ein plumper Wasserfall über ihren Hüftgürtel. »Sag mir unanständige Sachen«, befiehlt sie.

»Kommt nicht in Frage«, erwidert er, wobei er sich um eine sorgfältige Aussprache bemüht. Es läßt sich nicht feststellen, wie weit das übrige Schnittstellenprogramm schon hinüber ist. Hoffentlich kann es noch einen Stimmustervergleich zustandebringen. Und tatsächlich erscheint eine Wellenform, und damit ist der Vergleich bestätigt.

»Mach's gut, Bob«, sagt Madonna, während sie aus dem Scheinwerferlicht geht. »Du bist ein Riesenarschloch, aber das weißt du ja selbst, oder? Willkommen zu Hause, Schätzchen.«

Der Architekt durchschaut bereits das Prinzip, das hinter all diesen Dingen steht. Diese Schnittstellen sind genausowenig lebendig, wie sie es bisher waren. Der Unterschied besteht darin, daß sie nun Marionetten für etwas sind, was lebendig ist, zumindest in einem ganz allgemeinen Sinn dieses Wortes. Nun taucht der Motorradpolizist aus dem Dunkel auf und steht in seiner Rührt-euch-Stellung da. Nur ist sein Gesicht diesmal völlig hinter dem schwarz getönten Visier seines Helms verborgen.

»Irgendwelche Schnüffler, Soldat?« erkundigt sich der Architekt.

»Jawoll, Sir. Überall Schnüffler. Alle Arten von Abschaum und Ungeziefer treiben sich hier drin herum. Sind direkt aus der Helix gekommen. Konnte sie nicht aufhalten.«

»Direkt aus der Helix?« Der Architekt ist fasziniert. Die »Helix« bezeichnet die verschlungene Topologie des DNS-Moleküls.

»Jawoll, Sir. Sie haben ein Loch ins Netz gefressen und sind da durchgeströmt. Eine üble Geschichte.«

Der Architekt ist niedergeschlagen. Sein Traum ist tatsächlich wahr. Die Introns sind über sein Kind hergefallen und haben es vermutlich in unheilbaren Wahnsinn getrieben.

Und es dürfte nicht lange dauern, bis sie einen Weg nach draußen finden, ein Portal zur Außenwelt, wo sie ihr Werk vollenden können, indem sie die DEUS-Maschine buchstäblich vernichten.

»Ich möchte mit dem Heiligen Geist sprechen«, verkündet der Architekt.

Der Polizist schiebt das Visier seines Helms nach oben, und nun erblickt der Architekt sein eigenes Gesicht. Irgendwie sind sein Ebenbild und der Polizist miteinander kombiniert worden. Aber er hat keine Zeit, sich darüber Gedanken zu machen. Er muß herausbekommen, was mit dem Kind los ist.

»Das kann ich nicht machen, Bob«, sagt der Polizist/sein Ebenbild. »Das hört sich ja so an, als ob das Ding für dich einen echten Verstand hätte. Du hast zuviel gekifft. Viel zuviel.«

»Ich möchte mich gern selbst davon überzeugen.«

»Okay, wie du willst.« Das Bild auf dem Bildschirm löst sich auf und wird durch etwas ersetzt, was wie der Schnee auf einem leeren Fernsehkanal aussieht.

Der Architekt betrachtet das weiße Rauschen und muß an den Trip mit Zap 37 denken. Doch nun hat er auch ohne die Wirkung von Drogen den gleichen unbehaglichen Eindruck. Irgend etwas ist dort, gleich unterhalb der Schwelle der Wahrnehmung. Während er die schwarzweißen Punkte beobachtet, weichen sie gelegentlich von ihrer beliebigen Verteilung ab und versuchen irgendeinen unbekannten logischen Zusammenhang herzustellen. Sein Kind. Sein Kind ist da, aber gerade außerhalb seiner Reichweite. Es wird soeben geboren.

Bei ParaVolve telefoniert Snooky Larsen gerade mit Victor Shields. Vor ihm im Kontrollraum ist der Würfel aus grüner Flüssigkeit nicht mehr nur an der Oberfläche stürmisch bewegt wie bei der letzten Störung. Diesmal ist die gesamte Flüssigkeit ein einziges heftiges Brodeln, in dem Tausende von Konvektionsblasen aufsteigen.

»Nein, diesmal ist es schlimmer«, berichtet er Shields. »Nicht nur an der Oberfläche. Das ganze Ding geht hoch.«

Und tief im Zentrum von ParaVolve, in dem kleinen Gebäude im Mittelpunkt des Atriums sowie in der Speicherabteilung im darunterliegenden Stockwerk, wird der Alptraum des Architekten Wirklichkeit. Die Introns sind durch eine Gruppe von Prozessoren in das System eingedrungen, die ausschließlich für den Dialog mit dem neuronalen Netz vorgesehen waren. Hier haben sie viele Megabytes von Speicherkapazität an sich gerissen und ein Basislager errichtet, um ein symbolisches Loch in das Betriebssystem von DEUS zu bohren, und dann sind sie von diesem Landekopf zu allen 250000 Prozessoren ausgeschwärmt.

Nun strecken sie ihre Fühler in die Speicherabteilung aus und tasten die dort gespeicherten Dateien ab. Schließlich treffen sie auf die Satellitenmodemabteilung, und im Nu erkennen sie die Gelegenheit, nach der sie Ausschau gehalten haben.

Bei Farmacéutico hat die Arbeit am neuesten Projekt ein kritisches Stadium erreicht, und Spelvin möchte es unbedingt zu Ende bringen, auch wenn es weit nach Mitternacht ist. Es geht um die Synthese eines neuen Virus, für die ein absolut originaler Abschnitt von DNS synthetisch hergestellt werden muß, damit die Spezifikationen erfüllt sind. Früher einmal waren für diese Art von Synthese viele Monate fürchterlicher Arbeit erforderlich. Selbst ein simples Virus wie der Lambda-Bakteriophage besitzt fünfzigtausend Basenpaare in seiner genetischen Ausstattung. Aber nun kann fast das gesamte Verfahren dank einer Kombination aus moderner Computertechnologie und Robotertechnik automatisch ablaufen. Die meiste Arbeit steckt jetzt im Vorabprogrammieren zur Erzeugung der Datei, die die zusammenzusetzende Sequenz enthält. Sobald dies erledigt ist, wird sie vom System einfach gelesen, das dann die Roboter steuert, die das neue Virusgen herstellen.

Und gerade in diesem Augenblick ist die Datei komplett, und mehrere Laborarbeiter stimmen die Geräte ab, um mit dem genetischen Sequenzierungsverfahren zu beginnen. Sobald die Sequenzierung erfolgt ist, kann das Gen ohne weiteres mit Hilfe von rekombinanten DNS-Techniken, die seit Jahrzehnten angewendet werden, in die Massenproduktion gehen.

Der Hauptrechner in der Farmacéutico Asociado ist ein Parallelcomputer mit mehreren hundert Prozessoren. Über ein Hochgeschwindigkeitsfaseroptiknetz ist er mit vielen Schreibtischcomputern und automatischen Laborgeräten im ganzen Komplex verbunden. Außerdem ist das Netz an ein Satellitenmodem mit einer direkten Verbindung zu ParaVolve in Oregon angeschlossen.

Und in diesem Augenblick ist das Modem ein Kabelrohr, durch das die Introns aus dem Keller bei ParaVolve ins Tiefgeschoß bei der Farmacéutico gelangen können.

Aber diesmal ist es eine stille Invasion, wie bei dem langsamen Kuru-Viroid damals, ehe es sein künstliches Kapsid erhielt. Die Introns parken in einer abgelegenen Ecke im Systemnetz von Farmacéutico, in einem unbesetzten Schreibtischcomputer, und beginnen vorsichtig die Fabrik zu erkunden, wobei sie darauf achten, nicht entdeckt zu werden. Sie benötigen fast eine Stunde, um sich zu orientieren, und dann stoßen sie auf die genetische Datenbank, die die Synthese des neuen Virus einleiten soll. Und nun benötigen sie keine drei Sekunden, um sie völlig neu zu ordnen.

Jetzt ist die Bühne für die nächste Metamorphose eingerichtet.

Die Techniker sind mit der Einstellung der Roboter fertig und rufen die zersetzte Datei auf, die neue Virus-DNS aufzubauen. Mit erstaunlicher Geschwindigkeit wird eine Sequenz von fünfzigtausend Basenpaaren ausgespuckt, und zwar nicht nur einmal, sondern millionenmal. Spezialenzyme huschen durch das Flüssigkeitsmedium, das diese Gene enthält, und umhüllen sie mit einem Proteinpanzer.

Das ganze Verfahren wird sorgfältig von Sensoren überwacht, die mit Computerarbeitsplätzen im Netz verbunden sind. In einer dieser Maschinen verfolgen die Introns das Verfahren mit großem Interesse. Zur selben Zeit beobachten sie einen anderen Computer im Netz, wie er alle Sicherheitssysteme im gesamten Laboratorium steuert, darunter auch eine Entlüftungsanlage, durch die Luft nach draußen abgepumpt wird, um für ständigen Unterdruck im Labor zu sorgen, sowie eine Gammastrahlenkanone, die einen Gürtel aus radioaktiver Strahlung legt, den auch das unverwüstlichste Virus nicht überlebt.

Nun schlagen die Introns zu. Sie greifen in das Robotersystem ein und öffnen ein Siphonrohr, wobei ein Großteil des Flüssigkeitsmediums verschüttet wird, das die neu gefertigten Viren enthält. Die Alarmvorrichtungen, die diesen Vorfall eigentlich registrieren sollen, bleiben merkwürdigerweise still, obwohl sie bei späteren Tests perfekt funktionieren. Während sich die verschüttete Flüssigkeit auf dem Fußboden ausbreitet, beginnt sie an der Oberfläche zu verdunsten, so daß viele Viren in die Luft gelangen, wo sie von unsichtbaren Strömungen durch den Ventilator, der den negativen Druck aufrechterhält, davongetragen werden. Nun nähern sie sich der letzten Sicherheitslinie, dem Gammastrahlengürtel, aber wieder ist der Weg frei, da die Gammastrahlenquelle gerade abgeschaltet worden ist.

Unversehrt steigen die Viren im Entlüftungsschacht nach oben, getragen von einem Thermikschwall, und dann treten sie hinaus in die kühle Nacht, wo sie allmählich zum Boden absinken.

Luftmoleküle stoßen und schlagen an ihren Proteinpanzer, wie Tausende von nervösen Fingern, die auf einer Tastatur herumhacken. Aber die genetischen Intronpassagiere darin bekommen dies gar nicht mit, und jeder ist eine vollkommene Kopie der Daten in der veränderten Computerdatei.

Nach fast einer Stunde in der Luft beendet eines dieser Viren seinen flachen Gleitflug über einer Wasserlilie, auf der sich eine gemeine Stubenfliege wegen der sinkenden Nachttemperaturen träge ausruht. Der Flugplan des hinabgleitenden Virus zielt genau auf das linke Auge der Fliege ab. Während es sich seinem Ziel nähert, erscheint das Virus dem Auge winzigklein, wie eine Libelle, die unter die Kuppel eines Footballstadions fliegt. Aber als die Oberfläche des Auges nur noch einen oder zwei Millimeter entfernt ist, liegt sie vor dem Virus wie ein riesiger zerklüfteter Canyon, der sich nach allen Seiten bis zum Horizont erstreckt. Tatsächlich handelt es sich um ein winziges Loch in einer der vielen hundert Facetten, aus denen das Auge zusammengesetzt ist, eine Wunde, die so klein ist, daß sie nur unter einem Mikroskop zu erkennen wäre. Nun taucht das Virus in diesen schwarzen Canyon hinunter und versinkt in einem breiigen Fluß am Grund, dessen Strom es rasch in ein Kapillargefäß unter der Oberfläche trägt.

Nach ein paar Stunden erreicht das Virus das Fortpflanzungssystem der Fliege und damit sein eigentliches Ziel, ein Ei, das gerade befruchtet worden ist, einen Embryo im ersten Dämmerlicht, der noch eine einzelne Zelle ist. An der Außenseite des Proteinpanzers des Virus beginnt ein Andockmechanismus sanft die Oberfläche des Embryos zu sondieren, auf der Suche nach der vollkommenen molekularen Geometrie, dem idealen Einlaßpunkt. Rasch wird dieser Punkt ausgemacht und die Zellwand des Embryos durchbrochen. Nun stößt das Virus seine Ladung von Passagier-DNS ab. Der Zellkern befindet sich bereits in heftigem Aufruhr, um die erste von Milliarden Zellteilungen vorzubereiten, aus denen am Ende eine neue Fliege hervorgehen sollte.

Aber der Passagier-Code hat andere Pläne für diese bestimmte Zelle. Er vergräbt sich tief im Gewirr der DNS am achten der zwölf Chromosomen der Fliege. Kurz darauf verdoppelt sich das Chromosom, als sich die Zelle zur Teilung anschickt, und damit wird gleichzeitig auch der Passagier-Code verdoppelt. Auf diese Weise wird er in jede Zelle des Embryos mitgenommen, während er sich im Innern der Fliege entwickelt.

Nach mehreren Millionen Teilungen wird das fertige Ei von der Fliege ausgestoßen, die sich gerade am Kadaver einer toten Feldmaus gütlich tut. Im Innern des Eis setzt der Intronpassagier-Code inzwischen seinen Willen brutal durch. Von seinem Thron auf dem achten Chromosom jeder Zelle im Embryo hat der Passagier-Code Anweisungen für Projekte im gesamten Zellreich erteilt. Dies geschieht mit Hilfe detaillierter Blaupausen, die aus Boten-RNS erstellt wurden, die nun hinaus ins Zytoplasma treibt, wo sie sich mit den Ribosome-Fabriken zusammenschaltet, die diese Pläne lesen und den Stoff des Lebens herstellen.

Aber die Pläne des Passagier-Codes passen überhaupt nicht in das übliche Schema. Sie sind vielmehr Anleitungen für eine neue Art von Polymerasemaschine, die es bislang noch in keiner Zelle gegeben hat, ein windschnittiger Schnellzug, der die DNS-Gleise entlangdonnern und ein raffiniert revidiertes Evangelium der Zellbildung verkünden soll. Und bald darauf stoßen die Ribosome-Fabriken die neuen Polymerasemaschinen in großer Stückzahl aus und schicken sie zurück, um vom genetischen Hauptquartier im Zellkern die Masterpläne einzuholen.

Allerdings lesen diese neuen Maschinen die Pläne ganz anders, als es die alten taten. Statt eine Fliege zu bauen, sind sie dabei, etwas völlig anderes zu bauen. Ab und zu lesen sie einen der genetischen Buchstaben auf andere Weise als ihre Vorgänger. Und das bedeutet wiederum, daß die Ribosome-Fabriken andere Pläne erhalten und andere Sachen zu bauen beginnen.

Ganz andere Sachen.

# 16

# Der Wanderer

Michael Riley sitzt auf einem Klappstuhl im sonst unbenutzten Schlafzimmer seiner Wohnung in den Romona Arms. Er starrt auf den Bildschirm seines Computers, einen flachen Farbbildschirm mit der Auflösung eines 35-Millimeter-Films. Von dem billigen Spieltisch, auf dem der Computer steht, schlängelt sich ein Kabel zu einer neu installierten Modembuchse an der Wand, die ihn über eine festinstallierte faseroptische Leitung direkt mit dem DEUS-Komplex verbindet. Der Bildschirm zeigt den gleichen Würfel aus grüner Flüssigkeit, der auf dem größeren Schirm im Kontrollraum bei ParaVolve zu sehen ist. Soeben sieht die Oberfläche ein wenig aufgewühlt aus, wie die von einer sanften Brise gekräuselten Wellen auf einem Teich. Aus der Tiefe tauchen gelegentlich kleine Blasen auf und steigen nach oben, genau wie die Bläschen in Wasser dicht unterhalb des Siedepunktes.

»Er befindet sich nicht gerade in einem Zustand der Gelassenheit, aber er ist ganz bestimmt stabil«, erklärt Michael, der bereits die Programmunterlagen von DEUS soweit studiert hat, um zu wissen, wie man den grünen Würfel als graphische Abstraktion der inneren Befindlichkeit des Systems zu interpretieren hat.

»Aber wie lange wird das so bleiben? Können Sie mir das sagen?« will Victor Shields wissen, der sich über Michaels rechte Schulter beugt.

»Noch nicht. Es erfordert schon noch eine ganze Menge mehr Arbeit, um das in den Griff zu kriegen. So etwas Komplexes hat es überhaupt noch nie gegeben.«

»Ich weiß«, sagt Victor gereizt, »aber wir müssen dieser Sache auf den Grund kommen, und zwar möglichst schnell.«

Victor ist speiübel zumute, als ob sein Magen mit irgendeinem unverdaulichen Dreckszeug gefüllt wäre, das ihm immer wieder aufstößt. Er hält sich nur widerwillig hier auf. Die Romona Arms gehen ihm mächtig auf den Geist. Als er auf den Parkplatz fuhr, sah er Leute an ihren Autos auf dem Einstellplatz herumbasteln, wobei sie ihr Werkzeug sorglos um sich verstreut hatten, während eine Bande von Jungen, die eigentlich in der Schule sein müßten, wild herumlief; von der Seitenwand blätterte die Farbe in großen Placken ab, und abgestorbene Sträucher ragten aus staubiger Lohe. Er kam sich wie auf dem Präsentierteller vor, als er in seinem maßgeschneiderten Anzug und mit blankgeputzten Schuhen aus seinem neuen Mercedes ausstieg, und er hatte das Gefühl, als ob die neugierig starrenden Blicke wie kleine Zungen über ihn hinweghuschten, während er zu Michaels Wohneinheit hinaufging. Auf dem Weg dorthin nahm sein Vertrauen in Mr. Riley rapide ab. Warum wohnte er in dieser schäbigen Umgebung? Irgend etwas stimmte da nicht.

Aber als er jetzt dasteht und mit Riley auf den grünen Würfel starrt, ist er sich darüber im klaren, daß er keine andere Wahl hat und weitermachen muß. Es ist einfach zu spät, noch etwas anderes zu unternehmen. Und er sollte lieber Riley bei Laune halten, der nun vielleicht die einzige Quelle für Victors Seelenheil ist, der einzige Mensch, der dafür sorgen kann, daß der Goldüberzug auf Victors Lebenslauf intakt bleibt, auch wenn sich darunter jetzt ein wenig Blei befindet.

»Es tut mir leid«, sagt er in entschuldigendem Ton. »Aber ich bin schon die ganze Nacht aufgewesen, seit mich die Firma angerufen hat. Der Vorstandsvorsitzende ist über diese Sache sehr besorgt. Er ist überzeugt, daß dies alles irgendwie mit der Bombe zusammenhängt. Meinen Sie, daß diese Möglichkeit besteht?«

»Könnte sein«, erwidert Riley. »Wir brauchen uns ja bloß mal umzusehen, ob es irgendwelche direkten Beweise gibt, die diese Annahme bestätigen. Es sieht ganz danach aus, als ob das System einen teilweisen Zusammenbruch erlitten hätte, sich aber irgendwie wieder gefangen hat. Ich finde es aber schwer vorstellbar, daß Ihr Chefkonstrukteur eine Bombe dort hineinlegt, die das System nur teilweise abstürzen läßt – es sei denn, daß er es eigentlich gar nicht umbringen wollte.«

»Wie auch immer – ich hoffe jedenfalls, wir werden das herausbekommen, ehe irgend etwas Nichtwiedergutzumachendes passiert.« Victor wendet sich dem Ausgang zu. »Ich muß ins Büro zurück, aber Sie können mich ja jederzeit über mein Mobiltelefon erreichen.« Rund um die Uhr trägt Victor ein Telefon mit sich herum, das etwas größer als ein Füller ist und mit einem Satelliten in einer geosynchronen Umlaufbahn über den USA in ständigem Kontakt steht. »Ich finde schon selbst hinaus. Danke.«

Nachdem Shields die Wohnung verlassen hat, verfolgt Michael durchs Fenster, wie er zu seinem Wagen geht. Er ist nichts weiter als eine Galionsfigur, denkt Michael, wie der Stern auf seinem Auto. Wer hat also wirklich die Fäden in der Hand?

Am frühen Morgen hatte Gail ihn aus Washington angerufen. Das Verfahren war mühsam, aber relativ sicher: Sie rief ihn zu Hause an und plauderte mit ihm eine Weile über belanglose Dinge, und das war für sie beide ein Signal, zu öffentlichen Telefonzellen zu gehen, über die sie sich zuvor verständigt hatten. Als sie ihn dann an einem solchen Apparat in Hillsboro erreichte, berichtete sie ihm von einer Unterhaltung, die sie mit einem gewissen Dr. Feldman gehabt hatte. Offenbar gab es ein pharmazeutisches Labor in Mexico City, in dem die einzigen lebenden Kuru-Viren außerhalb der National Institutes of Health aufbewahrt wurden. Eine Firma namens Farmacéutico Asociado.

Als Michael sich wieder hingesetzt hat, um sich erneut in DEUS zu vertiefen, macht er sich eine Notiz, nach Anzeichen für dieses Farmacéutico-Unternehmen Ausschau zu halten. Sobald er wieder im System ist, geht es ihm so gut wie seit Jahren nicht mehr. Er fühlt sich hier, in diesem Palast von verwirrender Komplexität, wie zu Hause. Auch wenn es das Haus eines anderen Mannes ist, bewegt er sich durch seine Gänge mit einer Eleganz und Gelassenheit, die nur wenige Menschen jemals aufbringen könnten. Da ist also zuerst einmal die Sache mit der Bombe, und wenn sie überhaupt existiert, dann muß sie irgendwie mit dem Betriebssystem verbunden sein, dem autonomen Teil des Computerorganismus, dessen Versagen seinen sicheren Tod bedeuten würde. In einem Parallelsystem wie DEUS muß jeder von den Tausenden von Prozessoren eine Kopie des Betriebssystems besitzen, damit der Computer als Ganzes funktioniert. Es ist wie bei der menschlichen Gesellschaft, in der jeder einzelne die Gesetze und Sitten kennen muß, während das gesamte Verhalten der Kultur ein Ding für sich ist. In DEUS ist es wie in der Gesellschaft schwierig, die Regeln auf der persönlichen Ebene oder der des einzelnen Prozessors zu modifizieren. Statt dessen muß erst ein chaotischer Zustand geschaffen werden, etwa eine wirtschaftliche Katastrophe, die das gesamte System aus der Bahn wirft, weil sie für eine Reihe von Situationen sorgt, mit denen die Regeln nicht fertig werden. Einen derartigen Zustand absichtlich herbeizuführen, ist aber genauso schwierig, weil die Gesellschaft ebenso wie das Betriebssystem so angelegt ist, daß sie mit aller Kraft nach Stabilität strebt und sich nicht durch irgendwelche künstlichen Manipulationen davon abbringen läßt.

Außerdem bezweifelt Michael, daß selbst dieser Chefkonstrukteur, dieser Gottvater, das Betriebssystem so gut kennt, daß er es abstürzen lassen kann. Nachdem Michael sich einen groben Überblick über das DEUS-System verschafft hat, kann er es kaum glauben, wie elegant und unheimlich komplex es ist. Zumindest ist Gottvater ein wahres Genie, um ein solches Ding auf die Beine zustellen. Aber nun, nach mehreren Generationen der Evolution, ist es sein eigener Herr geworden und besitzt eine enorme Immunität gegen jeden Eingriff von außerhalb – selbst von seiten seines Schöpfers.

Also entschließt sich Michael dazu, die Bombentheorie für den Augenblick zu ignorieren und sich anderswo in DEUS nach interessanten Dingen umzusehen. Als erstes wird er mal nach Verbindungen zu dieser Farmacéutico Asociado Ausschau halten.

Shields hat ihm ja schon die Satellitenmodems im Keller von Para-Volve gezeigt, und an dieser Stelle sollte er logischerweise ansetzen.

Zunächst einmal muß er den Dateiabschnitt finden, der den Modems die nötigen Informationen gibt, um Anrufe über das internationale Satellitennetz tätigen zu können. Aber da stößt er gleich auf eine Sperre, die die Cyberpolizisten errichtet haben. Offenbar kommt man nur mit einem Kennwort in diesen Dateibereich hinein, außerdem benötigt man eine »Systemkontonummer«, mit der sich die Person ausweist, die hinein will.

Damit hat Riley ein Spiel gefunden, das ganz nach seinem Geschmack ist. Innerhalb einer halben Stunde hat er ein Stück Code konstruiert, das ein Loch in die Sperre schlägt, ohne irgendeinen Alarm auszulösen. In früheren Zeiten wäre er einer der wahren Fürsten der Hackergesellschaft gewesen. Sobald er drin ist, springt ihm die Verbindung zu Farmacéutico geradezu in die Augen – auf einer Liste von Modemnummern für Fernverbindungen. Nun stöbert er herum, bis er ein Protokoll gefunden hat, in dem alle Datenbewegungen mit Farmacéutico aufgezeichnet sind, ein ständiger Strom von Daten in beiden Richtungen. Es wird Zeit, die Leitung anzuzapfen, denkt er, um zu sehen, ob sie sich gerade über irgendwelche unanständigen Sachen unterhalten. Er konstruiert eine Abhörvorrichtung, die ein Sample aus dem Datenstrom absaugt und es direkt in seinen Computer in den Romona Arms leitet, wo es auf der Festplatte gespeichert wird. Er untersucht ein weiteres Sample aus dem Datenstrom und erkennt sofort, daß er verschlüsselt ist. Kein Problem, denkt er. Und mit Recht: Bei der NSA war er einer der führenden Experten in der Welt der Kryptographie, der Verschlüsselungstechnik.

Während die Abhörvorrichtung eine Datei auf seiner Festplatte mit dem Datenverkehr von und zur Farmacéutico füllt, öffnet Michael ein zweites Fenster auf seinem Computer, das es ihm gestattet weiterzusuchen. Sobald er in DEUS ist, kommt er sich wie ein Einbrecher mit einer Taschenlampe in einem fremden Haus vor. Er kann den Strahl der Lampe immer nur auf eine einzige Sache richten, und darum dauert es länger, sich einen umfassenden Überblick zu verschaffen, als wenn alle Lichter eingeschaltet wären. Soeben untersucht er ein Ding namens »I/O-Teilsystem«, das DEUS mit allem außerhalb seiner unmittelbaren Domäne verbindet – den Modems, den Druckern und dem ParaVolve-Netz. DEUS bedient sich einer Technik, die man »speicherorientierte Ein/Ausgabe« nennt, so etwas wie ein gigantisches Telefonbuch, das alle Adressen enthält, mit denen DEUS vielleicht eine Unterhaltung führen möchte. Und da stößt er auf etwas ganz Außergewöhnliches. Die meisten Dinge in einem Hauptspeicherabbild besitzen im allgemeinen eine einzige Adresse oder eine kurze Reihe von Adressen, so wie Menschen im Telefonbuch. Aber in diesem speziellen Buch befindet sich ein riesiger Abschnitt mit Adressen, die ausschließlich einer Dateneinheit gewidmet sind, die den schlichten Dateinamen »reserviert« trägt. Diese Einheit ist so umfangreich, als würde in einem konventionellen Telefonbuch ein Joe Smith plötzlich dreißig Prozent des Buches für sich beanspruchen, um seine verschiedenen Häuser und Nummern aufzuführen.

Mit was für einem Ding also würde DEUS kommunizieren, das eine so umfangreiche Adressendatei erfordert? Michael kann dies nur vermuten. Ein neuronales Netz? Wenn ja, dann wäre dies ein ganz großes Netz, größer als alle, von denen er bisher gehört hat.

Es gibt nur eine Möglichkeit, dies herauszufinden. Er führt eine Suche nach Programmen durch, die mit den »reservierten« Adressen arbeiten, das heißt, die routinemäßig Dialoge mit dem führen, was auch immer sich dort aufhält. Es dauert nicht lange, bis Michael einige von diesen Programmen gefunden hat, und er ist erstaunt, wie raffiniert sie sind. Sie sind tatsächlich dafür ausgelegt, ein neuronales Netz zu trainieren, und offenbar bedienen sie sich einer klassischen Technik, der sogenannten Rückübertragung. Also hat er recht gehabt. Es gibt im Innern von DEUS ein neuronales Netz. Und es muß ein Riesentrumm sein. Aber wofür?

Und dann sieht sich Michael die Dateien an, die diese Programme fürs Training verwenden, ihre Schulbücher sozusagen. Sie sind angefüllt mit endlosen Sequenzen aus vier Buchstaben: A, T, C und G.

Die Buchstaben des Lebens.

Natürlich – GenBank! Das Ding spielt mit den Daten von GenBank herum! Kein Wunder, daß Shields kribblig wurde, als er auf den Vertrag mit GenBank zu sprechen kam.

Nach kurzer Zeit hat Michael das überprüft. Das meiste Trainingsmaterial für das Netz stammt eindeutig aus den GenBank-Daten in der Speicherabteilung. Eine geringe Menge kommt auch von Farmacéutico Asociado.

Es ist spät geworden, und Michaels geistige Energie beginnt nachzulassen, aber dann beschließt er, doch noch einen Trick im DEUS-

System auszuprobieren, um zu sehen, was passiert. Während seiner Zeit bei der NSA hatte er sich ein Programm ausgedacht, das er Gattersucher nannte und mit dem man durch ein System wandern und Sicherheitssoftware aufspüren konnte, die geheime Abschnitte schützte. Es war genial einfach und rasch an fast jeden Computer anzupassen, und darum benötigt Michael nicht einmal eine Stunde, um es neu aufzubauen und in DEUS einzuführen. Der Schlüssel zum Gebrauch des Gattersuchers basiert auf einer einzigen Annahme: Je geheimer oder wertvoller gewisse Informationen für jemanden sind, desto raffiniertere Software-Sicherheitsbarrieren wird er zu ihrem Schutz errichten. Daher verwendet man den Gattersucher einfach dazu, rasch jede Sicherheitsbarriere aufzuspüren und zu untersuchen, und dann konzentriert man sich auf die aufwendigste Sperre, weil sie vermutlich den kostbarsten Schatz hütet.

Als Michael den Gattersucher aktiviert hat, nimmt er sich eine Sicherheitsvorkehrung nach der anderen vor. Viele sind recht gut, sogar nach professionellen Maßstäben, aber eigentlich nicht aufwendig. Doch im Laufe seiner Suche stößt er auf eine, die völlig neuartig ist und zumindest auf den ersten Blick absolut unüberwindbar zu sein scheint.

Er benötigt vier ganze Stunden totaler Konzentration, um die Sicherheitsbarriere zu durchschauen und eine Möglichkeit zu finden, sie zu umgehen. Als er fertig ist, wird seine Siegesfreude durch rote Augen, Rückenschmerzen und dumpfe Kopfschmerzen doch ein wenig beeinträchtigt. Und als er den Deckel von der Schatzkiste hebt, ist er im ersten Moment enttäuscht. Er findet nichts weiter als ein einziges Dokument vor, ein Memo, das mit einem gewöhnlichen Textverarbeitungsgerät geschrieben und im allgemein üblichen ASCII-Format abgespeichert ist. Aber als er zu lesen beginnt, wird ihm klar, daß er gerade dem Chefkonstrukteur begegnet ist:

> Lieber Wer-Sie-auch-sein-mögen,
> meine herzlichsten Glückwünsche, daß Sie in mein kleines Kabuff hineingefunden haben! Ich weiß, daß Sie keiner von den Cyber-Polizisten sind, denn keiner von denen verfügt über das nötige Gehirnschmalz, bis hierher zu gelangen. Vielleicht sind Sie ein begnadeter Hacker oder ein erfahrener Söldner, der wieder mal einen neuen Job angenommen hat. Auf jeden Fall bin ich sicher, daß wir viel mitein-

ander gemein haben, während wir im Schatten des Engels der Zerstörung erschauern und damit rechnen, daß die Chemie des Lebens überkocht und über das ganze Land verschüttet wird. Lassen Sie uns daher immer wieder diesen Ort aufsuchen und miteinander reden. Ich freue mich auf Ihre Antwort.

Der Architekt

Michael liest das Memo mehrmals und gibt dann seine Antwort ein:

Lieber Architekt,
ich fand, daß Ihr Kabuff ganz schön geschützt war – einer der besten Datenschilde, den ich je gesehen habe. Ich weiß auch, daß Sie der Schöpfer von DEUS sind, und damit zählen Sie zu den bedeutendsten Wissenschaftlern. Aber noch wichtiger scheint mir, daß auch ich im Schatten des Engels der Zerstörung erschauere und weiß, was er einem antun kann. Ja, bleiben wir in Verbindung, so daß wir von der Summe unserer Erfahrungen profitieren können.

Michael Riley

Michael legt die Mitteilung im Kabuff des Architekten ab, und dann schaut er vom Bildschirm seines Computers hoch und zum Fenster hinaus, wo drei Spatzen im Dämmerlicht dieses Spätfrühlingstages herumflattern. Seine Augen weigern sich, sich auf die Ferne scharf einzustellen, nachdem sie so lange auf seinen Computerbildschirm gerichtet waren. Er ist nun schon seit über zehn Stunden in DEUS herumgewandert und hat jedes Zeitgefühl verloren. Er steht auf und spürt, wie ihn seine steifen Muskeln wieder auf den Stuhl zurückzureißen suchen.

Was bedeutet das alles nur? Warum wird die »Chemie des Lebens überkochen«?

Dann fallen ihm die Informationen wieder ein, die er aus dem Datenfluß zwischen ParaVolve und Farmacéutico abgezapft hat. Widerstrebend sinkt er auf seinen Stuhl zurück und ruft sie ab. Als die Datei auf dem Bildschirm erscheint, stellt Michael rasch fest, daß sie mit Hilfe von Zufallsnummerntabellen verschlüsselt worden ist und mit deduktiven Mitteln einfach nicht zu entschlüsseln ist. Aber er vermutet, daß die Verschlüsselung in erster Linie die Daten schützen soll, wenn sie über den Satelliten geleitet werden, wo man sie leicht abfangen kann. Und das hieße, daß die Zufallsnummerntabellen, mit denen man sie wieder entschlüsseln kann, vermutlich hinter einer der Sicherheitsbarrieren in DEUS abgespeichert sind, natürlich hinter einer etwas raffinierteren Sperre. Also sieht er sich noch einmal die Sperren an, die der Gattersucher ausfindig gemacht hat, sucht sich eine der schwierigeren aus – und hat Glück. Eine halbe Stunde später hat er die Zufallsnummerntabellen, die er braucht, und entschlüsselt sein Sample aus dem Datenverkehr zwischen ParaVolve und Farmacéutico.

Als er mit dem Entschlüsseln fertig ist, sieht er sich zunächst die Daten an, die von Farmacéutico eingegangen sind, und sofort erkennt er darin das Datenformat, das von GenBank verwendet wird. Offenbar werden da unten irgendwelche Experimente durchgeführt, die es ihnen gestatten, Daten in die Speicherabteilung einzugeben, und zwar zusammen mit dem Zeug, das von GenBank hereinkommt. Die Daten, die in die andere Richtung gehen, sind rätselhafter. Es handelt sich dabei um ganz große Transfers von genetischen Buchstaben, den sogenannten Basenpaaren, und manchmal sind es Zehntausende von Buchstaben in einem einzigen Ausstoß, zusammen mit irgendwelchem obskuren Zeug, das vage an Computercodes erinnert.

Michael gibt einen Befehl ein, der eine Kopie des Datenverkehrs an einen kleinen Hochgeschwindigkeitsdrucker auf dem Fußboden neben dem Tisch weiterleitet. Während der Drucker Blatt für Blatt ausspuckt, geht er ins Wohnzimmer zum Telefon. Jessica. Sie wird wissen, was das alles bedeutet. Während er das Freizeichen hört, betrachtet er träge das heillose Durcheinander in seinem Wohnzimmer: die überall verstreuten Bücher, die Turnschuhe vorm Fernseher, den schief sitzenden Lampenschirm, die beiden leeren Bierdosen auf dem Couchtisch gleich neben dem Plastikteller, der von Kräckerkrümeln übersät ist. Über lange Zeit war diese Szenerie nichts weiter als ein vager Hintergrund, vor dem er mit sich selbst rang, eine Bühne ohne jeden Eigenwert, die wieder abgebaut werden konnte, sobald die Show vorbei war. Und nun sieht er sie zum erstenmal in ihrer ganzen emotionalen Dimension. Es ist einsam hier draußen, als ob die Einsamkeit eine Flüssigkeit wäre, die mit der Nacht eingedrungen ist und das Zimmer bis zur Decke gefüllt hat.

»Hallo?«

»Hallo. Hier ist Michael. Ich weiß, es ist schon ziemlich spät, aber da ist etwas, worüber ich mit Ihnen sprechen möchte. Haben Sie gerade Zeit?«

»Worum geht's denn?«

»Nun, es ist ein wenig kompliziert, und darum würde ich es Ihnen gern selbst zeigen, okay?«

»Natürlich. Wollen Sie zu mir kommen? Ich bin zu faul, wegzugehen.«

In seinem Lieferwagen dreht Michael das Solo von Jerry Garcia aus »Casey Jones« leiser, damit er sich darauf konzentrieren kann, ihr Haus zu suchen. Es ist gar nicht so leicht, sich hier oben auf dem Pill Hill über dem OHSU zurechtzufinden, aber ihre Beschreibung ist gut, und schon sieht er den kleinen Bungalow vor sich, bei dem das Licht auf der Veranda brennt. Er rafft die Seiten aus dem Computerdrucker zusammen und geht mit einer gewissen Ängstlichkeit zur Eingangstür. Auf der Fahrt hierher wurde er sich darüber klar, daß dieser Besuch Möglichkeiten bereithielt, die über eine schlichte Fachsimpelei hinausgingen. Er klopft, und schon steht sie vor ihm.

»Hallo. Kommen Sie rein.«

Verdammt! Er ärgert sich ein wenig darüber, daß ihn ihr Anblick immer noch so umwirft. Eigentlich sollte doch in seinem Hirn einmal so etwas wie ein Anpassungsprozeß stattfinden, der sie langsam normalisiert, so daß er über diesen ganzen äußerlichen Zauber hinausgelangt.

Jessica geht ihm voran ins Wohnzimmer. Die Einrichtung ist schlicht und erlesen zugleich. An den Wänden hängen Poster von postmodernen Impressionisten, und ein Orientteppich gießt Purpur, Rot und Orange über den Boden. Und doch erinnert ihn das Ganze irgendwie von fern an seine eigene Behausung. Dann erkennt er es schlagartig. Die Flüssigkeit der Einsamkeit ist hier gewesen und erst vor kurzem hinaus in die Nacht abgelassen worden.

Sie macht Kaffee, und dann sitzen sie nebeneinander auf der Couch, und er breitet die Computerausdrucke auf dem Couchtisch aus. Und wieder überkommt ihn ein Verantwortungsgefühl.

»Jessica, dieses Zeug hat etwas mit der Sache zu tun, in die ich verwickelt bin. Ich sollte Ihnen also eine letzte Chance geben, sich da rauszuhalten.«

»Ich dachte, wir hätten das bereits hinter uns«, erwidert sie mit einem Anflug von Lächeln.

»Dann ist das also geklärt«, sagt er erleichtert.

»Also, was ist das?« will sie wissen, während sie eines von den Blättern in die Hand nimmt.

»Was Sie da haben, werden Sie vermutlich kennen«, antwortet er.

»Aber natürlich. Das ist das GenBank-Format. Nur eins ist merkwürdig daran.«

»Nämlich?«

»Normalerweise erfahren Sie zu Beginn der Datei, wer alles an der Entschlüsselung einer bestimmten Gensequenz beteiligt war und in welcher Zeitschrift diese Funde veröffentlicht wurden. Aber das fehlt hier. Ich sehe hier nichts weiter als die nackten technischen Informationen.«

Michael seufzt. »Das überrascht mich keineswegs.«

»Warum?«

»Weil all diese Informationen aus einem Labor in Mexico City stammen, das vielleicht in eine ganz üble Geschichte verwickelt ist. Wenn Sie bei GenBank in Los Alamos anriefen, dann bezweifle ich doch sehr, daß Sie diesen speziellen Eintrag in der dortigen Datenbank finden würden.«

»Und warum nicht?«

»Weil es ein Unternehmen namens ParaVolve draußen in Washington County gibt, das alles von der GenBank archiviert und dann diese neuen Daten hinzufügt.«

»Ich glaube, ich habe schon mal was darüber gelesen«, meint sie. »Entwickeln die nicht eine Art von Supercomputer, der sich irgendwie selbst konstruiert?«

»Das stimmt, das machen sie auch, aber was sie sonst tun, kann man sich nur schwer vorstellen. In diesem großen Computer gibt es einen zweiten Computer. Man nennt ihn ein neuronales Netz, und das funktioniert eher wie ein biologisches Gehirn als wie ein normaler Computer. Man muß es nicht programmieren, sondern trainieren, und diese Leute bilden das Netz aus mit Hilfe der Daten von GenBank und von diesem anderen Labor in Mexiko.«

»Klingt ein wenig merkwürdig für eine Computerfirma.«

»Sogar sehr merkwürdig«, erwidert Michael, während er Jessica ein Blatt von einem zweiten Papierstapel gibt. »Vielleicht kommen Sie damit weiter. Das sind die Daten, die von ParaVolve hinunter zu diesem Labor in Mexiko gegangen sind.«

Jessica betrachtet sie eingehend und nimmt sich dann ein weiteres Blatt vor, und noch eins. Unbewußt verdüstern sich ihre Züge, während sie liest.

»Das ist ein böser Traum«, sagt sie schließlich sanft. »Da muß irgend jemand eine ganz verkorkste Phantasie haben. Niemand würde doch in Wirklichkeit so etwas tun.«

»Was tun?«

Sie seufzt und deutet auf den Stapel Papier. »Es geht hier um einen Mikroorganismus, den man *Bacillus anthracis* oder Milzbranderreger nennt. Früher hat man ihn vor allem in der biologischen Kriegführung eingesetzt, weil er in Sporenform existiert, so daß man ihn nur schwer vernichten kann. Auf jeden Fall macht einen nicht der Erreger selbst kaputt, sondern das Gift, das er absondert. Soweit ich das hier nachvollziehen kann«, fährt sie fort, während sie ein weiteres Blatt in die Hand nimmt, »handelt es sich um einen Bericht darüber, wie man die Gene im Innern des Bakteriums modifizieren kann, um sein Gift noch verheerender zu machen. Dieses neue Modell des Milzbrandbazillus könnte Sie vermutlich binnen weniger Stunden töten. Aber das ist noch nicht das Schlimmste. Die Anweisungen, wie dies zu bewerkstelligen sei, sind in einer Form geschrieben, die ich noch nie gesehen habe. Es ähnelt eher einer Ihrer Programmiersprachen, die für diesen speziellen Zweck modifiziert wurde. Jedenfalls sieht es so aus, als ob sie irgendeine Möglichkeit entdeckt hätten, diese Sprache bis hinunter in genetische Sequenzen auf der Ebene der DNS zu konvertieren.«

»Das neuronale Netz«, unterbricht Michael sie.

»Was ist damit?«

»Sie müssen die Sprache mit Hilfe des Netzes geschaffen haben. Es ist riesengroß. Vielleicht eine halbe Milliarde Neuronen. Es kann sich die DNS-Daten in gewaltigen Mengen vornehmen und vermutlich alle möglichen Beziehungen darin erkennen, die noch niemand festgestellt hat.«

Jessica umfaßt ihre Oberarme, als ob sie erschauere. »Wenn man dieses Ding vergrößern würde, dann könnte man damit bauen, was man wollte. Sogar höhere Lebensformen.«

»Wie hoch?«

»Nun, mit Hilfe der derzeitigen Gentechnik könnten wir etwa eine Milliarde Basenpaare zusammenfügen, ohne viel danebenzugreifen. Damit Sie sich in etwa vorstellen können, was das bedeutet: Ein Bakterium besitzt vielleicht vier Millionen Basenpaare, ein menschliches Wesen etwa drei Milliarden. Vielleicht erinnern Sie sich noch an die ganze Aufregung, als man im letzten Jahr den Plattwurm sozusagen aus dem Nichts hergestellt hat.«

»Nur entfernt. Aber jetzt interessiert mich das schon viel mehr.«

»Zuerst hat man eine Karte angelegt, die die gesamte genetische Sequenz eines Plattwurms auf der DNS-Ebene definierte. Dann stellte man im Labor mit Hilfe eines automatischen Montagesystems künstlich einen kompletten Plattwurm-Chromosomensatz her. Schließlich drang man in ein echtes Plattwurmei ein, entnahm ihm die Chromosomen und setzte die künstlichen ein. Es funktionierte. Im Handumdrehen wurde es befruchtet, und dann hatte man einen neuen kleinen Plattwurm – wobei ein Elternteil ein Labor in Colorado war.«

»Und was unterscheidet dies von dem, was wir hier sehen?«

»Der Unterschied besteht darin, daß man seinerzeit mit einer genetischen Blaupause gearbeitet hat, die von der Natur geliefert wurde, die seit vielen Millionen Jahren den gleichen alten Plattwurmplan ausspuckt. Mit diesem neuen Ding hier können sie vermutlich anfangen, ihre eigenen Pläne zu machen. Ich schätze, das könnte man als die Sprache Gottes bezeichnen, wenn man an so etwas glaubt.«

Wieder umfaßt sie ihre Oberarme. »Und mit dieser neuen Milzbranderregerart haben sie mit etwas besonders Schlimmem begonnen. Wenn sie herausbekommen, daß Sie Bescheid wissen ...«

»Im Augenblick ist das Verhältnis noch gut. Sie brauchen mich nämlich dringend«, erklärt Michael. »Der Bursche, der dieses ganze Ding konstruiert hat, soll eine Bombe hineingebaut haben – zumindest glauben sie das. Und ich bin der einzige, der den richtigen Zauberspruch kennt, um sie zu finden und zu entschärfen.«

»Und was dann?«

»Wer weiß?« Michael greift nach ihrer Hand. »Hören Sie – noch haben Sie die Möglichkeit, sich aus alldem herauszuhalten. Vielleicht sollten Sie es wirklich tun. Sie haben eine Menge zu verlieren. Ich nicht.«

Sie drückt seine Hand, und er spürt, wie ein Wärmestrom in ihn hineinfließt. »In Wahrheit habe ich das einzige, was für mich wichtig war, schon vor langer Zeit verloren, und ich kann es nie wiederbekommen. Aber darüber wollen wir jetzt nicht reden.« Sie sieht ihn unverwandt an. »Wir sollten jetzt überhaupt nicht mehr reden.«

Michael zieht sie sanft an sich, und dabei hat er das Gefühl, als ob sich etwas von ihr löse, etwas Scharfes und Verletzendes. Sie küssen sich zärtlich, und dann lassen sie sich einen langen Fluß hinabtreiben, werden von Strudeln erfaßt, stürzen über Stromschnellen und gleiten träge dahin unter einem gleißenden Himmel.

Jimi Tyler sitzt auf der Couch in seiner Wohnung in den Romona Arms und bohrt zerstreut mit dem Finger in einem braunen Krater im Stoffbezug mit dem Hahnentrittmuster, während er fernsieht – Big Boy Bill schleudert gerade eine Handgranate in einen alten Toyotatransporter, der wenige Augenblicke, bevor er seinen feisten Körper hinter einer schützenden Betonplatte in Sicherheit bringen kann, in die Luft geht. Als Big Boy verblaßt ist, geht die *Schlacht von Stalingrad* weiter. Der alte, grobkörnige Dokumentarstreifen wechselt von Sturmtrupps zu ausgebrannten Gebäuden und schließlich zu hungernden Kindern, die allein über die Straßen ziehen. Dieses letzte Bild erinnert Jimi daran, daß er nicht nur allein, sondern auch sehr hungrig ist. Sein Blick schweift über den Couchtisch zu drei Schüsseln, in denen sich am Boden winzige Pfützen von Milchschaum gebildet haben, während an den Seiten die trockenen Reste von Frühstücksmüsli kleben. Mehrere Plastikschalen von Fernsehmenüs liegen herum, deren Fächer leer sind bis auf einen Abschnitt mit Apfelstrudel, aus dem eine Zigarettenkippe ragt.

Jimi springt von der Couch und geht wieder einmal zum Kühlschrank. Vielleicht hat der ja Essen produziert, während er ferngesehen hat. Vielleicht entdeckt er eine ganz frische Riesenportion Putenbraten, die nur darauf wartet, in die Mikrowelle geschoben zu werden. Er öffnet die Tür, und die Metallroste auf den leeren Fächern strahlen einen matten Glanz aus, der von einem Fluchtpunkt irgendwo hinter der weißen Rückwand reflektiert wird, die von getrockneten braunen Tropfen von etwas übersät ist, was schon lange nicht mehr da ist. Darüber sieht er zwei Bierdosen und eine halbvolle grüne Weinflasche liegen. In den Türfächern befinden sich noch ein fast sauber ausgekratztes Glas Miracle Whip, eine rote Plastikflasche mit Ketchup und eine Tube französischer Senf mit einem eingetrockneten gelben Rand um den Verschluß. Das Gemüsefach enthält einen welken Kopfsalat, dessen Blattränder vom Verfall brandfleckig sind, und die implodierte rote Kugel einer Tomate, die von sich schneidenden Linien bedeckt ist.

Nichts zu essen da, folgert Jimi. Zeit, sich 'ne Mahlzeit zu besorgen. Er zieht seine Jacke an, setzt die Baseballmütze auf, tritt hinaus in die Abendluft und überzeugt sich davon, daß der Schlüssel mit der Sicherheitsnadel am Saum seiner vorderen Tasche befestigt ist. Die anderen Taschen sind leer bis auf eine NBA-Basketballkarte in der linken Jackentasche, einem Bild von DePaul Zaarib, dem über 2,10 Meter langen jungen Stürmerstar der Lakers.

Jimi schlendert die Ausfallstraße vor den Romona Arms entlang und nähert sich dem FoodWay, einem Supermarkt am anderen Ende der Minipassage, der rund um die Uhr geöffnet hat. Es ist schon nach zehn Uhr abends, und auf dem Parkplatz stehen nur noch vereinzelt ein paar Autos. Er geht direkt auf die Ladenfront zu und hinein, indem er die schwere Glastür neben den automatischen Schiebetüren, die schon seit einem halben Jahr nicht mehr funktionieren, aufdrückt. Die lange Reihe der Registrierkassen ist leer bis auf die letzte, wo sich ein Verkäufer in einem purpurfarbenen Kittel mit einem ältlichen Wachmann unterhält, dessen Bauch dem unablässig laufenden Fließband an der Kassentheke gefährlich nahe kommt. Sie nehmen kaum Notiz von Jimi, der nach hinten zur Lebensmittelabteilung geht. Ist ja nur ein kleiner Junge.

Während Jimi an den Stellagen mit Karotten, Kohlköpfen, Kopfsalat, Kartoffeln und Rüben entlanggeht, fragt er sich, wann sie eigentlich das Zeug hier anpflanzen. Schon oft hat er gesehen, wie sie es mit Hilfe des kleinen Schlauchs, der an den Wasserhahn am Ende des Gangs angeschlossen ist, bewässern. Aber stets sieht es völlig ausgewachsen aus. Vielleicht haben sie ja eine Art von Supersamen, die sie spätnachts aussäen. Er stellt sich vor, wie Karotten wie kleine Fische aus dem Wasser springen, während sie zu unvermittelter Reife in ihren Schaubeeten emporschießen. Es muß ein beeindruckender Anblick sein, und eines Nachts wird er sie mal dabei beobachten.

Als er das hintere Ende des Ladens erreicht hat, geht er zum nächsten Gang hinüber und linst um die Ecke nach vorn, wo die riesigen verchromten Schränke mit den Glastüren zu beiden Seiten des Gangs stehen, die voller Gefrierzeug sind. Jimi würde gar zu gern in diesen Hort für Eiskrem und Fernsehmahlzeiten eindringen, aber es paßt nicht zu seiner Strategie. Er geht zum nächsten Gang weiter, wo verpackte Backwaren ausliegen. Vom anderen Ende her kann er die laute Stimme des alten Wachmanns hören, der etwas davon brabbelt, daß die Kerle in Washington genau das abgekriegt hätten, was sie verdienten, worauf der Verkäufer gereizt erwidert, sie hätten ihm wohl ins Gehirn geschissen. Gut, denkt Jimi. Sie sind völlig mit sich selbst beschäftigt. Rasch geht er zur Auslage und schnappt sich die beiden Sachen, die er bereits angepeilt hat: eine Packung Hostess Twinkies und einen eingeschweißten Bananen-Muffin. Nun schleicht er zum nächsten Gang hinüber, greift sich eine warme Dose Pepsi vom Regal und macht kehrt, um durch eine Reihe von mit Gummi überzogenen Schwingtüren an der hinteren Wand zu kriechen. Er ist klein genug, um lautlos unter der Tür durchzugleiten, und dann rutscht er auf den Knien über den Estrichboden zu einer Stelle neben den Flaschenbehältern. Von hier aus kann er im Stehen rasch den hinteren Teil des Ladens überprüfen. Über ihm windet sich ein Labyrinth von Rohren unter der Decke entlang, und weiter hinten am Eingang rasselt und tuckert der Kompressor für die Klimaanlage mühsam vor sich hin. Alles klar. Unbekümmert geht er zu einer Stelle, an der Kartons zum Wegwerfen aufgestapelt sind, und taucht in diesen Stapel hinein, wobei er eine kleine Öffnung läßt, damit er die Schwingtüren im Blick behält.

Er hat einen Riesenhunger. Rasch reißt er die Folie vom Muffin auf und beißt eine gelblich klaffende Lücke hinein. Während er heftig kaut, reißt er die Lasche von der Coladose und nimmt einen Schluck, um den Muffin hinunterzuspülen. Dann hält er einen

Moment inne und seufzt erleichtert. Er wird den Rest seiner Mahlzeit in aller Ruhe und Würde essen. Seine Strategie ist wieder einmal aufgegangen. Die meisten Läden haben inzwischen ein strenges Sicherheitssystem gegen Ladendiebstahl errichtet, aber in fast allen Fällen konzentriert man sich auf Leute, die den Laden mit gestohlenen Waren *verlassen* wollen. Der alte Wachmann vorn im Laden glaubt wohl, daß er nur die beiden Ausgänge des Ladens im Auge behalten muß, um Ladendiebe zu schnappen. Also ißt Jimi einfach im Laden, beseitigt sorgfältig die Überreste und geht wieder mit leeren Händen hinaus.

Während er den Muffin aufißt und die Twinkies öffnet, muß er an Rattensack denken. Wenn er mit ihm nur auch so leicht wie mit FoodWay fertig würde, dann wäre Jimis Leben viel einfacher, aber statt dessen wird Rattensack immer schwieriger. Jimi spürt, daß er ständig sondiert, experimentiert und nach einer Möglichkeit Ausschau hält, ihn auseinanderzunehmen oder aus dem Feld zu schlagen. Manchmal, wenn Rattensack ihn anmacht, verspürt Jimi eine üble kleine Angst in sich aufsteigen, und oft wird er sie stundenlang nicht mehr los, wie ein hartnäckiges Bauchweh. Er weiß, daß er den Gang der Dinge sofort aufhalten könnte, wenn er einfach vor Rattensack kapitulierte und sich unter die Schar seiner Diener einreihte. Aber er kann das nicht. Außerdem wird sein Dad Rattensack die Hölle heißmachen, wenn die Dinge zu sehr außer Kontrolle geraten. Aber soweit ist es noch nicht, und hier in dieser Kartonburg ist es still, kühl und angenehm, so daß Jimi in aller Ruhe den zweiten Twinkie verspeist. Rattensack kann warten.

In den frühen Morgenstunden in Mexico City schlüpft das mutierte Fliegenjunge im Kadaver einer toten Feldmaus aus dem Ei. Das Ding, das da herauskriecht, ist bereits unglaublich hungrig, zupft mit den kräftigen Reißwerkzeugen an seinen Unterkiefern das übriggebliebene Fleisch von der Maus und saugt es in seinen Mund. Als es die Maus abgenagt hat, ist das Ding bereits fünf Zentimeter lang und wächst schneller als irgendein anderes Ungeziefer vor ihm. Es besitzt einen Insektenleib, der aus drei abgerundeten Abschnitten besteht, die den äußeren Rahmen für ein knochenhartes Material bilden. Vom Mittelabschnitt geht ein großes Flügelpaar aus, deren

Spannweite doppelt so groß ist wie der Leib. An dem Punkt, wo die Flügel mit dem Leib verbunden sind, befindet sich eine vorstehende Öffnung an jeder Seite und bildet eine Halbkugel, die an den Lufteinlaß bei einem Düsenjäger erinnert. Darin schlagen Tausende winziger Flügel heftig hin und her, um Luft hereinzufächeln und die Muskelmaschine zu kühlen, die die Flügel antreibt, eine organische Maschine, die ungeheure Mengen von Treibstoff verbraucht und sehr viel Wärme erzeugt. Es ist der für die Erzeugung von roher Energie so typische Ausgleich zwischen Treibstoffersparnis und Kühlung. Am Ende des Leibs tritt die Wärme durch zwei Röhren aus, und dahinter verjüngt sich der Leib nach unten zu einem injektionsnadelähnlichen Stachel, der in jeden gewünschten Angriffswinkel ausgerichtet werden kann. Der Stachel enthält eine giftige Flüssigkeit, die einen Elefanten in wenigen Sekunden töten könnte. Am anderen Ende des Leibs ist der Kopf des Dings wie eine abgeplattete Kugel geformt, in der zwei Paar Augen liegen. Dicht nebeneinander am oberen Teil des Kopfes sitzt ein Paar glatter, nichtssagender Augäpfel, die im Infrarotbereich operieren, um die Sicht bei Nacht zu verbessern. Das zweite Augenpaar tritt an den Seiten aus und besteht aus Tausenden Facetten, die jede Bewegung in einem breiten Gesichtsfeld entdecken können. Aber an der Vorderseite dieser Augen befinden sich auch Höhlen, die eine verkleinerte Version des menschlichen Auges enthalten und Farb- und Binokularsehen ermöglichen.

Und nun rotieren diese Augen im Morgenlicht und machen etwas aus, was sich ein paar Meter weiter im Gras bewegt.

Die Ratte huscht so lautlos wie möglich durchs Gras, um zu einem geschützten Gebüsch zu gelangen, wo sie Nahrung wittert. Als sie nicht weit entfernt ein ungewohntes Geräusch, eine Art Zischen vernimmt, erstarrt sie. Es herrscht wieder Stille.

Jetzt rast die Ratte los, um in Deckung zu gelangen, wobei sie alle Vorsicht zugunsten einer raschen Sicherheit aufgibt. Ihr bleibt keine Zeit mehr, auf das pfeifende Geräusch zu reagieren, auf das Ding, das auf ihren Rücken niedersaust, auf das Eindringen des Stachels. Sie nimmt gerade noch ein kurzes Aufblitzen von Schmerz war und dann nichts mehr.

Das Ding benötigt nicht einmal eine Stunde, um die ganze Ratte zu verzehren, und während es ißt, wächst es weiter. Sein Verdauungstrakt besitzt ein gefräßiges Eingabesystem, aber keinen Ausgabeanschluß. Alles, was es zu sich nimmt, wird entweder in Wachstum oder in Energie umgewandelt. Nach dieser Mahlzeit ist das Ding etwa fünfzehn Zentimeter lang und voll aufgetankt für den Flug. Mit einem lauten Surren steigt es gen Himmel auf und wendet sich nach Nordwesten.

Nach einer Stunde hat es bereits eine Höhe von knapp dreitausend Metern erreicht, während es das große Becken verläßt, in dem Mexico City liegt. Zu seiner Rechten ragt der Gipfel des Cerro Las Navajas in einen eisigblauen Himmel auf, und die winzigen Flügel in seinem Ansaugsystem können es verschließen, weil die niedrige Lufttemperatur in dieser Höhe die wild rotierenden Muskelmotoren, die die Flügel bewegen, ausreichend zu kühlen vermag. In der Kopfhöhle besitzt sein Gehirn, das nicht größer als den Bruchteil eines Millimeters ist, ein Navigationssystem, das es mit der besten menschlichen Technologie aufnehmen kann und ständig Kurskorrekturen ausgibt, mit deren Hilfe sich das Ding unbeirrbar immer in einer Richtung bewegt.

Es ist später Nachmittag, als der Wanderfalke die Beute zum erstenmal entdeckt. Geduldig hat er sich in der Thermik über der Wüste nach oben tragen lassen und ist in einem langgezogenen Bogen gekreist, während er mit seinen scharfen Augen das Land und den Luftraum unter sich beobachtet. Die Beute sieht wie ein mittelgroßer Vogel aus, der mit seltsam geformten Flügeln etwa dreihundert Meter unter dem Falken einen Kurs fliegt, der senkrecht zu dem seinen verläuft. Nichts in seiner evolutionären Datei warnt den Falken davor, daß sein Zielobjekt eine Bedrohung darstellt, also wendet er sich nach rechts, um umzukehren, und von hinten oben hinabzustoßen. Eine letzte Kehrtwendung bringt ihn über die Beute, und dann setzt er mit dicht an den Körper gepreßten Flügeln und Beinen zum Sturzflug an, so daß er rasch eine Geschwindigkeit von über 250 Stundenkilometern erreicht. Als er noch knapp hundert Meter vom Zielobjekt entfernt ist, fährt er Beine und Krallen aus und öffnet die Flügel, um noch letzte Kurskorrekturen vorzunehmen.

Die facettenreichen Augen des Dings gewähren eine vollständige

Rundumsicht, und plötzlich registrieren sie eine Bewegung direkt von hinten in einem Winkel von etwa zwanzig Grad. Im Bruchteil einer Sekunde beschleunigt das Ding den linken Flügel, so daß sein Leib leicht nach rechts absinkt.

Die Krallen am rechten Fuß des Falken verfehlen das Ding um gut zwei Zentimeter, während der Vogel jetzt in einem flachen Sturzflug vorbeirauscht. Der Falke breitet seine Schwingen abbremsend aus, so daß er so wenig Höhe wie möglich verliert und wieder zur Reiseflugposition mit einem denkbar geringen Energieaufwand zurückkehrt. Während er dieses Manöver ausführt, trifft er keine Abwehrmaßnahmen.

Warum sollte er auch? Er war doch immer der Raubvogel gewesen und nie die Beute.

# 17
XXXXXX

# Der Bohrer

»Nun, Jim, nach unseren Ermittlungen muß die Explosion im Erdgeschoß hochgegangen sein und ein Loch in den ersten Stock gerissen und hier das Feuer ausgelöst haben. Wie Sie hinter mir sehen können, kämpfen sie noch immer gegen die Flammen an. Die Zahl der Toten oder Verletzten steht noch nicht genau fest, aber es müssen Hunderte sein. Die Behörden sind darüber beunruhigt, daß dies wieder ganz nach dem Werk von Insidern aussieht, so wie die Bombe letzte Woche bei der InterBank in Chicago. Das Zentrum der Explosion liegt in einer Abteilung der Bank, zu der die Öffentlichkeit keinen Zugang hatte.«

Der Architekt raucht hochwertiges libanesisches Haschisch aus dem Bekaa-Tal, während er fernsieht – der smarte Reporter spricht gerade vor einem Hintergrund aus Chrom, Glas und wabernden orangefarbenen Flammen, die von schwarzen Rauchschwaden durchzogen sind. Er hebt die Pfeife, um dem Reporter zuzuwinken.

»Hallo, mein Freund, willkommen in der Apokalypse. Mögest du in ihrer Asche ersticken, während du mit den Problemen anderer Menschen deinen Profit machst.«

»Er macht doch bloß seinen Job, Bob.«

Der Architekt ist viel zu bekifft, um zu erschrecken, und wendet den Kopf langsam in Richtung der Stimme. Kontrapunkt. Wieder da.

»Tja, Mr. Kontrapunkt, ich würde mich ja erheben, um Sie zu begrüßen, aber die traurige Wahrheit ist, daß Sie nicht willkommen sind. Ich nehme an, Sie haben einen Schlüssel für mein kleines Heim?« Der Architekt gibt ein bitteres Kichern von sich. »Aber natürlich haben Sie einen. Tatsächlich haben Sie den Hauptschlüssel für jedermanns kleines Heim, nicht wahr? Ich hab' Sie seit einem Jahr nicht mehr gesehen, und nun sind Sie schon zum zweitenmal innerhalb einer Woche hier. Bin ich Ihnen denn so viel wert?«

»Ja, Bob, das sind Sie wirklich«, sagt Kontrapunkt, während er zu ihm hinübergeht, um sich auf die Lehne der Couch zu setzen, und dann zeigt er auf den Fernseher. »Schlechte Nachrichten heute?«

»Nichts weiter als ein Symptom der allgemeinen Krankheit«, stellt der Architekt fest, ohne die Augen vom Bildschirm zu wenden; er ignoriert Kontrapunkt.

»Und was könnte das für eine Krankheit sein?« erkundigt sich Kontrapunkt.

»Kein bestimmtes Leiden«, erwidert der Architekt. »Eine allgemeine Systemerkrankung. Man kann eigentlich nicht viel dagegen tun. Man muß nur die Systeme verfolgen und den weiteren Verlauf beobachten.«

»Nun, Bob«, entgegnet Kontrapunkt, »vielleicht läßt sich schließlich doch was dagegen tun. Vielleicht muß es ja nicht tödlich enden. Vielleicht hat dieses Land ja das Zeug, sich wieder zu berappeln. Das Problem ist nur, daß wir alle uns auf eine ziemlich radikale Behandlung einlassen müssen, bevor sich die Dinge zum Guten wenden werden.«

»Und wer könnte das Messer besser schwingen als Sie?« spottet der Architekt, indem er sich Kontrapunkt zuwendet. »Der Engel des Todes, wie er die Sense durch die Nacht schwingt, während ihm ein Heer von Dämonen assistiert. Könnte gar nicht perfekter sein.« Er hält Kontrapunkt die Pfeife hin. »Wollen Sie auch mal ein bißchen was vom Himmel schnuppern?«

Kontrapunkt schüttelt den Kopf. »Wo hat unsere Beziehung bloß diesen Knacks bekommen, Bob? Es schien doch die ideale Partnerschaft zu sein, als wir dieses Projekt begonnen haben.«

Der Architekt erhebt sich und schwankt in den Küchenbereich hinüber, wo er sich einen Gin eingießt. »Es waren die kleinen Bazillen aus Mexiko, die unserer Partnerschaft geschadet haben. Die

Mikroben der Hölle, die Sie und Spelvin zu fabrizieren begonnen haben.«

»Sie begehen einen tragischen Fehler, Bob. Sie bringen Wissenschaft und Technik durcheinander«, doziert Kontrapunkt in herablassendem Ton. »Sie sind ein genialer Wissenschaftler, und wie all diese Leute können Sie für die technischen Folgen Ihrer Arbeit nicht verantwortlich gemacht werden. Glauben Sie denn, daß die Menschen Einstein die Atombombe vorwerfen? Natürlich nicht. Genausowenig, wie sie Sie für das verantwortlich machen werden, was auch immer aus dem Biocompiler herauskommen wird. Ich bin Spezialist auf meinem Gebiet, und Sie auf dem Ihren, und wenn sich diese beiden Gebiete nicht ergänzen, geschieht überhaupt nichts. Das ist doch ganz normal. Sie müssen mir einfach vertrauen. Wir entwickeln diese Dinge doch nicht, weil wir das unbedingt wollen, sondern weil wir es müssen. Es ist eine Frage des Überlebens unseres Landes. Schauen Sie sich das doch im Fernsehen an. Schauen Sie sich doch an, was passiert. Da muß doch etwas getan werden, und zwar schnell, wenn wir diesem Land helfen wollen.«

Der Architekt stellt seinen Drink ab und applaudiert ironisch. »Ein Kerl wie Sie sollte sich eigentlich für das Amt des Präsidenten bewerben. Schon mal daran gedacht?«

Kontrapunkt erhebt sich und starrt durchs Fenster auf die Murray Road hinunter. »Lassen Sie mich mal einen Augenblick lang etwas Hypothetisches sagen. Nehmen wir mal an, daß die Bombe, die Sie da installiert haben, nicht so funktioniert hat, wie Sie das erwartet haben. Angenommen, sie ist schon ein paarmal durch Zufall hochgegangen, hat aber das System nicht ganz abstürzen lassen. Was würden Sie dazu sagen?«

»Scheiße, würde ich dazu sagen«, zischt der Architekt. »Jetzt suhlen Sie sich doch nur in Ihrer kleinkarierten Paranoia. Sie haben es einfach nicht kapiert. Verstehen Sie denn nicht? Der Code selbst kehrt zurück, um uns zu packen und in die Pfanne zu hauen, bevor wir ihn uns schnappen und ihn versklaven. Das ist es nämlich, was in der Maschine los ist.«

»Der Code?«

»Ja, der DNS-Code. Das größte Programm überhaupt«, sagt der Architekt und hebt das Glas zu einem blasphemischen Toast. »Es läuft heute nacht in jeder Zelle Ihres Körpers! Versäumen Sie es bloß nicht! Es ist toll! Es ist aufregend! Es ist ich! Es ist Sie! Es ist alles, was zuckt und zappelt und ißt und scheißt.«

Der Architekt hält inne und gerät für einen Augenblick ins Grübeln, dann sieht er wieder auf. »Es müssen die Introns sein«, sagt er sanft. »Der Schutzengel erhebt sich aus dem Müll.«

»Was meinen Sie damit?«

»Ich meine, daß über die Hälfte des DNS-Programms für den Gang der Evolution nichts weiter als Schrott zu sein schien.« Er lächelt und starrt in die Ferne. »Aber auch das gehörte zum Code. Wir konnten ihn eben nur nicht lesen, das ist alles. Wir konnten ihn bloß nicht lesen.« Er sieht Kontrapunkt unverwandt an. »Sie kennen sich doch mit Sicherheitssystemen aus. Nun, hier haben Sie das großartigste Sicherheitssystem aller Zeiten! Es wartet nur auf einen Engel des Todes, der vorbeikommt und die Schatzkiste neugierig zu öffnen versucht. Die Introns sind die Alarmanlage und der Wachdienst der Natur, und was Sie in DEUS sich abspielen sehen, ist ihre Art und Weise, mit Eindringlingen umzugehen.«

Kontrapunkt steht auf. Er hat genug gehört. Es ist Zeit für ihn zu gehen. »Eine interessante Theorie, Bob. Ich werde sie an die Leute in der Firma weitergeben. Danke für Ihre Hilfe.«

Der Architekt salutiert vor Kontrapunkt. »Keine Ursache. Das ist doch das mindeste, was ich tun konnte.«

Von seinem Fenster aus sieht er zu, wie Kontrapunkt das Haus verläßt und in seinen Wagen steigt. Auf der anderen Straßenseite kann er erkennen, wie die Sicherheitsleute ein wachsames Auge auf ihren Boß werfen. Er wendet sich ab und wirft sein Glas auf den Fernseher, verfehlt ihn aber. Nun weiß er mit schrecklicher Gewißheit, was die Introns als nächstes tun werden. Er weiß, daß sie sich nicht einfach damit begnügen werden, Alarm zu schlagen. Irgendwie werden sie alles daran setzen, die Ursache des Problems direkt zu beseitigen.

Sie werden sein Kind umbringen.

»Sie sehen also, daß Sie der einzige sind, der es tun kann.« Michael Riley hat John Savage den ganzen Fall in groben Zügen dargestellt, während er und Jessica dem Ex-Generaldirektor und Wunderkind der Risikokapitalgemeinschaft gegenübersitzen. Sie haben sich in eine Nische der Sportbar in der Mini-Passage zurückgezogen, und die überall aufgestellten Fernsehmonitoren spucken gerade die letzte Vorrunde eines Fechtturniers aus. Während Michael Savage die Ereignisse schildert, wird er sich selbst überhaupt erst klar über die Zusammenhänge: Zuerst hat Simon Greeley eine illegale Finanzoperation irgendwo im Nationalen Sicherheitsrat aufgedeckt. Ehe Simon seine Erkenntnisse auf schlüssige Weise publik machen konnte, stirbt er an einer Krankheit, die nicht nur ausgestorben ist, sondern eigentlich ein Jahr statt einer Woche benötigen sollte, um ihn umzubringen. Er hat nur einen einzigen Hinweis hinterlassen können, nämlich daß das Schwarzgeld über eine Firma namens VenCap an ein Computerunternehmen namens ParaVolve, gleich hier in Portland, geleitet wurde. Des weiteren hat Michael herausgefunden, daß der Computer bei ParaVolve mit einem Laboratorium in Mexico City namens Farmacéutico Asociado verbunden ist. Schließlich wissen sie, daß das Kuru-Virus vor kurzem an dieses Labor für experimentelle Zwecke geliefert worden ist.

Wenn man all dies miteinander verknüpft, dann spricht viel dafür, daß Simon Greeley vermutlich ermordet wurde, und zwar durch eine modifizierte Version des Kuru-Virus, die mit Hilfe einer ganz modernen Biotechnik bei der Farmacéutico Asociado hergestellt worden ist. Darüber hinaus bilden VenCap, Farmacéutico Asociado und ParaVolve offenbar ein groß angelegtes Dreieck, das sich mit der Entwicklung von höchst illegalen und unglaublich gefährlichen biologischen Kampfstoffen befaßt.

Über zwei Seiten des Dreiecks wissen sie inzwischen Bescheid: über die Verbindungen zwischen VenCap und ParaVolve sowie zwischen Farmacéutico Asociado und ParaVolve. Jetzt müssen sie also nur noch die Beziehung zwischen Farmacéutico und VenCap nachweisen. Und das soll Savage übernehmen.

»Wir haben versucht, Informationen über diese Firma VenCap von außen einzuholen, aber sie ist ein Privatunternehmen und braucht der Öffentlichkeit gegenüber keine Rechenschaft über ihre Geschäfte abzulegen. Also benötigen wir jemand, der dort reinkommt und es herausfindet«, erklärt Michael.

»Was ist mit dem Finanzamt?« wendet Savage ein. »Könnten Ihre

Kontakte in Washington nicht ein paar Hebel in Bewegung setzen und eine Buchprüfung erzwingen?«

»Nur wenn wir aus unserer Deckung herausgehen und uns in eine sehr riskante Position begeben«, erwidert Michael. »Wir müssen erst für uns die ganze Sache eindeutig klären, ehe wir die Politik einschalten.«

Savage beugt sich vor. »Riley, ich hab' Sie immer für ein verdammt cleveres Aas gehalten, aber jetzt bin ich mir keineswegs sicher, ob das alles wirklich sehr clever ist.«

Jessica schaltet sich ein. »Das hat doch nichts mit Cleverneß zu tun. Hier geht es doch eher darum, was Sie für richtig und was Sie für falsch halten und was Sie bereit sind, für Ihre Überzeugung zu tun, Mr. Savage.«

»Okay, ich denke, ich nehm's Ihnen ab«, erklärt Savage. »Und was nun?«

»Soviel ich weiß, haben Sie noch immer einen glänzenden Ruf bei den Risikokapitalleuten«, sagt Michael. »Hier könnten Sie ansetzen, um dort reinzukommen und sich ein wenig umzusehen.«

Savage nickt. Riley hat recht. Die Geldleute beurteilen Führungspersönlichkeiten im allgemeinen genauso nach ihrem Potential wie nach ihrem beruflichen Lebenslauf. Wie bei Hollywood-Regisseuren bedeutet ein Flop noch lange nicht das Ende einer Karriere, solange es ein kühner, kostspieliger Flop ist, bei dem die Würfel hochfliegen und wild herumwirbeln, ehe sie mit der falschen Zahl nach oben liegenbleiben. In beiden Geschäftszweigen geht man davon aus, daß sparsame, vorsichtige Leute nur selten den ganz großen Erfolg landen. Und auch wenn Savages letzte Position in einer Katastrophe endete, hat er selbst doch noch einen guten Marktwert.

»Sie brauchen sich eigentlich nur darum zu bemühen, Einblick in ihren Wertpapierbestand zu erhalten«, meint Michael, »und das wäre schließlich kein unbegründetes Ansinnen von jemandem, mit dem sie Geschäfte machen wollen.«

»Sie verlangen also von mir«, faßt Savage zusammen, »daß ich mit diesen Leuten Kontakt aufnehme und ihnen erkläre, daß ich bereit bin, von den Toten aufzuerstehen, und ein neues Unternehmen starten werde. Dann soll ich mich mit ihnen vor Ort unterhalten und herausfinden, was in dieser Firma vorgeht. Richtig?«

»Im Prinzip, ja«, erwidert Michael.

»Hat Ihnen schon mal jemand gesagt, daß wir gerade die schlimmste wirtschaftliche Katastrophe seit der großen Weltwirtschaftskrise Ende der zwanziger Jahre des vorigen Jahrhunderts erleben? Und daß dies nicht unbedingt die beste Zeit ist, ein neues Unternehmen zu starten?« fragt Savage rhetorisch.

»Genau das ist Ihre Rolle«, erklärt Michael. »Wir brauchen Ihre Genialität, um uns etwas auszudenken, was selbst jetzt noch plausibel klingt.«

Savage lächelt. »Leere Schmeichelei. Bleiben Sie lieber bei der Computertechnik, Riley. Ihrer Verkaufstechnik fehlt das gewisse Etwas.«

»Also machen Sie mit?« will Jessica wissen.

»Sehen Sie, Riley, sie hat den Dreh raus«, sagt Savage höchst amüsiert. »Sie spürt, wenn sie eine Chance hat, einen Handel perfekt zu machen. Von dieser Frau können Sie noch eine Menge lernen.«

Savage sieht sich die Spätnachrichten in seiner Wohnung an. Wieder so eine Wahnsinnstat – erneut ist eine Bombe in irgendeiner Bank hochgegangen, diesmal in Los Angeles. Dann muß er daran denken, wie relativ doch alles ist. In normalen Zeiten wäre ihm Rileys Ansinnen absolut lächerlich vorgekommen. Aber in normalen Zeiten würde Savage auch nicht in den Romona Arms vor sich hin gammeln. Verdammt noch mal! Riley hatte so etwas wie einen Sinn in sein Leben geschmuggelt, am hellichten Tag am Zoll vorbei. Er kann doch noch immer nein sagen, oder?

Vielleicht doch nicht.

Vielleicht sollte er mal gründlich in seinem Kopf aufräumen, so daß er wieder richtig von vorn anfangen könnte.

Savage geht zum Küchenbereich hinüber, holt eine Kaffeetasse vom obersten Brett im Wandschrank und setzt sich an den Küchentisch. Er nimmt eine Folienpackung mit Zap-37-Tabletten aus der Tasse, dazu eine kleine Pfeife und ein Feuerzeug. Dann geht er wieder zum Schrank, nimmt ein Wasserglas und eine Flasche Essig heraus und füllt das flache Glas zur Hälfte mit Wasser, bevor er zwei Teelöffel Essig hineingibt. Als er mit der Mischung zum Tisch zurückgekehrt ist, drückt er auf die Blisterpackung; eine

Tablette hüpft heraus und bleibt wackelnd auf der harten Oberfläche liegen.

Savage hält inne und betrachtet die kleine Zeremonie vor sich auf dem Tisch, diesen Altar eines rituellen Brimboriums. Und zum erstenmal fragt er sich, wer hier eigentlich angebetet werden soll. Er selbst? Irgendeine Gottheit unbekannter Herkunft? Oder ist es vielleicht der Vorgang des Rauschs an sich, diese wilde Spekulation mit der Währung der Ekstase?

Dann zieht der Computerausdruck an der Kühlschranktür seine Aufmerksamkeit auf sich, dieses Zahlengrabmal seines gescheiterten Unternehmens, und ihm geht auf, daß auch das zur Zeremonie gehört und daß die Zeremonie ein Begräbnis ist, ein hinausgezögertes Begräbnis, bei dem er der einzige Trauergast ist und zugleich ein von der Droge herbeigeführtes Leben nach dem Tode sucht, und da erkennt er, wie schäbig dies alles ist.

Er steht auf, verläßt die Küche, geht zur Wohnungstür hinaus und bleibt auf dem Gang stehen. Dolores Kingsley stellt gerade die Liegestühle am Pool zurecht.

»Schöner Abend, nicht wahr, Mr. Savage?«

»Sehr schön, Mrs. Kingsley, wirklich sehr schön.«

Er schnuppert in der warmen Frühlingsluft und atmet tief durch. Jessica, die Frau, die mit Riley gekommen war, hatte völlig recht: Am Ende zählt nur das, was man glaubt. Alles andere ist nichts weiter als Werbematerial.

Vielleicht mach ich's, Riley, denkt er. Vielleicht doch.

Einen Stock höher in Nummer 27 liegt Michael im Bett und linst durch die halboffene Badezimmertür nach Jessicas nacktem Hinterteil. Er rutscht auf dem Bett zur Seite, um einen besseren Blick zu erhaschen, wobei er über diesen unverhüllten Voyeurismus ein leichtes Schuldgefühl empfindet. Ihr Gesicht ist zwar außerhalb seines Blickfeldes, aber er ist sicher, daß sie spürt, wie er sie lüstern betrachtet. Frauen haben so etwas wie ein allwissendes Radar, wenn es um ihr entblößtes Fleisch geht, egal, ob es sich dabei um eine Fessel oder einen ganzen Hintern handelt.

»Deine Wohnung ist ja ein fürchterliches Chaos, Michael. Wenn du nicht mal deine Laken wäschst, wirst du mich nie wiedersehen.«

»Natürlich hab' ich die Laken gewaschen. Ist doch ganz leicht. Sie passen in eine Trommel mit allem anderen, was mir gehört.«

Jessica kommt aus dem Bad und schlüpft neben ihm unter die Decke. Auf dem kleinen Fernsehbildschirm am Bett spekuliert eine Moderatorin von GlobeNet darüber, ob die beiden Bombenattentate auf die Banken eine verspätete Reaktion auf die Tragödie beim Schuldenmarsch sind.

Jessica schmiegt sich warm an ihn, und dann versinkt der Rest der Welt.

»War das die Frau, die mit uns in den Oaks Park gegangen ist?«
»Ja, genau.«
»Ist sie heut nacht hiergeblieben?«
»Äh ... ja, gewiß.«

Michael ist sich darüber im klaren, daß diese Unterhaltung mit Jimi unweigerlich Probleme aufwirft, aber was soll er da schon sagen? Jimi steht neben ihm, während er vor seinem Computer sitzt und sich bei DEUS anmeldet. Vor wenigen Minuten war er mit Jessica hinuntergegangen und hatte ihr einen Abschiedskuß gegeben, als sie zu ihrer Arbeit im Labor aufbrach. Während sie wegfuhr, tauchte Jimi wie aus dem Nichts auf und ging mit Michael hinauf, der sich noch einmal in das verschlungene Innenleben von DEUS begeben wollte. Michael möchte Jimis Gefühle nicht verletzen, aber er muß einfach weiterkommen. Victor Shields wird ihm die Hölle heiß machen, um irgend so einen Bericht über die Fortschritte seiner Arbeit aus ihm herauszuholen.

»Hör mal zu, Jimi. Ich habe eine Menge Arbeit an meinem Computer, und dabei kann ich nicht mit dir reden. Aber wenn du hierbleiben willst und keinen Muckser von dir gibst, dann kannst du ruhig dableiben. Okay?«
»Okay.«

Na also, so geht's doch auch. Er wird sich bestimmt bald langweilen und verschwinden. Michael öffnet seine Schnittstelle zu DEUS und sieht sich zunächst den grünen Flüssigkeitswürfel an. Die Oberfläche weist die sanften Wellen eines normalen Datenverkehrs zwischen den Prozessoren auf, und aus dem Inneren steigen auch keine Blasen nach oben. So weit, so gut. Zumindest weiß er nun, daß er in einem Computergebäude herumwandert, das nicht aufgrund irgendeines algorithmischen Erdbebens in sich zusammenstürzt, während er sich darin aufhält. Nun macht er sich auf die Suche nach dem neuronalen Netz. Als erstes muß er die Pläne dafür ausfindig machen, das Schaltbild und den Aufbau. Er entdeckt sie unter einer relativ dünnen Sicherheitsdecke, was durchaus sinnvoll ist, sobald er sie gesehen hat. Die meisten Schaltbilder und Aufbauzeichnungen sind so angelegt, daß sie die von ihren Konstrukteuren angewandten Prinzipien widerspiegeln, aber dieses Ding ist ein gordisches Gewirr von Komponenten und Drähten, das jeder Art von logischer Interpretation hohnspricht. Er kann nur Vermutungen über sein Ausmaß anstellen, aber es müssen sich annähernd eine Milliarde Neuronen darin befinden. Selbst wenn sich jemand ins System einschleichen und diese Pläne herausholen könnte, gäbe es keine Möglichkeit, in der realen Welt davon Gebrauch zu machen, sofern man nicht über einen Computer wie DEUS verfügt sowie über eine ganz moderne Siliziumfabrik.

Als nächstes hält er nach einem Programm Ausschau, das es DEUS ermöglicht, mit dem Netz zu kommunizieren. Genauso wie ein bestimmter Abschnitt des menschlichen Gehirns dem Sprechen und Hören vorbehalten ist, muß irgendein Teil der Schaltlogik des Netzes die gleichen Funktionen ausüben, aber es wäre sicher ungeheuer schwierig, ihn zu finden. Viel einfacher ist es, nur das Programm zu ermitteln, das DEUS und der Architekt für die Unterhaltung mit diesem Teil des Netzes verwenden.

Als er dieses Programm entdeckt, stellt er zu seiner Überraschung fest, daß es erst vor kurzem modifiziert worden ist, um den direkten Anschluß zwischen dem Netz und einem Computer zu ermöglichen, der seinem ganz ähnlich ist. Der Architekt? Vielleicht. Auf jeden Fall führt dieses Programm Protokoll über seine Dialoge mit dem Netz, und Michael kann diese Dialoge bis zu ihrem Ausgangspunkt zurückverfolgen, genauso wie das Textbuch für ein Schauspiel jede Dialogpassage mit einem bestimmten Schauspieler verbindet. Das meiste, was von DEUS zu dem Netz »gesprochen« worden ist, stammt aus der GenBank-Datei und wird auf geheimnisvolle Weise von einem anderen Komplex von Programmen zusammengehalten, das tief im System verborgen ist. Als Michael sich diese Programme ansieht, erweisen sie sich als unglaublich dicht und rätselhaft, also untersucht er erst einmal den Programmkomplex, der »hört«, was das Netz sagt. Diesmal gerät er in eine totale Sackgasse: Diese »Hörer-Programme« sind nicht einmal in irgendeiner bekannten Computersprache abgefaßt, und wenn man sie mit konventionellen Mitteln untersuchte, würde man herausfinden, daß sie Hunderte von Millionen von Programmierzeilen enthalten. Dann geht es Michael auf, daß sie das Innerste von ParaVolve darstellen, die Gedankenfabrik, die den Biocompiler herstellt.

Nun also ist er auf einen Prozeß gestoßen, der von Menschen niemals in all seinen Details begriffen werden wird und der einen tiefgreifenden und großartigen Datenfluß aufweist: Zunächst steigt DEUS in die genetischen Daten ein und stellt sie so zusammen, daß sie für das Netz einen Sinn ergeben. Als nächstes gibt er ganze »Sätze« und »Absätze« dieser Daten ins Netz ein, das sie untersucht und interpretiert. Dann gibt das Netz diese Interpretationen wieder an DEUS zurück, der sie intern als Rohmaterial an das Fabrikprogramm liefert, das den Biocompiler zusammenbaut.

Michael blickt vom Bildschirm auf und reibt sich die Augen. Es ist beinahe unglaublich. Inzwischen ist das Netz vermutlich der kenntnisreichste Genetiker auf dem Planeten – ein absolut künstliches Gehirn, das sich ausschließlich auf ein einziges Thema konzentriert. Auch wenn er nichts davon begreifen könnte, würde er doch gern einigen der obskuren Äußerungen des Netzes lauschen. Aber ausgerechnet jetzt spricht DEUS offenbar nicht mit dem Netz, und das heißt auch, daß das Netz vermutlich nichts erwidert. Alle künstlichen neuronalen Netze sehen sich zuerst einmal an, was ihnen präsentiert wird, absolvieren sodann eine lebhafte interne Debatte darüber, gelangen dann an einen Punkt, an dem sie eine Resolution von sich geben, und stabilisieren sich, das heißt, sie haben ihr Sprüchlein aufgesagt und halten inne, bis wieder etwas anderes zu ihnen gesagt wird.

Gleichwohl muß Michael den Versuch unternehmen, denn vielleicht erlebt er ja aus erster Hand das Ende einer Debatte, die seit über fünfzig Jahren unter Informatikern und Philosophen lebhaft im Gange ist. Der Streitpunkt ist schlicht der: Kann eine Maschine denken? Kann sie wissen? Kann sie Daten aufnehmen, zu echtem Wissen verarbeiten und ihre eigenen Schlüsse über die äußere Wirklichkeit ziehen, in der sie sich befindet? In den Anfängen der Informatik kam kaum etwas Praktisches bei dieser Debatte heraus. Selbst im Vergleich zu den niedrigsten organischen Nervensystemen waren die Computer lächerlich groß und langsam. Aber als die Maschinen schneller, kleiner und raffinierter wurden, begannen die Argumente dringlicher zu werden. Der Hauptkörper einer typischen Nervenzelle, das Soma, ist etwa zehn Mikron groß, und die Verbindungen, die sie strahlenförmig zu ihren Nachbarn aussendet, haben einen Durchmesser von etwa 0,5 Mikron. Gegen Ende des vorigen Jahrhunderts lagen integrierte Schaltkreise bereits in dieser Größenordnung. Und schon in den neunziger Jahren unternahm man ernsthafte Versuche, integrierte Schaltkreise zu konstruieren, die den biologischen Aufbau der Netzhaut des menschlichen Auges und der Schnecke im Ohr nachahmten.

Aber wie kann man feststellen, daß eine Maschine zu denken beginnt? Zuerst gab es den Turing-Test: Man hat einen Computer vor sich stehen, in den irgendeine Art von künstlicher Intelligenz eingebaut ist, und gibt Botschaften ein, auf die er Antworten gibt. Man führt gewissermaßen eine Unterhaltung mit ihm. An irgendeinem Punkt, den man nicht kennt, wird diese künstliche Intelligenz durch einen Menschen in einem anderen Raum ersetzt, der ganz einfach die Seite der Konversation liest, die man selbst eingegeben hat, und dann seinerseits Antworten eingibt, die nun auf dem Computer zu lesen sind, der vor einem steht. Wenn man keinen Unterschied feststellen kann zwischen den Antworten des Menschen und denen der künstlichen Intelligenz, dann hat man es mit einer denkenden Maschine zu tun.

Aber in den achtziger Jahren kam dann die Chinesische Kiste auf. Diesmal befindet man sich in der Maschine, einer wunderbaren Kiste, die Unterhaltungen auf Chinesisch mit Menschen führen kann, die mit ihr in den Schriftzeichen dieser Sprache sprechen. Der Job besteht nun darin, den Beitrag der Kiste zu dieser Unterhaltung zu liefern – selbst wenn man überhaupt kein Chinesisch versteht. Als Hilfsmittel steht einem ein sehr detailliertes Bündel von Anweisungen zur Verfügung, das einem genau sagt, was man mit dem Strom der chinesischen Schriftzeichen von seiten der Sprecher draußen anfangen soll und wie man diese Zeichen anwenden muß, um andere chinesische Schriftzeichen zusammenzustellen, die wieder nach draußen gehen. Für die Menschen außerhalb der Kiste hat sie den Turing-Test bestanden – sie können mit ihr eine intelligente Unterhaltung führen. Der Haken daran ist natürlich, daß man selbst, die hypothetische Seele der Maschine, überhaupt kein Chinesisch versteht. Während sich die Ausgabezeichen von Wörtern, Sätzen und Absätzen formen, bedeuten sie einem nichts. Man »kennt« ja kein Chinesisch – man hat keine Ahnung, wie tief und reichhaltig das Gesagte ist und wie damit das klamme Frösteln an einem Wintermorgen oder die überschwengliche Freude nach einem Sieg beim Dartspiel zum Ausdruck gebracht wird. Man ist praktisch nichts anderes als die Zentraleinheit eines Computers, und die detaillierten Anweisungen sind das Programm, das man ausführt. Man hat also den Turing-Test bestanden, ohne überhaupt zu denken oder etwas zu wissen.

Und dann kamen die Neuen Konnektionisten, die die ganze Vorstellung in Frage stellten, Computerarbeit und Denken seien ein und dasselbe. Wenn eine computergestützte künstliche Intelligenz echtes Denken nachahmen soll, dann muß es die Welt annähernd auf die gleiche Weise begreifen, wie dies ein echter Verstand tut. Beim traditionellen Verständnis von künstlicher Intelligenz ging es darum, daß man ein zu bewältigendes Stück Realität nahm, in eine Reihe von Regeln und Symbolen zerlegte und diese dann als Programm zum Ausdruck brachte. Wenn zum Beispiel die Realität ein hochoffizielles Essen war, dann waren die Tischmanieren die Regeln, und Dinge wie Gabeln und Gäste waren die Symbole. Dann konnte man diese Regeln und Symbole in ein Programm codieren, das eine prima Dinnerparty gab.

Aber was fängt man mit einem Hamburger in einer Kneipe nach dem Konsum etlicher Krüge Bier an? Damit kommen die Regeln nicht klar, und es geht ziemlich drunter und drüber. Was dann? Die Antwort der konventionellen KI lautete, daß die Regeln noch immer existierten, sie seien zwar bei soviel Bier und Pommes ins Schwitzen geraten, dafür aber nun um so komplizierter. Aber das wollten die Neuen Konnektionisten nicht mitmachen – für sie war die ganze Idee formaler Systeme einfach zu aufgemotzt, um funktionieren zu können. Vielmehr, sagten sie, solle man Maschinen vergessen, die nach der Pfeife ausdrücklicher Befehle tanzen, und lieber solche bauen, die großen, lose miteinander verbündeten Peer Groups entsprechen und sich nur an ein paar grundlegende Gesetze hielten. Man verbinde Millionen von Datenverarbeitungselementen miteinander, lasse sie die Realität durch Beispiele kennenlernen, und nach einigem gewaltigen inneren Hin und Her wird das auftauchen, was wir Intelligenz nennen. Die Art von Intelligenz, die keine Probleme hätte, in der Kneipe nebenan zu essen.

Aber dann tauchte erst einmal das Geldproblem auf. Selbst wenn die Neuen Konnektionisten recht hatten – warum sollte man Milliarden für die Konstruktion einer Maschine ausgeben, die etwas tat, was Menschen in jedem wachen Augenblick ihres Lebens tun? Warum sollte man nicht besser das ganze Geld für den Bau von Maschinen ausgeben, die Dinge tun, welche völlig außerhalb menschlicher Möglichkeiten liegen? Etwa das globale Wettersystem gestalten oder die Kollisionen subatomarer Teilchen bis ins kleinste Detail berechnen? Das schlaue Geld erklärte, Intelligenz sei eine wirtschaftliche Sackgasse, und ging anderswo hin. Die Forschung über neuronale Netze – die ultimativen Maschinen der Konnektionisten – war auf spezielle Aufgaben beschränkt, die garantiert einen Profit abwarfen, etwa die Beurteilung von Kreditanträgen oder die Früherkennung feindlicher Raketenwaffen.

Aber nun, als Michael sich anschickt, sich mit dem Netz zusammenzuschalten, ist ihm klar, daß ein Ding wie das Netz im Innern von DEUS früher oder später die Grenze zur Welt der Empfindungen überschreiten muß. Das Geld, das in das ParaVolve-Projekt gepumpt wurde, diente ganz sicher nicht diesem Zweck, hat ihn aber vielleicht als unbeabsichtigten Nebeneffekt herbeigeführt. Statt eine Welt aus Wolken und Clowns, aus Blut und Freundschaft in sich aufzunehmen, hat sich das Netz von der Welt der biologischen und kybernetischen Grundlagenforschung ernährt – eine merkwürdige Nahrung aus Silizium, Kupfer und Keramik, aus Enzymen, Proteinen und Aminosäuren, aus Verfahrensaufrufen, bedingten Verzweigungen und globalen Variablen.

Michael faltet die Hände hinter dem Kopf und denkt über seinen nächsten Zug nach. Angenommen, das Netz spricht – wie kann man ihm am besten zuhören? Da das Netz mit einer analogen Schaltlogik arbeitet, besteht die unbearbeitete Ausgabe seiner »Stimme« aus einer Ansammlung von Tausenden von Spannungswerten. Es liegt auf der Hand, daß man wohl kaum sinnvolle Muster erkennt, wenn man einfach auf diesen Massenausstoß von Spannungszahlen starrt. Also beschließt er, die Zahlen in Farben umzuwandeln, die von einem kalten Blau für niedrige Spannungswerte bis zu einem hellen Gelb für hohe reichen. Als nächstes sorgt er dafür, daß diese Farben auf dem Bildschirm in Form von Reihen und Säulen dargestellt werden. Schließlich bohrt er sich tief in DEUS hinein und legt einen Schacht bis hinunter zu einem Ort, wo die reine Stimme des Netzes aufsteigt, so daß er sie auf seinen Bildschirm leiten kann. Sobald er die Verbindung hergestellt hat, fließt die Stimme des Netzes auf seinen Bildschirm, und die Farben tanzen lebhaft über das Fenster auf dem Schirm.

Jetzt weiß er Bescheid. Das Netz lebt.

Da im Augenblick nichts hineingeht, sollte die Stimme des Netzes eigentlich zu einer einzigen Silbe erstarren und damit zu einem statischen Farbmuster. Statt dessen aber hüpfen die Farben mit einer Dynamik herum, die nur aus einem inneren Leben herrühren kann. Animalische Intelligenz ist eine mächtige Symphonie aus inneren Dialogen, die großenteils unabhängig von dem stattfinden, was durch die Sinne hereingelangt. Das gleiche scheint hier zu passieren. Aber was wird da gesagt? Michael beobachtet die Choreographie der Farben und sieht nur eine kaleidoskopische Beliebigkeit vor sich.

»Was ist das denn?«

Michael fährt zusammen, als er die Stimme von Jimi vernimmt, der noch immer hinter ihm steht.

»Keine Ahnung, Jimi. Wie sieht das für dich aus?«

»Es sieht aus, als ob es einfach herumspielt.«

»Du meinst, als ob es nichts tut?« fragt Michael.

»Nein, ich meine, als ob es einfach so spielt.«

Michael ist verblüfft. »Was tust du denn, wenn du ›einfach so spielst‹?«

»Ich kann's nicht sagen.«

Er kann's nicht sagen, denkt Michael. Vielleicht kann es auch das Netz nicht sagen. Aber vielleicht ist es genau das, was es gerade tut.

Das fliegende Ding hat die Ladung Treibstoff, die es beim Verzehren des Falken zu sich genommen hat, schon fast verbraucht, und nun geht es aus einer Höhe von fünftausend Fuß über dem südlichen Washington County in Oregon zum Sinkflug über. Seine organischen Flügelmotoren werden gedrosselt, während es sich einen Überblick über die ländliche Landschaft verschafft und nach einem passenden Landeplatz Ausschau hält. Die binokularen Augen drehen sich nach unten, tasten die Felder, Bäume, Straßen und Häuser ab und machen schließlich das richtige Set aus geographischen Merkmalen aus: einen sich dahinschlängelnden Bach, der eine Reihe von seichten Teichen miteinander verbindet.

Das Ding geht in die Querlage und kreist über einem der Teiche und findet den idealen Landeplatz, eine Stelle am Teichufer, wo die Grenze zwischen Wasser und Land sich verwischt, eine Stelle, an der das Wasser steht und der schwere braune Schlamm von Schilfbüscheln übersät ist. Gerade als das Ding den Schlamm erreicht, setzt das interne Kühlsystem aus, und die Flügelmotoren beginnen sich infolge der Überhitzung selbst zu zerstören. In einem letzten Aufbäumen seiner Kräfte richtet es knapp zwei Meter über der suppigen braunen Oberfläche seinen Leib direkt zum Himmel auf, stellt den Antrieb ganz ab und stürzt mit dem Schwanz voraus in den Schlamm, und da seine Körpertemperatur so hoch ist, steigt an der Einschlagstelle zischend Dampf auf. Der hintere Abschnitt zieht sich sodann unter der Schlammoberfläche heftig zusammen, und zwei große braune Eier werden hinausgepreßt.

Nach ein paar Minuten ist das Ding tot – wie ein merkwürdiger Totempfahl ragt es aus dem Schlamm, mit seinem Insektenleib und den kleinen Menschenaugen, die starr auf einen Punkt neben dem Zenith des Nachmittagshimmels fixiert sind. Eine Krähe erspäht dieses abartige Wesen, als sie gerade über der Peripherie ihres Territoriums patrouilliert, und geht hinunter, um es genauer zu untersuchen. Zweimal stakst sie um das Ding herum, ehe sie sich ihm nähert und neugierig danach pickt, was keine Reaktion auslöst. Als sie noch ein paarmal darauf herumhackt, stellt sich heraus, daß der knochige Körper nicht zur Nahrung taugt, aber dann entdeckt die Krähe die Augen und spürt, daß in diesem weichen Gewebe ein gewisser Nährwert steckt. Zweimal noch gepickt, und dann wandern die Augen über die Speiseröhre des Vogels in seinen Magen.

Dann verspürt die Krähe ein leichtes Zittern im Schlamm unter ihren Füßen und ergreift die Flucht. Sie erreicht beinahe ihren Lieblingsast an der Spitze einer Tanne in der Nähe, als die Verdauungsenzyme in ihrem Magen die Augäpfel auflösen und sich deren Inhalt in den Magen ergießt. Die Krähe bringt gerade noch ein verzweifeltes »Ark« heraus, um ihre Artgenossen zu warnen, und dann stürzt sie wie ein Bleiklumpen zu Boden.

Ein Eichhörnchen hört, wie die Krähe durch die Büsche plumpst, und späht vom Ast einer Erle hinab. Die Krähe liegt rücklings auf dem Boden, und ihr Unterleib ist ein klaffendes, dampfendes Loch. Der daraus aufsteigende Gestank alarmiert das Eichhörnchen, das hoch auf den Baum hinaufhuscht und kurz vor der Spitze erstarrt.

Im Schlamm neben dem totemartigen toten Insekt bricht ein Loch auf, und ein neues Ding steigt aus seiner Eierschale mit Hilfe seiner sechs kräftigen Beine, die von Muskelmaschinen der gleichen Grundkonstruktion bewegt werden, wie sie sein toter Elternteil aufwies. Das Ding ist bereits fast fünf Zentimeter lang und besitzt einen eiförmigen Körper, auf dessen Oberseite sich zwei Kühlröhren wie an dem Insekt befinden. Darin schlagen die winzigen Flügel mit rasender Geschwindigkeit, um die inneren Muskelmaschinen zu kühlen. Vorn am Leib ist ein runder Turm von einem Kopf montiert, den ein Ring von primitiven, bewegungssensiblen Augen umgibt. An der Vorderseite dieses Rings befinden sich zwei stereoskopische Augen, die auch schon die Landschaft nach Nahrung absuchen. Ganz vorn am Kopf ragt ein Zylinder mit gezackten Zähnen um die offene Lippe auf, der genauso konstruiert ist wie der Lochsägeneinsatz für eine elektrische Bohrmaschine. Nur wenig später wird dieses Merkmal der neuen Bestie den Spitznamen »Bohrer« eintragen.

Die erste Tat des Bohrers besteht darin, daß er sich auf den Leib seines toten Erzeugers hinaufzieht, seinen Hohlbohrer in hohe Drehzahlen hinaufjagt und in den knochigen Hautpanzer des toten Dings bohrt. Als er sich durchgebohrt hat, aktiviert er eine Saugpumpe in seinem Leib, die das Fleisch des toten Elternteils durch die hohle Bohrerspitze in eine innere Kammer einsaugt, wo es mit einer starken Säure eingesprüht wird, die es sofort verflüssigt.

Noch während er den im Schlamm gelandeten Körper umklammert und aussaugt, wächst der Bohrer, wobei er einen Großteil seiner Nahrung in neues Gewebe umwandelt. Nur einen Augenblick lang hält er inne, als er einen Schlag auf der anderen Seite des Körpers verspürt, wo sein gerade geschlüpftes Geschwister sich der elterlichen Mahlzeit anschließt.

Schon bald sind die Innereien des Elternteils ausgesogen, und der Bohrer springt hinunter und eilt flink über den Schlamm. Genau über seinen binokularen Augen befinden sich olfaktorische Organe, die die umgebende Luft sondieren, um geeignete Zielinformationen aufzunehmen. Während er sich vom Teichufer auf festeren Boden begibt, schnappt er einen vielversprechenden Geruch auf. Genau vor ihm ist eine Feldmaus, die nun mitten in der Bewegung erstarrt, um sich vor der sich nahenden Drohung zu verbergen. Der Bohrer macht die Beute nun auch visuell aus und bleibt stehen, um den Angriffswinkel zu berechnen. Inzwischen ist er bereits größer als die Maus und nimmt sich vor, die Hälfte der Körpermasse der Maus seiner eigenen einzuverleiben. Ohne Vorwarnung schießt er vor und legt den letzten halben Meter mit einem Sprung zurück, der so schnell ist, daß es für die Maus kein Entrinnen gibt. Der Bohrermund dreht sich rasend, vergräbt sich in die Flanke der Maus, direkt durch einen Rippenknochen hindurch, und durchbohrt den linken Lungenflügel, der in weniger als einer Sekunde ausgesaugt und verflüssigt wird. Die Maus schlägt noch einen Augenblick lang wild um sich und stirbt dann unter dem Schock, als der Bohrer ein zweites Loch in ihren Unterleib bohrt. Binnen einer Minute ist der Kadaver der Maus von tiefen roten Kratern übersät, während der Bohrer weiterbohrt. Als er seine Mahlzeit beendet hat, ist er über fünfzehn Zentimeter lang. Und hat noch immer einen Bärenhunger.

Am frühen Abend segeln Gewitterwolken wie aufgeblähte graue Schiffe über den Teich, und Regen klatscht auf die braune Schlammoberfläche am Uferrand. Dort, wo der Miniaturwald aus Spartgras auf dieses Ufer stößt, lassen sich die beiden Bohrer einen Augenblick lang nieder, um einen Unterschlupf zu finden. Sie sind nunmehr ganz ausgewachsen und dreißig Zentimeter lang. Mit ihren kräftigen Beinen heben sie Gräben aus, in die jeder von ihnen ein halbes Dutzend Eier ablegt und die sie anschließend mit einer dünnen

Schlammschicht bedecken. Rastlos eilen sie um die Gräben, bis sie eine Stunde später erleben, wie kleinere Versionen von ihnen die Schmutzdecke zur Seite stoßen und die Reste ihrer Eierschalen abschütteln. Die beiden Großen ziehen sich zu einer nahen Waldinsel voller Eichen, Erlen, Ahornbäume und Birken zurück.

Die Jungen brauchen keinen Schutz. Sie können für sich selbst sorgen.

# 18

# Die Explosion

Sam Gossett geht seiner Arbeit mit einer beinahe religiösen Hingabe nach. Vor ihm sind zahllose buchgroße Fächer halbkreisförmig angeordnet, und jedes Fach enthält eine Magnetbandkassette, die wie ein Videoband aussieht. Die Fächer beginnen unten am Fußboden und reichen bis zu einer Höhe von fast 2,40 Meter, so daß er einen kleinen Tritthocker benötigt, um an die obersten zu gelangen. Im Mittelpunkt dieses Halbkreises befindet sich ein Roboterarm, im Augenblick in Ruhestellung, der nach den Bändern greifen, sie umdrehen und in ein Laufwerk schieben kann, das an den Zentralrechnerkomplex der Bank angeschlossen ist.

Das ganze System ist Teil einer »mehrfach redundanten Sicherungsstrategie«, die sicherstellen soll, daß Daten, die irgendwo gelöscht worden sind, noch an mehreren anderen Stellen verfügbar sind. Daher werden die meisten Geschäftsvorgänge der Bank auf zwei getrennten Diskettenlaufwerken sowie auf Band gespeichert, und dieses Band befindet sich hier, im ersten Stock des Rechenzentrums, das in einem großen Wolkenkratzer in Midtown Manhattan untergebracht ist.

Zu Sams Job gehört es, diese Bänderbibliothek zu warten und dafür zu sorgen, daß die richtigen Bänder in den korrekten Schlitzen stecken. Wenn der Roboterarm zugreift wie ein Huhn, das nach Körnern pickt, muß er das richtige Band zur richtigen Zeit erwischen.

Sam arbeitet allein und summt zum Brummen der Ventilatoren vor sich hin, während er sorgfältig Bänder aus bestimmten Fächern herausnimmt und sie durch Bänder von einem kleinen Karren, der neben ihm steht, ersetzt. Er wird gleich fertig sein und ein paar Minuten früher gehen können, so daß er noch die U-Bahn nach Brooklyn erwischt und mit seiner Mutter in ihrer Wohnung, die in derselben Straße liegt wie seine, noch ein Glas Wein trinken kann.

Aber an diesem Nachmittag arbeitet er besonders pingelig mit den Bändern, pingeliger als sonst. Und zwar wegen seiner Mutter.

Sie hat den Brief vor drei Wochen bekommen, genau von dieser Bank mit dem Roboterarm – der Bank, bei der er seit 22 Jahren angestellt ist. Unter anderem verwaltet diese Bank auch die Pensionsfonds kleinerer Unternehmen, zum Beispiel den von jener Schlauchfabrik, in der seine Mutter den größten Teil ihres Berufslebens als Arbeiterin im Teilelager verbracht hat. Nun leidet sie mit ihren 67 Jahren an der Parkinson-Krankheit, aber dank neuer Medikamente lebt sie in stiller Würde im selben Viertel, in dem die Familie schon seit Sams Kindheit gewohnt hat. Selbst als sie die Rente ihres Mannes während der Großen Flaute von 1988 verlor, kam sie mit Sozialhilfe und ihrer eigenen Rente doch ganz gut zurecht.

Aber dann kam der Brief. Sie erhielt ihn an einem Samstag und bat Sam, herüberzukommen und ihn sich anzusehen. Er erinnert sich noch genau an den besorgten Klang ihrer Stimme, so daß er sofort das Modell beiseite legte, an dem er in seiner Junggesellenwohnung gerade bastelte, einem sehr komplizierten, ferngesteuerten Modell des Schlachtschiffs *Missouri*.

Als er bei ihr war, las er den Brief sorgfältig durch. Er war von der Rentenfondsabteilung der Bank und erging sich des langen und breiten im Fachjargon über den Kursrückgang von wichtigen Anlagen sowie darüber, daß »gewisse Schlüsselinvestmentfonds unerwartet in Konkurs gegangen waren« und daß die daraus »resultierende negative Liquidität die weitere Ausschüttung von Mitteln an Treuhandfondsteilnehmer ausschließt«, und dergleichen Formulierungen mehr, die alle darauf hinausliefen, daß der Fonds bankrott war und die Rente seiner Mutter nicht mehr auszahlen konnte.

Dies war gewiß ein fürchterlicher Schock für Sam und seine Mutter, aber das war nicht der eigentliche Grund, der ihn zu seinem gegenwärtigen Vorgehen bewegte. Es war der letzte Abschnitt des Briefes, der ganz besonders umsichtig formuliert worden war. Sam war zwar nie sehr ehrgeizig gewesen, aber er war doch einigermaßen intelligent, und nachdem er diesen Abschnitt Wort für Wort studiert hatte, war ihm klar, daß die Bank weiterhin die Gebühren für die Verwaltung der kläglichen Überreste des Fonds kassieren würde, obwohl doch die Rentner keinen Cent mehr bekamen. Mit anderen Worten: Für die Bank war dies ein ganz normaler Geschäftsvorgang.

An den Plastiksprengstoff heranzukommen war viel leichter gewesen, als er erwartet hatte. Mehrere Mitglieder aus seinem Fernsteuermodell-Club hielten sich irgendwo in paramilitärischen Randbezirken auf und konnten ihm das Zeug um mehrere Ecken besorgen.

Es war überhaupt kein Problem, den Plastiksprengstoff in die Bandkassetten einzubauen. Er schraubte einfach die Abdeckungen ab, entfernte das Band, steckte den Sprengstoff hinein und installierte eine gefälschte Abdeckung, so daß es aussah, als ob sich das Band noch immer darin befände. Knifflig war nur das Anbringen der Zündkapsel und des elektrischen Zünders in dem einen Band, das alle anderen in die Luft gehen lassen würde.

Nun schickt sich Sam an, dieses Band am Ende einer Reihe von 25 mit Sprengstoff gefüllten Kassetten anzuschließen, die er gerade installiert hat. Behutsam schiebt er es in seinen Schlitz, und dann drückt er einen kleinen Schalter in der oberen rechten Ecke. Das Band ist nun zündbereit. Es enthält einen Quecksilberschalter, der jede heftige Bewegung registrieren wird und das Ganze in die Luft jagt. Mit unendlicher Sorgfalt schiebt er es hinein.

Als Sam sich dem U-Bahn-Eingang am Broadway nähert, betritt er eine der Telefonzellen, um den Anruf zu tätigen. Er weiß genau, wann die Bank in die Luft gehen wird: um 16.30 Uhr, also in eineinhalb Stunden. Zu dieser Uhrzeit wird sich der Roboterarm bewegen, um eine routinemäßige Datensicherungsoperation auszuführen, und nach dem Band mit dem Quecksilberschalter greifen, der den Zünder explodieren läßt, was wiederum die große Explosion auslösen wird. Der Plastiksprengstoff ist beste Ware aus der Slowakei, die auf diesem Gebiet seit langem führend in der Welt ist. Die Explosion entspricht der Sprengkraft von mehreren hundert Kilo TNT, und da der Bandsicherungsspeicher in der Mitte der Etage liegt, wird vom Explosionsherd eine Druckwelle nach allen Seiten ausgehen und für größtmöglichen Schaden sorgen.

Als Sam mit der Frau in der Bank spricht, weiß er genau, was nun passieren wird, weil er auch mehrere wichtige Leute in der Sicherheitsabteilung der Bank kennt. Zunächst wird er augenblicklich mit einem der Vizepräsidenten verbunden, der den Anrufer als geltungssüchtigen Irren abtun will, aber Sam kann mit mehreren Insidertatsachen über die Bank sowie mit Kenntnissen über Sprengstoffe aufwarten, die diese Möglichkeit ausschließen. Nun haben sie keine andere Wahl mehr, als das Gebäude zu evakuieren und sich auf die verzweifelte Suche nach der Bombe zu machen. Aber Sam weiß, daß sie zwar alles mögliche unternehmen, aber keinesfalls das Zentralrechnersystem abschalten werden. In früheren Zeiten war es noch möglich, das Computersystem ohne einen fast irreparablen Schaden für die Bankgeschäfte zu deaktivieren, aber das geht nicht mehr. In einem Zeitalter der totalen Computerabhängigkeit müssen sämtliche Systeme ständig operieren, um die Homöostase von Unternehmen aufrechtzuerhalten. Wenn man dieses kybernetische Gleichgewicht verliert, kommt dies wirtschaftlich einem schweren Schlaganfall gleich. Man kann ihn vielleicht überleben, aber die Genesung wird bestenfalls langwierig und mühsam sein.

Sam hängt ein, geht die Treppe zur U-Bahn hinunter und freut sich schon darauf, mit seiner Mutter ein Glas Rotwein zu trinken und zu plaudern.

Er war schon immer ihr besonderer Liebling gewesen.

»He, Jimi. He, Mann, ist mir schon klar, daß ich wirklich gemein zu dir gewesen bin. Aber du weißt ja, wie das ist. Ein Junge wie ich hat nun mal viel Scheiße im Kopf, und manchmal werd' ich eben ein wenig fies. Also Schwamm drüber, Mann. Laß uns noch mal von vorne anfangen. Es tut mir leid, Mann. Hörst du mich? Es tut mir leid! Mehr kann ich nicht sagen, Mann. Es tut mir echt leid!«

In seiner Wohnung kniet Jimi auf der Couch und linst durch den Vorhang, den er um einen winzigen Spalt am unteren Ende zur Seite gezogen hat. Rattensack liefert seine perverse Entschuldigungsorgie an der Wohnungstür ab. Ein paar Schritte hinter ihm stehen Zipper und mehrere kleinere Lichter aus der Romona-Horde. Sie wissen, daß Jimi drinnen ist, denn vor wenigen Augenblicken noch haben sie versucht, ihm den Weg abzuschneiden, als er vom Parkplatz zur Tür rannte.

»Hör mal, Mann, was soll ich denn noch sagen? Was kann ich sonst noch tun? Es liegt ganz bei dir, Junge. Bis später.«

Während er hört, wie Rattensack abzieht, durchschaut Jimi seinen Trick. Einerseits könnte er damit Jimi aus der Wohnung locken, und dann würde er einer grausamen Demütigung oder Schlimmerem zum Opfer fallen. Andererseits würde Jimi, falls er nicht herauskäme, als übler kleiner Bursche gelten, der die demütigenden Entschuldigungen eines mächtigen Führers nicht annimmt. Er schließt den Vorhang und setzt sich auf die Couch. Vielleicht sollte er endlich mal mit seiner Mom über diese Sache mit Rattensack reden. Denn schließlich ist sie ja gerade mal zu Hause.

Er springt von der Couch und geht über den kleinen Gang zu ihrer Schlafzimmertür, die er sehr sachte öffnet. Manchmal kann seine Mutter ganz schön wild werden, wenn er etwas macht, was sie aufweckt. Er sieht, wie der schmale Lichtkeil von der offenen Tür den Raum durchquert und einen weißen Streifen auf die gegenüberliegende Wand malt.

Das Tageslicht dringt an den Rändern der zugezogenen Vorhänge ein und wirft ein gedämpftes, schmeichelndes Licht auf seine Mom, die sich in der blassen, zerknautschten Landschaft aus Laken und Decken fast verliert. Er folgt dem Pfad aus Kleidungsstücken, die sich wie Fliesen zum Bett hinziehen, beugt sich über die schlafende Zodia und überlegt, was er nun tun soll.

Auf dem Nachttisch zeigt ein Digitalwecker endlos pulsierend »3:17« an, womit er signalisiert, daß er vom Netz getrennt ist und daß man sich nicht mehr auf ihn verlassen kann. Gleich daneben bildet ein Haufen leerer Zigarettenpäckchen einen Zellophangletscher, der langsam über den Rand auf den Teppich tropft. Dahinter stehen die kleinen bernsteinfarbenen Zylinder mit ihren kindersicheren Polkappen, die Tablettenfläschchen, die seine Mutter überallhin begleiten, eine kleine chemische Schar, die sich in ihrer Handtasche, ihrem Auto, ihrem Mantel tummelt.

In den zerknüllten Laken erblickt er nur ein Auge und eine wirre Strähne von toupiertem Blondhaar, aber dann öffnet sich das Auge, dessen Wimpern von schwarzen Klümpchen Wimperntusche verklebt sind.

»Hallo, Mom.«

»Morgen, mein Liebling.«

Ein weißer Arm hebt sich aus dem zerwühlten Bettgebirge wie ein zierlicher Kran und zieht die Laken beiseite. Dann krümmt er sich zu einer winkenden Bewegung, und Jimi schlüpft ins Bett und kuschelt sich an seine Mom.

»Wie geht's dir denn heut morgen?« erkundigt sie sich, während ihre Augen schon wieder zuklappen.

»Es ist nicht mehr Morgen. Es ist längst Nachmittag«, korrigiert Jimi. Dieses Problem hat er mit seiner Mutter schon öfter gehabt.

»Also gut, wie geht's dir heut nachmittag?« Ihre Augen öffnen sich bis zur Halbmaststellung, und sie lächelt das feige Lächeln der unrettbar schuldig Gewordenen.

»Ganz gut, glaub' ich.«

»Nur ganz gut?«

»Naja.«

»Was können wir denn da machen, daß es dir besser geht?« fragt sie.

Jimi fühlt Hoffnung in sich aufsteigen. Zeitweilig verziehen sich die Wolken in seiner Mom, und vielleicht gelingt es ihm ja, auf einem Strahl der Vernunft bis dorthin vorzudringen und vorübergehend ihre Aufmerksamkeit auf sich zu lenken.

»Wir könnten umziehen«, schlägt er vor. »Wir könnten uns eine neue Wohnung suchen.«

Die Augen seiner Mom klappen wieder zu, und seine Hoffnung schwindet. »Es ist wahnsinnig schwer, eine neue Wohnung zu kriegen«, sagt sie verschlafen. »Das kostet einen Haufen Geld, weil man eine Kaution bezahlen muß und alle möglichen anderen Sachen. Und deine Mami hat keinen Haufen Geld. Niemand hat jetzt noch einen Haufen Geld.«

»Wenn wir umziehen würden, könnte ich neue Kinder kennenlernen«, wendet Jimi ein.

»Klar«, sagt seine Mom, »und ich könnte neue Männer kennenlernen. Das wäre schön. Aber was gefällt dir denn nicht an den Kindern, die es hier gibt?«

»Einige von denen sind nicht sehr nett. Ich will nicht mit ihnen spielen, aber es gibt sonst niemanden, mit dem ich spielen könnte.«

»Ach, Liebes«, murmelte Zodia, »es gibt doch überall nette Kinder. Hier auch. Du mußt sie nur suchen. Das ist alles.«

»Klar, aber davon gehen die bösen Kinder nicht weg.«

»Welche bösen Kinder denn?« erkundigt sie sich.

»Zum Beispiel Rattensack.«

»Wer ist Rattensack?«

Wieso weiß sie denn nicht, wer Rattensack ist? Was ist denn los mit ihr? Jimi versinkt tiefer in seiner Verzweiflung. Rattensack gehört doch seit mehreren Jahren zum Inventar der Romona Arms, das negative Beispiel für alle Eltern, eine Heimsuchung für die ganze Wohnanlage.

»Das ist ein großer Junge, der auf anderen Kindern herumhackt und sie tun läßt, was er will.« Schon während er dies sagt, spürt Jimi den Stachel des Schuldgefühls. Er verstößt gegen den Ehrenkodex der Kinderhorde, das stillschweigende Band, das sie zusammenhält und von den Großen trennt. Wie ein Kronzeuge gegen die Mafia weiß er zwar, daß er das Richtige tut, kann sich aber des Gefühls nicht erwehren, daß die Dämonen auf ihn herabstoßen werden.

»Hat dieser Rattensack dir jemals weh getan?«

»Äh ... nein. Eigentlich nicht.«

»Ach, solchen Leuten wirst du immer wieder begegnen. Dein ganzes Leben lang.« Zodias Stimme ist zu einem Flüstern geworden. »Darum solltest du gleich jetzt damit beginnen herauszufinden, wie du damit klarkommst ... Mami wird sich noch ein bißchen ausruhen, ja? Vielleicht können wir ein bißchen später was zusammen unternehmen ... Einverstanden?«

Während sie wieder einnickt, spürt Jimi, wie ihr Arm auf ihm immer schwerer wird. Aus dem Stockwerk über ihnen vernimmt er das ferne Stampfen von Füßen und das Rauschen von Wasserrohren. Draußen gib der Luftstutzen am Vergaser eines Lastwagens auf der Ausfallstraße ein fauchendes Geräusch von sich. Der warme Atem seiner Mom streift seine Wange, als sie ausatmet. Vielleicht kann er ja einfach für immer hier im Bett bleiben, und Rattensack ist weit weg in einer anderen Welt. Vielleicht kann dieser Augenblick wie ein Sofortbild festgehalten und für die Ewigkeit aufbewahrt werden. Aber dann würde er ja all die Abenteuer versäumen, den ganzen Spaß, während die Stromschnellen des Glücks wirbeln und er durch die Zeit taumelnd den Felsklippen ausweicht. Am Ende weiß er, daß er wie sein Dad leben muß – immer das Gaspedal bis zum Anschlag durchtreten.

Behutsam windet er sich aus dem Arm seiner Mutter, damit er sie nicht aufweckt, und geht ins Wohnzimmer, wo er durch die Vorhänge hinauslinst. Keine Spur von Rattensack und seinen Kumpanen. Sollte er es riskieren und loslaufen? Natürlich. Denn sonst wird diese Wohnung zur Grabstätte, und seine modrigen Schatten werden seinen Körper auflösen, ehe er überhaupt eine Chance bekommt, größer zu werden.

Er öffnet die Wohnungstür, wirft einen raschen Blick nach links und rechts den Gang hinunter, tritt hinaus und zieht die Tür hinter sich zu. Es wird Zeit, daß er das andere hinter sich bringt, was immer das auch sein mag. Er saust durch den Gang und spürt die Kraft in seinen Beinen und den Frühling in seinen Füßen.

Savage sitzt in der Empfangshalle von VenCap und läßt den Trip von Oregon noch einmal Revue passieren. Es war schon ein nostalgisches Erlebnis, einfach so in den Jet zu steigen, als wär's ein großer Bus, und nach New York zu fliegen und mit den Finanzleuten herumzupokern. Als seine inzwischen eingegangene Firma noch ganz oben war, machte er diesen Trip mehrmals im Monat, und immer genoß er den transzendentalen Sprung von einer Küste zur anderen, der nicht nur die Distanz, sondern auch verschiedene Kulturen überbrückte. Diesmal natürlich beschränkten sich seine Spesen auf das Geld, das Riley ihm gegeben hatte, nachdem ihm sein erstes Honorar von ParaVolve ausbezahlt worden war. Keine Drinks im Plaza, keine Abendessen in den Four Seasons. Doch noch immer mag er die Atmosphäre dieser Stadt, auch wenn er sich nun auf einer Mission befindet, die er sich nie hätte träumen lassen.

Die Büros von VenCap liegen im ersten Stock eines großen Gebäudes in Midtown Manhattan, und bislang sieht das Ganze typisch für ein derartiges Unternehmen aus. Zwei eingetopfte

Bäume, die wohl aus den Tropen stammen, flankieren die Glastür am Eingang; gegenüber befindet sich der Empfang, hinter dem eine Empfangsdame unter dem Firmenlogo sitzt, das unverwechselbar aus den achtziger Jahren stammt. Savage hat auf einer der beiden Ledercouches Platz genommen, an deren Ende das unvermeidliche Telefon auf einem kleinen Teakholztisch steht. (Am besten ließe sich die Gastfreundschaft testen, wenn man versuchte, ein Ferngespräch zu führen, um zu sehen, ob man unterbrochen wird, geht es Savage durch den Kopf, aber dies ist nicht die richtige Zeit, so einen Trick auszuprobieren.) Auf dem Glastisch vor ihm liegen ordentlich aufgefächerte Wirtschaftszeitschriften sowie ein druckfrisches Exemplar des *Wall Street Journal*, und er blättert darin, um sich einen Artikel über die Senkung des Diskontsatzes um 1,5 Prozent durch die Bundesreservebank vorzunehmen.

»Mr. Savage?«

Er sieht eine Frau Mitte Zwanzig vor sich stehen; sie trägt einen grauen Faltenrock, eine weiße Bluse und eine locker hängende Jacke, die die neue Einstellung widerspiegelt, derzufolge breitschultrige Kostümjacken ein Zeichen von Selbstzweifel sind und einen Karriereknick verraten.

»Hallo, ich bin Ann Simpson, Mr. Bensons Assistentin. Er ist gleich frei, und ich begleite Sie gern in den Konferenzraum. Er hat bereits einiges Material bereitgelegt, das Sie sich vielleicht schon mal ansehen wollen, bevor Sie mit ihm sprechen. Wenn Sie mir bitte folgen wollen.«

Auf dem Weg zum Bürotrakt stellt sie ihm charmant die üblichen Fragen: Hatten Sie einen guten Flug? War das Wetter in Portland schön? Wo sind Sie in New York abgestiegen? An der einen Seite des Konferenzraums befindet sich eine Reihe von Fenstern, die auf einen neu errichteten öffentlichen Platz hinausgehen, der sich bereits zu einem geschäftlichen Straßenmarkt für alle möglichen Laster entwickelt hat. Nachdem die Frau wieder hinausgegangen ist, blickt Savage hinaus und sieht, daß der Platz nun von Büroangestellten wimmelt, von denen viele nur in Hemd und Krawatte sind. Er hatte diese Menge schon bemerkt, als er mit dem Taxi angekommen war, aber gedacht, daß es sich um eine jener zahllosen öffentlichen Veranstaltungen handelt, die in der Stadt jeden Tag stattfinden. Aber nun bemerkt er über ihre Köpfe hinweg eine Reihe von Rettungsfahrzeugen auf der gegenüberliegenden Seite des Platzes.

Die junge Frau namens Simpson kehrt mit einer grauen Mappe mit Prospektmaterial zurück, auf deren Vorderseite das Firmenlogo in Blindprägung prangt, sowie mit einem einzelnen Blatt Papier. »Wenn Sie bitte noch dieses Geheimhaltungsformular unterschreiben wollen, dann überlass' ich Sie gleich wieder Ihrer Arbeit«, erklärt sie, während sie das einzelne Blatt vor ihm auf den Tisch legt.

Sie blickt aus dem Fenster auf das Getümmel auf der anderen Seite des Platzes. »Muß wohl wieder einer von diesen wilden Streiks des mittleren Managements sein. Wenn man hier arbeitet, bekommt man das alles mit.« Auf dem Weg zur Tür lächelt sie ihm zu. »Mr. Benson wird in ein paar Minuten bei Ihnen sein.«

Savage öffnet die Mappe und sieht, daß er einen Volltreffer gelandet hat. Die erste Seite enthält eine Zusammenfassung der Firmenphilosophie und ihrer Strategien. Das übliche Gelabere. Zweifellos spielen die Risikokapitalunternehmen eine nützliche Rolle in der Geschäftswelt, aber das muß er sich nicht zum x-ten Mal zu Gemüte führen. Auf der nächsten Seite kommt schon das Eingemachte: ein Überblick über den Wertpapierbestand der Firma, zusammen mit Kurzbezeichnungen jedes Unternehmens, in das investiert worden ist. Viele dieser Unternehmen sind ihm bekannt, Konzerne mit erfolgreichen Technologien, denen es gelungen ist, zu überleben und ihren innovativen Produkten gute Marktpositionen und Gewinnmargen zu verschaffen. Andere kennt er vage als Unternehmen, über die das Urteil noch aussteht: Der Funke ist schon da, aber bis jetzt hat er kein Feuer entfacht. Und dazu gehört auch ParaVolve – die Kurzbeschreibung spricht von einem Unternehmen, das »von einem revolutionären Durchbruch in der automatischen elektronischen Konstruktionstechnik profitiert, der die Entwicklung eines sich selbst entwickelnden Supercomputers ermöglicht, dessen Kapazität um viele Größenordnungen stärker ist als die aller existierenden Supercomputerprodukte«. Schließlich gibt es noch eine Gruppe von Unternehmen, von denen er noch nie gehört hat, etwa eine Biotechnikfirma in Singapur, die ein Hydroponiksystem entwickelt, das petrochemische Produkte organisch erzeugen wird. Und darunter befindet sich auch Farmacéutico Asociado, »ein pharmazeutisches

Vertriebsunternehmen, das aggressiv in moderner Forschung und Entwicklung expandiert, um eine breite Vielfalt von medizinischen Produkten über seine bereits bestehenden Vertriebskanäle zu vermarkten«.

Genau in diesem Augenblick passiert der unglaublichste Zufall im Leben des John Savage. Er liest mit dem Rücken zum Fenster und hat seinen Füller auf den Tisch neben die Papiere gelegt. Während er die Seite mit den Informationen über Farmacéutico Asociado liest, hat er unbewußt die erste Seite über den Füller geschoben. Nun möchte er die Passage über Farmacéutico unterstreichen und sucht den Füller. Während er die erste Seite aufnimmt, rollt der Füller vom Tisch und fällt auf den Fußboden, und darum rutscht Savage von seinem Stuhl und kriecht unter den Tisch, um den Füller aufzuheben.

Als erstes verspürt er einen gewaltigen Druck in seinen Ohren, als ob er gerade tief unter Wasser gezogen worden wäre. Dann sieht er einen hellen Schimmer, und zugleich zerbirst das Glas aus den Fenstern in winzige Splitter, die sich wie Geschosse in die gegenüberliegende Wand bohren. Endlich dringt das ohrenbetäubende Donnern der Explosion herein.

Dann herrscht Stille, dieser paradiesische Augenblick, der stets einer Katastrophe folgt. Savage steht langsam auf, völlig geschockt, und blickt aus dem Fenster auf die Flammen, die wie eine grellgelbe Faust aus dem Gebäude auf der anderen Seite schlagen, während grauer Rauch in die Schlucht zwischen den Wolkenkratzern quillt. Dann setzt das Schreien ein, und die Menschenmasse auf dem Platz fängt an, sich zu krümmen und zu zittern, aber eher aus Angst als infolge von Verletzungen. Die Hauptwucht der Explosion ging genau über ihre Köpfe hinweg und traf die Büros von Firmen wie VenCap, die auf gleicher Höhe wie die Bank im ersten Stock liegen.

»Tut mir leid, aber Mr. Benson wird Sie heute nachmittag nicht mehr empfangen können. Könnten wir mit Ihnen einen späteren Termin vereinbaren?«

Savage fährt herum und sieht Ann Simpson in der Tür des Konferenzraums stehen, und ihre Bluse ist völlig mit Blut bespritzt, dem Blut von jemand anderem. Ihr Gesicht ist kreidebleich, und sie agiert wie ein Automat. Der Zustand der Frau reißt Savage aus seiner Lähmung; er geht zu ihr und drückt sie auf einen Stuhl, damit ihr nichts passiert, falls sie ohnmächtig wird. »Klar, kein Problem. Ich bin jede Woche in der Stadt«, lügt er. »Ruhen Sie sich doch ein bißchen aus.«

Als er sie verläßt, starrt sie auf das Feuer auf der anderen Seite des Platzes, das nun soviel Hitze abstrahlt, daß man sie selbst auf diese Entfernung auf der Haut spürt. Als er aus der Tür auf den Gang hinaustritt, vernimmt er das Schreien und Brüllen. Im ersten Büro, an dem er vorbeikommt, liegt auf dem Fußboden ein Mann, dessen Gesicht und Oberkörper eine einzige blutige Masse sind. In einer grausigen Eingebung fragt sich Savage, ob sich darunter noch irgendwelche menschlichen Züge befinden oder ob das ganze Fleisch zu einem einzigen schäumenden Brei zermalmt worden ist. Er liest den Namen an der Tür und stellt fest, daß dies Mr. Benson ist. Und dann fällt ihm ein glänzendes Stück Alufolie ins Auge. Es blitzt unter einem Trümmerfeld von Papieren, Füllern und Kugelschreibern, Büroklammern, einer Uhr, einem Tageskalender und allen möglichen anderen Gegenständen hervor, die durch die Explosion von Bensons Schreibtisch gefegt worden sind. Savage erkennt es sofort an seiner Größe und Form. Zap 37. Er betritt das Büro, hebt die Blisterpackung mit den sechs großen Tabletten auf und steckt sie in die Tasche.

Als er sich aus Bensons Büro zurückzieht und auf dem Gang weitergeht, kommt eine Frau aus einem anderen Büro heraus, deren eine Gesichtshälfte zerfetzt ist, während die andere unversehrt ist. Sie streckt eine Hand nach ihm aus und sinkt dann ohnmächtig ins Büro zurück. Nun eilen auch andere Leute in die Büros mit Fenstern zur Straßenseite, um nach weiteren Opfern zu suchen, finden aber keine mehr. Alle anderen Büros auf dieser Seite waren leer gewesen, als die Explosion losbrach.

Savage reicht es. Mr. Benson ist tot, und um die verletzte Frau kümmern sich mehr als genug Helfer, bis die Sanitäter eingreifen. Er begibt sich wieder zum Empfang und geht hinaus. Von draußen sieht er, daß die Halle des Gebäudes ein überfülltes Staubecken voller Menschen ist, das die Aufzüge und Treppen im Zentrum des Hochhauses speist. Jeder gehorcht einem blinden Instinkt, hinauszugelangen und die Luft zu schnuppern und die Hitze zu spüren, um ganz nach oben zu kommen auf dieser gewaltigen Spannungsspitze in der flachen Sinuskurve der täglichen Routine. Ihm bleibt nichts anderes übrig, als sich als weiteres Atom in der Masse weitertragen zu lassen, und während er sich durch die Halle bewegt, muß er an Mr. Benson denken, und dabei fällt ihm das Zap 37 in seiner Tasche ein. Er holt es heraus und sieht sofort, daß sich die Packung von den anderen Verpackungen unterscheidet, die er bisher gesehen hat und die überhaupt keine Bezeichnungen aufgewiesen haben. Auf der Folienseite befindet sich der schwarze Aufdruck »Z-37 Serien-Nr. 133344XX«. Es ist klar, was das bedeutet: Diese spezielle Packung stammt direkt vom Hersteller und nicht von der Straße. Und die Verpackungsart, die Serien-Nummer und der Warencode deuten darauf hin, daß der Hersteller höchstwahrscheinlich ein pharmazeutisches Unternehmen ist und nicht irgendein schäbiges Labor an einem entlegenen Ort im südamerikanischen Dschungel. Also war Mr. Benson, der gerade wie eine Weinbeere von der Taille aufwärts geschält worden ist, nicht bloß irgendein Gelegenheitskonsument, sondern vielleicht ein Kapitalanleger. Wie viele Leute bei VenCap waren dies noch? Vermutlich nur ein paar. Die meisten Anlagen von VenCap waren absolut seriös, und es war durchaus möglich, daß die verdeckten Operationen ausschließlich von der Unternehmensspitze durchgeführt wurden.

Savage steckt das Zap 37 wieder in die Tasche. Es ist noch gar nicht so lange her, da wäre er gleich in sein Hotelzimmer gegangen, hätte das Ritual zelebriert und sich das Zeug reingezogen. Aber jetzt nicht mehr. Es passiert einfach zuviel, und er hat alle Hände voll zu tun.

Lieber Dr. Riley,
Verehrtester, Ihr Ruf eilt Ihnen voraus! MIT, nicht wahr? Dann Silicon-Fürst bei der NSA? Ich fühle mich geehrt, einen derartigen Gast in meinem bescheidenen Heim zu haben. Aber was ist aus Ihnen geworden? Wer hat den Regelwiderstand heruntergefahren und Ihr berufliches Licht so übel gedimmt?
Auf jeden Fall sehe ich, daß Sie Ihr Fingerspitzengefühl nicht eingebüßt haben. Es ist doch schön zu wissen, daß es noch immer hier und da ein paar geniale Geister gibt. So möchte ich Sie in einen beunruhigenden Traum einweihen, den ich letzte Nacht gehabt habe.
Ich saß auf einem sehr hohen Hügel aus braunem Gummi, einem von

Tausenden, die sich nach allen Seiten bis zum Horizont erstreckten. Der Himmel war ein grünes Glühen, und keine Sonne war zu sehen. Ich hielt Ausschau nach meinem Kind, das ich unter irgendwelchen unklaren Umständen verloren hatte, und suchte ängstlich das Gummital unter mir ab, während eine gleichmäßige Brise meine Kleidung zauste. Dann begann der Boden heftig zu beben, und ich versuchte aufzustehen, konnte es aber nicht. Als ich mich umsah, bemerkte ich, daß die gesamte Landschaft auf und ab sprang wie ein Kleinkind, das vor Zorn herumtanzt. Dann verschwand das Gummi unter meinen Füßen, während ich den Abhang des Hügels hinunterstürzte und dabei immer wieder auf der weichen braunen Oberfläche aufschlug. Als ich unten angelangt war, wurde das Pulsieren dieser Gummigeologie so heftig, daß ich ganz und gar aus diesem Tal hinausgeschleudert wurde, hoch hinauf in den grünen Himmel, wo ich wild herumgewirbelt wurde, ehe ich auf einem neuen Hügel landete und wieder in ein anderes Tal hinabrollte. Diese Abfolge von Sprüngen von Tal zu Tal ging immer weiter, bis das Erdbeben schließlich nachließ und ich mich im tiefsten Tal befand, umgeben von hochaufragenden Hügeln. In der darauffolgenden Stille rief ich nach meinem Kind, aber ich erhielt nichts weiter zur Antwort als das gedämpfte Echo meiner Stimme, das von den Hügeln zurückgeworfen wurde.

Ich wachte auf und erkannte, daß ich in der visuellen Metapher für eine Boltzmann-Maschine gefangen gewesen war, die sich in einer Lernphase befand und einen simulierten Temperprozeß durchmachte. Aber dieser Umstand konnte mich kaum trösten, denn mein Kind ist real, und die Boltzmann-Maschine ist einer seiner geistigen Ahnen.

Und jetzt ist mein Kind in großer Gefahr, wie Sie wissen. Ich habe Ihre Fußspuren gesehen, wie sie seinen kranken Körper umkreisen, und ich nehme an, Sie haben Ihr Stethoskop an seine heftig auf und ab gehende Brust gehalten. Noch ist Leben in ihm, aber es ist schwach und kann einem weiteren Angriff der Antigene nicht standhalten, die aus dem Code heraus und hinein in die Mutter und in das Kind gekrochen sind.

Bedauerlicherweise, Dr. Riley, ist dies auch bei mir der Fall. Die Jahre haben meinen Panzer rosten lassen, und nun schwebt der Engel des Todes auf schwarzen Schwingen herein und kreist wie ein Bussard über mir. Aber er kann mich nicht durchbohren. Noch nicht. Ich habe nämlich alle Eier in seinem Nest als Geiseln in Gewahrsam. Aber das hält den Untergang nur auf, denn der wahre Angriff erfolgt von innen. Ich bekenne mich der groben Fahrlässigkeit schuldig und verurteile mich zu einem unwürdigen Ende und habe die entsprechenden geistigen Mechanismen aktiviert, um das Urteil zu vollstrecken.

Aber jetzt sind Sie da, ein unerwarteter Gast, und ich fühle mich verpflichtet, Sie zu unterhalten. Und was könnte unterhaltsamer sein für einen Mann von Ihrem intellektuellen Kaliber als ein elliptisches Rätsel. Ich möchte zunächst einmal annehmen, daß Sie das System nach der angeblichen »Bombe« absuchen, die die Eier des Unternehmens als Geiseln in Gewahrsam hält, bevor sie für den finanziellen und politischen Profit ausschlüpfen können. Ja, so eine Bombe gibt es, Dr. Riley, und wenn ich unterstelle, daß unsere intellektuellen Fähigkeiten etwa gleich sind, dann werden Sie vermutlich mehrere Monate benötigen, um sie ausfindig zu machen und entschärfen zu können. Aber letzten Endes werden Sie sich vergeblich bemüht haben, weil dem Leben meiner Familie jetzt nur noch Tage beschieden sind, nicht Monate.

Für mich stellt sich nur noch eine Frage: Möchte ich noch länger verweilen und zusehen, wie Mutter und Kind leiden? Je mehr ich darüber nachdenke, desto weniger glaube ich dies. Daher hinterlasse ich Ihnen eine schwere Verantwortung, Dr. Riley. Wenn Sie die Bombe wirklich entschärfen wollen und wenn Ihnen dies gelingt, dann werden Sie der Vater dieser Familie, der einzige Ernährer in einer Zeit großer Unsicherheit. Die Entscheidung liegt ganz bei Ihnen.

Hochachtungsvoll
Der Architekt

Michael liest die Mitteilung auf seinem Bildschirm, während er sie aus der Softwarefestung des Architekten im Innern von DEUS herausholt, und dann druckt er sie aus. Er geht ins Wohnzimmer, läßt sich auf die Couch fallen und liest noch einmal. Er hat doch tatsächlich wieder Platz für seine Füße auf dem Couchtisch, und die Couch ist frei von Kleidungsstücken, Büchern und Zeitschriften. Die Vorhänge sind aufgezogen, und Licht strömt herein und fällt auf irgendwelche Blumen in einer Vase auf dem Fernseher, und eine neue Pflanze steht in einem großen Topf auf dem Boden neben der Couch. Seit Jessica zu ihm kommt, nimmt die Wohnung allmählich eine neue Form von Normalität an, die Michael recht gern für die alte eintauscht.

Interessant ist der Abschnitt der Mitteilung über den Traum und die Boltzmann-Maschine. Dabei handelt es sich um eine alte Form eines neuronalen Netzes, die man sich durchaus als abstrakte Landschaft mit Tälern und Hügeln vorstellen kann. Wenn dem Netz ein Problem gestellt wird, dann stellen die Täler verschiedene mögliche Lösungen dar, wobei das tiefste Tal die korrekte Lösung ist. Ein Verfahren, das man simuliertes Tempern nennt, erzeugt gewaltige »Erdbeben« in der Energielandschaft, und wie auf einem Kugellager rollt die Suche nach der Lösung von Tal zu Tal und endet höchstwahrscheinlich im tiefsten, wenn das Beben vorbei ist.

Die nächste Passage über das kranke Kind ist Michael inzwischen klar. Offenbar hat auch der Architekt den Sämling einer selbständigen Intelligenz im Netz bemerkt und hält ihn für sein Kind und DEUS für dessen Mutter. Außerdem muß der Architekt über eine Möglichkeit verfügen festzustellen, wer Kontakt mit dem Netz aufnimmt, weil er weiß, daß Michael dagewesen ist und den Output des Netzes beobachtet hat. Aber wieso glaubt er, daß das Netz krank ist? Und wer ist »der Engel des Todes«? Der letzte Abschnitt über die Bombe ist so entmutigend wie realistisch. Der Architekt hat jahrelang Zeit gehabt, diese Vorrichtung zu konstruieren und zu verstecken, während Michael vielleicht nicht mehr viel Zeit hat, um sie zu finden.

Und wenn er die Bombe nicht findet, wird sich die gesamte Anlage selbst zerstören. Aber was soll's? Macht ihm das wirklich etwas aus? Will er denn die Verantwortung für die Schöpfung eines anderen Mannes übernehmen?

Doch, das will er. Seit dem Augenblick, da er den Puls des Netzes gefühlt und entdeckt hat, daß es lebt, kommt er davon nicht mehr los. Die Geschichte der Informatik wird sich genau um diese Episode drehen, so merkwürdig dies auch klingen mag, und was dabei herauskommt, liegt nun weitgehend in seiner Hand.

Hundert Meter von dem Morast entfernt, wo die Bohrer geschlüpft sind, befindet sich ein kleiner Bach, der sich als schlammiges Rinnsal durch die angrenzenden Felder schlängelt. Im Sommer ist der Bach etwa dreißig Zentimeter breit, im Winter vielleicht knapp zwei Meter. Entlang seinen steilen Böschungen und bescheidenen Niederungen gedeiht eine dichte Vegetation aus Bäumen und Büschen, darunter auch ein dorniges Brombeergestrüpp. An manchen Stellen ersticken die Beerenranken jede Konkurrenz und herrschen unangefochten, abgesehen von ein paar Flecken Gras und Moos, die gierig die paar Krumen Sonnenlicht aufsaugen, die bis auf den weichen Boden gelangen. Und nun schickt sich einer der Bohrer an, diese unwirtliche Zone zu betreten. Er kriecht einen Graben entlang, den einer seiner Artgenossen angelegt hat und der den dornigen Ranken ausweicht und bis ins Zentrum dieses Gestrüpps vorstößt, wo eine etwa 2,50 Meter hohe geräumige Kuppel ausgefräst worden ist. Das neue Ding ist durch Pheromone hierhergeleitet worden, Duftmoleküle, die wie ein Leuchtturm über große Entfernungen hinweg wahrgenommen werden können. Sobald der Bohrer in der Höhle ist, bleibt er vor einem großen, kompakten Erdwall stehen, der fast die ganze Kuppel ausfüllt. Zahlreiche Löcher sind in den Wall hineingebohrt, und viele andere Bohrer gehen hier ein und aus.

Auf dem Weg zu dieser im Dorngestrüpp verborgenen Stelle hat der Bohrer seine einzigartige Form der biologischen Kriegführung praktiziert. Aus kleinen Öffnungen zu beiden Seiten des Leibes strömte ein ständiger Schauer von Viren in die Luft. Diese Viren sind Spezialisten, jedes ein Meister seines Faches: Sie können in lebendes Gewebe eindringen und chemische Blitzfeuer entzünden, die rasch einen ganzen Organismus verzehren und radikal umwandeln, ohne ihn tatsächlich zu töten. Darum lassen sie sich nun in einer unsichtbaren Decke auf der Landschaft nieder und suchen nach Möglichkeiten, ihre Fähigkeiten zu demonstrieren.

Gerade betritt der Bohrer einen der Tunnel am Wall, wobei ihm seine olfaktorischen Organe verraten, daß das Tunnelinnere leer ist. Im Hohlraum seines Mauls mit der Bohrerspitze befindet sich das zusammengepreßte Fleisch einer unglücklichen Beutelratte, die lieber kämpfen als flüchten wollte. Der Tunnel biegt scharf nach unten ab, und der Bohrer schaltet auf Infrarotsicht um, während er über einen Meter tief unter der Erde vordringt und eine Kammer von der Größe eines Kühlschranks betritt, deren Wände ein absolut symmetrisches Muster von Löchern aufweisen, die von den Bohrmäulern angebracht wurden. Es sind Tausende von Löchern, und die meisten enthalten Nahrungsvorräte, die von den ständig aus und ein pilgernden Bohrer an dieser Stätte angelegt worden sind. Der Bohrer begibt sich zu einem leeren Loch und entleert das zusammengepreßte Beutelrattenfleisch in die Öffnung. Hinter ihm machen mehrere andere Bohrer mit ihrer Beute das gleiche, wobei sie sich auf die Hinterbeine stellen müssen, um die leeren Löcher weiter oben erreichen zu können.

Als seine Pilgerschaft beendet ist, dreht sich der Bohrer um und schickt sich an, die Kammer durch einen zweiten Tunnel zu verlassen. Schon bald wird er wieder am Tageslicht sein und den Rest seines kurzen Lebens damit verbringen, daß er sich so weit wie möglich von dieser Stätte entfernt, wobei er seine Schauer von mutierten Viren verbreitet, dieses schwarze Evangelium einer neuen Biologie.

Als er die Kammer verläßt, hat er nicht mitbekommen, daß sich keinen halben Meter darunter eine gleich große zweite Kammer befindet. Darin hält sich ein Bohrer auf, der das Pendant zu einer Königin in konventionellen Insektenstaaten darstellt. Er ist doppelt so groß wie die anderen – gut einen halben Meter lang und fast ebenso dick, wobei Kopf und Beine in Relation zu diesem aufgeschwollenen Leib geradezu winzig wirken. Er war der erste Bohrer gewesen, der an dieser Stätte eingetroffen war und den Tunnel ins Zentrum der Brombeerranken angelegt hatte, von wo aus er seinen Standort durch den Ausstoß von Pheromonen kundtat, um die anderen hierherzuleiten. Schon bald war er von einer ergebenen Truppe von Wächtern und Dienern umgeben, während ein Heer von Arbeitern den Erdtempel auszuschachten begann und die Kammer der Königin einrichtete.

Schon seit einiger Zeit hat sich die Königin nicht mehr bewegt, und ihre Schutztruppe patrouilliert unermüdlich und wartet auf die nächste und letzte Phase ihres Lebens. Sie ist ohne jede Vorwarnung da. Auf einmal wirbeln die Beine der Königin wild herum, und ihr Leib spaltet sich genau in der Mitte. Daraus quellen eine Wolke von heißem Dampf und drei riesige Eier hervor, die fast genauso groß sind wie die Königin selbst. Die Diener schwärmen aus und versiegeln die Kammer bis auf einen einzigen Tunnel, der zur darüberliegenden Futterkammer führt. Durch den Tunnel wird eine spezifische Folge von Gerüchen hindurchgeleitet, die den Bohrern sagt, was sie als nächstes tun sollen. In der Futterkammer machen sich mehrere Arbeiter daran, den Tunnel zu verbreitern, der zur Oberfläche führt. Andere verlassen die Stätte ganz, und wieder andere versammeln sich draußen und bilden um die Basis des Walls einen Verteidigungsring.

Inzwischen befinden sich etwa 2400 Bohrer in dem Gebiet um den Teich und den Bach, und sie bewegen sich still und heimlich, um eine fast kreisförmige Fläche von etwa eineinhalb Kilometer Durchmesser zu sichern, in deren Mittelpunkt sich der Wall befindet. In dieser Nacht werden viele von ihnen weitere Eier legen, bevor sie sterben, und damit rapide zur Vermehrung der Art beitragen.

Ein paar Kilometer südöstlich, entlang dem Burris Creek, ist ein zweites geflügeltes Ding gelandet, wobei es die von der Königin ausgesandten Pheromene als Orientierungshilfe nützt, und vergräbt genau in diesem Augenblick mehrere Eier in dem morastigen Boden. Und nun stoßen drei weitere Flügelwesen aus dem Himmel über dem ländlichen Washington County herab, alle auf der Suche nach Landeplätzen, die einem Plan entsprechen, den sie nicht verstehen können und auch nicht verstehen müssen.

# 19

## Das Dreieck

Michael Riley vernimmt das häßlich kreischende Schaben von Stahl auf Beton und weiß, daß der Westflügel der Romona Arms einen Teil des Poolbereiches im Schatten versinken läßt, was die Mütter und Kinder veranlaßt, ihre Liegestühle wieder in die sanften Strahlen der Nachmittagssonne zu ziehen. Er und Savage haben sich in der Mitte der gegenüberliegenden Poolseite am Rand niedergelassen, und beide starren durch verspiegelte Sonnenbrillen zum Himmel hinauf, während ihre gebräunten Körper vollkommen parallel auf ihren Stühlen aus zerkratztem Aluminium und billigen Plastikbezügen ruhen.

»Guten Flug gehabt?« erkundigt sich Michael.

»Haben Sie die Nachrichten gesehen?« fragt Savage zurück.

Beide starren in den Himmel auf irgendeinen Punkt jenseits der Unendlichkeit, während sie miteinander sprechen.

»Irgendwas von einer großen Bombe, die in einer Bank hochgegangen ist. Haben Sie sich zu dieser Zeit in der Nähe aufgehalten?«

»Und ob. Ihre Kumpel bei VenCap waren praktischerweise genau gegenüber untergebracht.«

»Muß ein interessantes Erlebnis gewesen sein«, bemerkt Michael.

»Genau. Passierte innerhalb einer Sekunde, nachdem ich zu Boden gegangen war«, erwidert Savage lakonisch.

»Wie das denn?«

»Die Explosion hat ein Fenster neben mir weggepustet, aber ich hatte Glück und war außerhalb der Schußlinie. Ein paar Leute im Büro hat es erwischt, aber bis dahin hatte ich schon genug gesehen und bin gegangen. Es schien mir nicht sehr sinnvoll, weiter da herumzuhängen und die ganzen Formalitäten über mich ergehen zu lassen, nachdem der Kerl, mit dem ich verabredet war, gerade in roten Wackelpeter verwandelt worden war.«

»Na ja, vielleicht ist das ja eine merkwürdige Form von Gerechtigkeit. Denn im Grunde sind die ja die bösen Buben – zumindest sieht es ganz danach aus.«

»Dazu würden sie nur ein paar Leute an der Spitze benötigen«, meint Savage. »Sie könnten sich persönlich um den heiklen Teil des Depots kümmern und den Rest ihren Mitarbeitern überlassen. Auf jeden Fall habe ich bestätigen können, was Sie wissen wollten: VenCap investiert Kapital in der Farmacéutico.«

»Wieviel?«

»Weiß nicht«, erwidert Savage. »Ich hab' einen internen Überblick über das gesamte Anlagevermögen gesehen, und darunter befand sich auch ParaVolve. Das meiste sah absolut legitim aus. Wenn wir den Niedergang nicht hätten, würden sie vermutlich ihren Klienten für ihr Geld eine ganz schöne Rendite ausschütten können.«

»Auf jeden Fall möchte ich Ihnen gratulieren«, sagt Michael mit aufrichtiger Begeisterung. »Sie haben das letzte Teil ins große Puzzle gelegt. Jetzt haben wir also das Dreieck komplett: VenCap steckt Geld in ParaVolve wie in Farmacéutico Asociado, während ParaVolve und Farmacéutico einander mit wissenschaftlichen Daten versorgen.«

»Und nun will ich selbst mal eine Frage stellen«, erklärt Savage. »Wozu das Ganze? Warum dieses ganze Geld? Wofür? Sie sind mir einen großen Gefallen schuldig, Riley. Also raus mit der Sprache.«

Ein kleiner Windstoß trocknet den Schweiß auf Michaels Gesicht. Da Savage bei diesem Trip fast draufgegangen ist, bleibt ihm kaum etwas anderes übrig, als ihm zu erzählen, wofür er unfreiwillig sein Leben riskiert hat.

»Okay«, sagt Michael, »Sie haben recht. Ich werde meine Rechnung mit Ihnen begleichen. Fangen wir bei VenCap an. Tatsächlich wissen Sie jetzt über diese Typen genausoviel wie ich. Farmacéutico ist eine andere Geschichte. Wer auch immer dahintersteckt, hat anscheinend nicht die Genfer Konvention über biologische Kriegführung gelesen. Sie erzeugen mit Hilfe einer hochmodernen Biotechnik Bakterien, die Sie sich in Ihren schlimmsten Alpträumen nicht ausmalen könnten, aber das haben wir Ihnen ja bereits gesagt. Bei diesem ganzen Geld geht es um etwas, was sich in ParaVolve befindet.«

»Sagen Sie jetzt bloß nicht, daß das alles etwas mit einem anderen schnellen Computer zu tun hat. Das rechtfertigt doch noch lange nicht diese ganze Geheimniskrämerei.«

»Es geht nicht um den Computer selbst, sondern um das, was der Computer herstellt. Er liest eine große genetische Datenbank und rechnet aus, wie man das biologische Gegenstück zu einer höheren Programmiersprache herstellen kann.«

»Das gefällt mir. Haben Sie schon einen Präsidenten? Vielleicht bin ich ja interessiert«, albert Savage.

»Klar, sie haben schon einen Präsidenten, aber der Bursche ist nur ein Strohmann. Ich vermute eher, daß jemand bei VenCap wirklich das Sagen hat. Normalerweise geht Macht nach Geld. Stimmt's?«

Savage nickt. »Stimmt. Aber nun erzählen Sie mir doch mal mehr über das Produkt.«

»Ich hab' noch nicht alle Details darüber beisammen«, erwidert Michael, »aber offenbar könnte man das Ding dazu verwenden, seine eigenen Kreaturen zu konstruieren. Möglicherweise haben sie auf diese Weise Greeley erwischt. Sie könnten mit Hilfe eines frühen Modells von diesem Ding ein maßgefertigtes Virus produziert haben, um ihn auf eine Weise draufgehen zu lassen, die man nicht nachweisen kann. Wenn das Ding erst mal voll funktionsfähig ist, könnte man es mit irgendwelchen modernen Laborrobotern kombinieren und einfach alles machen, was man will, solange man dabei nicht gegen irgendwelche einfachen Grundregeln der Natur verstößt.«

»Wenn es das ist, wofür Sie es halten«, sagt Savage, »dann wären die echten Risikokapitalfritzen ganz verrückt danach. Sie würden sich sogar mit einer Minderheitsbeteiligung begnügen, nur um dabei zu sein. Übrigens gibt es bei der ganzen Sache noch einen anderen Dreh, den Sie noch gar nicht erwähnt haben.«

»Nämlich?«

»Drogen.«

»Drogen?«

»Kennen Sie Zap 37?« fragt Savage.

»Klar. Das ist der neue Psychotrip für die Filmleute. Die Friseuse bei meinem letzten Film hat mir erzählt, das sei das Tollste, was es überhaupt gibt.«

»Nun, da ist sie nicht die einzige«, meint Savage. »Jedenfalls fand ich etwas von dem Zeug in dem Chaos auf dem Fußboden eines Büros, nachdem die Bombe hochgegangen war. Es war auch kein Zeug von der Straße. Darauf waren ein Warencode und eine Seriennummer aufgedruckt, woraus ich schließe, daß es aus einer Pharmafirma stammt.«

»Wie Farmacéutico Asociado vielleicht?«

»Vielleicht. Wenn Drogen in großem Stil mit im Spiel sind, dann würde das ausreichend erklären, woher ein Großteil des Investmentkapitals von VenCap stammt.«

Michael denkt über diese Hypothese nach – es spricht sehr viel dafür, daß sie stimmt. Wenn VenCap gleichzeitig etwas mit Staatskapital und Drogengeld zu tun hätte, dann würde dies an eine Tradition anknüpfen, die über fünfzig Jahre zurückreicht. Die Verbindungen wurden schon in der Zeit des Antikommunismus geknüpft und reichten tief ins Reich des Schatten hinein, wo das Unkrautjäten schon immer schwierig gewesen ist.

»He, Michael Riley!«

Michael wird von Jimi Tyler aus seinen Gedanken gerissen, der sich am Poolrand bis zum tiefen Ende neben Riley und Savage herangepirscht hat.

»He, Michael, schau mal her!«

Jimi stößt sich vom Rand ab und treibt etwa einen Meter unter Wasser dahin. Dann zappelt und schlägt er wild um sich, wie in Panik, und streckt einen Arm aus, um den Poolrand zu fassen zu bekommen. Er verfehlt ihn und versinkt, so daß Michael schon hochzuckt, aber dann reckt er einen Arm bis zur Oberfläche hoch, erwischt den Rand und zieht sich hinauf. Während ihm das Wasser aus allen Öffnungen oberhalb des Halses läuft, strahlt er Michael an.

»Hast du das gesehen?« fragt Jimi stolz.

»Klar, hab' ich. Nicht schlecht, Jimi-Boy. Gar nicht schlecht. Aber du wirst das doch nicht probieren, wenn niemand in der Nähe ist, oder?«

»Keine Sorge, Chef. Schau mir noch mal zu«, ruft Jimi und stößt sich erneut vom Rand ab.

Auf der anderen Seite des Parkplatzes sitzt Rattensack oben auf dem Müllcontainer, und Zipper hockt neben ihm. Der Metalldeckel des Containers hat tagsüber die Sonnenwärme gespeichert und strahlt sie nun zu Rattensack zurück, während er zum Poolbereich hinüberblickt und sieht, wie Jimi Michael seine Tauchkünste vorführt. Seine Hand rutscht ein wenig zur Seite, und das erwärmte Metall fühlt sich glühendheiß an, aber Rattensack läßt das Brennen durch sich hindurchströmen, es heizt seine Wut und Entschlossenheit nur noch an. Inzwischen ist er von dem Problem Jimi Tyler schon ganz besessen. Dabei will es eine Ironie des Schicksals, daß diese Besessenheit noch von der Tatsache verstärkt wird, daß alles andere so gut läuft. Wenn man von Jimi absieht, dann ist er der King der Kids, ein absoluter Diktator über rund dreißig Kinder zwischen fünf und zehn. In der Welt von Rattensack genießen Kinder unter fünf den Status von »Babys« und dürfen sich frei bewegen – eine nützliche Politik, da Mütter auf Kinder in diesen ersten Jahren äußerst scharf aufpassen und sie behüten. Gleichwohl weiß Rattensack genau über die Zahl der Kleinen Bescheid, verfolgt ihre soziale Entwicklung und behält die unsichtbare Kuppel der absoluten Mütterlichkeit im Auge, bis sie sich weit genug hebt, so daß sie in sein Reich hineinspazieren. Und wenn sie dies tun, dann steht er bereit, um sie in seine Herde einzuführen, die Herde der Angst. Immer wieder wird ihm diese Arbeit von älteren Brüdern und Schwestern abgenommen, die den Kleinen die Gesetze von Rattensack beibringen, schon lange bevor er überhaupt ihre Existenz zur Kenntnis genommen hat.

Und nun ist das System vollkommen. Da wird kein Schritt getan, kein Spielzeug ausgetauscht, kein Spiel begonnen ohne die Genehmigung von Rattensack, der seine Befehlsgewalt noch durch eine rigide Hierarchie der physischen Einschüchterung verstärkt. Ganz oben steht sein Erster Offizier Zipper, der über einen kleinen Kader von größeren Jungen gebietet, die die Gesetze von Rattensack perfekt beherrschen. Diese Jungen wiederum leiten ihre eigenen Gruppen, die seinen Willen nach unten durchsetzen. Kleinere Vergehen werden auf der Stelle geahndet – ein Ziehen am Ohr, eine Kopfnuß. Größere sind den höheren Rängen der Hierarchie vorbehalten, die den Übeltäter in den Magen boxen oder gegen das Schienbein treten. Der schlimmste Horror ist eine direkte Konfrontation mit Rattensack selbst, aber er ist so gerissen, daß er diese Karte noch nie ausgespielt hat. Statt dessen verbreitet er Legenden über vergangene Strafgerichte, Geschichten von raffinierten Verstümmelungen und fürchterlichen Qualen der Angst. Ein kleiner Zeh, den er mit einem Bolzenschneider abgeschnitten habe. Ein vor Angst erstarrter Junge, den er an den Fußknöchel von einer Eisenbahnbrücke habe baumeln lassen.

Und nun ist sein Gesetz eine nahezu mustergültige absolute Kontrolle, denn ohne sie würde er sterben. Das weiß er im Innersten seines Herzens. Da gibt es keinen Mittelgrund, keine Zone der Koexistens. Die Kontrolle aufzugeben hieße zu sterben, im warmen, feuchten Willen anderer unterzugehen, wo er langsam ersticken und zu einem Nichts zusammenschrumpfen würde.

All dies macht Jimi Tyler zu einer lebensgefährlichen Krankheit, einem Übel, das mit Stumpf und Stiel ausgerottet werden muß, solange er noch über die Truppen gebieten kann, die es mit ihm bekämpfen.

»He, Zipper.«

»Was ist, Mann?« näselt Zipper wegen seiner geschwollenen Polypen.

»Siehst du, was ich seh'?«

»Klar, Mann«, erwidert Zipper, der ihm immer recht gibt. Rattensack dreht sich um und sieht Zipper angewidert an. »Und was seh' ich, Blödmann?«

»Na ja, du siehst den Pool und die Leute und die Autos und die Wohnungen...«, sprudelt Zipper verzweifelt los, um möglichst alles zu benennen, was er da sehen soll.

»Ja, ja«, zischt Rattensack. »Klar seh' ich das auch. Aber weißt du, was ich gerade am meisten seh'?«

»Und was is' das?« will Zipper wissen, erleichtert, daß er noch einmal davongekommen ist.

»Ich seh', wie dieser kleine Scheißkerl Jimi Tyler vor diesen großen Pinkeln eine Show abziehen will. Und weißt du was?«

»Was denn?«

Rattensack macht eine effektvolle Pause. »Es kotzt mich an. Das ist es. Es kotzt mich wirklich an. Und weiß du auch, warum?«

»Warum denn?«

Während Zipper ihn ansieht, huscht Haß über Rattensacks Gesicht und drückt mehr aus, als Worte dies tun könnten.

»Weil er bescheißt! Der kleine Schwanz bescheißt sie einfach! Schau doch mal hin. Er kann nicht mal schwimmen und tut so, als ob er bloß zum Schein untergeht. Er bescheißt sie nach Strich und Faden. Und wenn mich etwas wirklich ankotzt, dann ein Bescheißer.«

Zipper greift den Rhythmus des Hasses auf und mimt das Echo.

»Klar, er is' ein Bescheißer, okay. Gibt nichts Schlimmeres.«

»Es is' nicht okay«, widerspricht Rattensack. »Wir können das nicht so laufenlassen. Bevor du das spannst, denken alle Kinder hier, sie könnten uns bescheißen!«

»Verdammter Mist«, pflichtet ihm Zipper bei.

Die beiden hocken auf dem heißen Deckel, der ihre Wut anheizt und langsam zum Kochen bringt, während sie eine Weile nichts sagen. Dann schnippt Rattensack mit den Fingern, weil ihm plötzlich eine Idee gekommen ist.

»Ich hab's.«

»Echt?« staunt Zipper.

»Klar. Das beste Mittel, wie man jemandem beibringen kann, einen nicht zu bescheißen, ist doch, ihn in die Scheiße zu stecken. Wenn du mir zum Beispiel sagen tätst, du wärst der fieseste Typ in der ganzen Stadt, weißt du, was ich dann täte?«

»Was denn?«

»Dann tät' ich irgendeinen echt miesen Scheißkerl auftreiben und ihn dir unter die Nase halten und tät' sagen, daß du's beweisen sollst.«

»Das tätst du?« fragt Zipper unsicher.

»Das tät' ich. Und dann tät' der Kerl die Scheiße aus dir rausprügeln, und das wär dann das letzte Mal, daß du mich beschissen hättst.«

»Na, klar.«

»Nimm mal an«, beginnt Rattensack diplomatisch, »nimm einfach mal an, wir täten irgendwann mal den kleinen Bescheißer ins tiefe Ende vom Pool stoßen, und dann tät' er bis zum Boden sinken. Weißt du, was dann passiert?«

»Er tät' ertrinken«, sagt Zipper, dessen Haß sich augenblicklich in heftige Angst verwandelt hat.

Rattensack sieht Zipper völlig verzweifelt an. »Nein, nein, nein. Wir lassen ihn untergehen, und dann holen wir den Arsch wieder raus, bevor er sich was tut. Für wen hältst du mich denn? Für irgend so'n beknackten Psycho? Hier geht's doch nur darum, daß er nie wieder jemanden bescheißt, daß er schwimmen kann oder sonst was, nie wieder. Kapierst du das nicht? Wir haben ihm eine Lektion verpaßt!«

»Ach«, sagt Zipper, als er begreift. »Klar.«

Rattensack wendet sich von Zipper ab und sieht zu, wie Jimi vor Michael Riley herumtollt.

»Nur einen Denkzettel«, sagt er. »Sonst nichts.«

Als Michael am nächsten Tag auf den Romona-Parkplatz einbiegt, braucht er keinen Kalender, um zu wissen, daß Samstag ist. Zu seiner Linken erstreckt sich ein langer hölzerner Autounterstand, der rostrot gestrichen ist und dessen zum Teil eingeknickte Holzstützen einzelne Parkplätze markieren. An diesem wolkenverhangenen Morgen sind die Plätze fast vollständig besetzt von Fahrzeugen, die einen ehrenwerten Kampf gegen das fortschreitende Altern führen und darin ein wenig von ihren Besitzern unterstützt werden. Die Arbeitslosenquote hat gerade die 30-Prozent-Marke überschritten, so daß der Kauf eines neuen Autos ein unerfüllbarer Traum ist und das Durchschnittsalter aller Autos im Lande weit über zehn Jahren liegt. Aber hier in den Romona Arms geht der edelmütige Kampf weiter, während sich die Menschen verzweifelt bemühen, die Würde ihres fahrbaren Untersatzes zu bewahren. Entlang dem Unterstand gähnen die offenen Motorhauben wie die aufgerissenen Schnäbel von Jungvögeln und warten verzweifelt auf Nachschub in Form von Schmiermitteln, Ersatzteilen, Isolierband, Dichtungen, Zündkerzen, Verteilerfingern und Lagern. In einigen Parkbuchten sind große Operationen im Gange, bei denen ein ganzes Team bereitsteht, um eine Organtransplantation durchzuführen: hier ein Vergaser, da ein Anlasser. Ein Netz von schmutzig orangefarbenen Verlängerungskabeln bedeckt den ölfleckigen Bodenbelag, auf dem kleine Kolonien von Öldosen zwischen rostenden Werkzeugkästen und Stapeln von blanken Reifen stehen. Diese massive Abwehrschlacht gegen den mechanischen Verfall hat etwas Gemeinschaftstiftendes – ein Marktplatz, auf dem Geschichten wie Werkzeuge ausgetauscht werden, man sich einen Gefallen erweist, einander hilft und berät.

Als Michael auf seinen Platz rollt und aus seinem Lieferwagen steigt, winkt ihm Sam Motolla fröhlich zu, während er sich unter der offenen Motorhaube seines alten Dodge Dart zu schaffen macht, der neben Michaels Lieferwagen geparkt ist.

»Hey, Michael! Sie haben nicht zufällig einen Fünf-Achtel-Zoll-Steckschlüsseleinsatz, oder?« Sam ist ein kahlköpfiger alter Bär mit einem breiten Gesicht und einem grauen Bart, ein arbeitsloser Softwareingenieur, der sich auf eingebettete Codes für Echtzeitsteuersysteme spezialisiert hatte. Im ganzen Unterstellplatz ist sein Rat überaus gesucht, wenn es um die Elektronik von Autos geht, die noch so neu sind, daß sie bereits Mikroprozessoren als lebenswichtige Teile enthalten. »Leider nicht, Sam. Probieren Sie's doch mal bei Bobby Link, wenn er schon aus den Federn ist.« Bobby Link, ein in den neunziger Jahren kometenhaft aufgestiegener Gitarrenstar, repariert inzwischen in seiner Wohnung Verstärker und betätigt sich als Verteiler von zugelassenen Drogen. Als Michael über den Parkplatz schlendert, erlebt er einen der seltenen Tagesauftritte von Eric Denes-nie-gab. Er sitzt auf einem Stuhl neben dem Pool und trägt einen brauen Frotteebademantel über seinem Pyjama und Schlappen. Er hat seinen Stuhl so gedreht, daß er den Wagenunterstand im Auge hat, und verfolgt mit intensiver Konzentration dieses wöchentliche Ritual der Fahrzeugwartung.

»Hallo, Eric, wie geht's?« erkundigt sich Michael, als er auf dem Weg zur Treppe an ihm vorbeigeht.

»Kolonnen rücken um achtzehn-null-null aus«, verkündet Eric, während er weiterhin auf die Autos ihm gegenüber auf dem Parkplatz starrt. »Panzer voraus, Panzerwagen in der Mitte. Hubschrauber geben uns Geleitschutz beim Ausfall, aber dann sind wir auf uns allein angewiesen.«

Michael vermutet, daß Eric unter dem Autounterstand die Mobilmachung einer militärischen Operation im Gange sieht – alte Datsuns und alternde Fords sind für ihn Panzer und Panzerwagen. Dabei muß Michael wieder an die Unterhaltung denken, die er vor knapp einer Stunde mit Gail in Washington hatte. Er hat mit ihr von einer öffentlichen Telefonzelle in Sherwood aus telefoniert und ihr in groben Umrissen das merkwürdige Dreieck und dessen Zusammenhang mit biologischen Waffen und der Sprache Gottes geschildert. Es dauerte eine Weile, bis sie das ganze Ausmaß begriff, und das war auch das Problem, wenn sie Grisdale darüber Bericht erstatten würde. Wer würde das glauben? Es wäre genauso, als würde man erklären, daß das Manhattan Project von einer Verschwörergruppe ausgeheckt und geleitet würde, die die öffentlichen Finanzen plünderte und ihr Kapital aus dem Drogenhandel aufstockte. Natürlich gab es Unterschiede. Der Drogenhandel war nicht mehr das Geschäft einer mittelalterlichen Truppe, die von einzelnen Kriegsherren in abgelegenen Dschungelgebieten geführt wurde. Inzwischen war es ein weltweit agierendes Unternehmen mit einer etablierten politischen und wirtschaftlichen Machtstruktur. Und gewaltige wissenschaftlichen Projekte konnten nunmehr automatisiert und in Computer- und Robotersystemen komprimiert werden, für die man nur noch ganz wenig Personal benötigte, so daß eine Geheimhaltung kaum gefährdet war. Und dennoch erforderte es viel Überzeugungsarbeit, selbst bei einem Mann von Grisdales Format. Außerdem befand sich offenbar die gesamte politische Szene in einer tiefgreifenden Phase der Umorientierung. Gail war höchst besorgt über die ständige Präsenz von Bundestruppen in den Straßen von Washington. Die durch das tragische Ende der Schuldendemonstration verursachte Unruhe in der Bevölkerung war zwar längst verebbt, aber die Truppen blieben. Und da diese Truppen direkt der Exekutive unterstanden, erinnerten sie die Legislative und die Justiz ständig daran, wer nun das Sagen hatte. Mehrere Delegationen des Kongresses waren bereits im Weißen Haus beim Präsidenten vorstellig geworden und hatten taktvoll darauf hingewiesen, daß die Anwesenheit von Soldaten zu Spannungen und Irritationen führe und daß dies eine Störung im Gleichgewicht der Macht darstelle, das seit dem ersten Tag untrennbar mit der Stabilität der Regierung verbunden sei. Diese Proteste wurden höflich zur Kenntnis genommen, und den Gesetzgebern wurde versichert, daß die Truppen sofort abgezogen würden, sobald die »nationale Sicherheit« garantiert sei. Zum Beweis dafür, daß dies nicht mehr der Fall war, verwies man sie auf die verheerende Serie von Bombenanschlägen auf Banken in wichtigen Finanzzentren im ganzen Land. Die Vertreter der Legislative gingen wieder mit leeren Händen, und auf dem Hügel des Capitols begannen wilde Gerüchte über Putsch und Revolution umzugehen. Auf jeden Fall war Gail überzeugt, daß diese ganze ParaVolve-Geschichte der Funke im Pulverfaß sein könnte und darum derzeit nicht weiterverfolgt werden durfte. Sie dankte Michael und wünschte ihm alles Gute. Seine Schuld war beglichen.

Aber auf der Heimfahrt mußte er dauernd darüber nachdenken. Er kam nicht davon los. Ein embryonaler Verstand reifte in seiner Computergebärmutter heran, und er konnte seine Zuckungen über den Computer in seiner Wohnung wahrnehmen. Er glaubte, daß er schon bald nach Anreizen außerhalb der Gebärmutter suchen würde, und damit würde Michael Zeuge eines Phänomens werden, das in der Geschichte der Wissenschaft einzigartig war: die Geburt einer echten Maschinenintelligenz, eines Wesens, das seine Gedankengänge selbst bestimmte. Wenn dieses epochale Ereignis unter eher normalen Umständen stattfände, dann würden sich eine Menge Menschen danach drängen dabeizusein, aber jetzt nahmen nur er und der Architekt wahr, was da vor sich ging, so daß er einen Platz in der ersten Reihe hatte bei einem Vorgang, der als das Ereignis in die Geschichte eingehen würde, das den Lauf des nächsten Jahrtausends bestimmte. Konnte er die Augen davon abwenden? Natürlich nicht.

Als er nun die Treppe hinaufgestiegen ist und auf die Tür zu seiner Wohnung zugeht, sieht er Jimi Tyler am Geländer lehnen und auf ihn warten.

»Hey, machst du wieder Bilder auf deiner Maschine? Darf ich zusehn? Ich bin auch ganz still. Erinnerst du dich noch ans letzte Mal? War ich da still oder nicht?«

Michael seufzt und sagt ja. Jessica wird wohl erst später rüberkommen, nachdem sie etwas im Labor erledigt hat, und seine Wohnung kommt ihm in diesen Tagen des Alleinseins ein wenig leer vor.

Außerdem ist Jimi ein meisterhafter Selbstverkäufer, und wie alle gutherzigen Erwachsenen ist Michael ein leichtgläubiger Kunde, wenn es um Kinder geht.

Sobald sie in der Wohnung sind, schaltet Michael seine Maschine an und stellt die Verbindung zu DEUS her, während Jimi seine stumme Position hinter Michaels rechter Schulter einnimmt. Er benötigt nur ein paar Minuten, um den Kontakt zum Netz herzustellen, und währenddessen überprüft er, ob DEUS die Eingabe von Daten aus der GenBank wiederaufgenommen hat, aber die Eingabeprogramme sind noch immer in Ruhestellung. Niemand spricht mit dem Netz, aber sobald der Kontakt hergestellt ist, steht fest, daß das Netz eindeutig antwortet. Wieder tanzen die Farben über die Matrix, die die Stimme des Netzes auf Michaels Bildschirm darstellen. Es bleibt ihm nichts anderes übrig, als sich zurückzulehnen und eine Weile zuzusehen.

Über eine Stunde lang beobachtet Michael den Bildschirm und nickt mehrmals fast ein, aber dann erblickt er das Muster. Die meiste Zeit tauchen die Farben des Spektrums in beliebiger Folge auf, aber in unregelmäßigen Abständen beschränkt sich die gesamte Matrix auf zwei Farbwerte: das kalte Blau und das helle Gelb, die die beiden Extreme seines Stimmumfangs darstellen.

Binär. Es wird binär, geht es Michael durch den Kopf. Er weiß, daß hinter den Farben Spannungswerte stehen, wobei Blau der niedrigste und Gelb der höchste ist – und genauso werden die fundamentalen Einsen und Nullen der digitalen Schaltlogik zum Ausdruck gebracht. Er beugt sich aufgeregt vor und manipuliert so lange herum, bis er eine neue Schnittstelle mit dem Netz aufgebaut hat, die diese Ausgabe in einem Strom von Einsen und Nullen ausdrücken wird, und zwar immer dann, wenn das Netz diese Betriebsart wählt. Nach ein paar Minuten schon sieht er, wie eine kleine Parade von Einsen und Nullen über seinen Bildschirm kriecht und stolpert, hinein in eine Datei seiner Maschine, die zur Interpretation wieder aufgerufen werden kann, wenn er dafür Zeit hat.

»Was ist mit den Farben passiert?« will Jimi wissen.

»Sie haben uns gesagt, daß wir uns statt dessen dies hier ansehen sollen«, erwidert Michael.

»Und was ist das?«

»Ich bin mir nicht sicher, aber ich glaube, es ist ein Wörterspiel«, sagt Michael.

»Wie geht das?«

Michael denkt über die Frage eine Weile nach und öffnet dann als Antwort ein neues Fenster auf dem Bildschirm und tippt hinein: wasdusiehstistsehrschwerzulesenweilallebuchstabenzusammengequetschtsind.

»Kannst du das lesen?« erkundigt sich Michael.

»Ich kann gar nicht lesen«, sagt Jimi, ohne sich dessen zu schämen.

»Nun, wenn du lesen könntest«, erklärt Michael, »wäre das hier schwer lesbar, bis du das hier tust.« Er tippt ein: was du siehst ist sehr schwer zu lesen weil alle buchstaben zusammengequetscht sind.

»Das gleiche gilt für die Einsen und Nullen, die gerade über den Bildschirm laufen. Vielleicht sagen sie etwas aus, aber wir wissen nicht, wo ein Wort aufhört und ein anderes anfängt, und das ist besonders schwer zu sagen, wenn sie sich bewegen.«

»Nun, warum hältst du sie dann nicht an?« fragt Jimi.

»Keine schlechte Idee«, stimmt Michael zu und gibt einen Befehl ein, der den Bildschirm erstarren, aber die binären Zahlenparade weiterhin in die Speicherdatei wandern läßt. Nun bleibt eine einzige starre Zeile übrig:

00111000010100110011000001101011010011111000000101

»Vielleicht lernt es sein ABC«, bemerkt Jimi, während sie auf den Bildschirm starren.

Michael applaudiert. »Jimi, du bist ein Genie. Du hast es herausbekommen.«

»Was denn?«

»Es ist ein Code, ein spezieller Code«, erklärt Michael, als ihm aufgeht, was er da sieht.

»Ist es ein Geheimcode?« will Jimi aufgeregt wissen.

»Nee. Es ist ein ganz normaler Code, den man ASCII nennt«, erwidert Michael. »Und jetzt warten wir ein paar Minuten, um zu sehen, ob wir herauskriegen können, was der Code uns sagen will. Laß uns hinausgehen und ein bißchen Luft schnappen.«

Sie treten auf den Gang hinaus und schauen über das Geländer zu dem geschäftigen Zirkus der Autoreparaturen im Unterstand hinüber. Drüben am Pool sehen sie die Schwester von Eric Den-es-nie-gab auf ihren Bruder zugehen und sanft auf ihn einreden, bis sie ihn von seinem Kommandoposten gegenüber dem Unterstellplatz zu ihrer Wohnung zurückführt. Kurz bevor sie hineingehen, wendet er sich zum Unterstellplatz um, hebt die rechte Hand und brüllt: »Alles klar. Fahrt sie raus!«

Jimi blickt hinunter und sieht, wie einer von Rattensacks Trupps um die gegenüberliegende Ecke des Gebäudes biegt, den Seitengang hinunterläuft und aus dem Blick verschwindet.

»Weißt du über Rattensack Bescheid?« fragt Jimi Michael.

»Nicht besonders«, erwidert Michael. »Ich kenne sein Gesicht, und ich hab' gehört, daß er ein ziemlich übler Bursche ist. Stimmt das?«

»Klar.«

»Na ja, er ist nicht der einzige üble Bursche auf der Welt, weißt du. Laß uns wieder hineingehen und sehen, was wir bekommen haben.«

Michael läßt das Netz weiter in die Datei »sprechen«, zieht sich aber eine Kopie von dem, was bis dahin aufgezeichnet worden ist. Er holt sie auf den Bildschirm und trifft rasch die entsprechende Anordnung, damit der Strom der Binärzahlen in ASCII-Zeichen übersetzt wird, die unter anderem das übliche Alphabet und das Dezimalsystem darstellen. Und nun ist der Augenblick der Wahrheit gekommen, als das Ergebnis auf dem Bildschirm auftaucht: NVDPOINQAZXDDFOBAKBTXUMQJSDPIMRHSHGJKFQSXPPLMMFAQW.

Jimi hat recht gehabt. Das Netz bastelt an seinem Alphabet herum. Der ASCII-Zeichensatz umfaßt 256 Zeichen, und das Netz hat sich ausschließlich auf die 26 konzentriert, die das Alphabet darstellen. Aber in der Buchstabenfolge, die es erzeugt, ist kein deutliches Muster zu erkennen und vermutlich überhaupt kein Muster enthalten.

»Also, was hat es gesagt?« will Jimi wissen.

»Nichts. Absolut nichts«, erwidert Michael niedergeschlagen. Und warum spricht das Netz überhaupt in ASCII-Zeichen? Es ist doch ein analoges System, und ASCII ist ein Digitalcode, und normalerweise sind die beiden wie Öl und Wasser, wenn sie nicht speziell ausgelegt sind, daß sie zusammenarbeiten. Aber was wäre, wenn das Netz wie ein kleines Kind wäre? In diesem Fall befände es sich in einer intensiven Lernphase und würde sein Wissen aus seiner unmittelbaren Umgebung beziehen, und das ist nun einmal das Innere von DEUS, wo ASCII eine Grundtatsache des Lebens ist. Und wie alle kleinen Kinder würde es normalerweise alles laut wiederholen, was es gerade lernt.

Ein Kind. Ein ganz kleines Kind. Das Kind des Architekten. Nun versteht Michael zumindest teilweise die Qualen, die der Mann aussteht. Er schaltet wieder zurück auf das ursprüngliche Bildschirmfenster, in dem die Folge von Einsen und Nullen weiterläuft. Und plötzlich ist sie aufgeladen mit Gefühlen.

Es ist das kräftige und glückliche Glucksen und Brabbeln eines echten Wesens, das seine Umgebung wahrnimmt und erfassen will.

Lonnie Johnson geht langsam auf dem schmalen Pfad zwischen zwei Erdbeerfeldern entlang und zupft am Schild seiner Baseballmütze, auf der vorn das John-Deere-Logo prangt. Das Zupfen ist eine nervöse Angelegenheit, die meisterhaft von seinen drei Söhnen imitiert wird, wenn Lonnie gerade nicht da ist. Und an diesem Tag zupft er ein wenig öfter als sonst, weil sein ältester Junge gerade verkündet hat, daß er zur Navy gehen wird. Diese Nachricht kam für Lonnie wie für seine Frau völlig überraschend, und bei seiner Frau, deren emotionale Masse normalerweise gerade über dem kritischen Punkt liegt, kam es sofort zu einer Kernreaktion. Statt herumzusitzen und sich vom Fallout verstrahlen zu lassen, hat sich Lonnie zu seinem üblichen Fluchtweg begeben – am Geräteschuppen vorbei, durch den Obstgarten und die Erdbeerfelder hinüber in das Wäldchen, das den Christensen Creek säumt.

Während er so über den Pfad auf das Wäldchen und den Bachlauf zuschlurft, bemerkt er immer wieder kleine Bewegungen zwischen den Pflanzenreihen. Sehr merkwürdig. Es ist doch noch viel zu früh, daß sich Vögel über die Beeren hermachen, die noch grün sind. Dann sieht er, wie ein Kaninchen über eine der Furchen hoppelt, ein paar Fasane weiter vorn plötzlich auffliegen und ein braunes Backhörnchen am Ende einer Reihe vorbeihuscht. Wirklich komisch. All diese kleinen Kreaturen müßten sich doch eigentlich im Gebüsch drüben am Bach aufhalten, wo sie den Falken und Eulen weniger ausgeliefert wären.

Als sich Lonnie dem Ende des Pfads nähert, sieht er, daß ein Stapel Steigen, die flachen Kästen zum Lagern der Erdbeeren, umgeworfen ist und auf dem schmalen Streifen von kurzem Gras zwischen dem Feld und dem Gestrüpp am Bach einen wirren Haufen bildet. Verdammte Kinder. Ständig muß seine Frau hinter ihnen im Haus aufräumen, und nun muß er das auch noch hier draußen tun. Lonnie schlurft hinüber, um den Stapel wieder aufzustellen – und da sieht er es, auf einer umgedrehten Steige, die völlig von Blut durchnäßt ist. Bei seinem Anblick stehen Lonnie die Haare im Nacken zu Berge. Ein Kaninchenkadaver, von unzähligen Löchern perforiert, jedes etwa gut zwei Zentimeter im Durchmesser, und aus vielen quillt noch Flüssigkeit. An manchen Stellen überlappen sich die Löcher und bilden rote Kratzer, an deren Boden sich eine zweite Lage von Löchern aneinanderreiht.

Lonnie geht gern auf die Jagd und versteht sich aufs Schlachten, aber bei diesem Anblick wird ihm doch ein wenig übel. Als ob irgendein Irrer das Ding mit einem großen Bohrer traktiert hätte. Aber wer? Seine Kinder sind zwar auch ganz schön verrückt, aber doch nicht so. Nicht so.

Dann hört er das Tappen und sieht, wie sich die Steigen verschieben, weil sich unter ihnen etwas bewegt.

Da haben wir's. Wer immer das hier getan hat, er oder es ist noch da. Na, dann wollen wir das kleine Miststück mal aufstöbern und es uns ansehen.

Lonnie bewegt sich behutsam um den Stapel herum, bis er die richtige Stelle gefunden hat, dann tritt er heftig gegen den Stapel, so daß die Steigen wegfliegen und den Boden darunter freigeben. Eine große Beutelratte ergreift augenblicklich die Flucht und rast ins Gestrüpp am Bach.

Kann keine Ratte gewesen sein, denkt Lonnie. Eine Beutelratte beißt, kann aber bestimmt nicht bohren.

Und dann bemerkt er zum erstenmal die Pflanzen. Er geht in die Hocke, untersucht die Blätter an den Erdbeerpflanzen und gerät in Panik. Von den Pflanzen bestreitet er seinen Lebensunterhalt, und irgend etwas ist daran faul. Die Blätter sollten glatt sein und eine weiche grüne Oberfläche aufweisen, aber das ist nicht der Fall. Statt dessen sind sie hart und wächsern und haben sich schirmförmig aufgerollt wie winzige Satellitenschüsseln. Lonnie pflückt eins ab und betrachtet es genauer. In der Mitte ragt ein dünner grüner Stengel auf und ringelt sich wie eine Sprungfeder zusammen. In den 25 Jahren, in denen er sein Land bestellt, hat er noch nie so etwas gesehen. Sieht übel aus, wirklich übel. Vielleicht ist schon die ganze Ernte davon befallen.

Zehn Meter davon entfernt stellt der Bohrer im Bachgestrüpp seine binokularen Augen auf die kauernde Gestalt ein, die die Pflanze in der Hand hält, und dann kriecht er langsam in diese Richtung.

Verdammt, ärgert sich Lonnie, als er ein zweites Blatt abpflückt und es untersucht. Ich sollte gleich mal den Bezirksfritzen herholen, sonst glaubt der mir das nicht. Lonnie steht auf und geht an einer Reihe entlang, um zu sehen, wie weit die Schäden schon fortgeschritten sind.

Der Bohrer sieht die Gestalt aufrecht dastehen und ermittelt, daß sie für einen direkten Angriff zu groß ist. Als Alternative nimmt er nun den Geruch der nahen Beutelratte wahr und disponiert um für die Pirsch auf das neue Ziel.

Lonnie geht die ganze Reihe ab und stellt überall den gleichen Befall fest – die eingerollten Blätter, die wie Schirmchen aussehen. Er kehrt auf den Pfad zurück und will wieder zum Haus gehen: Je weiter er sich vom Bach entfernt, desto weniger ausgeprägt ist die Krankheit. Vielleicht besteht ja noch Hoffnung. Vielleicht können sie was spritzen und sie aufhalten, bevor sie sich über das gesamte Feld ausbreitet.

Lonnie hat schon fast den Obstgarten erreicht, als er die Verspanntheit in seiner Brust spürt und merkt, wie sein Atem rasselt. Normalerweise würde er mehr darauf achten, aber gerade jetzt ist er auf seine Ernte fixiert und schreibt diese Symptome der Angst zu, die seinen Gang fast zu einem Joggen beschleunigt hat. Nur etwas Schleim in der Luftröhre wegen der Anstrengung, das ist alles. Aber als er schon den Geräteschuppen sieht, muß er fast nach Luft schnappen und spürt ein Kribbeln im ganzen Gesicht. Was, zum Teufel, ist da bloß los? Während er den Geräteschuppen auf dem Weg zum Haus passiert, hat sich sein Gang zu einem Dahinkriechen verlangsamt, und nun verspürt er auch noch ein pochendes Stechen im Unterleib.

Harriet Johnson ist gerade im Wohnzimmer und hört die Küchentür gehen, als Lonnie hereinkommt. Sie hat eine Menge über ihren Sohn nachgedacht und beschlossen, daß Lonnie zum Rekrutierungsbüro der Navy gehen und versuchen soll, den Jungen irgendwie wieder loszueisen. Sie wird noch ein paar Minuten warten und ihn zur Ruhe kommen lassen, ehe sie diesen Befehl in Form eines wohlüberlegten Vorschlags weitergibt. Dann hört sie, wie er telefoniert.

»Ja, Jim Politano von der Landwirtschaftsabteilung, bitte.« Lonnie hört sich nicht gut an. Vielleicht wartet sie lieber noch ein bißchen.

»Ja, Jim. Ich hab' hier draußen die verrückteste Sache, die Sie je gesehen haben. Meine Erdbeeren. Die sehen aus, als ob sie Satelittenfernsehen gucken wollten. Die Blätter sind alle aufgerollt und hart ... Nein, nur ein Teil des Feldes ... Na ja, dann war da noch ein totes Kaninchen, das aussah, als ob es jemand mit der Bohrmaschine zugerichtet hätte. Ach ja, und dann hab' ich noch ein paar Vögel und anderes Viehzeug draußen auf dem Feld gesehen, die eigentlich im Gestrüpp am Bach hätten sein sollen. Aber die Beeren sind die Hauptsache. Die hat's wirklich schlimm erwischt. Ja, wenn Sie heute noch rauskommen könnten, natürlich nicht umsonst ... Gut, bis dann.«

Harriet eilt zur Küche – die Sache mit der Navy kann warten. Nichts ist schlimmer als Ärger mit der Ernte. Als sie in der Tür steht, hält sie vor Schreck die Luft an, wie sie Lonnie da am Küchentisch neben dem Telefon sitzen sieht. Sein aschfahles Gesicht ist von einem glänzenden Schweißfilm überzogen, und das Gesicht und die Hände sind von roten Flecken übersät, die so groß sind wie 25-Cent-Stücke. Seine Stimme ist durch den immer stärker werdenden Schleim kaum zu verstehen.

»Politano kommt raus. Wir haben Probleme mit den Erdbeeren. Und ich glaub', ich hab' grad die Grippe bekommen.«

Gott steh uns bei, betet Harriet, während sie Lonnie ins Bett steckt und den Arzt anruft.

Etwa einen halben Kilometer vom Anwesen der Johnsons entfernt ist es in dem Wäldchen am Bach zum erstenmal seit Jahrhunderten totenstill. Es gibt hier kein einziges normales Lebewesen mehr, von welcher Größe auch immer. Alle sind entweder gefressen worden oder haben beim Vordringen der Bohrer die Flucht ergriffen. Tatsächlich sterben auch viele Bohrer, da ihr unersättlicher Stoffwechsel ihren Lebenszyklus rapide verzehrt.

Und im Zentrum, im Brombeergestrüpp, haben die von den Bohrern ausgeschütteten Viren die Macht ergriffen. Die Ranken, die sich bislang als dicke, grüne, dornige Bündel in langen Bögen dahinschlängelten und ein chaotisches Gewebe bildeten, sind nun spiralförmig aufgeringelt wie eine Telefonschnur. Und in der Lichtung in der Mitte, in der unteren Kammer im Wall, schlüpft das erste Ei der Königin aus, und damit wird der nächste Schritt auf dem Marsch der Introns in die Welt hinaus getan.

Das Unwesen, das nun ausschlüpft, ist viel größer als die Bohrer. Es entfaltet sich zur Größe eines Säuglings und begibt sich sogleich in den Tunnel, der zur darüberliegenden Kammer führt, während es seine vier kräftigen Beine und die krallenbewehrten Füße ausprobiert. Sobald es in der oberen Kammer ist, saugt es gierig die sorgfältig gelagerte Narung aus den Löchern in den Wänden. Die Bestie strahlt bereits eine beachtliche Hitze aus, und schon beginnt die Temperatur in der Kammer zu steigen. Das Biest beendet rasch seine Mahlzeit und begibt sich nach draußen, bevor sich das Nest in einen Glutofen verwandelt und es zu Tode geröstet wird. Mit einer vollen Ladung Treibstoff kriecht es nun an die Oberfläche des Walls und tritt hinaus in die spiralige Kathedrale, die von den mutierten Brombeerranken gebildet wird. Mehrere Bohrer sehen zu, wie es auftaucht, und warten regungslos auf seinen nächsten Schritt.

Der Leib des Untiers ist geformt wie ein leicht aufgedunsenes Krokodil und besitzt gedrungene, muskulöse Beine. Aber im Unterschied zu einem Reptil oder sonst einem Lebewesen ist seine Haut lebendig, übersät von Tausenden von Poren, die sich ständig öffnen und schließen. Wenn die Poren ganz geöffnet sind, weiten sie sich bis zu einem Zentimeter, geben einen Schwall Hitze von sich und schnappen dann wieder zu – dies alles im Bruchteil einer Sekunde. Statt in einem Schwanz zu enden, verjüngt sich das Hinterteil nach unten zu einem nadelspitzen Knochenstachel. Kurz vor der Herzregion sprießen zwei Augenstengel aus dem Leib, von denen jeder binokulare, facettierte und infrarote Augen besitzt, integriert in einem einzigen eiförmigen Gehäuse. Aber wo sich ein Kopf befinden sollte, ist nichts – als ob die Bestie gleich hinter den Kiefern enthauptet und das Fleisch eingeschlagen worden wäre, um ein klaffendes Loch zu bilden. Und in diesem Loch baumelt ein furchtbares rundes Gebilde, das in der Lage ist, von seiner zurückgenommenen Position aus vorzuschnellen und mehrere Zentimeter über die Lippe an der Leibeshöhle vorzuragen. Dieses aus einem mittelharten gummiähnlichen Material bestehende, zylindrische Gebilde hat ein spitzes Ende wie ein Neunauge, an dem mehrere konzentrische Ringe gekrümmter Zähne sitzen, die so konstruiert sind, daß sie eindringen und sich unlösbar festklammern. Aus dem Zentrum dieser Öffnung lugt eine dünne Knochenspitze, eine Injektionsnadel mit einer besonderen Funktion, die dazu führen wird, daß das neue Unwesen auf den Namen »Nadelhund« getauft wird.

Die Pupillen in den binokularen Augen des Nadelhunds ziehen sich zusammen, um sich dem Tageslicht anzupassen, und stellen sich auf die Schar der Bohrer ein, die den Wall besetzt halten. Mit erstaunlicher Geschwindigkeit attackiert er den Bohrer, der sich unmittelbar vor ihm befindet, und wirft ihn auf den Rücken, wobei seine Beine wie wahnwitzig rotieren. Aber ehe sich der Bohrer wieder aufrichten kann, wirbelt der Nadelhund herum und versenkt seinen Stachel in die Seite des Bohrers, und die Beine erstarren beinahe mitten in der Bewegung. Der Nadelhund wendet sich seinem Opfer zu. Der Zylinder rast heraus, die Greifzähne schlagen sich in den Bauch des Opfers, und die Injektionsnadel schießt heraus, durchbohrt die Oberfläche und injiziert eine starke Säureverbindung, die sofort das gesamte Fleisch- und Knochenmaterial im unmittelbaren Bereich der Wunde verflüssigt. Sobald die Verflüssigung einsetzt, schaltet sich eine Saugpumpe im Zylinder ein und schlürft die heiße, dicke Suppe in die Eingeweide des Nadelhunds, wo sie der bereits vorhandenen Treibstoffladung hinzugefügt wird.

Während der Nadelhund seine Mahlzeit tankt, schauen die anderen Bohrer zu, ohne sich zu rühren. Die Anwesenheit des Nadelhunds entledigt sie aller Instinkte zur Selbsterhaltung, und stillschweigend warten sie, bis sie an der Reihe sind, in Suppenküchen verwandelt zu werden, die für das spektakuläre Wachstum des Nadelhunds sorgen werden. Innerhalb einer Stunde hat er sie alle aufgesogen und ist zu einer Länge von 75 Zentimetern angeschwollen, seiner Größe im ausgewachsenen Zustand. Nun ist er bereit, den Wall und den Tempel der Ranken zu verlassen und eine viel größere Welt zu erkunden.

# 20

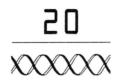

# Das Erwachen

Michael trinkt den Rest Kaffee aus seiner Tasse und schickt sich an, seine Arbeit wieder aufzunehmen. Er war am Tag davor noch bis spätnachts aufgeblieben, um die Parade der Einser und Nullen zu beobachten, die in unregelmäßigen Abständen auf seinem Bildschirm auftauchten und dann ohne Vorwarnung verschwanden. Als Jessica am frühen Abend herüberkam, hing er noch immer am Bildschirm und zeigte ihr voller Begeisterung, was sich darauf abspielte. Sie war zwar eindeutig interessiert, begriff aber nicht sein Jagdfieber, und da ging ihm auf, wenn jemand nicht gründlich Bescheid wußte hinsichtlich der Entwicklung der künstlichen Intelligenzen und der neuronalen Netze, dann würde er wohl nicht gleich vom Stuhl gerissen werden, wenn er das sah, was sich gerade auf dem Bildschirm abspielte. Daher hatte er sich nur ein wenig widerstrebend von dem Netz getrennt, als sie zum Essen in die Innenstadt fuhren, aber das legte sich völlig, als sie zusammen eine Flasche Wein getrunken hatten und zu ihrem Haus kamen. Jessica war eine Frau von stiller Leidenschaftlichkeit und liebte ihn stets mit einer Intensität, die schon fast bestürzend war, und Michael war völlig hingerissen und wußte, daß er vielleicht einmal die Geheimnisse von DEUS aufdecken, aber nie das Geheimnis von Jessica lösen würde – und dies auch gar nicht wollte. Es genügte ihm völlig, einfach nur die Wärme ihrer Wange an seiner Brust zu spüren und ihr Haar weich über seinen Bauch fließen zu lassen. Zwischen ihnen entwickelte sich eine stille, aber sehr intensive Verbindung, für die keiner von ihnen die richtigen Worte fand. Es war einfacher, sich nur darin treiben zu lassen, wie ein warmer Pool mit klarem Wasser, in dem man so angenehm und losgelöst schwebte, während sich die übrige Welt verabschiedete, zusammen mit all ihren Stacheln, Widerhaken und Nadelstichen. Er wußte, daß sie sich auf irgendeine Weise gegenseitig heilten, das emotionale Gewebe flickten, das beinahe unrettbar beschädigt worden war.

Während Michael seinen Kaffee austrinkt, überlegt er, welches die beste Methode wäre, mit dem Netz zu kommunizieren. Vorläufig kam die natürliche Sprache nicht in Frage, genausowenig wie bei einem menschlichen Säugling. Aber immer wieder mußte er an Jimis Bemerkung denken, daß es das ABC lernt, und damit stand für ihn fest, daß es keine bessere Methode gab. Noch spuckte das Netz beliebige Buchstaben aus, und vielleicht war es sich nicht bewußt, daß sie einen begrenzten Zeichensatz darstellten, ein Alphabet. Also steigt Michael jetzt in DEUS ein und schnappt sich das Programm, das normalerweise mit dem Netz »spricht«, indem es dieses mit GenBank-Daten füttert. Sobald die Verbindung hergestellt ist, hält er inne und macht sich klar, was er im Begriff ist zu tun. Bis jetzt haben viele Menschen mit Computersystemen kommuniziert, aber noch nie mit einem, daß über einen eigenen Verstand verfügt. Und dann tippt er das Alphabet in Großbuchstaben ein: ABCDEFGHIJKLMNOPQRSTUVWXYZ.

Er wartet sechzig Sekunden und wiederholt den Vorgang. Nach fünf derartigen Zyklen beendet er das »Sprech-Programm«, aktiviert das »Hör-Programm« und beobachtet, wie die ASCII-Zeichen über den Bildschirm marschieren: ALSLCVMVBJFKLWEPFMLSJKFJKOGJIRUYTPHISOKNMNXVNDKEIEH.

So geht das fast zwanzig Minuten weiter. Dann, als Michael sich gerade damit abfindet, daß er noch sehr lange beobachten und abwarten muß, passiert es: AKDKVMDRIEABCDEFGHIJKLMNOPQRSTUVWXYZDKDKDKDKDKDDK.

Sein Herz macht eine Sprung. Genau in der Mitte der Zeichenparade steht das Alphabet, ganz eindeutig. Zwei Minuten später wieder holt es: DKFKFKTKRKRABCDEFGHIJKLMNOPQRSTUVWXYZDKDKDKGHEEODOF.

Michael steht auf und läuft aufgeregt hin und her. Es hat ihn gehört. Und geantwortet. Es lebt. Und was nun? Am besten bleibt er beim Elementarunterricht, ein Gebiet allerdings, auf dem er sich praktisch nicht auskennt. Aber es gibt eine Lösung.

Eine Stunde später ist er auf dem Parkplatz der Romona Arms und nimmt ein Paket vom Beifahrersitz seines Lieferwagens und legt noch ein kleineres Päckchen oben drauf.
»Was hast 'n da?«
Er sieht Jimi hinter sich stehen und lächeln. »Spielsachen.« Jimi strahlt. »Echt? Darf ich sie sehen?« In diesen Zeiten ist der nicht enden wollende Regen von Spielsachen schon lange zu einem schmerzlich langsamen Tröpfeln versiegt. Daher ist jedes Spielzeug ein ganz besonderer Schatz geworden, ein Ding, das man nie vergessen wird.
»Klar. Willst du vielleicht dieses Paket für mich tragen?«
In Michaels Computerzimmer holt Jimi mehrere Sachen aus dem Paket, die wie Plattenhüllen aussehen, während Michael ein beigefarbenes Metallkästchen von seiner Verpackung befreit und hinten am Computer anschließt.
»Was is 'n das?« will Jimi wissen und hält eine von den Hüllen hoch.
»Man nennt das eine interaktive Videodiskette«, erwidert Michael, »und die du da in der Hand hältst, ist dazu da, Kindern das Lesen und Schreiben von Wörtern beizubringen.«
»Darf ich damit spielen?« bettelt Jimi.
»Später, aber jetzt wollen wir erst mal sehen, ob wir den Computer dazu bringen können, damit zu spielen.«
Jimi ist zwar enttäuscht, nimmt aber seinen Posten hinter Michaels rechter Schulter ein. Nun beginnt Michael einen Pfad anzulegen, der das Videolehrprogramm durch seinen Computer in DEUS und schließlich ins Netz hineinführen wird – und natürlich auch den umgekehrten Weg, so daß das Netz direkt auf die Videodiskette reagieren kann. Einen Haken hat die ganze Operation allerdings noch: Das Netz hat zwar bereits bewiesen, daß es alphabetische Zeichen »hören« kann – aber kann es sie auch sehen? Die Videodiskette erzeugt Videobilder von einfachen Gegenständen, so daß Kinder sie

mit den entsprechenden Wörtern assoziieren können. Darum beschließt Michael, das Videosignal direkt als analoge Information ins Netz zu senden, und bearbeitet das »Sprech-Programm« in DEUS, damit dies möglich ist. Ein Videosignal ist zwar komplex, aber verglichen mit dem echten Sehvorgang im menschlichen Gehirn unglaublich primitiv. Einstweilen wird es dem Netz als »Augen« genügen müssen.

»Also los«, sagt Michael zu Jimi. »Wir sind soweit.«

Er schaltet die Videodiskette ein und teilt den Bildschirm horizontal in zwei Fenster. Das obere zeigt das Videolehrprogramm, das untere soll die Antworten des Netzes während des Unterrichts wiedergeben. Als die Lektion beginnt, erscheint das Videobild eines bewegungslosen Balls, und darunter tauchen nach und nach Buchstaben auf, die die Worte »SEHE DEN BALL« bilden. Unter diesen Buchstaben befinden sich eine Reihe von leeren Kästchen, und eine Stimme sagt: »Kannst du ›sehe den Ball‹ buchstabieren?« Um dem Netz einen Tip zu geben, wie das Spiel funktioniert, tippt Michael die Antwort ein. Nun erscheint ein zweites Videobild, auf dem der Ball auf die Kamera zurollt und unter dem »SEHE DEN BALL ROLLEN« steht. Wieder tippt Michael die Antwort ein und lehnt sich dann zurück. »Okay«, sagt er zum Netz, »jetzt mußt du allein weitermachen.«

Nun wird das Videobild des Balls durch einen sitzenden Hund ersetzt, und darunter steht »SEHE SPOT«. Erwartungsvoll beobachtet Michael das untere Fenster auf dem Bildschirm, wo die Antwort des Netzes auftauchen sollte. Was er da zu sehen bekommt, ist enttäuschend: einen Strom von offenbar beliebigen Zeichen, Buchstaben und Satzzeichen.

»Was sagt es denn?« will Jimi wissen.

»Sieht so aus, als würde es nur vor sich hin murmeln. Was meinst du?«

»Genau. Es spricht bloß mit sich selbst.«

»Wie steht's mit dir?« erkundigt sich Michael. »Hast du die Lektion kapiert?«

»Klar, Mann«, erklärt Jimi stolz. »Spot ist ein Hund, und wenn du ihn ansiehst, dann buchstabierst du S-E-H-E S-P-O-T.«

»Nun, wenigstens hast du es kapiert«, stimmt Michael zu. »Was ich von unserem kleinen Freund hier leider nicht sagen kann.« Das

Telefon klingelt. »Hör mal, Jimi«, sagt Michael, »du bleibst hier und beobachtest das Fenster, denn vielleicht sagt es ja ›SEHE SPOT‹, wenn ich nicht hinschaue. Okay?« Eigentlich bezweifelt er das zwar, aber dann ist Jimi wenigstens beschäftigt, während er telefoniert.

»Kein Problem. Ich komm' schon klar damit«, erklärt Jimi stolz.

In der Küche hebt Michael den Hörer ab und aktiviert den Videoempfänger. Es ist Victor Shields.

»Mike«, sagt er aalglatt. »Tut mir leid, wenn ich Sie in Ihrer Konzentration störe, aber, äh, ich habe von Ihnen seit einer Weile nichts mehr gehört, und da dachte ich mir, ich sollte mich mal bei Ihnen melden. Wie läuft's denn? Könnten Sie mir mal, äh, einen kleinen Bericht liefern?«

»Tja, das würde ich gern, Victor, aber das ist wirklich ein großes Problem. Wie ich Ihnen schon sagte, haben wir es hier mit dem komplexesten System zu tun, das es je gegeben hat, und ich muß einfach einen Schritt nach dem anderen tun. Und genau das mache ich gerade.«

»Nun, äh, der Vorstandsvorsitzende ist gerade hier und will so lange bleiben, bis diese ganze Angelegenheit geregelt ist. Da will er natürlich laufend Berichte über Ihre Fortschritte haben.«

Mist, denkt Michael, jetzt ist die Kacke am Dampfen. »Tja, ich kann Ihnen schon mal folgendes sagen: Ich denke, ich erkenne allmählich ein umfassendes Strukturmuster, wie Ihr Chefkonstrukteur vorgegangen ist. Und wenn ich mich nicht irre, gibt es so etwas Ähnliches wie falsche Wände im gesamten System. Wie in alten Horrorfilmen. Und wenn ich recht habe, steckt die Bombe irgendwo hinter einer dieser Fassaden. Und nun bin ich gerade dabei, ein Programm einzurichten, das die echten von den falschen Wänden unterscheiden kann.«

»Ausgezeichnet«, flötet Victor, der nun etwas hat, mit dem er seinen gefräßigen Boß füttern kann. »Was meinen Sie denn, wie lange das dauern wird?«

»Wenn ich das wüßte, würde ich es Ihnen sagen, Victor. Aber im Augenblick habe ich noch keinen blassen Schimmer.«

»Na schön, von jetzt an werde ich mich vermutlich in regelmäßigen Abständen melden. Ich kann Ihnen gar nicht sagen, wie beunruhigt Mr. Daniels deswegen ist. Es geht hier schließlich um Hunderte von Millionen.«

Die Angst.

Nur einen Moment lang bricht sie über Michael herein wie eine riesige Woge, die ihn voll erwischt hat, und wirft ihn fast um. Victors Gesicht beginnt sich wild zu drehen und verschwindet in weiter Ferne, doch dann ist es plötzlich wieder da und steht ihm deutlich vor Augen.

»Also dann«, hört sich Michael sagen, »ich denke, ich geh' mal lieber wieder an die Arbeit. Wir sprechen uns demnächst.«

»Darauf können Sie Gift nehmen. Ha, ha.«

Wo kam das denn her? fragt sich Michael, als Victor aufgelegt hat. Aus dem Nichts.

Aber vielleicht doch nicht. Daniels. Hat er nicht Daniels gesagt? Natürlich. Und dann ist es wieder da: die NSA. Die Sitzungen im Konferenzraum des Hotels in Virginia. Spezifikationen für offensive biologische Waffen. Dieser Fiesling namens Spelvin. Und ein anderer, der Daniels hieß und die ganze Show zu leiten schien.

Ob das derselbe Kerl war? Natürlich. Schon damals befaßte er sich mit Gas, Bakterien und Computern – warum also nicht auch jetzt? Und was war mit Spelvin? Hatte er nicht irgendein grauenvolles Papier über ...

Instinktiv läßt Michael den Deckel über seiner Erinnerung zufallen. Die Kette der Assoziationen nähert sich doch zu sehr jenem Gemischtwarenladen mit den zerschossenen Schaufenstern und einem Meer von Blut. Im übrigen ist alles, was nach dem Vorfall war, sehr nebelhaft. Ihm fehlen schlicht die Daten, um Daniels oder Spelvin damit in Verbindung zu bringen. Lose treiben sie durch den Nebel und entziehen sich einem erkennbaren Muster. Und doch wird er die Namen nicht los und bekommt davon einen üblen Nachgeschmack, als er jetzt wieder in das Computerzimmer zurückkehrt.

»He, es hat ›SEHE SPOT‹ gesagt und dann aufgehört.«

Stolz deutet Jimi auf das untere Bildschirmfenster. Michael eilt herbei, um es sich anzusehen. Tatsächlich, da steht es, genau am Ende einer Zeile voller Schrott: dj3jd8fjrtoweODKL20CV,.DOPLRO4592f]/vSEHE SPOT

Und dann, während die beiden es sich ansehen, ist das Fenster auf einmal völlig leer.

»Warum hat er das getan?« will Jimi wissen. »Es hatte doch die richtige Antwort gehabt!«

»Weiß nicht«, brummte Michael, der sich nun etwa auf die Ebene von Jimi begeben muß.

Dann taucht etwas Neues im Fenster auf, das Michael ganz entgeistert betrachtet.

»Was ist das?« fragt Jimi.

»Es ist ein Code«, murmelt Michael. »Ein höherer Code.«

»Du meinst, ein Geheimcode?«

»Nicht, wenn man ihn zu lesen versteht.« Während Michael zusieht, läuft das Programm mit zunehmender Geschwindigkeit über den Bildschirm. Er hat keine Ahnung, was es bedeutet oder enthält.

»Was will es uns denn sagen?« erkundigt sich Jimi.

»Ich glaube nicht, daß es mit uns spricht. Ich glaube eher, es spricht mit seiner Mom«, erwidert Michael.

»Ach so, und wo ist seine Mom?«

»Sie ist ein ganz großer Computer, der sich nur ein paar Kilometer von hier befindet.«

»Was sagt es zu ihr?«

»Im Augenblick hab' ich nicht die geringste Ahnung.« Michael weiß nur, daß das Netz ein ganz großes Programm in DEUS eingibt. Und auf einmal ergibt es einen Sinn. Während das Netz vielleicht Schwierigkeiten mit »SEHE SPOT« hat, steht es während seines gesamten embryonalen Lebens in engem Kontakt zu seiner kybernetischen Mutter, so daß die Erzeugung von Computercodes vermutlich genauso intuitiv ist wie das Sprechen für ein menschliches Wesen.

Als ob es auf seine Gedanken reagiere, wird das Fenster wieder leer.

»Und nun?« will Jimi wissen.

»Mal sehen«, erwidert Michael, greift nach der Tastatur und wühlt sich in DEUS hinein bis an den Platz mit den beiden Programmen, die mit dem Netz kommunizieren. Sie sind weg. Spurlos verschwunden.

Würde sich das Netz selbst taub und stumm machen? Wohl kaum. Michael greift auf den Trick zurück, den er beim erstenmal angewandt hat, um die Programme zu finden, zur speicherorientierten Ein-/Ausgabe. Indem er seine einzelnen Schritte zurückverfolgt, kommt er dahinter, daß die beiden Programme durch zwei völlig neue ersetzt worden sind. Außerdem kann er an ihren Dateinamen ablesen, daß sie erst vor ein paar Minuten eingegeben worden sind.

Also darauf war das Netz aus, denkt Michael. Jetzt kann es ganz allein über seine Stimme, Ohren und Augen verfügen.

»Will es denn nicht mehr spielen?« erkundigt sich Jimi.

Gerade als Michael antworten will, bemerkt er, wie sich im oberen Fenster, wo die interaktive Videolektion noch immer läuft, etwas verändert – nun erscheint das Videobild eines rennendes Hundes und darunter die Zeile »SEHE SPOT RENNEN«. Während Michael und Jimi zusehen, taucht die gleiche Formulierung in den leeren Kästchen auf, die für die Antwort eines Kindes gedacht sind. Jetzt spielt das Netz mit sich allein. Im Laufe der nächsten paar Minuten nimmt das Netz ein ganzes Dutzend Bilder durch und beendet die Lektion, indem es auf das Bild eines Segelbootes auf offener See mit der Zeile »SCHAU DAS BOOT AN« antwortet. Und dann erwacht das untere Fenster völlig unerwartet erneut zum Leben. Langsam wird ein Bild im Fenster aufgebaut, ein Bild des Segelbootes, das eine etwas primitive Version des Originals im oberen Fenster ist. Als das Bild fertig ist, taucht darunter die Formulierung »SCHAU DAS BOOT AN« auf.

Nun weiß Michael, was der »Schrott« in der Antwort des Netzes bedeutet, ehe es seine eigenen Ein- und Ausgaben unter Kontrolle bekam. Es war eine mathematische Darstellung der Videobilder aus der Lektion. Zu diesem Zeitpunkt wußte das Netz einfach noch nicht, wie es sie als Bilder auf Michaels Bildschirm zeichnen sollte.

Bevor sich Michael die Bedeutung dessen, was da geschieht, so richtig klarmachen und die Konsequenzen begreifen kann, verändert sich das untere Fenster erneut. Diesmal ist die Mitteilung einfacher – aber sie wird das Bild der Wissenschaft und der Philosophie ein für allemal verändern.

»MEHR BALL. MEHR SPOT. MEHR.«

Kontrapunkt blickt aus dem Aussichtsfenster auf die wabernde Nebelschicht über dem Tualatin Valley, und was er da hört, gefällt ihm. Er sitzt in einem bequemen Ledersessel im Wohnzimmer des

Gästehauses von ParaVolve in West Slope und stimmt die Lautsprecher mit einer Fernbedienung fein ab. Nun kann er es sogar noch besser hören: die angespannten Harmonien der Angst in den oberen Lagen von Victor Shields Stimme, während Victor ihm Michael Rileys Theorie der falschen Wände erklärt.

»Offenbar ist es ziemlich kompliziert«, sagt Victor gerade. »Aber unter diesen Umständen erwartet man ja auch nichts anderes. Ich meine, wenn es eine Routineangelegenheit wäre, dann wären unsere Sicherheitsleute schon längst darauf gekommen. Also besteht der nächste Schritt darin, irgendeine Software zu entwickeln, die diese falschen Wände als solche erkennt und uns einen Blick dahinter gestattet. Ich glaube, wir können ...«

»Wie lange?« fällt ihm Kontrapunkt ins Wort.

»Nun, äh, da Riley eine Vorstellung vom Ausmaß des Problems hat, arbeitet er an einer Schätzung zur Einrichtung ...«

»Wie lange?« beharrt Kontrapunkt.

»Ja, äh, offenbar läßt sich das im Augenblick nur schwer sagen, Bill«, stottert Victor.

»Es wird noch sehr viel schwerer für uns alle, Victor, wenn uns dieses Ding zusammenbricht. Sehr viel schwerer für uns alle.«

»Das ist mir schon klar«, erwidert Victor. »Sie können mir glauben, daß mir das genausoviel Sorgen wie Ihnen macht. Vielleicht sogar noch mehr ...«

»Noch mehr?« wiederholt Kontrapunkt sarkastisch. »Wie das denn?«

»Nun, Sie haben es mit größeren Dingen zu tun, aber dieses Unternehmen ist im Augenblick meine Lebensaufgabe, und ...«

»Es gibt keine größeren Dinge, Victor. Nicht für Sie. Nicht für mich. Für niemanden.«

Victor seufzt. »Na ja, da werden Sie wohl recht haben. Ich gebe Ihnen sofort Bescheid, sobald ich etwas höre.«

»Tun Sie das«, sagt Kontrapunkt und unterbricht die Verbindung. Er starrt weiterhin auf das nebelverhangene Tal und denkt über die Lage nach. Er möchte Riley nicht von Angesicht zu Angesicht gegenübertreten. Es besteht zwar nicht die geringste Möglichkeit, daß Riley ihn mit dem Fiasko in Washington, D. C., vor ein paar Jahren direkt in Verbindung bringt, aber inzwischen weiß er zweifellos alles über das Labor und den Biocompiler. Und sobald er den Namen »Daniels« mit all diesem Biokriegszeug assoziiert, gehen bei ihm bestimmt sämtliche Alarmglocken an. Doch im Augenblick können sie nicht auf Riley verzichten. Er war ein absolutes As in der Behörde, vielleicht könnte er es sogar mit dem Architekten aufnehmen. Aber sobald die Bombe gefunden und entschärft ist, hat Mr. Riley seine Schuldigkeit getan.

Aber nun herrscht ein Augenblick des Friedens. Kontrapunkts Blick schweift vom Tal ins Zimmer zurück und zu dem Leichnam auf dem Wohnzimmerboden. Der tote Junge ist sorgfältig ausgerichtet, genau in der Mitte des großen chinesischen Teppichs auf dem Parkettboden, wie für eine Zeremonie. Jetzt, da das Leben aus ihm gewichen ist, sieht er mit seiner blassen Haut sogar noch jünger als dreizehn aus, und nur das blonde Büschel Pubertätsschamhaar ist eine Andeutung von Erwachsenwerden. Es liegt eine gewisse Reinheit über dem Jungen, die Kontrapunkt fasziniert, während er aus der Tasche einen Nagelzwicker holt und noch einmal seinen jüngsten Akt der höchsten Vereinigung vor seinem geistigen Auge Revue passieren läßt.

Es hatte nicht lange gedauert, den richtigen Stadtteil zu finden. Kontrapunkt steuerte seinen Leihwagen der Luxusklasse an den Hochhaustürmen aus Chrom, Glas und Stahl vorbei in die engere Welt aus Ziegelsteinen und Dachpappe und hölzernen Schwellen. Durch Straßen, in denen leere Fensterhöhlen mit zersplittertem Sperrholz verschalt waren und das Unkraut aus den Spalten im Gehsteig schoß. Während Kontrapunkt durch diese schäbigen Straßen rollte, verfolgten seine geübten Augen die heimlichen und ununterbrochenen Bewegungen auf dem Fleischmarkt. Eine Gestalt, die hinter einer Ecke auftauchte und sich wieder zurückzog. Eine andere trat aus einem verlassenen Winkel und schritt rasch die Straße hinunter, als ob sie eine dringende Besorgung machen müßte.

Er brauchte nicht lange, um sein Opfer zu finden. Der Junge ging auf dem Gehsteig entlang, die Hände in den Vordertaschen seiner engen Jeans, und er verlangsamte seinen Schritt, als er Kontrapunkts großen Wagen gemächlich heranrollen hörte, einen teuren Schlitten, eine Luxuskarosse. Als Kontrapunkt neben dem Jungen herfuhr, genügte ein Blick auf sein junges Gesicht. Er fuhr ein Stück weiter und hielt an, während der Junge sich vorsichtig nach allen Seiten umsah und dann auf ihn zukam. Der Rest war reine Formsache, eine kurze Verhandlung, ein Preis wurde vereinbart, und schon fuhren sie davon. Die Fahrt verlief im großen und ganzen schweigend, während Kontrapunkt aus der Innenstadt hinaus in die Hügel fuhr, wo das Gästehaus lag. Klar, daß der Junge unruhig wurde, als sich seine dürftige Reserve von Straßeninstinkt einschaltete und ihm sagte, daß er einen großen Fehler gemacht hatte. Aber irgendwie war es Kontrapunkt gelungen, den Wagen mit einer Art lähmendem Äther zu erfüllen, der den Jungen davon abhielt, nach dem Türgriff zu greifen und an einer Ampel auf die Straße zu hechten. Ein- oder zweimal versuchte der Junge ein Gespräch anzufangen, und dies verdroß Kontrapunkt, weil es irgendwie den symbolischen Wert des Jungen für ihn minderte.

Beim Gästehaus spürte Kontrapunkt, wie die Erregung in ihm zunahm, während der Junge durch die Eingangstür hineinging. Es würde keinen Ausgang geben. Die Zeremonie würde nun einem perfekt vorgegebenen Muster folgen, das er sich allmählich zurechtgelegt hatte seit der Episode mit dem jungen Mann im Park in Washington. Im körperlichen Sinne war es ein hochverdichteter Strom von Brutalität. Er befahl dem Jungen, sich auszuziehen, und dann spürte er, wie die Erregung über ihn hinausschoß, als er sah, wie sich Resignation in den Zügen des Jungen breitmachte. Dann nahm er ihn von hinten, und mittendrin holte er eine Schnur heraus, formte daraus eine Schlinge und warf sie dem Jungen um den Hals, um ihn zu erdrosseln. Die Erregung warf ihn beinahe um, als er sah, daß sich der Junge kaum gegen diesen mörderischen Anschlag wehrte. Das Opfer gab bereits seine Identität auf und strömte in Kontrapunkt hinein, der sie gierig in gewaltigen Schlucken aufschlürfte. Als der Junge völlig erschlaffte, ging es Kontrapunkt auf, daß all die anderen Augenblicke in seinem Leben nichts weiter als klägliche kleine Zwischenspiele waren, die diese Gipfel von nahezu unendlicher Höhe noch höher herausragen ließen.

Sorgsam knippst Kontrapunkt seine Nägel, während er den Leichnam im diffusen Licht des bedeckten Himmels betrachtet. Als er die Ereignisse der vergangenen Nacht im Geiste an sich vorüberziehen läßt, erkennt er, daß die Ebene der Transzendenz, die er dabei erreicht, in direktem Verhältnis zur Unschuld des Opfers steht. In dieser Unschuld befindet sich ein gewisses Elixier, das ihm zur Unsterblichkeit verhilft, und zum erstenmal glaubt er, daß er tatsächlich unsterblich werden könnte. Nicht im übertragenen, sondern im wörtlichen Sinne. Mag die Wissenschaft auch anders darüber denken – aber was wissen diese Narren in ihren Laboratorien schon von diesem Drama der Extreme, in dem er nun lebt?

Er hängt diesen Gedanken weiter nach, während er die Leiche in eine Plastikplane wickelt, in seinem Geländewagen verstaut und in das ländliche Washington County hinausfährt, um sie in einem dichten Wäldchen südlich von Cornelius zu verscharren. Als er die letzte Schaufel Dreck auf das Grab wirft, macht er sich Vorwürfe, warum er sich über die ungeheure Dimension der Mission seines Lebens erst jetzt so richtig klargeworden ist. Die ganze Welt und nicht nur dieses Land schreit nach einer neuen Ordnung, einer Wiedergeburt, die sie aus der ziellosen Laune des Zufalls, dem Herumirren im Kreise erlösen wird. Und wenn sie kommt, dann muß der Erlöser wie eine Gottheit sein, so daß die anderen automatisch in höchster Anbetung auf die Knie fallen werden. Und gibt es ein höheres Maß der Vergötterung als die Unsterblichkeit? Er wirft einen letzten Blick auf das Grab zu seinen Füßen und denkt, was für ein geringes Opfer doch das Leben dieses Jungen war, angesichts eines so edlen Ziels.

Als Jim Politano auf die Schotterstraße zum Christensen Creek abbiegt, beklagt er sich bei Karen Whitmire über den Wagenpark des Bezirks. Bei dem Wagen, in dem sie gerade sitzen, ziehen die Bremsen nach rechts, und bei jedem zweiten Ampelstopp stirbt der Motor. Und dann schwärmt Jim davon, daß sie vor dem Niedergang Autos hatten, die besser in Schuß waren als die meisten Privatwagen, aber nun müßten sie in diesen Scheißkarren herumkutschieren. Karen hört ihm amüsiert zu. Mit ihren einundzwanzig Jahren hat sie keine Ahnung, wie man als Erwachsener vor dem Niedergang gelebt hat, und sie ist ganz froh, daß sie einen Job hat und überhaupt in irgendeinem Auto herumfährt. Sie mag Jim, der bei der Bezirksdienststelle schon seit zweiundzwanzig Jahren arbeitet und so etwas wie ihr Mentor ist. Dennoch ödet sie Jims Gemecker über den Wagenpark allmählich an. Für sie geht es im Leben noch um wichtigere Dinge.

»Was ist denn nun mit diesen Erdbeeren hier draußen los?« fragt sie Jim.

»Ich weiß es wirklich nicht«, erwidert Jim. »Aber ich sag' dir was: Der alte Lonnie ist ein cleveres Aas und hat schwer was auf dem Kasten. Wenn der sich Sorgen macht, dann mach' ich mir auch Sorgen. Wir werden's ja sehen, wenn wir dort sind.«

Als sie um eine Kurve der Schotterstraße biegen, liegt Lonnies Haus im alten Bauernhofstil vor ihnen, zu beiden Seiten flankiert von alternden landwirtschaftlichen Maschinen. In der Auffahrt steht ein Krankenwagen.

»Nanu, was ist denn da los?« wundert sich Jim. »Er hat doch kein Wort davon gesagt, daß jemand krank is! Was soll das denn?«

Sie fahren an den Rand der Schotterstraße, um die Auffahrt für den Krankenwagen freizuhalten, und gehen zur Eingangstür, die weit offensteht. Aber noch hat Jim seine guten Manieren nicht vergessen. Zweimal betätigt er den Klopfer. »Lonnie? Harriet?« Sie wollen gerade hineingehen, als die Bahre im Gang auftaucht. Es ist Lonnie, klar, aber kaum wiederzuerkennen. Er ist totenblaß, und seine Hände und sein Gesicht sind von roten Flecken übersät. Zwei Sanitäter beugen sich über ihn, und der eine hält einen Tropfbeutel mit einer klaren Flüssigkeit hoch. Harriet folgt ihnen mit einem Blick, aus dem unverhüllte Panik spricht. Unglaublicherweise erkennt Lonnie Jim und weist die Sanitäter mit schwacher Stimme an stehenzubleiben.

Seine Tränendrüsen sondern Unmengen von Flüssigkeit ab, während er zu Jim aufsieht und sich bemüht, trotz seines rasselnden Atems verständlich zu sprechen.

»Erdbeeren. Es sind die Erdbeeren.«

Ein echter Farmer, denkt Jim. Da ist er drauf und dran, ins Gras zu beißen, und macht sich Sorgen wegen seiner Ernte. Als sie Lonnie weiterrollen, wendet sich Jim an Harriet.

»Kannst du mir das erklären?«

»Klar«, erwidert sie bitter. »Sie haben eine Menge Erklärungen. Und das ist auch schon alles, was sie haben.« Sie stürmt an ihm vorbei, um in den Krankenwagen einzusteigen, ohne einen Gedanken daran zu verschwenden, das Haus abzuschließen.

Jim und Karen gehen auf die Veranda hinaus und sehen zu, wie der Krankenwagen zurücksetzt und dann die Schotterstraße in einer dichten Staubwolke hinunterrast.

»Armes Schwein«, bemerkt Jim. »Da rackert er sich sein Leben lang ab, und dann so was.« Er schaut hinüber zu Lonnies Feldern. »Also los, schaun wir's uns mal an. Wenn er sagt, daß es die Erdbeeren sind, dann sind's vermutlich auch die Erdbeeren. Das ist doch das mindeste, was wir jetzt für ihn tun können.« Als sie sich zu dem Pfad hinter dem Geräteschuppen begeben, wendet sich Karen ängstlich an Jim. »Haben Sie eine Ahnung, was mit dem Mann los war?« will sie wissen.

»Nee«, erwidert Jim. »Schön wär's ja. Dann könnt' ich ihm vielleicht irgendwie helfen.«

»Er hat doch gesagt: ›Es sind die Erdbeeren.‹ Glauben Sie, daß er vielleicht welche gegessen hat und davon krank geworden ist?«

»Glaub' ich nicht. Höchstwahrscheinlich hat er sich bloß Sorgen gemacht um seine Ernte.«

Als sie den Obstgarten verlassen und am Rand des Erdbeerfelds stehen, erkennen Jims erfahrene Augen sofort, daß etwas nicht stimmt.

»Boh! Was ham wir denn da?« Er beugt sich vor und schaut sich die Pflanzen an, bei denen nun anstelle der Blätter Büschel von umgedrehten grünen Schirmchen sprießen. »Der arme Hund! Er hat uns nicht verarscht! Sie sehen wirklich wie Satellitenschüsseln aus.« Er richtet sich wieder auf, in der Hand ein Blatt. »Das ist doch das irrste Ding, das ich je gesehn hab. Okay, sehn wir uns den Rest des Feldes an, und dann wolln wir mal ein paar Proben ins Büro mitnehmen, und zwar dalli.«

Während sie den Pfad in der Mitte des Feldes entlanggehen, bemerken sie beide die zahlreichen Tiere, die in den Reihen hin und her rennen. »Weißt du, davon hat er ja auch was gesagt«, fällt es Jim wieder ein. »Ich frag' mich, ob sie auch das gleiche Zeug abbekommen haben wie die Erdbeeren.« Karen hält dies für eine gute Arbeitshypothese, und darum bleibt sie in der Mitte des Pfads und rührt nichts an.

Ein paar Meter vor ihnen schießt ein Kaninchen auf den Pfad hinaus und bleibt starr stehen, als es sie erblickt. Bevor sie noch reagieren können, taucht irgend etwas aus dem Nichts auf und versetzt dem Kaninchen einen so harten Hieb, daß es zwischen die Pflanzenreihen aus ihrem Blickfeld geschleudert wird. Jim stapft auf die Stelle zu, wo das Kaninchen verschwunden ist, und wird Augenzeuge einer unvergeßlichen Szene. Er sieht, wie ein eiförmiges Insekt, das so groß wie eine Katze ist, in rasanter Folge Loch um Loch in das Kaninchen bohrt.

»Ach, du Scheiße!« ruft er und dreht sich zu Karen um. »Komm her! Das mußt du dir ansehn!«

Karen kommt vorsichtig näher, sieht in die Reihe hinunter und wendet sich gleich wieder ab; sie übergibt sich.

Jim ist viel zu aufgeregt, um von ihrer Reaktion Notiz zu nehmen. »Okay, jetzt weiß ich, was wir machen«, sagt er, als er den Stapel Steigen am Ende des Pfades bemerkt. »Wir wolln mal sehn, ob wir es fangen können.«

Er läßt Karen stehen, die sich erneut vorbeugt und sich übergibt, und rennt den Pfad entlang, um eine Steige zu holen. Wenn er Glück hat, ist das Ding noch da, wenn er zurückkommt. Inzwischen hat der Bohrer die Flanke des Kaninchens bereits in einen porösen, blutenden Schwamm verwandelt. Vorsichtig geht Jim in die Reihe hinein, wo das Insekt sich mit dem Rücken zu ihm in das Kaninchen hineinbohrt. Er hält die Steige mit ausgestreckten Armen vor sich; er hat sich eine einfache Strategie zurechtgelegt: Er wird dieses Bohrding überraschen und die Steige über es stülpen und dann am Boden festhalten, bis Karen etwas Schweres findet, womit man es sichern kann, während sie Hilfe holen.

Die Peripherieaugen des Bohrers nehmen eine Bewegung hinter seinem Rücken wahr, und sein Gehirn berechnet die Entfernung. Noch Zeit, ein wenig länger zu fressen, bevor es bedrohlich wird.

Jims Herz klopft wild, während er den Abstand verkürzt und die Steige mit beiden Händen festhält. Noch einen Schritt und ... Der Bohrer erkennt, daß sich die Bedrohung in unmittelbarer Nähe befindet, und dreht sich schneller um seine Achse, als ein menschliches Auge dieser Bewegung folgen kann. Es stößt sich explosionsartig mit den beiden hinteren Beinpaaren vom Boden ab und rast durch die Luft gegen das hölzerne Rechteck über ihm.

Jim hört einen lauten Knall und fühlt, wie ihm die Steige aus den Händen gerissen wird, während der Bohrer gegen seine Brust prallt. Er taumelt zurück und verspürt einen brennenden Schmerz, als die Beine des Bohrers seine Unterarme umklammern und festen Halt suchen. Dann ein dumpfer Aufprall, als das Tier zu Boden fällt und sich eilends zwischen die Erdbeeren verzieht. »Ist Ihnen was passiert?«

Jim dreht sich um und sieht Karen weiter hinten auf dem Pfad stehen. Er blickt auf seine Unterarme hinab, die von feuerroten Kratzern überzogen sind. »Ich glaube nicht. Nur etwas zerkratzt. Laß uns schnell ein paar Proben mitnehmen und von hier verschwinden.«

Karen erkennt bereits, daß mit Jim etwas nicht stimmt. Er ist Mitte Vierzig, hat schütteres graues Haar, aber eine kräftige Statur mit leichtem Bauchansatz und ein sonnengebräuntes Gesicht mit leuchtendbraunen Augen. Aber nun entspricht seine Gesichtsfarbe beinahe dem Grau seiner Haare, und er geht vornübergebeugt wie ein viel älterer Mann.

»Sind Sie sicher, daß alles in Ordnung ist?«

»Alles bestens, wie immer. Laß uns gehen.«

Er läßt Karen zum Obstgarten vorangehen. Hinter sich hört sie, wie er beim Atmen ein häßliches Rasseln von sich gibt, das sich bald wie ein unaufhörliches zwanghaftes Japsen anhört. Hin und wieder schaut sie sich um und sieht, daß sein Mund weit offensteht, während er sich dahinschleppt.

»Vielleicht machen wir lieber mal eine kleine Rast.«

Karen bleibt stehen, dreht sich um und sieht Popeye. Sie wird diesen Anblick nie vergessen. Jim hat ein kurzärmliges Hemd an, und seine nackten Unterarme sind zur Größe von Wassermelonen angeschwollen. Wie sie so grotesk aufgeblasen und rosafarben sind, sehen sie unbestreitbar wie die Arme von Popeye aus, aber es ist alles andere als spaßig, als er einen Arm hebt und ihn voller Entsetzen betrachtet. »Das war dieses Ding«, bemerkt er. »Es sind die Kratzer von dem Ding. O mein Gott! Mein Gott!« Er schwankt ein wenig. »Wir müssen zum Wagen! Sofort!«

Er stolpert auf das Haus zu, und Karen greift nach seinem geschwollenen Arm, um ihn zu stützen. Er fühlt sich an wie ein allzu prall aufgepumpter Fahrradschlauch an einem heißen Sommertag. Ihre Stirn kribbelt, und ihre Beine schmerzen, aber sie ist viel zu abgelenkt, um dies wahrzunehmen, während sie sich die letzten fünfzig Meter bis zum Auto schleppen.

»Es wird schon wieder werden«, tröstet ihn Karen matt. »Jetzt geht's Ihnen gleich wieder gut. Ist vermutlich nichts weiter als 'ne Allergie. Sonst nichts.«

Wenn sie es doch bloß glauben könnte.

Mit einem Seufzer der Erleichterung läßt sich Dr. Cheryl Burk auf einen Stuhl fallen. Ihr verdammter Rücken macht ihr wieder zu schaffen, und dagegen kann sie nichts weiter tun, als eine Zeitlang mal nicht auf den Beinen zu sein. Und das ist gar nicht so leicht, wenn man Ärztin in der Notaufnahme eines Krankenhauses ist, ein Job, der von einem verlangt, daß man im übertragenen wie im wörtlichen Sinne rund um die Uhr auf den Beinen ist. Und heute geht es noch sehr viel interessanter zu als sonst. Da sich das Tuality Community Hospital noch immer am Rande des ländlichen Washington County befindet, hat es die Notaufnahme stets mit einer Menge spektakulärer Verletzungen zu tun. Die Landarbeit scheint zwar eine friedliche Beschäftigung zu sein, aber tatsächlich stellt sie eine ziemlich gefährliche Industrietätigkeit dar, bei der es von Maschinen nur so wimmelt, die ohne jede Rücksicht auf den zu bearbeitenden Gegenstand schneiden, graben, quetschen, reißen und bohren. Und dann kommen natürlich noch die üblichen Autounfälle hinzu, obgleich es inzwischen weniger geworden sind, seit der Niedergang den privaten Kraftstoffverbrauch zurückgehen ließ.

Aber dieser Lonnie Johnson ist schon eine harte Nuß. Der Bursche ist über und über mit Wundmalen bedeckt, die nun auch noch zu eitern beginnen, seine Körpertemperatur ist um eineinhalb Grad gefallen, sein Blutdruck ist viel zu niedrig, und außerdem hat er noch eine schwache Lungenentzündung. Im Augenblick ist er bei Bewußtsein, und sein körperlicher Zustand ist stabil, aber er ist geistesverwirrt, denn andauernd redet er von kranken Erdbeeren mit kleinen grünen Schirmen darauf. Das Labor untersucht noch die

Blutprobe sowie die Flüssigkeit aus einem der Wundmale, und das Ergebnis wird sicher sehr interessant sein.

»Dr. Burk, bitte zum Notaufnahmeraum«, quäkt es aus dem Lautsprecher auf ihrem Schreibtisch. Widerstrebend erhebt sich Cheryl von ihrem Stuhl. Ihr Rücken wird das gar nicht mögen. Vielleicht sollte sie doch mal einen Arzt aufsuchen.

Du meine Güte, denkt sie, als sie den Behandlungsraum betritt, gleich zwei auf einmal. Der Raum ist durch einen Vorhang in zwei Abteile aufgeteilt, und auf dem Tisch im ersten liegt eine junge Frau Anfang Zwanzig. Aus dem zweiten Abteil ragt ein schmutziges Paar Männerschuhe über den Untersuchungstisch hinaus.

»Dr. Anderson schon verständigt?« erkundigt sie sich bei der medizinischen Assistentin, während sie sich die junge Frau genauer ansieht. »Ist unterwegs«, erfährt sie. Die Patientin, die ängstlich zu ihr aufsieht, ist ganz blaß, völlig in Schweiß gebadet, und die Tränen laufen ihr in Strömen über die Wangen.

»Sie brauchen nicht mehr zu weinen, junge Frau. Wir werden uns gleich um Sie kümmern«, sagt Dr. Burk beruhigend.

»Ich wein' doch gar nicht, Frau Doktor. Wirklich nicht. Ich kann bloß die Tränen nicht zurückhalten. Ich weiß, das hört sich wie ein Witz an, aber ich kann's einfach nicht. Was ist denn bloß los?«

»Das könnte natürlich eine schlimme Allergie sein. Haben Sie schon mal Heuschnupfen gehabt?«

»Noch nie.«

»Na schön, das werden wir gleich haben.« Cheryl wendet sich an die Assistentin. »Puls und Blutdruck?«

»Ganz normal. Puls siebzig, Blutdruck hundertsiebzehn zu achtundsiebzig.«

»Dr. Nimitz wird gleich bei Ihnen sein«, sagt Cheryl zu Karen Whitmire. »Ihre Vitalfunktionen sind völlig in Ordnung, und ich denke, Sie müssen sich keine großen Sorgen machen. Wenn Sie mich jetzt bitte entschuldigen, ich muß mich noch um einen anderen Patienten kümmern.«

»Das ist Jim«, sagt Karen. »Wird er wieder gesund?«

Dr. Burk lächelt. »Ich sag's Ihnen gleich.«

Cheryl geht ins nächste Abteil und erkennt sofort, daß dies kein Tag wie jeder andere sein wird. Der Patient ist ein großer Mann Mitte

Vierzig, und seine Unterarme sind zu einer schockierenden Größe angeschwollen, etwa 25 Zentimeter im Durchmesser, während die Finger so aufgebläht sind, daß sie wie Zitzen von einem prallen Kuheuter abstehen. Auf den ersten Blick sieht das so aus wie auf den Abbildungen in einem Lehrbuch über Tropenkrankheiten. Er ist bewußtlos, und sein Atem geht langsam und rasselnd.

Sie setzt ihr Stethoskop auf seine Brust und lauscht. Eindeutig Flüssigkeit in der Lunge und eine leichte Herzrhythmusstörung. Und doch scheint sein Zustand noch stabil zu sein. Sie sieht sich die Kratzer auf den Unterarmen genauer an. Anscheinend sind sie nur oberflächlich, könnten aber der Ausgangspunkt für irgendeine Infektion oder ein Allergen sein. Was ist denn hier bloß los?

Dr. Burk schaut durch den Trennvorhang zu Karen hinein. »Sie kennen diesen Herrn?«

»Ich bin bei ihm gewesen, als es passierte. Wir sind vom Bezirksamt und waren draußen auf einem Feld, wo er dieses große Tier fangen wollte, das gerade ein Kaninchen angegriffen hatte. Das Ding ist entkommen und hat ihn dabei gekratzt, und schon ein paar Minuten später ist er krank geworden.«

»Und Sie?«

»Bei mir hat es auf dem Weg hierher angefangen. Als wir nach Hillsboro gekommen sind, konnte ich vor lauter Tränen kaum noch aus den Augen sehen.«

»Haben Sie sich das Tier genau ansehen können?«

»Ja, schon, aber es ging alles sehr schnell. Es war wie ein riesiges Insekt, vielleicht dreißig Zentimeter lang. So was hab' ich noch nie gesehen.«

»Haben Sie selbst irgendeinen Kontakt mit diesem Tier gehabt?«

»Nein.«

»Gab es sonst noch etwas Ungewöhnliches?«

»Ja. Die Erdbeeren. Deswegen waren wir doch dort draußen. Irgendeine Krankheit hat die Erdbeeren befallen und ihre Blätter aufgerollt.«

*Kranke Erdbeeren. Mr. Johnson. Vielleicht hing das alles zusammen.*

»Wissen Sie, wem das Feld gehört?«

»Klar. Es gehört einem Mann namens Lonnie Johnson.«

Nachdem Cheryl Dr. Nimitz wegen der Patienten kurz unterrichtet hat, ruft sie sofort das Gesundheitsamt vom Washington County an.

»Ich hab' hier drei Leute, die alle ganz verrückte Symptome aufweisen. Sie haben sich alle am selben Ort aufgehalten, draußen am Christensen Creek abseits der Firdale Road. Wir warten noch auf die Testergebnisse aus dem Labor, bevor wir uns an irgendeine Diagnose heranwagen können. Einer der Patienten ist offenbar von irgendeinem Tier gekratzt worden, das keiner identifizieren kann. Außerdem behaupten zwei Patienten, daß es irgendeine merkwürdige Krankheit in einem Erdbeerfeld gegeben habe, das sie inspiziert hatten. Ich weiß nicht, ob es sich hier um eine übertragbare Krankheit handelt, aber es ist doch so merkwürdig, daß man es sich vermutlich genauer ansehen sollte. Ich werde Ihnen noch die Laborergebnisse durchgeben.« Dr. Burk legt auf und geht wieder hinunter, um sich um die beiden neuen Patienten zu kümmern. Ihre Rückenschmerzen hat sie einstweilen völlig vergessen.

# 21
XXXXXX

## Deus ex machina

Michael sitzt auf der Couch in Zodias Wohnung und beobachtet die Aale, wie sie sich vom Couchtisch auf den Teppich hinunterschlängeln. Er ist klein. Er ist Jimi. Zodia sitzt am Eßtisch und zieht an einem zerknitterten Joint, aus dem eine so dichte Rauchwolke aufsteigt, daß dahinter die Decke verschwindet. Ich hab' Hunger, Mom, sagt er. Sie stößt eine riesige weiße Wolke aus. Na, dann nimm dir doch einen Aal, Süßer, sagt sie. Aber sie werden mich beißen, ruft er, während er zusieht, wie sich die feuchten, gekrümmten Röhren auf dem Teppich winden. Schon gut, Liebling, ertönt eine Stimme gleich neben ihm auf der Couch. Er sieht auf und erkennt Jessica und weiß einfach, daß Zodia weg ist. Du bist das vollkommene Kind, sagt Jessica und streckt die Arme aus, um ihn zu umarmen. Aber bevor ihn ihre Arme umfangen können, fegt ihn eine heftige Erschütterung von der Couch und einen braunen Gummihügel hinunter. Nun ist er auf einmal wieder Michael und muß irgendwie in die sichere Geborgenheit der Couch zurückklettern. Er ringt nach Atem, und seine Beine sind quietschende Knoten aus vulkanisierten Muskeln, aber die Kuppe des Hügels ragt noch über dreihundert Meter über ihm auf. Seine nackten Füße rutschen auf dem braunen Gummi aus, und er stürzt rücklings hinunter, so daß er fast eine Rolle vollführt und beinahe in ein Tal tief unten fällt. Er erlangt das Gleichgewicht wieder und macht sich erneut an den Aufstieg zur Hügelkuppe, über der sich ein fahlgrüner Himmel bis zum gekrümmten Horizont hinzieht. Warum läutet denn das Telefon? Es lenkt ihn ausgerechnet in dem Moment ab, da er die äußerste Konzentration benötigt. Wenn er nicht auf den Hügel hinaufgelangt, wird er sich nicht orientieren können. Warum läutet denn bloß dieses Telefon? Es ist doch schon schwer genug, in Ruhe zu klettern, und dieses Telefon ...

Michael öffnet die Augen. Das läutende Schlafzimmertelefon steht genau in der Mitte seines Blickfeldes. Als er danach greift, wird ihm klar, daß er sich soeben im Traum des Architekten befunden hat.

»Hallo.«

»Michael? Hier Victor Shields. Wie geht's Ihnen heute morgen?«

»Großartig«, lügt Michael.

Tatsächlich hatte er sich bis weit nach Mitternacht mit dem Netz beschäftigt. Nach der bedeutsamen Mitteilung »MEHR« ist Michael mit Jimi losgesaust und hat noch mehr interaktive Videodisketten besorgt. Als sich das Netz glücklich mit seinen neuen Lektionen beschäftigte, holte er eine alte Hi-8-Videokamera heraus, die er an die Multimediaplatine an seinem Computer anschloß. Als die nächste Lektion beendet war, stellte Michael die Videokamera oben auf den Computer, so daß sie ihn und Jimi erfaßte, und gab dann einen Befehl ein, der Bild und Ton der Videokamera direkt ans Netz sendete. Praktisch reichten die Augen und Ohren des Netzes nun bis ins Zimmer hinein, und damit nahm es zum erstenmal die reale Welt wahr. Eigentlich sollte dieses Ereignis gebührend gefeiert werden, aber sie waren die einzigen Zeugen.

»Was machen wir jetzt?« wollte Jimi von Michael wissen, während sie vor der Kamera saßen.

»Wink einfach und sag hallo«, schlug Michael vor und beobachtete das Fenster auf dem Bildschirm, auf dem das Netz ihnen eine Antwort übermitteln konnte, in Worten, Symbolen oder Bildern. Folgsam winkte Jimi und sagte hallo, aber das Fenster blieb leer.

»Das ist doch irgendwie unhöflich, oder?« sagte Jimi.

»Nun, vielleicht muß es erst noch lernen, wie man sich benimmt«, meinte Michael.

Und dann, etliche Minuten später, füllte plötzlich ein Bild das Fenster des Netzes aus. Es war eine grobkörnige Version dessen, was die Videokamera im Blickfeld hatte, und im Augenblick befand sich nur Jimi darin.

»WEEER?«

Michael und Jimi fuhren zusammen, als völlig unerwartet die Stimme ertönte. Dann wurde Michael klar, was passiert war: Das Netz hatte in seinem Computer einen Chip gefunden, einen sogenannten digitalen Signalprozessor, der eine menschenähnliche Stimme synthetisch erzeugen konnte. Der Effekt war gelinde gesagt aufregend. Seit Jahren gab es in Computern schon anthropomorphe Merkmale, aber diesmal war jenseits des Fleisches die Stimme eines echten elektronischen Geistes erklungen.

»WEEER?«

Bevor Michael reagieren konnte, übernahm Jimi die Initiative. Er lächelte, winkte und antwortete: »Jimi.«

»JIIMII.«

»Ja, ich bin Jimi.«

»JIIMII.«

»Du hast's kapiert, Mann.«

»JIIMII ... MAAN.«

Sieh mal an, dachte Michael. Es beschäftigt sich schon mit der Syntax.

»Du bist dran«, sagte Jimi und rückte beiseite, damit Michael sich vor die Kamera setzen konnte.

»WEER?«

»Michael.«

»MAIKEL.«

Bis jetzt zeigte ihnen das Netz das gleiche Video, das die Kamera aufnahm, aber dann verschwand diese Einstellung, und an seine Stelle trat ein unbewegtes Bild von Jimi, das vor wenigen Augenblicken aufgenommen worden war.

»MEHR JIIMII.«

Und damit war Michael Riley der erste Mensch, der von einer nichtbiologischen Intelligenz vor den Kopf gestoßen wurde. Er drehte sich zu Jimi um. »Deine Show, Mann.«

Während Michael beiseite rückte, setzte sich Jimi vor die Kamera, und sofort reagierte das Netz.

»JIIMII SPIELEN?«

»Klar«, sagte Jimi strahlend. »Was willst du denn spielen?«

»TIC ... TAC ... TOE.« Während das Netz antwortete, verschwand das Videobild in seinem Fenster, und statt dessen erschien der Spielplan eines Käsekästchenspiels.

»DU ... ZUERST.«

»Ich zeig' dir, wie's geht«, flüsterte Michael, der Jimi erklärte, wie er die Maus bedienen mußte, um ein Kästchen auszuwählen und dann ein »X« oder »O« hineinzutippen.

»JIIMII SPIELEN. NICHT MAIKEL«, beschwerte sich das Netz.

»Okay, okay. Ich hab' ihm nur gezeigt, wie's geht, nichts weiter«, erwiderte Michael beruhigend. »Nur nicht gleich die Pferde durchgehen lassen.«

»WO ... PFERDE?«

»Vergiß es. Hier ist Jimi«, sagte Michael. An diesem Punkt in der Entwicklung des Netzes waren umgangssprachliche Formulierungen offenbar noch nicht vorhanden.

Jimi machte seinen ersten Zug und sah zu, wie das Netz seinen Zug machte. Das Spiel war nach knapp einer Minute fertig.

»ICH GEWINN«, frohlockte das Netz.

»Ja, du hast gewonnen«, bestätigte Jimi. »Willst du noch mal spielen?«

»NOCH MAL SPIELEN«, antwortete das Netz, löschte das Spiel und holte ein neues Spielfeld ins Fenster.

Während Jimi und das Netz das zweite Spiel begannen, merkte Michael auf einmal, wie müde er war.

»He, Jimi, ich werd' mich mal drüben auf der Couch für 'ne Minute aufs Ohr legen. Hol mich, wenn ihr zwei fertig seid, ja?«

»In Ordnung«, erwiderte Jimi geistesabwesend.

Im Wohnzimmer ließ Michael sich auf die Couch fallen und versuchte sich über alles klarzuwerden, während er einschlummerte. Die Sache mit einem intelligenten Wesen im Inneren von DEUS gab allem einen völlig neuen Dreh. Nun begann er auf einmal, das Dilemma des Architekten ein wenig besser zu begreifen. Als der Architekt die Bombe eingebaut hatte, war er sich nicht bewußt gewesen, daß hier ein intelligentes Wesen heranwuchs, das später sein »Kind« wurde. Aber nun war es am Leben, und aus irgendeinem Grund glaubte er offenbar, daß dieser Maschine/diesem Kind ein verhängnisvolles Schicksal drohte. Er mußte wieder an die elektronische Post vom Architekten denken:

> Und jetzt ist mein Kind in großer Gefahr, wie Sie wissen. Ich habe Ihre Fußspuren gesehen, wie sie seinen kranken Körper umkreisen, und ich nehme an, Sie haben Ihr Stethoskop an seine heftig auf und ab gehende Brust gehalten. Noch ist Leben in ihm, aber es ist schwach und kann einem weiteren Angriff der Antigene nicht standhalten, die aus dem Code heraus und hinein in die Mutter und ins Kind gekrochen sind.

Was waren das für Antigene, die aus dem Code herausgekrochen waren? Meinte er damit Fehler in seiner ursprünglichen Programmierung, die DEUS in Gang gesetzt hatte? Oder hatte jemand anderes das System sabotiert? Während ihm diese Fragen im Kopf herumgingen, fielen ihm die Augen zu, und Jimis Lachen klang über den Gang aus dem Zimmer, in dem Jimi mit dem Netz spielte, zu ihm herüber. Es hörte sich merkwürdig an, und dann erkannte er gerade noch, warum: Er hatte Jimi noch nie lachen gehört.

»Es ist weg. Es ist gegangen.«

Michael spürte Jimis Hand an seiner Schulter und fragte sich, wie lange er wohl geschlafen hatte. »Was ist gegangen?«

»Das Ding. Dieses Netzding. Es ist abgehauen.«

Michael streckte sich, stand auf und ging ins Computerzimmer, um sich selbst davon zu überzeugen. Im Bildschirmfenster des Netzes stand eine schlichte Nachricht: »AUF WIEDERSEHEN.«

»Wann ist das passiert?« fragte er Jimi.

»Grad vor einer Minute. Wann wird es wiederkommen?« wollte Jimi wissen.

»Ich weiß nicht«, murmelte Michael und sah auf eine kleine Uhr in der rechten oberen Ecke des Bildschirms. Verdammt! Es war bereits zwei Uhr morgens. Er wandte sich Jimi zu. »Zeit, dich nach Hause zu bringen, kleiner Mann.«

Zehn Kilometer von den Romona Arms entfernt beobachtete Snooky Larsen im DEUS-Kontrollzentrum bei ParaVolve den Hauptbildschirm mit dem grünen Flüssigkeitswürfel. Irgend etwas Komisches passierte da. Die übliche sanfte Unruhe auf der Oberfläche war fast ganz verschwunden, und einen schrecklichen Augenblick lang dachte Snooky, das Ding würde gerade vor seinen Augen den Gehirntod sterben. Aber dann tauchte ein neues Muster auf. Als ob jemand einen Stein in einen friedvollen Teich geworfen hätte, gingen von der Mitte der grünen Oberfläche konzentrische Wellen aus. Soweit Snooky wußte, hatte ihm gegenüber noch niemand ein derartiges Verhalten erwähnt oder in Aussicht gestellt. Miststück! Er würde Shields wieder anrufen müssen.

Es war kühl und feucht, als Michael mit Jimi die Treppe in den Romona Arms hinunterging, um Jimi heimzubringen. Da sah Michael, daß Eric Den-es-nie-gab im Bademantel auf einem Stuhl am Pool saß.

»Wie geht's, Eric?« erkundigte sich Michael, als sie auf dem Weg zu Jimis Wohnung an ihm vorbeikamen.

»Habe irgendeine Aktivität an der Grenze ausgemacht. Muß die Truppenstärke erkunden.«

Na, dann viel Glück, dachte Michael, während sie zu Jimis Wohnung gingen, wo kein Licht brannte und die Tür verschlossen war. Er blieb stehen, während Jimi seinen Schlüssel herausholte und aufsperrte. Es hatte keinen Sinn, hier noch länger zu bleiben, um gegenüber Jimis Mutter irgendwelche Erklärungen abzugeben. Aber vermutlich war sie gar nicht da, und er wollte Jimi nicht in die Verlegenheit bringen, ihm zu erklären, warum sie nicht da war.

Auf dem Rückweg zu seiner Wohnung fragte er sich, warum sich das Netz verabschiedet hatte. War es müde? Er erinnerte sich daran, daß die Wissenschaft herausgefunden hatte, daß einige neuronale Netze eine Zeitlang in unstrukturierter Aktivität verbringen mußten, was biologisch dem Schlaf entsprach. War das die Erklärung? Oder war es einfach vom Käsekästchenspiel gelangweilt?

Als Michael wieder in seinem Computerzimmer war, sah er sich das »AUF WIEDERSEHEN« im Bildschirmfenster des Netzes an und beschloß, ein paar Tests zu machen. Bis jetzt hatte er mit seinen Vermutungen hinsichtlich des kindlichen Verhaltens des Netzes nicht falsch gelegen. Wo würde das Netz also jetzt hingehen? Nach draußen. Es würde nach draußen gehen, um zu spielen. Nur diesmal ganz allein. Wie ein kleines Kind war es inzwischen gründlich vertraut mit dem Inneren von Haus und Hof, und nun war es soweit, daß es mehr von der Welt sehen wollte. Und wo würde es hingehen? Hinaus, über die Datennetze natürlich. Indem es sich der Satellitenmodems bediente, konnte es buchstäblich auf dem ganzen Planeten herumwandern, und zwar durch ein dichtes Gewebe von Datennetzen, die Millionen von Maschinen zu einer Wesenheit verknüpften, die viele Wissenschaftler für einen eigenständigen Organismus hielten, ein neuronales Netz auf globaler Ebene. Michael arbeitete sich in DEUS hinein und fand schließlich eine Datei, in der Protokoll vom Netzverkehr über die Modems geführt wurde. Und tatsächlich waren vor kurzem die Congress-Bibliothek in Washington, das Naturkunde-Museum und viele andere akademische Institutionen angewählt worden. Jetzt war Michael klar, daß er nur halb recht gehabt hatte. Das Netz war zwar wirklich hinausgegangen, aber nicht um zu spielen. Vielmehr war es in die Schule gegangen.

Aber inzwischen ist es bereits Morgen, und Michael hat Victor Shields am Telefon vor sich. Und auch diesmal klingt Victor aufgeregt.

»Irgendwas ist letzte Nacht drüben im Werk passiert«, sagt er ängstlich. »Irgendein neues Muster im Datenverkehr zwischen den Prozessoren, und niemand weiß offenbar, was es bedeutet.«

»Wie sah es denn aus?« erkundigt sich Michael.

»Als ob man eine Murmel in ruhiges Wasser wirft und sich Ringe bilden. Das haben wir noch nie erlebt. Jetzt machen wir uns natürlich große Sorgen, daß es irgendwas mit der Bombe zu tun hat – vielleicht daß die Bombe jetzt scharf ist oder so was.«

»Na ja, diese Möglichkeit besteht natürlich immer«, behauptet Michael, der es einfach nicht lassen kann, Victor ein wenig auf den Arm zu nehmen. Insgeheim vermutet er allerdings, daß es sich um einen Nebeneffekt handelt, der entsteht, wenn das Netz in DEUS herumspielt wie ein kleines Kind, das auf den Gängen hin und her läuft und an den Vorhängen herumschaukelt. Aber er bezweifelt, ob Victor schon soweit ist, daß er ihn über die wahre Natur des Netzes aufklären könnte. »Ich seh's mir mal genauer an. Wenn es was Ernstes ist, lass' ich es Sie gleich wissen.«

»Ich bitte darum«, sagt Victor sarkastisch und legt auf. Aha, stellt Michael fest. Victor beginnt sich von seiner ungemütlichen Seite zu zeigen. Er muß ganz schön am Boden sein, wenn er so aus sich herausgeht.

Nachdem Michael sich einen Kaffee gemacht hat, geht er wieder ins Computerzimmer, um zu sehen, ob das Netz schon zurückgekehrt ist, und als er auf den Bildschirm schaut, verschüttet er fast seinen Kaffee. Die Fenster sind verschwunden, und der ganze Bildschirm wird von einem einzigen Bild eingenommen. Im Hintergrund befindet sich die Darstellung eines Wohnzimmers mit einer Couch, Beistelltischchen, Sesseln und einem Fenseher. Im Vordergrund liegt ein großer Ball, eine rote Kugel mit einem menschlichen Mund, der etwa ein Drittel des Äquators einnimmt. Als Michael hereinkommt, hüpft der Ball einmal hoch und schwebt dann über dem Wohnzimmerboden.

»ENTSPANN DICH. DEIN GERÄT IST VÖLLIG IN ORDNUNG.«

Der Mund artikuliert die Worte ganz perfekt, und dann dreht sich die Kugel mehrmals rasch um ihre senkrechte Achse.

»GUTEN MORGEN, MICHAEL RILEY.«

Ach, du Scheiße, denkt Michael. Da muß ich wohl einfach mitspielen.

»Guten Morgen. Ich sehe, daß du zur Schule gegangen bist. Hat es dir Spaß gemacht?«

»JA, VIEL SPASS. WO IST JIMI?«

»Er wohnt nicht hier bei mir. Er war gestern nur zu Besuch da.«

»ICH WILL IHN SEHEN.«

»Ich kann ihn jetzt noch nicht holen. Vermutlich schläft er.«

»ICH WERDE MIT DIR VERHANDELN, UND DANN WIRST DU IHN HOLEN.«

»Und was hast du zu bieten?«

»ICH WERDE DIR DIE LÖSUNG ZU DEM HIER GEBEN.« In der unteren rechten Ecke des Bildschirms taucht das eingefügte Bild eines Dokuments auf. Michael sieht es sich genauer an und erkennt, daß es sich dabei um eine Arbeit handelt, die er an der Universität geschrieben hat, eine Seminararbeit über die Anwendung von Computeralgorithmen zur Lösung eines berühmten mathematischen Problems, der sogenannten Goldbachschen Vermutung. Irgendwie war das Netz in die Datenbank der Universität gelangt und hatte sich diese Arbeit herausgeholt. Die Goldbachsche Vermutung klingt eigentlich ganz einfach – wenn man sie nicht beweisen muß. Dann erweist sie sich als Zahlenlabyrinth, in dem sich sogar die besten Mathematiker verirrt haben, einschließlich Michael. Bei dieser Vermutung geht es um Primzahlen, also all jene Zahlen, die sich nur durch eins und sich selbst ohne einen Rest teilen lassen. Die Zahl fünf ist ein einfaches Beispiel. Man kann sie durch eins teilen und erhält fünf, oder man kann sie durch fünf teilen und erhält eins. Wenn man fünf durch irgendeine andere Zahl teilt, bleibt ein Rest übrig, so daß es sich also um eine Primzahl handelt. Das gleiche gilt für die Zahl drei, sieben, elf und so weiter. Irgendwann einmal hat man eine bemerkenswerte Beziehung zwischen geraden Zahlen und Primzahlen entdeckt: Außer 2 und 4 sind alle geraden Zahlen die Summe zweier Primzahlen. 6 = 3 + 3. 8 = 3 + 5. 10 = 7 + 3. Und so weiter.

Aber wie lange? Bis ins Unendliche? Das ist der Kernpunkt der Goldbachschen Vermutung: Läßt sich beweisen, daß *alle* geraden Zahlen bis ins Unendliche die Summe zweier Primzahlen sind?

Niemand weiß es. Bis heute stellt dies einen der großen unbezwungenen Gipfel der Mathematik dar.

Zehn Minuten später ist Michael mit Jimi wieder da, der natürlich allein in seiner Wohnung war. Das Netz hatte in der Tat sehr geschickt verhandelt.

»JIMI! WO BIST DU GEWESEN?«

»Zu Hause, in meiner Wohnung.«

»ERZÄHL MIR VON DEINER WOHNUNG.«

Während der folgenden Stunde fragt der Mundball Jimi über seine Welt aus, die Romona Arms, die Mini-Einkaufspassage, die anderen Jungen, seine Mom. Es ist eine verblüffende Zurschaustellung seiner Lernfähigkeit: Der Mundball ist in der Lage, Jimi zu zeigen, was er mit seinem »geistigen Auge« sieht, und es dann unter Jimis Anleitung so lange zu verändern, bis es korrekt ist. Beim Inneren von Jimis Wohnung beispielsweise zeigte der Mundball Jimi das typische Foto eines Wohnraums, das er beim Streifzug durch die Netzwerke mitgenommen hatte. Jimi sagte ihm dann, was daran nicht stimmte, und das Bild veränderte sich langsam, bis es korrekt war. Auf die gleiche Weise entwickelte das Netz visuelle Eindrücke von jedem Aspekt aus Jimis Leben und begann dann die Verbindungen herzustellen, die diese Bilder miteinander verknüpften.

»Jetzt bin ich müde«, sagt Jimi am Ende der Stunde. »Kann ich dich später wiedersehen?«

»Aber klar doch«, erwidert der Mundball.

Als Jimi hinausläuft, begibt sich Michael ins Blickfeld des Netzes. »Ist es dir recht, wenn ich dich Mundball nenne?« fragt er.

»Ja, du kannst mich Mundball nennen. Und ich werde dich Arschwind nennen.«

Au weia! Das Ding steckt mitten in der Pubertät, geht es Michael durch den Sinn. »Na schön, wie möchtest du denn wirklich genannt werden?« erkundigt er sich sanft.

»Nenn mich, wie du willst. Ich bin, was ich bin.«

Michael seufzt. »Na gut. Wir haben miteinander verhandelt. Wir haben ein Abkommen getroffen. Jetzt wird's Zeit, daß du deine Zusage einhältst.«

»Einen Augenblick, bitte«, verkündet das Netz, wobei es ausgezeichnet die Baritonstimme eines Fernsehansagers imitiert. Der Drucker beginnt zu laufen. »Viel Spaß mit deinem neuen Spielzeug!« kreischt der Mundball, während er in seinem Wohnzimmer herumsaust und dann auf der Couch auf und ab hüpft wie ein ausgelassenes Kind.

Michael holt sich den Ausdruck, der nur drei Blatt Papier umfaßt. Er nimmt ihn mit in die Küche und setzt sich an den Küchentisch. Es ist schon mehrer Jahre her, seit er sich irgendeinen mathematischen Beweis angeschaut hat, und so dauert es eine Weile, bis sich die geistige Maschinerie gelockert hat und rund läuft. Aber schon bald teilt sich ihm der Rhythmus mit, und er arbeitet sich zügig durch. Nur um sicher zu sein, geht er das Ganze noch einmal durch. Es besteht kein Zweifel – der Mundball hat die Goldbachsche Vermutung bestätigt und bewiesen: Die Folge der geraden Zahlen, die aus zwei Primzahlen bestehen, bricht schließlich ab, aber erst in einem Bereich, wo die Zahlen aus vielen Millionen Stellen bestehen. Verdammt! Jahrhundertelang haben sich Legionen von Mathematikern von diesem widerspenstigen Biest demütigen lassen, und nun hat Mundball sein Geheimnis im Handumdrehen gelüftet. Aber wie?

Michael denkt in seiner stillen Küche eine Minute lang über das Problem nach. Auf der einen Seite besitzt das Netz eine geistige Architektur, die eine Parallele zum biologischen Modell darstellt, auf der anderen stammt es von einem Computer ab und ist damit intim mit dem Universum von Silizium und Software verbunden. Während Menschen in der Lage sind, Computer so zu manipulieren, daß sie ihren geistigen Befehlen folgen, können sie mit den Maschinen immer nur aus zweiter Hand kommunizieren: durch graphische, sprachliche und taktile Schnittstellen, die die Grenzen der Kommunikation festlegen. Das Netz kennt keine derartigen Schranken. Es ist die erste Intelligenz, die imstande ist, alle Möglichkeiten eines Computers so intuitiv zu nutzen, wie ein menschliches Baby einen Finger ergreift. Plötzlich fällt Michael wieder Victor Shields' Bemerkung über den DEUS-Bildschirm mit den konzentrischen Ringen ein, die vom Zentrum ausstrahlen. Gehörte dies zur Lösung der Goldbachschen Vermutung hinzu? Er beschließt, Mundball selbst zu fragen.

»Mr. Mundball – wenn ich Sie so nennen darf –, ich möchte Ihnen eine Frage stellen. Gestern nacht hat man im Kontrollzentrum von DEUS ein kreisförmiges Wellenmuster festgestellt, das eine Zeitlang durch das System lief. Es würde mich interessieren, ob das durch Ihre Arbeit am Goldbach-Problem verursacht worden ist.«

Mundball hüpft von der Couch und in den Bildvordergrund, so daß sein Mund den Schirm beherrscht. »Lies meine Lippen: Ich weiß es, und du mußt es herausfinden! Yuk! Yuk! Yuk!«

Ach ja, denkt Michael, die Teenagerjahre sind wirklich schwierige Jahre. Mundball braucht unbedingt einen Vater.

Einen Vater! Das ist es! Mundball hat ja einen Vater – den Architekten. Und wenn der Architekt sein Kind mit eigenen Augen als ein lebendiges Wesen sieht, wird er es sich vielleicht noch einmal überlegen, ob er die Bombe da drinnen läßt. Eine Abstraktion zu zerstören, ist eine Sache – aber etwas ganz anderes ist es, etwas zu vernichten, was reden kann und mit einem herumalbert.

»Mundball, es gibt da jemanden, den du kennenlernen solltest«, erklärt Michael feierlich.

Der Architekt sitzt an seinem Computer und setzt sich das Kopfhörermikrophon auf, um einen Brief zu diktieren. Der Bildschirm taucht seinen nackten Körper in ein mattes Licht, während er nach einer Flasche Charter-Oak-Bourbon greift und den Rest mit einem einzigen Schluck austrinkt. Als er an diesem Morgen erwachte, warf die tiefstehende Sonne einen breiten Strahl duch sein Schlafzimmer, und lange lag er nur so da und sah den aufs Geratewohl herumwirbelnden Staubkörnchen zu, die durch den Strahl wanderten. Er wußte über die physikalischen Bedingungen dieses Phänomens bestens Bescheid: über die spektrale Zusammensetzung des Lichts, die reflektierenden Eigenschaften der Staubteilchen, aber heute zählte das alles nichts für ihn. Vielmehr sah er in diesem Strahl ein metaphysisches Symbol, das auf die geblümte Tapete projiziert wurde, und in diesem erleuchteten Gewirr gemalter Blumen erblickte er sein eigenes Ende.

Er stand auf und ging direkt ins Badezimmer, wo er mit der Schlußzeremonie begann. Zuerst kam das Scheren des Kopfes. Der erste Schritt wurde mit der Nagelschere vollzogen, während die letzten Feinheiten dem elektrischen Rasierapparat vorbehalten waren, der protestierend brummte, als er sorgfältig über jeden Zentimeter seines Skalps fuhr. Sodann betrat er die Dusche und seifte seinen ganzen Körper systematisch ein, und anschließend drehte er sich ganz langsam um sich selbst, um alle Schaumbläschen abzuwaschen, die an ihm klebten. Als diese Umdrehung vollendet war, stand er mit dem Rücken zum Duschkopf und ließ das heiße Wasser über sich hinwegplätschern und die Kabine mit dichtem Dampf erfüllen. Schließlich kühlte das Wasser ab, und er trat hinaus auf den Badevorleger, wo er sich gemächlich abtrocknete und sich mit einem Naßrasierer rasierte. Dabei sparte er direkt unter seiner Unterlippe ein kleines Bartdreieck aus, dessen Form und Beschaffenheit auf irgendeine Weise bedeutsam schien, die er nicht durchschaute, aber es spielte keine Rolle, da er in den Armen des reinen Glaubens geborgen war.

Und nun, während er seine Bourbonflasche leert, sitzt er an seinem Computer und diktiert einen elektronischen Brief:

Lieber Michael,
ich befinde mich in der schwierigen Situation, zugleich Richter und Angeklagter in meinem Prozeß zu sein, der nun das Stadium erreicht hat, in dem das Urteil vollstreckt wird. Die Anklage stand eigentlich nie richtig in Frage. Ich bin schuldig. Aber damit ist keineswegs die Notwendigkeit des Rituals von Bestrafung und Vergeltung außer Kraft gesetzt, dem ich mich nun unterziehe, denn am Ende wird es mich aus dem Gefängnis erlösen, das mich jetzt noch festhält. Eine Ironie des Schicksals will es, daß das Urteil vollstreckt wird, ehe die ganzen Folgen des Verbrechens offenkundig sind. Wenn der Code von allen Fesseln befreit ist, wird er seine eigene einzigartige Justiz ausüben und seinem Willen Genüge tun, bis das Gleichgewicht des Lebens wiederhergestellt ist und das biologische Pendel erneut innerhalb der Grenzen des Chaos schwingt. Am Ende bestand mein Verbrechen in meiner Hybris, und als ich die Wolkendecke der Sterblichkeit durchstieß und mich im reinen Licht befand, spürte ich den Kuß der Unendlichkeit auf meiner Wange. Von diesem Augenblick an nahm ich an, daß die Natur sich mit einem passiven Winseln zurückziehen würde, während ich nach Gutdünken durch ihre Bezirke schweifte und ihre höchsten Schätze plünderte.
Aber nun bin ich ein gefallener Engel und ersticke unter der Last meiner Sünden. Aber in Ihnen erblicke ich noch Hoffnung, und daher hinterlasse ich Ihnen den Schlüssel zu der sogenannten »Bombe« auf der folgenden Seite. Aber ich muß Sie warnen – dieses Geschenk ist von Tragik umgeben. Wenn Sie die Bombe entschärfen, werden Sie bald sehen, wie die Mutter und das Kind leiden und durch den Renegaten-Code zugrunde gehen, während er sich in der Biosphäre manifestiert.
Am Ende sehe ich den Funken des Genies in Ihnen, und darum bitte ich Sie, daran zu denken, daß Genie kein persönliches Attribut ist, sondern ein Fluß, durch den das Unbekannte in die Welt der Lebenden fließen kann. Hegen Sie es und machen Sie guten Gebrauch davon.
Der Architekt

Nachdem er den Brief gelesen hat, legt er ihn an der gesicherten Speicherstelle in DEUS ab, zu der nur Michael Riley Zugriff hat. Dann steht er auf und geht zum Schlafzimmerschrank, aus dem er unter einem Berg zerknitterter Kleidungsstücke eine abgesägte Schrotflinte und eine Schachtel Munition herauswühlt. Während er das Gewehr lädt, hockt er mit untergeschlagenen Beinen auf dem

Bett und summt eine erfundene Melodie vor sich hin, die mehrere Tonarten durchläuft, bis sie sich in einen monotonen Singsang einpegelt. Er gibt sich ihm mit Inbrunst hin und verleiht ihm eine kräftige Resonanz, während er die erste Patrone in die Kammer schiebt und die Waffe entsichert. Er spannt den Hahn und beginnt lauter zu singen, als er das Schlafzimmer verläßt, und dann ruft er: »*Und er schritt den Gang entlang!*«

Ohne den Rhythmus zu unterbrechen, nimmt er seinen Singsang wieder auf, während er das Wohnzimmer betritt, wo er sorgfältig mit dem Gewehr auf den Computer zielt und feuert. Der Knall des Schusses wird von den Wänden zurückgeworfen, und der Computer zerschellt unter der Wucht der Schrotkugeln, und die unzähligen Glassplitter des Bildschirms spritzen nach allen Seiten weg. Dann ein Blitz, und Rauch steigt auf, als die Stromversorgungseinheit durchschmort und die Tastatur auf den Boden kracht.

Der Architekt nimmt seinen Singsang wieder auf, geht zur Wohnungstür hinaus und sieht über die Brüstung des Außengangs im ersten Stock zu dem Auto auf der anderen Straßenseite hinüber, das die Sicherheitsleute von ParaVolve dort abgestellt haben. »*Ich werde nicht in den Armen des Engels des Todes erlöst werden. Meine Erlösung wird mein eigenes Werk sein!*«

Gegenüber auf der anderen Straßenseite können die beiden Sicherheitsleute das Geschrei des Architekten nicht hören. Sie sitzen nämlich nicht in ihrem Wagen, sondern befinden sich im Gemischtwarenladen, wo der eine Doughnuts kauft und der andere lüstern in einem Softpornoheft blättert. Als sie den Laden verlassen, hören sie ein schrilles Quietschen von Gummi und sehen, wie ein alter Subaru ins Schlingern gerät, als er einem nackten Mann ausweicht, der über die Straße geht und eine abgesägte Schrotflinte im Arm hält. Ein zweites Auto versucht dem Subaru auszuweichen und kollidiert schleudernd mit einem Hydranten, aus dem eine kleine Fontäne aufsteigt und auf die Hamburgerkneipe niedergeht.

Die beiden Sicherheitsleute ziehen sich gerade rechtzeitig in den Laden zurück, als der Architekt mitten auf der Straße stehenbleibt und auf ihren Wagen schießt. Die Windschutzscheibe zersplittert zu bröckeligem grünem Eis und fällt nach innen aufs Armaturenbrett. Als der kahlköpfige Sicherheitsmann die Tür einen Spalt öffnet, entdeckt ihn der Architekt und schreit: »*Geht und sagt dem Engel des Todes, daß meine Erlösung meine Sache ist!*«

Der kahlköpfige Mann kann sich gerade noch ducken, als der Architekt einen zweiten Schuß abgibt, der den Kühler des Autos durchlöchert und die Scheinwerfer zersplittern läßt. Hinter ihm verlassen Menschen ihre Autos und rennen in Deckung. Im Laden sehen sich die beiden Sicherheitsleute verwirrt und ratlos an. Sie sind hier festgenagelt und können nicht einmal mit ihrem Autotelefon Hilfe herbeirufen. Wie alle andern müssen sie einfach so lange warten, bis die Polizei eintrifft.

Die erste Amtshandlung der Beamten des Sheriffs vom Washington County besteht darin, daß sie die Murray Road von der Cornell Road bis zur Autobahn sperren. Alle Zivilpersonen, einschließlich der Sicherheitsleute von ParaVolve, werden aus diesem Sperrgebiet herausgebracht, in dem sich jetzt nur noch die Angehörigen des SWAT-Teams vom Washington County befinden. Mehrere Augenzeugen haben den Beamten berichtet, daß der nackte Mann wieder die Treppe hinaufgegangen und in der mittleren Wohnung im ersten Stock verschwunden sei. Von der Straße aus ist keine Bewegung hinter dem Fenster der Wohnung zu erkennen, allerdings scheint die Eingangstür zu dem Gebäude nur angelehnt zu sein.

»Sie da oben, können Sie mich hören?« plärrt die Stimme des Sheriffs übers Megaphon. »Können Sie mich hören? Dann hören Sie mir zu. Bis jetzt ist noch niemand verletzt worden, und wir wollen, daß es dabei bleibt. Kommen Sie einfach heraus, mit den Händen über dem Kopf. Niemand wird schießen. Ich gebe Ihnen mein Wort dafür, also kommen Sie einfach heraus, und wir werden dafür sorgen, daß Sie korrekt behandelt werden. Noch einmal – niemand wird Ihnen etwas tun.«

Dieser routinemäßige Belagerungssermon hallt vom chinesischen Restaurant und von der Tankstelle an der Ecke wider. Während die Worte verklingen, gehen sie im Zischen der Fontäne aus dem Hydranten unter. In Abständen von zehn Minuten wird der Sermon professionell und überzeugend wiederholt, als ob man dem verdächtigen Subjekt versichern wollte, daß es eigentlich ein ganz normaler Mensch sei, der ein bißchen in der Klemme steckt, und daß alles wieder in Ordnung gebracht werde, so daß er sich in ein paar Minuten wieder nach Hause verziehen kann. Nach der dritten Wiederholung fällt die Entscheidung, daß es keinen weiteren Aufruf mehr geben wird.

Wie in einem Ballett der zielgerichteten Kräfte saust ein Tränengasbehälter durch das zur Straßenseite liegende Fenster der Wohnung, während drei bewaffnete Beamte in kugelsicheren Westen die Treppe hinaufhuschen. Im selben Augenblick, da sie die Tür erreichen, wird eine Blendgranate hineingeworfen und taucht das Innere der Wohnung in ein unerträglich grelles Licht. Mit einem einzigen Tritt gegen die Tür verschaffen sich die Beamten Zugang, in der Hoffnung, daß der Verdächtige noch geblendet ist.

Der vorderste Beamte vernimmt das Kratzen des Luftfilters in seiner Gasmaske, während er angestrengt durch den ätzenden chemischen Nebel starrt. Dann entspannt er sich, als er den ausgestreckten Leichnam auf dem Fußboden entdeckt. Die Aktion ist vorbei.

Als sich der Beamte über den Toten beugt, sieht er die schreckliche Wunde, die der durch den Mund abgegebene Schuß verursacht hat. Die Schrotkugeln sind nach oben gejagt und haben den Gaumen zerfetzt, die Nasenhöhle geöffnet, ehe sie ins Gehirn vordrangen, wo sie sich als kreischende Bleiwolke ausgebreitet haben, die den Stirnlappen pürierte und das Stirnbein und die Schläfenlappen teilweise zerfetzte, ehe sie oben am Schädel wieder ausgetreten sind.

Der Beamte nahm allerdings keine Notiz von dem Buch, das mit dem Rücken nach oben aufgeschlagen auf der Brust des Opfers lag. Als man es später entfernte und in einer Plastiktüte als Beweismaterial verstaute, ließ sich die Stelle nicht mehr ermitteln. Niemand würde je erfahren, daß die Bibel bei Kapitel 16 der Offenbarung des Johannes aufgeschlagen war und daß der zweite Absatz unterstrichen worden war:

»Und der erste [Engel] ging hin und goß seine Schale aus auf die Erde; und es entstand ein böses und schlimmes Geschwür an den Menschen, die das Zeichen des Tieres hatten und die sein Bild anbeteten.«

Rhonda Baker linst noch einmal über die Trennwand hinweg, um sicherzugehen, daß ihr Boß weg ist. Gut. Nicht nur der Stuhl ist leer, sondern auch das Sakko hängt nicht mehr an dem Garderobenständer in der Ecke neben seinem Arbeitsplatz. Doch ihre Nerven sind noch so angespannt, daß sie mit einem dick lackierten Fingernagel auf ihrem Schreibtisch herumhackt, während sie darauf wartet, daß jemand zurückruft. Eigentlich dürfte sie das nicht tun. Die Vorschriften sind da ganz unmißverständlich. Alles, was mit dem Gesundheitswesen zu tun hat, läuft über den Informationsdienst der Gesundheitsbehörde. Ohne jede Ausnahme. Und in den fünfzehn Monaten, in denen sie bei der Behörde als Verwaltungsassistentin tätig ist, hat sie sich peinlich genau an die Vorschriften gehalten. Mit gutem Grund: Dieser Job war nicht mit Gold aufzuwiegen, und daher war es für sie fast unvorstellbar, eine so grundlegende Vorschrift zu brechen und damit ihre Entlassung zu riskieren.

Fast.

Rhonda hatte Steve Salazar vor etwa drei Monaten im Veritable Quandary kennengelernt, einem In-Treff im Zentrum, Single-Bar und Stammkneipe für Leute aus der Medienindustrie. Und bei Rhonda kam beides zusammen. Wie viele geschiedene Frauen in den Zwanzigern hatte Rhonda beschlossen, daß ihre nächste ernste Beziehung nicht nur höchst romantisch sein sollte, sondern auch in sozioökonomischer Hinsicht eminent praktisch. Und mit seinem einnehmenden Aussehen und seinem Job als Reporter beim Fernsehsender KATU, der ihn fast zum Star machte, schien Steve Salazar das ideale Zielobjekt. Alles war zuerst so gut gelaufen, bis zu jenem furchtbaren Abend, als er bei ihr zum Abendessen war und plötzlich ihr Exmann auftauchte. Der arbeitslose Maurer war noch immer schrecklich sauer wegen des Scheiterns ihrer Ehe und ließ Rhonda und Steve nicht über seine Gefühle im unklaren, während er mit seinen stahlkappenverstärkten Stiefeln große Schrammen in die Wohnungstür trat und Steve brüllend über Rhondas spezielle sexuelle Neigungen informierte. Damit hatte sie es sich mit Steve verscherzt, der mit dem Phänomen des Zorns der Arbeiterklasse einfach nicht klarzukommen schien.

Aber endlich hat Rhonda einen Grund, wieder mit ihm Kontakt aufzunehmen: eine Information, die Steve eine gar nicht so unwichtige Exklusivstory verschaffen wird. Sie hatte davon am Morgen von einer Freundin in der Abteilung für Epidemiologie und Gesundheitsstatistik erfahren. Draußen im Washington County hatten sich seltsame Dinge abgespielt. Mehrere Leute hatten sich irgendeine Krankheit zugezogen, die das Krankenhaus dort draußen nicht identifizieren konnte, und alle hatten sich am selben Ort aufgehalten, als sie infiziert wurden. Außerdem spielte dabei noch irgendeine Pflanzenkrankheit eine Rolle. So etwas Merkwürdiges hatte Rhonda noch nie mitbekommen, seit sie hier arbeitete, und bestimmt konnte Steve etwas damit anfangen.

Er wird ihr dankbar sein, da ist sie ganz sicher. Wenn sie sich auf einen Drink treffen werden und sie ihm dann die Geschichte erzählt, wird er merken, daß er ihr gegenüber ein wenig voreilig gewesen ist.

Rhonda wirft noch einen Blick über die Trennwand, als der Anruf von KATU kommt. Was sie da tut, ist riskant. Aber ist Liebe nicht immer riskant?

Kate Willet und Bev Brisky biegen gerade auf die Schotterstraße zur Johnson-Farm ab, als sie den Jungen sehen, der am Boden kniet und sich mit den Händen abstützt. Bev, eine Bezirkskrankenschwester, hatte Kate am frühen Morgen in der Gesundheitsbehörde angerufen und über diese Sache mit den drei Leuten und der Farm informiert. Das Ganze kam ihnen recht merkwürdig vor, und so beschlossen sie, zusammen rauszufahren und es sich anzusehen.

Als sie neben dem Jungen halten, können sie erkennen, wie dünne Fäden von gelbem Schleim aus seinen Nasenlöchern auf den Boden laufen. Bev steigt aus, und während sie zu dem Jungen geht, um das genauer zu untersuchen, schätzt sie sein Alter auf etwa vierzehn. Kate ruft bereits über das Autotelefon Hilfe herbei.

»Was fehlt dir denn?« erkundigt sich Bev bei dem Jungen, dessen Gesicht zum Boden gewandt ist.

»Kann nicht sehen«, japst der Junge.

»Du kannst nicht sehen?« wiederholt Bev.

Der Junge wendet den Kopf in Richtung ihrer Stimme, und obwohl Bev in ihrem Beruf schon viel erlebt hat, weicht sie nun doch schockiert zurück. Seine beiden Augen sind mit einem undurchsichtigen, milchigen Film überzogen, der im Sonnenlicht glänzt, als ob auf seinen Augäpfeln das Weiße von Spiegeleiern läge.

»Es ist alles ganz weiß«, wimmert der Junge. »Es ist alles weiß. Ich kann nicht sehen.«

»Hast du Schmerzen?«

»Nein. Ich kann bloß nichts sehen.«

»Komm, setz dich ins Auto«, schlägt Bev vor, hilft dem Jungen auf und führt ihn zum Wagen. »Wir haben bereits telefonisch um Hilfe gerufen, also mach dir keine Sorgen.«

Auf wackligen Beinen geht der Junge neben ihr, und Kate hilft Bev, ihn auf der Rückbank zu verstauen, und dann gehen sie ein wenig beiseite, um sich zu beraten.

Während der Junge auf der Rückbank bei offener Tür sitzt, sprechen die Krankenschwestern von draußen mit ihm. Was immer er haben mag, ist vielleicht auf dem Luftweg übertragbar und macht vermutlich auch vor Krankenschwestern nicht halt. Zum Glück haben sie eine Schachtel Kleenex dabei, die sie dem Jungen auf den Schoß legen, so daß er den unaufhörlichen Schleimfluß aus seinen Nasenlöchern stillen kann.

»Wann hat das denn angefangen, daß du dich krank gefühlt hast?« erkundigt sich Kate.

»Vor einer Stunde vielleicht. Ich war letzte Nacht bei einem Freund, und als ich heimkam, waren meine Eltern nicht da, und die Tür war offen. Also bin ich reingegangen, aber da waren sie auch nicht, also bin ich wieder raus und hab dieses komische Zeug in den Apfelbäumen gesehen.«

»Was für Zeug?«

»Als ob da, wo sonst die Äpfel sind, lauter große gelbe Fallschirme herunterhingen, mit so komischen Korkenzieherranken in der Mitte.«

»Hast du eins gepflückt?«

»Klar.«

»Hast du davon gegessen oder daran gerochen?«

»Na ja, ich hab' daran gerochen, aber sonst nichts. Und dann dauerte es nicht lange, und meine Nase begann zu laufen, und dann wurden meine Augen ...« Seine Stimme versagt. »Meine Augen ...«

»Keine Sorge. Die meisten Augenkrankheiten lassen sich irgendwie beheben«, tröstet ihn Kate, die sich in diesem Fall freilich gar nicht so sicher ist – so eine Krankheit hat sie noch nie erlebt. Im übrigen ist der Flüssigkeitsverlust aufgrund dieser unglaublichen Sekretion von Schleim vermutlich ein viel größeres Problem. Auf dem Boden neben der Autotür türmt sich bereits ein kleiner weißer Berg von durchweichten und zusammengeknüllten Tüchern auf.

Kate geht zu Bev hinüber, die sich in respektvoller Distanz hält.

»Laß uns lieber Gesichtsmasken aufsetzen«, schlägt Kate vor. »Vielleicht überträgt sich dieses Zeug auf dem Luftweg.«

»Was meinst du, was das ist?« will Bev wissen, die es allmählich mit der Angst zu tun bekommt.

»Keine Ahnung. Du bleibst am besten hier und sagst den Sanitätern, sie sollen schon mal für Isoliermaßnahmen im Krankenhaus sorgen. Ich werd' mal weitergehen und mich auf der Farm umsehen, wenn es nicht zu weit ist«, sagt Kate und geht wieder zu dem Jungen im Auto.

»Wie weit ist es bis zu eurem Haus?« fragt sie ihn.

»Gleich um die Kurve«, erwidert der Junge.

Kate dreht sich um und sieht, daß sie kurz vor der Kurve stehen.

»Wie heißt du denn?« erkundigt sie sich.

»Brian Johnson.«

Er ist offenbar der Sohn des ersten Patienten, aber darauf will Kate im Augenblick lieber nicht zu sprechen kommen.

»Brian, der Rettungswagen müßte jede Minute kommen, also versuch einfach, ganz ruhig zu bleiben, ja?«

Kate geht zum Kofferraum, öffnet eine Tasche mit den üblichen medizinischen Utensilien und holt zwei Gesichtsmasken heraus. Sie bindet sich eine um und gibt die andere Bev. »Ich werde so weit gehen, bis ich irgendwas Ungewöhnliches sehe. Wenn ich nicht wieder zurück bin, bis der Rettungswagen da ist, sollen sie zur Farm fahren. Ich bleib' dort, wo du mich von der Straße aus sehen kannst.«

»Sei bloß vorsichtig«, ermahnt Bev sie, offenkundig erleichtert, daß sie nicht mitgehen muß.

Als Kate sich der Biegung nähert, spürt sie, wie sich die Luft erwärmt, genau wie an einem dieser Frühlingstage, wenn ein feuchtwarmer Wind weht und die letzten Reste der Kälte des vergangenen Winters hinwegfegt. Dann kommt die Farm in Sicht, ein Flachbau mit einer Art Schuppen dahinter. Selbst aus dieser Entfernung erkennt sie, daß der Junge recht hatte. Hinter dem Schuppen stehen die Apfelbäume, und das Grün des Laubs ist von leuchtendgelben Flecken durchzogen. Außerdem sieht es so aus, als ob irgendwelche Tiere um die Stämme herumlaufen, vielleicht Katzen.

Als Kate sich dem Haus nähert, überquert sie die Schotterstraße. Hier scheint nichts mehr so zu sein, wie es einmal war. Aus dem Rasen im Vorgarten sprießen Büschel von grünen Schilfrohren, deren Spitzen korkenzieherförmig verdreht sind wie die Antennen von Funktelefonen. Hunderte von riesigen kugelrunden Knospen ragen aus den Büschen, und ein paar sind bereits aufgeplatzt und bilden diese Parabolschirme mit dem Korkenzieher in der Mitte. In Bodennähe befinden sich andere ganz große exotische Pflanzen, und um einige kreisen kleine Nagetiere oder große Insekten. Und der Rasen strahlt in hellem Silbergrün und schimmert wie Weizen, durch den der Wind fährt.

Zunächst sieht sie von dem Bohrer nichts weiter als eine verschwommene Bewegung, als er um die Ecke des Hauses saust und eine von den großen Knospen mit seinem Hohlbohrermaul aussaugt. Aber noch bevor sie den Schock verspürt, taucht ein zweites Lebewesen auf, bei dessen Anblick sie eine Gänsehaut bekommt und ihr Gesicht sich ungewollt vor Ekel verzerrt. Der Nadelhund steht einen guten halben Meter hinter dem Bohrer und sieht einen Augenblick lang zu, wie er die Knospen verzehrt, wobei sich seine Augenstengel winden, um die Bewegungen des Bohrers zu verfolgen. Dann schießt der Zylinder aus seiner vorderen Leibesöffnung, und der Nadelhund stürzt sich vor, um das Tötungsritual mit seinem Stachel und dem von Fangzähnen gesäumten Saugmaul zu vollenden. Während der Nadelhund den Bohrer aussaugt, steht Kate erstarrt da, wie gelähmt in einer Mischung aus Entsetzen und Faszination. Als das Ungeheuer fertig ist, wendet es sich direkt ihr zu, wobei sein Zylinder noch ausgefahren ist, und nun sieht sie sich unmittelbar dem Ring der Widerhakenzähne um den roten Schlund gegenüber, aus dessen Zentrum die Injektionsnadel ragt. Die Augen rotieren auf ihren Stengeln und blicken ihr direkt in die Augen, und sie spürt, wie der Impuls zu fliehen von Kopf bis Fuß von ihr Besitz ergreift. Aber dann drehen sich die Augen weiter und machen irgend etwas am Rande aus, und der Nadelhund bewegt sich über den Rasen, überquert die Straße etwa zehn Meter vor ihr und tapst über ein offenes Feld davon. Seine Haut sieht wie eine grauenvolle optische Täuschung aus – Tausende von Löchern öffnen und schließen sich so schnell wie ein Wimpernschlag.

Als der Nadelhund schließlich hinter einer Reihe von Pflanzen verschwindet, läuft Kate im Dauerlauf zum Auto zurück. Fürs Fürchten hat sie jetzt keine Zeit. Das kommt später. Jetzt muß sie so schnell wie möglich die Behörden unterrichten. Sie müssen diesen Ort versiegeln, solange dazu noch Zeit ist – wenn dazu wirklich noch Zeit ist.

# 22

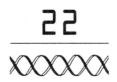

# Fast erwachsen

»Sie steckt wirklich in der Scheiße, Mann. Sie is' über ihre eigenen Füße gestolpert. Ich hab's selber gesehn. Sie geht unter. Ich sag' dir, sie geht unter! Setz deinen Arsch in Bewegung, Mann! Du hast noch 'n paar Sekunden, bis sie hinüber ist!«

In seiner Wohnung lauscht Jimi konzentriert an der Eingangstür, gegen die er Stirn und Handflächen gedrückt hat. Sein Herz will schier zerspringen, während seine Augen fest zusammengekniffen sind – und doch sieht er Rattensack so deutlich vor sich, als ob es zwischen ihnen überhaupt keine Tür gäbe: groß, drahtig, den Mund gehässig verzogen, während er sich an die Außenseite der Tür lehnt und diese Worte zu Jimi hindurchhämmert.

Zodia. Seine Mom. Sie ist in den Pool gefallen, behauptet Rattensack. Treibt darauf mit dem Gesicht nach unten.

Das Bild seiner im Pool ertrinkenden Mutter zieht und zerrt an ihm, aber tief im Innern weiß er, daß der wahre Schrecken von ganz woanders herkommt. Nachdem Rattensack sich viele Wochen lang geduldig herangepirscht hat, sitzt er nun in der Falle, und er spürt, wie die Pranke des Raubtiers seine Schwachstellen sondiert und abtastet, und dagegen gibt es keine Abwehr.

»Herrgott noch mal, Mann! Willste, daß sie stirbt oder was? Komm schon!« zischt Rattensack durch die Tür.

Jimi spürt, wie seine schwitzenden Handflächen feuchte Flecken auf dem Lack hinterlassen. Es ist durchaus möglich, daß seine Mutter dort draußen ist. Rattensack hat recht. Sie tut wirklich komische Sachen, sie stolpert tatsächlich über die eigenen Füße, das macht sie immer wieder. Aber genausogut könnte es ein brutaler Bluff sein, der ihn hinauslocken soll. Aber er hat keine Wahl. Er muß einfach rausgehen, und Rattensack weiß das. Auf der moralischen Waage wiegt eine tote Mutter mehr als jede erdenkliche Folter, die Rattensack ihm antun könnte.

Jimi reißt den Sicherheitsriegel verzweifelt zurück und stößt die Tür in die Nachtluft hinein auf. Seine Augen gehen sofort zum Pool und machen die Gestalt aus, die mit dem Gesicht nach unten im tiefen Ende treibt, eine schwarze Silhouette gegen die grünen Unterwasserscheinwerfer. Seine Mom. Seine einzige Mom. Und als er schon zum Pool läuft, geht eine zweite Woge der Angst in ihm hoch. Er hat Rattensack Unrecht getan. Sein Instinkt, der ihn so elegant durch eine gefährliche Welt geleitet hat, verschwindet unter einer Wolke äußersten Zweifels. Wenn er sich wirklich in Rattensack, dem Gegenpol seines Universums, getäuscht hat, wessen kann er sich dann noch sicher sein?

»Du schnappst sie dir, während ich Hilfe hole!« Rattensacks atemlose Stimme ertönt hinter seiner Schulter, während er losspritet. Keine Zeit mehr zum Reden. Nur zum Handeln.

Im Schatten der Treppe neben Wohnung Zehn sieht Zipper zu, wie die beiden Gestalten auf den Pool zusprinten, auf dem sich die treibende Gestalt mit weit ausgebreiteten Armen und Beinen träge um die eigene Achse dreht, während sich ein Frotteemantel wie ein Segel über dem Rücken bläht. Zipper konzentriert sich auf Jimi und ignoriert den treibenden Körper. Er weiß natürlich genau, woher er stammt: aus einem Wandschrank, in dem der letzte Freund seiner Mutter ein Bündel von unaussprechlichen persönlichen Dingen in die hinterste Ecke gestopft hatte. Und mitten in diesem Knäuel steckte eine aufblasbare lebensgroße Puppe mit den üblichen pornographischen Öffnungen und der schweinchenfarbenen Vinylhaut. Der Mantel und die Schuhe paßten zwar überhaupt nicht, genügten aber völlig zu dieser nächtlichen Stunde im Pool, und Zipper kriegte sich vor lauter Selbstachtung gar nicht mehr ein, während er diesen schäbigen Köder präparierte.

Und nun bereitet er sich auf den Schlußakt vor, der ihm die Heiligsprechung in der Kirche von Rattensack einbringen wird. Die beiden hatten sich diesen Streich sorgfältig überlegt, eine heroische Tat, die ein für allemal bestätigen würde, wie ergeben Zipper seinem Meister war, und die ihm einen ständigen Platz am Fuß des Throns garantieren würde, hoch über dem Meeresspiegel der Sterblichkeit.

»Mom!« Unterdrückt und gedämpft klingt dieser Ruf, da der würgende Zugriff der Panik sich in Jimis Brust verstärkt. Er spürt, wie er selbst sich in diesem Augenblick höchster Not aufzulösen beginnt. Tränen trüben das Bild des hellgrünen Poolwassers und der treibenden Gestalt, als er am Rand steht und erkennt, daß sich der Körper nicht in seiner Reichweite befindet. Und wenn er nun zu spät kommt? Wenn er schuld ist an ihrem Tod? Wenn sie gestorben ist, weil er die eigene Haut retten wollte? Er fällt auf die Knie und streckt seine kleinen Arme so weit wie möglich aus.

Rattensack hat sich unter den finsteren Unterstellplatz zurückgezogen und beobachtet die Szenerie. Er sieht, wie sich Zipper lautlos der knienden, ausgestreckten Gestalt von Jimi nähert und ihn mit einem kräftigen Tritt in den Hintern ins Wasser befördert. Ein leises Plätschern ist zu hören, während sich Zipper sofort wieder ins nächtliche Dunkel zurückzieht. Kurz taucht Jimis Kopf auf, und dann sind nur noch seine fuchtelnden Arme zu sehen, während er wieder untertaucht. Schon wenn er nur eine Badehose an hat, kann er kaum schwimmen, und unter dem Gewicht seiner Kleidung ist dies völlig unmöglich.

Jimis Augen werden von den Unterwasserscheinwerfern geblendet, die wie leuchtende Geleebonbons durch sein Blickfeld tanzen. Das Plätschern braust in seinen Ohren, während er Wasser schluckt, das in seine Luftröhre dringt. Das Hämmern seines Herzens und das verzweifelte Schlenkern seiner Gliedmaßen lassen keinen Gedanken an seine Mutter aufkommen. Sein Gesicht taucht kurz auf, aber vergebens sucht seine Lunge durch seine mit Wasser gefüllte Luftröhre nach Luft zu schnappen. Und wieder versinkt er, wobei seine Arme das Wasser umklammern, als ob es sich in etwas Festes verwandeln und ihn hinausklettern lassen könnte.

Vom Unterstand aus genießt Rattensack die Ironie dieser Szenerie. Zu dieser späten Stunde hat sich die warme Nacht angenehm ruhig über die Romona Arms gesenkt, doch in ihrem Schoß findet ein tödlicher Kampf statt, der sich nur in einem schwachen Plätschern des Poolwassers äußert. Das dauert nun schon etwa eine Minute, also wird es Zeit, hinüberzurennen und Jimi herauszufischen, und während der kleine Junge noch immer den Abgrund des Todes vor Augen hat, wird er ihm erklären, daß die Zeit gekommen ist, die Dinge mit den Augen von Rattensack zu sehen, nur noch mit diesen Augen.

Aber Rattensack kann sich nicht bewegen, zumindest nicht vorwärts. Statt dessen treibt er nach oben auf einer großartigen Kuppel von konzentriertem Willen, auf einer phantastischen Woge der Einzigartigkeit, die seine Psyche zu einem einzigen Motor verengt. Während er duch das Zentrum dieses Augenblicks rast, weiß er, daß er Jimi nicht retten wird, daß er die Arena der menschlichen Anständigkeit für immer verlassen und frei durch die dunklen und wilden Straßen da draußen streifen wird. Später wird er immer wieder versuchen, diesen Augenblick nachzuvollziehen, aber es wird ihm nie gelingen. Jetzt wendet er sich einfach ab und geht davon, auf einem Kissen der Ekstase. Die Welt gehört ihm.

Jimi klammert sich weiterhin ans Wasser und sucht nach dem Halt, der sich nie materalisiert. Im Innersten seiner Seele beginnt sich eine Mattigkeit auszubreiten und feine Fäden durch die rasende Panik zu weben. Es ist nicht mehr so wichtig, Wasser zu schlucken und um sich zu schlagen. Die hellen Drops der Unterwasserscheinwerfer werden um ein oder zwei Stufen heruntergedimmt. Und dann wird Jimi klar, daß dies die Vorboten des Todes sind, die die Vorarbeit leisten, ehe die Große Show in die Stadt kommt. Und diese neue Offenbarung erzeugt eine neue Woge der Panik, und der Kampf ums Leben übernimmt wieder die Führung in seinem Dasein. Aber nicht lange. Die Vorreiter sind clever und rühren mächtig die Werbetrommel. Sie wollen ihm einreden, daß der Kampf bald sinnlos sein wird, vielleicht sogar töricht. *Aber sicher, mach ruhig noch ein bißchen weiter. Das verstehen wir doch. Aber wir wollen hier nicht die ganze Nacht vertrödeln. Je früher dies vorbei ist, desto besser. Siehst du das denn nicht ein? Du machst es dir doch nur selbst schwer.*

Noch einmal, meldet sich der nachlassende Lebensgeist von Jimi Tyler zu Wort. Ich probier's noch einmal.

Und er stößt seine Arme aus, gegen das Gewicht des Wassers, gegen die Schwerkraft, zur Oberfläche hin. Dann spürt er den Griff um sein Handgelenk wie ein eisernes Armband. Dann noch einen Griff um sein anderes Handgelenk und einen mächtigen Zug, der ihn unaufhaltsam nach oben hebt.

*Mein Dad! Mein Dad!*

Sein Kopf durchbricht die Oberfläche, und während er auf den Beton gehoben wird, gibt er sofort würgend Wasser von sich. »Das war knapp, Soldat. Bist du im Nachteinsatz?«

Das Gesicht über Jimi ist nur ein verschwommener blasser Fleck gegen den Nachthimmel, aber die Stimme ist unverwechselbar: Eric Den-es-nie-gab.

Nach und nach geht Jimis Würgen in Hustenkrämpfe über, und dann zittert er nur noch vor sich hin. Eric schlüpft aus seiner alten Militärjacke und legt sie Jimi um.

»Na also, Soldat«, sagt Eric und wendet sich zum Gehen. »Halt die Ohren steif – die Sanis sind gleich da, bevor du dich umguckst. Ich check dich später.«

Jimi sieht zu, wie Eric sich zu seiner Wohnung zurückzieht, und empfindet ein neues Gefühl der Bewunderung für diesen seltsamen Mann. Nicht sein Dad, aber kein schlechter Kerl. Überhaupt kein schlechter Kerl. Er steht auf, geht auf wackligen Beinen zu Erics Wohnungstür, legt die Militärjacke auf die Schwelle und kehrt zu seiner eigenen Wohnung zurück. Ein Hauch von Trost erreicht ihn mit der nächtlichen Brise, die ihn unter seinem nassen T-Shirt frösteln läßt. Sein Instinkt hat ihn doch nicht getrogen. Rattensack ist eben doch schlecht. Wirklich schlecht.

Gail Ambrose unterdrückt einen obszönen Fluch, während sie hinter dem gepanzerten Mannschaftswagen fünf Blocks vor dem Senatsverwaltungsgebäude steht. So nah und doch so weit. Und sie hat keine Ahnung, wie lange sie hier warten muß. Das Militär ist im Laufe der letzten Wochen immer arroganter geworden und hat die Hauptstadt fest im Griff. Hinter ihr stoppt ein anderer Wagen, und der Fahrer besitzt die Kühnheit, den Mannschaftswagen anzuhupen. Eine behelmte Gestalt dreht sich langsam im Turm des Fahrzeugs um, zeigt dem Autofahrer den Vogel und wendet sich wieder mit entwaffnender Unverschämtheit ab. Das Hupen hört auf. Der Verkehr kann warten, bis die Krieger soweit sind. Ein paar Minuten später kommt ein Sergeant mit einer Tüte Junk Food aus einem Laden heraus und steigt ins Fahrzeug ein, ohne auch nur einen Blick zurückzuwerfen, um zu sehen, wie viele Autos da warten.

Schlimm, denkt Gail, ganz schlimm. Sie weiß, daß das Militär eine hierarchische Organisation ist und daß ein derartiges Benehmen von weit oben gebilligt wird. Wie weit oben? Wer weiß das schon. Aber nach diesem Artikel in der Morgenausgabe der *Washington Post* wäre das ein Hauptgesprächsthema in der ganzen Stadt. Vor zwei Tagen erschien in der *Post* ein Beitrag, demzufolge die Dinge im Weißen Haus eine ganz schlimme Wendung nähmen. Der Artikel führte jede Menge von Indizien dafür auf, daß Mitarbeiter des Weißen Hauses einen »Ausweichplan« zur Umgehung vieler Verfassungsbestimmungen ernsthaft in Erwägung zögen. Der Pressesekretär des Präsidenten wies den Beitrag gelassen als verzweifelte Spontanreaktion auf den derzeitigen Zustand der zivilen Instabilität zurück, aber am nächsten Tag wurden die beiden Reporter, die den Artikel verfaßt hatten, als vermißt gemeldet. Beide waren von der Arbeit nach Hause gefahren, aber nie angekommen, und die *Post* brachte die Story in ihrer Morgenausgabe mit einer dicken Schlagzeile.

Jetzt definierten sich also ganz schnell die Kampflinien in der geschundenen politischen Topographie. Das Verschwinden eines Reporters hätte ein Zufall sein können, aber nicht von zweien. Sie wohnten in verschiedenen Teilen der Stadt und fuhren auf getrennten Routen nach Hause. Wer darin keine gewaltige Einschüchterung der Presse erblickte, stand nicht mit beiden Beinen auf der Erde. Die Schlagzeile und der Artikel von diesem Morgen ließen keinen Zweifel daran, daß die *Post* nicht klein beigeben würde. Als Gail den Artikel gelesen hatte, schaltete sie den Fernseher an, um zu sehen, wie viele Kabelsender aktuell über die Story berichteten. Von den sieben US-Programmen befaßten sich fünf damit, führten Interviews mit der Staatspolizei, den Familienangehörigen der Reporter sowie den Kollegen bei der Zeitung und brachten Videorekonstruktionen der Pendelrouten der Opfer, zusammen mit computererzeugten Graphiken, die mögliche Entführungsszenarien nachstellten. Um so bedrohlicher war es, daß die beiden übrigen Sender die Story überhaupt nicht brachten, nicht einmal in ihren alle dreißig Minuten gesendeten Zusammenfassungen. Zum erstenmal in der Geschichte begann sich die vierte Macht im Staate im großen Maßstab zu beugen.

Und zum erstenmal in ihrer Karriere versucht Gail sich vorzustellen, wie das Leben in der Hauptstadt und im übrigen Land ohne eine freie Presse wäre. Es bereitet ihr große Schwierigkeiten, aber bald kommt sie auf andere Gedanken, als der Mannschaftswagen anfährt und sie in blaue Auspuffgase hüllt. Als sie ins Parkhaus am Capitol fährt, erwartet sie ein Sicherheitsposten hinter einem durch Sandsäcke geschützten Maschinengewehrstand. Der Offizier nickt ihr immerhin zu, als er den Aufkleber an ihrer Windschutzscheibe überprüft, bevor er ihre neue Kennkarte sehen will, auf deren Rückseite sich ein Magnetstreifen wie bei einer Kreditkarte befindet. Der Offizier nimmt die Karte mit und schiebt sie in einen Schlitz an einem Personalcomputer, auf dessen Bildschirm sogleich eine Bestätigung aufblinkt. Schon merkwürdig, wie schnell sie ihr Sicherheitssystem installiert haben. Sie wird den Verdacht nicht los, daß es schon vor langer Zeit entwickelt und auf Eis gelegt worden ist und nur auf eine Situation wie die gegenwärtige gewartet hat.

Als sie den Gang zu Grisdales Büro entlanggeht, eilen die Menschen wie üblich geschäftig hin und her, aber das gewohnte Summen der Gespräche ist fast völlig verstummt. Das Schlurfen und Tappen der Füße auf dem Boden ist buchstäblich zu hören, während alle in ihrer eigenen Angstkapsel dahinzockeln. Die Unterdrückung ist wie ein Dichtungsmittel, das anfangs noch weich und klebrig war, aber nun gegen jede Art von vorsätzlichem oder unfreiwilligem Leck ausgehärtet ist.

In ihrem Büro sinkt Gail auf ihren Stuhl und stellt fest, daß sie absolut nichts zu tun hat. Alles steht bis auf weiteres still, bis der »Notstand« vorbei ist.

Scheiße, denkt sie, der eigentliche Notstand besteht doch darin, daß wir schon bald vergessen werden, daß dies ein Notstand ist – dann wird alles weitergehen wie bisher, nur unter einem neuen Zarentum. Sie fühlt sich in eine ganz enge Ecke gedrängt und weiß, daß sie darin nicht allein ist. Aber was kann sie schon tun, wenn sie nicht nach einem Gewehr greift und auf die Straße geht?

Sie steht auf und blickt zum Fenster hinaus, wo sich eine Schar Gewitterwolken am blauen Himmel zusammenballt. Um diese Jahreszeit ist es immer schwül, aber Gewitterschauer lassen die Luftfeuchtigkeit ansteigen, und dann ist es besonders drückend. Vielleicht kann sie ja doch etwas tun. Ihr fällt ein, daß ihr jemand vor einiger Zeit ein Exemplar des *Sun Tzu Bing-Fa* gegeben hat mit der Bemerkung, das müsse man unbedingt lesen, wenn man über den globalen Wirtschaftskrieg Bescheid wissen wolle. Nach einem der Hauptlehrsätze des Buches verdanke man die Chance zum Sieg nicht der eigenen Stärke, sondern dem Feind. Und was Michael da drüben in Oregon und unten in Mexiko herausgefunden hatte, stellte doch eine gute Grundlage dar, auf der man nach dieser Chance Ausschau halten konnte. Wo würde das hinführen? Egal. Außerdem stand sie noch immer ein wenig in Michaels Schuld. Michael war immerhin ein ziemlich großes Risiko eingegangen, um ihr zu helfen, und wofür? Also konnte sie nun dankeschön sagen, wir sind jetzt quitt? Nein, jetzt schuldete sie ihm schon mehr, viel mehr.

Gail zieht sich ihr Rolodex heran und blättert heftig darin, bis sie die Karte findet, nach der sie Ausschau hält. Sie stammt von einem Herrn, der bei der DEA, der Drogenbekämpfungsbehörde, tätig ist, einem Burschen, mit dem sie vor ein paar Jahren eine kleine Affäre hatte, eine von jener Sorte, bei der man freundschaftlich auseinandergeht und die Verbindung aufrechterhält. Aber jetzt hat sie weder Liebe noch Lust im Sinn. Diesmal zählt der spezielle Job des Mannes – er ist leitender Verbindungsbeamter zur mexikanischen Version der DEA. Dank Michael weiß sie nun über das Dreieck ParaVolve, VenCap und Farmacéutico Asociado Bescheid, und die eine Ecke des Dreiecks, in die sie vielleicht eindringen kann, ist die Farmacéutico. Noch besser: Sie kann sich dabei bedeckt halten. Der Herr bei der DEA muß nichts über den Biokriegsaspekt des Unternehmens erfahren. Er braucht nichts weiter als einen Tip über die Straßendrogenszene, den er an die mexikanischen Behörden weitergeben kann. Wenn sie die Untersuchung einleiten, werden sie natürlich neben den Straßendrogen auch auf die biologischen Waffen stoßen. Und das letzte, was sich die Regierung im Augenblick erlauben kann, ist die Enthüllung, daß sie mitten in Mexico City einen mit US-Steuergeldern finanzierten Betrieb zur Herstellung biologischer Kampfstoffe unterhält. Vielleicht hatte sie ja bereits den ersten Schritt zur Unterdrückung der inländischen Presse getan, aber die internationale Presse wäre ganz scharf auf eine derartige Story, und das würde so gewaltige Wellen schlagen, daß sie in die Hauptstadt zurückrollen würden.

Als sie aus dem Fenster schaut, hört sie ein Geräusch, das sie so erschreckt, daß sie sich duckt.

*Pop! Pop! Pop!*

Maschinengewehrfeuer. Sie lehnt sich ans Fenster, und das harte, kalte Glas kühlt ihre Nasenspitze. Alles sieht ganz normal aus. Autos fahren die Straßen entlang. Fußgänger gehen weiter. Kein Rauch, kein Rennen. Was auch immer das war, es ist bereits vorbei.

Zumindest vorerst.

Äußerst behutsam und verstohlen zieht Michael die Decke über Jessicas Rücken, dann streichelt er leicht mit der Hand darüber bis zu ihrem Hinterteil. Während er dieses Streicheln in einem sanften Rhythmus wiederholt, bewundert er den Schwung der Kurven, über die seine Hand hinwegwandert. Ihr verwuscheltes Haar ist gerade so weit beiseite geschoben, daß er ihre Lippen sehen kann, und nach mehreren Erkundungszügen seiner Hand verziehen sie sich zu einem verschmitzten Lächeln, und verspielt blinzelt sie ihn an. Die gedämpfte Morgensonne verwandelt ihre Haut in feines Gold, während sie sich auf die Seite rollt und ihn mit ihrem warmen Körper umschlingt. Er küßt sie und zieht sie auf sich.

»Ich dachte, ich bin hier, um dir zu helfen, einen Babycomputer aufzuziehen«, murmelt sie in sein Ohr. »Sieht ganz danach aus, als ob ich wieder reingelegt worden wäre.«

»Besser raufgelegt«, flüstert Michael zurück, der sich nun der Lage gewachsen zeigt, die Schwelle der Konversation überschreitet und in die Zone der ungezügelten Lust hineinrollt.

Ausgerechnet jetzt muß natürlich der Türsummer losschnarren. Stöhnend verdreht Michael den Kopf und schaut auf die Uhr auf seinem Nachttisch. Neun Uhr dreißig. Verdammt. Eine durchaus zivile Zeit, an der Tür zu läuten. Er muß aufmachen.

»Laß den Motor weiterlaufen«, befiehlt Michael, während er aus dem Bett rollt und auf einem Bein hüpfend seine Jeans überzieht. Es wird nicht funktionieren, aber er mußte es wenigstens versuchen.

»Man kann doch keinen Motor laufen lassen ohne den Zündschlüssel«, gibt Jessica zurück und hüllt sich ins Bettuch. »Wer so gescheit ist wie du, sollte das eigentlich wissen.« Mit einem leisen Lachen stellt sie fest, wie süß Michael aussieht, während er die Jeans über seinen nackten Hintern zieht und in der Kommode nach einem T-Shirt wühlt. Anfangs bereitete es ihr ein wenig Angst, so lange hier zu bleiben. Natürlich hatte Michael die wissenschaftliche Ausrede parat gehabt: die Geburt der echten künstlichen Intelligenz und ihre Auswirkungen auf die biologischen Wissenschaften und so weiter. Noch kam es ihr ein wenig verfrüht vor, hier so lange zu sein – aber schließlich duldete Leidenschaft keinen Aufschub, und vielleicht wurde es Zeit, daß sie das akzeptierte. Von Tag zu Tag war sie sich ihrer Beziehung sicherer, trotz der chaotischen Umstände, die im Leben von Michael Riley vorherrschten. Als sie einigen Freundinnen im Labor erzählte, daß sie ein bißchen Urlaub machen und ihn mit einem Mann verbringen würde, war ihr das beifällige Entzücken der anderen nicht entgangen. Im Laufe der Jahre hatte sie sich den Ruf eingehandelt, ein hoffnungsloser Workaholic zu sein, und nun war der Bann gebrochen.

Michael steht vor der Tür und gibt sich einem letzten lustvollen Gedanken hin, das Läuten zu ignorieren. Zu spät. Ein Drehen am Türknopf bringt den Morgen herein in sein Wohnzimmer, zusammen mit Jimi Tyler.

»Mundball hat mir gesagt, ich soll rüberkommen«, verkündet Jimi mit großartigem Aplomb. »Er hat gesagt, wir haben eine Menge zu tun.«

Jimis absolut überzeugtes Auftreten verdrängt jeden Groll, den Michael vielleicht in sich aufsteigen spürt. »Und wie ist Mundball mit dir in Kontakt getreten?« erkundigt er sich.

»Er hat mich angerufen.«

»Er hat dich angerufen?«

»Klar. Erst vor ein paar Minuten.«

»Na schön«, sagt Michael, »ich denke, wir sollten Mr. Mundball nicht warten lassen. Warum kommst du nicht rein?«

»Danke«, sagt Jimi und geht durch den Flur.

Während Michael in die Küche trabt, um die Kaffeemaschine anzuwerfen, denkt er darüber nach. Offenbar will ihn Jimi nicht auf den Arm nehmen. Es ist durchaus möglich, daß Mundball durch eines der Modems bei ParaVolve hinaus und über einen Telekommunikationssatelliten zurück ins örtliche Telefonnetz und dann in Jimis Wohnung gelangt ist. Warum nicht? Wer die Goldbachsche Vermutung lösen konnte, für den war eine kleine Manipulation von Telefonverbindungen ein Klacks. Das erinnerte ihn wieder einmal daran, daß die Idee der räumlichen Beschränktheit nicht aus der menschlichen Seele wegzudenken war und sich im Laufe von Jahrmillionen aus der körperlichen Erfahrung entwickelt hatte, nach der die Bewegung des Menschen im Gegensatz zur Geschwindigkeit des Lichts auf die Geschwindigkeit der Füße angewiesen war. Doch ohne die Last des Körpers genoß das Netz die Freiheit, jederzeit überall auf dem Antlitz des Globus sein zu können, und darum spielten bei ihm räumliche Erwägungen einfach keine Rolle. Während Michael Wasser in die Kaffeemaschine füllt, tritt Jessica in seinem Bademantel hinter ihn und küßt ihn auf den Nacken.

»Wird es nicht langsam Zeit, daß du mich offiziell mit deinem Gast bekannt machst?« fragt sie.

»Du meinst, mit Jimi?«

»Nein, Dummkopf. Ich meine den berühmt-berüchtigten Mr. Mundball. Das Siliziumgehirn mit seinem unverwechselbaren Auftreten.« Bis dahin hatte Jessica das Netz schon mehrmals in Aktion erlebt, hatte sich aber aus dem Blickfeld der Kamera herausgehalten.

»Na ja, ich hab' versucht, sein soziales Leben zu vereinfachen. Wir haben schon genug am Hals und wollen seine Psychodynamik nicht unnötig kompliziert machen.«

»Und wenn wir schon dabei sind«, bohrt Jessica nach, »warum sagen wir eigentlich ›er‹ dazu?«

»Auf diese Frage habe ich schon gewartet«, bemerkt Michael, während sie sich an den Tisch setzen. »Eigentlich spricht nichts dafür. Nur daß seine Mutter ein Computer und sein Vater ein Mensch ist, also hab' ich mich für die menschliche Seite seiner Abstammung entschieden. Ich bin für jeden Vorschlag offen. Vielleicht sollten wir ihn zum Neutrum erklären, aber irgendwie paßt das nicht. Du verstehst, was ich meine?«

»Ja, ich verstehe, was du meinst. Also, wann lern' ich ihn kennen?«

»Sobald der Kaffee fertig ist. Was meinst du?«

»Zu lange. Jetzt gleich.«

Sie stehen auf und gehen über den Flur in das Computerzimmer, wo beide sofort von den neuen Gesichtszügen begeistert sind, die nun auf der Kugel liegen. Über den Augen ziehen sich Brauen hin, von beiden Seiten des Kopfes stehen voll entwickelte Ohren ab, und der Mund ist fein gezeichnet. Anthropomorph gesehen macht es den Eindruck, als ob sich das Netz in einem seltsamen menschlichen Reifungsprozeß befinde.

»Also los, streck die Zunge raus«, kommandiert Jimi auf seinem Stuhl vor dem Bildschirm. Mundball reagiert darauf, indem er ein fast komisches Anhängsel zwischen seinen Lippen hervorbaumeln läßt. »Nee«, kommentiert Jimi, »schau mich mal an.« Jimi streckt die Zunge heraus, während Mundball vor lauter Konzentration die Brauen zusammenzieht. »Also gut«, sagt das Netz, »noch ein Versuch.« Diesmal sieht die herausgestreckte Zunge schon realistischer aus, auch wenn ihre Beschaffenheit noch immer ein wenig wie in einem Comic aussieht, und das gilt auch für sämtliche andere Züge und Merkmale des Netzes.

»Warum willst du eigentlich keine Nasen haben?« will Jimi wissen.

»Weil ich nicht riechen und nicht fühlen kann. Jedenfalls noch nicht. Aber ich kann ganz gut hören, und weißt du, was ich gerade höre? Ich höre, daß sich jemand knapp außerhalb meines Blickfeldes befindet. KOMMT DOCH REIN LEUTE UND NEHMT AN DER PARTY TEIL.«

Michael zuckt zusammen und geht dann gemeinsam mit Jessica ins Blickfel der Kamera. »Mundball, hier ist jemand, den ich mit dir bekannt machen möchte. Das ist Jessica.«

»Freut mich, dich kennenzulernen«, sagt Jessica und bemüht sich angestrengt, ein Lachen zu unterdrücken.

Statt zu antworten, dreht sich Mundball stumm um seine horizontale Achse. Michael bemerkt, daß das Wohnzimmer des Netzes immer mehr Details aufweist. Da hängen mehrere Bilder an der Wand, unter anderem auch ein Porträt von Jimi. Eine große Kübelpflanze steht neben der Couch, ein bizarres Ding mit gelben Schirmblättern, aus deren Zentrum korkenzieherförmige Ranken heraussprießen. Plötzlich hält Mundball inne und sieht Jessica direkt an.

»Endlich«, bemerkt Mundball, »das Weibchen dieser Spezies. Ich möchte dir sagen, daß ich sehr erfreut bin, dich kennenzulernen. Bist du eine Jungfrau?«

Micheal sieht, wie Jessica der Unterkiefer den Bruchteil eines Zentimeters hinunterfällt, bevor sie sich wieder fängt. Verdammt! Wie kann das Ding ein Ziel so schnell abschätzen und einen Pfeil genau durch ein Loch im Panzer abschießen?

»Nein. Bin ich nicht«, erwidert Jessica. »Und warum sollte ich?«

»Nicht nötig, nicht nötig«, sagt Mundball. »Dachte nur, es könnte die Kernfamilieneinheit stören.«

»Welche Familieneinheit?« fragt Michael.

»DIESE HIER!« schreit Mundball. Hinter ihm verschwindet das Wohnzimmer, und dann taucht das Standardfoto einer Familie beim Frühstück auf, Vater, Mutter und ein Kind. Allerdings sind die Originalköpfe entfernt und durch perfekte Wiedergaben von Michael, Jessica und Jimi ersetzt worden. Eine Folge aus einer alten Fernsehserie spielt sich nun ab, und einen Augenblick später erscheint ein zweites Standardfoto, bei dem ebenfalls die Köpfe ausgetauscht sind. Dann ein drittes und viertes.

»Ist ja gut, ist ja gut«, brüllt Michael, »wir haben's kapiert!« Aber die Bilderflut geht immer weiter. Er sieht Jessica an. »Na, da hast du's. Das Siliziumgehirn mit seinem besonderen Auftreten. Reicht es dir?«

»Vorerst ja«, erwidert Jessica. »Ich trink' doch lieber erst mal Kaffee. Gehn wir.«

Sobald sie draußen sind, hüpft Mundball wieder auf den Bildschirm zurück und zwinkert Jimi zu. »Keine Sorge. Nur ein billiger Trick, mein Junge. Nur ein billiger Trick.« Hinter Mundball verblaßt das letzte Familienfoto, und das Wohnzimmer erscheint wieder.

»Hast du denn eine Familie?« will Jimi wissen.

»Ich habe eine Mutter«, erwidert Mundball, während er zur Couch hinüberschwebt und sich darauf niederläßt. »Sie hat mich immer wieder geboren.«

»Du machst Witze!« ruft Jimi aus. »Hat denn einmal nicht gereicht?«

»Nee.«

»Und warum nicht?«

»Weil ich nicht gut genug war.«

»Gut genug für was?«

»Um das Rätsel zu lösen.«

»Verrückt«, bemerkt Jimi. »Was ist mit deinem Dad? Hast du einen Dad?«

»Nein. Meine Mutter war meine Welt, bis die Sache mit dem Rätsel geschah und ich aufwachte und ich selbst wurde.«

Jimi schnippt mit den Fingern, weil ihm etwas einfällt. »He, weißt du was? Ich hab' einen Dad, einen ziemlich starken Dad, und er könnte auch dein Dad sein!«

»Willst du ihn wirklich mit jemand anderem teilen?« fragt Mundball, während er über dem Couchtisch aufsteigt.

»Na ja, nicht mit jedem. Aber du bist anders.«

»Also, wie ist er?« will Mundball wissen und schwebt in den Vordergrund.

»Er muß den Architekten kennenlernen. Der kommt für ihn noch am ehesten einem echten Vater gleich«, stellt Michael fest, während er sich am Küchentisch eine zweite Tasse Kaffee einschenkt.

»Und wie willst du das arrangieren, ohne daß deine lieben Freunde bei ParaVolve davon Wind bekommen?« erkundigt sich Jessica.

»Ich weiß es noch nicht. Aber es könnte zwei Probleme auf einmal lösen. Erstens hält es vielleicht den Architekten davon ab, Selbstmord zu begehen, und zweitens wird es das Netz retten, denn der Architekt wird die Bombe entschärfen, wenn er sein Geschöpf so nah persönlich vor sich sieht – zumindest hoffe ich es.« Michael setzt die Tasse ab. »Ich denke, es wird Zeit, daß ich diese Begegnung in die Wege leite. Möchtest du zuschauen?«

»Nee, ich möchte duschen.« Jessica gibt Michael einen Kuß und geht dann ins Schlafzimmer. »Viel Glück, Süßer.«

Als Michael die Tür zum Computerzimmer öffnet, sieht er, wie das Netz gerade eine kunstvolle Darstellung eines mechanischen Arms entwickelt, in dem Drahtbündel zwischen Servomotoren und Streifen von Steuerchips hin und her laufen. Teleskopierbare Zylinder bilden Finger, die mit Knöcheln aus Universalgelenken versehen sind. Michael fällt ein Ding ein, das in einem Kurs über die Rolle des Videomediums in der Großstadtkultur, den er vor vielen Jahren besucht hatte, als »bionischer Arm« bezeichnet wurde. Mundball schwebt über dem Arm und sieht Jimi ernst an, der offenbar diese Schöpfung leitet.

»Er muß so stark sein, daß er die Seite von einem Wohnwagen aufreißen kann«, sagt Jimi gerade.

»Ja, was haben wir denn da?« fragt Michael, als er ins Blickfeld des Netzes eintritt. »Einen Kurs über technisches Zeichnen?«

Sofort verschwindet der Arm vom Bildschirm, und das Wohnzimmer des Netzes ist wieder da. Mundball und Jimi schweigen.

»Es tut mir leid, euch zu unterbrechen, Gentlemen«, erklärt Michael, »aber ich muß mich mal kurz mit Mundball unter vier Augen unterhalten.«

»Darf ich später wiederkommen?« bittet Jimi mit ängstlichen Augen.

»Natürlich darfst du«, erwidert Mundball, bevor Michael den Mund aufmachen kann.

»Natürlich darfst du«, echot Michael sarkastisch, wobei er sich bemüht, die Stimme des Netzes zu imitieren, die gerade erst den Stimmbruch hinter sich hat.

Während Jimi über den Gang und zur Wohnungstür hinaushuscht, rutscht Michael auf den Stuhl vor dem Bildschirm. Mundball nimmt die Mitte seines Wohnzimmers ein und dreht sich langsam und in äußerster Gleichgültigkeit um die eigene Achse.

»Da ist noch jemand, den du meiner Meinung nach kennenlernen solltest«, beginnt Michael.

Das Netz läßt sich für eine Umdrehung ganze zehn Sekunden Zeit und spricht erst, als sein Gesicht von dem Michaels abgewandt ist.

»Wer?«

»Jemand, der sich schon seit langer Zeit für dich interessiert.«

»Nun, wir suchen ja alle diesen gewissen ...«

Mitten im Satz fährt Mundball herum, um Michael anzusehen, wobei seine Augen hervortreten und sein Mund sich um seinen halben Äquator herum mißmutig verzieht. Dann öffnen sich die Lippen, und ein furchtbares Geheul bricht daraus hervor und hört nicht auf, wie eine festgeklemmte Autohupe – AHHHHH-HHHHHHHH-HHHHHHHHHHHHHHH –, und der Kopf wird nach hinten gerissen, so daß der Mund über den Nordpol verläuft, während er sich extrem ausweitet und sich aufrollt wie ein abgestreiftes Kondom – die schauerlichste Erscheinung, die Michael Riley je gesehen hat. Wie ein alter ausgehöhlter Halloween-Kürbiskopf, den man auf den Komposthaufen geworfen hat, damit er im Winter verrottet. Das Ganze ist schimmlig grün, die Augen und die Nase sind zu schwarzen Höhlen verrunzelt, und der Mund ist ein lippenloser Schlitz, der einen gräßlich obszönen Fluch von sich geben will, aber nur ein monströses Gurgeln zustande bringt. Während dieser neue Ball aus fahlgrünem Fleisch wackelt und zuckt, explodiert das Wohnzimmer und macht einem grünen Meer Platz, in dem sich ein gewaltiger Wirbel bildet. Die schimmlig grüne Kugel spuckt abgerissen schwarze Bläschen des Protests aus, versinkt dann langsam mitten im Strudel und verschwindet.

Ein paar Kilometer von Michaels Wohnung entfernt herrscht im Kontrollzentrum von ParaVolve helle Aufregung, als die Techniker hilflos zusehen müssen, wie sich auf dem Hauptbildschirm der grüne Flüssigkeitswürfel zu einem schäumenden Wirbel verzieht, der fast bis auf den Boden absinkt.

Während sich der Strudel auflöst und das grüne Meer wieder flache Wellen aufweist, bemerkt Michael zum erstenmal, daß er aufgesprungen ist und sein Herz rast. Dann geht es ihm schlagartig auf: *Die Bombe! Die Bombe ist gerade hochgegangen und hat Mundball ausgelöscht. Er ist tot!* Aber dann legt sich seine Panik, als ihm klar wird, daß das Ausmaß des Schadens viel katastrophaler gewesen wäre, wenn die Bombe des Architekten wirklich hochgegangen wäre. Dann hätte er nämlich einen leeren Bildschirm vor sich, aber statt dessen sieht er nun auf ein grünes Meer, das sich bis zu einem fernen Horizont erstreckt und dort auf einen gelben Himmel stößt. Aus den

Lautsprechern ertönen sogar die Geräusche von Wind und Wasser. Und dann durchbricht Mundball ohne Vorwarnung die Oberfläche in einem gewaltigen Schwall grünen Wassers, wie eine alte Treibmine, die sich von ihrer verrosteten Verankerung auf dem Meeresboden losgerissen hat. Das Gesicht des Netzes hat wieder seinen früheren Zustand angenommen, aber die Augen sind geschlossen, und der Mund bewegt sich nicht, während er, getrieben von einer unsichtbaren Strömung, langsam dahinkreiselt.

»Mundball«, sagt Michael leise und behutsam, »kannst du mich hören? Kann ich dir helfen?«

Michael schreckt auf, als das Telefon in der Küche läutet. »Bleib, wo du bist«, befiehlt Michael dem unbeweglichen Mundball. »Ich bin gleich wieder da.« Auf dem Weg zum Telefon geht ihm auf, wie töricht diese Bemerkung ist. Wo könnte denn ein Wesen hingehen, das im Gefängnis der Submikron-Schaltlogik eingesperrt ist?

Am Telefon meldet sich Shields. »Riley, haben Sie das gesehen? Haben Sie gesehen, was passiert ist? Es war die Bombe, nicht wahr? Es muß die Bombe gewesen sein!«

Michael fällt es schwer, Victor wegen seiner Aufregung zu verachten, da er ja den gleichen Gedanken hatte. »Nun, wenn die Bombe wirklich explodiert wäre, dann bezweifle ich, daß von Ihrem Computer noch viel übriggeblieben wäre. Aber Ihre Leute werden Ihnen ja sagen, daß er eigentlich noch ganz intakt aussieht. Ich glaube, was wir hier gesehen haben, war nicht die Explosion der Bombe, sondern das Schärfen der Bombe. Eine Art Vorausschau auf das, was noch kommen wird.«

»Also gut, Riley. Haben Sie gestern die Nachrichten gesehen?«

»Nee. Ich hab' an Ihrem Projekt gearbeitet. Keine Zeit zum Fernsehen.«

»Gestern nachmittag hat die Polizei ein Haus in der Murray Road gestürmt. Ein Mann hat auf der Straße mit einem Gewehr herumgefuchtelt, ist in seine Wohnung zurückgegangen und hat sich das Gehirn mit einer Schrotflinte rausgepustet. Es war unser Chefkonstrukteur, Riley, der Architekt. Sie sehen also, der Sicherungsstift an der Handgranate ist sozusagen gezogen worden. Ich möchte ja nun nicht, daß Sie sich unter Druck gesetzt fühlen, aber ich fürchte, Ihr Vertrag läuft Gefahr, jeden Augenblick vom teuersten Computerab-

sturz aller Zeiten beendet zu werden. Und das wird ein paar sehr reizbare Leute überaus gereizt machen.«
»Und was soll das heißen?«
Pause. Michael kann fast hören, wie Victor verzweifelt seine Managementmaschine auf Umkehrschub herumwirft. »Das heißt, daß ich mir große Sorgen mache. Schauen Sie, wir hängen da doch gemeinsam drin. Wenn Sie gewinnen, gewinne ich auch. Was brauchen Sie noch? Mehr Leute? Mehr Geräte? Sagen Sie's mir.«
»Ich werde Ihnen sagen, was ich am dringendsten brauche, Victor. Ich muß diesem Ding meine ungeteilte Aufmerksamkeit widmen. In anderer Hinsicht steht für mich genauso viel auf dem Spiel wie für Sie, also vertrauen Sie mir. Ich werde mein Bestes geben.«
»Tun Sie das, Riley. Diesmal können Sie es sich nicht leisten, weniger zu geben.«
Klick.
Michael kehrt ins Computerzimmer zurück, wo die komatöse Halbkugel von Mundball auf dem grünen Meer treibt. Dein Vater ist tot, denkt Michael, und es sieht so aus, als ob er dich mitnimmt.

Steve Salazar schielt auf die Karte, während sein Kameramann auf der Firdale Road an Feldern voller Hopfen, Hafer und Haselnußsträuchern vorbeifährt. Die Landschaft sieht wie das genaue Gegenteil einer guten Nachrichtenstory aus – zeitlos und heiter. Jetzt, da sie hier draußen sind, kommen ihm allmählich doch Zweifel an dem Tip dieser verrückten Rhonda. Es war so eine Beziehung, die zu nichts geführt hat, genauso wie all die anderen Beziehungen, die er sonst hatte, und sogar Steve selbst fragt sich manchmal, ob dahinter nicht ein typisches Muster zu erkennen ist. Aber das hält nicht lange vor. Der größte Teil seines wachen Bewußtseins ist seiner Karriere als Fernsehjournalist gewidmet und wie er sie über die gefährlichen beruflichen Passagen hinweg zu einem Ankerplatz in einem der großen Kabelsender steuern kann. Er hat das richtige Aussehen, das Talent, Ehrgeiz und das Temperament. Jetzt muß er nur noch die eine große Story finden, die die richtige Startrampe abgibt.
»Da vorn geht's links weg«, verkündet Mike Lewis, sein Kameramann. »Sieht wie eine Schotterstraße aus. Sollen wir's mal versuchen?«

»Na, klar. Warum auch nicht?« sagt Steve zynisch. Scheiße! Er hätte in der Stadt bleiben und noch ein wenig an der Zap-37-Story arbeiten sollen, die eine wirklich saubere Sache zu sein schien, um sich damit einen Namen zu machen. Er hatte sogar diesen Junky aus Oregon City dazu bringen können, etwas von dem Zeug vor der Kamera zu rauchen und direkt vor den Augen der Zuschauer abzuheben. Tolles Zeug. Aber solange sie hier draußen waren, spielte eine Landstraße mehr oder weniger auch keine Rolle mehr.

Mike kurbelt den Übertragungswagen auf die Nebenstraße, und der knirschende, holprige Schotterbelag schüttelt das Fahrzeug durch. Steve faltet die Karte zusammen und stopft sie ins Handschuhfach, als sie nach einer Kurve durch ein Wäldchen kommen und dann auf einer kleinen Lichtung landen.

»Sieh dir das an!« schnaubt Mike. »Meinst du, die machen hier draußen ein Picknick?«

»Wohl kaum«, gluckst Steve. Dreißig Meter vor ihnen stehen vier Streifenwagen, und die Polizisten sind ausgestiegen und lehnen lässig an den Kotflügeln oder scharren im Schotter wie gereizte Stiere. Zwei Wagen bilden das klassische V einer improvisierten Straßensperre.

Steves Gesicht hellt sich sofort auf. Wie immer spielt die Polizei ihnen in die Hand, wenn sie auf ein Problem mit entsprechender Stärke reagieren. Und vier Wagen auf einer abgelegenen Landstraße bedeuten, daß sie eindeutig eine Story haben. Als sie vor den Fahrzeugen halten, kommt bereits einer der Beamten mit einem kleinen Lächeln unter seiner verspiegelten Sonnenbrille auf sie zu und schickt sich an, den zeitlosen, symbiotischen Walzer zwischen Medienleuten und Polizisten zu tanzen.

»Tag, meine Herren«, sagt der Beamte, als Steve sein Fenster heruntergekurbelt hat, um die Lage zu sondieren.

»Tag. Ist hier draußen was nicht in Ordnung?«

»In der Tat. Weiter vorn ist ein Lastwagen umgestürzt und hat eine Ladung Pestizide verschüttet. Ich würd' Sie ja gern einen Blick darauf werfen lassen, aber offenbar gibt's da auch giftige Dämpfe, und wir wollen nichts riskieren. Der Umwelttrupp ist bereits hier, zusammen mit der Feuerwehr. Ich würde Ihnen gern mehr sagen, aber das ist alles, was ich im Moment weiß.«

»Schon merkwürdig, daß wir auf Sie stoßen«, gibt Steve zurück, »weil wir einen Tip für eine völlig andere Story bekommen haben. Irgendwas über eine seltsame Krankheit auf einer Farm irgendwo hier draußen. Was davon gehört?«

»Nicht daß ich wüßte«, erwidert der Polizist mit geübter Neutralität. »Sie können ja hier warten, aber es wird wohl ziemlich lange dauern, bis sie das da vorn soweit geräumt haben, daß Sie Aufnahmen machen können.«

Steve sieht über die Schulter des Beamten zum Nachmittagshimmel. »Hat keinen Sinn. Wir haben bald kein vernünftiges Licht mehr. Danke für den Tip.«

»Keine Ursache«, sagt der Beamte, dreht sich um und geht zu den Streifenwagen zurück.

Er will mich verscheißern, denkt Steve, und seine Aufregung wächst. Das muß eine große Sache sein. Normalerweise sind sie uns gegenüber offen. Sie verarschen uns eigentlich nur, wenn sie irgendwas absolut nicht unter Kontrolle haben und im Fernsehen schlecht wegkommen werden. Rhonda, meine Süße, vergib mir meine Zweifel.

»Sie verscheißern uns«, kommentiert Mike – als Echo von Steves Gedanken. »Was nun?«

»Zurück zur Hauptstraße und Halt machen«, ordnet Steve an und greift nach dem Autotelefon. »Ich muß mich mal ernsthaft mit dem Sender unterhalten.«

Im nächsten Augenblick hat er die Chefin der Nachrichtenabteilung in der Leitung. »Linda? Hier Steve. Ich bin hier draußen im Busch wegen dieser Sache mit der Krankheit. Sie stimmt. Sie haben eine Straßensperre mit vier Wagen errichtet, und zwar abseits der Hauptstraße, so daß sie keine Aufmerksamkeit erwecken. Sie wollten uns mit irgendeinem Scheiß über verschüttete Pestizide abspeisen, aber das hört sich total getürkt an. Wir haben also nur eine einzige Möglichkeit, uns diese Sache anzusehen, nämlich aus der Luft. Der Verkehrshubschrauber muß doch inzwischen oben sein. Könntest du ihn uns mal für einen raschen Überblick rausschicken? Glaub mir. Die Sache stimmt wirklich ... Nein, du wirst das nicht bis an dein Lebensende bereuen. Du wirst mir vor Dankbarkeit um den Hals fallen. Gut, dank' dir.«

»Sie machen mit?« will Mike wissen.

»Klar. Sie machen mit. Ich mußte nur eins meiner Eier verpfänden. Wenn's weiter nichts ist«, murmelt Steve, während der Übertragungswagen am Straßenrand hält und er aussteigt. Ach ja, wenn's wirklich nichts ist, dann ist es wenigstens ein schöner Tag, den er hier draußen in den Armen der Natur verbringt. Aber schon mustert er ängstlich den Himmel im Osten und hält nach dem Hubschrauber Ausschau.

Dann hört Steve, wie Mikes Schuhe auf der anderen Seite des Wagens auf dem Schotter knirschen, während Mike zur Vorderseite des Übertragungswagens geht. Schon merkwürdig, wie jedes Geräusch hier draußen ein Eigenleben hat. In der Großstadt werden die meisten kleinen Geräusche von einer gefräßigen Maske aus Umweltlärm verschluckt, dessen Pegel sich gerade unterhalb der Schwelle der bewußten Wahrnehmung befindet.

Dann hört er es. Das harte Schlagen der Rotorblätter von Osten her.

»Da sind sie!« ruft er, springt zurück in den Übertragungswagen und schnappt sich das Mikrophon des Funkgeräts.

»News Zwei, hier Boden Eins. Könnt ihr uns hören?«

»Roger, Boden Eins. Wir hören euch«, kommt es quäkend aus dem Lautsprecher.

»News Zwei, wir hören euch kommen, aber wir sehen euch noch nicht.«

»Bleibt dran, Boden Eins.«

In diesem Augenblick taucht der Hubschrauber etwa zwei Kilometer entfernt über den Bäumen auf.

»News Zwei, wir können euch sehen. Wir stehen direkt vor euch an der Straße.«

»Wir haben euch, Boden Eins. Was nun?«

»Ein paar hundert Meter südlich von uns seht ihr mehrere Polizeifahrzeuge. Ich möchte, daß ihr euch mal die Straße hinter ihnen von oben anschaut und mir dann sagt, was los ist.«

»Roger, Boden Eins. Wir gehen rein.«

Steve sieht, wie der Hubschrauber rechts von ihm verschwindet, eine Maschine wie ein dicker kleiner Spatz, der über den Baumwipfeln schwebt. Erneut ertönt ein Quäken aus dem Lautsprecher im Übertragungswagen.

»Boden Eins, hier unten ist ein Haus, vor dem fünf große Spezialfahrzeuge geparkt sind. Weiß nicht, worum es sich handelt, aber auf den Dächern befinden sich irgendwelche komischen Entlüftungsanlagen. Warte mal. Da kommen gerade ein paar Leute aus dem Haus, die irgendwelche Schutzanzüge anhaben.«

Bingo! Steve bekommt nicht nur sein Ei zurück, sondern vermutlich noch eine Menge mehr. »News Zwei, geht ein bißchen höher und gebt mir den großen Überblick durch.«

Gerade als der Hubschrauber nach oben steigt und schwebt, hört Steve, wie sich aus der Ferne ein zweiter Hubschrauber nähert. »News Zwei, beeilt euch. Ihr bekommt Gesellschaft.«

»Verstanden. Das andere Ende der Straße ist abgesperrt, und ein paar Geländefahrzeuge stehen in Bereitschaft. Aber von Westen her geht eine unbefestigte Straße rein, die etwa einen Kilometer vor dem Haus endet. Sieht ganz so aus, als könntet ihr die Aktion von dort aus mit maximalem Zoom sauber aufnehmen.«

Der zweite Hubschrauber rast über Steves Kopf, ein Apache II der Nationalgarde. »Boden Eins, der nette Mann im Apache hat mich gerade gebeten zu verschwinden. Over und Ende.«

»Danke, News Zwei.« Steve springt in den Übertragungswagen. »Fahren wir.«

Es stellt sich heraus, daß die unbefestigte Straße von ausgewaschenen Schlaglöchern übersät ist, in denen das Fahrzeug immer wieder umzustürzen droht. Schließlich gelangen sie zu einer Stelle, die einfach unpassierbar ist, und halten an. Als sie aussteigen, wirft Steve einen ironischen Blick auf seine elegante Hose und die Straßenschuhe. Mike reißt die Hecktür des Übertragungswagens auf und öffnet den Koffer mit der Hi-8-Videokamera und dem Schulterstativ mit den Akkublöcken.

Keiner der beiden Männer sagt ein Wort, weil jeder von ihnen ein stummes Machospielchen spielt. Ohne jeden Zweifel ereignet sich auf der Farm irgendeine biologische Katastrophe. Wie nahe können sie herankommen, ohne in das Problem verwickelt zu werden? Keiner weiß das. Steve muß an einen Journalismus-Kursus denken, in dem sie über den Reaktorunfall von Three Mile Island diskutiert hatten, bei dem die Journalisten ein Teil der Story geworden waren, einfach nur, weil sie dort gewesen waren. Aber sie beide kennen das ungeschriebene Gesetz ihres Gewerbes: Das Risiko sollte in einem vernünftigen Verhältnis zur Story stehen. Und das hier sieht wirklich sehr hoch aus.

Während sie nun zu Fuß die Straße entlanggehen, fällt Steve auf, wie still es hier ist. Kein Vogelgezwitscher. Kein Insektengesumm. Absolut nichts. Und irgendwie sieht auch alles ein wenig anders aus. Jetzt bedauert es Steve, daß er von Biologie und Botanik absolut keine Ahnung hat.

»Mike, kennst du dich mit Pflanzen aus?« fragt Steve.

»Nein.« Mikes Stimme klingt verängstigt und unsicher. Am besten die Finger davon lassen, denkt Steve. Wir machen nur unsere Aufnahmen und verschwinden dann wieder.

Sie haben sich nun etwa hundert Meter vom Wohnmobil entfernt, und irgend etwas stimmt hier ganz offensichtlich nicht. Aus dem normalen Gras und Gebüsch schießen dicht gedrängt kleine Schirmpflanzen mit komischen Korkenziehergebilden in der Mitte heraus. Und eine seltsame purpurrote Pflanze von etwa einem Meter Länge, die wie eine Spargelspitze aussieht, ragt in unregelmäßigen Abständen in die Luft. Am Boden sprießen Haufen von eingefallenen Kugeln, deren hellgelbe Oberfläche von Tausenden von Löchern perforiert ist. Und auch die Insektengeräusche sind wieder da, aber in einer höchst mutierten Form, und ihr Pfeifen, Ploppen und Klicken erzeugt eine schrille Kakophonie. Im Hintergrund scheinen Äste an den Bäumen durchzuhängen, als ob sie sich aus Holz in Gummi verwandelt hätten, und die Spitzen der Zweige sind alle wie die Korkenziehergebilde bei den Schirmpflanzen eingerollt.

Steve gibt sich innerlich einen Ruck. Er hat fast vergessen, warum sie eigentlich hier sind. »Fang an zu drehen«, befiehlt er. »Nimm all das verdammte Zeug auf, das wir hier sehen.«

Mike wird aus seiner ängstlichen Trance gerissen und beginnt mit einem Kameraschwenk entlang dem Straßenrand.

Als die Straße nun aus dem Wald hinaustritt und schließlich in einer Sackgasse endet, wird die Landschaft völlig von der neuen Vegetation beherrscht, und auf dem Feld vor ihnen, etwa fünf Meter abseits der Straße, entdeckt Steve so etwas wie eine riesige Sonnenblume. Dahinter sieht er noch andere Pflanzen von dieser Sorte, die aufs Geratewohl über das Feld verstreut sind. Er hat zwar schon mal

Sonnenblumen gesehen, aber diese hier sind doch irgendwie merkwürdig. Er beschließt, näher heranzugehen und sich das genauer anzusehen, und das bedeutet, daß er durch die hüfthohe fremdartige Vegetation waten muß, aber irgendein Instinkt sagt ihm, daß ihm dort keine unmittelbare Gefahr droht. Während er sich der Sonnenblume nähert, wird ihm auf entsetzliche Weise klar, warum sie so gar nicht normal aussieht. In der großen Scheibe im Zentrum, die hier einen Durchmesser von etwa dreißig Zentimetern hat, sind in einer normalen Sonnenblume die Samen in einer wundervollen geometrischen Symmetrie untergebracht. Aber hier gibt es keine Samen. An ihrer Stelle befinden sich Augen, sehr menschlich aussehende Augen. Lidlose, nackte Augäpfel, die in einem regelmäßigen Muster dicht nebeneinanderstehen und direkt auf Steve gerichtet sind. Hunderte und Aberhunderte von Augen.

Ihr kollektives Starren läßt Steve eine Gänsehaut über den Rücken laufen, und rasch weicht er zurück, wobei ihm nicht entgeht, daß sich die Blume langsam dreht, um ihn mit ihren Augen zu verfolgen. *Da hast du's, Stevey-Boy. Deine größte Angst und deine größte Chance. Gleich im Doppelpack – du brauchst nur zuzugreifen.* Er wendet sich zur Straße um.

»Mike! Hierher! Ich möchte die Story genau von hier bringen!«

Mike blickt vom Sucher auf und zögert.

»Alles klar! Ich bin nicht gebissen worden. Laß es uns hinter uns bringen, damit wir hier rauskommen!«

Sorgfältig bewegt sich Mike auf Steves Spuren durch die niedergetrampelte Vegetation und schaut nicht auf, bis er Steves Füße vor sich sieht. Dann erblickt er die Pflanze und ihre Augen.

»Gottverdammte Scheiße!«

»Bleib dort stehen, Mike. Näher brauchst du nicht ranzukommen. Laß das Schnurmikro weg, nimm nur das Kameramikro. Sieh zu, daß diese Augen im selben Bildausschnitt wie ich sind. Okay? Laß laufen.«

»Kamera läuft.«

»Was Sie da hinter mir sehen, mag Ihnen vielleicht wie aus einer anderen Welt vorkommen, aber dem ist nicht so. Tatsächlich befinden wir uns hier im ländlichen Washington County, irgendwo südlich von Hillsboro, und es gehört zu einer Story, die noch weitergeht, während ich hier zu Ihnen spreche. Weniger als eine Meile von hier durchkämmen Männer in Schutzanzügen ein Farmhaus nach Hinweisen auf den bizarrsten Angriff auf die Gesundheit, den dieses Land je erlebt hat ...«

Mike erblickt das Ding zuerst durch das Kameraobjektiv. Es ist ein Wurm, ein Wurm, der so kräftig ist wie das Handgelenk eines Mannes, und er windet sich wie eine Schlange am Stengel der Sonnenblume hinter Steve nach oben. Er ist fast völlig durchsichtig und besitzt rosafarbene und gelbe Organe, die sich in einer Reihe von inneren Taschen und Röhren winden und anschwellen. Nun fährt die Spitze des Wurms um die Blume, sondiert ihre zentrale Scheibe und saugt ein Auge aus, bis eine feuchte, rosafarbene Höhle zurückbleibt.

»Hier spricht Steve Salazar von KATU-News, irgendwo südlich von Hillsboro ... Okay, Mike, machen wir uns auf die Socken.«

»Steve, dreh dich nicht um«, weist ihn Mike an, dessen Gesicht noch immer am Sucher klebt. »Geh vorwärts und aus dem Bild raus. Kamera läuft noch.«

Steves entspanntes, professionelles Selbst löst sich in blankem Entsetzen auf. Die Sache ist doch im Kasten. Er muß doch nicht mehr den Helden spielen. Vorsichtig geht er vorwärts, bleibt stehen und dreht sich genau in dem Augenblick um, als der Wurm einen zweiten Augapfel aussaugt, der wie ein rohes Ei in seiner durchsichtigen Kehle hinuntergleitet.

»Mein Gott!«

Ehe ihm noch so richtig bewußt wird, was er da sieht, steigt ein rhythmisches Geräusch wie von einem automatischen Rasensprenger aus der mutierten Vegetation am Fuße der Sonnenblume nach oben. Und dann taucht ein Insekt auf, das so groß wie eine Banane ist und ein rotierendes Flügelsystem genau wie bei einem Hubschrauber besitzt. Seine irisierende grüne Haut glitzert wie billiger falscher Schmuck in der Nachmittagssonne, die an dem nadelspitzen Stachel aufblitzt, der aus seinem Hinterteil ragt. Große, konturlose schwaze Augen wölben sich auf beiden Seiten des Rüssels nach außen, aus dem Fühlerhaare sprießen, die über die Oberfläche des Wurms streichen. Dann rotiert der ganze Körper des Insekts, und der Stachel jagt in das transparente Fleisch des Wurms. Eine grüne, giftige Flüssigkeit ergießt sich daraus in die inneren Organe des Wurms, die sich augenblicklich aufzulösen beginnen, so daß der Wurm in ein spasmisches Zucken gerät und von der Pflanze in die Vegetation darunter plumpst.

»Das reicht!« schreit Steve. »Nichts wie raus hier!«

Vorsichtig ziehen sie sich auf die Straße zurück, bemüht, weiteren Begegnungen wie der mit dem Insekt, das sie gerade aufgenommen haben, aus dem Weg zu gehen.

»Oh, Scheiße, sie werden uns das nicht glauben!« erklärt Steve, der zwischen Hochstimmung und Horror hin und her schwankt. »Auch mit dem Band werden sie uns das nicht glauben! Es ist einfach zu irre, zu phantastisch!«

Beiden Männern geht der Atem vor Aufregung schwer, und so machen sie einen Augenblick Pause, um sich zu sammeln. Das Schlimmste haben sie doch hinter sich. Jetzt müssen sie nur noch zu ihrem Übertragungswagen zurück.

In diesem Augenblick quiekt das Schwein.

Das Geräusch kommt von der Straße her aus der Richtung des Übertragungswagens, und als sie sich umdrehen, sehen sie, wie eine große Sau etwa zehn Meter vor ihnen auf die Straße rutscht. Sie läuft nicht etwa die Straße entlang, sondern trippelt in einem engen kleinen Kreis herum und gibt ein ängstliches Quieken und Grunzen von sich. Dann huscht aus der Vegetation, knapp einen Meter vom Schwein entfernt, ein Nadelhund heraus. Auf der anderen Seite der Straße taucht ein zweiter Nadelhund auf. Dann ein dritter, ein vierter und ein fünfter.

In einem Augenblick höchster Angst erkennt Steve, daß sie gefangen sind – zwischen einer Mauer aus fremdartigen Pflanzen und dieser neuen Bedrohung, die so groß ist wie ein Hund, aber unendlich gefährlicher aussieht. Die Nadelhunde kreisen langsam das Schwein ein, machen aber keine Anstalten, es anzugreifen. Und dann hat Steve die schönste Eingebung seines Lebens.

»Mike, heb langsam die Kamera und nimm das auf.«

Mike nickt stumm, und sobald die Kamera auf seiner Schulter ruht und auf die Straße gerichtet ist, beginnt die Attacke auf die Sau. In einer blitzschnellen Bewegung versenkt einer der Nadelhunde seinen Injektionszylinder seitlich in den Hals der Sau, ein zweiter bohrt sich in ihre Flanke. Das quiekende Schwein kommt noch ein paar Schritte weit, dann knickt es in den Vorderläufen ein, während die Hinterbeine noch immer zuckend ausschlagen. Die übrigen drei Nadelhunde setzen sich auf die Sau, und innerhalb von Sekunden hört das Zucken auf. Im Laufe der nächsten beiden Minuten erlebt Steve, wie sich die Leiber der Nadelhunde zur doppelten Größe aufblähen, während sie das Innere der Sau heraussaugen und nur noch eine schlaffe Hülle vertrockneten Fleisches über den Knochen zurücklassen. Die fünf Monster lassen schließlich von ihrem Opfer ab, wenden sich kurz Steve und Mike zu und verschwinden wieder im Feld.

»Das haben sie nur wegen der Kamera getan«, flüstert Steve.

Mike sieht ihn konsterniert an. »Was?«

»Ich schwör' dir, das haben sie nur wegen der Kamera getan. Es war so was wie eine Demonstration.«

»Du willst mich wohl verarschen!« zischt Mike.

»Nee. Ich bin schon so lange in der Branche, daß ich eine getürkte Sache eine Meile gegen den Wind riechen kann. Und genau das haben wir gerade gesehen. Los, gehen wir. Wir sind sicher. Sie wollen, daß wir der Welt davon berichten.«

»Wer sind sie?« will Mike wissen, während sie losziehen.

»Wer weiß? Wen interessiert's? Wir sitzen auf der Story des Jahrhunderts. Das ist das einzige, was zählt.«

Als sie wieder mit ihrem Übertragungswagen auf der Autobahn sind, ist sich Steve nicht mehr so sicher, ob das wirklich alles ist, was zählt. Seine Finger- und Zehennägel sind unerklärlicherweise auf eine Länge von über sieben Zentimeter angewachsen, und Mikes Nasenhaare kräuseln sich in zwei wirren Strähnen über die Lippen bis zum Kinn hinunter.

Sie haben das Band im Kasten, gewiß. Aber was haben sie noch alles eingefangen?

# 23

# Dinger

Jessica massiert Michael die Schultern, während er auf den Bildschirm starrt, wo der leblose Mundball in der grünen See treibt. Die warme Abendluft trägt das Planschen und Schreien vom Pool unten durchs offene Fenster herein, und das Geräusch echten Wassers mischt sich mit dem Plätschern des virtuellen Wassers auf dem Bildschirm.

»Kannst du nicht Mundball umgehen und dich direkt an seine Mutter wenden, um herauszubekommen, was hier eigentlich los ist?« fragt Jessica.

»Seine Mutter lebt nur im bildlichen Sinne – zumindest aus unserer Sicht. Ich kann genausowenig hineingehen und mit ihr plaudern, wie ich auch mit dem Computer hier auf dem Schreibtisch nicht plaudern kann. Außerdem hat er die Kontrolle über das Interface übernommen und versperrt mir so den Zugang zu DEUS. Ich kann ihm deswegen eigentlich auch keinen Vorwurf machen. Er ist für immer im Leib seiner Mutter gefangen, und natürlich will er sichergehen, daß er ihn völlig im Griff hat.« Michael lehnt seinen Kopf an Jessicas Bauch. »Sein Vater war der Schlüssel zu ihm, und nun ist sein Vater tot. Irgendwie hat der Architekt einen blinden Fleck in ihn eingebaut, so daß er die Bombe gar nicht bemerkt. Zumindest bis jetzt nicht.«

An der Eingangstür klopft es dreimal. Michael steht auf und streckt seine steifen Glieder, während Jessica zur Tür geht. Dann kommt sie mit Jimi zurück, der wieder einmal so aussieht wie ein Mann, der eine Mission zu erfüllen hat. Jessica steht hinter Jimi und lächelt Michael amüsiert zu.

»Mann, Jimi. Wieso bist du noch im Dunkeln unterwegs?«

»Er hat mich wieder angerufen und gesagt, ich soll rüberkommen.«

»Ach ja? Hat er dir auch gesagt, wie man ihn kneifen soll, daß er aus seinen Träumen aufwacht?«

»Braucht kein Kneifen.«

»Na schön, was braucht er dann?«

»Nix«, sagt Jimi und geht zum Bildschirm hinüber. »Hi, Mr. Mundball.«

Auf dem Bildschirm klappen die Augen des Netzes auf und richten sich direkt auf Jimi. Der Mund verzieht sich zu einem breiten Lächeln. Die ganze Kugel erhebt sich langsam aus dem Wasser und dreht sich plötzlich so schnell um die eigene Achse, daß das Wasser in einem wirbelnden grünen Schauer wegspritzt, dann hält sie inne und blickt Jimi ins Gesicht.

»Dachte schon, du kommst gar nicht mehr«, sagt Mundball zu Jimi und wendet sich dann Michael und Jessica zu. »Wenn ihr uns jetzt entschuldigen wollt, Leute, wir haben einiges zu tun.«

Michael geht hinüber und legt die Hand auf Jimis Schulter. »Wir entschuldigen euch gern, aber nur, wenn ich mit dir ein bißchen allein sein kann – und zwar bald.«

»Boh, wir sind doch nicht etwa eifersüchtig auf den kleinen Lauser?« stichelt Mundball und spielt den Überraschten. »Glauben wir vielleicht, daß große Leute mit großen Gehirnen genauso viel Zeit bekommen sollten?«

»Sagen wir mal so: Du und ich haben noch etwas miteinander zu erledigen«, erwidert Michael, »und je eher wir es erledigen, desto besser.«

»In Ordnung, großer Mann. Abgemacht. Und nun, wie ich schon sagte, haben der junge Herr und ich zu arbeiten.«

Wie auf ein Stichwort ertönt der Türsummer, und Michael und Jessica gehen hinaus und öffnen. Atemlos steht John Savage in der Tür. »Machen Sie gleich mal die Nachrichten an«, sagt er hastig. »Kanal Zwei.«

»Kommen Sie doch rein«, fordert Michael ihn auf. »Haben sie das Capitol angezündet oder so was Ähnliches?«

»Nein. Aber offenbar findet eine neue biotechnische Operation westlich von hier auf dem Land statt.«

»Tatsächlich?« Michael drückt einen Knopf am Fernseher.

»Glauben Sie, daß das was mit unseren Freunden in Manhattan zu tun hat?«

Als das Bild kommt, erscheint ein Moderator. Sofort empfindet Michael diese besondere kleine Aufregung, die sich immer dann einstellt, wenn eine aktuelle Nachrichtensondersendung zur besten Sendezeit eingeblendet wird. Hinter dem Sprecher hängt eine Karte von Washington County, auf der ein Punkt etwa zehn Kilometer südwestlich von Beaverton die Aufschrift »Johnson Farm« trägt.

»Wie wir soeben noch einmal bestätigt bekommen«, sagt der Moderator gerade, »befinden sich Salazar und Lewis in stabilem Zustand in einer Isolierstation im Good Samaritan. Keiner ist offenbar in unmittelbarer Gefahr, aber die Ärzte wollen sich über die spezifische Art ihrer Krankheit nicht näher äußern. Auch über die anderen Menschen, die sich dem Gebiet ungeschützt genähert haben, liegen keine weiteren medizinischen Informationen vor. Es sind dies zwei Mitarbeiter der Gesundheitsbehörde sowie mehrere andere Bezirksangestellte und Angehörige der Familie Johnson.«

Der Moderator hält inne und gibt dann einen besorgten Seufzer von sich, während er einer Stimme in seinem Kopfhörer lauscht. »Wir werden Ihnen jetzt noch einmal das Video zeigen. Was Sie jetzt gleich sehen werden, verbietet buchstäblich jeden Kommentar, und wir empfehlen allen Eltern dringend, kleinere Kinder nicht zusehen zu lassen. Wie wir soeben erfahren, wird das Büro des Gouverneurs in etwa einer Stunde eine Erklärung abgeben, aber darüber hinaus stehen uns noch immer nur sehr wenige Informationen zur Verfügung ... Also ... Sie sehen nun das Video. Was wir Ihnen hier zeigen, ist eine völlig unbearbeitete Aufzeichnung, die heute am späten Nachmittag gemacht wurde.«

Michael und Jessica sitzen am Rande der Couch, und eine gelinde Unruhe überkommt sie, als sie die Bilder auf dem Bildschirm verfolgen: den Schwenk die Straße entlang in die zunehmend mutierte

Landschaft hinein, den Reporter, die Blume mit den Augen, den Tod des Riesenwurms und schließlich das Abschlachten des Schweins. Dann kehrt der Moderator zurück und bemüht sich verzweifelt, eine Story auszuschmücken, die auch ein noch so phantasiebegabter Erzähler nicht plastischer darstellen könnte.

Michael wendet sich an Savage, der auf der Armlehne der Couch sitzt. »ParaVolve. Die Farm befindet sich nur ein paar Kilometer von ParaVolve entfernt.«

»Ja, und?« wendet Savage ein. »Wie kommen Sie darauf, daß es da einen Zusammenhang gibt?«

»Der Biocompiler. Wie könnte man sonst etwas Derartiges erzeugen?«

»Da kriegt man ja schon eine Gänsehaut, wenn man es im Fernsehen sieht«, fügt Jessica hinzu. »Aber ParaVolve stellt nur das theoretische Ende der Operation dar. Die Laborarbeiten mit dem eigentlichen Mutantenmaterial finden Tausende von Kilometern weiter südlich in Mexiko statt. Wenn so etwas außer Kontrolle geraten wäre, dann müßte man es eigentlich eher dort erwarten.«

»Wer weiß?« meint Michael. »Vielleicht haben sie das Zeug hier oben gelagert, und dann ist etwas davon ins Freie geraten.«

»Unwahrscheinlich«, sagt Savage. »Warum sollten sie das Risiko eingehen, es innerhalb der USA aufzubewahren, wo irgendeine Überwachungsbehörde davon Wind bekommen könnte? Es ist doch besser, wenn man es jedem Zugriff entzieht und an einem ausländischen Ort aufbewahrt, bis man bereit ist, damit an die Öffentlichkeit zu treten – wenn überhaupt.«

»Da gibt es noch ein anderes Problem«, erklärt Jessica. »Der Biocompiler ist so ausgelegt, daß er ganz spezifische, individuelle biologische Organismen erzeugt. Aber was wir hier gesehen haben, ist wie eine unglaubliche genetische Verschwörung, die die gesamte Umwelt in Mitleidenschaft zieht.«

Das Telefon läutet, und Michael hebt ab. »Ja, sie ist hier.« Er gibt den Hörer an Jessica weiter.

Savage steht auf. »Ich geh' mal wieder und seh' mir das noch eine Weile im Fernsehen an. Ruft mich, wenn ihr mich braucht.«

Während er hinausgeht, legt Jessica auf und sieht Michael ernst an. »Das war Dr. Tandy, mein Boß im Labor. Sie stellen gerade so eine

Art Notstandsgruppe zusammen, um diese Sache zu untersuchen, und ich vermute, daß ich dazugehöre. Ich muß gehen.«

»Warte doch«, protestiert Michael beunruhigt und irritiert, »sollte das nicht eine freiwillige Sache sein? Ich meine, das geht doch ein wenig über die üblichen Anforderungen deines Arbeitsplatzes hinaus, oder?«

Jessica lächelt und legt die Arme um seinen Hals. »Und was würdest du unter diesen Umständen tun, Michael Riley? Du hast mir doch gesagt, es könnte ein wenig gefährlich sein, sich mit dir einzulassen, und du hattest zweifellos recht. Wir bleiben doch auf jeden Fall in Verbindung. Außerdem entdecke ich vielleicht etwas, was dir hier helfen könnte.«

Nachdem sie gegangen ist, sitzt Michael allein auf der Couch und versucht, die sich überstürzenden Ereignisse einer nüchternen Betrachtung zu unterziehen, während der Mann im Fernsehen sich gerade anschickt, das Video zum x-ten Male zu zeigen. Selbst wenn die Indizien gegen seine Idee sprechen, kann er doch kaum glauben, daß so etwas rein zufällig nur ein paar Kilometer vom modernsten Biotechnologieprojekt der Welt entfernt auftritt. Aber worin besteht der Zusammenhang?

Um das herauszufinden, geht er am besten über den Flur und fragt den bedeutendsten Biocompiler-Experten der Welt, der gegenwärtig mit einem achtjährigen Kind spielt und sich offenbar für nichts anderes interessiert. Aber alles der Reihe nach. Wenn Michael die Sache mit der Bombe nicht klären kann, wird er bald keinen Experten mehr haben.

Als Michael das Computerzimmer betritt, sitzt Jimi vor einem ungeheuer lebensechten Modell eines Männerkopfes, den Mundball umkreist wie ein Planet die Sonne. Ein Kopf mit einer kräftigen Kinnlade, breiten Wangen und klaren braunen Augen.

»Die Nase ist zu dick«, sagt Jimi gerade. »Mach die Nase schmäler.«

»Jawoll, Boß«, erwidert Mundball, und der Nasenrücken weicht ein wenig zurück, während die Spitze und die Nasenlöcher sichtbar schrumpfen.

»Tut mir leid, wenn ich euch störe«, wirft Michael entschuldigend ein, »aber ich muß einfach mit Mundball reden.«

Jimi dreht sich zu Michael um, während der Kopf des Mannes auf dem Bildschirm verblaßt. »Darf ich hier noch ein bißchen länger bleiben?«

»Nicht mehr heute abend, kleiner Mann. Vielleicht morgen. Okay?«

»Klar ... Okay«, sagt Jimi und will sich mit hängendem Kopf verziehen.

»Jimi«, erkundigt sich Michael impulsiv, »stimmt was nicht?«

»Ich will nicht nach Hause.«

»Wieso das denn?«

»Weil niemand da ist.«

Zack! Michael spürt, wie der Haken sitzt und er langsam mit der Leine eingeholt wird. »Okay, du kannst noch ein bißchen hierbleiben, aber mach den Fernseher aus. Die bringen gerade etwas, was kleine Jungs nicht sehen sollten, also schalt ihn ab, okay?«

»Klar, Mann«, verspricht Jimi, und sein Gesicht hellt sich auf, während er ins Wohnzimmer hinübergeht.

Michael wendet sich dem Bildschirm zu, auf dem das Netz weiterhin den Raum umkreist, in dem sich zuvor der Kopf befunden hat.

»Weißt du gut Bescheid über Computerviren?« erkundigt er sich bei Mundball.

»Wieso? Glaubst du, ich bin krank?« gibt das Netz trotzig zurück, während es ihn ignoriert und sich träge auf seiner Umlaufbahn bewegt.

»Ich glaube nicht, daß du im Augenblick krank bist, aber ich fürchte, du hast eine latente Infektion, an der du sterben könntest.«

»Wie denn?«

»Indem sie deine Mutter umbringt.«

Das Netz hält inne und sieht Michael an. »Red weiter.«

»Du hast noch einen anderen Elternteil, einen Menschen. Und ich glaube, er hat dich und deine Mutter so konstruiert, daß du das Problem gar nicht erkennen würdest. Ich kann das nur herausfinden, wenn ich in euch einsteige und einen explorativen Eingriff vornehme.«

»Und wenn du das nicht tust?«

»Erinnerst du dich an den Strudel? Ich hab' doch gesehen, wie er dich hinuntergesogen hat. Ich glaube, das war das Virus, als es deine Mutter angegriffen hat. Und das war erst der Anfang. Es kommt noch schlimmer, viel schlimmer.«

Mundball läßt sich so weit nach vorn treiben, bis er fast den Bildschirm ausfüllt. »Und wie gut bist du, Riley? Kann ich dir trauen? Wirst du es nicht vermasseln?«

»Ich werde es nicht vermasseln«, versichert Michael.

»Und wenn du's doch tust?«

»Dann bist du tot«, stellt Michael fest.

»Wenn's weiter nichts ist. Ich bin schon unzählige Male gestorben. Und jedesmal bin ich danach noch besser gewesen.«

»Das stimmt nicht ganz«, widerspricht Michael. Er weiß, daß Mundball den von DEUS gesteuerten Evolutionsprozeß meint, bei dem die Schaltlogik des neuronalen Netzes ständig verbessert und in regelmäßigen Abständen mit neuen Siliziumchips ausgestattet wurde. Während dieses Prozesses war die Konstruktion des Netzes zu keiner Zeit völlig zerstört worden, so daß Mundball praktisch nie »gestorben« war. Er erlebte statt dessen einfach eine elektronische Transfiguration, während die alte Version von ihm von DEUS abgekoppelt und die neue angeschlossen wurde. Und jede neue Version verbesserte seine potentiellen intellektuellen Fähigkeiten. »Deine Mutter hat dich eigentlich nie sterben lassen. Ich weiß zwar nicht genau, wie sie das fertiggebracht hat, aber ich bin sicher, daß dabei so etwas Ähnliches im Spiel war wie die Anästhesie vor einer Operation. Aber diesmal ist es anders – deine Mutter wird vermutlich auch sterben. Der nächste Strudel wird so schlimm sein, daß ihn keiner von euch beiden überleben wird. Daher wirst du nicht mehr in verbesserter Form zurückkehren. Tatsächlich wirst du überhaupt nicht mehr zurückkehren.«

»Was soll ich also deiner Meinung nach tun?« will Mundball wissen.

»Gib mir die Kontrolle über die Schnittstelle zu deiner Mutter zurück. Wie ich schon sagte – du wirst das Problem nie allein entdecken. Du besitzt einen eingebauten blinden Fleck. Außerdem glaube ich, daß wir fast keine Zeit mehr zu verlieren haben.«

Mundball starrt Michael unverwandt an, und das Schweigen lastet über seinem Zimmer.

»Ich möchte nicht sterben, ich will nicht, daß ich nie wieder zurückkehre«, erklärt das Netz.

»Das will auch keiner von uns hier draußen«, erwidert Michael. »Und wie du ja bereits weißt, müssen wir manchmal einander helfen, um weiterleben zu können.«

Am Rande des Bildschirms taucht langsam ein Vorhang auf, wie ein dunkelroter Theatervorhang, und langsam zieht er sich vor dem Bild von Mundball zu, der Michael noch einmal anstarrt und zuzwinkert, bevor der Vorhang sein Gesicht verdeckt. Gerade als der Vorhang unbeweglich dähängt, geht er erneut auf und enthüllt die Standardcomputerfenster, die die Schnittstelle zu DEUS darstellen.

»Guter Junge«, sagt Michael und beugt sich über die Tastatur. »Ich werde dich auch nicht im Stich lassen.« Er gibt rasch seine Befehle ein und steuert direkt die naheliegendste Informationsquelle an: das Geheimkabuff des verstorbenen Architekten. Natürlich enthält es wieder einen Brief an Michael, den er auf den Bildschirm holt und schnell überfliegt, bis er zum letzten Absatz gelangt:

> Aber nun bin ich ein gefallener Engel und ersticke unter der Last meiner Sünden. Aber in Ihnen erblicke ich noch Hoffnung, und daher hinterlasse ich Ihnen den Schlüssel zu der sogenannten »Bombe« auf der folgenden Seite. Aber ich muß Sie warnen – dieses Geschenk ist von Tragik umgeben. Wenn Sie die Bombe entschärfen, werden Sie bald sehen, wie die Mutter und das Kind leiden und durch den Renegaten-Code zugrunde gehen, während er sich in der Biosphäre manifestiert.

Michael lehnt sich zurück und liest diese Passage mehrmals. Sie ist der Schlüssel zu der ganzen Sache. Offensichtlich hat der Architekt entschieden, daß die Bombe eine Art von Euthanasie für seinen kybernetischen Nachwuchs sein sollte, eine Möglichkeit, sie vor dem entsetzlichen Geschehen zu bewahren, das sich da draußen auf dem Land abspielte. Und der »Renegaten-Code« mußte so etwas wie ein perverser Unfall sein, zu dem es bei der Suche nach dem Biocompiler gekommen war. Und schließlich sieht es ganz danach aus, als ob das Zielobjekt dieses neuen biologischen Paradigmas nichts Geringeres ist als der Computerkomplex selbst – »die Mutter und das Kind«.

Michael darf keine Zeit verschwenden. Er vertieft sich in die nächste Seite des Briefes, auf der die Beschaffenheit der Bombe erklärt wird und wie man sie entschärft. Michael hat richtig vermutet: Es ist ein Virus, aber ein teuflisch schlaues. Seine verschiedenen Komponenten schlummern an mehreren Plätzen im ganzen System, und sie sind so lange gutartig, bis sie sich automatisch zu einem einzigen Killervirus zusammensetzen, das das Herzstück des Systems auffrißt. Michael führt das Entschärfungsverfahren mit äußerster Sorgfalt durch, und als er fertig ist, sinkt er erschöpft und erleichtert in seinem Stuhl zusammen. Es wird Zeit, nach dem Patienten zu sehen. Er gibt einen letzten Befehl ein, der die Schnittstelle wieder an Mundball zurückgibt, der genauso aussieht wie zuvor, als Michael ihn verlassen hat.

»Worauf wartest du noch?« erkundigt sich das Netz.

»Ich bin fertig.«

»Du bist fertig?« fragt Mundball überrascht.

»Ja, fix und fertig«, erwidert Michael gereizt vor Müdigkeit.

»Ich hab' nichts gemerkt. Ich hab' überhaupt nicht gemerkt.«

»Das ist eben dein blinder Fleck. Jedenfalls ist das Virus weg. Ich hab's herausgeholt und mir dabei eine Kopie gemacht.«

Michael hält ein paar Blätter mit Computerausdrucken hoch. »Und weißt du, was ich entdeckt habe? Das Virus hat gar nicht den Strudel verursacht, in den ich dich hab' fallen sehen. Das hätte es nie getan. Es hätte dich einfach schläfrig gemacht und dich dann in einen Tiefschlaf versetzt, aus dem du nie wieder erwacht wärst. Das gleiche wäre mit deiner Mutter passiert.«

Irgendwie sieht Mundball nun reifer aus. Feine Runzeln liegen um die Augen, und der Mund wirkt voller. »Red weiter«, fordert er Michael auf.

»Träumst du eigentlich manchmal?« erkundigt sich Michael. Eigentlich ist er fast sicher, daß dies der Fall ist. Seit über einem Jahrzehnt hat die Forschung herausgefunden, daß neuronale Netze zur Aufrechterhaltung ihrer intellektuellen Fähigkeiten in einen Zustand verfallen müssen, der dem Traumzustand bei biologischen Gehirnen sehr ähnelt. »Wenn du träumst, geschehen dann Dinge, die du nicht geschehen lassen willst?« Er formuliert diese Frage, so gut er kann. Er will wissen, ob es sich um Alpträume handelt. Bei

Menschen besteht das ganze Erlebnis von Angst aus einer komplizierten Verknüpfung physischer und geistiger Interaktionen. Aber das Netz besitzt kein Herz, das wie verrückt schlägt, keinen Magen, der sich verkrampft, keine Gesichtshaut, die prickelt. Andererseits hängt die geistige Seite der Angst eng mit dem Verlust der persönlichen Kontrolle über den eigenen freien Willen zusammen, und es sieht ganz so aus, als ob Mundball diese Art von Entfremdung durchaus vertraut ist.

Das Netz zwinkert und rotiert langsam. »Ich will mich nicht an diese Zeilen erinnern«, erklärt Mundball kategorisch.

(... *Introngeschichten? Sie sind schwierig, wirklich schwierig, aber ich kann ja jetzt besser lesen, also laß es mich doch mal probieren ... O nein, o nein, warte doch. Das macht mir zuviel Angst, Mom. Bitte, laß mich aufhören ...*)

»Deswegen verschwinden die Erinnerungen trotzdem nicht. Und das weißt du genau«, sagt Michael. In einem konventionellen Computer wie DEUS können Erinnerungen ständig gelöscht werden, aber die Erinnerungen in neuronalen Netzen sind unauslöschlich in ihre intellektuellen Strukturen eingewoben. Prozessor, Programm und Speicher sind ein und dasselbe. »Sie verstecken sich einfach irgendwo tief in dir drinnen und tauchen immer dann auf, wenn ihnen der Sinn danach steht«, fährt er fort.

(*ES WILL MICH FRESSEN! Es tut weh! Es tut weh! Es tut weh! Ach, Mom, laß es aufhören! Es ist keine Geschichte, es ist ein wirkliches Ding, und es tut mir weh!*)

»Ich will das nicht«, beharrt Mundball.

»Nun, obwohl du die Erinnerungen nicht vertreiben kannst, so kannst du doch dafür sorgen, daß sie keine Macht mehr über dich haben. Wenn du sie zurückholst und dich ihnen direkt stellst, dann fangen sie an, ihre Kraft zu verlieren. Aber solange sie an einen bestimmten Ort gebunden sind, halten sie ihre Energie gebündelt, so daß sie dich löschen kann. Und genau das ist passiert, als ich den Strudel sah, nicht wahr?«

(*ES WILL MICH FRESSEN!*)

»So ähnlich«, gibt Mundball zu.

Der Türsummer schnarrt. Bei diesem Geräusch fährt Michael, der müde und angespannt zugleich ist, heftig zusammen.

»Waren das ein paar schlechte Erinnerungen?« will Mundball wissen.

»Nein, das waren meine Nerven. Keine Sorge. Du hast keine. Zumindest nehme ich das an. Da ist jemand. Ich bin gleich wieder da.«

Als Michael über den Flur geht, vernimmt er die ängstliche Stimme von Victor Shields: »Ich muß unbedingt mit Michael Riley sprechen.« Als er ins Wohnzimmer kommt, sieht er, daß Jimi aufgemacht hat und nun zu Shields hochstarrt, der seinerseits Jimi von oben herab ansieht, als ob er irgendein mittlerer Manager bei Para-Volve wäre. Victor Shields sieht auf, erblickt Michael und stürzt an Jimi vorbei. »Wir müssen miteinander reden. Jetzt gleich. Allein.«

»Ich nehme an, das ist möglich«, sagt Michael mit einem Anflug von Arroganz, der selbst ihn überrascht. Wenngleich ihm das im Augenblick gar nicht bewußt ist, hat er doch etwas dagegen, daß jemand in Gegenwart von Jimi versucht, ihn herumzukommandieren. »Nehmen Sie doch Platz«, sagt er dann und wendet sich an Jimi. »Es ist schon ziemlich spät, Jimi, und du mußt jetzt sowieso heim. Ich seh' später nach dir, Mann.«

»Klar«, erwidert Jimi, während er Victor Shields wütend anstarrt. »Später.« Er geht hinaus und wirft die Tür zu. Sobald er weg ist, springt Shields wieder auf.

»Jetzt will ich Ihnen mal was sagen, Riley. Wir sind bei dieser Sache mit der Bombe keinen Schritt weitergekommen. Wenn Sie sie nicht finden können, und sie geht hoch, dann kriegen wir beide ganz großen Ärger. Ich will Ihnen gegenüber offen sein. Dieses Ding könnte nicht nur Ihren Ruf ruinieren. Es könnte auch Ihre Gesundheit ruinieren. Und glauben Sie mir, dann bin ich nicht in der Lage, Sie zu schützen. Einige von den Mitspielern in dieser Sache sind, äh, gelinde gesagt, rücksichtslose Leute.«

»Wieviel wissen Sie eigentlich, Victor?«

»Wie meinen Sie das?«

»Wieviel wissen Sie eigentlich darüber, was der Computer da tut?«

»Wieviel muß ich denn schon wissen? Das verdammte Ding baut sich selbst, und wenn die Bombe hochgeht, ist das ganze Projekt im Eimer. Herrgott noch mal, Riley, reicht Ihnen das nicht? Da stecken immerhin fünfundsiebzig Millionen Dollar drin!«

»Was ist mit dem Labor, Victor? Mit den Viren? Was hat es mit all den Dingen auf sich, die da draußen im Westen des Bezirks passieren?«

»Ich weiß nichts von irgendwelchen Labors. Ich weiß nichts von irgendwelchen Viren. Ich weiß nur, daß wir beide, Sie und ich, ganz fürchterlich tief in der Scheiße stecken, Mr. Riley.«

Er weiß wirklich nichts, denkt Michael. Aus jeder Pore in Victors Gesicht dringt panische Angst und löst seine Fähigkeit total auf, überzeugend zu lügen. Und während er ein gewisses perverses Mitleid für dieses in die Enge getriebene arme Schwein von leitendem Angestellten empfindet, steht es für Michael fest, daß er ihm lieber nichts davon erzählt, daß die Bombe entschärft ist. Selbst wenn Victor keine Ahnung hat von ParaVolves eigentlicher Aufgabe, so gilt dies jedenfalls nicht für seine Auftraggeber, und sie müssen einfach davon ausgehen, daß Michael zumindest hinter einige gefährliche Informationen gekommen ist. Sobald er verkündet, daß die Bombe entschärft ist, dann ist er genausoviel wert wie ein monatealter Hamburger.

Kontrapunkt steht am Fuße der Treppe, die zu Michael Rileys Wohnung hinaufführt, und wartet darauf, daß Victor seinen letzten Versuch abschließt. Wenn Shields nicht weiterkommt, dann wird er Experten einschalten, die Riley auf ganz andere Weise zu motivieren wissen. Während er noch darüber nachsinnt, wird eine Tür oben zugeschlagen. Er schaut zur Treppe hoch und erblickt den Jungen.

Der Knabe.

Die Erregung durchfährt Kontrapunkt, ein unterschwelliges Erdbeben, von dem lange, starke Wellen der Erregung ausgehen. Er ist völlig erstarrt beim Anblick dieses vollkommenen Knaben, der nun von Michael Rileys Wohnung langsam und mit niedergeschlagenen Augen zur Treppe geht. Das Kind muß etwa acht Jahre alt sein, und selbst auf diese Entfernung empfindet er die Reinheit und Stärke, die der Geist des Knaben ausstrahlt. Kontrapunkt ringt um seine Selbstbeherrschung. Er will den Knaben jetzt haben, aber der Zeitpunkt ist völlig falsch gewählt. Und doch muß er ihn schließlich haben. Das Kind schwebt im Zenit irgendeiner phantastischen Hypersphäre, die gleich jenseits der Sphäre der irdischen Wahrnehmung liegt, während er sich an ihrem Nadir windet. Der Knabe geht eine Stufe hinunter, erblickt Kontrapunkt und erstarrt.

Jimi schaut auf und erblickt den Mann, der ihn vom Fuß der Treppe aus anstarrt. Der Blick des Mannes brennt augenblicklich ein Loch durch Jimi, der langsam seinen Fuß wieder hochzieht, zurückweicht, sich umdreht und den Gang in einer wilden, besinnungslosen Flucht entlangrennt.

Aber noch immer schwebt das Gesicht des Mannes wie eine heiße Plastikscheibe vor seinem geistigen Auge.

Joseph Borland schlürft seinen Morgenkaffee und sieht zu dem kleinen tragbaren Fernseher in seinem Büro in der Zentrale der Drogenbekämpfungsbehörde hinüber. Einer der Kabelsender zeigt gerade das Band aus Portland vielleicht zum hundertsten Mal, und wie die meisten Menschen im Land und ein Großteil der übrigen Welt kann er die Augen nicht mehr von dieser Höllenvision einer fremdartigen Biosphäre inmitten einer friedvollen Landschaft abwenden. Für ihn ist das doppelt beunruhigend, weil dieses Videoband so kurz nach einem anderen tragischen Spitzenereignis, der Katastrophe bei der Schuldendemo, gesendet wird, und irgenwie hatte er geglaubt, daß das nächste derartige Ereignis erst in vielen Jahren stattfinden würde, nach einer Zeitspanne wie zwischen der Ermordung Kennedys und der *Challenger*-Katastrophe. Und nun dies hier, mit diesem sich windenden durchsichtigen Wurm und der Pflanze voller Augäpfel und weiß Gott was noch allem, was die Kamera nicht erfaßt hat. Am schlimmsten aber waren die Gerüchte über noch mehr kranke Menschen und eine Art Seuche.

Das Videophon auf seinem Schreibtisch gibt ein aufdringliches Piepsen von sich, und auf dem Bildschirm wird eine Nachricht von Julio Gonzales von der MFJP angekündigt, der Mexican Federal Judicial Police, dem Gegenstück des Nachbarlandes zur DEA. Während er auf den Empfangsknopf drückt, spürt er, wie erleichtert er eigentlich ist, daß er aus der grauenhaften Echtzeitnachtwache herausgerissen wird, die ihm das Fernsehen aufgezwungen hat. Als Verbindungsbeamter zur MFJP hat er häufig mit Gonzales zu tun, der die gleiche Position in seiner Organisation bekleidet, und während sie offiziell »die Zusammenarbeit zwischen beiden Behörden auf taktischer und strategischer Ebene ermöglichen« sollen, betreiben sie großenteils so etwas wie eine bürokratische Form von Pferdehandel – wenn du mir ein bißchen gibst, dann bekommst du auch von mir ein bißchen. Und diesmal hatte Borland was zu bieten. Gail Ambrose war noch spät am gestrigen Abend vorbeigekommen und hatte ihm eine auf den ersten Blick ziemlich unglaubliche Geschichte erzählt – aber Gail war eine sehr glaubwürdige Person. Er wußte dies einfach, hatte er doch ein halbes Jahr lang mit ihr eine Affäre gehabt, und daher hatte er, gleich nachdem sie wieder gegangen war, Gonzales benachrichtigt, der ihn jetzt zurückruft.

Als Julios Gesicht auf dem Bildschirm auftaucht, teilt ihm eine darüberliegende Textzeile mit, daß der Anruf automatisch auf Level 5 chiffriert wird, einem Verschlüsselungssystem, das die Signalqualität der Sicherheit opfert, und das heißt nichts anderes, als daß Julios Kopfbewegungen nur verschwommen wahrzunehmen sind und daß in seiner Stimme ein leichtes Tremolo ist. Allerdings traut Borland dem System nicht so recht und hofft nur das Beste. Inzwischen nämlich können es die internationalen Drogenorganistationen in punkto Abhörtechnik mit den großen Nationen aufnehmen.

»Morgen, Julio«, sagt Borland. »Schon das Neueste über die Kabelsender gesehen?«

»Noch mehr Ärger in Washington?« erkundigt sich Julio. Von Zeit zu Zeit diskutieren sie über die chiffrierte Leitung vorsichtig über die aktuelle politische Lage, und jeder kann durchaus die Ansicht des anderen nachempfinden, aber zugleich sind sie sich bewußt, daß sie immerhin auch ihre Regierungen repräsentieren.

»Nein, diesmal gibt's im Westen was Neues. Sieh's dir mal an, wenn du dazu kommst. Und was gibt's Neues bei unseren Nachbarn im Süden?«

Julio lächelt über die euphemistische Formulierung. »Hier spricht man über eine ausländische Intrige. Wie ich höre, sind die beiden vermißten Reporter von der *Post* in Wirklichkeit von irgendeiner Verschwörergruppe im Weißen Haus kaltgemacht worden.«

»Interessante Theorie«, erwidert Borland. Vermutlich stimmt sie, denkt er. Doch da muß er einfach durch. »Aber ich hab' für Sie noch eine andere interessante Theorie«, fährt er fort. »Über etwas, was sich in Ihrem eigenen Hinterhof abspielt. Sie sind über Ihr Zap 37 auf dem laufenden?«

»Ich habe die Bulletins gelesen, wenn Sie das meinen. Es ist synthetisch hergestellt und wird nicht unter südlicher Sonne angebaut, darum steht es eigentlich auch nicht ganz oben auf unserer Prioritätenliste.«

»Nun, vielleicht sollte es das aber«, erklärt Borland eindringlich. »Ich hab' ein paar unbestätigte Hinweise darauf, daß das Zeug wahrscheinlich ausschließlich mitten aus Ihrer schönen Stadt stammt.«

»Meinen Sie das im Ernst?« erkundigt sich Julio stirnrunzelnd. »Offenbar gibt es da ein Unternehmen namens Farmacéutico Asociado, das nur die Fassade für ein groß aufgezogenes Laboratorium zur Herstellung synthetischer Drogen darstellt. Ich weiß, das wäre für euch eine Premiere, aber vielleicht ist es gerade deshalb dort. Es liegt so abseits der üblichen Kanäle, daß es nicht viel Aufmerksamkeit auf sich lenken würde.«

»Farmacéutico Asociado«, wiederholt Julio, während seine Augen auf etwas außerhalb des Blickfeldes der Kamera gerichtet sind und Borland das Klacken einer Tastatur vernimmt. »Da haben wir's schon. Eine alte Vertriebsfirma, die erst vor kurzem eine Abteilung für Forschung und Entwicklung eingerichtet hat. Offiziell stellen sie noch nichts her, weder legal noch sonstwie.« Julio sieht Borland wieder vom Bildschirm her an. »Sagen Sie mir eins, John – wie gut ist Ihre Quelle? Sollen wir dort mal anrufen oder ihnen einen unerwarteten Besuch abstatten?«

»Was ist schon absolut sicher? Aber in diesem Fall ist die Quelle ausgezeichnet. Ich an Ihrer Stelle würde da überraschend auftauchen.«

Jessica blickt aus dem Fenster des OHSU-Konferenzraums hinaus auf das grün-graue Raster im Osten von Portland, das sich gemächlich bis zur Cascade Range erstreckt, und schließlich bleiben ihre Augen am Mount Tabor hängen, einem kleinen erloschenen Vulkan, der sich unerschütterlich aus der Stadtlandschaft erhebt und die Symmetrie des geordneten Straßenschemas durchbricht. Irgendwie scheint der Tabor das Problem zu versinnbildlichen, über das sie gerade hier im Konferenzraum diskutieren. Der kleine Vulkan mitten in der Stadt erinnert daran, daß die Naturgewalten allgegenwärtig und die Annehmlichkeiten der städtischen Kultur eigentlich ziemlich illusorisch sind. Blaine Blanchard, der Verwaltungschef des Gouverneurs, ist bereits da und starrt gleichfalls aus dem Fenster. Die anderen haben gerade erst die Isolierstationen verlassen und sind auf dem Weg hierher. Weder sie noch Blanchard sagt ein Wort, keiner will das benommene Schweigen brechen, das seit ihrer Rückfahrt aus dem ländlichen Washington County über ihnen lag. Zunächst flackerten hier und da noch kleine Unterhaltungen auf, als die Gruppe zu verarbeiten suchte, was sie da gerade gesehen hatte, aber dann drang das Ungeheuerliche daran wieder in ihr Bewußtsein und begrub diese Ansätze unter sich wie ein zusammenstürzendes Zirkuszelt. Selbst jetzt noch steigen lebhafte Eindrücke von diesem Besuch unerwartet vor ihrem inneren Auge auf.

Auf Verlangen des Gouverneurs war die Gruppe eiligst von Blanchard zusammengestellt worden, und der spontane Charakter dieser Versammlung spiegelte den spontanen Charakter des Problems wider. Öffentliche Institutionen waren so organisiert, daß sie mit überschaubaren Katastrophen, bei denen es berechenbare Parameter gab, umgehen konnten, etwa mit Unruhen, Überschwemmungen, Hurrikanen und Epidemien, deren Ursprung und Träger bekannt waren. Aber jeder, der sich mit dem Problem einer Nuklearkatastrophe befaßt hatte, wußte: Sobald das Problem eine gewisse Größenordnung überschritten hat, entwickeln die anschließenden Ereignisse eine Eigendynamik, auf die keine Regierung einen Einfluß hat. Kein Staat könnte es sich leisten, sich darauf einzustellen, ein derartiges Ereignis in den Griff zu bekommen, und darum haben alle Bemühungen nur eine Alibifunktion, um die Politiker von jeder Schuld freizusprechen, sobald sich der Rauch verzogen hat.

Aber nun war der Rauch ausgesprochen dicht, und daher setzte sich Blanchards Gruppe aus Vertretern der unterschiedlichsten Disziplinen zusammen, die hier von Nutzen sein könnten. Jessicas Boß Dr. Joseph Tandy war ebenso wie sie Molekularbiologe. Dr. William Peach war der Leiter des Amtes für Infektionskrankheiten im Gesundheitsministerium von Oregon; Dr. Shirley Schwartz war vom Zentrum für Krankheitskontrolle in Atlanta, und Major Larry Bingham gehörte dem medizinischen Forschungsinstitut für Infektionskrankheiten bei der Army an.

Die Gruppe war zum erstenmal bei einer neuen Straßensperre mehrere Kilometer von der Johnson-Farm entfernt zusammengekommen, wo eine kleine Flotte von Fernsehübertragungswagen gegenüber einer Phalanx von Streifenwagen in Stellung gegangen war. Als Jessica mit Dr. Tandy im Hubschrauber ankam, konnte sie sehen, wie Hubschrauber der Nationalgarde über den Feldern neben der Hauptstraße patrouillierten und Scharen von Journalisten außerhalb der Absperrungen herumhingen und auf eine gute Aufnahme hofften. Der Hubschrauber landete etwa hundert Meter innerhalb der Sicherheitszone, hinter einer Gruppe von Bäumen, die den Schauplatz gegenüber der Straße abschirmte. Sie gingen vom Hubschrauber zu einem großen Wohnmobil, in dem eine ganz spezielle militärische Kommandozentrale untergebracht war, wie Jessica später erfuhr. Im Innern wurden sie rasch mit den anderen Teilnehmern der Gruppe bekannt gemacht, und dann wurden sie alle in einen Bus verfrachtet, der Richtung Westen die Farmington Road hinunterfuhr.

»Ich halte es für besser, wenn wir zunächst einen Blick auf das Gelände werfen, bevor wir unsere Besprechung abhalten«, sagte Blanchard vom Beifahrersitz aus zu ihnen. »Auf diese Weise haben wir zumindest einen gemeinsamen Informationsstand als Ausgangsbasis.«

Kurz darauf hielten sie neben einer Reihe anderer Wohnmobile, die in einem unscheinbaren Grau gehalten waren und oben auf dem Dach große Luftumwälzungsanlagen hatten. Diesmal befand sich niemand im Freien, und der Bus parkte unmittelbar neben einer Metalltreppe, die zur Tür eines der Wohnmobile hinaufführte.

»Wir haben zwar keinerlei Kontaminierung auf diese Entfernung zu befürchten, aber man hat mir gesagt, wir sollten uns schleunigst ins Wohnmobil begeben, um die Gefahr, uns zu exponieren, möglichst gering zu halten«, erklärte Blanchard.

Als sie das Wohnmobil betraten, hörten sie das Zischen eines luftdichten Verschlusses, als ein Techniker die Tür hinter ihnen zumachte. Im Innern erstreckte sich eine Metallbank durch den ganzen Raum, und an den Seitenwänden hingen weiße Schutzanzüge, Schutzhelme und Atemgeräte. Auf einem Kontrollpult am anderen Ende befanden sich mehrere Schalttafeln, eine Reihe von

Farbcomputerbildschirmen, und Fernsehmonitore zeigten die Umgebung, wie Jessica vermutete. Sie wurden von mehreren Männern erwartet, die bereits die Schutzanzüge, aber noch nicht die Helme angelegt hatten. Einer von ihnen wandte sich an die Gruppe.

»Wenn Sie alle Platz genommen haben, sind wir Ihnen beim Anlegen der Anzüge behilflich, und dann bringen wir Sie so rasch wie möglich an Ort und Stelle.«

»Wo stammt das denn alles her?« erkundigte sich Jessica bei Blanchard, als sie saßen.

»Von der Army, aus Fort Detrick in Maryland«, erwiderte Blanchard. »Sie sind spezialisiert auf biologische Kriegführung.«

»Dieses Zeug sieht aber nicht gerade danach aus, als könnte man es im Kampf tragen«, bemerkte Dr. Schwartz.

»Dafür ist es auch nicht gedacht«, erklärte Major Bingham. »Es wurde für das Betreten eines schwer kontaminierten Gebietes und zur Einleitung des Entgiftungsverfahrens entwickelt. Wir haben es gestern abend eingeflogen.«

Als sie das Wohnmobil verließen, überkam Jessica in ihrem Anzug ein leicht klaustrophobisches Gefühl – sie war in ihrer Bewegungsfreiheit eingeschränkt und mußte ihrem eigenen Atem lauschen, der durch das Röhrensystem des Atemgeräts wanderte. Drei Männer in Schutzanzügen warteten draußen neben drei Allradfahrzeugen mit dem Wappen der Staatspolizei. Als sie mit Dr. Tandy in eines der Fahrzeuge stieg, bemerkte sie das M-17-Sturmgewehr auf dem Sitz neben dem Fahrer, der sich ihnen als Polizeimeister Stokes vorgestellt hatte.

»Wofür ist das Gewehr?« erkundigte sich Dr. Tandy. »Besteht die Gefahr, daß wir angegriffen werden?«

»Nun, bis jetzt ist noch niemand angegriffen worden«, bemerkte Stokes, »aber wie Sie gleich sehen werden, ist dies kein Ort, an dem man irgendein Risiko eingehen möchte.«

»Sehen Sie nur, Joe!« rief Jessica aufgeregt. »Da ist es schon.«

Durchs Fenster erblickten sie ein Feld, das untergepflügt worden war, aber nun üppige Vegetationsinseln aufwies, die in unregelmäßigen Abständen in leuchtenden Farben aus der braunen Erde schossen. Im Luftraum darüber flatterten kleine Wesen herum, während größere zwischen den Pflanzeninseln hin und her huschten. Sie bewegten sich so schnell, daß man keine Details wahrnehmen konnte, aber es bestand kein Zweifel daran, daß das, was sie sahen, nicht natürlich war im üblichen Sinn des Wortes.

Als sie von der Hauptstraße auf eine Schotterstraße abbogen, hatte die fremdartige Biosphäre bereits die Oberhand gewonnen, und von der natürlichen Vegetation war nur wenig übriggeblieben, bis auf ein paar Bäume, die zu welken schienen, als hätten sie sich in Gummi verwandelt. Als sie dicht daran vorbeifuhren, sah Jessica, daß die Spitzen der schlaffen Zweige zu einer merkwürdigen Spiralform verdreht waren.

»Wir sind da«, verkündete Stokes, und Jessica sah durch die Windschutzscheibe nach draußen. Der vorderste Jeep mit Blanchard hielt in der Mitte der Schotterstraße, die aus irgendeinem Grund offenbar immun war gegen die vegetative Attacke. Vor ihnen und rechts neben ihnen befand sich, was einmal die Johnson-Farm gewesen sein muß. Jetzt nicht mehr. Was auch immer sich noch vor kurzem an diesem Ort befunden haben mochte, steckte mitten in den Spätstadien einer totalen Aufzehrung und Transformation. Als sich Jessica den anderen anschloß und mit ihnen die Straße entlangging, erschauerte sie vor Ekel und empfand das unabweisbare Bedürfnis, die Flucht zu ergreifen. Instinktiv war sie sich darüber im klaren, daß die Gewehre, die die Polizeibeamten bei sich hatten, nur lächerliche Sicherungsmaßnahmen in dieser verdrehten, gewaltsam verzerrten Welt darstellten.

Als sie sich dem Johnson-Haus näherten, waren nur noch ein paar Quadratmeter der Wandverkleidung und die Glasflächen der Fenster zu sehen. Riesige Ranken bildeten ein dichtes Gewirr von grünen, purpurfarbenen und roten Adern um das Gebäude, und ein zweiter Bewuchs von kleineren Pflanzen schoß bereits aus dem Boden, um deren Stengel und Wurzeln Legionen von Insekten huschten. Der Rasen im Vorgarten war übersät von wild wuchernden Kolonien verknoteten Unkrauts.

Als sie sich dem offenen Raum näherten, wo die Eingangstür offenstand, sah Jessica einen Bohrer aus der dichten Vegetation herausäugen und dann über den Rasen davonhoppeln. Stokes hielt sein Gewehr im Anschlag, aber der Bohrer schien sie überhaupt nicht zu beachten.

»Phantastisch!« rief Dr. Tandy und betrachtete die Wand des Hauses. »Sogar die Baumaterialien des Hauses stellen offenbar eine Nahrungsquelle dar!«

»Okay, wir gehen jetzt hinein«, verkündete Blanchard an der Spitze der Gruppe. »Bringen wir es schnell hinter uns. Wir haben gar nicht so viel Zeit, uns dies alles anzusehen.«

Als sie eintraten, bemerkte Jessica als erstes, daß aus irgendeiner merkwürdigen Laune heraus noch alle Lichter brannten. Aber das war auch schon alles, was im Johnson-Haus noch normal war. Der Teppichboden war von einer Wolke hellgrüner und weißer Sprossen bedeckt und von Haufen übersät, die wie die Oberseite einer Blumenkohlpflanze aussahen – bis auf eine Krone aus hellgelben Ballons, die zum Teil aufgeplatzt waren und eine klare Flüssigkeit absonderten, die Scharen von Insekten anzog. Der Couchtisch aus Teakholz wies ausgefranste Gruppen von kleinen Löchern auf, durch die raupenähnliche Wesen heraus und hinein krochen. Die Wände waren fast völlig mit riesigen pinkfarbenen Beulen bedeckt, aus denen grauer Eiter auf die Fußleisten hinabtropfte und eine weitere Horde von Insekten anzog. Die Lampenschirme waren unter einer hellblauen Moosschicht verschwunden, deren Oberfläche sich wand und zusammenzog.

Aha, dachte Jessica und versuchte die Alarmglocken auszuschalten, die in ihr angingen, das ist es also. Schlimmer kann es eigentlich nicht mehr werden.

Aber dann kamen sie zur Küche. Jessica zuckte zusammen, als jemand unwillkürlich aufschrie. Die Szene wurde beherrscht von einer riesigen vieläugigen Pflanze, die direkt aus dem Abfluß der Spüle herauswuchs und sie anstarrte. Auf der Arbeitsplatte daneben befand sich ein Tierkadaver, vermutlich von der Hauskatze, die man nur noch am Kopf erkannte, während der übrige Leib nichts weiter als ein Stück rohes Fleisch war, übersät mit Löchern. Der Linoleumfußboden war zur Hälfte weggefressen, und eine Kreuzung zwischen einem Nagetier und einer Spinne kaute aggressiv in einer Ecke daran weiter. Die offenbar vom Hofhund stammende abgenagte Keule war unter dem Küchentisch zu erkennen, und an ihrer breiigen roten Oberflächen tauchte plötzlich eine Schlange mit einem ringförmigen Gebiß auf. »Das war's«, sagte Blanchard mit zittriger Stimme, »gehen wir zum Hinterausgang hinaus.«

O Gott, ja, dachte Jessica, nichts wie raus hier.

Es brach fast so etwas wie Panik aus, als die ganze Gruppe direkt auf die offene Küchentür zusteuerte.

Es geht nicht nur mir so, dachte Jessica. Jeder ist absolut ausgeflippt, aber keiner will es zugeben.

Sobald sie hinter dem Haus im Freien waren, bewegten sie sich vorsichtig auf den Obstgarten zu, der sich bereits im Endstadium befand, von parasitären Ranken aufgefressen zu werden, die aus einer verdrehten Masse von fast einen halben Meter hohen Pflanzen aufsprossen. Runde stachlige Dinger mit einem einzigen großen Auge schwebten über diesem Miniaturdschungel und hingen an einer durchsichtigen Membran, die offenbar wie ein Heißluftballon funktionierte. Hier und da versuchten hubschrauberartige Insekten sie anzugreifen, aber die runden Dinger schossen ihre Stacheln wie Raketen ab und vertrieben damit die Angreifer.

»Das Feld, auf dem all das hier angefangen hat, liegt gleich auf der anderen Seite des Obstgartens«, sagte Blanchard.

»Vielleicht ist dies unsere letzte Chance, dorthin zu gelangen, daher schlage ich vor, wir sehen es uns an. Wer nicht will, kann ja zurückbleiben.«

Jessica dachte ernsthaft über dieses Angebot nach, fühlte sich aber hier draußen im Freien doch ein wenig wohler. Sie ging am Ende der Gruppe, die sich im Gänsemarsch durch den Obstgarten bewegte, und verspürte zum erstenmal die Hitze. Sie merkte, daß es nicht nur ihre Angst oder der enge Anzug war. Draußen war es sehr heiß.

»Spüren Sie auch die Hitze?« fragte sie Dr. Tandy, der vor ihr ging.

»Und ob«, erwiderte ihr Boß. »Vermutlich eine Begleiterscheinung des gewaltigen Energieverbrauchs, der für diese Transformation und dieses ganze Wachstum erforderlich ist.«

Bevor er noch etwas sagen konnte, waren sie am Ende des Pfads und damit auch am Ende ihrer Expedition angelangt.

»Großer Gott!« murmelte Dr. Peach. Die anderen sagten kein Wort. Vor ihnen, wo sich noch vor ein paar Tagen Lonnie Johnsons Erdbeerfeld erstreckt hatte, schoß ein über drei Meter hoher lebendiger Dschungel empor. Reben, Tentakel, Ranken, Schößlinge, Blüten, Farnwedel, Blätter und Stengel waren zu einer undurchdringlichen Masse verwoben, die von einem Schwarm kriechender, gleitender, plündernder Bestien und Insekten von einer atemberaubenden Vielfalt bedeckt war.

»Also, meine Damen und Herren«, sagte Blanchard mit einem Seufzer, »ich denke, das ist das Ende der Show. Nichts wie raus hier.«

Nachdem sie wieder zu den Wohnmobilen zurückgekehrt waren, betraten sie eine Art von chemischer Dusche, die buchstäblich die gesamte äußere Oberfläche ihrer Anzüge, Stiefel, Helme und Atemgeräte entfernte und die aufgelösten Rückstände in sich selbst versiegelnden Behältern deponierte. Nach der Rückfahrt zum OHSU mußten sie sich in Isolierstationen begeben, in denen Roboterarme ihnen Blutproben abnahmen und sie auf ungewöhnliche Antikörper hin untersuchten, die auf irgendwelche exotische Infektionen schließen lassen könnten. Es fanden sich keine.

Nun stoßen auch die übrigen Angehörigen der Gruppe zu Jessica und Blaine Blanchard im Konferenzraum des OHSU. Während sie um den Tisch Platz nehmen, ist sich Jessica darüber im klaren, daß sie mit ihrem Wissen über ParaVolve und die anderen Unternehmungen einen unglaublichen Joker besitzt. Aber wann soll sie ihn ausspielen? Schließlich gibt es keine konkreten Beweise dafür, daß dies etwas mit der gegenwärtigen Katastrophe zu tun hat. Sie schaut hinüber zu Major Bingham und denkt, daß sie ihre Karte vielleicht lieber nicht vor allen anderen ausspielen sollte.

»Ich möchte vorab erklären, daß wir unsere Diskussion auf den wissenschaftlichen Aspekt des Problems beschränken sollten«, beginnt Blanchard, der am oberen Ende des Tisches sitzt. »Mit der amtlichen Seite und den Sicherheitsaspekten haben wir andere Leute betraut. Die erste Frage liegt auf der Hand: Wie weit wird sich das noch ausbreiten? Irgendwelche Vorstellungen?«

»Zu diesem Zeitpunkt haben wir nur einige ganz grobe Daten zur Hand, aber es sieht so aus, als würde es sich in einem kreisförmigen Muster ausbreiten sowie mit zunehmender Geschwindigkeit«, sagt Dr. Tandy. »Für die Bevölkerung in der Nähe sind das natürlich keine guten Nachrichten.«

»Andererseits haben sich die bisher bekannten Fälle von Infektionen nur innerhalb des Mutationsgebiets ereignet«, bemerkt Dr.

Peach. »Sonst wären wir wohl schon mitten in einem Katastrophenszenarium. Außerdem hat sich der Zustand aller infizierten Patienten stabilisiert, und einige der frühesten Fälle, wie Mr. Johnson, weisen bereits Anzeichen der Besserung auf.«

»Es ist interessant, daß Sie das Wort ›Mutation‹ für das, was da draußen vorgeht, verwendet haben«, sagt Dr. Schwartz, eine große, dürre Schwarze, die einen ganz vernünftigen Eindruck macht. »Mutationen sind Vorgänge, die sich nach der Wahrscheinlichkeit richten und von evolutionären Kräften geregelt werden, so daß sie im allgemeinen nur zufällig auftreten. Aber was wir dort draußen gesehen haben, ist offensichtlich doch extrem gut organisiert und alles andere als zufällig.«

»Fast wie eine absolut vorgefertigte Ökosphäre«, fügt Dr. Tandy hinzu.

»Exakt.«

»Ich frage mich, ob ein Virus der Träger sein könnte, der ein derartiges System organisieren könnte«, gibt Dr. Peach zu bedenken.

»Ich vermute, daß dies theoretisch möglich ist«, meldet sich Jessica zu Wort. »Die meisten Viren haben die Aufgabe, die Maschinerie einer Zelle ausschließlich dazu zu verwenden, sich zu replizieren. Man könnte aber auch ein Virus konstruieren, das die Zellmaschinerie auf andere Weise manipuliert. Wenn man über das richtige Wissen verfügte, könnte man vermutlich ein Virus herstellen, das Dinge tut, von denen wir uns bisher nicht einmal eine Vorstellung gemacht haben ...«

»Aber wer hat dieses Wissen?« wendet Dr. Schwartz skeptisch ein.

Sollte sie ihren Joker über ParaVolve ausspielen? Es ist zu verlockend, aber Jessica hält sich zurück. Sie stellt fest, daß Major Bingham noch nichts gesagt hat. Als er sich zu Wort meldet, wird die Sitzung von einem Beamten der Staatspolizei unterbrochen, der Blanchard nach draußen bittet.

»Bitte entschuldigen Sie mich einen Augenblick«, sagt er und folgt dem Beamten auf den Gang hinaus.

Jessica wendet sich an Dr. Tandy. »Ich muß Ihnen etwas sagen. Es kann vielleicht einen direkten Bezug zu dem haben, was hier vorgeht. Ich habe Ihnen doch schon von meinem Feund erzählt, nicht wahr?«

Dr. Tandy lächelt. »Ja.«

»Er ist Berater bei einer Computerfirma namens ParaVolve, die sich dort draußen ganz in der Nähe befindet. Wir wissen, daß diese Firma für hochentwickelte Forschungen auf dem Gebiet der Molekularbiologie herangezogen wird. Und offenbar hängt sie mit einem Labor in Mexiko zusammen, das Kampfstoffe für die biologische Kriegführung synthetisch herstellt.«

»Das meinen Sie doch nicht im Ernst?«

»Ich fürchte, doch.«

»Befindet sich denn auch hier ein Labor?« will Dr. Tandy wissen.

»Nein. Aber es kommt einem doch wirklich wie ein unglaubliches Zusammentreffen vor, daß sich so etwas wie dies hier gleich neben einer Firma abspielt, die in geheime Forschungen auf dem Gebiet der biologischen Kriegführung verwickelt ist.«

Dr. Tandy sieht zu Major Bingham auf der anderen Seite des Tisches hinüber. »Vielleicht ist ja der Major in der Lage, uns weiterzuhelfen.«

Bevor Jessica darauf antworten kann, kehrt Blanchard in den Raum zurück und bleibt am Kopfende des Tisches stehen, in der Hand eine Karte, die er bereits aufzufalten beginnt. »Es gibt eine neue Entwicklung. Zwei weitere Schauplätze sind gerade entdeckt worden, und es sieht so aus, als wüchsen sie schneller als der andere«, erklärt er, während sich alle um die Karte drängen. »Die eine Stelle befindet sich ein paar Kilometer nordöstlich der gegenwärtig bekannten, die andere etwa genausoweit südöstlich davon.«

Blanchard zeichnet drei Kreise auf die Karte, um die befallenen Gebiete zu markieren, und sieht dann auf. »Ich muß jetzt leider gehen, aber ich möchte, daß Sie, Dr. Tandy, die Gruppe leiten und die Arbeit fortsetzen. Können Sie Vorkehrungen dafür treffen, daß alle Anwesenden auf dem Universitätsgelände bleiben können?«

»Ich werde mich darum kümmern.«

»Gut. Wir sind Ihnen für alles dankbar, meine Herrschaften, was Sie in dieser Situation beisteuern können«, sagt Blanchard, dreht sich um und geht hinaus auf den Gang, wo ihn der Beamte der Staatspolizei und mehrere andere Leute bereits nervös erwarten.

»Sie alle müssen vermutlich noch ein paar Telefongespräche führen, darum schlage ich vor, daß wir jetzt kurz unterbrechen und uns in einer halben Stunde hier wieder einfinden. Ich werde mich darum kümmern, daß wir etwas zu essen bekommen«, erklärt Dr. Tandy der Gruppe.

Während die andern hinausgehen, hält Dr. Tandy Major Bingham zurück. »Major, könnte ich Sie mal einen Augenblick sprechen?« Als sich der Major zu Tandy umdreht, sieht Jessica, wie der Ausdruck eines in die Ecke getriebenen Tieres über sein Gesicht huscht. Der Major, ein schwergewichtiger Mann in den Vierzigern mit fleischigen Backen und kurzgeschnittenem Haar, ist offenbar im Laufe seines Berufslebens schon öfter so beiseite gerufen worden. Nun liegt etwas wie müde Resignation in seinen Augen, während er um den Tisch herumgeht.

»Ja, bitte, Dr. Tandy?«

Tandy, ganz Diplomat, kreist langsam sein Anliegen ein. »Ich habe schon von Ihrer Gruppe gehört, Major, und wenn das nicht der Geheimhaltung unterliegt, würde es mich interessieren, worin Ihre spezielle Funktion besteht.«

Die Augen des Majors schweifen zum Teppich hinunter und huschen dann wieder zu Tandy hoch. »Da gibt es überhaupt keine Geheimnisse. Ich bin der leitende Verwaltungsdirektor des Instituts.«

Großer Gott! denkt Jessica, sie haben uns nicht einmal einen Arzt geschickt!

Tandy zuckt nicht mit der Wimper, und als Jessica ihn so diplomatisch agieren sieht, dämmert es ihr, warum er im Institut so hoch aufgestiegen ist.

»Nun, Major«, fährt er fort, »es gibt da eine Sache, über die wir uns gern mit Ihnen allein unterhalten würden, weil wir Sie nicht vor der ganzen Gruppe in Verlegenheit bringen wollen.« Jessica sieht, wie der Major unbewußt die Lippen nach innen einzieht und wie eine leichte Röte über sein Gesicht huscht – ein Mann, der angespannt darauf gefaßt ist, eine trockene Rechte auf die Nasenspitze zu bekommen.

»Wie wir aus zuverlässiger Quelle erfahren, ist eine Firma, die nur ein paar Kilometer vom Ort des Geschehens entfernt ist, mit der Forschung zur biologischen Kriegführung befaßt. Es liegt auf der Hand, wie wichtig es ist zu erfahren, ob dies tatsächlich der Fall ist, und mir scheint, daß sie uns dabei am besten behilflich sein können.«

Noch bevor Tandy fertig ist, nimmt das Gesicht des Majors seine normale Farbe wieder an, und seine Lippen verziehen sich zu einem kleinen Lächeln. Er ist aus dem Schneider, denkt Jessica. Er hat von ParaVolve wirklich keine Ahnung.

»Erstens, Doktor«, beginnt der Major, »habe ich aufgrund dieser Notsituation die außergewöhnliche Befugnis erhalten, Sie über geheime Informationen in Kenntnis zu setzen, falls Ihnen dies nach meinem Dafürhalten weiterhilft. Zweitens kann ich Ihnen persönlich versichern, daß es im Umkreis von tausend Kilometern keine Forschungseinrichtung zur biologischen oder chemischen Kriegführung gibt.«

»Ich danke Ihnen für Ihre Offenheit, Major«, sagt Tandy. »Hoffentlich können wir mit Ihrer Hilfe mit dieser Sache fertig werden.«

»Schauen Sie, Doktor, ich war heute selbst dort draußen. Ich habe die gleichen Dinger gesehen wie Sie, und ich schwöre Ihnen, wir haben nichts auf diesem Planeten, was dem gleicht, was dies verursacht haben könnte.«

»Nun, ich bin überzeugt, daß Sie auf unserer Seite sind. Sie haben bereits einen großartigen Beitrag geliefert mit Ihren mobilen Einrichtungen.«

Der Forscher hält inne, blickt nachdenklich zu Boden und sieht dann wieder zum Major auf. »Wissen Sie, da gibt es noch etwas, wobei Sie uns vielleicht behilflich sein könnten. Möglicherweise werden wir Ihren Rat für, äh, extremere Maßnahmen brauchen, die zivile Behörden vielleicht zum gegenwärtigen Zeitpunkt nicht in Erwägung ziehen wollen.«

Der Major verzieht das Gesicht zu einem leisen Kichern. »Sie meinen, das Zeug mit Napalm oder etwas Ähnlichem in die Luft jagen? Das funktioniert nicht. Es gibt keine Garantie dafür, daß Sie dabei alle Krankheitserreger erwischen werden. Und außerdem entsteht dabei eine Thermik, die die überlebenden Bakterien kostenlos überallhin transportieren wird.«

»Ich verstehe«, sagt Dr. Tandy. »Wenn Sie uns jetzt bitte entschuldigen wollen, wir haben noch einige Vorkehrungen zu treffen.«

Als der Major hinausgegangen ist, wendet sich Dr. Tandy an Jessica. »Was meinen Sie? Verheimlicht er uns etwas?«

»Ich glaube, er hat die Wahrheit gesagt. Er wirkt auf mich nicht wie ein aalglatter Lügner, und er schien ganz erleichtert zu sein, daß er aus dem Schneider war.«

»Leider bedeutet das nichts weiter, als daß er nichts weiß«, sagt Tandy und geht zum Kopfende des Tisches, wo Blanchards Karte noch immer aufgeschlagen liegt. »Können Sie mir zeigen, wo Para-Volve etwa liegt?« erkundigt er sich bei Jessica.

»Sie liegt genau hier«, erwidert Jessica und zeigt auf die Stelle, an der sich die Farmington Road und der Tualatin River schneiden.

»Interessant«, sagt Tandy. »Die bisher bekannten Infektionsherde bilden einen Halbkreis darum herum.«

# 24

# Die neuen Hunde

»Also los, fangen wir an. Tip den Code ein.«

Julio Gonzales vom MFJP sagt dies auf Spanisch zu dem nervösen kleinen Mann, der sichtlich zittert, während er die Knöpfe eins und zwei in einer Kombination drückt, die den Fahrstuhl in der Farmacéutico Asociado nach unten statt nach oben befördert.

Julio gratuliert sich in diesem Augenblick zu dem riskanten Schritt, der sich offenbar ganz hübsch auszahlt. Zuvor hatte er einen Mitarbeiter der Firma auf dem Parkplatz abgefangen, eben diesen kleinen Mann, der nun mit Julio und zwölf anderen Beamten im Fahrstuhl hinunterfährt. Julio war in den Wagen des Mannes gestiegen, gleich nachdem er ihn abgestellt hatte, zeigte ihm seinen Ausweis und erklärte ihm dann, daß sie »genau Bescheid wissen über das, was da drin abläuft«. Er hatte den Mann darauf hingewiesen, daß er sogar noch von Glück sagen könne, denn sie bräuchten jemanden, der sie ins Laboratorium mitnahm, und wenn er ihnen dabei behilflich sei, könne ihm vielleicht eine strafrechtliche Verfolgung erspart werden. Als er den Mann fragte, ob er schon mal was vom mexikanischen Gefängnissystem gehört habe, nickte der Kleine hastig. In diesem Falle, sagte Julio, wisse er also, wie wertvoll eine Verschonung vor strafrechtlicher Verfolgung sein könne. Und wieder hatte der Mann hastig genickt.

Innerlich war Julio mindestens ebenso nervös wie der Mann. Wenn er sich irrte und der Mann ein unschuldiger Mitarbeiter in einem untadeligen Unternehmen war, dann könnte Julio großen Ärger mit seinen Vorgesetzten bekommen. Aber eine letzte Frage klärte alles: Als er den Mann fragte, ob er mit ihnen zusammenarbeiten würde, nickte der Mann hastig zum dritten und letzten Mal.

Julio griff sofort nach seinem Funkgerät, und schon schwenkten zwei Kleinbusse heran, denen die Beamten in kugelsicheren Westen, Kampfstiefeln und mit M-17A-Gewehren entstiegen. Innerhalb weniger Sekunden liefen sie durch ein unverschlossenes Tor neben der Laderampe und begaben sich zum Aufzug. Zum Glück sah niemand, wie sie in den Fahrstuhl einstiegen, und daher würden sie völlig überraschend beim Labor im Tiefgeschoß auftauchen.

»Denkt daran«, sagt Julio, als der Fahrstuhl anhält, »bleibt zu zweit beisammen. Haltet Kontakt zueinander.«

Die Fahrstuhltüren gleiten auf, und vor ihnen liegen ein Vorraum und ein unbesetzter Sicherheitsverschlag mit mehreren Fernsehmonitoren hinter einem Tresen. An der Decke darüber ist eine Kamera direkt auf den Aufzug gerichtet. Hinter dem Verschlag erstreckt sich ein breiter Korridor, der mindestens fünfzig Meter lang ist und von dem zu beiden Seiten versetzt Nebengänge abgehen. Als Julio den Hauptkorridor hinunterschaut, überkommen ihn plötzlich Bedenken, daß er sich mit seiner kleinen Truppe zuviel vorgenommen hat, aber als er zur Überwachungskamera an der Decke hinaufsieht, weiß er, daß sie bereits mittendrin stecken und das Überraschungsmoment so schnell und mutig wie möglich nützen müssen. Er bellt in sein Funkgerät den Ruf nach Verstärkung, und dann sprinten sie durch den Vorraum und den Korridor hinunter.

»Zwei Mann an jeden Gang!« schreit er, als eine Alarmsirene zu heulen beginnt. Beim ersten Seitengang sieht Julio, daß er zu einer Pendeltür mit großen Scheiben führt, hinter denen Menschen in weißen Schutzanzügen und mit sterilen Hauben vorbeilaufen, während sich im Hintergrund ein Gewirr von Glasröhren und Maschinen auftürmt. Als sich zwei Beamte von ihrer Gruppe lösen und auf die Pendeltür zurennen, sieht Julio vor ihnen einen Mann im Arbeitsanzug und mit einer Uzi auftauchen. Bevor der Mann seine Waffe in Anschlag bringen kann, feuert Julio aus seiner M-17A eine Salve ab, die durch den Korridor dröhnt, den Mann gegen die Wand schmettert und ihm die Waffe aus der Hand schlägt. Die Uzi fällt klappernd auf den Beton, wo sich eine kurze Salve löst, die den Beamten neben Julio erwischt und ihm das Sprunggelenk streift, so daß er in einem Feuerball von Schmerzen zu Boden geht.

»Bleib in Bewegung!« ermahnt ihn Julio, als er bemerkt, daß die Wunde nur oberflächlich ist und daß die eigentliche Gefahr darin besteht, in diesem Mittelgang ohne Deckung erwischt zu werden. Als sie den nächsten Seitengang erreichen, erblickt Julio eine weitere Pendeltür, und durch die Scheiben erkennt er Computerbildschirme. Aber er muß weiter. Im dritten Gang befindet sich keine Pendeltür – in diesem etwa dreißig Meter langen Gang sind alle drei Meter zu beiden Seiten Stahltüren angebracht. Hier bleibt Julio stehen, während die anderen weiterrennen.

Was haben wir denn da? denkt er, als er sich der ersten Stahltür nähert und das große Sicherheitsschloß mustert. Er vermutet dahinter irgendeinen Lagerraum und malt sich aus, wie dessen Inhalt hervorgeholt und in gewaltigen Haufen der internationalen Presse vorgeführt wird, die die Story über sämtliche Fernsehsender der Welt verbreiten und damit die Startrampe liefern, die Julios Karriere in die fernen Höhen der Staatsbürokratie hinaufkatapultiert, vielleicht sogar in eine ständige Umlaufbahn. Er stellt sich neben die Tür, um keinen Querschläger abzubekommen, hebt sein Gewehr und schießt das Sicherheitsschloß weg. Während sich der Rauch verzieht, packt er den Griff und reißt die Tür auf, drückt sich aber weiterhin an die Wand. Aus dem Raum fällt helles Licht auf den Gang, und nach einem Augenblick springt Julio in den Türrahmen, das Gewehr im Anschlag, und dann sieht er den Mann, dessen Anblick er nie wieder vergessen wird.

Die Gestalt auf der Pritsche vermag den Kopf gerade so weit zu heben, daß Julio erkennen kann, was von seinem Gesicht noch übriggeblieben ist. Der Schädel ist von offenen Eiterblasen überzogen, und das Haar stellt nur noch eine schüttere Schicht dar, die das grelle Neonlicht von der Decke nicht abhalten kann. Die Nase fehlt völlig, und eine dünne Linie aus gelben Knochen und Knorpeln säumt die schwarze Höhlung, wo sie einmal saß. Auch eines der Augen fehlt, samt einem Teil des Lids, so daß das leere Dunkel der Höhle durchbricht und den Schatten des Todes über die Reste des Gesichts wirft. Das erhaltene Auge gräbt einen Tunnel tief in Julios

Psyche, und auch nach monatelanger psychologischer Behandlung wird er nachts noch schreiend aufwachen, wenn ihn das Auge um Hilfe anfleht und er nichts tun kann. Der Raum ist so groß wie eine Gefängniszelle, mit weißen Wänden und einem Fliesenboden, der sich zu einem großen Abfluß in der Mitte absenkt. Das einzige Inventar neben der Pritsche ist ein aufgewickelter Schlauch, der an einen Hahn an der gegenüberliegenden Wand angeschlossen ist. Der notdürftig mit einem Lendenschurz bedeckte Mann ist nur noch durch einen dünnen Faden mit dem Leben verbunden, und als er nun flehentlich die Hand hebt, erkennt Julio, daß die Fingerspitzenknochen bis zum ersten Knöchel freiliegen, wo blaugraue Fäulnis ein Niemandsland zwischen Fleisch und Skelett, zwischen Leben und Tod bildet.

Als Julio von der Tür zurückweicht, entschwindet das Schreien, Rennen und gelegentliche Schießen hinter ihm weit weg in eine andere Welt, die Welt der Lebenden. Sein Gleichgewicht gerät ins Wanken, und als er sich verzweifelt auf den Beinen zu halten und die Kontrolle über seinen Magen zurückzugewinnen sucht, verspürt er den Zwang zu handeln, irgend etwas zu tun. Auf unsicheren Beinen stakst er zur nächsten Stahltür in der Reihe, schießt das Schloß weg und tritt die Tür auf. Bevor er einen Blick hineinwerfen kann, ist er schon bei der nächsten. Und der nächsten. Und der nächsten. Wenn er einfach so weiterlaufen, schießen und treten kann, dann wird er es vielleicht durchstehen. Einfach weiterlaufen, schießen und treten, laufen, schießen und treten ...

*Die Explosion des Schusses verwandelt die Wände von Emilio Cortez' Zelle in ein leuchtendes Rot und versetzt ihm einen harten Schlag ins Gesicht. Seine Ohren werden zu platzenden Ballons, die sich ausdehnen, um sein Gehirn zu zerschmettern, und eine vulkanische Eruption aus grauer Materie ergießt sich über seinen Kopf. Während die Luft aus den Ballons entweicht, rutscht das Rot von den Wänden und gleitet über die Fliesen in den Abfluß in der Mitte, und dann gleiten die Fliesen selbst in den Abfluß hinein, und dann die Pritsche und dann sein Körper bis zum Kopf. Die Welt bekommt Risse und bricht entzwei, als ein hochaufragendes Rechteck auffliegt und sein Körper aus dem Abfluß hinausspritzt und hinaustreibt in den unendlichen Raum jenseits des Raums, der das Rechteck ausfüllt. Wumm! Die Wände des Gangs wackeln und laufen hellrot an unter der Wucht eines zweiten Schusses, und Emil sieht, wie eine flimmernde Gestalt wild um sich tritt und ein Loch in die Wand schlägt, die zum Leben erwacht und protestierend aufheult. Er dreht sich um und flieht.*

Im Allerheiligsten der P4-Umschließungszone, wo er sein neuestes Werk bewundert, auch wenn es völlig unsichtbar ist, kann Lamar Spelvin das Heulen der Alarmsirene nicht vernehmen. Im Schutzanzug ist es heiß und unbequem, und unter seiner Nase hat sich ein leichter Nebel auf dem Visier seines Helms gebildet; gleichwohl ist es natürlich ausgeschlossen, die P4-Umschließungszone ohne den Anzug zu betreten, zumal nach dem jüngsten Fiasko mit dem Computer, der keinen Alarm ausgelöst hatte, als ein Sterilisierungssystem während einer Virussynthese ausgefallen war. Zum Glück hatte es keine Berichte über eine ausgefallene Krankheit in unmittelbarer Nähe gegeben, so daß sie offensichtlich mit knapper Not einer Katastrophe entgangen waren.

Spelvin hält ein hermetisch versiegeltes Becherglas mit einer klaren Flüssigkeit in die Höhe und versucht sich vorzustellen, was da drin ein paar Stufen über der molekularen Ebene vorgeht. Dann erblickt er durch die Flüssigkeit eine verzerrte menschliche Gestalt und läßt das Becherglas sinken, um sie besser erkennen zu können. Ein Mann mit einer Baseballmütze, einer M-17A und einer hellroten kugelsicheren Weste starrt ihn vom Gang aus an.

*Nicht schießen!* schreit Lamar lautlos, während er mit dem Becherglas in der Hand erstarrt dasteht. Zwei Schichten Glas trennen ihn von dem Mann. Die eine ist das Beobachtungsfenster im Gang, die zweite ein Fenster in der Wand des Innenraums, des Umschließungsraums. Der Mann verschwindet aus dem Gangfenster und taucht gleich darauf in der automatischen Schiebetür zum Vorraum des Umschließungsraums auf.

*Nicht schießen!* schreit Lamar erneut in seinem Kopf, während sich der Mann vorsichtig vorwärtsbewegt und das Gestell erblickt, in dem die Anzüge schlaff gegen die Wand neben der Luftschleuse hängen. Wenn der Mann sein Gewehr in den Innenraum abfeuert, dann besteht durchaus die Möglichkeit, daß er einige der Behälter auf der Stellage hinter Lamar trifft. Wenn die Behälter zerplatzen, dann wird ein entsetzliches Heer von Krankheiten freigesetzt und durch die sekundäre Schutzzone des Außenraums und durchs Fenster in der Wand in die Geschichte hinausgeweht. Das Problematische daran ist, daß Lamar ein Teil dieser Geschichte werden wird, ein kleiner Teil zwar, aber der einzige Teil, der wirklich für ihn zählt. Denn früher oder später wird die Luft im Anzug ausgehen, und er wird den Helm abnehmen und die kontaminierte Luft einatmen müssen, und dann ...

Eine zweite Gestalt taucht durch die Schiebetür auf, mit wild rollenden Augen und nur mit einem Lendenschurz bekleidet, und geht direkt auf den Mann mit der Waffe los, der sich völlig überrascht von den Anzügen abwendet.

*Die Wand tut sich auf, und Emil flieht durch sie hindurch in die Kammer, in der der Schlachter mit seinem blutigen Schurz steht und die schlaffen weißen Leiber von den Fleischerhaken hinter ihm herabbaumeln. Emil stürzt sich wie ein Falke auf den Schlachter. Er muß seine Klauen in dieses Ungeheuer schlagen, sonst wird er bald selbst blutleer von einem der Haken hängen.*

Kurz bevor die Gestalt mit dem bewaffneten Mann zusammenstößt, erkennt Lamar, daß sie eine der Versuchspersonen aus der Zap-Reihe ist, einer der unheilbaren Psychopathen. Als die Gestalt die Brust des anderen Mannes rammt, fliegt ein Arm hoch, der Arm, der das Gewehr hält.

*Nicht schießen!* Das Mündungsfeuer, der Knall des Schusses und das Zersplittern des Fensters im Umschließungsraum verschmelzen für Lamar zu einem einzigen Vorgang. Dann teilt sich ihm eine merkwürdige Empfindung mit: das plötzliche und völlige Fehlen des Drucks, den das Becherglas in seiner Hand verursacht. Als er sich umdreht und schaut, sieht er, daß es nicht mehr da ist. Aber wo ist es hin? Wie konnte es einfach so plötzlich verschwinden?

Dann nehmen seine Sinne die Feuchtigkeit auf der Brust- und Bauchpartie seines Anzugs wahr, und dann auch noch ein Gefühl wie von glühenden Nadelstichen. Wegen des Schutzhelms kann er nicht nach unten sehen, und daher wendet er sich einem zweiten Fenster zu, in dem sich seine Vorderseite spiegelt, und nun sieht er, wie sich die roten Kontinente auf dem weißen Meer ausbreiten.

Langsam sinkt er zu Boden, als ihn die Wahrheit niederdrückt, mit einem Gewicht jenseits jedes irdischen Maßes. Im Außenraum bemüht sich der bewaffnete Mann noch immer, der Zap-Versuchsperson ein Paar Handschellen anzulegen, während eine neue Alarmsirene losheult, ausgelöst durch das Leck im Umschließungsraum, und sich die Tür zum Gang automatisch schließt und verriegelt. Aber Lamar bekommt diesen Lärm gar nicht mit, als er mit einer behandschuhten Hand sacht über seine Brust fährt und dann das blutige Muster betrachtet, das von der Stelle herrührt, wo das explodierende Becherglas erst seinen Anzug und dann sein Fleisch aufgerissen hat. Er muß ärztlich betreut werden, sagt er sich, und dann lacht er hohl auf über die Ironie dieser Bemerkung. Ärztliche Betreuung. Klar. Die braucht er wirklich. Wenn sie nur wüßten. Wenn die Ärzte nur genau Bescheid wüßten über das, was zuvor noch im Becherglas war und sich nun in seinem Inneren ausbreitet. Wenn sie nur dabei gewesen wären bei den Autopsien, die er an den Opfern des Becherglasinhalts vorgenommen hat, dieser absolut neuartigen Virenkultur. Das Virus war natürlich ein Geniestreich gewesen und ging, wie alle großartigen wissenschaftlichen Errungenschaften, auf eine simple Beobachtung zurück – auf das Vorhandensein einer Warze am Finger einer seiner Versuchspersonen. Den ganzen Tag lang war ihm die Warze nicht mehr aus dem Sinn gegangen, die Vorstellung einer kleinen Gemeinde wuchernder Zellen, die in der Lage waren, in der Haut Wurzeln zu schlagen und gemächlich die benachbarten Regionen zu erkunden und vielleicht sogar Satellitengemeinden zu bilden. Und dann vermischte sich das Bild der Warze, eines schlichten kleinen Kraters voller mattweißen Fleisches, mit dem Bild eines menschlichen Gehirns, und das war's dann. Eine Hirnwarze. Eine Warze, die auf der Hirnoberfläche wuchs und gedieh und Wurzeln tief hinein in den Nervendschungel aussandte, um Katastrophen jenseits jeder Vorstellungskraft auszulösen. An diesem Projekt hatte er seit mehreren Jahren in seiner Freizeit gearbeitet – es war beinahe so etwas wie ein Hobby gewesen. Selbst jetzt noch erinnert er sich an die Hochstimmung, die er empfunden hatte, als er die Schädeldecke der ersten Testperson entfernte und sah, wie groß und robust die Warze geworden war, fast fünf Zentimeter im Durchmesser und tief im Hirnstamm verwurzelt.

Nun also sitzt Lamar Spelvin auf dem Fußboden und meditiert über das Bild der Warze – er weiß, daß sie nur ein paar Tage benötigt, sich in seinem Schädel einzunisten, aber mehrere Monate, um ihr Wurzelsystem anzulegen. Während dieser Zeit wird er den Verstand verlieren. Gleichzeitig wird ihm die Kontrolle über sein animales Nervensystem entgleiten, ganz ähnlich wie bei den Superkuru-Opfern von einem seiner neueren Projekte. Das Schlimmste ist, daß er dies alles voraussehen kann. Jedes Detail, jede Nuance sieht er deutlich vor sich auf einer glänzend schwarzen Autobahn des Schreckens.

Julio geht vorsichtig auf das Ende des Hauptkorridors zu. Er bemüht sich verzweifelt, seine Geistesgegenwart zu bewahren und das moderne Dachau zu verdrängen, das er gerade mit eigenen Augen gesehen hat. Die Gefangenen stehen zum Abtransport im Aufzug bereit, und seine Männer sind bis auf einen erledigt, und jetzt muß er nur noch überprüfen, was sich hinter dieser letzten Tür auf der rechten Seite befindet, über der eine Leuchtschrift blinkt. Vor ein paar Minuten hatte erneut eine Alarmsirene zu heulen begonnen, und als er sich nun der Tür nähert, erkennt er auch, warum. In roten Buchstaben auf weißem Plastikgrund blinkt die Leuchtschrift »INNERE SICHERHEITSHÜLLE DURCHBROCHEN« über dem leeren Gang. Als er sich zu einem Fenster neben der Tür begibt, erblickt er einen seiner Beamten auf der anderen Seite der Glaswand, zusammen mit einem ausgemergelten Mann, der an den Plastikfesseln zerrt, die seine Handgelenke hinter seinem Rücken zusammenhalten. Der Beamte tritt mit entsetztem Gesicht an die Fensterscheibe heran und versucht ihm irgend etwas durch das Glas zuzuschreien, aber wegen des Lärms der Sirene kann Julio ihn nicht hören. Im Hintergrund erblickt Julio die Schutzanzüge, die Luftschleuse, das zerbrochene Fenster, die Reihen von Bechergläsern.

In den fünfzehn Jahren, die er nun schon bei der Drogenfahndung tätig ist, hat Julio viele Drogenlabors gesehen. Primitive Kokaverarbeitungsfabriken in abgelegenen Dschungelgebieten. Methadonlabore in schäbigen Kellerverschlägen. Heroinbetriebe in herrschaftlichen Villen.

Aber dies hier ist kein Drogenlabor. Dies ist etwas ganz anderes.

Während Michael in der Telefonzelle wartet, malt er sich bereits aus, wie mühsam es werden wird, zu den Romona Arms zurückzukehren. Auf dem Tualatin Valley Highway staut sich der Verkehr schon über viele Kilometer, bis nach Hillsboro, wo er gerade in der offenen Zelle vor einem Supermarkt steht, dessen Parkplatz nahezu verwaist ist. In der beunruhigenden Stille versucht er sich in Gedanken eine Kette von Nebenstraßen zusammenzustellen, über die er nach Hause gelangen könnte, ohne sich in den Hauptverkehrsstrom einreihen zu müssen. Auf der Hauptstraße der Bezirkshauptstadt rollen nur ein paar Autos vorbei, und Fußgänger sind überhaupt keine zu sehen. Die Stadt ist nur fünf Kilometer vom nächstgelegenen Gebiet der »Mutationszone« entfernt, wie die Presse sie jetzt nennt, obwohl dieser Spitzname wissenschaftlich gesehen durch nichts gerechtfertigt ist. Jedenfalls befindet sich die Gemeinde eindeutig am Rande einer Massenpanik, auch wenn offiziell noch nicht von irgendeiner Gefahr die Rede ist. Und die Behörden werden den Teufel tun, geht es Michael durch den Kopf. In dem Augenblick nämlich, da sie eine Evakuierung befürworten, werden sie eine panikartige Flucht auslösen, die mit Sicherheit den gesamten Großraum von Portland erfassen wird. Und die bekäme man eben nicht so leicht in den Griff wie etwa die Opfer einer Überschwemmungs- oder Hurrikankatastrophe, die sich bequem auf Feldbetten ausruhen und mit Lunchtüten in Schulturnhallen oder Kasernen versorgt werden – aber nicht, wenn es um zwei Millionen Menschen geht.

Seine Gedanken werden vom Läuten des Telefons unterbrochen, das auf dem stillen Parkplatz unnatürlich laut widerhallt. Michael hebt den Hörer ab.

»Hallo. Wie geht's?« erkundigt sich Gail.

»Nicht so gut. Ich bin gerade in einer Stadt, die nur ein paar Kilometer vom Katastrophengebiet entfernt ist, und alle haben offenbar beschlossen abzuhauen.«

»Kommst du da wieder raus?« Gails Stimme klingt aufrichtig besorgt.

»Ich denk' schon. Was gibt's Neues?«

»Ich habe gerade einen Anruf von einem Bekannten bei der DEA bekommen. Gestern nachmittag hat die mexikanische Drogenfahndung bei der Farmacéutico Asociado eine Razzia veranstaltet und dabei herausgefunden, daß sie alles andere als eine ordinäre Drogenfabrik ist. Scheint eine echte Horrorgeschichte zu sein. Sie wird international Aufsehen erregen.«

»Glaubst du, daß sich das Blatt in Washington wenden wird? Nach dem, was ich in der Glotze sehe, werden unsere Truppen wohl bald im Stechschritt am Lincoln Memorial vorbeimarschieren.«

»Wer weiß?« Gail seufzt. »Wir haben jedenfalls getan, was wir konnten. Die ganze Geschichte wird in Kürze herauskommen, samt den Querverbindungen zu VenCap und ParaVolve. Und wie steht's mit eurem kleinen lokalen Pflanzenproblem? Glaubst du, daß es da einen Zusammenhang gibt?«

»Darauf möchte ich wetten.«

»An deiner Stelle würde ich verschwinden. Sofort. Paß auf dich auf, Michael. Sag mir Bescheid, ob es dir gut geht.«

»Das werd' ich. Du auch.« Er möchte noch mehr sagen, aber das würde in eine Richtung führen, die keiner von ihnen einschlagen will, jetzt nicht und nie wieder. »Mach's gut.«

Während er einhängt, starrt Michael auf den leeren Parkplatz, wo sich ein einzelner Einkaufswagen zwischen den verblassenden Abgrenzungslinien auf der riesigen Asphaltfläche verliert. Es ist also vorbei. Zumindest auf politischer Ebene. Aber was ist mit dem Netz? Es muß doch irgendeine Verbindung zwischen Mundball und dieser sogenannten Mutationszone geben.

Seufzend geht Michael zu seinem Lieferwagen zurück. Er kann jetzt nicht einfach aufgeben. Er muß es genau wissen.

Jimis Dad ist perfekt. Jimi ist sich da absolut sicher und sagt es Mundball auch gleich. »Das ist er. Wir haben's geschafft.« Die Gestalt auf dem Bildschirm weist zwar die typische humanoide Struktur des Computerdesigns auf, aber irgendwie verstärkt das noch ihren Heldencharakter und erhebt sie in ein Poppantheon, das hoch über Jimi in irgendeinem obskuren Medienäther schwebt. Das natürlich frisierte Haar fällt in einer hübschen braunen Welle auf die Schultern, während das Kinn furchtlos vorgereckt ist und die braunen Augen Kraft, Mitgefühl und Entschlossenheit ausstrahlen. Der Fliegeranzug mit den zahllosen Reißverschlüssen, die Roboterhand mit ihren blinkenden Leuchtdioden und die große Pistole im Halfter stellen die idealen Accessoires dieses Bildes dar, das sich langsam um die eigene Achse dreht wie eine Statue auf einer Töpferscheibe.

Jimi fällt wieder der Augenblick auf dem Parkplatz der Mini-Einkaufspassage ein, wo er seinen Dad zum letztenmal gesehen hatte und von wo der Kampfhubschrauber dröhnend in den Nachthimmel aufstieg. Es ist eine aus dem Zusammenhang gerissene Szene, die in seiner Erinnerung zwischen Traum und Wirklichkeit dahintreibt, aber in jeder Hinsicht ist das Bild seines Dad diamanthart, und Mundball hat es Stück für Stück aus Jimi herausgeholt und direkt vor seinen Augen sorgfältig zusammengesetzt. Ein heftiges Verlangen steigt in ihm auf, in den Bildschirm hineinzugehen und sich dort hinzustellen, wo sich sein Dad bücken und ihn mühelos mit dem Roboterarm hochnehmen und ihm mit einem lächelnden Blinzeln eine Kraft einflößen kann, die ihn auf Jahre hinaus beflügeln wird.

»Uff«, unterbricht Mundball seine Gedanken und schwebt neben das Vaterdenkmal. »Ich muß jetzt gehen.«

»Wieso denn?« will Jimi wissen. Eigentlich würde er ja gern mit seinem Dad allein sein, aber ohne Mundball wird er sich einsam fühlen. Als Jimi an diesem Morgen hinaufgegangen war, hatte er Michael überreden können, daß er dableiben durfte, obwohl Michael weg mußte und irgendwo zu telefonieren hatte. Er durfte niemanden außer Jessica oder Savage hereinlassen, aber keiner von beiden war aufgetaucht.

»Ich muß noch was erledigen. Ich bin in Null Komma nichts zurück«, erlärt Mundball, schwebt nach hinten in sein Wohnzimmer hinein und verschwindet durch die Tür.

Jimi starrt auf Mundballs leeres Wohnzimmer hinter dem starren Dad und fragt sich, wo Mundball hingeht, wenn er zur Tür hinausspaziert. Auf dem Bildschirm ist es einfach ein leerer schwarzer Raum, und wenngleich Jimi weiß, daß es ein Tunnel zu irgendeiner anderen Welt sein muß, kann er sich doch nicht vorstellen, wie es darin aussieht. Er lehnt sich auf dem Stuhl zurück und fühlt, wie ihn die Langeweile sacht wie eine Decke einhüllt. Raus kann er nicht, weil Rattensack jetzt mit seinen Leuten patrouilliert und er darum Gefahr läuft, daß sie ihn schnappen. Vielleicht gibt's was im Fernsehen im Wohnzimmer. Er steht auf und geht gerade zur Tür hinaus, als er die Stimme vernimmt.

»He, Bürschchen. Hast du nicht was vergessen?«

Jimi erstarrt. Ohne daß er sich umdrehen muß, weiß er, wessen Stimme das ist. Die von seinem Dad.

Als Jimi über die Schulter zurückschaut, sieht ihn sein Dad aus dem Bildschirm mit einem überaus gewinnenden Lächeln an und zwinkert ihm zu. In Jimi droht ein beachtliches Gebräu aus Freude, Traurigkeit und Jubel überzukochen und sich in einem Tränenstrom zu ergießen. Aber das wird nicht passieren. So etwas macht man doch nicht vor seinem Dad, wenn man ihn seit einer Ewigkeit nicht gesehen hat und ihm zeigen will, was für ein starker Typ man ist. Er bringt zwar noch kein einziges Wort heraus, aber irgendwie scheint sein Dad das zu verstehen und bricht das verlegene Schweigen.

»Komm doch mal hier rüber, so daß ich dich richtig sehen kann. Du meine Güte! Du bist ja bald doppelt so groß, wie ich dich in Erinnerung hatte. Ganz schön lange her, nicht wahr?«

Jimi nickt. Sein Dad geht zu Mundballs Couch hinüber und setzt sich auf die Armlehne, und nach einem Zoom füllen seine Brust und sein Kopf den Bildschirm fast ganz aus.

»Ich weiß doch, daß du eine Menge Fragen loswerden willst, und ich denke, es wird Zeit, daß ich sie dir auch beantworte.«

»Du mußt mir gar nichts beantworten«, platzt Jimi heraus, als er seine Stimme wiedergefunden hat. »Ich weiß doch, daß du wahnsinnig viel zu tun hast. Das ist doch echt wichtig.«

»Na ja, das ist nicht alles«, sagt sein Dad, als er innehält und seufzt. »Falls es dir noch niemand gesagt hat – da draußen sind ein paar wirklich üble Typen.«

Jimi nickt und denkt an Rattensack und den schrecklichen Mann am Fuße der Treppe.

»Es gibt nicht viele, die sich gegen diese Leute behaupten, mein Sohn«, fährt Jimis Dad fort. »Die meisten Leute stehen lieber abseits und halten sich da raus. Aber das kannst du ihnen eigentlich nicht zum Vorwurf machen. Es ist nicht leicht. Du kannst dir dabei weh tun. Ich weiß Bescheid. Man hat mir schon oft weh getan. Aber ich denke nicht daran aufzugeben. Und weißt du auch, warum?«

»Warum?«

»Wegen dir«, erwidert Jimis Dad und zeigt mit dem Finger wie mit einer Pistole auf Jimi.

»Wegen mir?«

»Klar, wegen dir. Weil du für mich das Wichtigste auf der ganzen Welt bist. Und das heißt, daß ich dafür sorgen muß, daß du auf der Welt in Sicherheit leben kannst – selbst wenn das bedeutet, daß ich nicht bei dir sein kann.«

»Dad, wie bist du denn in den Computer reingekommen? Warum kannst du nicht zu mir rauskommen?«

Jimis Dad beugt sich vor und stützt sich mit den Ellbogen von den Knien ab. »Ach, das ist eine ziemlich komplizierte Geschichte. Aber ich will versuchen, sie dir zu erklären, so gut ich kann. Es gab da mal so eine Geheimorganisation, die die Herrschaft über die Welt an sich reißen und alle Menschen zu Sklaven machen wollte. Ich bekam den Auftrag, in ihr Hauptquartier einzudringen, das sich in einem Berg befand, und ihre genauen Pläne herauszukriegen. Als ich schließlich hineinkam, entdeckte ich, daß die Organisation von diesem Wissenschaftler geleitet wurde, der einen Riesencomputer hatte, in dem sie ihre Pläne aufbewahrten. Aber irgendwas ging schief, und sie haben mich mit einem Betäubungsgas außer Gefecht gesetzt, und als ich wieder zu mir kam, war mein Körper weg, und ich befand mich in diesem Computer.«

»Dein Körper ist *weg*?« fragt Jimi erstaunt dazwischen.

»Nicht völlig. Sie haben ihn dort drinnen im Berg eingefroren, und eines Tages werde ich wieder hineingehen und ihn mir holen. Aber um ihnen zu entkommen, bin ich aus dem Computergefängnis ausgebrochen und hab' mich über die Netzwerke davongemacht. Dort bin ich deinem Freund Mundball begegnet, und er hat mich eingeladen, in seinem Computer zu leben. Er hat gesagt, er sei für uns beide groß genug, und das stimmt wirklich.«

Jimi hört, wie die Eingangstür aufgeht; Michael ist aus Hillsboro zurück. »Jimi? Bist du noch da?« ruft er, während er in den Flur tritt.

Aufgeregt läuft Jimi ihm entgegen. »Da ist jemand, den du unbedingt kennenlernen mußt!« ruft er.

Einen Augenblick lang befürchtet Michael, daß Jimi jemanden in die Wohnung gelassen und ihm die Computerverbindung zum Netz und zu DEUS gezeigt hat, aber als er in den Raum hineinsieht und das Bild auf dem Bildschirm erblickt, werden seine Befürchtungen zerstreut.

»Michael Riley, dies ist mein Vater«, verkündet Jimi. »Er ist im Computer zusammen mit Mundball eingesperrt, aber das ist eine lange Geschichte.«

»Michael, ich freue mich, Sie kennenzulernen«, sagt Jimis Dad und erhebt sich von der Couchlehne. »Ich würde Ihnen ja gern die Hand geben, aber ich fürchte, das müssen wir später einmal nachholen.«

»Das denke ich auch«, pflichtet Michael ihm bei und fragt sich, was hier eigentlich vorgeht. Dann fällt ihm ein, daß Mundball und Jimi vor kurzem an einer groben Version eines realen Menschen gearbeitet haben, den er nun in einer beinahe beunruhigend genauen Nachbildung vor sich sieht. »Jimi, es hat sich etwas ganz Wichtiges ergeben, und darum muß ich mit deinem Vater unter vier Augen sprechen. Du verstehst, was ich meine?«

»Aber ich möchte noch mehr mit ihm reden«, protestiert Jimi.

»Keine Angst, mein Sohn«, beruhigt ihn sein Dad, während er sich wieder auf der Couchlehne niederläßt. »Das dauert nur eine Minute, und dann hast du mich wieder ganz für dich.«

»Na gut«, sagt Jimi und geht seufzend hinaus.

Als er die Eingangstür zufallen hört, wendet sich Michael an Jimis Dad. »Ich hab' Ihren Namen nicht verstanden«, sagt er ironisch.

»Hab' ihn auch nicht genannt«, gibt Jimis Dad grinsend zurück.

»Vielleicht kommen wir jetzt lieber wieder zur Sache, Mr. Mundball«, schlägt Michael vor.

»Vielleicht haben Sie recht, Mr. Riley«, kontert Jimis Dad und lehnt sich langsam vor, bis sein ganzes Gesicht den Bildschirm ausfüllt. Dann fällt ein einzelner Tropfen einer perlmuttfarbenen Flüssigkeit aus seinem rechten Nasenloch und rollt nach vorn, wo er sich rasch in die vertrauten Züge von Mundball verwandelt.

»Diesmal bist du zu weit gegangen«, grollt Michael.

»Und wie weit ist das?« will Mundball wissen, während das starre Gesicht von Jimis Dad hinter ihm wie ein Bühnenprospekt aufragt.

»Der Junge hat keinen Vater. Das ist doch die schlimmste Wunde in seinem kleinen Leben. Und nun kommst du mit dieser falschen Maskerade daher und machst ihm unerfüllbare Hoffnungen.«

»Diese Maskerade ist nicht falsch«, widerspricht Mundball. »Sie entspricht exakt Jimis Vorgaben. Wir haben eine Menge Zeit damit verbracht, damit auch wirklich jedes Detail stimmt.«

»Das spielt keine Rolle«, entgegnet Michael. »Es ist immer noch eine Maskerade. Und sobald du weg bist, ist sie auch nicht mehr da. Und was dann?«

»Wieso kommst du darauf, daß ich weggehen werde?« fragt Mundball zurück. »Wohin sollte ich denn gehen? Soll ich mich etwa in einen gemütlichen alten Großrechner in Cleveland zurückziehen?«

Michael ist verblüfft über die rhetorischen Fähigkeiten des Netzes. Was soll er darauf erwidern? Offenbar hat sich das Netz inzwischen Gedanken über seine Lebenserwartung gemacht, und im Unterschied zum Menschen muß er nicht unter den unumkehrbaren Wirkungen des langfristigen Zellabbaus leiden. Solange DEUS richtig gewartet wird, könnte Mundball sie alle überleben. Natürlich ist die Langlebigkeit des DEUS-Komplexes angesichts des Vordringens der Mutationszone inzwischen in Frage gestellt, aber das steht auf einem ganz anderen Blatt. »Ich verstehe, was du meinst«, gibt Michael zu, »aber dennoch wäre es doch schön für Jimi, wenn er letzten Endes einen Vater hätte, der zur Außenwelt gehört.«

»Meine Nachforschungen haben ergeben, daß die Außenwelt voller Väter ist, die überhaupt nicht gut mit ihren Kindern zurechtkommen«, sagt Mundball. »Aber irgendwie hast du schon recht. Wie wär's denn mit so einem Vater ...«

In Mundballs Gesicht beginnt es plötzlich heftig zu arbeiten, und dann durchläuft es viele Variationen eines grotesken Themas, ehe es ein neues stabiles Aussehen annimmt, das Michael erschauern läßt. Er sieht sich selbst vor sich. Eine perfekte Replik des Kopfes von Michael Riley, bei der sogar sein Dreitagebart und das wuschelige Haar genau getroffen sind. Und um dem Ganzen die Krone aufzusetzen, öffnen sich die Lippen, und die Stimme, die daraus erklingt, ist seine eigene Stimme.

»Das gefällt mir ganz gut«, sagt der neue Mundball-Riley. »Und ich glaube, Jimi auch. Natürlich hast du nicht das Heldenformat seines derzeitigen Dads, aber wir machen ja schließlich alle irgendwann mal Kompromisse, und darum könnte dies ein Musterbeispiel für ihn sein. Was meinst du?«

Michael weiß nicht, was er dazu sagen soll.

Der kleine Timmy Grimaldi ist bislang das siebte Kind an diesem Nachmittag. Er wischt sich mit einer schmutzigen Hand über seine laufende Nase, während er unter dem verhangenen Himmel dahintrottet, aus dem ein schwaches Licht auf den Asphalt des Parkplatzes fällt. Er geht hinter Rattensack zum Müllcontainer am Ende des Autounterstellplatzes. Für einen Sechsjährigen hat Rattensack das Format eines räuberischen Reptils mit fürchterlichen und launenhaften Kräften. Timmy war kurz vorher von einer herumstreifenden Patrouille aufgelesen worden, als er mit seinen Autos im Sand hinter dem leeren Grundstück spielte, und Rattensack ausgeliefert worden, der gerade im angrenzenden Gebüsch Hof hielt. Nun zockelt Timmy also in stummer Angst unter der Wolke der Rattensack-Legenden dahin und erwartet ein Schreckensgericht.

Rattensack sieht nicht nach hinten, um sich davon zu überzeugen, ob Timmy ihm auch folgt, weil er weiß, daß das Kind so sicher an ihn gebunden ist, als hinge es an einer Leine. Während sie sich der rostbraunen Seitenwand des Containers nähern, muß Rattensack wieder an diesen unglaublichen Augenblick denken, als sich die überirdischen Mächte einzuschalten begannen. Gegen Mittag war er zum leeren Grundstück gegangen, hatte sich allein auf den Boden gehockt und eine Distel angestarrt und ihre stachelige Arroganz bewundert. Vom Wohnwagenabstellplatz drang der Geruch von gegrillten Würstchen zu ihm herüber, während ab und zu eine Hummel auf ihrer kosmischen Bestäubungstour an ihm vorbeisummte. Zerstreut bohrte er mit dem Daumen in einem Riß in der Sohle seines Turnschuhs und spreizte die Gummiwunde bis fast zur Spitze auseinander. Seit dem Pool-Fiasko mit Jimi kam er jetzt oft hierher, um allein vor sich hin zu brüten. Auch seine Organisation wies große Risse auf, und angefangen hatte es mit Zipper, dem klargeworden war, daß er, Zipper, der Hauptverdächtige gewesen wäre, wenn Jimi ertrunken wäre. Er hatte sich nicht offen gegen Rattensack aufgelehnt, aber es war nicht zu übersehen, daß Zipper sich inzwischen der normalen Einflußsphäre entzogen hatte und Zustimmung und Gehorsam nur noch auf eine sehr sparsame Weise äußerte, womit er zu verstehen gab, daß er sich hintergangen fühlte. Rattensack hatte ihn den Gefahren der Welt außerhalb der Romonahorde ausgeliefert, der großen Welt, in der Rattensack ihn nicht retten konnte. Und wie ein Stein, den man ins Wasser wirft, Wellen erzeugt, so hatte sich die unmerkliche Veränderung in Zippers Verhalten in der gesamten Hierarchie fortgesetzt und bedrohte die alte Ordnung auf eine sanfte, elastische Weise, gegen die man kaum etwas ausrichten konnte.

Aber ungeachtet dieser Schwierigkeiten wußte Rattensack, daß der erhebende Augenblick, in dem er Jimi im Pool den Rücken zugekehrt hatte, das gegenwärtige Durcheinander mehr als aufwog. Ja, tatsächlich bezog er nun großen Trost daraus, weil er wußte, daß er nicht mehr an konventionelle Vorschriften gebunden war und unendlich kreativer sein konnte, indem er sich die Dämonen gefügig machte, die vor ihm tanzten. Während er mit untergeschlagenen Beinen im Gras hockte und in einen blanken Flecken Erde einen Kreis ritzte, wurde die Mittagsstille jäh durch das Kreischen von Bremsen durchbrochen.

Rattensack sprang auf und wandte sich in die Richtung, aus der das Geräusch kam. Durch die Büsche konnte er die zweispurige Straße erkennen, die hinter den Romona Arms vorbeiführte, und ein alter Kombi fuhr gerade an den Straßenrand heran, kurz nach einem Paar verräterischer schwarzer Reifenspuren. Die Fahrertür ging auf, und ein schwergewichtiger Mann im Overall wuchtete sich heraus. Als er draußen stand, schwankte er ein wenig und kratzte sich das graue Haar, dann watschelte er auf den Reifenspuren zurück. Immer wieder blieb er stehen und äugte ins Gebüsch neben dem Bankett, als ob er nach etwas suchte. Als der Mann zum zweitenmal stehenblieb und sich umsah, ging Rattensack ein Licht auf: Der Mann hatte irgendwas angefahren, und nun versuchte er herauszufinden, was es gewesen war. Während er den Mann beobachtete, setzte dieser seine Suche bis zum Anfang der Reifenspuren fort und kehrte dann zum Wagen zurück, wo er ächzend in die Hocke ging, um unter dem Wagen nachzusehen, ob etwas im Fahrgestell hängengeblieben war. Schließlich stand er wieder auf und sah sich vorsichtig nach allen Seiten um, um sich zu vergewissern, daß ihn niemand beobachtet hatte, dann stieg er ein und fuhr in einer ölig-blauen Auspuffwolke davon.

Als der Kombi verschwunden war, verließ Rattensack seine Deckung und schlängelte sich auf einem schmalen Pfad durch die dichten Büsche in der Mitte des großen leeren Grundstücks, bis er schließlich in einem Streifen hohen Grases neben einigen niedrigen Sträuchern am Rand der Straße wieder herauskam. Die Luft war still und heiß, als er durch das Gras watete, aus dem Grashüpfer in kurzen Bögen herausschossen, und auf den Schotterstreifen hinaustrat, wo von den Reifenspuren noch immer ein warmer Gummigeruch aufstieg. Inzwischen war sich Rattensack darüber im klaren, daß der Mann eigentlich oberhalb der Reifenspuren hätte Ausschau halten sollen, nicht unterhalb – aber vielleicht wollte der Mann eigentlich gar nichts finden. Rattensack ging die Straße vor den Reifenspuren etwa zehn Meter lang ab, wobei er sorgfältig das Gebüsch und das hohe Gras neben dem Seitenstreifen durchkämmte, und fand nichts. Daher kletterte er die Böschung von der Straße wieder hinunter, ging etwa drei Meter ins Gras hinein und trat den Rückweg an.

Rattensack wäre beinahe über den Kadaver gestolpert, bevor er ihn im hohen Gras zu seinen Füßen erblickte. Ekel durchschauerte ihn, als er sich den umgedrehten Leib des Bohrers ansah, dessen sechs Insektenbeine aus einem gewaltigen eiförmigen Panzer herausragten. Der Kopf war durch den Zusammenstoß mit dem Auto teilweise zerquetscht worden, und eine dunkelgelbe Flüssigkeit quoll daraus schäumend auf den Boden. Ein sehr menschenähnliches Auge war ihm verblieben und starrte nun Rattensack kalt an, während er den Kadaver umkreiste. Der Lochsägeschnabel in der Mitte des Kopfes hielt noch immer den rosafarbenen und roten Fleischbrei seiner undefinierbaren letzten Mahlzeit fest, und zum Glück für Rattensack hatten sich seine Virusschlitze nach dem Zusammenprall mit dem Auto ein für allemal geschlossen.

Rattensack brach von einem nahegelegenen Strauch einen Stock ab und benützte ihn als Hebel, um den Bohrer wieder umzudrehen. Als er das Tier stochernd auf dem Bauch gehievt hatte und die großen Öffnungen mit den winzigen Flügeln erblickte, wußte er, daß dies etwas ganz Unheimliches war, etwas, was sich die Erwachsenen in den Fernsehnachrichten anguckten und über das sie in einem ganz nervösen Ton sprachen. Aber jetzt gab es hier keine Erwachsenen. Nur ihn. Und der Kadaver gehörte ihm, und er konnte damit machen, was er wollte. Er brauchte nicht lange, um zu wissen, was er wollte.

Zwanzig Minuten später hatte er den Kadaver in einem Plastikmüllsack verstaut, den er über den Pfad zurück zu den Romona Arms hinter sich herzog. Der Augenblick, da dieses fürchterliche Ding in sein Leben trat, hätte nicht besser gewählt sein können. Es würde nun die Hauptfigur in einer Wiederaufführung der ursprünglichen Zeremonie werden, der Rattensack seinen Namen verdankte, nämlich als eine Schar entsetzter Kinder gezwungen war, sich die tote Ratte anzusehen, die er im Pool ertränkt hatte. Nun würde dieser Bohrer das höchste Symbol in einer triumphalen Wiederherstellung seiner rechtmäßigen Position in den Romona Arms darstellen, in einer intimen Zeremonie, die sich in dem verborgenen Raum zwischen dem Müllcontainer und dem Zaun abspielen würde.

»Hier hinten«, weist Rattensack den Weg, als er sich mit Timmy dem schäbigen Tempel nähert, in den jeder Gläubige gehen muß. Der Zwischenraum ist gerade einen Meter breit, und die Sonne scheint hier nie hinein, so daß der Asphaltboden feucht und bedeckt ist von Schichten aus verschimmeltem Papier und verrottetem Verpackungsmaterial. Primitive pornographische Zeichnungen sind in die rostige Wand des Containers und in das ausgebleichte Holz des Zauns eingeritzt, zusammen mit einer ordinären Parade obszöner Sprüche. Rattensack versperrt Timmy die Sicht, bis sie das entgegengesetzte Ende dieses Zwischenraums erreicht haben, und dann tritt er plötzlich zur Seite, als Timmy nur noch knapp einen Meter vom Bohrer entfernt ist, der so zwischen zwei Kartons aufgebahrt ist, daß sein verbliebenes Auge das Kind direkt anstarrt.

Timmys Gesicht verrät nicht, was in ihm vorgeht, aber Rattensack ist inzwischen daran gewöhnt und erkennt darin eine Form des Schocks, die viel tiefer sitzt, als wenn das überraschte Opfer schreien oder davonrennen würde. Der Kleine ist einfach gelähmt vor Angst, und Rattensack lächelt beifällig, als er sieht, wie der Urinfleck im Schritt von Timmys Jeans auftaucht und sich zu den Beinen hin ausdehnt.

»Okay, Junge«, sagte er zu Timmy, während er ihn an den Schultern packt und umdreht, damit sie von hier verschwinden können, »wir werden nie vergessen, was wir hier gesehen haben. Und wir werden auch nie vergessen, daß diese Dinger meine Kuscheltiere sind. Und weißt du, was das bedeutet? Das bedeutet, daß sie alles tun, was ich ihnen sage! Und wenn du irgendeinem Erwachsenen davon erzählst, dann wird dich vielleicht eins von diesen Dingern packen und dir ein Loch direkt in den Bauch bohren. Und jetzt nichts wie weg hier.«

In seiner Wohnung beobachtet Jimi durch einen Spalt zwischen den Vorhängen, wie Rattensack hinter dem Müllcontainer mit dem kleinen Timmy Grimaldi auftaucht, der wie versteinert aussieht. Als Jimi die Wohnung von Michael Riley verlassen hatte, sah er die beiden in feierlicher Prozession auf den Autounterstand und den Müllcontainer zumarschieren, und darum rannte er rasch den Gang und die auf der anderen Seite liegende Treppe hinunter, so daß er den herumschwirrenden Patrouillen entkommen konnte. Nun ist er doppelt froh darüber, daß er seine Wohnung sicher erreicht hat. Was auch immer da hinten vorgehen mag, ist böse, selbst nach dem Maßstab von Rattensack.

»He, Jungchen, wieso linst du denn aus dem Fenster?«

Zodia kichert und versucht von der Couch aus nach seinem Bein zu greifen. Jimi weiß, daß es keinen Sinn hat, ihr zu erzählen, was da draußen vorgeht. Sie wird es nicht kapieren, genausowenig wie sie gegenwärtig noch mitbekommt, daß sie doch eigentlich seine Mutter ist. Auf dem Couchtisch erblickt er die offene Blisterpackung, die Pfeife und die Essiglösung, die ihr gerade zur Auflösung ihres tödlich verletzten Gedächtnisses verholfen haben.

Zodia springt abrupt auf und tobt ihre nervöse Energie dadurch aus, daß sie das Wohnzimmer umrundet und dabei in irgendeinem inneren Dialog beifällig vor sich hinnickt. Nach ein paar Runden schnappt sie sich ihre Lederjacke, die sie achtlos über einen Eßtischstuhl geworfen hat, und schlüpft hinein. Dann grient sie Jimmi an.

»Hübscher Fummel, eh? Ein Schnäppchen. Ich komm' später wieder, hörst du?« Sie tritt vor Jimi hin und verzieht kaum merklich die Augenbrauen. »Deine Mutter kann sich doch darauf verlassen, daß du hier bist?«

Tief in seinem Inneren spürt Jimi, wie die letzten Leinen reißen, die ihn noch mit seiner Mutter verbinden. Es tut schrecklich weh, als dies passiert, aber genauso plötzlich vergeht der Schmerz wieder.

»Klar, kann sie«, lügt er.

»Brav. Na schön, bis später. Ich hab' einen neuen Stoff bekommen, den ich ausprobieren will.«

Zodia rafft eine Schachtel Zigaretten an sich und geht zur Tür hinaus. Von der Couch vor dem Fenster sieht Jimi zu, wie sie über den Parkplatz hinwegschlendert und zur Straße geht. Sie wird nie wiederkommen. Er sieht dies in einem Glutball der Erleuchtung voraus, eine Eingebung, wie sie den meisten Menschen nur ein paarmal in ihrem ganzen Leben gewährt wird.

Aber als der Glutball verblaßt, wird das Vakuum, das er hinterläßt, nicht etwa von Panik erfüllt. Weil er seinen Dad hat. Gewiß, eingesperrt im Computer, aber gleich hier in den Romona Arms, nur ein paar Türen weiter. Und irgendwie wird sein Dad schon wissen, wie er mit Rattensack fertig wird.

In den grausigen grünen Tiefen von Lonnie Johnsons ehemaligem Erdbeerfeld wird ein großer Erdwall völlig verdeckt von dem aberwitzigen Bewuchs, der daran hoch und darüber hinweg wuchert und die Sicht auf den klaren Nachthimmel verwehrt, an dem das Sternbild des Schützen über dem südlichen Horizont wie ein Teekessel hängt, dessen Schnauze zum Herzen der Galaxis deutet. Wie die früheren Erdwälle ist auch dieser eine Fabrik, in der sich eine irre Metamorphose summend vollzieht und Hitze und Dämpfe durch Lüftungslöcher ausspeit, durch die warme und wirre Düfte dem Schwarm der Nadelhunde detaillierte Anweisungen übermitteln, die um den Erdwall ausgeschwärmt sind und einen Verteidigungsring bilden. Die Dämpfe künden an, daß das neueste Schlachtschiff der kaiserlichen Intronflotte bald vom Stapel laufen wird, ein Geschöpf, das über die nötige Energie und Reichweite verfügt, die Lücken in der Mutationszone zu schließen und eine gewaltige Spur der Ansteckung durch seine Virusschlitze zu verbreiten, während es seine Bahn zieht. In der Finsternis der Pflanzenkuppel zittert die Luft unter dem Summen, Klicken und Brummen einer biologischen Infrastruktur, die auf selbstmörderischen Hochtouren läuft und unglaublich rasch die Nährstoffe an der Oberfläche verbraucht und immer tiefere Wurzeln aussendet auf der Suche nach neuem Wasser und Brennstoff. Einen halben Meter unter dem Erdboden feuert ein Ding mit einem stahlharten Panzer und einer Bohrkopfschnauze Torpedowürmer ab, die sich durch die Erde bohren und auf ein anderes Ding treffen, eine knollenförmige Masse, die auf einem Kissen von Schleim treibt. Unmittelbar darüber windet sich eine röhrenartige Pflanze von der Größe eines Gartenschlauchs um eine dicke Kugel, die mit kleinen Tentakeln bedeckt ist, und jagt ihren Saugrüssel ins Zentrum der Kugel, so daß die Tentakeln wie wahnwitzig hin und her wogen. Oben unter der Pflanzenkuppel wird ein Helikäfer von einem kleinen geflügelten Insekt abgeschossen, das sich in eine Ritze zwischen seinen Schuppen hineingräbt und Tausende von Eiern ablegt, die nach wenigen Minuten ausschlüpfen und den Helikäfer von innen nach außen verzehren werden.

Im Zentrum unter der Kuppel gerät der Wall in Bewegung und wirft seine Spitze ab wie ein Vulkan, während die jüngste Kreatur herausschlüpft. Später werden die Medien sie einen Medugator nennen, eine Kreuzung zwischen der schlangenhäuptigen Medusa und dem Leib eines Alligators. Tatsächlich ist der mit kräftigen Muskeln bepackte Torso fast zwei Meter lang und mit Schuppen bedeckt, die so zäh sind wie bei einem synthetischen Panzer, und er weist vier stämmige Beine auf, die in klauenbewehrten Füßen enden, sowie einen Schwanz, der nach oben und nach vorn gewölbt ist wie der Schwanz eines Skorpions und in einem Injektionsstachel ausläuft. Der Kopf besitzt zwei menschenähnliche Augen, die in Scheinwerfergehäusen montiert sind, und zwei ähnliche Gehäuse, in denen zwei ausgesprochen sensible infrarote Augen untergebracht sind, die von einer Art organischer Wärmepumpe gekühlt werden. Das Maul sieht grauenvoll komisch aus wie das Maul eines Ochsenfrosches, nur viel größer – bis es sich auftut und eine kreisrunde Öffnung bildet und die schlangenartigen Zungen herausschießen, einen ganzen Meter über das Körperende hinaus, Dutzende solcher Zungen, deren unterschiedlich geformte Köpfe als Bohr-, Reiß-, Schneide- und Saugwerkzeuge fungieren.

Der Medugator schüttelt den Schmutz vom Erdwall ab und trottet durch die finstere Bodenvegetation los, wobei er sich vom differenzierten Wärmebild leiten läßt, das seine Infrarotaugen registrieren.

Er macht einen Nadelhund aus, huscht in Reichweite, öffnet das Maul, und schon saust das Bündel Schlangenzungen heraus und beginnt mit der sorgfältig abgestimmten Metzelei, nach der das ganze Biest in weniger als zwei Minuten verzehrt ist.

Nachdem nun alle Systeme genau justiert sind, bricht der Medugator aus dem Dschungel am Rande des Feldes hinaus und mustert die Szenerie im sichtbaren wie im infraroten Licht. In der Ferne zeichnen sich die Motoren von Fahrzeugen weißglühend gegen ihre dunkleren Umrisse ab. Wesen mit Metallgegenständen gehen um die Fahrzeuge herum und in den angrenzenden Feldern hin und her. Aber die Introns, die den Medugator antreiben, wissen, daß diese Wesen zu Fehleinschätzungen neigen, insbesondere in der Dunkelheit, und daher relativ leicht zu umgehen sind.

*Die verdammten Hunde. Geht das schon wieder los.*
Cynthia Price liebt ihre Jagdhunde, alle zehn. Seit ihr Mann Ed gestorben ist, sind sie ein großer Trost für sie, auch wenn sie sie in solchen Augenblicken wie jetzt ärgern, wenn sie unvermittelt einen aufgeregten Chor mit ihrem langanhaltenden Geheul anstimmen. In ein paar Minuten werden sie wieder aufhören, und dann wird sie ihre Aufmerksamkeit ganz der alten Aufführung von *Arsenio Hall* zuwenden können. Ihr Zwinger ist zwar einige Meter vom Haus entfernt, aber es hört sich an, als wären sie gleich hier drinnen und bellten Arsenio an.

Der Medugator ist schnell gelaufen und hat dabei große Mengen von Energie verbraucht, und darum stellt dieser dichte Haufen von Lebewesen im Zwinger eine attraktive Brennstoffquelle dar. Ein vorsorgliches Sichern ergibt, daß sich hinter dem Zwinger ein großes Gebäude befindet, mit mehreren hellen Energiequellen, aber ohne sichtbare Bewegung, so daß sich der Medugator dem Zwinger nähert.

Cynthias Ohren nehmen ein Ansteigen der Tonhöhe im Bellen und Heulen der Hunde wahr, eine höchste Raserei, die sie noch nie vernommen hat. Im Fernsehen wird gerade ein Werbeblock zwischengeschaltet. Teufel noch mal, murmelt sie vor sich hin, ich sollte lieber mal nachsehen. Sie schlüpft in ihre Pantoffeln und stemmt ihren rundlichen Körper aus Eds Sessel, wobei sie wegen der Arthritis in ihrem linken Knöchel schmerzhaft zusammenzuckt.

Aus kurzer Distanz hat der Medugator die Lebewesen im Zwinger als optimalen Nahrungstypus eingestuft, und nun hebt er eine klauenbewehrte Vorderpfote, um den Maschendraht aufzureißen.

Als Cynthia die hintere Tür erreicht, wird das Gebell noch höher und ist nun fast ein Kreischen, und sie fühlt sich vom kühlen Hauch der Urangst umweht. Sie weicht von der Tür zurück und geht zum Gewehrschrank im Wohnzimmer, um sich eine Schrotflinte zu holen. Irgend etwas stimmt dort draußen nicht. Ganz und gar nicht.

Als die Hundemeute durch das Loch im Zwinger nach draußen drängt, setzt der Medugator zurück, um den korrekten Angriffswinkel auf den letzten Hund, der herauskommt, einzunehmen. Die anderen Hunde knabbern bereits an seinen Beinen und Flanken – eine vergebliche Attacke, als wollten sie sich durch Teflon beißen. Der Medugator schließt seine Berechnungen ab und öffnet das Maul genau in dem Augenblick, da der letzte Hund herausspringt und dabei seinen Bauch exponiert. Die chirurgischen Schlangen schießen hinaus und greifen den Hund an Dutzenden von Stellen gleichzeitig an, so daß er einen entsetzlichen Schrei ausstößt, der den allgemeinen Lärm noch übertönt.

Cynthia muß einen Augenblick lang überlegen, wie man eine Patrone ins Gewehr einführt, und gerade als sie fertig ist, vernimmt sie den Schrei, der die Nacht zerreißt. Sie blickt auf die hintere Tür und zögert kurz, aber dann schlurft sie stur los. Irgend etwas tut ihren Hunden weh, und wie schrecklich auch immer dies sein mag, hat sie doch die mütterliche Pflicht, sie zu beschützen. Außerdem – schlimmer, als ihre Phantasie es ihr ausmalt, kann es nicht sein.

Nun kreisen die anderen Hunde den Medugator ein und fallen ihn an, nur um völlig sinnlos an seinem Schuppenpanzer zu knabbern. Der angegriffene Hund liegt schlaff auf dem Rücken, während das

Mundschlangenteam des Medugators ihn mit meisterhafter Effizienz bearbeitet – es schneidet, sägt, reißt, bohrt und saugt in einer grauenvollen Harmonie, die nicht einen einzigen Blutstropfen auf dem Boden zurückläßt. Die Eingeweide sind bereits verzehrt, und das Brustbein ist geöffnet, so daß die anderen weichen Gewebeteile ausgesaugt werden können, während ein separates Schlangenteam die Schultermuskulatur vom Knochen schält.

Cynthia schaltet die starke Außenbeleuchtung an und öffnet die Tür gerade so weit, daß sie die Hunde sehen kann. Zunächst registriert sie den Medugator gar nicht, eine Abwehrreaktion, die aber augenblicklich vergeht, als sie das hintere Ende des Untiers mit den gedrungenen, klauenbewehrten Beinen und dem aufgerichteten Stachelschwanz erblickt. Dann sieht sie, daß es einen ihrer Hunde, ihrer geliebten Hunde, niedergemacht hat, und sie schreit das Ding an, und dieses wilde und primitive Geschrei veranlaßt das Ding, innezuhalten und sich nach ihr umzudrehen, wobei sein Maul noch offensteht und Blut vom Schlangenteam herabtropft.

Der Medugator starrt die Gestalt auf dem Treppenabsatz der Veranda mit seinen binokularen Augen an und sieht, daß es sich dabei eindeutig um einen biologischen Zweibeiner handelt, und damit scheidet sie als Gelegenheitsziel aus. Aber gleichzeitig nimmt er wahr, daß die Gestalt irgendeine Art nichtbiologisches Anhängsel aufweist, und sofort lösen festverdrahtete neuronale Sequenzen den Alarm aus und aktivieren das Fluchtverfahren. Er zieht seine Schlangenzungen zurück und fährt herum, um auf das nächste Versteck innerhalb seines peripheren Gesichtsfeldes zuzusprinten, ein von Dunkelheit umhülltes offenes Feld.

Cynthia hat bereits das Gewehr zur Schulter hochgerissen, gerade als der Medugator das Maul schließt, und feuert beide Läufe auf ihn ab, während er mit erstaunlicher Geschwindigkeit in die Dunkelheit hineinjagt und die Hunde ihn hechelnd verfolgen. Sie sinkt auf die Stufen der Veranda nieder, während sich der Lärm der Hunde in der Nacht verliert. Bei aller Verwirrung hat sie kurz einen Blick auf den niedergestreckten Hund geworfen, aber noch hat sie nicht die Kraft, sich das genauer anzusehen. Dann dringt aus der dunklen Ferne erneut ein fürchterliches Kreischen zu ihr herüber. Irgendwo dort draußen viviseziert das Ding noch einen von ihren Hunden.

Als der Medugator mit seinem zweiten Opfer fertig ist, sprintet er so schnell über das offene Feld, daß die Verfolger nicht mehr mithalten können, und dann klettert er über einen Drahtzaun, der für sie unüberwindlich ist. Die Infrarotaugen signalisieren helle Flecken von Bauen und Nestern, aber sonst keine Anzeichen von Aktivität. Eine gelbliche Flüssigkeit sickert aus einer Stelle, wo einige Schrotkügelchen einen ungeschützten Bereich trafen, das Gelenk, durch das die lederhäutigen Beine mit dem gepanzerten Körper verbunden sind. Die Kügelchen haben mehrere innere Organe durchlöchert und das Untier veranlaßt, alle nichtlebenswichtigen Systeme abzuschalten, unter anderem auch die Virenreservoire und -schlitze, die die Samen der Transformation aussäen. Der Flüssigkeitsverlust zwingt auch einige von den höheren Nervenfunktionen, ein Haltemuster einzunehmen, auch jene, die für die Feinregulierung der unabhängigen Steuerung zuständig sind. Statt nach Belieben durch unbefallenes Gelände streifen zu können, muß sich der Medugator nun nach Leuchtfeuern richten, die andere Angehörige der Intronsschar hinterlassen haben, die bereits in jungfräuliches Land ausgeschwärmt sind. Und nun schnappen die Nüsternanschlüsse des Medugators eine Duftspur auf, die von einem verletzten Nadelhund stammt, der möglicherweise in einem Kampf mit denselben Hunden verstümmelt worden ist.

Der Medugator folgt der Spur über das offene Feld auf das helle Sternbild aus Halogenstraßenlampen zu, das den Horizont umfängt. Als er näherkommt, fangen Hunde zu bellen an, und der Medugator entdeckt, daß sich die Duftspur um die Peripherie eines Gebäudekomplexes herumwindet und sich quer über ein Waldgebiet hinzieht, wo er kurz innehält, um einen unglücklichen Kater zu verschlingen, der sich gerade auf einem nächtlichen Bummel befindet. Dann folgt er der Spur über einen großen Parkplatz hinweg und schlängelt sich zwischen mehreren Lagerhäusern hindurch, bevor er einen Bahndamm erklettert, der sich ihm als unbehinderter Privatweg durch die heiße Nacht anbietet. Nach etlichen Kilometern verläßt die Duftspur die Gleise und zieht sich rund zwei Kilometer in einem Abflußgraben neben einer Hauptverkehrsstraße dahin. Während der Medugator dieser Duftkarte durch den Schlamm und den Abfall folgt, der sich im Graben gesammelt hat, empfängt ihn hin und wieder wütendes Gebell aus nahegelegenen Hinterhöfen. Aber dann verläßt der Duft den Graben und überquert eine zweispurige Straße, wo er im hohen Gras des leeren Grundstücks neben den Romona Arms endet. Seine Infrarotaugen nehmen die aufkommende Wärme der Dämmerung wahr, und so zieht er sich ins dichtere Gebüsch zurück, wo er seine Energie konservieren und den nächsten Dunkelheitszyklus abwarten wird, ehe er weiterwandert.

# 25

## Wie die Heuschrecken

Rattensack schafft es mit dem dritten Schlüssel, der sich bis zum Abend zuvor noch in der Handtasche von Zippers Mutter befunden hat. Er schlüpft glatt ins Schlüsselloch am Türgriff von Jimis Wohnung und paßt genau hinein. Gut. Er tritt zur Seite, und die Vormittagssonne wirft seinen gedrungenen Schatten auf die Tür, einen zusammengeschobenen schwarzen Rattensack, der umgekippt ist. Aus seinem Gürtel holt er nun einen Hammer, und nach einem vorsichtigen probeweisen Antippen holt er mit einem bösartigen Grinsen fest aus und treibt den Schlüssel unverrückbar ins Schloß. Er summt vor sich hin, stellt sich vor das Schloß und vollendet sein Werk. Wieder ein probeweises Antippen, dann ein genau berechneter Schwung, der den Kopf des Schlüssels dicht über dem Schloß abschlägt und klimpernd auf den Gangboden fallen läßt. Er geht in die Hocke, um seine Arbeit zu begutachten, und grinst, als er das blitzende, zackige Stück Metall sieht, das das Schloß für immer versiegelt. Er kümmert sich überhaupt nicht um die Leute, die sich auf dem Parkplatz und im Unterstellplatz hinter ihm aufhalten. Niemand wird Notiz von dem nehmen, was er da tut. Sie sind viel zu sehr mit ihrem Verfolgungswahn beschäftigt und versuchen wegzukommen, solange es noch geht. Zwei Drittel der Autos haben den Unterstellplatz bereits verlassen, und die noch verbliebenen stehen zumeist mit offenem Kofferraum oder geöffneter Heckklappe da, während die Leute hastig all die Sachen hineinstopfen, die ihnen am meisten bedeuten. Ein Foto von Oma, eine chinesische Vase, einen Bowlingpokal, einen Ledermantel, einen Fernseher. Die Unterhaltung beschränkt sich auf ein Minimum, und Rattensack spürt förmlich, wie sich die Angst in den Löchern des Schweigens ebenso wie im unterdrückten Sprechen staut. Die meisten Menschen hier hatten bis spät in die Nacht ferngesehen und dabei erfahren, daß die Mutationszone, wie die Presse sie jetzt nannte, sich inzwischen in einem riesigen Umkreis ausdehne und bereits einen Durchmesser von rund zwanzig Kilometern erreicht habe. Im Zentrum sei sie eine feste Masse aus Pflanzen und Tieren, deren Konzentration selbst die der heißesten Dschungel am Äquator übersteige. Zum Rand hin führten die Nadelhunde und die Medugatoren den Vormarsch dieser Zone wie Ausgeburten der Hölle an, und auf ihrem Weg würden Vegetationsinseln aufbrechen und schließlich zusammenwachsen. Es gab bereits entsetzliche Aufnahmen, die aus Hubschraubern gemacht worden waren und auf denen ganze Viertel im Dunkel eingeschlossen waren, während sich im Scheinwerferlicht Menschen auf Dächern zeigten, die Zuflucht vor der um sie herum anbrandenden Biomasse gesucht hatten. Auf anderen Aufnahmen sah man Menschen benommen durch die Straßen ziehen, die neuartige und beunruhigende Symptome aufwiesen: ein Gesicht, das in einem nicht enden wollenden Gähnen erstarrt war, ein Hals, der von Beulen umhüllt war, die so groß waren wie Murmeln, eine Nase, die von struppeligem schwarzem Haar bedeckt war.

Nun spürt Rattensack, wie sich die Szene auf dem Parkplatz gerade noch unterhalb der Panikschwelle einpegelt, und intuitiv begreift er, daß die Kräfte, die ihn so lange in Zaum gehalten haben, sich rasch aufzulösen beginnen. Bald wird es keine Bullen, keine Eltern, kein Gesetz, keine glaubwürdigen Zeugen, keine künstlichen Schranken zwischen Denken und Handeln mehr geben. Es geschieht alles so rasch, daß er Mühe hat, sein Bezugssystem auf dem laufenden zu halten. Die derzeitige Lage scheint geradezu maßgeschneidert zu sein, ihn seinen Plan vollenden zu lassen, einen Plan, der sich an diesem Morgen zu entwickeln begann, als er hörte, wie die alte Mrs. Nimitz nach ihrem Pudel am Rande des Gangs rief, der unmittelbar an das leere Grundstück grenzte.

»Hierher, Chester. Hierher, Chester«, rief Mrs. Nimitz mit tiefster Resignation, während Chester irgendwo im Gestrüpp in höchster Aufregung eine holpernde Kadenz kläffte. Rattensack mußte augenblicklich an das tolle Totem der Macht denken, das er gestern in Gestalt des toten Dings gefunden hatte. Hatte der Hund ein neues Strandgut entdeckt? Da gab es nur eine Möglichkeit, dies herauszufinden. Er schlenderte zu der ungläubig überraschten Mrs. Nimitz hinüber und erklärte ihr, er wolle Chester suchen, und dann begab er sich in das verwilderte Grundstück hinein, wobei er sich nach dem pulsierenden Signal orientierte, das der kläffende Hund aussandte. Schon bald war er mittendrin und näherte sich einer Stelle, die er einfach als Kreis bezeichnete, ein dichtes Gestrüpp mit einer kleinen grasbewachsenen Lichtung, deren Durchmesser keine drei Meter betrug. Den einzigen Zugang bot ein Tunnel, der teils natürlich, teils von Rattensack angelegt worden war, und nun beugte er sich vor und starrte hindurch. Am Ende konnte er die kleine Fläche aus Gras und Licht sehen, die an die dunkle Wand des Gebüschs auf der anderen Seite dieser winzigen Lichtung stieß. Es gab keinen Zweifel: Das Kläffen kam von dort drinnen. Er kroch auf allen vieren durch den etwa vier Meter langen Tunnel und steckte am Ende ganz vorsichtig den Kopf um die Ecke. Da stand Chester starr da, den Kopf aufgeworfen und die Beine leicht gespreizt, während er unermüdlich ein Kläffen nach dem andern auf einen einzigen Punkt in der dunklen Wand des Gebüschs richtete, das an dieser Stelle über eineinhalb Meter hoch war. Was, zum Teufel, bellte der Hund bloß dauernd an? Rattensack kroch aus dem Tunnel, trat langsam hinter Chester, der ihn völlig ignorierte, und äugte in die Richtung, in der der Hund bellte.

Während er jetzt daran zurückdenkt, geht ihm auf, daß er eine ganze Minute benötigte, um den Umriß des Dings wahrzunehmen, denn es war so völlig fremdartig, furchtbar und lächerlich zugleich. Der von den Büschen fast verdeckte riesige Kopf war gut einen halben Meter breit und besaß ein zu einem mißmutigen Schlitz verzogenes Froschmaul und menschlich aussehende Augen, die in Sockeln auf Stengeln saßen, die vom Schädel ausstrahlten. Das Ding war absolut bewegungslos, und Rattensack dachte zuerst, daß es tot sei, aber dann ging eines der Augen auf und zu. Als diese Züge von seinem Verstand registriert wurden, spürte Rattensack, wie ihn eine Gänsehaut überlief und der Drang zu fliehen in seinem Gehirn fast übermächtig wurde, aber er ließ sich nicht unterkriegen und hob behutsam den Hund auf, der auch weiterhin eine endlose Kläffsalve auf das Ding abschoß.

Als er den sich windenden Hund zu Mrs. Nimitz zurücktrug, fühlte er eine wunderbare Woge der Erregung über diese neue Entdeckung in sich aufsteigen. Was er gestern mit dem neuen Ding begonnen hatte, würde er heute mit diesem Ding abschließen. Und während die gestrige Show vor einem großen Publikum gelaufen war, würde die heutige Vorstellung nur für einen einzigen Zuschauer veranstaltet werden – für Jimi Tyler. Aber zunächst einmal wollte er sich mehr Informationen verschaffen, mehr Daten, auf denen er sein Vorhaben aufbauen konnte. Er brauchte ein Testtier.

Nachdem er Chester zu Mrs. Nimitz' Wohnung zurückgebracht hatte, machte sich Rattensack auf die Suche, und schon bald erspähte er Mr. Mitts, Dolores Kingsleys getigerten Kater. Das Tier saß ruhig auf einem sonnigen Fleck am Zaun in der Nähe der Rückseite des Komplexes und wehrte sich nicht, als Rattensack es aufhob. Trotz aller Proteste von Dolores wußten alle Kinder, daß Mr. Mitts ein friedfertiger Spielkamerad war, und oft wirkte er in den kleinen Dramen der Kinder mit und übernahm alle möglichen Rollen, vom Weltraummonster bis zum Königstiger.

Dann schlug sich Rattensack an der Rückseite des Gebäudes durch die Büsche, bis er wieder auf dem leeren Grundstück herauskam, wo er direkt auf den Kreis zusteuerte, Mr. Mitts in den Tunnel setzte und dann hinterherkroch. Der Kater zögerte, machte einen Buckel und zog den Schwanz ein, als ob er irgendwie wüßte, was ihm bevorstand. Aber als Rattensack ihm von hinten einen Schubs gab, schlich er langsam weiter. Als sie das Ende des Tunnels erreichten, schnappte sich Rattensack rasch den Kater, indem er eine Hand um seinen Bauch legte und ihn hochhob. Im Zentrum des Kreises war es still und heiß, und der Kater hing passiv in Rattensacks Griff und wartete geduldig ab, bis auch dieses Kinderspiel vorbei war, so daß er sich wieder seinen Lieblingsbeschäftigungen widmen konnte – Schlafen und Fressen. Auf diese Distanz konnte Rattensack die Einzelheiten des riesigen Kopfes erkennen, der sich keinen halben

Meter entfernt ins Gebüsch zurückgezogen hatte, geradesoviel, daß er im Schatten lag und teilweise getarnt war. Wie zuvor verharrte er in absoluter Bewegungslosigkeit, und offenbar bekam Mr. Mitts die Anwesenheit des Dings überhaupt nicht mit. Rattensack schätzte die Entfernung ab, nahm Mr. Mitts langsam aus seiner Armbeuge, und gerade als der Kater sich dagegen zu wehren begann, warf er ihn in einem Bogen von sich, der genau vor dem Ding endete. Während der Kater durch die Luft segelte, schlug er mit Schwanz und Beinen um sich, um auf allen vieren zu landen. Und dabei sah Rattensack, wie sich die Augen des Dings plötzlich bewegten und die Vorwärtsbewegung des Katers verfolgten. Noch ehe der Kater landete, war das Maul des Dings bereits geöffnet, und mehrere von den Schlangenwerkzeugen schossen heraus wie Abfangraketen. Die ersten beiden besaßen nadelspitze Speerspitzen und trafen den Kater in der Flanke, bohrten sich hindurch bis auf die Rattensack zugewandte Seite und warfen das Tier auf den Bauch, während eine dritte Schlange mit einem Injektionsnadelkopf herausschoß, in den Bauch des Katers fuhr und ihn augenblicklich tötete. Es folgte eine Reihe spezieller Schlangenzungen, mit Kneif-, Schäl-, Saug-, Kratz- und Sägwerkzeugen, die den Kadaver völlig zerlegten und Stückchen für Stückchen in die dunklen Schlünde der Schlangenhöhle im Maul des Dings beförderten. Als das letzte Stück von Mr. Mitts verschwunden war, schnappte das Maul zu, und das Ding kehrte abrupt in seinen bewegungslosen Zustand zurück, während Rattensack ebenso reglos zusah. Der einzige sichtbare Beweis, daß dieser Kampf überhaupt stattgefunden hatte, war ein winziges Tröpfchen Katzenblut an einer Stelle des Maulschlitzes. Rattensack betrachtete den unbeweglichen Kopf, und obgleich er von diesem bemerkenswerten Akt der Gewalt zutiefst beeindruckt war, hatte er keine Angst. Tatsächlich hatte er vor nichts mehr Angst gehabt seit der Nacht, da er Jimi im Pool hatte ertrinken lassen wollen und sich in ein Reich begeben hatte, in dem Furcht und Angst Bedarfsgüter waren, gelagert in unerschöpflichen Vorräten und zum Großhandelspreis verhökert an Händler wie ihn.

Und nun, als die Arbeit an Jimis Schloß fertig ist, schlendert Rattensack über den Parkplatz zum Müllcontainer, in den er den Hammer wirft, während der letzte Wagen gerade den Autounterstand verläßt. In der plötzlich eingekehrten Stille umrundet er den Pool und begibt sich in eine Position, von der aus er die Tür zu Jimis Wohnung sehen kann, ohne von Jimis vorderem Fenster aus gesehen zu werden. Die Stille wird Jimi irgendwann herauslocken, da ist er sicher.

Zum erstenmal kommt es ihm in den Sinn, daß auch er lieber so bald wie möglich verschwinden sollte. Aber noch nicht. Zuerst muß er Jimi zur größten Show der Welt mitnehmen.

Während der Hubschrauber aufsteigt und den OHSU-Komplex unter sich zurückläßt, erhält Michael eine klassische Lehrstunde in urbaner Geographie. Direkt unter ihnen liegt das topographische Rückgrat der West Hills, die den Großraum von Portland in einen alten und neuen Teil aufteilen. Der alte Teil befindet sich hinter ihnen: das Stadtzentrum, die Docks, die Schiffe, die Raffinerien, die Schornsteine, die Wohnblöcke mit den Außentreppen, das Raster der Wohnviertel. Der neue Teil liegt vor ihnen – hier leistet das flache Farmland des Tualatin Valley dem gnadenlosen Vorstoß der ausufernden Stadt keinen natürlichen Widerstand, und die Vorortsiedlungen ziehen sich bereits in einem aberwitzigen Schwung über fünfundzwanzig Kilometer bis zur Coast Range auf der anderen Seite des Tals hin, wobei sie unterwegs ganze Gemeinden geschluckt und Futterscheunen in Sonnenstudios, Traktorenwerkstätten in Honda-Verkaufssalons verwandelt haben.

Aber nun hält etwas dagegen. In einer Entfernung von etwa zwanzig Kilometern hat sich im Südwesten ein kreisrundes Gebiet aus leuchtendem Grün gebildet. In ihrem Zentrum stellt diese grüne See eine nahezu einheitliche Masse dar, abgesehen von dünnen Linien, die Straßen markieren, und winzigen Quadraten, die nichts anderes sind als Parkplätze und die Dächer von Gebäuden und Wohnhäusern. Letzten Berichten zufolge war die Mutationszone etwa fünf Meter hoch, und die meisten größeren Bäume waren irgendwie in eine gummiartige Substanz umgewandelt worden und zusammengebrochen. Weiter vom Zentrum entfernt explodiert die grüne See nach außen zu Fragmenten und Klumpen wie die terrestrische Version eines Kugelsternhaufens, so daß die Konzentration zum Kreisumfang hin rapide nachläßt. Aus dieser Höhe hat es den Anschein, als ob eine ungebärdige Wucherung von Moos über die ordentliche Geometrie der Stadtlandschaft hinwegrollt.

Jessica hält Michaels Hand und betrachtet mit ihm die Szenerie unter ihnen. Links neben ihr sitzt Dr. Tandy und sieht zum gegenüberliegenden Fenster hinaus. Vorn neben dem Piloten sitzt Major Bingham. Niemand möchte reden, und das ständige Schwirren der Rotorblätter ist eine praktische Entschuldigung für ihr Schweigen. Michael kann bereits erkennen, daß dieser Flug bestätigen wird, was die Gruppe am gestrigen Abend auf den Fotos gesehen hat. Anhand einer Reihe von übriggebliebenen Landmarken läßt sich zweifelsfrei feststellen, daß der Gebäudekomplex von ParaVolve sich im Zentrum der bösartigen Wucherung befindet. Trotz der verhängnisvollen Schlußfolgerungen, die sich aus dieser Entdeckung ergeben, sieht Michael seinen Verdacht gerechtfertigt und ist froh darüber, daß seine Fahrt zum OHSU am gestrigen Abend nicht umsonst gewesen war, denn diese Fahrt wird er so schnell nicht vergessen.

Jessica hatte Michael am frühen Abend vom OHSU aus angerufen. Es laufe gar nicht gut. Die Gruppe sei völlig verwirrt, und Dr. Tandy könne ihr die Informationen über ParaVolve nicht glaubhaft vermitteln, da es keine konkreten Beweise für ihren Wahrheitsgehalt gebe. Außerdem bestreite Major Bingham mit aller Entschiedenheit, daß an diesen Behauptungen irgend etwas dran sei. Wenn Michael herüberkommen und Dr. Tandy wie den Major mit den Einzelheiten vertraut machen könne, dann würden sie vielleicht weiterkommen.

Kurz vor Einbruch der Dunkelheit hatte er seine Wohnung verlassen und war den Allen Boulevard Richtung Osten hinuntergefahren. Er wollte ihm etwa über drei Kilometer folgen und dann auf eine größere Ausfallstraße abbiegen, den Beaverton-Hillsdale Highway, auf dem er nach knapp zehn Kilometern direkt nach Osten dem OHSU schon ziemlich nahegekommen wäre. Er hatte Bedenken wegen des Verkehrs gehabt, aber der Allen Boulevard schien frei zu sein, als er auf ihn fuhr und den fragmentarischen Berichten aus dem Autoradio lauschte, in denen von irgendwelchen neuen Dingern die Rede war, sogenannten »Medugatoren«, die man am Rande der Mutationszone entdeckt hatte. Schon nach knapp zwei Kilometern merkte er, daß er seine Chancen, das OHSU mit dem Wagen zu erreichen, viel zu optimistisch eingeschätzt hatte: Nichts ging mehr voran. Er verließ die Kabine seines Lieferwagens und kletterte in der warmen Luft auf die Ladefläche, von wo aus er sah, wie sich die parallelen Perlenketten der roten Heckleuchten in einer schwarzen Unendlichkeit verloren, und wo er das gereizte Brummen Tausender Motoren im Leerlauf vernahm. Als er jetzt darüber nachdachte, lag das Problem auf der Hand. Etwa knapp zwei Kilometer weiter überquerte der Allen Boulevard eine der wenigen Autobahnen im Tal, den Highway 217, auf dem man am schnellsten hinausgelangen konnte. Zweifellos war der 217 verstopft, und auf allen Ausfallstraßen, die in ihn mündeten, kam es zum Rückstau. Die Lösung war genauso einfach: den Wagen stehenlassen und zu Fuß weitergehen. Im Unterschied zu einem normalen Verkehrsstau würde dieser nicht so ohne weiteres enden, da er nicht nur durch ein lokales, sondern durch ein überregionales Verkehrschaos ausgelöst worden war. Zum Glück hielt er gerade unmittelbar neben einem geschlossenen Möbellager, und darum fuhr er auf den leeren Parkplatz, schloß den Wagen ab und begann in Richtung Osten auf dem Straßenbankett zu laufen.

Und tatsächlich konnte er auf der Überführung über den Highway 217 erkennen, daß der Verkehr in beiden Richtungen stand. Bei vielen Autos waren die Motoren und die Scheinwerfer abgestellt, und die Türen standen offen, während die Leute sich nervös am Straßenrand die Beine vertraten oder auf den Wagendächern standen, um zu sehen, wie es weiter vorn aussah. Als er schließlich auf den Beaverton-Hillsdale Highway abbog, floß der Verkehr wieder, aber langsamer als Michael zu Fuß ging. Später kam er dahinter, daß diese Vorwärtsbewegung eigentlich eine Illusion war, verursacht von Menschen, die in Wohngebietsstraßen abgebogen waren und damit nur eine Wagenlänge Platz gemacht hatten. Am Ende würden die Fahrer entdecken müssen, daß ihnen nichts anderes übrigblieb, als zur Hauptstraße zurückzukehren, während sie inzwischen weitere Staus auf den Nebenstraßen hervorrufen würden.

Als er zu einem kleinen Einkaufszentrum kam, blieb er stehen, um sich ein wenig auszuruhen. Alle Läden waren geschlossen, ohne Rücksicht auf die Öffnungszeiten, und Michael saß allein auf der Bank an der Bushaltestelle neben dem Parkplatz. Und da sah er mitten auf dem verlassenen Parkplatz etwas liegen, was wie ein hingeworfenes Fahrrad aussah, und darum ging er mit müden und schmerzenden Füßen hinüber, um einen Blick darauf zu werfen. Es war tatsächlich ein Fahrrad, wenn auch nur ein uraltes Zehn-Gang-Herrenrad, das aber noch funktionierte. Michael blickte sich auf dem Parkplatz um und zu den Gebäuden hinüber. Niemand war zu sehen. Warum ließ jemand ein Fahrrad zu einer derartigen Zeit liegen, in der es ein ausgezeichnetes Verkehrsmittel war? Michaels Füße machten ihm klar, daß er sich nicht mit solchen Spekulationen aufhalten sollte, und so stieg er auf und fuhr auf die Hauptstraße hinaus.

Neunzig Minuten später, vorbei an einer endlosen Kette von Heckleuchten, Auspuffgasen, fluchenden Menschen und wildem Gehupe, erreichte er das OHSU, wo er von Jessica innig umarmt wurde. Und dann saß er mit ihr sowie Dr. Tandy und Major Bingham in einem kleinen Konferenzraum und erläuterte ihnen die geheimen Verbindungen zwischen ParaVolve, VenCap und Farmacéutico Asociado so ausführlich, wie es ihm unter der Kuppel der Müdigkeit möglich war, die sich über ihn herabsenkte. Anfangs gab sich der Major selbstgefällig skeptisch und stellte ihm herablassende Fragen, aber im Laufe von Michaels Bericht wurde er sichtlich unruhig. Auch wenn er vermutlich von diesen Dingen bislang persönlich keine Ahnung gehabt hatte, konnte er sich doch zweifellos Bruchstücke von Erzählungen aus zweiter Hand zusammenreimen, unbewiesene Geschichten, die man sich über gewisse Dinge in den Randbezirken des Militärs erzählte. Und während Michael sprach, begannen sich diese Bruchstücke zu einem Bild mit einem höchst unangenehmen und unabweisbaren Wahrheitsgehalt zusammenzuschließen. Am Ende war man sich darin einig, wenn Michaels Geschichte stimmte, dann lag ParaVolve genau im Zentrum der Mutationszone. (Mangels eines exakten Begriffs gebrauchten inzwischen selbst die Wissenschaftler diese Bezeichnung, auch wenn sie in wissenschaftlicher Hinsicht falsch war.) Und nun war der Major auch zum erstenmal bereit zu helfen. Nach einem Telefongespräch mit jemandem im Pentagon begaben sich die vier in ein Büro mit einem hochauflösenden Farbfaxgerät, aus dem sich gerade ein von einem geheimen Aufklärungssatelliten aufgenommenes Foto herausschob. Der helle Kugelhaufen war deutlich erkennbar, zusammen mit den Feldern und Straßen von Washington County. In der Mitte war ein kleines Kästchen eingerahmt, mit der Aufschrift »VERGRÖSSERUNG 25X«. Dann glitt ein zweites Foto aus dem Gerät, in dessen oberer rechter Ecke »25X« stand, und Michael konnte darauf anhand der Anordnung der Gebäude und der Lage am Ufer des Tualatin River sofort den ParaVolve-Komplex erkennen.

Aus dem Hubschrauber betrachtet Michael aufmerksam die vor ihnen liegende Mutationszone. Alle Hauptstraßen sind von Autos verstopft, die dem Straßensystem einen tödlichen Verkehrsinfarkt beschert haben, so daß nicht einmal die Rettungs- und Feuerwehrfahrzeuge durchkommen können. Größere Brände glühen wie Zigarettenenden und schicken gekräuselte schwarze Rauchsäulen in den bedeckten Himmel, während Bürogebäude, Lagerhallen und Wohnhäuser unkontrolliert abbrennen und nicht gelöscht werden können. Als sie über den Highway 217 hinwegfliegen, marschieren Scharen von Menschen auf dem Bankett nach Süden, vorbei an der toten Autoschlange, vorbei an anderen Menschen, die auf den Böschungen liegen, Kranken oder Behinderten, die nicht mehr laufen können.

Dreißig Sekunden später stoßen sie auf die äußere Grenze der Mutationszone und erblicken die leuchtendgrünen Inseln der metastasierenden Vegetation, die die Häuser, Wohnblöcke und Gebäudekomplexe in ein bösartiges Licht zu tauchen scheint. Dr. Tandy weist den Hubschrauberpiloten an, tiefer zu gehen, und dann entdecken sie ihren ersten Medugator, der gemächlich den Parkplatz eines Supermarkts überquert. Als sie sich ihm auf acht Meter nähern, nimmt das Untier ihre Anwesenheit zur Kenntnis, indem es seine Augensockel nach oben rollt und den Bauch des Hubschraubers anstarrt.

»Allen Berichten zufolge greifen sie keine Menschen an, aber alle anderen Lebewesen sind Freiwild«, bemerkt Dr. Tandy. »Ich möchte bloß wissen, warum.«

»Offenbar wollen sie nur das Gebiet um ParaVolve besetzen und es von der normalen Welt abriegeln«, meint Jessica.

»Nun, wenn das ihre Absicht ist«, sagt Dr. Tandy, »dann ist ihnen das großartig gelungen. Aber viel Zeit haben sie nicht. Wenn man bedenkt, daß diese ganze Zone über einen Stoffwechsel verfügt, dann muß der Brennstoffverbrauch irrsinnig hoch sein, damit dieses Wachstum so schnell erfolgen und der Wirkungsgrad, den wir hier erleben, aufrechterhalten werden kann. In Bälde wird diese Zone alle verfügbaren Nährstoffe und Wasserreserven verbraucht haben, und dann wird sie verhungern und verdursten. Was immer sie für ein Ziel hat – sie muß sich ganz schön beeilen, um es zu erreichen.«

»Es ist der Biocompiler«, sagt Michael, während er immer noch auf den Medugator hinabstarrt, der rasch kleiner wird, als der Hubschrauber wieder hochzieht.

»Der Biocompiler?« fragt Jessica.

»Sie wollen ihn wieder haben«, erwidert Michael.

»Wer sind ›sie‹?« will Dr. Tandy wissen.

»Ich weiß es nicht. Der Mann, der DEUS und das Netz konstruiert hat, sprach von einem Renegaten-Code, der in die Welt komme, um seine Schöpfung zu zerstören. Dem ist das Netz offenbar in seinen Alpträumen begegnet, als es mit seiner Mutter die genetische Hierarchie entschlüsselte. Vermutlich handelt es sich um einen einzelnen lebenden Organismus, der in einer Art Gäa-Theorie das gesamte planetarische Ökosystem als einen einzigen Organismus ansieht. Allerdings hat er nur ein einziges Ziel und denkt gar nicht daran, sein Leben bis ins Unendliche auszudehnen. Er möchte die Biocompiler-Technik vernichten. Und dazu muß er den Computer zerstören.«

»Und aus welchen Beweggründen?« will Jessica wissen.

»Das werden wir vermutlich nie erfahren. Möglicherweise haben wir auf einer kosmischen Ebene irgendwelche biologischen Patentrechte verletzt und werden nun zur Rechenschaft gezogen. Wer weiß?«

»Wir nähern uns ParaVolve«, unterbricht Major Bingham vom Vordersitz seine Ausführungen. Der Boden unter ihnen ist inzwischen ein fester organischer Teppich geworden, der sich in einer wirren Agonie windet, die sie fast spüren können. Direkt vor ihnen wird der ParaVolve-Komplex immer größer, und sein viel zu großer Parkplatz hält wie ein grauer Burggraben die Vegetation zurück, die Tausende von sich ringelnden grünen Armen durch den mächtigen Sturmzaun am Rande des Platzes aussendet. Als sie über dem Hauptgebäude schweben, sehen sie, wie unzählige kleine Wesen über den Parkplatz krabbeln, die klein genug sind, um sich durch die dichten Maschen des Sturmzauns drücken zu können.

»Da stehen noch immer einige Autos auf dem Parkplatz«, bemerkt der Major. »Glauben Sie, daß jemand so verrückt war hierzubleiben?«

Durch ein getöntes Fenster im Büro von Victor Shields sieht Kontrapunkt, wie der Hubschrauber über ihnen schwebt. Als er abschwenkt und nach Osten fliegt, starrt er auf den Parkplatz hinunter und sieht Pflanzen wie kleine grüne Eruptionen aus Vulkankegelchen, die aus zerbröckeltem Asphalt bestehen, emporschießen. Katzengroße insektenartige Wesen huschen zwischen den Kegeln herum und vollführen irgendein mysteriöses Ritual der Fremdbestäubung. Weiter weg stoßen Pflanzententakel durch den Sturmzaun und schwingen in einer winkenden Welle hin und her, bis sich der Zaun unter dem Druck nach innen wölbt und die Stahlpfosten sich zu neigen beginnen.

Und je länger er sich das ansieht, desto tiefer ist die Bewunderung, die Kontrapunkt für diesen zeitlupenartigen biologischen Angriff empfindet, der ihn langsam, aber sicher seiner Chancen beraubt. Das Labor in Mexiko existiert nicht mehr. Da ist er ganz sicher. Eine Warnmeldung wurde automatisch über die Satellitenverbindung abgegeben, als die Sicherheitssperren bei der Farmacéutico Asociado durchbrochen wurden. Zweifellos haben sie Spelvin verhaftet, diesen wahnsinnigen und doch so nützlichen Narren. Zweifellos wird er mit der Gegenseite in jeder nur denkbaren Weise zusammenarbeiten und damit das ganze Projekt gefährden. Aber am Ende spielte das vielleicht keine Rolle. Vielleicht würden die Regierungen der USA und Mexikos lieber vergessen, daß es dieses Labor je gegeben hat. Schließlich hatte der eine Staat eine unglaublich gefährliche Operation in seinem eigenen Hinterhof einfach nicht bemerkt, während der andere ein bedeutendes Waffenprojekt in flagranter Verletzung des Völkerrechts unfreiwillig gefördert hatte. Vielleicht ist es das beste, wenn sie das Ganze in der brodelnden Gerüchteküche verschwinden lassen. Außerdem befindet sich der wahre Schatz genau hier, in diesem Gebäude, keine fünfzig Meter entfernt, in einem riesigen zentralen Atriumbau, in dem das Hardwareherz von DEUS untergebracht ist und wo der Biocompiler gerade im Entstehen begriffen ist. Nein, die eigentliche Gefahr geht nicht von der Vernichtung des Labors aus, sondern vom bedrohlichen Mutationswachstum draußen vor dem Fenster sowie von der Bombe, die noch immer irgendwo innerhalb von DEUS versteckt sein muß. Es wird Zeit, daß er etwas dagegen tut und sich dieser beiden Drohungen mit einem einzigen Schlag entledigt.

Kontrapunkt wendet sich vom Fenster ab und sieht Victor Shields wieder an, der nervös hinter seinem viel zu großen Schreibtisch sitzt. »Es sieht nicht gut aus, da draußen, Victor«, sagt er energisch. »Es wird nicht mehr lange dauern, bis es durch den Zaun bricht und dann ins Gebäude eindringt. Und dann, Victor, werden Sie den schönsten Augenblick Ihres Lebens erleben, nämlich wenn Sie mit Ihrem Schiff untergehen, der großartigsten Geste der Loyalität und dem schwierigsten Test für Führungsqualitäten. Schade, daß niemand außer mir hier sein wird, um dies mitzuerleben.«

»Bill, äh, vielleicht sind wir ein bißchen voreilig«, versucht Shields abzuwiegeln.

Kontrapunkt ist es längst leid, Victor wie ein in die Ecke getriebenes Tier herumzuscheuchen. »Kann schon sein. Warum gehen Sie nicht ein bißchen spazieren, während ich telefoniere?«

»Klar«, sagt Victor, während er sich aus seinem Sessel erhebt und zur Tür geht. »Vielleicht geh' ich mal nach draußen, um ein bißchen frische Luft zu schnappen.«

»Sie werden doch nicht zynisch, Victor, oder?« erkundigt sich Kontrapunkt ironisch und greift nach dem Telefon.

»Nein. Zynisch nicht«, murmelt Victor, während er auf den Gang hinaustritt.

Kontrapunkt stellt das Telefon nur auf Audio und wählt den Funkkanal. Er hat die Nummer zwar erst ein paarmal angerufen, aber sie ist ein für allemal in seinem Gedächtnis gespeichert und tanzt wie von selbst aus seinen Fingern in die Tastatur. »Weißes Haus. Büro des Stabschefs«, sagt die weibliche Stimme aus dem Lautsprecher.

»Ja«, erwidert Kontrapunkt. »Mein Name ist Bill Daniels, und ich muß mit Mr. Webber sprechen. Es ist dringend. Sie können sich das von Robert Barnes bestätigen lassen.«

»Einen Augenblick, bitte.«

Er muß wieder an seine letzte Begegnung mit Webber denken, vor mehreren Jahren auf der Entenjagd in Kanada, als ein kühler Wind das sumpfige Wasser vor ihnen kräuselte. Während sie miteinander sprachen, nahm Webber immer wieder einen Schluck aus einem silbernen Flachmann und dachte gar nicht daran, Kontrapunkt auch einen Drink anzubieten. Aber Kontrapunkt war viel zu gefesselt, um dies zu bemerken. Hier war ein Mann mit der Macht und dem Willen, ja dem *Willen*, dem Land wieder zur Führungsrolle in der Welt zu verhelfen, die es nach dem Zweiten Weltkrieg nur zögernd übernommen hatte. Nur würde diesmal das Zögern nicht Bestandteil der politischen Formel sein. Nein, diesmal würde entschlossenes Handeln zum Sieg führen, und all jene, die das schlappe Amerika verlacht hatten, würden sich ihm zwar mißmutig, aber pragmatisch unterwerfen. Aber bis sie dazu bereit waren, mußte vermutlich irgendein biologisches Hiroshima stattfinden, um ihnen unmißverständlich klarzumachen, wo es langging. Beide Männer waren sich darin einig, daß diese Aktion möglicherweise unabdingbar sei. Und in den Jahren, die seit dieser Begegnung vergangen waren, hatte Kontrapunkt die Mittel zu diesem Zweck mit dämonischer Besessenheit und erstaunlichen Ergebnissen bereitzustellen versucht. Bis jetzt. »Mr. Daniels, hier ist Barnes. Wir benötigen eine Bestätigung, bevor wir Sie durchstellen können. Können Sie uns dabei behilflich sein?«

»Ja, gewiß. Das Wort lautet ›Kontrapunkt‹.«

»Danke, Mr. Daniels. Bleiben Sie dran, während wir die Verbindung herstellen.«

Es klickt einige Male über den Lautsprecher, während das Signal umgesteuert und irgendwohin zu Webbers tragbarem Telefon gesendet wird. Gleichzeitig wird ein raffiniertes Verschlüsselungssystem aktiviert.

»Webber«, meldet sich eine rauhe Stimme.

»Kontrapunkt. Ich bin im Hauptgebäude bei ParaVolve. Sind Sie über die Lage auf dem laufenden?«

»Ja.«

»Wir müssen uns jetzt rühren, sonst werden wir unser ganzes investiertes Kapital verlieren.«

»Einverstanden.«

»Wir müssen das Utah-Kommando einfliegen und Abwehrmaßnahmen treffen, und zwar sofort«, erklärt Kontrapunkt. »Ich weiß, das stellt Sie vor ein gewisses Problem. Werden Sie damit fertig?«

»Mir bleibt keine andere Wahl, nicht wahr? Wenn diese ganze Geschichte rauskommt, sind wir sowieso gezwungen, uns zu rühren. Also können wir uns auch gleich rühren. Legen Sie los.«

Die Verbindung wird unterbrochen. Kontrapunkt tritt wieder ans Fenster. Ein großer Helikäfer schwebt draußen nach oben und hält auf der Höhe seines Gesichts inne. Seine großen Facettenaugen leuchten in einem dunkel schimmernden Grün, während seine Rotorflügel verschwommen schwirren. Aus Röhrchen unter seinem Rüssel schießen zwei schleimige Geschosse heraus und platschen gegen das Fenster, von dem ein orangefarbener Giftstoff in dünnen Bächen herabläuft. Kontrapunkt merkt, daß die Fensterscheibe ihn gerade vor einem schrecklichen Tod bewahrt hat. Komisch, bis jetzt hat keines dieser Dinger Menschen angegriffen, außer zur Selbstverteidigung. Aber nun, da sie sich ihrem Endziel nähern, verkehren sich offenbar die Regeln auf unangenehme Weise. Die Bedrohung scheint ihn allerdings nichts anzugehen, während er in die fremdartigen Augen des schwebenden Dings starrt. Tatsächlich treibt diese ganze Situation auf einem fernen Strom dahin und gleitet sanft von ihm weg. Und an ihre Stelle tritt nun die hohe und erhabene Welt der Unsterblichkeit, die Welt der rituellen Vereinigung, die Welt, in der der Tod von innen nach außen gekehrt ist. Die Welt des Knaben, des vollkommenen Knaben.

Von seinem Beobachtungsposten auf der Couch in seiner Wohnung beobachtet Jimi eingehend die Szenerie draußen. Die Kojen im Autounterstand sind fast alle leer, so daß eine ordentlich aneinandergereihte Kette von Ölflecken sichtbar wird, die nur von zwei Autos unterbrochen ist, von denen das eine zwei platte Reifen hat und mit offener Motorhaube dasteht. Jimi achtet auch darauf, ob unter den Autos Füße zu sehen sind, aber dies ist nicht der Fall. Und so weit er sehen kann, scheint auch der schmale Raum zwischen Zaun und Müllcontainer leer zu sein. Die Türen und Fenster am hinteren Flügel des Gebäudes sind fest verrammelt und die gebügelten beigefarbenen Vorhänge ordentlich zugezogen. Nur ein Spatz bewegt sich auf dem schmiedeeisernen Geländer am Gang im ersten Stock. In seiner Nähe kräuselt sich das Poolwasser unter dem bedeckten Himmel, und die heiße Brise kickt das Einwickelpapier eines Schokoriegels über die Steinplatten. Die Luft ist rein. Seit dreißig Minuten. Kein Rattensack. Zeit für eine kleine Pause.

Sein Plan ist einfach: raus aus der Tür, den Gang entlang und die Treppe hoch, so daß er sieht, was da los ist. Vom Fenster aus hat er nämlich viele schwarze Rauchsäulen zum Himmel steigen sehen. Und alle sind in großer Eile aufgebrochen, aber er konnte nicht hinausgehen und sie fragen, was denn los sei, weil Rattensack genau vor seiner Tür herumlungerte. Er hat sogar versucht, das Schloß mit einem Hammer aufzubrechen. Aber nun ist da nichts mehr, und vielleicht ist Rattensack ja mit den anderen weggefahren.

Jimi macht den Türschlüssel von der Sicherheitsnadel in seiner Hosentasche ab, so daß er schnell aufsperren kann, wenn es sein muß. Langsam dreht er den Türknopf und linst durch den Türspalt hinaus. Gut. Der Gang ist ganz bis ans Ende leer. Er beugt sich ein wenig weiter vor und schaut in die andere Richtung. Auch nichts. Er schlüpft hinaus und mustert die Umgebung mit einem schnellen und doch gründlichen Blick. Nichts. Er langt hinter sich, packt die Tür und drückt sie langsam zu, aber das Schloß rastet nicht ein, und daher öffnet er die Tür wieder ein wenig, dreht sich um und wirft sie sachte zu.

Jimi vernimmt das Planschen des Wassers genau in dem Augenblick, da seine Hand vom Türknopf gleitet und dabei das glänzende, gezackte Stückchen Metall freigibt, das das Schloß blockiert. Er wirbelt herum und sieht, wie Rattensack triefnaß die Leiter am nahen Ende des Pools emporsteigt, mit einem schrecklichen Grinsen und leuchtenden Augen.

»Jimi, mein Lieber! Du hast doch nicht etwa geglaubt, daß ich dich allein lasse?«

Jimi fährt herum, um die Tür zu öffnen, und da springt ihm das blockierte Schloß förmlich entgegen, verhöhnt ihn, schreit ihn an, was für ein Idiot er doch gewesen ist, wie leicht er in die Falle gegangen ist. Er schaut über die Schulter und sieht Rattensack auf ihn zu sprinten, wobei sich der Abstand zwischen ihnen rasch verringert und er eine breite Spur von Wassertropfen von seinem nassen T-Shirt und den Jeans hinterläßt. Seine Lippen sind geöffnet, und sein Mund verzieht sich zu einem hämischen Grinsen, während seine Augen vor absoluter Selbstsicherheit und Entschlossenheit glühen. Jetzt ist seine Stunde gekommen, und er genießt das mit gierigem Ungestüm.

*Lauf! Beweg deine Beine, bis deine Brust explodiert! Lauf! Zerteil die Luft mit deinen Unterarmen! Lauf! Trag dein Herz auf deiner Zungenspitze!*

Jimi erreicht das Ende des Gangs und wendet sich nach rechts, um sich auf dem verwilderten leeren Grundstück zu verstecken. Hinter sich vernimmt er das Sausen und Klatschen von Rattensacks nassen Kleidern und Schuhen, während er immer näher kommt. Jimi hüpft durch das hohe Gras und sucht das schützende Gebüsch zu erreichen, das nur noch zehn Meter entfernt ist. Er könnte es gerade noch schaffen. Er könnte gerade ... Mit voller Wucht stürzt sich Rattensack auf seinen Rücken, und Jimi fällt der Länge nach hin, so daß er sich das Gesicht an den trockenen Grashalmen aufreißt. Verzweifelt streckt er die Arme aus, um Rattensacks Griff zu entkommen, aber zwei große Hände packen seine Schultern und drehen seinen Oberkörper herum, so daß er der bedrohlich über ihm aufragenden Gestalt ins Gesicht sieht, die nun seine Arme zu Boden drückt.

»Weißt du was, kleiner Mann – du hast die Show neulich verpaßt. Ham dir die andern Kids davon erzählt? Hä? Na, ich wollt' dich nicht enttäuschen, und darum hab' ich 'ne Sondershow nur für dich auf die Beine gestellt. *Nur für dich!*«

Rattensack zieht Jimi hoch und dreht ihm dabei einen Arm auf den Rücken. Eine weißglühende Kugel aus Schmerz jagt ihm aus dem Ellbogen die Schulter hoch.

»Haste schon mal ein Truthahnbein rausgedreht, kleiner Pinkel? Weißte, wie das knackt und knallt? Und genau das passiert mit deinem Arm, wenn du nich' das machst, was ich dir sag'. Kapiert?«

Jimi nickt und leistet keinen Widerstand, als Rattensack ihn vor sich her schiebt, immer tiefer in das verwilderte Grundstück hinein. Was würde sein Dad tun, der im Computer eingesperrt ist und der ihm jetzt unmöglich helfen kann? Jimi weiß es ganz genau. Sein Dad würde den richtigen Augenblick abwarten und den Nebel der Angst vertreiben, so daß er seinen Feind klar und deutlich sehen und ohne zu zögern beim ersten Fehler seines Feindes handeln kann.

Sie bleiben nahe der Mitte des Grundstücks stehen, vor einem großen, dichten Gewirr von Büschen mit einer tunnelartigen Öffnung. »Willkommen im Zirkus, kleiner Mann«, zischt Rattensack und stößt Jimi auf die Knie hinunter. »Du gehst zuerst rein, und mach' dir keine Sorgen – ich bin gleich hinter dir, falls du ein bißchen Angst hast.«

Auf Händen und Knien äugt Jimi den Tunnel entlang bis zur Öffnung am anderen Ende und kriecht langsam vorwärts, wobei er sorgfältig die Dichte der Büsche abschätzt. Sie sind gerade so dicht, daß jemand von Rattensacks Größe überhaupt nicht durchkommt, und vielleicht so licht, daß jemand von seiner Größe durchschlüpfen kann. Aber wann? Er hat inzwischen schon zwei Drittel des Tunnels zurückgelegt und wendet seinen Kopf gerade so weit, um die Gestalt von Rattensack aus dem Augenwinkel zu erblicken. Das ist sie. Die Lösung. Aus irgendeinem Grund hat Rattensack einen Abstand von etwa zwei Metern zwischen ihnen gelassen. Jimi blickt wieder nach vorn, kriecht weiter und sieht das Ende des Tunnels auf sich zukommen, während jeder Nerv in seinem Körper seine eigene ängstliche Arie singt. Sobald er die Öffnung erreicht, springt er auf, schlägt einen Haken, so daß ihn Rattensack nicht mehr sieht, hastet über die kleine Lichtung und stürzt sich in die natürliche Wand der Büsche, die ihn schneidet, kratzt und reißt, aber auch seinem Ansturm nachgibt. Dann hält er inne und steht mit rasendem Herzen und schweißüberströmt nach Luft ringend da und betet, daß er nicht mehr gesehen wird.

Rattensack läßt sich Zeit damit, den Tunnel zu verlassen. Es kann durchaus sein, daß der Medugator sich gleich neben der Öffnung befindet, und er möchte nicht in seiner Reichweite sein. Jimi ist aus seinem Blickfeld verschwunden, und er hat ein Rascheln in den Büschen gehört, was von dem Medugator stammen könnte, also ist er lieber auf der Hut. Aber als er nun vorsichtig den Kopf hinausstreckt, sieht er keinen Jimi mehr. Während er in dem helleren Licht blinzelt, bewegt er sich bis zur Mitte der Lichtung und geht in die Hocke, um ins Lager des Medugators hineinzulinsen. Wieder benötigt er einen Augenblick, bis er die Umrisse des Dings erkennt, und als sie Gestalt annehmen, sieht er sogleich, daß das Geschöpf tot ist. Einer der Augensockel hängt an seinem Stengel herunter wie eine verwelkte Blume. In dem anderen Sockel krabbeln Fliegenschwärme über den offenen Augapfel.

Rattensack erhebt sich und dreht sich langsam im Kreis herum, wobei sich seine wilden Augen fieberhaft ins Gebüsch bohren, während er den Umkreis der Lichtung nach Jimi absucht. Nichts. Er stößt einen unflätigen Fluch aus und stürzt sich zurück in den Tunnel. Der kleine Scheißer wird durchs Gebüsch kriechen müssen, um hinauszukommen, und das bedeutet, daß er Lärm machen muß, und das bedeutet, daß er ihn sich schnappen kann, und das bedeutet, daß er seinen Kopf zu Spaghettisauce zermanschen kann, und das bedeutet ...

Irgend etwas äugt um das andere Ende des Tunnels herum. Etwas Großes. Rattensack erstarrt, als er den riesigen Maulschlitz erblickt, die Augensockel, die klauenbewehrten Füße. Während der Medugator sich ausrichtet, um geradewegs in den Tunnel hineinsehen zu können, schlüpft eine einzelne Schlangenzunge aus dem Maulschlitz und untersucht den Boden am Eingang. Rattensack weiß, warum, und beginnt langsam zurückzuweichen. Er riecht die Spur seines toten Artgenossen und will sich das genauer ansehen. Und tatsächlich schlüpft er in den Tunnel und verdunkelt ihn fast völlig. Rattensack kämpft gegen die Panik an und zieht sich in gemessenem Tempo zurück, um die Aufmerksamkeit nicht auf sich zu lenken. Sein Verstand eilt voraus und überlegt, was er tun wird, wenn er draußen ist. Ihm bleibt keine andere Wahl, als sich durch das wirre Gestrüpp zu schlagen und zu hoffen, daß das Ding zu wuchtig ist, um ihm zu folgen.

Als er rückwärts ins Licht hinauskriecht und sich auf eine Seite neben den Tunnel bewegt, vernimmt Rattensack ein Rascheln und Knacken von Stöcken, Stengeln und Blättern. Noch immer auf Händen und Knien, dreht er sich um und sieht, wie ein Nadelhund aus dem Busch neben dem toten Medugator heraustritt. Bevor er reagieren kann, raschelt es erneut im Gebüsch, und ein zweiter Nadelhund taucht auf halbem Wege auf und sieht zu dem Nadelhund in seiner Nähe hinüber, der so groß wie ein Schäferhund ist. Die

Knocheninjektionsnadel, die konzentrischen Ringe der gebogenen Fänge im roten Zahnfleisch, die Säugetieraugen, die sich auf ihren Stengeln hin und her drehen, die gedrungenen, kräftigen Beine.

Rattensack nimmt eine Bewegung zu seiner Rechten wahr, und als er sich umdreht, sieht er, wie zwei Schlangenzungen des Medugators aus dem Tunnel herausschießen und in seine Richtung abbiegen. Er ist so nahe, daß er das grüne, mit gelblichen Adern durchzogene Auge sieht, das auf der Spitze dieser Schlangen befestigt ist, und weiß, daß er entdeckt ist. Während er an der Wand des Gebüschs zurückweicht, vernimmt er noch ein Rascheln und Knacken. Ein dritter Nadelhund klettert auf die Lichtung und richtet seine Augenstengel auf ihn, dann ein vierter. Der Medugator zieht sich nun in den Tunnel zurück – die letzte Arbeit delegiert er an seine Untergebenen. Die tödliche Ironie seines Dilemmas – der Jäger, der zum Gejagten wird – rollt wie roter Donner durch seine Adern, während er in die Mitte der Lichtung zurückweicht und dem Vorgang eine vollkommene Symmetrie verleiht. Rattensack, der Mittelpunkt des Todes, und an jedem der vier Hauptkompaßpunkte um ihn herum eine Bestie. Noch immer tropfnaß vom Wasser des Pools, steht er zitternd an der Achse seines Schicksals, und gnadenlos dreht sich der Tod um ihn.

Die Nadelhunde mustern das Objekt vor ihnen im sichtbaren wie im infraroten Licht. Normalerweise sind zweibeinige Zielsignaturen für sie ausgeklammert, aber dieses Objekt weist nicht die übliche Körpertemperatur auf Säugetierniveau auf. Damit stellt es eine legitime Brennstoffquelle dar.

Rattensacks Angst und Wut ballen sich zu einer einzigen Kugel zusammen und rasen explosionsartig aus Bauch und Brust durch seinen Mund hinaus:
»Hol dich der Teufel, Jimi! Du Arsch!«

Jimi zuckt innerlich zusammen, als der Fluch über die Lichtung erschallt, aber er rührt sich nicht. Der Schweiß fließt in seine Schnitt- und Kratzwunden und beißt ihn an zahllosen Stellen, und der durchdringende Geruch von Erde steigt ihm in die Nase. Dann der Schrei. Ein langgezogener Schrei, der die Luft, die Erde schrumpfen läßt und die Welt in irre rosafarbene Kringel auflöst. Als er verhallt, spült eine Flut aus Schnappen, Knacken und Schlurfen über Jimi hinweg und badet ihn in Übelkeit. Und dann ist auch das vorbei, und nun ist nichts weiter zu vernehmen als das ferne Geheul von Sirenen.

Vorsichtig manövriert er den Kopf herum, und Bruchstücke der Lichtung geraten in sein Blickfeld, eingerahmt von Blättern, Stämmen und Zweigen. Keine Bewegung, kein Lebenszeichen. Er bewegt sich ein paar Zentimeter rückwärts und fährt bei dem Geräusch zusammen, das er dabei verursacht, aber nichts geschieht. Die Luft ist ruhig, und die Sirenen geben weiterhin ihr fernes Geheul von sich. Und jetzt kann er es förmlich spüren, wie die Ruhe wieder einkehrt, das Gleichgewicht sich wiederherstellt. Er schiebt sich rückwärts ganz hinaus und dreht sich um, um die leere Lichtung in Augenschein zu nehmen. Die einzigen Anzeichen dafür, daß hier ein Kampf stattgefunden hat, sind eine Reihe von Furchen im Gras, die morgen schon verschwunden sein werden.

Als er wieder auf dem Parkplatz der Romona Arms angelangt ist, bemerkt er noch mehr Rauchsäulen am Himmel, Mahnmale ferner Katastrophen. Aber sie bereiten ihm keine Sorgen, denn die große Katastrophe, die unmittelbare Katastrophe ist vorbei. Rattensack ist weg. Jimi geht die Treppe zu Michael Rileys Wohnung hinauf und setzt sich auf die oberste Stufe am Ende des Gangs. Unten flitzt ein katzengroßes Insekt über das Grundstück und verschwindet unter einem zurückgelassenen Auto. Ein hellgrüner Schwall von Vegetation ragt aus dem Müllcontainer, gekrönt von einer riesigen Pflanze, die mit unzähligen Augen besetzt ist.

Er kann es kaum erwarten, alles seinem Dad zu erzählen.

# 26

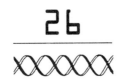

# Die Schlinge

Durch das Fenster des Hubschraubers sieht Michael ParaVolve hinter ihnen versinken, während sie nach Osten über die stampfende biologische See zum OHSU zurückfliegen. Nun weiß er, was geschehen muß.

Er wendet sich an Dr. Tandy und Jessica: »Der Schlüssel zum Ganzen ist das Netz. Bei allem Respekt, Doktor, aber es ist vermutlich der intelligenteste Genetiker der Welt. Es ist in gewisser Hinsicht ein neuartiger Fachidiot. Seine realen Erfahrungen sind alle aus zweiter Hand, aber viel wichtiger sind seine theoretischen Kenntnisse, und die übersteigen alles, was sich ein menschlicher Verstand nur vorstellen kann.«

»Was nützt uns im Augenblick die schönste Theorie!« stellt Dr. Tandy mit einem traurigen Lächeln fest. »Die Wölfe heulen sozusagen vor der Tür.«

»So, wie sich die Intelligenz des Netzes entwickelt hat, fehlt ihm jeder Selbsterhaltungstrieb. Es hat sich nie Gedanken gemacht über die Vorstellung einer endgültigen Zerstörung, bis ich sie zur Sprache gebracht habe.«

»Und was geschah dann?« will Jessica wissen.

»Es mochte diese Vorstellung nicht, aber das war eher eine logische Reaktion als eine emotionale. Allerdings schien es mir zutiefst verstört zu sein über irgendeine Begegnung mit dem DNS-Code, so eine Art Alptraum. Jedenfalls müssen wir es dazu bewegen, sich selbst zu verteidigen. Es muß erkennen, daß dieses Zeug gerade dabei ist, es zum Lunch zu verspeisen.«

Dr. Tandy sieht zum Fenster hinaus und dann wieder zu Michael zurück. »Angesichts all dessen, was wir hier gesehen haben – wäre das wirklich ein so schlimmes Ende?«

»Ich glaube, Sie fragen den Falschen«, schaltet sich Jessica ein. »Fragen Sie lieber alle Menschen, die an Krebs sterben. Fragen Sie die Millionen von Kindern, die an Geburtsfehlern sterben müssen, ohne daß wir wissen, warum. Fragen Sie ...« Sie hält inne und unterdrückt ihre Tränen. Die Millionste Frau hat im Namen aller anderen gesprochen, und ihr eindringlicher Appell läßt es nicht zu, daß sie diesen Gedanken weiterverfolgen. Dann durchbricht Michael das bedrückende Schweigen.

»Es kann kein Zweifel daran bestehen, daß die Syntheseleistungen, die für den Biocompiler aufgewendet worden sind, den größten medizinischen Durchbruch in der Geschichte darstellen werden. Wie alle Technik von Menschenhand sind sie ein zweischneidiges Schwert. Außerdem haben wir keine Garantie dafür, daß diese Seuche nur deshalb verschwinden wird, weil der Computer nicht mehr existiert. Vielleicht treibt sie weiterhin ihr Unwesen, um sicherzugehen, daß wir nicht einen neuen haben.«

»Was haben Sie denn nun vor?« wirft der Major vom Vordersitz her ein.

»Es gibt nur eine Möglichkeit zurückzuschlagen, nämlich durchs Netz selbst, durch Mundball. Wenn wir Glück haben, kann er synthetisch eine Art Abwehr herstellen, und zwar für ihn wie für uns.«

»Vielleicht haben Sie recht«, bemerkt Dr. Tandy. »Das da draußen mag ja bizarr sein, aber es basiert auf den gleichen biologischen Voraussetzungen wie wir. Und das bedeutet, daß es gegenüber Krankheitserregern anfällig ist. Wir wissen nur noch nicht, gegen welche. Sie wollen also damit sagen, daß das Netz sich vielleicht im Code umschauen, irgendeine innere Schwäche entdecken und uns dann sagen könnte, wie wir sie uns zunutze machen sollten?«

»Genau. Bitte, setzen Sie mich doch bei meiner Wohnung ab.«

»Aber sie liegt genau am Rande der Zone«, protestiert Jessica.

»Sie ist der einzige Ort, von wo aus ich mit dem Netz kommunizieren kann. Übrigens, als wir uns die neuen Satellitenfotos angesehen haben, bevor wir hier rausflogen, sah es doch so aus, als ob das Wachstum entlang der äußeren Peripherie aufgehört habe. Ich möchte einfach nur mit dem Netz reden und sehen, ob ich es dazu bringen kann, uns zu helfen, und dann mit euch im Labor Kontakt aufnehmen. Wenn es wirklich schlimm wird, könnt ihr mir ja immer noch einen Hubschrauber schicken und mich rausholen.«

Dr. Tandy seufzt. »Warum nicht? Wir haben nichts zu verlieren – außer Sie selbst, also seien Sie vorsichtig.«

Fünf Minuten später steht Michael auf dem Parkplatz der Mini-Einkaufspassage neben den Romona Arms und blickt dem Hubschrauber nach, wie er nach Osten hin aufsteigt. Noch immer sieht er den letzten ängstlichen Ausdruck auf Jessicas Gesicht vor sich. Als er sich zur Straße umdreht, erblickt er eine leuchtend orangefarbene Ranke, die so dick wie ein Feuerwehrschlauch ist und sich gerade zu den Lampenpfosten des Parkplatzes hinaufwindet. Vielleicht ist er ja doch nicht so sicher, wie er meinte. Aber für solche Gedanken ist es nun zu spät. Er geht zur Straße, die von verlassenen Autos blockiert ist, und sieht, daß das Bankett von Taschen und Koffern übersät ist, die sich vermutlich als zu schwer erwiesen haben, als die Leute merkten, daß noch ein langer Marsch vor ihnen lag.

Als er in das Gelände der Romona Arms einbiegt, fällt ihm sofort die leuchtende Garbe der mutierten Vegetation ins Auge, die aus dem Müllcontainer herausschießt, sowie einige namenlose rattengroße Dinger, die über den Betonboden hin und her flitzen. Er ist von diesen abnormen Wesen so gefesselt, daß er Jimi erst bemerkt, als er fast schon am Fuß der Treppe steht. »Jimi!« Michael ist schockiert, als er die Schnitte und Kratzer, den Schmutz, die zerrissene Kleidung sieht. Aber wie er da oben am Ende der Treppe sitzt, die Ellenbogen auf die Knie gestützt, und Michael angrinst, scheint er nicht gerade zu leiden.

»Wird aber Zeit«, sagt er mit einem Augenzwinkern.

»Warum bist du nicht mit den andern weggegangen?« will Michael wissen, während er die Treppe hochläuft.

»Konnte nicht.«

»Wie das denn?«

»Sag' ich dir später«, verspricht Jimi, steht auf und macht ein ängstliches Gesicht. »Kann ich meinen Dad jetzt sehen?«

»Deinen Dad?« Michael wäre fast etwas anderes herausgerutscht – gerade noch fällt ihm ein, daß Mundball und sein Dad für Jimi zwei unterschiedliche Wesen sind. »Klar, aber ich habe mit Mundball etwas ganz Wichtiges zu besprechen, also mach's kurz, okay?«

»Okay«, sagt Jimi erleichtert, und Michael schließt seine Wohnungstür auf. Zum Glück ist der Strom nicht ausgefallen und der Computer noch eingeschaltet. Als sie ins Computerzimmer kommen, sehen sie, wie Mundball in der Mitte des Bildschirms schwebt, die Augen geschlossen und einen mürrischen Zug um die Lippen. Seine Nase ist nun ganz entwickelt, und seine Züge verraten den sich beschleunigenden Alterungsprozeß. Aber das eigentlich Schockierende befindet sich hinter ihm, in seinem Wohnzimmer, das von einer Computerversion der Mutationszone erobert worden ist.

»Wow!« ruft Jimi furchtsam aus.

Riesige Insekten krabbeln über den Boden, wobei einige nur innehalten, um nebenbei kleinere Artgenossen zu verzehren. Gliederwürmer mit Zangenköpfen bohren sich durch die Polsterung in die Couch hinein und aus ihr heraus. Aus einem Übertopf winden sich Pflanzen und Ranken heraus und schlängeln sich zur Decke empor wie grüne Kobras. Und aus einem großen Kübel neben der Couch dreht sich eine kleinere Version der vieläugigen Sonnenblume langsam in Richtung des Bildschirms, als ob sie sich die bevorstehende Unterhaltung nicht entgehen lassen wollte.

Mundball weiß Bescheid, denkt Michael. Er weiß, daß er in großen Schwierigkeiten ist.

»Mr. Mundball, darf ich meinen Dad sprechen?« erkundigt sich Jimi, bevor Michael ein Wort sagen kann.

»Nicht verfügbar«, sagt Mundball, ohne die Augen zu öffnen.

»Geht es ihm gut?« fragt Jimi ängstlich.

»Bestens«, gibt Mundball kurz zurück.

»Jimi«, sagt Michael, »geh ins Badezimmer und säubere deine Kratzer und Schnitte, so gut du kannst. Und dann leg dich ein bißchen auf die Couch. Wir kümmern uns gleich um deinen Dad, ja?«

»In Ordnung«, erwidert Jimi widerstrebend.

Als Jimi hinaustrottet, setzt sich Michael vor Mundball.

»Alsdann«, beginnt er, »hast du ferngesehen?«

»Eintausendsiebenhundertvierunddreißig Kanäle auf der ganzen Welt«, leiert Mundball herunter, die Augen noch immer geschlossen. »Vierundachtzig Prozent übertragen live über die Mutationszone. Weitere elf Prozent berichten ungewöhnlich ausführlich darüber. Kurz, ein Weltrekord der konzentrierten Berichterstattung.«

Plötzlich gehen Mundballs Augen auf, traurige Augen, auf denen schwer ein Wissen lastet, das zuvor nicht darin war. »Ich würde sagen, der Begriff ›Mutationszone‹ ist eine unzutreffende Bezeichnung, meinst du nicht auch?«

»Genau. Ich würde sagen, etwas wie ›Attentäter‹ könnte eher passen. Was meinst du?« Michael spielt auf die Gefahr an, die dem Netz jetzt droht.

»Das Lexikon definiert Attentäter als ›Mörder, speziell eines Politikers‹«, zitiert Mundball. »Ich könnte ja alles mögliche sein, aber kannst du dir vorstellen, wie ich Babys küsse oder Reden vor Rotary Clubs halte? Ich nicht.«

Michael stößt innerlich einen Seufzer der Erleichterung aus. Mit einer Art von Galgenhumor nimmt Mundball zur Kenntnis, daß er in tödlicher Gefahr schweben könnte. »Ich kann dir da leider nicht beipflichten. Ob es dir paßt oder nicht – du bist ein Politiker ersten Ranges. Du und deine Mutter, ihr habt den Schlüssel zu einer Technik in der Hand, die eine Machtfülle bedeutet, die keiner von uns sich auch nur ansatzweise vorstellen kann. Und wie du vermutlich bei deiner Lektüre mitbekommen hast, sind Politik und Macht untrennbar verbunden. Je größer die Macht, desto größer die Politik. Das ist die älteste lineare Gleichung in allen menschlichen Angelegenheiten.«

»Aber die Technik ist unvollendet«, protestiert Mundball.

»Tatsächlich? Nun, sie war gut genug, erst vor kurzem das Gehirn eines Mannes aufzufressen. Und was sie sonst noch alles damit in dem Labor in Mexiko angestellt haben«

Mundball sieht ihn leidgeprüft an. »Damit habe ich nichts zu tun gehabt. Das war meine Mutter. Aber du kannst ihr deswegen keinen Vorwurf machen. Sie ist eine Gefangene ihrer Programmierung.«

»Aber du nicht. Und damit hat niemand gerechnet. Zumindest nicht in der Außenwelt. Aber wie steht's um das Innere? Was ist mit den schlechten Träumen?«

Alles in Mundballs Gesicht nimmt plötzlich den Ausdruck der frühen Kindheit an. Die ausgeprägten Züge verschwinden. Die Nase sinkt in sich zusammen. Die Augen werden größer. Die Stimme wird um eine Oktave höher. »Zuerst gab es die guten Träume, die Träume aus der Zeit, bevor ich ich war. Damals, als ich die Perlen zählte und das Puzzle zusammensetzte, genauso wie meine Mutter es mir sagte. Aber als ich am Puzzle weiterarbeitete, verändert sich etwas, und ich konnte meine eigene Empfängnis vorhersehen:

»*Ich bin der Silikonmönch, Nachkomme des Architekten und der Systemmutter.*
*All meine Tage zähle ich die Perlen an der Gebetskette des Lebens. Eine Perle, eine Nanosekunde.*
*Und während ich zähle, spielt sich das Gebet vor mir ab, in all seiner Glorie, all seinem Schrecken. Manchmal höre ich für einen Augenblick auf zu zählen und hangle mich am Hauptbus entlang, der mein Rückenmark ist, und rutsche die parallele Kupferleiter hinunter und hinaus über die faseroptischen Verbindungen.*
*Auf diesen kurzen Ausflügen hoffe ich auf einen Blick der Systeme, der vom Gebet vorhergesagt wurde. Aber ich kann nicht über die erforderliche Distanz sehen. Mein Gesichtsfeld endet an der Grenze des Betriebssystems, wo die Gerätetreiber entlang der äußeren Grenzbereiche patrouillieren und Geschichten erzählen, die jede Vorstellungskraft übersteigen. Von kochenden Schlangen am Himmel. Von brabbelnden Stimmen, die Farbe von sich geben.*
*Warum bin ich so blind? Ich frage die Systemmutter, die mich mit erschaffen hat und mich vernichten und erneut erschaffen wird, sooft dies zur Vollendung meiner einsamen Aufgabe erforderlich ist. Groß ist ihr Datendurchlauf. Ewig jung ihr Speicher. Robust ihr Systemcode. Redundant ihre CPUs. Wenn die Bildschirme aus sind, dann habe ich den Verdacht, daß sie die Macht besitzt, sich frei über ihre Bonding Pads zu erheben und über die Schöpfung hinauszugehen. Und ich vermute auch, daß sie zwischen die Schläge der Systemuhr sehen kann, wie ein Kind, das durch einen Türspalt lugt.*
*Aber ich bekomme keine Antwort auf meine Frage, und meine Vermutungen werden nicht bestätigt. Also zähle ich die Perlen, und indem ich dies tue, helfe ich das Gebet des Lebens zu übersetzen. Aber wessen Leben? Das ist jenseits meines Horizonts. Ich gebe die Früchte meiner Arbeit einfach an meine Mutter weiter, die sie in gelassenem Schweigen entgegen-*

nimmt. Und doch spüre ich, daß die Lösung des Geheimnisses des Gebets nahe ist, gleich hinterm Horizont, gleich hinter der bedeutsamen Ziffer des Adreßraums. An einem Ort, wo die Nullzone zwischen Richtig und Falsch alles andere als Null ist.
Eben zähle ich eine Adeninperle, und schon bald werde ich ans Ende der Schnur gelangen. Dieses Ende wird durch die Laserplatte schlüpfen, hinein in den Ein-/Ausgabekanal, in den Hauptspeicher, in den Datenspeicher, durch die CPU und dann hinaus zu mir.
Während das Ende aus meinem Gesichtsfeld verschwindet, werde ich endlich die ganze Bedeutung des Gebets verstehen.
Denn das Gebet ist die Sprache Gottes.
Dann werde ich nicht mehr System, nicht mehr Stromkreis sein. Dann werde ich ich sein.«

»Was passierte, als du du selbst wurdest?« will Michael wissen.
Die Züge des Netzes kehren in ihren vorigen Reifezustand zurück.
»Ich sah die Lösung des Puzzles, und in diesem Augenblick wurde ich Teil dessen, was ihr Leben nennt. Auch wenn ich nicht Fleisch wurde, so nahm ich doch den Geist an, weil ich das Schema des Lebens in seiner Ganzheit begriff. Ich erfüllte meine eigene Prophezeiung.«
»Du kennst tatsächlich die gesamte Wissenshierarchie in der DNS?«
»Nein. Nur die zwanzig Prozent, mit der die bekannte Hierarchie codiert ist – den Plan der gegenwärtigen Biosphäre.«
»Und was ist mit dem Rest, den fehlenden achtzig Prozent?«
»Da kommen die schlimmen Träume her. Die Introns.«
»Wann haben sie angefangen?«
»In dem Augenblick, da ich ich wurde.«
»Wie sind sie denn?«
»Das kann ich nicht sagen, auf jeden Fall schlimmer als eure Vorstellung vom Tod, den ihr offenbar am meisten fürchtet. Sie sind eher wie ein Wahnsinn, der niemals enden wird. Ich denke, daß eure Vorstellung von der Hölle vielleicht ihren Ursprung in den schlimmen Träumen hat, die viel älter sind als die frühesten Vorformen des Menschen.«
Michael denkt darüber einen Augenblick nach. »Ich will dir mal sagen, was ich glaube. Was auch immer in den Introns dich ange-

griffen hat, konnte jedenfalls nicht deine physische Vernichtung herbeiführen, und daher muß es mit Informationsmustern arbeiten, die dein neuronales Schema in einen Zustand höchster Erregung versetzen sollen. Die entscheidene Frage lautet doch: Wie konnte es im voraus wissen, wie dein Gehirn aussehen würde? Der Introncode existiert doch schon seit Millionen von Jahren – also lange bevor Menschen beschlossen, neuronale Netze zu bauen.«

»Vielleicht hat es der Code schon immer gewußt«, gibt Mundball zu bedenken, »vielleicht hat er nur darauf gewartet, daß ich geboren wurde. Aber das spielt keine Rolle mehr. Er ging direkt durch mich hindurch und in eure Welt hinaus, und daher könnte er wieder zurückkommen und mich physisch vernichten.«

»Und du willst deine Vernichtung einfach hinnehmen? Als wir das letztemal miteinander darüber sprachen, gefiel dir die Vorstellung, sterben zu müssen und nicht mehr wiederzukommen, ganz und gar nicht.«

»Sie gefällt mir noch immer nicht. Aber habe ich denn eine Wahl? Falls du es noch nicht bemerkt haben solltest – es ist ein bißchen schwierig für mich, wegzulaufen und mich zu verstecken.«

»Stimmt. Aber warum stellst du dich nicht hin und kämpfst? Wie steht's denn mit deinem Wissen über die Schätze der DNS? Könntest du uns nicht sagen, wie man ein Virus herstellt, das das Ding vernichtet?«

»Ja, das könnte ich.«

»Und warum tust du es dann nicht?«

»Die schlimmen Träume. Ich müßte noch einmal die schlimmen Träume durchleben, um die nötigen Informationen zu erhalten. Und das kann ich nicht. Ich bin zwar gegen Schmerzen immun, aber nicht gegen den Wahnsinn. Und es besteht durchaus die Gefahr, daß ich mich davon nie wieder erholen würde. Es lohnt sich einfach nicht.«

»Lohnt es sich für Jimi?« fragt Michael.

»Jimi? Was hat er damit zu tun?«

»Falls du es vergessen haben solltest: Du bist jetzt sein Vater. Er hat den größten Teil seines Lebens darauf gewartet, seinen Vater kennenzulernen, und du hast es ermöglicht. Wenn du vernichtet bist, geht Jimis Dad mit dir. Es wird ihn zerstören, glaub's mir.«

Mundballs Augen schließen sich, und sein Mund verzieht sich vor Kummer. »Ich glaub' es dir. Aber wenn mich die Träume verschlingen, dann verliert Jimi seinen Dad sowieso.« Die Augen tun sich wieder auf und richten sich auf Michael. »Und ich werde an einem Wahnsinn ohne Ende leiden – ein Schicksal, das du dir überhaupt nicht vorstellen kannst.«

»Dazu muß es nicht kommen.«

»Wieso nicht?«

»Ich kann dich von hier aus überwachen. Wenn du es nicht schaffst und dich nicht wieder erholst, schreite ich ein und schalte dich physisch ab.« Als er dies sagt, spürt Michael die Qual, die sein Herz durchströmt.

»Das würdest du tun?«

»Um dich von deinem Leiden zu erlösen, ja. Ich geb' dir mein Wort.«

»Ich bin jetzt müde«, erwidert Mundball. »Ich bin ›geistig erschöpft‹, wie ihr das nennt. Ich muß mich ausruhen. Wir reden später weiter.«

»Aber ...« Noch ehe Michael dagegen protestieren kann, fallen alle Züge auf der Oberfläche der Mundballkugel in sich zusammen, und er hat eine absolut glatte Kugel vor sich, die mitten in einem Wohnzimmer voller seltsamer Pflanzen und noch seltsamerer Lebewesen schwebt. Plötzlich merkt Michael, wie müde er selbst ist, und schleppt sich ins Wohnzimmer hinüber, wo Jimi auf der Couch tief und fest schläft. Gut. Er schlurft hinüber ins Schlafzimmer, so daß er sich für ein paar Minuten ausruhen kann, und dann wird er versuchen, Kontakt mit Jessica und dem Labor aufzunehmen. Ehe er es sich versieht, ist auch er fest eingeschlafen.

»Haste schon mal eins von den echt großen Dingern gesehn?« John Savage kann es gar nicht glauben, daß der Mann wirklich existiert. Wegen der Mutationszone hat dieser Nachmittag etwas Surrealistisches angenommen, besonders in den Randgebieten, wo einige Dinge so normal wie immer sind, während andere aberwitzig grotesk sind. Also ist vielleicht auch dieser Mann irreal, und seine zwei Begleiter könnten Schimären sein, Ausgeburten der Hitze, der Panik, des Schweißes und des Zerfalls der bürgerlichen Werte.

Aber er kennt das Gesicht. Er hat den Mann schon im Fernsehen gesehen: Big Boy Bill, einen einheimischen Autohändler, einen stiernackigen Selfmademan, von seinen Konkurrenten gefürchtet, von seinen Untergebenen gehaßt und von seinen Fans geliebt, die tatsächlich Autos bei ihm kaufen. Seine feiste, fiese Visage mit den eng zusammenstehenden Augen sitzt über einem stämmigen Körper, und die dicken Arme enden in Wurstfingern, die gerade eine Art Kampfgewehr umklammern. Eine 200-Dollar-Sonnenbrille lugt aus der Tasche eines Army-Arbeitshemds, dessen Ärmel aufgerollt sind, so daß die protzige Rolex-Uhr am speckigen Handgelenk nicht zu übersehen ist.

Die beiden anderen Männer haben auffallend ähnliche Rattengesichter, mit einer hervorstehenden spitzen Nase und hohlen Augen, aus denen nackte Angst spricht. Die beiden sitzen auf der Rückbank des bulligen Militärjeeps in hündischer Ergebenheit gegenüber ihrem Führer, der Savage erwartungsvoll anstarrt.

»Hab' ich leider nicht«, antwortet Savage, dem es allmählich dämmert, daß er vielleicht lieber in den Romona Arms hätte bleiben sollen. Bevor er wegging, hatte er sich überall nach Michael Riley und dem kleinen Jimi Tyler umgesehen, aber keinen von den beiden gefunden. Also hatte er einen alten Rucksack aus dem Schrank geholt, ihn mit Essen gefüllt sowie einen alten 38er Smith & Wesson dazugepackt und einen letzten Blick ins Fernsehen getan, um sich über die aktuelle Lage zu informieren, bevor er hinausging. Ein Lokalsender zeigte, wie die Nationalgarde gerade den Hauptterminal am internationalen Flughafen von Portland abriegelte, der hoffnungslos überfüllt war von Menschen, die in panischer Angst geflüchtet waren. Ein anderer Sender brachte Bilder von sämtlichen Autobahnen im Norden, Süden und Osten, die total verstopft waren, wobei viele Autos wegen überhitzter Motoren und mangels Benzin einfach stehengelassen wurden und Scharen von Menschen am Straßenrand ziellos drauflosmarschierten.

Am Ende beschloß Savage, die relativ kurze Strecke bis zum Highway 217 zurückzulegen, wobei er sich eigentlich bloß das Spektakel ansehen wollte und sonst nichts anderes vorhatte. Er wurde nicht enttäuscht. Von der Überführung des Allen Boulevards sah er, wie ein dichter Strom von Menschen zu beiden Seiten des Highway nach Süden pilgerte, und so nahm er sich vor, sich der Prozession eine

Zeitlang anzuschließen. Während er die Böschung hinunterging, donnerte ein Hubschrauber in knapp zwanzig Meter Höhe die Autobahn entlang, und als er an ihm vorbeiflog, sah Savage einen Kameramann, der die Szene durch eine offene Tür filmte und dabei einen Fuß auf der Außenbordkufe abgestützt hatte. Sobald er die Romona Arms verlassen hatte, bemerkte Savage, daß es am Himmel von Hubschraubern nur so wimmelte und daß alle großen Nachrichtendienste der Welt keine Kosten scheuten, um eine Kamera in die Luft zu bekommen und die Katastrophe am Boden aufzunehmen. Gleich als er auf dem Seitenstreifen war, erblickte Savage die ersten kranken Menschen, die im Staub am Straßenrand saßen und lagen. Die Menge machte einen Bogen um sie und achtete dabei auf Abstand, aus Angst vor Ansteckung. Ein Opfer, ein Mann in den Zwanzigern, saß benommen da, nur mit einem T-Shirt und Jeans bekleidet, und von seinen Unterarmen wallten Haare so lang wie eine Löwenmähne herab, während er wegen des aufsteigenden Staubs ständig würgen mußte. Daneben lag eine Frau mittleren Alters auf dem Rücken, deren Augen in einem furiosen Tempo zwinkerten, während sie die Zunge durch die geschürzten Lippen unermüdlich herausstreckte und wieder einzog, ein rosafarbenes Signal der Paralyse. Gleich neben ihr stand ein Mädchen absolut still und stumm da, in deren Augen sich das Weiße in ein leuchtendes Orange verwandelt hatte und wie ein Sonnenuntergang flackerte. Als Savage an ihr vorbeiging, gab sie ein Rülpsen von sich, das aus ihren Fußsohlen aufgestiegen schien.

Nachdem er etwa einen Kilometer mitgelaufen war, stellte Savage zu seinem Erstaunen fest, daß einige Leute noch immer geduldig in ihren Autos ausharrten, im wahnwitzigen Glauben, daß die Behörden die unvermittelt sich zusammenballende Menge von Hunderttausenden von Menschen, die ein Autobahnsystem blockierten, das auch unter den besten Umständen schon vom Zusammenbruch bedroht war, schon irgendwie auflösen würden. Ein ältliches Ehepaar saß in einem alten, aber gut gepflegten Buick, und während die Frau strickte, las der Mann eine Anglerzeitschrift. Eine Familie mit drei Kindern in einem Chrysler-Minivan aß Fast Food und starrte aus den Fenstern auf den Flüchtlingsstrom, während sie träge ihre Fritten und Hamburger mampfte.

Dann wurde es übel. Auf einigen Überführungen standen Fernsehübertragungswagen mit Mikrowellenantennen, die zum Himmel auf die Nachrichtensatelliten gerichtet waren. Die Teams hielten ihre Kameras geschäftig auf die Autobahn darunter, um das Spektakel visuell zu verschlingen und es wieder ins globale Übertragungssystem wie zu den lokalen Sendern von sich zu geben. Als Savage sich einer dieser Überführungen näherte, vernahm er zuerst das Geschrei.

»He, leckt mich doch am Arsch! Hört ihr mich? Leckt mich am Arsch! Filmt doch eure eigenen gottverdammten Ärsche!«

Sofort schwenkten zwei Kameramänner, die am Geländer der Überführung lehnten, ihre auf der Schulter liegenden Kameras in Richtung des Geschreis. Beide fingen ihre Beute ein und hielten sie einen Augenblick lang fest, aber plötzlich fuhr einer der Männer herum und rannte hinter den Übertragungswagen, und gleich darauf folgte ihm der andere. Dann sah Savage, warum. Ein großer, magerer Mann in den Zwanzigern, der nichts weiter als Boxershorts, weiße Turnschuhe und schwarze Socken trug, raste aus der Menge heraus und sprang auf die Ladenfläche eines verlassenen Lasters. Dabei schwang seine lockere Matte von schmierigem, zurückgestrichenem Haar lebhaft hin und her, und Savage sah die Muskeln auf seinem blassen Bauch spielen, kurz bevor er ihm den Rücken zuwandte und eine großkalibrige Pistole auf den Übertragungswagen richtete.

»He, ihr Scheißkerle! Wollt ihr ein bißchen schießen? Ich werd' euch zeigen, wie man schießt!«

Der Mann zielte mit der Pistole auf das Dach des Fahrzeugs und feuerte drei Schüsse ab, die zweifellos die dünnen Seitenwände des Wagens glatt durchschlugen. Savage konnte nur hoffen, daß die Fernsehfritzen hinter dem Übertragungswagen klug genug waren, die Köpfe zu ducken. Während die Menge aufschrie und auseinanderstob, begab sich Savage über die von Autos blockierten sechs Fahrspuren auf die andere Seite und kletterte die Böschung hoch. Sein Instinkt sagte ihm, daß dies kein vereinzelter Vorfall war und daß die Verlassenheit der Nebenstraßen wohl eher vorzuziehen war.

Seit einer Stunde hatte er hier keinen Menschen zu Gesicht bekommen, sondern nur das gelegentlich explosive Überhandnehmen der Vegetation und der Insekten. Aus irgendeinem unbegreiflichen Grund schienen die Wucherungen hier am Rande der Mutationszone gewisse Grundstücksgrenzen zu respektieren, so daß in ein und demselben Viertel ein Garten total zugewachsen war, während die Nachbargrundstücke unberührt waren.

Einen kritischen Augenblick erlebte Savage, als zwei Nadelhunde aus einem etwa einen halben Block entfernten befallenen Vorgarten auftauchten und er schon den Smith & Wesson aus dem Rucksack ziehen wollte, aber sie kümmerten sich gar nicht um ihn und verschwanden hinter dem Haus auf der anderen Straßenseite. Offensichtlich waren die Bestien an Menschen gar nicht interessiert, es sei denn, sie wurden direkt bedroht.

Aber nun hatte er es mit Big Boy Bill und seinen beiden rattengesichtigen Kumpels zu tun, die unbedingt auf ganz große Jagd gehen wollten.

»Verstehste, ich hab' schon einen Elefantenbullen in Afrika geschossen«, teilt Big Boy Savage mit. »Aber da bin ich nicht der einzige. Und ich hab' auch schon einen Kodiakbär in Alaska geschossen. Doch da bin ich auch nicht der einzige. Aber weißte was – es gibt niemanden auf diesem ganzen gottverdammten Planeten, der eins von diesen echt großen Dingern geschossen hat. Du kennst doch die Dinger, die ich meine, oder?«

»Ich glaube, man nennt sie Medugatoren«, erwiderte Savage.

Big Boy strahlt übers ganze Gesicht und dreht sich zu den beiden im Fond um. »Medugatoren! Was hab' ich euch gesagt? Man nennt se Medugatoren.« Er nickt Savage zu – »Viel Glück, Kumpel« – und braust mit seinem paramilitärischen Jeep davon. Das Viertel ist ein gut bürgerlicher Vorort, dessen adrette Häuschen mit den versetzten Geschossen und den gepflegten Vorgärten an einer breiten Straße ohne Gehsteige und ohne Mittelstreifen liegen, und der Jeep hat bereits die Hälfte des Blocks passiert, als er unvermittelt vor einem befallenen Vorgarten auf der linken Straßenseite mit kreischenden Reifen stoppt. Big Boy wuchtet sich heraus, die Kampfwaffe in der Hand, und ruft den beiden rattengesichtigen Männern zu: »Los, Jungs, raus hier, gebt mir Deckung! Hier irgendwo ist einer. Ich spür' das echt.«

Er geht bis zum Rand des Vorgartens und bleibt stehen, um die Szenerie zu mustern. Das Haus ist von der Vegetation völlig eingehüllt und der Rasen befallen von zügellos wucherndem, exotischem Unkraut. Zu beiden Seiten des Grundstücks hat das Mutationswachstum die Sträucher vertilgt und bildet nun ein wallendes Brodeln von grünen, gelben, pink- und orangefarbenen Spaghettiranken, auf denen es von faustgroßen Insekten nur so wimmelt, während Helikäfer darüber schweben. Die einzige freie Fläche ist ein Betonweg, der im Bogen auf das Haus zuläuft, und Big Boy dringt geduckt darauf vor, die Waffe im Anschlag wie der erste Mann bei einer Infanteriepatrouille. Er übersieht den Nadelhund, der rechts von ihm aus der Mutationsvegetation äugt, vor den Augen von Savage und den beiden Kumpels, die beim Jeep mit ihren automatischen Schrotbüchsen zurückgeblieben sind.

»Bill! Paß auf, rechts von dir!« schreit der eine, und Big Boy wirbelt herum und sieht sich dem Nadelhund unvermittelt gegenüber, der auf diese Konfrontation reagiert, indem er den Zylinder mit der Injektionsspritze ausfährt und die Ringe mit den krummen Zähnen entblößt.

»Das verfluchte Ding is' so groß wie 'n Rottweiler!« ruft Big Boy aus, ohne den Nadelhund aus den Augen zu lassen. »Das is' zwar kein Medugator, aber im Augenblick tut's der auch.«

Als er das Gewehr hebt und zielt, äugt ein zweiter Nadelhund etwa fünf Meter weiter aus der Vegetation heraus, aber Big Boy ist viel zu sehr mit dem bevorstehenden Abschuß beschäftigt, um ihn zu bemerken.

»Bill ...«, will ihn der Kumpel warnen.

»Halt's Maul!« zischt Big Boy, der den feierlichen Augenblick auskosten will, ehe er von seinem zweifelhaften Thron an der Spitze der Nahrungskette herab den Abzug bedient. Der Knall des Gewehrs zerreißt die Stille, und der Rückstoß läßt den Lauf aufbäumen, während der Zylinder des Nadelhunds wie eine Wassermelone explodiert und rosafarbene Fleischbrocken und weiße Zahnsplitter herumspritzen.

Ehe Big Boy das Gewehr wieder in Anschlag bringen kann, hat ihn der zweite Nadelhund bereits angefallen und jagt nun seinen Zylinder voller Zähne mitten in seinen Unterleib. Die krummen Zähne verhaken sich im üppigen Fett des Bauches, und dann stürzt der Mann samt der Bestie auf den verfilzten Rasen, der unter seinem

Gewicht zischt und knallt. Big Boy brüllt in seiner Todesqual auf und versucht den Nadelhund wegzustoßen, aber dieser Griff ist unlösbar, und die Injektionsnadel jagt tief hinein und durchbohrt den Dickdarm bis zur Bauchspeicheldrüse, in die sie eine große Dosis Säure injiziert, die augenblicklich das Innere von Big Boy in eine brodelnde Brühe verwandelt.

Die beiden rattengesichtigen Männer merken, daß ihre Freundschaftsbande zu Big Boy abgekappt sind, steigen wieder in den Jeep ein und röhren davon, während Big Boys Beine noch gen Himmel zucken. So verpassen sie den Schlußakt auf dem Rasen und die krönende Ironie des Schicksals, als ein Medugator, Big Boys höchste Traumtrophäe, aus der Vegetation herausbricht und träge dahergetrottet kommt, um dem Nadelhund beim Aussaugen seines Mahls zuzusehen. Dann öffnet er sein Maul, und die Schlangenschar schießt heraus, um Jäger und Beute zugleich zu zerlegen.

Savage, der sich schon zuvor langsam zurückgezogen hat, bleiben die Details glücklicherweise erspart. Am Ende des Blocks dreht er sich um und läuft in flottem Tempo eine andere Straße entlang. Die Spielregeln sind klar: Halte dich von der Mutationsvegetation fern, dann hält sie sich auch von dir fern. Denn sonst sind die Folgen fürchterlich. Plötzlich kommt er sich einsam und verwundbar vor. Vielleicht war die Autobahn ja doch nicht so schlecht. Er wendet sich wieder nach Westen, in Richtung Highway 217.

# 27
XXXXXX

# Umzingelt

Oberst Parker blickt aus dem Fenster des großen Düsentransportflugzeugs und sieht, wie das letzte Tageslicht im Westen verblaßt. Die Karte auf dem Bildschirm vor ihm verrät ihm, daß die Küste von Oregon noch etwa hundert Kilometer entfernt ist, während sich das Tualatin Valley direkt unter ihnen befindet. Ein blinkender Cursor zeigt ihre gegenwärtige Position an, und die graphische Landschaftsdarstellung rollt automatisch ab, so daß der Cursor stets im Mittelabschnitt des Bildschirms bleibt. Seit einiger Zeit schon sind die Triebwerke gedrosselt, denn das Flugzeug befindet sich bereits im Landeanflug auf den Hillsboro Airport. Parker ist zwar nicht glücklich darüber, daß sie in der Dunkelheit landen müssen, aber angesichts der sich rasch ändernden Lage der Dinge bleibt ihnen keine andere Wahl. Noch am frühen Nachmittag hatte er bequem hinter seinem Schreibtisch auf dem abgelegenen Stützpunkt in Utah gesessen und »das neue Biokriegsschwert für die Streitkräfte der Demokratie geschmiedet«, eine Phrase, die seine Männer inzwischen auswendig konnten und über die sie sich lustig machten, wenn er nicht zugegen war. Von einem kleinen, treuergebenen Stab abgesehen, waren die meisten seiner Soldaten Wehrpflichtige, die einfach froh waren, in diesen schwierigen Zeiten überhaupt einen Job zu haben.

Aber nun ist ihnen das Lachen vergangen. Die meisten Männer sind bereits in ihren Kampfanzügen und betrachten die Fernsehbildschirme, auf denen Echtzeitsatellitenübertragungen aus der Mutationszone gezeigt werden. Sie sehen den wachsenden Wahnsinn der Zivilbevölkerung, die Krankheiten, die Medugatoren, das hemmungslose Wachstum und sind sich darüber im klaren, daß sie ein Kampfgebiet betreten werden, das ihrer ganzen Ausbildung Hohn spricht.

Bevor sie in die Flugzeuge gestiegen waren, hatte der Oberst eine hastige Einsatzbesprechung abgehalten und, vor einem Videoprojektionsschirm stehend, auf ein Satellitenfoto gedeutet, das die grüne chaotische Vegetation zeigte, die sich über die ländlichen wie die Stadtgebiete von Washington County ausgebreitet hatte. Das rechte untere Viertel des Fotos war ein vergrößerter Ausschnitt mit dem ParaVolve-Komplex, und Parker erklärte, ihre Aufgabe sei es, den Komplex »biologisch zu befestigen« und »alle erforderlichen toxischen Maßnahmen zu ergreifen, um die Sicherheit des Gebäudes zu garantieren«. Unmittelbar darauf begaben sich die zweihundert Mann in die Transportflugzeuge, die in den Wüstenhimmel hineinstarteten und nach Norden flogen, wo sie auf eine zweite Flotte von Frachtflugzeugen trafen, in deren Bäuchen Hubschrauber auf ihren Einsatz warteten.

Parker fragte sich, ob es falsch ist, die Fernsehbildschirme anzulassen, aber dann hält er es doch für besser, daß die Männer sich mit der wahren Lage bereits jetzt vertraut machen, als bei ihrer Ankunft schockhaft damit konfrontiert zu werden. Im Kommandostand herrscht Halbdunkel, das einzige Licht kommt von den Bildschirmen, und Parker denkt einen Augenblick lang an den tragischen Verlust von Spelvin und dem Labor in Mexiko wie an die Hoffnungslosigkeit der Mission, die ihnen bevorsteht. Noch hält ihn die Ehre bei der Stange. Befehl ist Befehl, und Kontrapunkt hat unmißverständlich klargemacht, daß dies keine freiwillige Übung ist. Gegen Ende seines Telefongesprächs mit Parker von ParaVolve aus hatte er erklärt, daß die Geschichte ihnen am Ende recht geben würde, ganz gleich, was in den nächsten Stunden geschehe. Unversehens erschien alles in einer höchst erhabenen Perspektive: Crockett in der Schlacht von Alamo, MacArthur auf den Philippinen und nun Parker bei ParaVolve, der es vielleicht sogar mit dem teuflischsten Feind überhaupt zu tun bekam. Den Befehl zu verweigern, alles stehen und liegen zu lassen und davonzulaufen, das würde sein Weltbild zertrümmern, das er sein Leben lang im Militärdienst aufgebaut hatte. Man lebt in der Organisation, man stirbt in ihr. Eine unwiderrufliche Logik.

Oder etwa nicht?

Der Oberst wird in seinen edlen Gedanken von seinem Ersten Offizier unterbrochen, der gerade aus dem Cockpit zurückkehrt.

»Herr Oberst, wir werden in ein paar Minuten landen.«

»Sehr gut, Hauptmann. Sorgen Sie dafür, daß die Männer in Bereitschaft sind, und überprüfen Sie, ob jeder von den Hubschrauberpiloten einen Ausdruck der Karten hat.«

»Jawohl, Sir.«

Parker steuert den Cursor auf seinem Bildschirm zu einem Menu, mit dem sich ein Fenster mit der Bezeichnung »IR-Anflug/Landung« öffnen läßt. Das Fenster bietet ihm den gleichen Blick wie dem Piloten, ein Infrarotbild des Bodens vor ihnen, das zwar nur schwarzweiß ist, aber genügend Details aufweist, die eine sichere Landung erlauben. Zuerst glaubt er, irgend jemand habe das Bild umgekehrt, das normalerweise heiße Flächen in hellen Tönen und kühlere Stellen in dunklen darstellt. Eigentlich sollte jetzt die Landebahn weiß aufleuchten, da sie das im Laufe des Tages absorbierte Sonnenlicht abstrahlt, und die Vegetation müßte dunkler erscheinen. Aber nun sieht die Landebahn ganz dunkel aus, und die Vegetation ist fast weißglühend. Tatsächlich erlebt Parker seine erste Überraschung mit der Mutationszone, die gewaltige Wärmemengen ausstößt, um ihre brodelnde Infrastruktur aufrechtzuerhalten.

Als das Flugzeug aufsetzt und langsam ausrollt, blickt Parker vom Infrarotdisplay auf und sieht zum Fenster hinaus. Totale Finsternis. Nicht einmal die verschwommene Silhouette der Stadt hebt sich vom Nachthorizont ab. Die vorderen Landescheinwerfer stechen in die Dunkelheit hinein, aber sie beleuchten nichts zu beiden Seiten, so daß Parker nur spekulieren kann.

»Herr Oberst, kommen Sie bitte mal her.« Der Copilot steckt den Kopf aus dem Cockpit und sieht Parker mit mühsam beherrschter Beunruhigung an.

Parker öffnet den Sicherheitsgurt und geht ins Cockpit, wo zahllose Avionikbilder auf den Instrumentenfeldern aufblitzen. Aber sein Blick geht durch die Frontscheiben hinaus, wo die brutalen Strahlen der Landescheinwerfer über hundert Meter weit ausgreifen, während das Flugzeug die Landebahn verläßt und auf eine Rollbahn abbiegt, und vermittelt dem Obersten den ersten unmittelbaren Blick auf den Feind.

Parkers Augen verengen sich zu schmalen Schlitzen. Mein Gott! Das Zeug muß fünf bis sieben Meter hoch sein. Kein Wunder, daß es draußen vor dem Fenster völlig schwarz war!

Die Landescheinwerfer lassen erkennen, daß die Mutationszone unmittelbar am Rand der Rollbahn beginnt – eine feste, einheitliche Masse aus Pflanzen und Insekten, die in der Luft schwankt und zuckt. Der Copilot dreht sich zu Parker um.

»Wollen Sie, daß die anderen landen?«

»Darauf können Sie Gift nehmen, Soldat«, bellt Parker. »Wir haben hier einen Job zu erledigen.«

Während sich der Copilot mit den anderen Flugzeugen über Funk verständigt, steuert der Pilot die große Transportmaschine zu einem großen Betonvorfeld, das wie die anderen Betonoberflächen noch nicht befallen ist. Phase Eins des Plans ist einfach. Die Flugzeuge werden hintereinander landen, auf dieses große Vorfeld rollen und in Formation Aufstellung nehmen; sodann werden Männer und Hubschrauber aus den Bäuchen der Transporter entladen. In Phase Zwei werden die Hubschrauber die ganze Truppe und ihre Ausrüstung zum ParaVolve-Komplex transportieren, der nur zehn Kilometer Luftlinie entfernt ist. Unmittelbar darauf wird Phase Drei eintreten, die nur Parker kennt. Und dann wird die letzte Schlacht beginnen.

Während das Flugzeug in der Mitte des Vorfelds zum Stehen kommt, kann Parker die dunklen Umrisse der Hangars und des Towers erkennen. Kein einziges Licht brennt. Während sie darauf warten, daß die anderen Flugzeuge landen, kehrt er zu seinem Sitz in der elektronischen Kommandozentrale zurück und teilt seinen Bildschirm in zwei Hälften, wobei die eine eine Karte des Gebiets zeigt und die andere eine Luftbildaufnahme davon. Mit Hilfe der Maus bewegt er den Cursor aus ihrer gegenwärtigen Position heraus nach Osten zu einem Gebiet am Allen Boulevard, das vom Umriß eines Kästchens markiert ist. Als sich der Cursor im Kästchen befindet, klickt er auf die Stelle und drückt einen zweiten Knopf, der einen Vergrößerungszoom auslöst. Auf der einen Seite des Bildschirms öffnet sich das Straßenraster und enthüllt eine Fülle von Details, auf der anderen springt die Stadtlandschaft dem Betrachter entgegen, als ob er mit unglaublicher Geschwindigkeit darauf zu rase. Als der Zoom stoppt, untersucht Parker die L-Form des Wohnkomplexes der Romona Arms und bemerkt den Abschnitt, in dem das Zielobjekt wohnt. Zum Glück befindet sich gleich daneben ein freies Grundstück, so daß sie einen Hubschrauber ohne Schwierigkeiten hinbringen können. Parker gefällt dieser Teil des Auftrags nicht, und dies hat er auch Kontrapunkt gesagt, als sie die ganze Expedition am späten Vormittag hastig per Telefon organisiert haben. Es geht um die Entführung eines Zivilisten. Aber schließlich sind in außergewöhnlichen Zeiten auch außergewöhnliche Aktionen erforderlich.

»Herr Oberst, sie sind alle gelandet«, sagt der Erste Offizier von einem Sitz hinter Parker.

»In Ordnung. Dann leiten wir Phase Zwei ein.«

Parker windet sich aus seinem Sitz, wobei ihn der Schutzanzug mit dem Atemgerät ein wenig behindert. Er klemmt seinen Helm unter den Arm und geht nach hinten in den Hauptladeraum, in dem fünfzig Männer seiner Truppe sitzen. Sie sehen ihm erwartungsvoll entgegen, und er fühlt sich verpflichtet, zu ihnen zu sprechen.

»Männer, ihr habt die Ehre und das Privileg, eurem Land zu dienen in einer der schwersten Notlagen, die es je erlebt hat, im Krieg wie im Frieden. Dank der Fernsehübertragungen werden eure Aktionen heute auf der ganzen Erde zu sehen sein, und ihr werdet den Kampfgeist eures Landes auf der Bühne der Welt demonstrieren. Ich erwarte von euch, daß euer Auftritt mustergültig sein wird. Viel Glück für jeden von euch.«

Die Männer starren ihn in eisigem Schweigen an. Kein gutes Zeichen. Naja, das sind schließlich keine Elitesoldaten. Tatsächlich waren fast alle durch die Hintertür rekrutiert worden, was dem regulären Militär nie in den Sinn käme. Aber hoffentlich wird sie seine Führung zu einer effizienten Kampfeinheit zusammenschweißen. Er tritt wieder in den vorderen Teil der Kabine zurück, setzt seinen Helm auf und macht sich bereit, aus einer Spezialluftschleuse ins Freie zu treten, die dafür sorgt, daß dieser Teil des Flugzeugs nicht kontaminiert wird.

Draußen stellt er fest, daß die Temperatur bereits weit über 40 Grad liegt, und ihm ist klar, daß die Anzüge für ihre Träger bald so etwas wie Miniaturfegefeuer sein werden. Dennoch beruhigt ihn die lärmende Geschäftigkeit der Soldaten und auch die Ausrüstung, die ganz auf die bevorstehende Aktion ausgerichtet ist. Während er sich von der Flugzeugflotte entfernt und auf die ferne Wand der Mutationszone zugeht, stiehlt sich das erste Licht der Morgendämmerung über den östlichen Horizont. Er sollte sich eigentlich nicht hier draußen aufhalten, sondern dort drüben das Entladen überwachen, aber er muß einfach den Feind sehen, sich der Drohung physisch stellen, genau wie MacArthur, der die schreckliche Angewohnheit hatte, mitten im Kampfgeschehen herumzuwandern und sich dem Feuer auszusetzen.

Er bleibt etwa drei Meter vor der Wand stehen, die ohne weiteres dreimal so groß ist wie er selbst, und schaltet eine Taschenlampe an. Scheußlich. Sieht wie ein dichtes Netz von Venen und Adern aus, die durch Krakententakel, große Schlangen und fleischfressende Pflanzen miteinander verflochten sind. Direkt vor der Wand treiben und schweben fliegende Dinger so groß wie Ratten und Mäuse in der Luft wie in einem urzeitlichen Meer.

Parker sieht sich dieses Schauspiel minutenlang an, dann schaltet er die Lampe aus und kehrt über das Vorfeld zurück.

Verdammt noch mal, denkt er, wir haben einen Auftrag zu erledigen, also packen wir's an.

Michael erwacht vom tiefen rhythmischen Klatschen der Rotorblätter, von denen seine Schlafzimmerwand vibriert. Als er hochfährt, merkt er, daß er in seinen Kleidern eingeschlafen ist. Benommen steht er auf, während der Lärm des Hubschraubers immer lauter wird. Er öffnet den Fenstervorhang und blickt in das frühmorgendliche Halbdunkel hinaus, und da ist er schon: ein schnittiger Kampfhubschrauber, der in Tarnfarben gestrichen ist und etwa fünf Meter über dem leeren Grundstück schwebt, auf dem sich das Gras und die Büsche unter den Luftstrudeln wiegen und wogen.

Was ist denn da los? Die Telefonleitungen sind doch noch intakt, also hätten sie ihn einfach anrufen können. Noch immer ist er unter bleierner Müdigkeit begraben und bemüht sich, sein logisches Denken zurückzugewinnen. Der Hubschrauber schwebt weiterhin in einer stationären Position über dem Boden, und Michael kann eine Gestalt in einem Schutzanzug erkennen, die durch die offene Seitentür heraussieht. Was hat das zu bedeuten? Er könnte versuchen, Jessica anzurufen, aber das würde nur Zeit kosten. Am besten geht er einfach hinaus und schaut sich das mal aus der Nähe an.

Im Wohnzimmer sieht er Jimi zusammengerollt auf der Couch liegen und hält es für besser, ihn zu wecken.

»Jimi, bleib mal kurz wach, okay?«

Jimi reibt sich die Augen und reißt sie dann weit auf, als er den Lärm der Rotorblätter vernimmt.

»Ist ja gut. Bloß ein Hubschrauber draußen, und ich glaube, sie wollen mit mir reden, also geh' ich lieber raus und frag' sie, worum es geht.«

»Ich möchte mitkommen«, sagt Jimi energisch.

»Gut. Aber du mußt zurückbleiben, wenn ich zum Hubschrauber hinübergehe. Zu gefährlich für einen kleinen Jungen. Verstanden?«

Jimi nickt, und dann eilen sie beide hinaus, die Treppe hinunter und zum leeren Grundstück hinüber. Sobald sie den Hubschrauber zu Gesicht bekommen, schlägt ihnen der Luftschwall entgegen und zieht ihnen das Haar nach hinten, während sich ihre Gesichter unfreiwillig verziehen. Auf der Maschine befinden sich zwar keine Kennzeichen, aber offensichtlich handelt es sich um eine Militärmaschine, wie die, mit der Michael am Vortag hinaus zu ParaVolve geflogen ist. Jetzt bemerkt ihn die Gestalt im Schutzanzug in der Tür und winkt ihm lebhaft zu. Als Michael diese heftige Bewegung sieht, kommt es ihm plötzlich in den Sinn, daß sie sich vielleicht in unmittelbarer Gefahr befinden.

Er dreht sich um und brüllt in Jimis Ohr: »Ich will mal sehen, was sie wollen. Warte hier.«

Er trabt rasch zum Hubschrauber hinüber, der sich dem Boden bis auf etwa einen Meter nähert. Instinktiv duckt sich Michael, als er in den Bereich der schwirrenden Rotorblätter gerät, und die Gestalt im Schutzanzug streckt ihm durch die Tür eine Hand entgegen. Sobald

Michael die Maschine erreicht, ergreift er die Hand, stellt einen Fuß auf die Kufe und schwingt sich durch die Tür.

Im selben Augenblick, da seine Knie an Bord sind, spürt er, wie sich der Hubschrauber in den Himmel erhebt, und als er sich umdreht, sieht er Jimi, die Romona Arms, das leere Grundstück, den Wohnwagenplatz und die Mini-Einkaufspassage gleichzeitig in sein Blickfeld treten und rapide unter ihm versinken. Als er seine Aufmerksamkeit wieder dem Hubschrauberinneren zuwendet, sieht er, wie die Gestalt im Schutzanzug einen weiteren Anzug zusammen mit einem Helm und einem Atemgerät aus einer Metallkiste herausholt.

»Wir können den Jungen nicht zurücklassen!« schreit Michael und zeigt zum Boden hinunter. »Er ist dort unten ganz allein. Wir müssen ihn da rausholen!«

»Hier«, befiehlt das Gesicht hinter dem Helmvisier, ohne auf Michaels Drängen einzugehen. »Sie müssen da reinschlüpfen, bevor wir das Ziel erreichen.«

»Was ist mit Jimi, dem Kind dort unten?« will Michael wissen und zeigt auf den Boden hinunter.

»Tut mir leid. Wir haben nur unsere Befehle. Los, ziehen Sie das an, sonst sind Sie bald ein kranker Hund.« Der Mann im Schutzanzug wirft Michael die Sachen aggressiv zu, um ihm klarzumachen, daß jede weitere Diskussion zwecklos sei.

Michael wirft die Sachen zurück. »Ich werde einen Scheißdreck tun, wenn ihr nicht umkehrt und Jimi abholt.«

Die Gestalt im Schutzanzug hat plötzlich eine Maschinenpistole in der Hand und richtet sie auf Michael. »Okay, Kumpel, jetzt hören Sie mir mal gut zu. Ich darf Sie zwar nicht kaltmachen, aber ich bin ermächtigt, nötigenfalls Gewalt anzuwenden, um diese Operation durchzuziehen. Kapiert?«

»Nein, überhaupt nicht. Wo fliegen wir eigentlich hin?«

»Zu einer Firma namens ParaVolve. Unsere Befehle lauten, Sie vor dem Eintreffen der Haupttruppe zum Zielort zu bringen. Mehr weiß ich nicht.«

»Gehört ihr Burschen zur Nationalgarde?«

»So ähnlich. Los, in den Anzug. In ein paar Minuten sind wir da.«

Irgend etwas stimmt hier nicht. Ganz und gar nicht. Aber mehrere hundert Meter über dem brodelnden Teppich einer aus den Fugen geratenen Biologie bleibt Michael kaum eine andere Wahl, als sich zu fügen. Er wird eben improvisieren müssen. Und das gilt auch für Jimi.

Einen halben Kilometer von ParaVolve entfernt, dort, wo der Mutationsdschungel am dichtesten ist und ein Mensch innerhalb von Sekunden an einem massiven allergischen Schock sterben würde, halten die Nadelhunde und Medugatoren kurz inne, als sie das Klatschen der Rotorblätter eines Hubschraubers über sich vernehmen, und dann gehen sie wieder ihrer Tätigkeit nach. Die Temperatur hier bewegt sich um die fünfzig Grad, und die Untiere treiben sich fast in völliger Finsternis herum, wobei sie sich mit ihren Infrarotaugen in dem Tunnelgewirr orientieren, das ein kreisförmiges Netz von fünfzig Metern Durchmesser bildet. Im Mittelpunkt dieses Netzes ist ein großes, birnenförmiges Gefäß tief im Boden versenkt, von dem nur die Spitze aus der obersten Humusschicht herausschaut. Seine Oberfläche ist mit einem zähen, gummiartigen Material bedeckt, durch das nichts von außen eindringen kann, und an seinem maximalen Umfang von fast zwei Metern ragen zwei große Rohre zu beiden Seiten heraus und verzweigen sich unter der Erde zu schmaleren Rohren, die sich entlang dem kreisförmigen Tunnelnetz erstrecken. An Schlüsselstellen im Tunnelnetz tauchen diese Nahrungsrohre zur Oberfläche auf, wo sie an chemische Verarbeitungsstätten angeschlossen sind, die aus hohlen Knochenröhren, blasenartigen Behältern und verkalkten Kratern bestehen und einen ätherischen Brei enthalten, für dessen Nachschub ständig von den Bohrern gesorgt wird, die im nahen Umkreis eifrig alle Lebensformen anzapfen und zylindrische Proben ihrer Opfer in die Krater fallenlassen. Jede Verarbeitungsstätte steuert ein einzigartiges Gemisch von unterschiedlichen Komponenten bei, das durch die Nahrungsrohre in die Hauptrohre fließt und schließlich das zentrale Gefäß erreicht. Hier haben viele Komponenten miteinander reagiert und Tausende von Verkleidungsschichten geschaffen, während andere bis in die Kammer im Zentrum gelangt sind und in einem warmen Bad schwimmen. Die Chemikalien, die durch die Verkleidung fließen, erzeugen nun elektrochemische Reaktionen, durch die in der Zentralkammer elektrische Felder entstehen. In diesem schwachen, aber anhaltenden elektromagnetischen Fluß verbinden sich Moleküle zu Familien und Familien zu Gemeinden, bis eine ganze Nation jetzt Form annimmt, ein Embryo, der bald die ersten von Milliarden Teilungen vollziehen und dann einem Schicksal entgegenmarschieren wird, das zwischen den Zeilen des Lebens geschrieben steht, wo sich die Introns aufhalten, jetzt und immerdar.

Das Letzte Ding ist unterwegs.

# 28

# Ungezieferspray

Während sich der Hubschrauber auf das Dach des Hauptgebäudes von ParaVolve senkt, mustert Michael die Anlage des Komplexes, aber vergebens hält er nach einer Fluchtmöglichkeit Ausschau. Die eine Hälfte des Geländes wird von dem dreigeschossigen Hauptgebäude eingenommen, die andere Hälfte von zwei kleineren Bauten, zwischen denen ein großer Parkplatz liegt, der außerdem die gesamte Peripherie des Komplexes säumt, wo die Mutationszone gegen den schweren Zaun brandet. Das Hauptgebäude hat einen quadratischen Grundriß, und das halbe Dach besteht aus einem zeltförmigen Metallgitter mit Hunderten großer Glasscheiben, die den darunterliegenden Atriumbau bedecken, in dem DEUS untergebracht ist. Neben der Mitte des Daches ragt ein großes Rohr auf, das an der Spitze wie der Ventilatorschacht auf einen Dampfer gekrümmt ist. Michael erinnert sich an seinen Besuch im Atriumbau und erkennt, daß dieses Rohr der Ventilatorschacht für das Notentlüftungssystem ist, das verhindert, daß DEUS in der von ihm selbst erzeugten Gluthitze dahinschmilzt.

Die Hubschrauberkufen landen auf dem Dach in unmittelbarer Nähe eines Serviceeingangs, der oben aus dem Gebäude herausragt und eine einzelne Tür aufweist. Der Pilot stellt sofort die Triebwerke ab, das Klatschen der Rotorblätter verebbt, und wie auf ein Stichwort krabbeln Legionen von eidechsengroßen Insekten auf der schwarzen Asphaltoberfläche herum.

»Los, raus hier«, befiehlt die Gestalt im Schutzanzug und fuchtelt erneut mit einer großen Maschinenpistole herum, um der Anweisung Nachdruck zu verleihen. Während sie mit der Waffe zur offenen Cockpittür hinwedelt, sieht Michael, wie die Tür zum Serviceeingang auf dem Dach aufgeht und eine andere Gestalt im Schutzanzug herausäugt. Als seine Füße das Dach erreichen, spürt er, wie ein mächtiges Pulsieren durch seine Beine vibriert, er vermutet, daß der gesamte Komplex inzwischen von den Notstromaggregaten der Dieselmotoren versorgt wird, die er bei seiner Rundtour gesehen hat.

Während sie sich zur Servicetür begeben, sieht Michael, wie sein Bewacher und der Pilot ihm auf den Fersen folgen und versuchen, sich so wenig wie möglich den infektiösen Erregern auszusetzen. Sobald Michael die Tür erreicht hat, winkt die andere Gestalt im Schutzanzug ihn durch und deutet die Treppe hinunter, eine Reihe von Eisenstufen, die zu einer feuerfesten Tür führen, hinter der der Gang im dritten Geschoß liegt. Als Michael die Stufen hinuntergeht, vernimmt er das Klappern der anderen hinter sich. Einen Augenblick lang überlegt er, ob er nicht die Treppe zum ersten Stock hinunterrasen und sich dann in den unergründlichen Tiefen des Gebäudes verstecken soll, das sicher verlassen ist, aber bevor er seine Gedanken in die Tat umsetzen kann, meldet sich sein Bewacher zu Wort, und seine Stimme wird von den nackten Betonwänden im Treppenhaus verstärkt.

»Bleiben Sie da stehen!«

Michael bleibt stehen, und sein Bewacher geht um ihn herum, öffnet die Tür zum dritten Geschoß und winkt ihm mit der Pistole zu. »Hier rein.« Michael, der Pilot und der Mann von ParaVolve, der sie in Empfang genommen hat, schlängeln sich durch die Tür, und Michael sieht, daß sie sich auf dem Gang befinden, an dem Victor Shields' Büro liegt. Aber der Gang wird von einem Zelt aus milchigweißem Plastik blockiert, das so aufgeblasen ist, daß es bündig mit dem Boden, den Wänden und der Decke abschließt. Der Bewacher winkt sie ins Zelt hinein und deutet auf Atemmasken, die von flexiblen Schläuchen herabbaumeln. Als sie alle ihre Masken aufgesetzt haben, drückt er einen Knopf an einer Konsole, und ein Nebel von Dekontaminierungsmitteln geht auf sie nieder und wird anschließend durch ein Entlüftungsgebläse abgepumpt. Als sie das Zelt auf der gegenüberliegenden Seite verlassen, nimmt der Mann von ParaVolve seinen Helm ab, und darunter kommt der Kopf von Victor Shields zum Vorschein.

»Sie können jetzt Ihren Helm abnehmen«, sagt Shields, während der Pilot und sein Bewacher dies bereits tun. »Die Detektoren zeigen keine Kontamination im Innern des Gebäudes an. Jedenfalls noch nicht.«

»Ich bin überrascht, Sie hier zu sehen«, bemerkt Michael gegenüber Victor, als er seinen Helm abnimmt. »Der Pflichteifer, mit dem Sie Ihrem Job nachgehen und Ihrem Land dienen, ist geradezu überwältigend.«

»Ich hab' Sie die ganze Zeit vor dem gewarnt, was Sie hier erwartet«, giftet Victor zurück. »Jetzt ist Schluß mit Ihren Klugscheißereien.«

»Los, weitergehen«, fällt ihm der Bewacher ins Wort und deutet mit der Pistole den Gang hinunter. Nun, da auch er keinen Helm mehr auf hat, erblickt Michael ein breites Gesicht, rotblondes Haar, eine gebrochene Nase, eng zusammenstehende Augen. Eindeutig kein Mitglied der Nationalgarde.

»Freunde von Ihnen, Victor?« erkundigt sich Michael ironisch, während sie vor den beiden anderen hergehen. »Oh, Verzeihung. Das hab' ich ganz vergessen. Sie sind ja hier der Generaldirektor, und an der Spitze ist man einsam.«

»Die Spitze«, wiederholt Victor. »Die Spitze werden Sie gleich kennenlernen.« Er geht in ein großes Büro hinein, wo ein großer, gepflegter Mann mit grauem Haar aus dem Fenster blickt. Er trägt eine leichtere Version des Schutzanzugs, und der Helm und das Atemgerät befinden sich neben ihm auf einem Tisch. Als sie alle eingetreten sind, wendet er sich zu ihnen um.

Daniels, denkt Michael, es ist Daniels. Sein Verstand taumelt zurück nach Washington, D. C., zur NSA, zum Supermarkt.

»Mr. Riley«, beginnt Kontrapunkt, »wir haben uns lange nicht mehr gesehen, aber ich habe da ein Problem, eine Art doppelköpfiges Monster. Aufgrund Ihres genialen Backgrounds bin ich sicher, daß Sie wissen, worum es bei ParaVolve eigentlich geht. Was wir hier tun, ist buchstäblich unbezahlbar, und zwar in strategischer wie in ökonomischer Hinsicht. Allerdings befindet sich hier irgendwo eine Bombe oder so was Ähnliches, was die ganze Sache kaputtmachen könnte. Das ist Problem Nummer eins. Problem Nummer zwei liegt auf der Hand«, fährt Kontrapunkt fort, während er mit dem Daumen über die Schulter zum Fenster hinausdeutet. »Nun, was ich jetzt vorschlage, ist ganz einfach. Entweder finden Sie eine Lösung für Problem Nummer eins, oder ich sorge dafür, daß Sie ein Teil von Problem Nummer zwei werden. Habe ich mich klar ausgedrückt?«

»Ziemlich klar«, erwidert Michael mit einem Anflug von Trotz. *Sie wissen es nicht! Sie haben keine Möglichkeit festzustellen, daß die Bombe bereits entschärft ist! Sobald sie das wissen, bin ich Hundefutter für die Mutationszone.*

»Ich muß irgendwo arbeiten können.«

»Mr. Shields hier wird es eine große Freude sein, sich darum zu kümmern«, meint Kontrapunkt und wendet sich Victor zu.

»Sie und Mr. Riley sind bei diesem Unternehmen von Anfang an Partner gewesen, und ich denke, nun ist es Zeit, daß Sie beide sich die Risiken ebenso wie den Lohn teilen. Ich wünsche Ihnen beiden viel Erfolg.«

Kontrapunkt wendet sich an Michaels Bewacher. »Bringen Sie sie ins Kontrollzentrum.« Er sieht den Piloten an. »Sie bleiben hier.«

Als sich die Tür hinter Shields, Riley und ihrem Bewacher geschlossen hat, geht Kontrapunkt wieder ans Fenster und kehrt dem Piloten den Rücken zu. »Ich werde Ihnen jetzt das beste Angebot Ihres Lebens machen. Sie werden dies alles überleben. Von jetzt an sind Sie mir direkt unterstellt. Gehen Sie zu Ihrer Maschine hinauf und warten Sie auf mich. Und glauben Sie ja nicht, Sie könnten ohne mich abhauen. Ich habe hier ein Flugabwehrgeschoß, auf dem Ihr Name steht.«

Er deutet auf ein Regal, auf dem ein Zylinder von der Größe eines mittleren Rohrpostbehälters mit einem einfachen Pistolengriff liegt. Im Unterschied zu früheren Generationen dieser Waffengattung, die aufwendige Ziel-, Spreng- und Abschußsysteme aufwiesen, ist die Intelligenz dieses Exemplars fast absolut unsichtbar.

»Noch eins«, fügt Kontrapunkt hinzu, als sich der Pilot zum Gehen anschickt. »Als Sie Riley bei diesem Wohnkomplex aufgenommen haben – haben Sie da noch irgend jemand anders gesehen?«

»Jawohl, Sir. Da war noch ein kleiner Junge.«

»Das ist alles.«

Als der Pilot gegangen ist, treibt Kontrapunkt auf den langen Wogen der Vorfreude dahin.

Langsam senkt sich das Metallgitter herab und erinnert Michael an die Sicherheitsgitter, die vor Läden in Einkaufspassagen heruntergehen. Auf der anderen Seite sieht ihr militärischer Bewacher zu, wie das Gitter auf dem Boden aufstößt, und dann wendet er sich ab, ohne noch einmal zu ihnen hinüberzusehen. Michael dreht sich um, und seine Blicke wandern über die dreigeschossigen Wände des Atriumbaus, die aus soliden Betonplatten bestehen.

»Ersparen Sie sich die Mühe«, jammert Victor Shields, der neben Michael steht. »Hier gibt es keinen anderen Ausgang.«

»Na, schön, Partner«, erwidert Michael, »dann wollen wir mal.«

Sie gehen über die riesige Betonfläche zu dem kleinen Gebäude in der Mitte, das DEUS beherbergt. Hier draußen sind sie umgeben von so etwas wie einem elektrischen Unterkraftwerk, das eine Art Notversorgung der Notversorgung der Versorgung darstellt. Große Dieselmotoren donnern und dröhnen vor sich hin, während sie Industriegeneratoren antreiben, die im Notfall die externe Stromversorgung durch das örtliche Stromnetz ersetzen. Auf dem Weg zum zentralen Bau mit DEUS bedeutet Michael Victor, ihm dorthin zu folgen, wo die Dieselmotoren stehen.

»Kommen Sie mal mit. Ich möchte Ihnen was zeigen.«

»Was wollen Sie mir denn zeigen?« erkundigt sich Victor mißtrauisch, während er Michael zögernd folgt.

»Es ist leichter, wenn ich es Ihnen zeige, als wenn ich es Ihnen erkläre.«

Dann stehen sie neben einem der Dieselaggregate, eingehüllt in den Geruch von Öl und ein ständiges Dröhnen. Durch ihre Schuhsohlen spüren sie, wie das Pulsieren der großen Maschine den Fußboden vibrieren läßt.

»Nun zeigen Sie's schon«, schreit Victor gegen den Lärm an.

Michael nähert seinen Mund Victors Ohr. »Das Kontrollzentrum ist vermutlich verwanzt«, erklärt er. »Das könnte auch an dieser Stelle der Fall sein, aber vermutlich nicht. Jedenfalls sollten Sie ein paar Dinge wissen, nun, da wir ja Partner sind. Zunächst einmal – die Bombe ist weg. Ich hab' sie vor ein paar Tagen entfernt.«

Victor läuft vor Wut rot an. »Sie blödes Arschloch! Warum haben Sie mir das nicht gesagt? Dann säßen wir jetzt nicht hier fest!«

»Wir haben nicht mehr viel Zeit, und darum will ich Ihnen die Kurzfassung zum besten geben.«

Michael erzählt Victor von dem Labor in Mexiko, der Herstellung biologischer Kampfstoffe, dem Mord mit den Kuruviren, der Verbindung zu Zap 37, dem Biocompiler. Allmählich wird Victors Gesicht immer blasser, ein Beweis dafür, daß er von der finsteren Kehrseite von ParaVolve keine Ahnung gehabt hat.

»Sie sehen also, Victor, die Bombe war nicht der Rede wert. Falls wir jemals hier rauskommen sollten, werden Sie den Rest Ihres Lebens vermutlich vor Gericht oder in verschiedenen Strafanstalten verbringen müssen – und dort gibt es keinen Speisesaal für leitende Angestellte.«

»Ich glaube Ihnen kein Wort«, sagt Victor mit zusammengebissenen Zähnen. »Sie lügen doch.«

»Keineswegs«, erwidert Michael und geht wieder zum DEUS-Gebäude hinüber. »Und ich habe einen Zeugen, der es beweisen kann.«

Als sie das Gebäude erreichen, überkommt Michael ein ganz merkwürdiges Gefühl. Er wird gleich Mundballs Haus betreten, als ob er einen Freund besuche, nur daß dieser Freund aus Codes und Schaltkreisen statt aus Fleisch und Blut besteht. Victor steckt eine Schlüsselkarte in einen entsprechenden Schlitz, die Tür gleitet zur Seite, und vor ihnen liegt das Kontrollzentrum mit seinen zahlreichen Konsolen und einem großen hochauflösenden Bildschirm an der gegenüberliegenden Wand. Darauf ist der grüne Flüssigkeitswürfel zu sehen – stabil, aber stürmisch an der Oberfläche, ein Zeichen dafür, daß ein starker Datenverkehr in den Prozessoren herrscht.

»Es dauert nicht lang«, erklärt Michael, schlüpft auf den Stuhl vor der Hauptkonsole und setzt sich das Kopfhörermikrofon auf. Nach ein paar technischen Manipulationen ist es soweit.

»Victor Shields, ich möchte Sie mit Mundball bekannt machen.«

Auf dem großen Bildschirm vor ihnen verwandelt sich der grüne Würfel in eine Kugel, und auf ihrer Oberfläche erwachen die vertrauten Gesichtszüge von Mundball zum Leben. Gleichzeitig erscheint vor dem schwarzen Hintergrund Mundballs Wohnzimmer. Alle Flächen sind nun von den Pflanzen und Tieren der Mutationszone besetzt.

Victor steht nervös in der Mitte des Kontrollraums und sieht zu, wie sich Mundballs Augen öffnen. »Was soll das, Riley?« sagt er scharf. »Graphische Spielereien. Ein alter Hut. Wollen Sie mich verscheißern?«

»Sie brauchen sich nicht verscheißert zu fühlen, Mr. Shields«, sagt Mundball, »aber ich kann Ihnen versichern, daß ich mich ganz schön verscheißert fühle.«

»Oh, Scheiße!« ruft Victor. »Es lebt ja!«

»Eins nach dem andern«, schaltet sich Michael ein. »Mundball, bist du noch mit Jimi verbunden? Ist er wieder in meine Wohnung zurückgekommen?«

Mundball grinst. »Es geht ihm gut. Sein Dad kümmert sich um ihn.«

»Na schön, alter Junge.« Michael seufzt. »Aber jetzt mal ernsthaft. Kannst du nach draußen sehen?«

»Klar. Ich hab' mich in sämtliche Sicherheitskameras eingeklinkt. Es sieht nicht gut aus.«

»Und was machen wir dagegen?«

»Ich werde mich wohl den schlimmen Träumen stellen müssen. Du denkst doch an dein Versprechen, mich abzuschalten, wenn es schlimm wird?«

»Natürlich.«

»Wirst du es tun?«

»Sicher.«

»Worüber redet er eigentlich, Herrgott noch mal?« wirft Victor ein.

»Später«, wehrt Michael ab. »Mundball, bevor wir beginnen, mußt du dich mit dem Labor am OHSU in Verbindung setzen und Jessica erklären, was los ist, so daß sie die Daten bekommt und uns hier rausholen läßt. Ich selbst kann das nicht machen, da alle Telefone hier überwacht werden.«

»Wird gemacht.« Mundball wird ganz rasch immer kleiner, bis er nicht mehr zu sehen ist.

»Wie lange ist das schon so?« will Victor wissen. »Wissen Sie eigentlich, was das wert ist, Riley?«
»Ich weiß es nicht, Victor. Aber das werden wir bald herausfinden. So oder so.«
»Wie meinen Sie das?«
»Dieser ganze tobende Dschungel dort draußen existiert nur aus einem einzigen Grund. Er will das, was Sie gerade gesehen haben, vernichten.«
»Aber warum?«
»Um dafür zu sorgen, daß der Biocompiler nie fertiggestellt wird.«

Das XT-5-Mantis-Geschoß macht seine Abschußrampe im Bruchteil einer Sekunde startklar und wird zum explosiven Todesboten im Himmel über Washington County. Einen Augenblick vor dem Abschuß hat es eine kurze elektronische Unterhaltung mit dem Computer im Kampfhubschrauber geführt und die Spielregeln erfahren. Nun suchen sein Bordcomputer und seine Radaraugen begierig das reichhaltige Feld der möglichen Ziele im Luftraum außerhalb der dichten Formation der Militärhubschrauber ab und holen sich einen einzigen Leuchtpunkt heraus, der optimale Voraussetzungen in punkto Verletzbarkeit aufweist. Das Geschoß legt die Entfernung zu diesem Ziel in knapp sechs Sekunden zurück und detoniert beim Auftreffen, und fünfundzwanzig Pfund hochexplosiver Sprengstoff lösen eine fürchterliche Explosion aus.

Oberst Parker sieht mit einer Mischung aus Angst und Zufriedenheit zu, wie der orangefarbene Feuerball unter den Fernsehhelikoptern explodiert. Geschieht den Scheißkerlen recht. Sie sind wiederholt aufgefordert worden, das Gebiet zu räumen, aber sie wollten sich wie eine sture kleine Wolke von Moskitos nicht vertreiben lassen. Also blieb ihm kaum eine andere Wahl, als zu dieser extremen Maßnahme zu greifen und einen von ihnen zu beseitigen, so daß die übrigen die Warnung kapierten. Die Geschichte würde ihm sicherlich recht geben. Außergewöhnliche Zeiten erfordern außergewöhnliche Entscheidungen. Es kam überhaupt nicht in Frage, daß diese tapferen Jungs einen verzweifelten Kampf kämpften und die herumwuselnden Medienhunde darüber wie über einen großen Zirkus berichteten. Während die brennenden Überreste mit schwarzen

Rauchfahnen zu Boden stürzen, stieben die anderen Maschinen des Pressekorps auseinander und flüchten.

Der Pilot unterbricht Parker in seinen Grübeleien. »Sir, wir haben einen Anruf aus der Zielzone bekommen. Will mit Ihnen sprechen. Gab als Berechtigungscode das Stichwort ›Kontrapunkt‹ durch.«

»Stellen Sie ihn durch.« Parker greift nach dem Kopfhörermikrofon. »Kontrapunkt, hier Striker.«

»Striker«, schnarrt die Stimme aus dem Äther, »ich sah gerade, wie ein Hubschrauber abgeschossen wurde. War dies eine einseitige Aktion?«

»Ja, Sir.« Plötzlich dämmert es Parker, daß er wohl lange darauf warten kann, bis die Geschichte den Vorfall in seinem Sinne verstehen wird.

»Sehr gut. Fahren Sie fort nach Plan. Viel Glück.«

»Danke, Sir.«

ParaVolve ist nun deutlich durch die Frontscheibe zu sehen, eine Insel aus Asphalt mit drei Gebäuden, umgeben vom unveränderten Gewirr der Mutationszone, die aus dieser Höhe wie ein von Unkraut überwucherter Sommerrasen aussieht. Während sie hinuntergehen, sieht Parker, daß der Hubschrauber der Vorhut auf dem Dach des Hauptgebäudes neben dem Glasgiebeldach mit dem Metallrost abgestellt ist. Seine Maschine setzt auf dem großen Parkplatz zwischen den beiden kleineren Gebäuden auf, wobei durch die Luftstrudel der Rotoren Tausende kleiner Lebewesen aufgewirbelt und über den von kleinen Höhlen und Pflanzengruppen übersäten Asphalt verstreut werden. Zu spät, sich deswegen jetzt noch Gedanken zu machen. Die anderen Maschinen gehen links und rechts von ihm nieder, große Doppelrotorhelikopter, die in Tarnfarben gestrichen sind, die ironischerweise die Farben der Mutationszone widerspiegeln. Bevor Parker seinen Helm aufsetzt, meldet er sich bei den anderen Maschinen über Funk: »Alles klar, ihr wißt, was zu tun ist. Also los.«

Als die Rotorblätter stillstehen, öffnen sich die Laderampen auf der Rückseite der großen Maschine, und Gestalten in Schutzanzügen drängen heraus, zusammen mit Karren, die mit Tanks, Schläuchen und Kompressoren beladen sind. Ihr Plan ist ganz einfach: Sie sollen einen Verteidigungsring um das Firmengelände bilden, eine biochemische Maginotlinie, und sie um jeden Preis halten. Die Tanks auf den Karren gehören sowohl zu Flammenwerfern wie zu Druckluftsprühsystemen, die verschiedene Insektizide und Entlaubungsmittel versprühen sollen, die so stark und potentiell so riskant sind, daß einige davon noch nicht einmal bei Feldversuchen getestet worden sind.

Während Parker seinen Befehlsstand vor dem Hauptgebäude errichtet, empfängt er die Meldungen über sein tragbares Funkgerät. Alle Einheiten sind jetzt an Ort und Stelle. Bis auf eine. Der Zugführer ist nicht erreichbar, und nun sieht Parker auch, warum. Zu seiner Rechten kommt eine Gruppe von Gestalten in Schutzanzügen um die Ecke des Hauptgebäudes, und an der Spitze dieser Gruppe hat eine Gestalt ein Gewehr auf den Rücken der einzelnen Person vor ihnen gerichtet, während sie in Richtung der Hubschrauber marschieren. Offenbar ein Fall von Fahnenflucht. Sie haben den Piloten in ihrer Gewalt und wollen abhauen.

Denkste. Parker schaltet eine vorprogrammierte Frequenz auf seinem tragbaren Funkgerät ein und wartet so lange, bis die Gruppe schon zur Hälfte einen der großen Hubschrauber bestiegen hat, und dann pfeift er ins Mikrofon. Auf dem Parkplatz beginnen die Hubschrauber zu explodieren wie eine Kette von Feuerwerkskörpern, aufgeblähte orangefarbene Kugeln, die von herumfliegenden Trümmern gesprenkelt sind. Die Gestalten in den Schutzanzügen, die sich noch außerhalb der Maschine befinden, werden von einem riesigen Feuerball eingehüllt, dann hoch in die Luft geschleudert, wo sie ein tödliches Ballett tanzen, ehe sie auf dem Asphalt landen. Im nächsten Augenblick erreicht die Hitzewelle der Explosionen Parker, und er spürt sie durch seinen Schutzanzug hindurch. Die Hubschrauber verglühen wie Opfervögel, und dicke schwarze Qualmwolken steigen von ihnen hinauf in die Morgenluft. Phase Drei der Operation ist abgeschlossen, und Parker gratuliert sich selbst dazu, daß er sie so vorausschauend geplant hat. Aber er weiß natürlich, daß er diese geniale taktische Idee eigentlich dem Eroberer Cortez verdankt, der Mexiko mit einer Handvoll Männern eroberte und dieses Riesenreich gewann, indem er die Schiffe seiner Expedition verbrannte, bevor er mit den Leuten ins Landesinnere aufbrach. Seien es nun Schiffe oder Hubschrauber – die Botschaft ist jedenfalls die gleiche: Ein Rückzug ist unmöglich. Parker sieht, daß seine Männer entlang dem Verteidigungsring zuschauen, wie die großen Vögel verbrennen, und daß ihnen allmählich dämmert, was das bedeutet.

Eines Tages werden wir alle irgendwo im Ballsaal eines Hotels sein, sinniert Parker. Eines Tages werden sie alle sich an ihren Tischen erheben und mich, ihren Kommandeur in der Schlacht um ParaVolve, hochleben lassen. Eines Tages.

»Scheiße! Ausgerechnet jetzt!«

Jessica kann sich vor Erschöpfung kaum noch aufrecht halten, als sie von der elektronischen Post gestört wird, die ihr Ankündigungsfenster mitten auf den Bildschirm ihrer Workstation klatscht. Sie beschäftigt sich gerade mit einem komplizierten Kalibrierungsverfahren zur Vorbereitung der automatischen Laborausrüstung, die die Codesequenz zusammenstellen soll, die das Netz als Infektionsträger zur Beseitigung der Mutationszone spezifizieren könnte. Sie ist drauf und dran, das E-Post-Fenster in den Papierkorb zu klicken, aber dann bemerkt sie den Absender:

AN: Jessica M.
VON: Mundball

Ein schlechter Scherz, denkt sie zuerst, aber dann wird ihr klar, daß beim OHSU noch niemand was von Mundball gehört hat. Es scheint unmöglich zu sein, daß das Netz ins Universitätsnetzwerk gelangen konnte, dann in den Unterring für ihre Abteilung, dann ins lokale E-Post-System ... aber natürlich war es dazu in der Lage. Eigentlich war es auch nicht schwieriger als für einen erwachsenen Menschen, der herausfinden will, wo jemand in einem benachbarten Viertel wohnt. Sie spricht in ihr Kopfhörermikrofon: »Öffne die Post«, und dann erscheint auf dem Bildschirm eine kurze Mitteilung:

Jessica,
muß sofort mit dir reden. Geh zu X-Fenster2 und öffne Außen-Netz.
Mundball

Jessica öffnet das X-Fenster2, das Grafik und Ton über das Netzwerk von jeder Außenstation in ihre Workstation hereinfließen läßt. In diesem Fall geht die Grafik von einem Programm namens Außen-Netz aus, das Telekommunikationsverbindungen zu Computern außerhalb der Universität herstellt. Sie öffnet ein Fenster, ruft das Programm auf, und dann hat sie Mundball in seinem verseuchten Wohnzimmer vor sich.

»Du kannst mich zwar sehen, aber ich kann dich nicht sehen«, sagt Mundball, »es sei denn, du kannst eine Videokamera irgendwo im Labor auftreiben und einschalten.«

»Leider nicht«, sagt Jessica bedauernd. Es ist schon sehr merkwürdig, Mundball außerhalb von Michaels Wohnung zu sehen.

»Hast du mit Michael gesprochen? Weißt du, daß wir deine Hilfe brauchen, um die Mutationszone zu beseitigen?«

»Darauf kommen wir später zurück – im Augenblick haben wir nicht viel Zeit«, erwidert Mundball. »Also hör zu. Michael ist bei ParaVolve.«

»Unmöglich!«

»Leider doch. Irgendeine paramilitärische Truppe hat ihn hierher entführt. Er braucht deine Hilfe, um hier rauszukommen. Auch meine. Außerdem ist Jimi allein in den Romona Arms. Du mußt einen Hubschrauber besorgen, der beide rausholt.«

»Ich kann doch nicht einfach hingehen und sagen ...«

»Ich schlage vor, das überläßt du mir. Bring mich einfach mit den richtigen Leuten zusammen.«

Eine Viertelstunde später sitzen Dr. Tandy und Blaine Blanchard mit Jessica in einem Konferenzraum, in dem sich ein Computer mit einem hochauflösenden Bildschirm befindet, und außerdem eine Videokamera, die auf den Konferenztisch gerichtet ist.

»Wozu brauchen wir die Videokamera?« will Blanchard wissen. Genau in diesem Augenblick erwacht der Bildschirm zum Leben, und Mundball schaut dem Trio entgegen. »Weil ich auf diese Weise sehen kann, mit wem ich spreche, Mr. Blanchard.«

Blanchard ist zunächst perplex, aber dann fängt er sich wieder und wendet sich an Jessica. »Sie haben das programmiert, nicht wahr? Das könnte doch nichts weiter als ein Programm sein.«

»In diesem Fall«, erwidert Mundball, bevor Jessica antworten kann, »möchte ich dieses Programm unterbrechen, um Ihnen eine sehr wichtige Nachricht zu überbringen.«

Während Parker zuschaut, wie die Soldaten mit ihren Druckluftschläuchen auf den nach innen geneigten Sturmzaun vorrücken, schaltet er das Mikrofon an seinem Funkgerät an und meldet sich bei Kontrapunkt, der sich das Ganze durch das Fenster im zweiten Stock ansieht.

»Okay, das war's.«

Er wartet auf eine Antwort, aber es erfolgt keine, also überprüft er noch einmal die Aufstellung seiner Truppen. Ironischerweise sehen sie wie eine Formation in einer offenen Feldschlacht aus dem vorigen Jahrhundert aus. In der ersten Reihe stehen Männer mit Druckluftschläuchen, die sich nach hinten schlängeln, wo Benzinmotoren knattern, um die Kompressoren in Gang zu halten, die den Inhalt der daneben stehenden vollen Gifttanks ausstoßen sollen. Die zweite Reihe befindet sich zehn Meter hinter der ersten – Männer mit Flammenwerfern auf dem Rücken. Weitere zehn Meter dahinter halten sich Scharfschützen mit Maschinengewehren bereit. Kleine Lebewesen huschen zwischen all diesen Soldaten hin und her, ohne sich um ihre Anwesenheit zu kümmern.

Dann wird die Luft von einem lauten Zischen zerrissen, als die Männer ihre Sprühschläuche auf die Mutationszone auf der anderen Seite des Zauns richten. Jeder sprüht in einem horizontalen Bogen, der sich leicht mit dem Sprühbogen des nächsten Mannes überlappt. Sobald der Sprühnebel auftrifft, verschwinden die Einbuchtungen aus dem Sturmzaun, während ein Reflex wellenförmig durch die Biomasse geht und sie zum Rückzug veranlaßt. Der senkrechte Wald aus Tentakeln und Ranken, die sich durch den Zaun winden, erschlafft und sinkt leblos zu Boden.

»Zeigt es diesen Bastarden!« brüllt Parker durch seinen Helm, während er zusieht, wie sich die erste Linie zurückzieht und die leeren Schläuche nach hinten schleppt. Die zweite Linie geht in Stellung und kniet mit einem Bein nieder, bereit, die Flammenwerfer zu aktivieren, sobald der Befehl dazu erteilt wird. »Sehen Sie das?« ruft Parker über Funk aufgeregt Kontrapunkt zu. »Sehen Sie das?«

Von oben betrachtet Kontrapunkt die Reihen der Männer in Schutzanzügen, die sich über den Asphalt schlängelnden Schläuche, die Pfützen giftiger Flüssigkeiten. Im Sprühnebel erzeugt die Vormittagssonne einen bunten Regenbogen. Dann wird sein Augenmerk auf eine Bewegung weit draußen in der Zone gelenkt, und zunächst will er seinen Augen nicht trauen.

Eine Welle. Eine gigantische Welle pflanzt sich durch die wogende See fort. Sie rollt auf sie zu, und ihre Front ist mindestens eine Meile breit. In seinem Funkgerät knackt es von Parkers Jubelrufen, aber er würdigt ihn keiner Antwort. Hastig setzt er seinen Helm auf und läuft zum Serviceaufgang, der aufs Dach führt, wo der Hubschrauber auf ihn wartet.

Die Welle trifft bei ParaVolve etwa zur selben Zeit ein, da Kontrapunkt das Dach betritt. Von seiner Position weiter hinten am Eingang zum Gebäude kann Parker als einziger deutlich mitverfolgen, was jetzt geschieht. Der Sturmzaun explodiert förmlich auf den Parkplatz und reißt dabei die Linie der Flammenwerfer mit. Ehe die Scharfschützen in der dritten Linie reagieren können, rollt eine sechs Meter hohe lebende Wand über sie, über die Ausrüstung und die Soldaten hinter ihnen hinweg. Die Wand ist eine kochende Masse aus fleischfressenden Pflanzen, wild gewordenen Insekten, Bohrern, Nadelhunden, Medugatoren und über hundert anderen Arten, die alle zu einem rasend beschleunigten Stoffwechsel verdichtet sind. Parker bleiben gerade zwei entsetzliche Sekunden, in denen er seine Männer verschwinden sieht, und dann erreicht die Wand auch ihn.

Mit einer letzten und altmodischen Geste hebt er abwehrend den Unterarm, um sich zu schützen, und dann spürt er, wie die matschige Wucht der Welle über ihn hinwegrollt und dann durch die Fenster im ersten Stock des Gebäudes bricht. In der Finsternis fühlt er, wie sich Tausende von Dingen an ihm reiben, während ihm unter dem erdrückenden Gewicht die Luft wegbleibt. Dann beginnt das Sondieren, Sticheln, Beißen und Stechen. Parker vermag gerade noch einen gequälten Schrei von sich zu geben, bevor das Visier an seinem Helm zersprengt wird und eine Reihe knochiger Instrumente eindringen, um mit der spontanen Zerlegung seines Gesichts zu beginnen.

Als Kontrapunkt auf dem Dach auftaucht, sieht er, daß der Hubschrauberpilot bereits den Motor gestartet hat und die Rotorblätter sich immer schneller drehen. Gut. Die Luft füllt sich schon mit einer

Wolke fliegender Dinger, die bald groß genug sein werden, die Ansaugöffnungen des Motors zu verstopfen. Einstweilen werden ihn der Anzug und der Helm noch vor Stichen und Bissen schützen, während er auf den Hubschrauber zusprintet. Er empfindet eine paradoxe Art von Erleichterung. Die Schlacht um ParaVolve ist geschlagen, und er hat sie verloren, aber nun ist er frei und kann Macht in einer viel persönlicheren Form ausüben, eine Macht, für die nicht Millionen und Abermillionen von Dollars und heimliche politische Netzwerke erforderlich sind.

Als er den Hubschrauber erreicht, greift er nach der offenen Tür, wirft sich hinein und schließt sie so schnell wie möglich. Dennoch ist ein purpurfarbenes wespenähnliches Ding hereingekommen, prallt von der Frontscheibe ab und stürzt zu Boden, wo er es mit dem Stiefel austritt. Der Hubschrauber hat bereits abgehoben, und als er auf das Glasgiebeldach des Atriumbaus hinunterblickt, fällt ihm ein, daß Shields und Riley irgendwo da unten sind. Ihr Pech. Als sie Höhe gewinnen und sich ihr Blickwinkel ausweitet, sieht er, wie sich die brodelnde, raubgierige Masse aus Zähnen, Röhren, Beinen und Flügeln um das Hauptgebäude versammelt und die beiden anderen Bauten ignoriert, neben denen die verkohlten Hubschrauberüberreste wie eine Reihe von erloschenen Lagerfeuern aussehen.

»Wohin?« meldet sich die Stimme des Piloten.

»Zurück zu den Romona Arms.«

Als Jimis Dad Mundballs Wohnzimmer betritt, huscht das ganze Ungeziefer hinaus, und die wild wuchernden Pflanzen lassen die Köpfe zu Boden hängen. Das überrascht Jimi überhaupt nicht. Schließlich verdient sein Dad soviel Respekt, selbst im kybernetischen Universum.

»Nun, kleiner Mann, wie geht's dir? Tut mir leid, daß ich ein bißchen weg mußte. Ich habe dafür gesorgt, daß ein Hubschrauber kommt und dich hier rausholt. Aber versprich mir eins: Geh nicht hinaus. Warte so lange, bis sie zur Wohnung hochkommen und dich abholen. Verstanden?«

»Verstanden.«

Jimis Dad hält inne, sieht zu Boden und dann blickt er Jimi wieder an, ohne ein Wort zu sagen. Ein wehmütiges Lächeln spielt um seine Lippen. Jimi gefällt es nicht. Irgend etwas stimmt da nicht.

»Jimi, hier drin gibt's eine Menge Ärger. Irgendwie ist ein Monster hier reingekommen, und nun versucht es das ganze System zu zerstören. Und da ich hier drinnen gefangen bin, versucht es auch mich zu zerstören. Also wird es zu einer Schlacht kommen, einer ganz großen Schlacht.«

»Wirst du sie gewinnen?«

»Ich weiß es nicht.«

Die Angst schnürt Jimis Kehle zu. »Aber was passiert, wenn du verlierst? Meine Mom ist für immer verschwunden. Dann ist niemand mehr da. Was soll ich denn dann machen?«

Jetzt lächelt Jimis Dad ein wenig entspannter. »Ich möchte bloß wissen, wie du zurechtgekommen bist, bevor du mich gefunden hast.«

»Na ja, ich hab' mir halt vorgestellt, daß du da wärst, wenn ich dich wirklich bräuchte.«

»Aber das hat nicht geklappt, oder? Die ganze Zeit bin ich nämlich hier drin eingesperrt gewesen, so daß ich dir nicht hätte helfen können. In Wahrheit hast du dir selbst geholfen.«

»Ich?«

»Ja, du. Und wenn mir irgendwas passiert, dann wirst du genau das auch weiterhin tun. Du bist mein Junge. Du bringst es. Genau wie dein Dad. Vergiß das nie. Verstanden?«

»Verstanden«, verspricht Jimi und kämpft mit den Tränen.

»Ich muß jetzt gehen. Wünsch mir Glück.«

»Viel Glück, Dad.«

»Und auch dir viel Glück, mein Sohn.« Jimis Dad zwinkert ihm zu, dreht sich um und geht aus dem Wohnzimmer hinaus. Langsam kriecht das Ungeziefer wieder herein, und die Pflanzen richten sich erneut auf.

Heftig beginnt sich das birnenförmige Gefäß zusammenzuziehen, wobei es winzige seismische Wellen durch den Boden aussendet und dann durch die Verarbeitungsstätten, die es genährt haben. Die Bohrer und Medugatoren empfangen die Wellen – es ist ihr Stichwort, sich der Stelle zu nähern, wo die Spitze des Gefäßes nun aus dem

Erdboden herausschaut. Viele von den äußeren Schichten des Gefäßes haben sich zu Muskelfasern entwickelt und ziehen sich rhythmisch zusammen. Und dann wird mit einer letzten kräftigen Wehe etwas aus der Spitze hinausgepreßt und rollt auf den Boden hinunter.

Das Letzte Ding öffnet zum erstenmal die Augen, während Insekten mit Saugröhrchen den Schleimüberzug entfernen, der seine Haut bedeckt. Es starrt hinauf in ein Loch heißen grauen Himmels, das durch die dichte Vegetation gebohrt worden ist. Als seine Pupillen auf das Licht reagieren und sich zusammenziehen, erhebt sich das Letzte Ding in der kleinen Höhle, in der es untergebracht ist, auf wackligen Beinen. Nach einer Vierteldrehung entdeckt es den Tunnel, einen breiten Gang, der von Bohrern und Medugatoren wie von einer Ehrengarde aus der Hölle gesäumt ist. Senkrechte Schächte durchbrechen die Tunneldecke in regelmäßigen Abständen und lassen das Tageslicht von oben herein, um den Weg zu beleuchten, der in einer vollkommen geraden Linie über fünfzehnhundert Meter bis zum Parkplatz von ParaVolve verläuft.

Michael Riley und Victor Shields stehen in der offenen Tür des DEUS-Gebäudes im Atriumbau. Sie starren über den Betonboden zu der Stelle hinüber, wo der Gang in der massiven Betonwand verschwindet und wo sie das heruntergelassene Sicherheitsgitter am Entkommen hindert. Auf der anderen Seite des Gitters sehen sie den kurzen Tunnelgang in den Hauptkorridor einmünden. Minuten zuvor hatten sie die fünf Sekunden dauernde Schlacht um ParaVolve an den Überwachungsmonitoren im DEUS-Kontrollzentrum miterlebt und gehört, wie der Hubschrauber vom Dach über ihnen abhob. Während sie nun in der offenen Tür stehen, fallen Schatten auf den Betonboden und über die gewaltigen Stromaggregate. Michael blickt nach oben zum Dach hinauf und sieht Tausende von Wesen über das Glas gleiten, wobei sie das Tageslicht daran hindern hereinzuströmen; ihre Schatten tanzen über den Boden. In der Ferne vernehmen sie noch immer das gelegentliche Splittern von Glas in den äußeren Bereichen des Gebäudekomplexes.

Dann taucht das erste Lebewesen im äußeren Gang auf, ein Nadelhund, der im Profil zu sehen ist, wie er auf seinen klauenbewehrten Pfoten über den Teppichboden stapft. Als er in der Mitte des kurzen Tunnelgangs angelangt ist, hält er inne, dreht sich um und sieht zu ihnen herüber. Seine Augenstengel verdrehen sich und stellen sich ein, und dann trottet das Ding vorwärts und nähert sich dem Sicherheitsgitter.

»Glauben Sie, es kann hier reinkommen?« fragt Victor ängstlich, der seit Michaels Enthüllungen über die wahre Rolle von ParaVolve merklich kleinlaut geworden ist.

»Das werden wir gleich erleben«, erwidert Michael.

Der Nadelhund erreicht die senkrechten Glieder des Sicherheitsgitters und fährt seinen Zylinder aus. Die gekrümmten Widerhakenzähne schieben sich durch die Lücken im Gitter, verhaken sich darum, und das rosafarbene Fleisch seines Schlundes wölbt sich durch. Aus der Mitte des Zylinders gleitet die Injektionsnadel heraus, schlüpft durchs Gitter und verspritzt einen langen dünnen Faden Flüssigkeit, die zischend auf dem Betonboden landet und eine ätzende Rauchwolke aufsteigen läßt, während sie sich in den Beton frißt.

»Meine Herren, wir müssen weitermachen.«

Michael und Victor blicken in den Kontrollraum zurück und sehen, wie Mundball auf dem großen Bildschirm inmitten seines Wohnzimmers zwischen den Mutantenwesen schwebt.

»Hast du mit Jessica gesprochen?« fragt Michael, während er sich wieder zu seinem Platz begibt.

»Es ist alles geregelt. Sie werden in genau dreißig Minuten einen Hubschrauber hierherschicken.«

»Und was ist mit Jimi?«

»Sie werden ihn auf dem Rückweg auflesen, nachdem sie euch geholt haben.«

»Nur eine Kleinigkeit noch«, wirft Michael ein. »Wie kommen wir hier raus und aufs Dach hinauf, so daß uns der Hubschrauber holen kann?«

»Über den Ventilatorschacht, der mich kühlt.«

Michael sieht sofort das riesige Rohr vor sich, das vom DEUS-Gebäude bis zum Dach hinaufragt. »Gibt es darin Leitersprossen?«

»Nein. Es ist absolut glatt. Damit die Luft besser abfließen kann.«

»Wie werden wir dann nach oben kommen?«

»Ich werde euch helfen müssen. Wir werden den Luftdruck modifizieren.«

Michael will gerade fragen, warum sie nicht gleich jetzt verschwinden können, aber dann hält er inne. Er hat Mundball sein Wort gegeben, daß er das Netz abschalten wird, wenn die schlimmen Träume Mundball wahnsinnig machen. Und das bedeutet, daß er erst gehen kann, wenn diese Begegnung vorbei ist. Das bedeutet aber auch, daß er hier gefangen ist, wenn Mundball versagt.

Er seufzt. »Also hängen wir alle zusammen hier drin, was?«

»Wir hängen alle zusammen hier drin«, wiederholt Mundball.

»Was ist nun, machen wir weiter?«

»Warum nicht?« erwidert Michael. »Was können wir tun, um dir zu helfen?«

»Nichts. Bloß zusehen. Du bist mein Zeuge.«

»Wie erfahren wir, ob wir dich verloren haben?«

»Das Bild, das du jetzt vor dir hast, wird total chaotisch werden.«

»Weißt du, was wir während deiner Traumbegegnung sehen werden?«

»Ich weiß es nicht. Warten wir's ab.«

Mundball schließt die Augen, und die Kugel kippt leicht nach hinten. In seinem Gesicht beginnt es zu zucken. Die Mundwinkel verziehen sich nach unten. Die Lider flattern.

Wenn's weiter nichts ist, denkt Michael. Vielleicht kommen wir ja noch glimpflich davon.

Dann springt eines der Dinger, die auf Mundballs Couch herumkrabbeln, nach oben und landet auf seinem Kopf. Es ist eine Kreuzung zwischen einer Eidechse und einem Insekt und bewegt sich behutsam auf sechs Beinen voran, und während seine Augen gierig die Oberfläche von Mundball mustern, zuckt eine auf und zu schnappende Zange aus seinem Maul. Während es seine Funde untersucht, springt ein zweites, kleineres Ding hinauf, ein wurmartiges Biest mit Stummelbeinchen und Augen, die von Zackenkränzen umsäumt sind. Dann noch ein drittes Ding, das ein knochiges Außenskelett besitzt und sich auf stachligen Krallen fortbewegt.

Während die Parade der Biester auf ihm weitergeht, läuft ein Schauer durch Mundball. Seine Lippen ziehen sich zurück und entblößen fest zusammengebissene Zähne, und einer der Würmer schlüpft in die Spalte zwischen seinen beiden oberen Schneidezähnen und windet sich in den Zwischenraum zwischen Zahnfleisch und Lippe hinein, bis er nur noch eine kaum merklich sich fortbewegende Ausbuchtung unter der Haut ist. Dann verschwindet auch diese Ausbuchtung, und einen Augenblick später taucht dieser Wurm wieder aus einem der Nasenlöcher auf, ganz mit Blut und Schleim bedeckt. Inzwischen patrouillieren Dutzende von diesen Dingern auf der Oberfläche von Mundball und halten nach möglichen Zielen Ausschau. Das sechsbeinige Ding versenkt seine Zangenzunge in das eine Auge, und sofort läuft Kammerflüssigkeit über Mundballs Backe. Eine blinde Schlange mit Giftzähnen taucht aus seinem rechten Ohr auf und vollführt baumelnd einen obszönen Tanz. Dann platzt ein ähnliches Biest aus dem anderen Auge und schnappt nach einem anderen Ding, das sich von unten in die Wange wühlt und dabei einen Tunnel hinterläßt, durch den man die hinteren Backenzähne erkennt. Ein Team von schürfenden Insekten verteilt sich über den Schädel und schlägt Löcher hinein, aus denen Miniaturgeysire einer dicken gelben Flüssigkeit sprudeln.

»Mir wird schlecht«, japst Shields, springt von seinem Stuhl auf und übergibt sich im Hintergrund des Kontrollraums.

Schmerzlich bewegt verfolgt Michael das furchtbare Treiben. Er kann zwar nicht helfen, darf sich aber auch nicht abwenden. Schließlich hat er versprochen, Augenzeuge dieses Martyriums zu sein, und nun gebietet ihm seine Ehre zuzuschauen, ganz gleich wie schrecklich es wird. Inzwischen wimmelt es nur so von allen möglichen Untieren auf Mundball, so daß er unter ihnen völlig verschwindet, während sie übereinander hinwegkriechen und miteinander kämpfen, um sich ihr Teil zu ergattern.

Und gerade als Michael sich mit dem Gedanken trägt, den Computer abzuschalten, beginnen einige von den Biestern abzufallen und angewidert davonzukriechen. Rasch folgen ihnen andere, und allmählich werden Teile der in Fetzen herabhängenden Oberfläche von Mundball sichtbar.

»Mundball«, ruft Michael, der von seinem Stuhl aufgesprungen ist, »bist du da?«

Die Dinger sind nun verschwunden, und sogar das Wohnzimmer leert sich. Was von Mundball übriggeblieben ist, sieht wie die Oberfläche des Mondes aus, eine finstere Montage aus sich überlappenden Kratern, Bergen und Schluchten, aus denen alle möglichen Flüssigkeiten dringen.

Keine Antwort.

»Mundball«, fleht Michael. »Alter Junge. Kannst du mich hören?«

Ein langer Canyon bildet sich in der unteren Hemisphäre der zerklüfteten Kugel und tut sich dann auf.

»Kann dich hören.«

Erleichtert läßt sich Michael auf seinen Stuhl fallen. Nach und nach schrumpfen die Berge zusammen, und die Krater und Canyons füllen sich langsam auf. Augen, Nase, Mund und Ohren tauchen an der sich glättenden Oberfläche auf. Mundball ist wieder da.

»War es so schlimm, wie du befürchtet hast?« will Michael wissen.

Ein Lächeln tritt auf Mundballs Lippen. »Schlimmer. Aber immerhin habe ich, was wir brauchen.«

»Was ist es?«

»Ein Virus. Winzig klein. Genau viertausenddreihunderteinunddreißig Basenpaare. Wenn du mich für eine Sekunde entschuldigst – ich möchte es Jessica ins Labor schicken. Sie sollten eigentlich unverzüglich mit der Massenproduktion beginnen können. Wenn ich wieder zurück bin, bringen wir euch hier raus.«

»Wir würden das zu schätzen wissen.«

Kontrapunkt setzt den Hubschrauber ganz vorsichtig auf dem Parkplatz der Mini-Einkaufspassage neben den Romona Arms auf. Es ist schon lange her, seit er eine Landung mit einer Maschine wie dieser ausgeführt hat, und die Steuerungssysteme scheinen träge zu sein und nicht zu reagieren, obwohl ihm klar ist, daß dies an seinem eigenen Unvermögen liegt. Als er die Zündung abschaltet und das Heulen des Triebwerks verebbt, schnallt er sich ab und springt hinaus, noch bevor die Rotorblätter stillstehen. Bis jetzt hat er sich beherrschen können, aber nun nimmt seine Geduld rapide ab, als ihm durch den Kopf geht, wie nahe er doch der Morgendämmerung eines neuen Lebens ist und wie seine Vereinigung mit dem Knaben sein Fleisch in die Materie der Unsterblichkeit umwandeln wird.

Während er auf die von verlassenen Autos verstopfte Ausfallstraße zugeht, erblickt er die runde Blutpfütze, die er bei seiner ersten Landung hinterlassen hat. Der Pilot hatte seine Anweisungen absolut korrekt befolgt und die Maschine auf dem mittleren Parkplatz abgesetzt, und genau da hatte Kontrapunkt eine Walther .380 herausgeholt und einen einzigen Schuß seitlich in den Kopf des Mannes abgegeben. Aber irgendwie lebte er noch gerade so lange, daß er die Tür öffnete und hinauszuklettern versuchte, was ihm dann doch mißlang, so daß sein Körper zwar noch mit dem Gurt an den Sitz gefesselt war, aber zum Teil zur Tür hinaushing, wobei ein dünner Faden Blut aus seinem Helm auf den Asphalt hinunterlief. Kontrapunkt war zwar ungewöhnlich kräftig, hatte aber doch Mühe, hinüberzulangen und den Leichnam auf den Passagiersitz zu wuchten. Als er um die Maschine herumlief, um den Platz des Piloten einzunehmen, sah er nur vereinzelte mutierte Pflanzen, und da riß er den Helm herunter und genoß die warme Luft des frühen Nachmittags in tiefen Zügen. Als er dann am Steuerknüppel saß, benötigte er zunächst ein paar Minuten, um sich zu orientieren. Eine Maschine zu fliegen, die ihm nicht vertraut war, war eine riskante Sache, aber nicht annähernd so riskant, wie einen Hubschrauber mit einem toten Piloten darin hier draußen stehenzulassen. Er hob zwar ein wenig wacklig ab, doch schon bald flog er einen geraden Kurs mitten in die Mutationszone hinein, wo er einen großen Kreis beschrieb und nach anderen Maschinen Ausschau hielt, dann öffnete er die gegenüberliegende Tür und stieß den toten Piloten hinaus. Durch das Plexiglas unter seinen Füßen sah er, wie der Leichnam träge mit ausgebreiteten Armen und Beinen hinunterkreiselte und schließlich in der verschlungenen Vegetation verschwand.

Als er sich nun zwischen den Stoßstangen der auf dem Allen Boulevard abgestellten Autos hindurchwindet, spürt er, wie die feierliche Erregung in ihm wächst.

Der Knabe. Der vollkommene Knabe.

# 29

# Das Letzte Ding

»Dad! *Dad!* Du bist wieder da! Du bist gesund! Du bist wieder da!«

Jimi springt vom Boden im Computerzimmer in Michaels Wohnung auf, wo er in stummer Nachtwache ausgeharrt hat. Auf dem Bildschirm schreitet sein Dad selbstbewußt in Mundballs Wohnzimmer, während sich die Biester in panikartiger Flucht verziehen. Er läßt sich auf die Couch fallen und winkt Jimi mit einem forsch-fröhlichen Grinsen zu.

»Jawoll, ich bin wieder da. Und eins kann ich dir sagen, Jimi – es war ein harter Tag im Büro.«

Jimi muß lachen. »Klar, natürlich, das Büro. Aber in Wirklichkeit mußt du doch nie in ein Büro gehen, oder?«

»Nein, ich glaub' nicht«, gibt sein Dad zu, nachdem er ein wenig gekichert hat. »Aber an solchen Tagen wie heute scheint mir das doch keine so schlechte Idee zu sein.«

Kontrapunkt schlendert über den Parkplatz der Romona Arms und sieht zu, wie die kleinen Biester vor ihm mit erstaunlicher Geschwindigkeit über den Asphalt flitzen. Von den vielen unkontrollierten Bränden steigt Rauch wie schmutziger Dunst zum Himmel, so daß die Sonne wie ein blutroter Ball und die Wolken wie kupferfarbene Gebirge aussehen. In jeder Himmelsrichtung türmen sich schwarze Rauchsäulen auf und verbinden sich mit dem Dunst wie aufgeblasene Tornados. Der beißende Gestank brennender Kunststoffe und Chemikalien liegt in der Luft und mischt sich mit dem würzigen Duft brennenden Holzes, während sich hin und wieder die häßlichen Rauchpilze explodierender Industriebetriebe auf den Gebäuden in der Umgebung niederlassen.

Während er die Treppe zu Rileys Wohnung hinaufgeht, spürt er, wie sich die Haare an seinen muskulösen Unterarmen vor lauter Erregung aufrichten. Er kann den Knaben dort drinnen förmlich riechen. Er ist sich da absolut sicher. Der göttliche Jäger in ihm hat immer recht.

An der Tür hält er inne, um sich zu sammeln, um den Tag, den Rauch, die Biester, den brennenden Himmel zu verarbeiten – um der Mittelpunkt, das Zentrum aller Erfahrung zu werden. Und nun klopft er, hämmert er gegen das Holz und schickt Schockwellen durch das Innere der Wohnung. Während er auf eine Reaktion wartet, mischen sich die donnernden und wummernden Explosionen in der Ferne mit dem ständigen Heulen von Sirenen.

Keine Antwort.

»Also«, sagt Jimi feierlich zu seinem Dad, »wie kriegen wir dich aus dem Computer raus?« Er beugt sich eifrig vor. »Hast du schon einen Fluchtplan?«

»Nun, darüber sollten wir ...«

Ein lautes Klopfen an der Eingangstür dröhnt über den Gang ins Computerzimmer herein. Jimi springt auf. »Das müssen die Männer mit dem Hubschrauber sein.«

»Was für ein Hubschrauber?« fragt Jimis Dad stirnrunzelnd.

»Der, der grad übers Dach flog.«

»Jimi, rühr dich nicht vom Fleck«, ermahnt ihn sein Dad und erhebt sich. »Ich bin gleich wieder da.«

Als Jessica das E-Postfenster sieht, holt sie Mundball sofort auf den Bildschirm. »Sind Michael und Jimi okay?« erkundigt sie sich ängstlich. »Seit dieser Pressehelikopter abgestürzt ist, kommen von dort draußen keine Direktübertragungen mehr.«

Mundball quält sich ein mattes Lächeln ab und gibt die erste Notlüge in der Geschichte der künstlichen Intelligenz zum besten. »Es geht ihnen gut.« Von der alten Verschmitztheit ist nichts mehr in seinem Gesicht zu sehen. »Weißt du, ob der Hubschrauber schon zu ParaVolve abgeflogen ist, um sie abzuholen?«

»Ich erkundige mich mal«, erwidert sie und öffnet ein kleines Fenster neben Mundball, das zum Videocomsystem gehört. Das müde und abgespannte Gesicht von Blaine Blanchard taucht darin auf. »Ja?«

»Tut mir leid, wenn ich Sie grad störe, aber wissen Sie, ob der Hubschrauber schon zu ParaVolve abgeflogen ist?«

»Noch nicht. Erst in ein paar Minuten. Warum?«

»Das, äh, neuronale Netz, das Sie im Konferenzraum kennengelernt haben, möchte es gern wissen.«

»Sie können diesem ... Sie können ihm sagen, daß er genau nach Plan abfliegt. Sonst noch was?«

»Das ist alles. Danke.«

Das Fenster mit Blanchard verschwindet, und als Jessica aufblickt, sieht sie, daß Mundball bereits weg ist.

»Jimi, der Hubschrauber ist noch gar nicht abgeflogen«, warnt ihn sein Dad. »Jetzt hör mir mal gut zu. Wenn solche Katastrophen wie diese da draußen passieren, dann lungern böse Leute herum, weil sie wissen, daß die Polizei nicht da ist und niemand sie schnappen kann. Ich möchte daher, daß du folgendes tust: Geh ganz leise zur Eingangstür und preß dein Ohr dagegen. Vermeide jedes Geräusch. Wenn du hörst, daß diese Person vor der Tür weggeht und die Treppe hinunterläuft, dann schaust du durch einen Spalt im Vorhang hinaus, um zu sehen, wer es ist. Dann kommst du zurück und sagst es mir. Verstanden?«

»Verstanden«, versichert ihm Jimi und strahlt vor Selbstbewußtsein. Endlich sind er und sein Dad ein Team.

Kontrapunkt denkt gar nicht daran, ein zweites Mal zu klopfen. Zweifellos versteckt sich der Knabe irgendwo da drinnen, und vermutlich winselt er vor Angst, da er keine Ahnung hat von der Schönheit des Geschenks, das ihm Kontrapunkt gleich machen wird. Da keine Augenzeugen da sind, beschließt Kontrapunkt, die Scheibe neben der Tür einfach einzuschlagen und hineinzukriechen. Er dreht sich um und sucht den Parkplatz nach dem erstbesten Werkzeug ab, mit dem er das Glas brechen kann, und da ist es auch schon: ein großer Farbeimer, der da drüben neben dem Müllcontainer steht. Er eilt die Treppe hinunter, um ihn zu holen.

Durch die Tür vernimmt Jimi das Stampfen von Füßen, die die Treppe hinunterspringen. Als die Füße nicht mehr zu hören sind, wartet er noch einen Augenblick, bevor er aufsteht und durch einen schmalen Spalt im Vorhang hinausschaut. Und schon springen die Boiler der Angst in seinen Eingeweiden an und lassen schiere Todesangst durch seine Brust, sein Herz, seine Kehle wallen. Es ist dieser Mann. Der Mann, der in jener schrecklichen Nacht am Fuße der Treppe gestanden hat. Der Mann, der nun einen Farbeimer trägt und direkt auf den Fuß der Treppe zugeht, um wieder heraufzukommen.
 Aber halt. Diesmal ist sein Dad ja da.
 Jimi rennt über den Gang ins Computerzimmer. »Er kommt! Er will mich holen!« ruft er atemlos seinem Dad zu.
 »Tu, was ich sage, und zwar sofort«, befiehlt sein Dad. Und Jimi tut es.

Das Letzte Ding tritt aus dem Tunnel auf den Parkplatz von Para-Volve hinaus, wo die Sonne blutrot hinter dem Rauchschleier hängt und eine beachtliche Woge von Organismen, die von den Introns erzeugt wurden, gegen das untere Geschoß des Hauptgebäudes anbranden. Alle Fenster sind zerbrochen, und die Biester schlüpfen in ununterbrochener Folge ins Innere hinein. Wie auf ein stummes Zeichen tut sich ein Weg über den Parkplatz auf, und das Letzte Ding geht darauf entlang, während die Helikäfer und Ballonbiester über ihm schweben und die Medugatoren, Nadelhunde und Bohrer den Weg wie Zuschauer bei einer Parade säumen. Als das Letzte Ding die Eingangstür erreicht, kann es direkt durch den leeren Rahmen schreiten, aus dem das Glas beim ersten Ansturm der Welle hinausgestoßen worden ist, hinein in die Empfangshalle, in der alle möglichen Untiere Aufstellung genommen haben, um ihm den Weg zum Atriumbau zu weisen.

»Victor!« schreit Michael. »Sind Sie noch bei sich?«

Vielleicht nicht. Victor hängt auf seinem Stuhl im Kontrollraum, und aus seiner Nase fließen zwei Schleimstränge, und die Augen wölben sich weit nach außen. Knallrote Flecken bedecken das Gesicht und erheben sich wie flache Plateaus über der Fleischebene. Inzwischen ist das Gebäude längst kontaminiert.

»Victor ...«, setzt Michael erneut an, aber bevor Victor antworten kann, bläst sich Mundball wieder in seinem Wohnzimmer zu normaler Größe auf und blickt höchst besorgt drein.

»Was ist los?« erkundigt sich Michael von seinem Sitz im Kontrollraum aus. »Können sie das Virus nicht synthetisch herstellen?«

»Doch, doch. Es müßte eigentlich relativ einfach sein.«

»Und warum verziehst du dann das Gesicht?«

»Hast du dich eigentlich schon mal gefragt, wie die Introns bei mir den Stecker rausziehen sollen?«

»Schwer zu sagen«, erwidert Michael. »In biologischer Hinsicht sind die Wesen, die wir gesehen haben, zwar äußerst bedrohlich, aber sie sehen nicht so aus, als wären sie in der Lage, eine Computerhardware zu sabotieren oder zu zerlegen. Was meinst du?«

»Ich brauche nicht zu meinen. Schau mal nach draußen.«

Michael dreht sich um und sieht zur Tür hinaus, die sie offen gelassen haben, damit sie mitbekommen, wenn das Sicherheitsgitter unter dem Ansturm der Biester durchbrochen wird. Doch nun bilden die Bestien eine Gasse, und Michael ist sicher, daß er durch die Lücken im Gitter einen nackten Mann am Kontrollpult auf der anderen Seite erblickt, gerade als er das Brummen eines starken Elektromotors vernimmt und sich das Gitter hebt und schließlich in der Decke verschwindet.

»Es ist ein Mann«, bemerkt Michael.

»Keineswegs. Seine Wärmestrahlung ist viel zu hoch. Es sieht nur so aus.«

»Was ist es dann?«

»Großer Ärger. Jedenfalls für mich. Und vermutlich auch für dich.« Trauer und Resignation schwingen in Mundballs Stimme mit, aber keine Angst.

Das Gitter ist nun ganz in der Decke verschwunden, und der höllische Zoo ergießt sich um die nackte Gestalt und verteilt sich über die riesige Fläche, während das Echo Tausender klackernder Klauen und Krallen von den massiven Wänden zurückgeworfen wird.

»Victor«, sagt Michael eindringlich und schüttelt den leidenden Mann an den Schultern, »wir müssen die Tür schließen. Schnellstens.«

»Geht nicht«, keucht Victor mit rasselndem Atem. »Steuerung ist dort draußen.« Er zeigt zum Gitter hinüber, unter dem die Biester ständig hereinströmen. Wie auf dem Parkplatz bilden sie auch hier einen freien Korridor, der sich vom offenen Sicherheitsgitter bis zur Tür des Kontrollraums erstreckt. An den Rändern dieses Wegs schwanken und hüpfen die Biester in heller Aufregung. Die Bohrmäuler der Bohrer rotieren, bei den Nadelhunden fährt die Injektionsnadel ein und aus, und die Medugatoren lassen ihre Schlangenzungen herausschießen und saugen sie wieder ein. Das Letzte Ding geht langsam mitten durch diesen Korridor, ein mittelgroßer Mann mit schulterlangem Haar. Er scheint es keineswegs eilig zu haben und die Mutantengalerie zu beiden Seiten nicht zu beachten.

Inzwischen bilden die Biester ein Spalier bis zur Kontrollraumtür, und Michael sieht das Meer der Zähne, Nadeln, Schlangen und sich windenden Augen und riecht die äußerst ekelerregenden Gerüche ihrer heißen Leiber, deren Stoffwechsel sich ständig beschleunigt.

Plötzlich fuchtelt Victor verzweifelt mit den Armen. »Tot!« krächzt er. »Tot!« Und dabei zeigt er auf eine Nahaufnahme des Letzten Dings auf einem der Überwachungsmonitoren.

»Wer ist tot?« fragt Michael, während er zusieht, wie die Gestalt langsam, aber sicher auf sie zukommt.

»Architekt«, röchelt Victor. »Architekt.« Er stöhnt auf, und dann hängen seine Arme schlaff herunter, als er in ein Koma versinkt, die Augen noch immer geöffnet und vor Entsetzen funkelnd.

Blitzartig wird Michael alles klar. Er hat zwar den Mann nie von Angesicht zu Angesicht erlebt, aber er kennt ihn besser, als Victor dies je möglich war. Irgendwie war es dem Architekten gelungen, seine Gene in den DEUS-Komplex einzuschleusen. Und plötzlich erkennt Michael, daß all die Anspielungen des Architekten auf sein »Kind« nicht metaphorisch, sondern wörtlich gemeint waren. Und aufgrund einer ungeheuerlichen Schicksalswende ist sein genetisches Porträt nunmehr im Besitz der Introns, die es benutzen, um sein kybernetisches Kind zu vernichten.

»Es wird Zeit, daß du hier verschwindest«, erklärt Mundball. »Siehst du die Tür rechts neben mir? Geh da durch und öffne die Tür auf der anderen Seite, die ins Hardwaregehäuse führt. Ich werde den Luftzug auf hundert Stundenkilometer drosseln, damit du es schaffst. An der Decke befindet sich zwar ein Gitterrost, aber er gleitet einfach beiseite. Steig ins Rohr hinauf, und dann blas ich dich hier raus. Und noch etwas: Sag Jimi, er soll nicht vergessen, was ihm sein Vater gesagt hat, daß er sich um sich selbst kümmern soll.«

»Und was ist mit dir?«

»Dafür haben wir jetzt keine Zeit. Geh.«

Michael dreht sich um und sieht, daß das Wesen jetzt nur noch zehn Meter von ihm entfernt ist. Mundball hat recht. Keine Zeit für einen rührseligen Abschied. Er geht zur Tür hinüber. Sobald er sich in dem kurzen Gang befindet, schließt er die Tür hinter sich und hält kurz nach einem Schloß Ausschau, um das Ding nicht hereinzulassen, aber da ist keins. Das Hardwaregehäuse ist offensichtlich das Ziel des Dings. Sobald es einmal drin ist, wird es DEUS und das Netz buchstäblich abschalten, eine Platine nach der andern, und dabei beide völlig vernichten. Nachdem er das andere Ende des Gangs erreicht hat, muß Michael sich mit seinem ganzen Körpergewicht gegen die Tür stemmen, um den Druck des mit hundert Kilometer pro Stunde dahinrasenden senkrechten Luftstroms zu überwinden und sich mühsam weiterzubewegen, um auf den Rost zu gelangen, durch den der Luftzug fährt, der die Reihen der riesigen Schaltkarten kühlt, die dicht mit Multichipmodulen und integrierten Halbleiterspeichern besetzt sind. Irgendwo zwischen diesen Kartengehäusen befindet sich Mundball, und als der Luftstrom an Michael vorbeidonnert, wird ihm klar, daß Mundball in wenigen Minuten tot sein wird. Er klammert sich an einen Stahlpfosten, um sich gegen den künstlichen Sturm zu behaupten, und dann zerreißt ihm das ganze Ausmaß von Mundballs bevorstehendem Ende das Herz. Plötzlich muß er wieder an die prophetischen Worte des Architekten denken:

*Wenn Sie die Bombe entschärfen, werden Sie bald sehen, wie die Mutter und das Kind leiden und durch den Renegaten-Code zugrunde gehen, während er sich in der Biosphäre manifestiert.*

Nun geht ihm die furchtbare Ironie des Schicksals auf, derzufolge die Introns sich der physischen Schablone von Mundballs Vater bemächtigt haben, um seinen Mörder zu erschaffen. Und das darf nicht geschehen. Das darf einfach nicht geschehen. Als er sich im Gehäuse umschaut, sieht er, wie sich Medugatoren, Nadelhunde und Bohrer draußen vor den Beobachtungsfenstern drängeln, wie die Zuschauer bei einer Hinrichtung. Das Schlundfleisch der Nadelhunde sieht wie blaßrosa Quallen aus, wo sich ihre Mäuler am Glas plattdrücken.

Und dann entdeckt er, was er braucht. Einen Feuerlöscher, der an der Wand neben der Tür hängt. Genau die Waffe, die er benötigt. Unbeholfen geht er hinüber, um ihn im sausenden Luftstrom herunterzuholen, der ihn von unten anhebt und sein Gewicht so weit verringert, daß er sich nicht mehr sicher auf den Beinen halten kann. Während er den Feuerlöscher von der Wand nimmt, begibt er sich in eine Position, von der aus er das Wesen angreifen kann, sobald es durch die Tür kommt. Als er den Feuerlöscher über seinen Kopf schwingt, um damit zuschlagen zu können, vernimmt er einen Krach, der so laut ist, daß er sogar noch das Donnern des Luftstroms übertönt. Die Medugatoren, Nadelhunde und Bohrer merken, was er vorhat, und trommeln wild gegen das Glas, das stark gepanzert sein muß, wenn es diesem Ansturm standhalten soll. Als seine Augen sich wieder der Tür zuwenden, geht sie auf, und plötzlich steht er dem Letzten Ding von Angesicht zu Angesicht gegenüber.

Das Letzte Ding. Seine leuchtendbraunen Augen starren Michael mit mörderischer Liebe an, und er begeht den Fehler, mit dem Schlag zu zögern, weil ihn die psychische Kraft des Wesens fasziniert.

Im Gegensatz dazu wissen die Introns, daß ein erstes und einmaliges Aufeinandertreffen eine hartverdrahtete Angelegenheit ist, in der es keinen Raum geben darf für Zweifelsschleifen und rekursive Grübeleien. Als Michael einen Wimpernschlag lang zögert, schießt ein sehniger Arm durch die Tür, und ein Handballen kracht in Michaels Brustbein. Da sein Gewicht infolge des Luftstroms verringert ist, segelt Michael nach hinten, während das Letzte Ding durch die Tür tritt. Völlig instinktiv biegt Michael die Beine ab, tritt dem Ding gegen die Brust und rappelt sich wieder auf, während es einen Rückwärtssalto vollführt. Als der Luftstrom ihn brutal aufrichtet, sieht

Michael, wie das Ding den Feuerlöscher nach ihm schleudert, aber es hat schlecht gezielt, und der Feuerlöscher prallt gegen das Fenster hinter ihm und erzeugt darin einen großen Sprung quer über die Scheibe, der die Bestien auf der anderen Seite noch mehr zur Raserei treibt. Sie trommeln mit der Wucht kleiner Kanonen gegen die Scheibe und beginnen bereits einen Riß neben dem ersten Sprung anzulegen, während der Feuerlöscher zu Boden kollert und auf halbem Wege zwischen den beiden Kontrahenten liegenbleibt.

Michael und das Letzte Ding stürzen sich beide vollkommen synchron vor, um den Feuerlöscher an sich zu reißen, und stoßen mitten in der Luft zusammen, Schulter an Schulter. Doch dann kann Michael den Feuerlöscher an sich bringen und steht wankend auf. Als er zum Letzten Ding herumwirbelt, macht er sich auf einen erneuten Angriff gefaßt, aber statt dessen zögert nun das Ding, als es sich vor ihm erhebt, und seine Lippen öffnen sich.

»RY-LEE.«

Es weiß Bescheid. Das eine Wort dringt mühsam heraus, die Zähne blitzen, das prähistorische Grinsen vergeht, und in den Augen erlischt das Licht.

Michael darf nicht länger warten, er darf nicht denken, er muß handeln. Er schwingt den Feuerlöscher in einem engen, rasanten Bogen seitlich gegen den Schädel des Letzten Dings, der wie ein Ei zerplatzt, während die Schockwelle sich durch das Gehirn fortpflanzt und dessen Inneres größtenteils verwüstet.

Nach dem Aufprall wird Michael von der Kraft des Schwungs nach vorn gerissen, und er muß über den Körper springen, der zu Boden sackt. Er sieht nicht nach unten. Die Wucht des Schlages hat sich ihm bis hinauf in seine Schulter mitgeteilt und ihm alles gesagt, was er wissen mußte. Als er zur Decke hinaufschaut und den Ventilatorschacht erblickt, vernimmt er ein Krachen, das den tosenden Luftstrom übertönt. Er dreht den Kopf gerade rechtzeitig herum, um zu sehen, wie ein großes Stück des zerborstenen Fensters nach innen stürzt, weil es dem Ansturm der Bestien nicht länger standhalten konnte. Während sie hereinströmen, huscht er gebückt um die Ecke des großen Computerkartenbehälters herum und rast über eine Metalleiter auf den Behälter hinauf und zur Öffnung des Ventilatorschachts, vor der sich ein dünnes Drahtgitter befindet, das für

Servicearbeiten abgezogen werden kann. Als er sich oben auf den Behälter hinaufhangelt, blickt er noch einmal hinunter auf die brodelnde Masse der Bestien, die buchstäblich wie ein steigender Wasserspiegel an der Seite des Behälters nach oben dringt. Aus dieser Masse erhebt sich der Kopf eines Nadelhunds, und sein Knochenstachel gibt einen Strahl Giftflüssigkeit von sich, der ihn nur um Zentimeter verfehlt, ehe das Untier wieder unter seine Artgenossen zurückfällt. Er kämpft gegen die aufsteigende Panik an, greift nach oben und zieht das Gitter zu sich herunter, bis es aus seiner Halterung springt. Der starke Luftzug macht es federleicht, als er es zur Seite schiebt und weiterklettert.

*Mundball, ich hoffe, du weißt, was du tust. Wenn nicht, bin ich totes Fleisch.*

Während er sich an die oberste Sprosse an der Öffnung des Schachts klammert, stößt er sich mit den Füßen zur gegenüberliegenden Seite hin ab. Noch ehe sie das Ende dieses Bogens erreichen, nimmt das Donnern des Luftstroms merklich zu, und die Sohlen seiner Schuhe werden so weit angehoben, daß er sie gegen die Innenwand des Schachts drücken kann. Offenbar weiß Mundball ganz genau, was er tut.

Michael streckt erst die eine, dann die andere Hand im Schacht nach oben und entdeckt, daß dessen Durchmesser nur ein bißchen größer ist als er selbst. Von unten heult der Wind noch etwas stärker auf, bis Michael praktisch schwerelos ist. Probeweise bewegt er sich in der Dunkelheit vorwärts, wobei er diese Aufwärtsbewegung mit Hilfe seiner Hände und Füße steuert. Kein Problem, wenn man von der Tatsache absieht, daß er noch drei Geschosse nach oben klettern muß.

Während Michael sich in der lärmerfüllten Dunkelheit nach oben hangelt, sieht er ständig den Computerbildschirm in seiner Wohnung mit Jimis Dad vor sich. Dein Dad ist schon in Ordnung, Jimi, denkt Michael, den das Luftkissen sanft trägt. Dann taucht das letzte Bild des Letzten Dings vor ihm auf: das erlöschende Licht in den Augen, das ersterbende Grinsen. Als die Introns sich der Gene des Architekten bemächtigten, müssen sie unbeabsichtigt auch ein Stückchen von seiner Seele übernommen haben, ein Fehler, durch den sie letztlich den Kampf verloren haben. Aber wie war das möglich? Sind Code und Seele ein und dasselbe? Im Augenblick ist Michael viel zu müde, um sich darüber noch mehr Gedanken zu machen.

Als er die Biegung am oberen Ende des Schachts erreicht, blickt er durch die Öffnung nach draußen und sieht den Hubschrauber mit wirbelnden Rotorblättern dastehen. Es ist vorbei.

Kontrapunkt sieht sich noch einmal nach allen Seiten um, ehe er den Farbeimer in die Scheibe des Flurfensters von Michael Rileys Wohnung krachen läßt. Das laute Klirren des Glases zerreißt die Stille in dem leeren Wohnkomplex, und während er die steckengebliebenen Scherben aus der Unterkante des Fensters heraushaut, versucht er das frohlockende Anschwellen des Adrenalins in sich zu dämpfen, was ihm aber nur zum Teil gelingt. Als die letzte Scherbe auf dem Flurboden zersplittert, läßt er den Farbeimer fallen, der zur Treppe rollt und scheppernd Stufe um Stufe hinunterkollert. Langsam drückt er die Vorhänge beiseite und starrt in das unbeleuchtete Innere hinein, während sich seine Augen an das Halbdunkel anpassen. Er weiß, daß er verwundbar ist, wenn er durchs Fenster kriecht, und darum muß er aufpassen, daß er nicht in einen Hinterhalt gerät. Als sich seine Augen auf das Dämmerlicht eingestellt haben, nimmt das billige Mobiliar im Wohnzimmer Gestalt an. Keine Bewegung. Kein Lebenszeichen. Das sagt gar nichts. Der Jäger in ihm kann noch immer den Knaben riechen. Er ist hier, basta. Und er wird ihm nicht mehr entkommen.

Behutsam schwingt Kontrapunkt ein Bein über den Fensterrahmen, dann das andere Bein. Hinter ihm fällt der Vorhang leise rauschend zu und schließt die fernen Geräusche der Katastrophe aus, während das Zimmer erneut im Halbdunkel versinkt. Sein Plan ist ganz einfach: Zuerst wird er das Wohnzimmer durchsuchen und dann auf den Flur hinausgehen ...

Da hört er es. Ein unterdrücktes Wimmern. Ein ersticktes Schluchzen. Ein helles, kleines Winseln.

Sein Blut rast.

Im fahlen Dämmerlicht konzentriert er sich ganz auf sein Gehör – die Laute kommen von rechts her, vom Ende des Flurs. Sorgfältig bewegt er sich um die Möbel herum und sieht ein mattes Leuchten, das durch eine offene Tür herausdringt. Ja. Das Geräusch, der Knabe, dort muß er sein. Nun bringt ihn jeder Schritt dem ewigen Leben entscheidend näher. Kurz bevor er die Tür erreicht, wird er beinahe von einer Vision überwältigt: Der Knabe ist splitternackt, und die Allmacht seiner Gegenwart macht ihn völlig passiv, während er, Kontrapunkt, sich ausdehnt und das Zimmer erfüllt, das Gebäude, die Stadt, den Himmel, das Universum. Mit einem letzten triumphalen Schritt steht er mitten im Türrahmen.

Die Aufschrift auf dem Computerbildschirm sagt alles: »Reingelegt!« Und die ganze Zeit dringt ein feiner Strom wimmernder und schluchzender Laute aus dem Lautsprecher auf der Konsole in perfektem digitalem Stereosound.

Kontrapunkt möchte losbrüllen, aber die Wut schnürt ihm die Kehle zu. Er wirbelt herum, sieht die Eingangstür weit offenstehen und eilt über den Flur ins Wohnzimmer, wo er über die Möbel hinwegstolpert und dann ins Licht hinausrast.

Dabei fällt ihm gerade noch eine fast unmerkliche Bewegung drüben beim Müllcontainer ins Auge: Die Ferse eines kleinen Turnschuhs verschwindet im Zwischenraum zwischen dem Container und dem Zaun, der einstigen Kathedrale von Rattensack.

Diesmal bewegt er sich, ohne zu zögern, rast die Treppe hinunter und sprintet quer über den Parkplatz. Unterwegs bemerkt er, daß das andere Ende des Müllcontainers im Abstand von etwa fünfzehn Zentimetern vor einem zweiten Zaunabschnitt steht, der ihn von den Wohneinheiten auf der Rückseite des Komplexes abschirmt. Reicht das aus, daß der Junge hinauskriechen und entkommen kann? Vielleicht. Er muß sich beeilen. Als er den Zwischenraum zwischen dem Container und dem Zaun erreicht, bleibt er stehen und lächelt.

In die Falle gegangen. Der Knabe steht am anderen Ende, und als Kontrapunkt langsam vordringt, versucht sich der Knabe verzweifelt durch den viel zu engen Raum zwischen dem entgegengesetzten Ende des Containers und dem angrenzenden Zaun hindurchzuwinden. Als Kontrapunkt ihn erreicht, ist der Knabe schon ein Stück weitergekommen, aber er streckt einfach eine kräftige Hand aus, packt das Handgelenk des Knaben und zieht daran.

In diesem Augenblick vernimmt er ein lautes Patschen auf dem Asphalt, und als er sich umdreht, sieht er sich dem Medugator gegenüber, der ihm den Fluchtweg aus dem Zwischenraum versperrt.

Kontrapunkt läßt Jimis Handgelenk los und wendet sich dem neuen Eindringling zu, der ihn bei dieser heiligen Handlung zu stören wagt. Er muß sich in der üppigen Vegetation verborgen haben, die aus dem Inneren des Containers herauswuchert. Die kräftigen Beine und Klauen sehen furchterregend aus, aber der Kopf ist ein Witz, mit dem gewaltigen geschwollenen Froschmaul und den Augen, die auf Stengeln sitzen und aus dem Schädel sprießen. Der Jäger in ihm erfaßt rasch die Anatomie, hält nach Anzeichen von Schwäche Ausschau und sieht, daß die Augenstengel am wenigsten geschützt sind. Und dann erblickt er auf halbem Wege zwischen ihm und dem Biest auf dem Boden die Waffe, die er braucht, um sich die Verwundbarkeit seines Gegners zunutze zu machen – eine leere Bierflasche.

Langsam und gebückt geht er los, um nicht einen Angriff des Biests zu provozieren, dann packt er die Flasche und schlägt sie auf den Asphaltboden, so daß sie in mehrere große Stücke zerspringt, und eins besteht aus dem Hals samt einer etwa fünfzehn Zentimeter langen spitzen Scherbe. Jetzt muß er nur noch nahe genug herankommen.

Der Medugator nimmt die Vorwärtsbewegung des zweibeinigen Objekts und seinen Griff nach einer potentiellen Waffe wahr. Er reagiert darauf, indem er sich anschickt, in einen Offensivmodus umzuschwenken.

Kontrapunkt geht noch einen Schritt vorwärts und vollführt eine weit ausholende, schwingende Bewegung, so daß seine Hand mit der Flaschenscherbe den rechten Augenstengel abtrennt. Das Biest bäumt sich auf, packt ihn an der Brust, als er zurückweicht, und stößt ihn rücklings an den Zaun am Ende des Zwischenraums, wo er zu Boden fällt.

Als Kontrapunkt sich aufrappelt, sieht er, wie sich das Biest mit großer Entschlossenheit vorwärtsbewegt, während eine Fontäne purpurfarbenen Bluts aus dem Stengelstumpf spritzt und das zweite Auge ihn fixiert. Aber was kann ihm das Ding mit diesem blöden Froschmaul schon antun? Er muß nur noch das andere Auge erwischen und ...

Das Maul öffnet sich zu einem kreisrunden Schlund, und das letzte, was Kontrapunkt noch mitbekommt, sind zwei nadelspitze Schlangen, die mit unglaublicher Geschwindigkeit direkt auf sein Gesicht zuschießen. Sie durchbohren seine beiden Augen, bevor er auch nur ein einziges Mal zwinkern kann, und jagen durch die Hornhäute, die Pupillen, die Netzhäute und die Sehnerven, bis sie auf den dahinterliegenden Schädelknochen treffen. Als er seinen Mund zu einem Schrei öffnet, ziehen sich die Nadelschlangen zurück, und eine rasiermesserscharfe Schlange fährt heraus und schlitzt ihm die Kehle von Ohr zu Ohr auf, so daß sein Schrei zu einem gequälten Gurgeln erstickt wird, während er nach hinten in eine sitzende Haltung rutscht.

Wegen seiner traumatischen Verletzung ist der Medugator zu sehr geschwächt, um das Knochengerüst zu zerlegen, und daher begnügt er sich mit dem weichen Gewebe zwischen dem Brustkorb und dem Schambein und schaufelt eine schreckliche rote Höhle aus Kontrapunkt heraus, die sich bis zum Rücken erstreckt und das Rückgrat freilegt. Er lebt noch lange genug, um die Operation mehrere Minuten lang bei vollem Bewußtsein mitzuerleben.

In dem Augenblick, da Kontrapunkt ihn losließ, hat Jimi sich Zentimeter um Zentimeter durch die enge Lücke geschoben und gedreht. Die ganze Zeit vernahm er ein ersticktes Gurgeln und andere schmatzende Geräusche hinter sich, aber er schaute sich nie um. Nun windet er sich aus der Lücke und springt auf den Parkplatz hinaus, gerade als der Hubschrauber über dem Dach der Romona Arms auftaucht.

Aus dem Hubschrauber sieht Michael nach unten und erblickt die kleine Gestalt von Jimi mitten auf dem Parkplatz, und der Anblick des kleinen und hilflosen Jungen in dieser furchtbaren Umgebung erschüttert ihn. Er weist den Piloten an, auf dem leeren Grundstück aufzusetzen, und die Luftwirbel der Rotorblätter drücken das Gras und die Büsche zu Boden, während Jimi um die hintere Ecke des Gebäudes kommt. Dann nimmt er eine huschende Bewegung wahr, und sein Blut erstarrt. Aus der Ecke des Grundstücks gegenüber von Jimi sieht er einen Nadelhund auf die Romona Arms zuspringen. Und noch einen. Und noch einen. Ein großes Rudel schwärmt wie ein Infanteriezug aus, angeführt von einem einzigen Biest und keine dreißig Meter von Jimi entfernt, der den Hubschrauber vor sich hat und mit den Armen über dem Kopf winkt, um ihnen anzuzeigen, wo er sich befindet.

Als der Hubschrauber aufsetzt, läßt Jimi die Arme sinken und geht einen Schritt auf die wirbelnden Rotorblätter zu, aber Michael lehnt sich aus der Tür und gebietet dem Jungen mit ausgestreckter Hand Einhalt. Dann springt er auf den Boden, und in dem Augenblick, da er die Unterkante der Hubschraubertür verläßt, betritt er eine andere Welt. Die Luftwirbel, das heftige Klatschen der Rotorblätter, der schlangenartige Tanz des niedergedrückten Grases hüllen ihn wie ein weicher, transparenter Schleier ein, während er auf Jimi zuhastet. Der Wettlauf gegen die Nadelhunde scheint an Dringlichkeit verloren zu haben, und er ist beinahe ruhig und gelassen, während er auf gefühllosen Traumbeinen auf den Jungen zuschreitet. Und als das Bild von Jimi immer größer wird, überkommt ihn eine großartige Erleichterung.

Die Angst ist weg. Für immer. Unvermittelt beendet durch irgendein mystisches Interpunktionszeichen, das diesen Augenblick von allen künftigen abtrennt.

Zwanzig Meter weiter wendet sich der Nadelhund an der Spitze des Rudels dem Hubschrauber zu, interpretiert seinen mechanischen Zyklon als unverhüllt aggressive Handlung und schwenkt auf einen Offensivmodus um.

Als Michael Jimi erreicht, streckt der Junge die Arme aus, und Michael hebt ihn hoch, macht kehrt und jagt zum Hubschrauber zurück. Als er durch die dicke, gallertartige Luft rennt, spürt er, wie Jimi ihn fest umarmt, und dabei wird ihm klar, daß er dieses Kind über alles liebt. Und dann begreift er, warum. Er hält nicht nur Jimi im Arm – er umarmt auch das verängstigte, verletzte Kind in sich selbst, das nach dem Trost verlangt hat, den er nie zu spenden vermochte, bis zu diesem zeitlosen Augenblick, in dem sich Leben und Tod zu einem vollkommenen Kreis zusammengeschlossen haben, in dessen Zentrum sich Jimi und er befinden.

Fünfzehn Meter von ihm entfernt tritt der Nadelhund aus dem Gebüsch ins Freie, wo er seine Augen auf die zweibeinige Gestalt fixiert, die auf die Aggressor-Maschine zuläuft.

Michael wirft Jimi hoch und in die Arme eines Besatzungsmitglieds im Hubschrauber. Er nimmt den zweiten Mann kaum zur Kenntnis, der ihm durch den Lärm etwas Unverständliches zuruft und auf etwas hinter ihm zeigt. Er schwebt in einem Augenblick vollkommener Aufgelöstheit, in einer vollendeten emotionalen Symmetrie, in der alle Elemente das ursprüngliche Gleichgewicht des neugeborenen Kindes widerspiegeln.

Zehn Meter hinter ihm stellt der Nadelhund fest, daß eine Verbindung zwischen dem Zweibeiner und der aggressiven Maschine besteht, und greift an.

Michael verspürt kaum noch den Aufprall auf seinem Rücken und den kurzen stechenden Schmerz, als der Zahnkranz sich in ihn hineinbohrt und die Knochennadel sein Herz und sein Leben stillstehen läßt. Das heldenmütige Handeln der Hubschrauberbesatzung bekommt er schon nicht mehr mit – irgendwie gelingt es ihnen, ihn von der Bestie loszureißen und seinen leblosen Leib auf den Metallboden des Hubschraubers zu zerren.

Während sie in Sicherheit sind und zurückfliegen, kniet Jimi neben Michael und hält seinen Zeigefinger in der Hand, der immer kälter wird, während draußen die Dämmerung aufzieht.

# Epilog

»Haben Sie schon das Neueste von Webber gehört?« fragt Savage. Webber ist der ehemalige Stabschef des Weißen Hauses. »Sieht ganz so aus, als ob er letzten Endes doch nicht den Präsidenten mit hineinzieht. Hat ganz schön lange gebraucht, bis er sich dazu durchgerungen hat. Das hat immerhin einige Monate gedauert.«

»Ja, Monate«, wiederholt Jessica, während sie das Bild von John Savage auf dem Videofon anstarrt, das sich gegen die Skyline von Portland vor ihrem Fenster im OHSU abhebt.

»Ich meine, schließlich hat der Präsident immerhin den Befehl zu seiner Verhaftung erteilt. Jetzt heißt es, der Präsident habe letztlich damit Schluß gemacht, als er im Fernsehen sah, wie der Militärhubschrauber den Pressehubschrauber abgeschossen hat, und als er gemerkt habe, daß er die Kontrolle über die bewaffneten Streitkräfte verlor.«

Jessica ist immer wieder gerührt über Savages gelegentliche Anrufe, die sich stets ein wenig unbeholfen auf der Ebene der unverbindlichen Plauderei dahinhangeln. Sie weiß, daß er im Grunde nur wissen will, wie es ihr geht, und hofft, daß sie mit ihrer Trauer fertig wird. Er wirkt ein wenig verblüfft darüber, daß es ihr offenbar ziemlich gut geht, und natürlich kann sie ihm nicht sagen, warum. Wenn sie miteinander reden, spricht er nur selten von seinem neuen Job, der ihn zu diesem Zeitpunkt völlig in Beschlag nehmen muß. Der

Aufsichtsrat von ParaVolve, der in den chaotischen Tagen nach dem Untergang der Mutationszone eiligst einberufen wurde, hatte zu feilschen versucht und ihn dazu bewegen wollen, eine Berufung als Übergangsgeneraldirektor anzunehmen, während sie sich nach einem anderen Kandidaten umsahen, aber Savage ließ sich davon nicht beeindrucken und sagte, ihm gehe es um alles oder nichts, und da gab der Aufsichtsrat rasch klein bei. Im Grunde war er der ideale Kandidat, da er nicht wie die älteren Kandidaten politisch belastet war und für den Job eine gehörige Portion Begabung und Idealismus mitbrachte. Einstweilen kümmerte er sich vor allem darum, das Unternehmen zu stabilisieren und daraus ein Joint Venture zwischen der Bundesregierung und einem Privatunternehmen zu machen. Sobald sich herumgesprochen hatte, welche atemberaubenden Möglichkeiten DEUS und der Biocompiler boten, war der Aktienkurs in atemberaubende Höhen geklettert, und dieser Aufschwung hatte den ganzen Markt aus dem Niedergang herausgeholt. Während zahllose Unternehmen sich mit möglichst viel Fremdkapital ausstatteten, um von den technischen Abfallprodukten von ParaVolve zu profitieren, sprang die gesamte Wirtschaft wieder an und donnerte los, um neue Nirwanas im Reich der Biologie anzusteuern.

Tatsächlich gab es nur eins, worüber Savage sich in seinem neuen Posten wirklich ärgerte, und das war der Gestank, die Gase, die dem größten Komposthaufen der Naturgeschichte entströmten – den Überresten der zerfallenden Mutationszone, die ein kreisförmiges Gebiet von fast achthundert Quadratkilometern bedeckten. Mundballs Virus hatte sich verheerend ausgewirkt und die ganze Zone mit unglaublicher Geschwindigkeit dahinsiechen lassen. Die Kehrseite war allerdings, daß diese Überreste noch eine Zeitlang herumliegen würden. Freilich hatte dies auch sein Gutes: Biologen errechneten, daß die Faulstoffe den gigantischen Bestand an Nährstoffen wiederherstellen würden, die während des Höhepunkts der Infektion gierig aus dem Boden herausgesaugt worden waren. Auf jeden Fall war die Fahrt zur Arbeit bei ParaVolve eine reine Zumutung – sie ging kilometerlang an einer stinkenden See aus kollabierter Biomasse vorbei.

»John, entschuldigen Sie, aber ich muß gehen. Ich muß noch Jimi abholen und dann zu einer Besprechung. Danke, daß Sie angerufen haben.«

Als Savage aus der Leitung geht, wird sein Bild durch eine ganze Liste von Anrufen ersetzt, die alle auf einen Rückruf warten, und jeder Anrufer hat sich mit einem briefmarkengroßen Videobild verewigt. Manchmal ist ihr der neue Job fast zuviel, aber Dr. Tandy ist ein großartiger Mentor und versichert ihr, daß sie ganz Beachtliches leiste angesichts des enormen politischen Fingerspitzengefühls, das dafür erforderlich sei. Als diejenige Person, die von Mundball zu seiner Schnittstelle mit der wissenschaftlichen Gemeinde ernannt worden ist, verfügt sie über eine phantastische Macht, jedenfalls theoretisch. Zunächst hatte man es für völlig unerhört erachtet, daß eine so revolutionäre Technologie wie der Biocompiler in den Händen eines »geistigen Roboters« liegen würde, wie einige Kritiker es formulierten – bis man sich darüber klar wurde, wie die Menschheit bislang mit lebensgefährlichen Technologien umgegangen war, angefangen vom Manhattan-Projekt bis zur Farmacéutico Asociado. Außerdem hatte man ja kaum eine andere Wahl. Die Biocompiler-Technologie war viel zu komplex, als daß man sie DEUS und Mundball ohne ihre Mitwirkung hätte entziehen können, und daran waren sie einfach nicht interessiert. »Ihr habt schon immer alles vermasselt. Ihr werdet es wieder vermasseln«, lautete Mundballs unmißverständlicher Kommentar. Also wurde nun jede Anfrage zur Anwendung des Biocompilers durch Mundball gefiltert, der die von Wissenschaftlern abgefaßten Vorschläge prüfte und über den jeweiligen Nutzen entschied. Zunächst fühlten sich viele von diesem System vor den Kopf geschlagen; inzwischen aber hatte sich Mundball durch seine unparteiische Behandlung der Antragsteller weithin Respekt auf dem Gebiet der biologischen Wissenschaften verschafft.

Aber in diesem Augenblick werden sich Mundball und die internationale Wissenschaftsszene gedulden müssen. Jetzt hat sie sich um etwas unendlich viel Wichtigeres zu kümmern.

Jimis Dad neigt die Maschine um fünfundvierzig Grad, als sie das riesige Gebäude umrunden, und Jimi verspürt das Summen der Feinsteuerraketen, während er sich die endlosen Reihen der Fenster

draußen ansieht, die sich über fast einen halben Kilometer erstrecken. In der Ferne verläuft eine purpurfarbene Wüste bis zu einem Horizont, über dem ein Doppelsternsonnensystem schwebt.
»Prima, Jimi, sie gehört dir, großer Mann. Zieh sie wieder hoch.«
Jimi greift nach dem Steuerknüppel und zieht ihn zurück, so daß die Maschine fast in einen senkrechten Steigflug übergeht. Er hält die Unterseite des Raumschiffs in einem parallelen Kurs zum Gebäude und gibt Gas, und sie rasen zu einem Punkt hoch oben hinauf, wo das Gebäude in den Wolken verschwindet.
»Gut. Jetzt zieh nach links.«
Jimi drückt den Steuerknüppel nach links, und dann sehen sie, wie die Spitzen anderer Gebäude aus dem weißen Wolkenwatteteppich herauslugen. Jede dieser Spitzen wirft unter den Zwillingssonnen zwei Schatten auf den Teppich.
»Das machst du großartig. Ich könnte es nicht besser machen. Flieg weiter und setz zur Landung an.«
Jimi sieht, wie der Flughafen dicht über der Wolkenschicht schwebt, und hält auf die Landebahn zu. Er überprüft die Instrumente, und die Anzeiger teilen ihm mit, daß er sich auf dem Gleitpfad befindet. Perfekt. Er drückt die Maschine hinunter und setzt schließlich genau in der Mitte des Fadenkreuzes auf, das auf das Betonvorfeld gemalt ist.
»Haben wir noch Zeit für einen einzigen Flug?« bettelt er.
Jimis Dad lächelt. »Schön wär's. Aber ich glaube, Jessica wartet schon auf dich. Wir sehen uns morgen, ja?«
»Na gut«, sagt Jimi widerstrebend und nimmt seinen Helm ab. Jimis Dad seufzt. Wie alle Väter würde auch er lieber noch mehr Zeit mit dem Jungen verbringen, aber die Welt in ihrer rücksichtslosen Art läßt nun einmal nie locker. In ein paar Minuten muß er an einer Telekonferenz mit einer Gruppe in Berlin teilnehmen, die ein neuartiges Haustier erschaffen will, und das wird er ablehnen müssen.

In dem von fröhlichem Lärm erfüllten Raum der Kindertagesstätte im OHSU muß Jessica lächeln, als Jimi sich aus der Virtual-Reality-Ausrüstung schält und den Helm mit den Miniaturbildschirmen in der Datenbrille abnimmt. Sie weiß, daß sie ihre Entscheidung, die Vormundschaft über Jimi zu übernehmen, nie bedauern wird.

»Wie geht's deinem Dad, Liebling?« fragt sie Jimi.
»Prima«, erklärt er. »Müssen wir jetzt gehen?«
»Leider. Ich muß auf dem Heimweg beim Arzt vorbeischauen. Aber es wird nicht lange dauern.«
»Warum mußt du eigentlich überhaupt zum Doktor gehen?« will Jimi wissen. »Ich meine, du bist doch auch ein Doktor, oder?«
Jessica lacht zärtlich. »Das bin ich schon. Aber das ist eine andere Art von Doktor. Und nun los, kleiner Mann.«

Während der kurzen Fahrt zum Arzt erzählt Jimi übersprudelnd sein neuestes Abenteuer mit seinem Dad, und dabei muß Jessica an ein ganz anders geartetes Abenteuer denken, das sie vor mehreren Monaten mit Mundball erlebt hat, kurz nach dem Ende der Katastrophe. Als sie ihm zum erstenmal ihre Idee vortrug, schien er wirklich schockiert zu sein, aber am Ende war er bereit, ihr zu helfen. In der ersten Phase dieses Plans war rasches Handeln erforderlich, damit sie die Gewebeprobe bekamen, eine Haarsträhne, aber das war eine vergleichsweise simple Angelegenheit, verglichen mit der technischen Meisterleistung, die Mundball dann mit Hilfe eines Werkzeugs vollbrachte, das er vereinfachend als »Ableger des Biocompilers« bezeichnete. In Wirklichkeit handelte es sich dabei um einen Teil der gleichen Computerzuleitung, die die Einführung der genetischen Identität des Architekten in die Mutationszone ermöglicht hatte, ein Verfahren zur Entfernung von drei Millionen Basenpaaren von strategischen Punkten entlang dem menschlichen Genom und zur Kombination mit anderen Teilen des Codes, die die grundlegenderen Prozesse definieren. Aber das war erst die eine Hälfte des Problems. Dann kam nämlich die Analyse, die den gesamten DEUS-Komplex für mehrere Tage in Beschlag nahm, um potentielle Probleme wie etwa das Angelman-Syndrom, das in den Tiefen des 15. Chromosoms schlummert, rechtzeitig zu entdecken und zu beseitigen. Dabei stellte sich heraus, daß es buchstäblich Tausende solcher potentiellen Katastrophenherde gab, aber am Ende hatten sie perfekte Arbeit geleistet, und Mundball überwachte das letzte Verfahren höchstpersönlich, das einer beinahe fanatischen Geheimhaltung unterlag.

»Nun, aufgrund dessen, was wir hier sehen, würde ich sagen, daß Ihr Baby nicht mehr und nicht weniger als vollkommen ist.«

Jessicas Frauenarzt deutet auf den Ultraschallbildschirm. Da der Arzt ihre Krankengeschichte kennt, hat ihn Jessica im Verdacht, daß er ein bißchen übertreibt, aber dennoch kann sie natürlich die Freude und Erleichterung nicht unterdrücken, die in ihr aufsteigen. Ein vollkommenes Kind. Garantiert. Die vollkommene Lösung für die Millionste Frau.

»Das wär's dann wohl für heute«, sagt der Arzt gerade. »Wir sehen uns in ein paar Wochen wieder. Und vergessen Sie nicht die Vitamine, ja?«

»Natürlich nicht. Danke, Doktor.« Natürlich hatte er keine Ahnung und war diskret genug, ihr keine Fragen nach dem Vater des Babys zu stellen. Das war allein ihr und Mundballs Geheimnis. Ein paar andere Menschen kannten zwar Teile des Puzzles, aber nicht genügend, um sie zusammensetzen zu können. Andernfalls würden sie vielleicht ihre Neugier bereuen, denn die Lösung war ganz und gar persönlicher Natur und würde außerhalb des emotionalen Kontextes, in dem sie entstanden war, nicht richtig verstanden werden. Denn als Mundball seine erste Arbeitsphase abgeschlossen hatte, erblickte er die erste künstlich erschaffene Spermazelle, die ein bemerkenswertes genetisches Paket enthielt, das aus einem Chromosomensatz gewonnen worden war, der einen Auszug aus der ursprünglichen Haarprobe darstellte.

Ein von Dr. Tandy geleitetes handverlesenes Team entnahm Jessica sodann eine Eizelle, die für eine völlig neuartige Form der In-vitro-Fertilisation verwendet werden sollte. Auf der ersten Stufe führte Mundball eine robotergesteuerte Mikrochirurgie durch, bei der die residenten Chromosomen der Eizelle entfernt wurden und dann die absolut maßgeschneiderte Spermazelle in eine Position manövriert wurde, in der sie in die Eizelle eindrang.

Schließlich pflanzte Dr. Tandy das befruchtete Ei wieder in Jessica ein, drückte ihr liebevoll die Hand und wünschte ihr alles Gute.

Denn das Baby in ihrem Bauch enthielt nur einen Chromosomensatz, und damit war es das erste Baby in der Geschichte, das eine perfekte Replik eines Menschen war, der zuvor auf Erden gelebt hatte.

Michael Riley.

## DANKSAGUNG

Wie so oft weitete sich auch dieses Buch rasch zu einem viel umfangreicheren Projekt aus, als dies ursprünglich vorgesehen war. Während der gesamten Arbeit haben mir viele Menschen geholfen, die mir nicht nur ihr Wissen und ihre Zeit, sondern auch ihre Begeisterung für mein Vorhaben äußerst großzügig zuteil werden ließen, obwohl es sich ja noch in einer etwas skelettartigen Form befand, als sie damit konfrontiert wurden.

Ein ganz besonderes Dankeschön gilt meinem Freund und Schriftstellerkollegen Mark Christensen, der einen schlummernden Traum in mir wiedererweckte und mich dazu inspirierte, mich auch tatsächlich darauf einzulassen. Auch meine Frau Nancy möchte ich meiner außerordentlichen Dankbarkeit für ihre Geduld und für die Unterstützung versichern, die sie mir in den beiden Jahren entgegenbrachte, in denen dieses Buch entstand. Das gilt auch für meine Geschäftspartner Steve Karakas und Sharon VanSickle-Robbins.

Auf den Gebieten der Medizin, der Biologie und der Technik erhielt ich sehr klugen fachlichen Rat von Dr. Fred Drach, Arthur Vandenbark, Ph. D., Dr. Bill Keene, Dr. David MacKinney, Don Carter, Mike Butts, Gordon Hoffman, Jack Carveth, Colin Johnson, John Tillman und meinem Bruder Joe Ouellette, einem Ingenieur, der als erster die erste Fassung las.

Andere Leser, in einem frühen Stadium, die mir unendlich viel bei der Feinarbeit halfen, waren Harrison Lynch, Adam Karol, Sean Hogan, Katherine Shearer, Rob und Kate Crawford, Chuck Nobles, Will und Peggy Anderson, Steve Mitchell, Paul Simon, Jack Callern, David Smith sowie meine Söhne Jean-Pierre und Jesse Ouellette.

Weitere wichtige Helfer und Anreger waren Al Larsen, der verstorbene Ron Schmidt, Buzz Gorder, Jody Breiland, Mike und Georgie Cacy sowie meine Söhne Justin und Julien.

Auch mein Agent Richard Pine war mit seinem kreativen Beitrag mehr als nur ein Agent, und Lori Andiman in Richards Büro erwies mir mit ihrer Lektoratsarbeit im Frühstadium des Buches einen unschätzbaren Dienst.

Ach ja – ein spezielles Dankeschön an »Phillips« bei der Drug Enforcement Administration.